平成田舎日記

光畑浩治

花乱社

題字　棚田看山

挿絵　増田信敏

「平成田舎日記」上梓を言祝ぐ　序に代えて

光畑浩治氏がこのたび、『平成田舎日記』を上梓するので私にその序文を書けとのご下命。光畑さんはこれまで、『ふるさと私記』（二〇〇六年）や書家・棚田看山氏との『田舎日記・一文一筆』（二〇一四年）、写真家・木村尚典氏との『田舎日記／一写一心』（二〇一六年）の「田舎日記」コラボレーション・シリーズ二冊を刊行されているエッセーの名手。その名文章に私の悪文などおこがましい、と逃げていましたが、花乱社の別府さんも加わっての攻勢でギブ・アップしました。

手元にある『広辞苑　第三版』で「いなか」の項を引くと、〈いなか【田舎】①都会から離れた土地。在郷《ざいごう》。ひな。地方。②郷里。故郷。③「いなかじるこ」の略。④「卑しい」または「粗暴な」の意を表す語〉とある。

さらに「ふるさと」の項を開くと〈ふるさと【古里・故郷】①古くなって荒れはてた土地。昔、都などのあった土地。古跡。旧都。②自分が生まれた土地。郷里。こきょう。③かつて住んだことのある土地。また、なじみ深い土地〉とある。

私どもの古書業界では「田舎版」と呼ばれるものがある。江戸期の出版は、享保期までは何といっても京都がその中心であり、江戸・大坂はそれに追随していたが、享保を過ぎる頃から逆転し始めて、次第に江戸が首位となり、大坂・京都がそれに従うようになる。この三都における出版物に対し、地方で刊行された出版物は俗に「田舎版」と称されるようになる。

「田舎版」の特徴は、彫りの粗雑さ、墨色の汚さ、製本の簡略さなどが挙げられ、あらゆる面で粗末な出来栄えを示す薄冊《ぼさつ》を言う。

一〇年位前、書庫の整理をされた光畑さんから蔵書の処分を頼まれ、畑の中に新築されたご自宅へ伺ったことがある。その時拝見したのが、まずは、すべて初版本の芥川賞受賞作品のコレクション。第三回の受賞作（第二回は該当作品なし）鶴田知也の『コシャマイン記』から始まり、第一四〇回位まで揃えておられた。残念ながら、第一回の石川達三『蒼氓』はお持ちではなかった。『蒼氓』の完本は、バブル期には一冊百万円の古書価が付いていたことがある。

ついでだが、鶴田知也は明治三五年（一九〇二）、小倉で生まれ、幼少期に小学校を転々とし、最後に豊津尋常高等小学校を卒業、大正四年（一九一五）、仲津郡豊津村（現みやこ町）の福岡県立豊津中学校（現福岡県立育徳館高等学校）に入学し、卒業している。鶴田の生家の本籍地は京都郡豊津村で、社会主義者・堺利彦、プロレタリア作家・葉山嘉樹の出生地でもある。

芥川賞受賞作家でいえば、若松出身の火野葦平は、昭和一二年（一九三七）、日中戦争に応召し、出征前に書いた『糞尿譚』が翌年に第六回芥川賞を受賞したことを陣中で知る。戦地で行われた授与式には、日本から小林秀雄がおもむいた。第九回『あさくさの子供』の長谷健は山門郡東宮永村（現柳川市）の生まれ。昭和四年（一九二九）に上京、神田区の芳林小学校に勤務。この頃からペンネームを長谷健とする。昭和七年（一九三二）、浅草区浅草小学校に転勤。浅草での教師体験をもとにした『あさくさの子供』で第九回芥川賞を受賞。昭和三二年（一九五七）、交通事故のため急逝。五三歳の若さであった。第四回芥川賞受賞『地中海』の冨澤有爲男も生まれは大分市である。

このように見ると、戦前における二〇名余の芥川賞作家の中で実に故郷人の華やかなことか。

さらに光畑氏宅で拝見したのは、江戸中期の謎の浮世絵師・東洲斎写楽の関連文献の蒐集であった。明治四三年（一九一〇）、ドイツで発行されたユリウス・クルトの『SHARAKU』ほか、二千点以上の写楽関係書籍・雑誌を見せていただいた時には驚愕したことを憶えている。

写楽は、寛政六年（一七九四）五月から翌年一月にかけての一〇カ月間に、百四十余点を版行している。中でも雲母摺、大判二八枚の役者大首絵は写楽の代表作と言われ、ひところ一枚一億円のオークション値を記録している。

このようなことを考えると、田舎暮らしといえども常に遙かな世界を見渡し、一旦始めたらとことん最後まで貫徹する光畑さんの〝田舎気質〟こそが、「田舎日記」シリーズを支えているように思える。

古書の葦書房店主　宮 徹男《みやてつお》

＊本書は、二〇一七年一月から二〇一八年の九月までに、一話千字で書き綴った三六五話を所収する。各項末尾の数字は執筆年・月。

平成田舎日記❖目次

第1章 ふるさと京築

第2章 歴史を掘る

第3章 言の葉楽し

第4章 文学漫歩

第5章　いまを詠む

第6章　記憶にのこる人びと

第7章 平成という時代

第1章

ふるさと京築

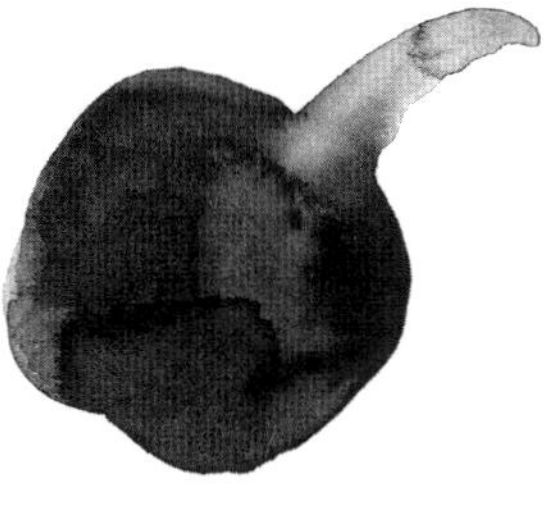

1――郷土「京築学」の学び始まる

平成二八年（二〇一六）一二月一三日、福岡県苅田町の西日本工業大学公開講座で話をさせて頂く。この講座は大学が地元自治体や地域企業と連携して「工学とデザインの融合」による地域再生、活性化を図るもので、郷土の新しい「京築学」の始まりである。

話のタイトルは「京築地域の歴史を知る――こんな人物がいたことを知った上で……」、まちを作るには「ひと」を踏まえて、という話をした。まず「京築」は「けいちく」か「きょうちく」か、を問う。夏目漱石『三四郎』はみやこ町の小宮豊隆、森鷗外『青年』は行橋市の柏木純一がモデルといわれ、明治四〇年代、二大文豪による日本最初の青春小説の主人公が郷土出身者。さらに村上仏山《ぶつざん》（幕末の漢学者）、末松謙澄（伊藤博文の娘婿）、吉田増蔵（元号「昭和」起草者）、竹下しづの女《じょ》（大正・昭和の女流俳人）、國永正臣（野口英世と生活した九州歯科大創設者）、武田輝太郎（白瀬矗《のぶ》隊長と南極探検に行き南極地図を作製）、藤田勇（近衛文麿のブレーン）、矢頭《やず》良一（日本初の自働算盤などを製作した天才発明家）、岩本益臣（日本軍最初の特攻隊長）、木部シゲノ（日本初の女性パイロット）、藤本照男（太平洋横断飛行予定パイロット）などの話をした。

こうした立派な業績を残すものの「京築地域」では知られてない人たちだ。それぞれ努力した実績やエピソードなどの人物像を伝えた。郷土づくりは「自分の住む地域」を知ることから始まる。そばに素晴らしい〃宝石〃が落ちていても気づかない暮らしの中、それに気づく意識の醸成を培わねばならないだろう。

京築の二市七町二村は、平成の大合併（二〇〇六年）後、行橋市、豊前市、苅田町、みやこ町、築上町、上毛町、吉富町の二市五町になった。まず各自治体象徴の「花」や「木」が何か。行橋はコスモス、モクセイ。豊前はツクシシャクナゲ、ヤマモモ。苅田はパンジー、クスノキ。みやこはサクラ、モミジ。上毛はサクラ・コスモス、ウメ。吉富はサツキ、モクセイ。築上はウメ、クスノキ。命名の経緯を調べてみると、地域の意外な姿が浮かぶ。例えば、行橋市の「コスモス」は一つの芯に八つの花びらがあり、昭和二九年一〇月一〇日の一町八村合併後、ふさわしい「市花」として決められたようだ。

ごく普通の日常生活で、ただ時を過ごすだけの日々よりも、視点を変えて地域あるいは郷土への思考を持てば、楽しみはさらに増す。

その思いが地域を変えるパワーにもなる。

（2017・1）

　女流俳人の杉田久女《ひさじょ》の娘である石昌子さんが対談で「父が、生徒からバネというニックネームを付けられました。本人は何とも思わないようだったけど、私は嫌でした」と語っている。昌子さんの父であり、久女の夫・杉田宇内《うない》のことである。

　ニックネームの付く先生は人気者でいい先生、と言われるが、娘としては受け入れ難かったのだろう。

　杉田宇内は、明治一七年（一八八四）愛知県西加茂郡小原村（現豊田市）の代々庄屋を務める素封家《そほうか》の長男として生まれた。東京美術学校（現東京藝術大学）西洋画科を卒業後、明治四二年に旧制小倉中学（現小倉高校）の美術教師として赴任。鹿児島生まれの久女と結婚した。

　二人の小倉（北九州市）での生活が始まった。が、職に甘んじて絵筆を持たない夫に、久女は次第に怒りを露わにするようになり「もっともっと貧しくてもよいから、意義のある芸術生活に浸りたい」との思いを強く持つようになってゆく。

　足袋つぐやノラともならず教師妻　　久女

　宇内は「おっとりで世間智には遠い人」だった。歩き方に特徴があり、生徒から「バネ先生」と呼ばれ「奨学に専念」する教師だった。学校は「文武両道」を目指した。バネ先生は野球部長に就き、当時、早稲田大学野球部コーチだった市岡忠男（読売巨人軍の初代総監督）を招聘、指導を受けて力を付け、大正八年（一九一九）には西宮市の鳴尾球場での全国中学校野球大会（〝夏の甲子園〟の前身）に初出場した。ユニホームの胸に付く花文字「Ｋ」のマークは「宇内作」と言われ、今も使われている。生徒に慕われる野球部長でもあった。

２――久女桜と呼んでます

　久女は、夫への気持ちが離れるにつれ、俳句に打ち込むようになるが、昭和一一年（一九三六）突然『ホトトギス』同人を除名される。二人の間で離婚問題も生じたが、宇内は「実直ですばらしい先生」として危機も乗り越えた。昭和二一年、久女は五六歳で逝去、宇内の郷里・小原で葬儀。その年、宇内は着任以来、転校もなく勤め続けた小倉中学の教頭の職を辞して帰郷した。杉田家屋敷跡に「灌沐《かんもく》の浄法身を拝しけり」の久女句碑が建つ。

　昌子さんは、父がお世話になった小倉高校と父の自画像を収める北九州市立美術館に、宇内の郷里で晩秋に咲く「四季桜」を贈った。学校では「久女桜と呼んでます」という。宇内は、「清艶高華」の句を作り「久女伝説」を生んだ妻と、郷里の墓地で静かに眠る。

（２０１７・１）

3　遺詠集『瑠璃』に寄せて

二〇一六年秋、「銀の爪紅の爪――竹下しづの女と龍骨」展が福岡市文学館企画展として開かれた。

しづの女は、大正九年「短夜や乳ぜり泣く児を須可捨《すてっちま》焉乎《をか》」などで女流として初めて『ホトトギス』巻頭を飾った福岡県行橋市生まれの俳人。没後六五年の大企画展だった。この記念冊子に「藤岡瑠璃子」なる人物としづの女との交流記述があった。

藤岡長和（一八八八〜一九六六）編による遺詠集『瑠璃』を知り、ネット検索で登録有形文化財「藤岡家住宅」を管理するNPO法人うちのの館（奈良県五條市）に問い合わせると、迅速対応で関係資料が届いた。旧家藤岡家に生まれた長和（俳号・玉骨）は、東京帝大卒業、内務官僚として佐賀、和歌山、熊本などの官選知事を務めた。高濱虚子から「古稀翁といへど大和の大桜」と詠まれた俳人でもあった。瑠璃子（一九一四〜三七）は、長和の長女でピアノ、英語、スキーなどを楽しむ教育を受けて育ち、両親を通して与謝野晶子、南方熊楠、虚子などを知り、阿波野青畝《あわのせいほ》、五十嵐播水らと吟行するなど一流俳人の仲間として句会に参加。彼女は、俳誌『京鹿子』や『ホトトギス』などに投句を重ねた。

春 近 き 植 物 園 の 手 入 れ か な
足 早 に な り た る 雨 の 賀 茂 祭
青 柿 の し き り に 落 つ る 野 分 か な
静 か な る 雨 と は な り ぬ 目 刺 焼 く
紅 梅 の う つ ろ ひ は て て そ れ と し も

瑠璃子は、一九三六年（昭和一一）宇野家に嫁ぎ、長女出産後の翌年、くも膜下出血で突然亡くなった。二四歳だった。彼女の死を悼んで虚子から「御仏の露も涙も瑠璃の玉」の追悼詠が贈られ、晶子からは「歌五首さし出し候」として「哀詞」のタイトルで歌が届いた。

吹き出でし清き初めの秋風に
乗りて御空へいにたまひけり　晶子

しづの女は、長和が佐賀県知事赴任の昭和八年頃から娘瑠璃子と「令嬢は私を忽ち魅了してしまった。文の交わりはこの時よりつゞく」と親交を結び、転任後も文通での交流が続いた。ところが「瑠璃子夫人の訃音」が突然届いた。追悼文「わくらば」を綴った。

病葉のうつくしきゆゑ哀しけれ　しづの女

しづの女は、彼女の人柄を讃え偲び、短い生涯に七九一句を詠んだとされる文才を惜しみ「真紅の病葉にも況して美しく哀しき君ではあった」と文を結んでいる。

（２０１７・１）

4　豊前の土が育んだ下村非文

福岡県豊前市の求菩提資料館編・発行『ふるさと豊前人物再発見』を頂いた。豊前市出身の六七名の人物を紹介。冊子を捲っていて日本映画黎明期の時代劇名優・大河内伝次郎や多くの国民が歌唱した「丘を越えて」の作詞家・島田芳文などと俳誌『ホトトギス』同人だった俳人・下村非文《ひぶん》（一九〇二〜八七）の紹介がある。

下村は豊前の千束村村長の三男（本・名利雄）として生まれ、幼い頃は「兄に連れられ豊前の野山を駆け回り、お腹が空くと畑にもぐって豆を食べ、イモを掘って食べ」るなど自然が遊び場だったようだ。千束小から中津中（現中津南高）へ進学。そこでも求菩提山、英彦山、九重連山へ出かけ、五高（現熊本大）時代は阿蘇を愛し、東京帝大入学後は松尾芭蕉の「奥の細道」を巡ったといわれる。東大卒業後は台湾銀行に入行、縁あって昭和元年（一九二六）から俳句を始め、号を非文とし、翌年『ホトトギス』に「水打って榕樹の落葉掃きにけり」が初入選。

戦後は関西の証券業界の要職を務め、昭和二四年ホトトギス同人になった。後、大阪の堺で俳誌『山茶花』を主宰し「大景の非文」と呼ばれた。彼の句を追う。

丘の上に来て風は秋雲は秋
夕焼のヒマラヤ一座一座消え
大寒の力いっぱい落つる日よ
一本の冬木残して雲去れり
赤富士や百鳥晨《あした》をよろこべる
水打って石より風の起こりけり
地平線まで麦青し鵲《かささぎ》とべり
絵日傘に中国服の身の細く
大阪を離るる気なし鱧《はも》料理
熱燗や虚々実々の話とび
雪に影落として鶴のひるがえる
荒海へ千枚の田の水落とす
雲海や槍のきっ先隠し得ず
ひるからの雲に敏くて酔芙蓉

彼は昭和三四年、高濱虚子序文、川端龍子装丁で句集『莫愁』を発刊。題は中国南京の「莫愁湖」から採ったといわれる。いかに彼が大自然に魅かれていたかの証だろう。彼が幼い頃に駆け巡った豊前の土が育んだ自然詠は開花した。今、郷土の豊前千束八幡神社境内の石碑には「ふる里の古みちたのし初詣」が刻まれて建つ。また宮崎県高千穂の国見ヶ丘には「野火立つ肥の国豊の国なれば」の妻・梅子の句碑も建っている。

（2017・2）

5　ラフカディオ・ハーンと友枝高彦

一二〇年の時を経てラフカディオ・ハーン（小泉八雲、一八五〇～一九〇四）と友枝高彦（一八七六～一九五七）師弟の姿が現れた。友枝が熊本五高時代にハーンの英語授業を克明に記したノートが見つかり、それが二〇一三年、平川祐弘監修『ラフカディオ・ハーンの英語教育――友枝高彦・高田力・中土義敬のノートから』（弦書房）として刊行された。

友枝ノートは、コピーのない時代、高田が書き写し、さらに中土が写した。ハーンに繋がる三人の連携によって生まれた知のリレー直筆の貴重な遺産であり、富山大学に所蔵されているハーンの旧蔵書「ヘルン文庫」に眠っていたものである。

友枝は福岡県上毛郡大村（現豊前市）に生まれ旧制豊津中（現育徳館高）から第五高（現熊本大）に入学。時の校長・嘉納治五郎（一八六〇～一九三八、講道館柔道の創始者）に影響を受け「魂の親」として敬慕。そのような中でハーンの授業を受けた。後、東京帝大哲学科に入学、倫理学の研究を深めた。明治三四年（一九〇一）日露開戦に当たって政府は末松謙澄男爵（福岡県行橋市出身）をイギリスに派遣、その秘書官として友枝を随行させた。自由主義、民主主義を学んだ後、再びアメリカ、イギリス、ドイツへの留学を命じられ、ベルリン大学などで三年間、多くの学者らと交流。帰国後は嘉納の勧めで東京高等師範学校（現筑波大）の教授に就き、東京文理大、日本女子大教授などを兼任した。教育者として多くの秀才を薫陶、ドイツの諸大学への講演、国際会議には日本代表として出席した。彼は面倒見のよい人物といわれ、教え子や多くの学生らが家に出入りした。とくに画家の東山魁夷は公私ともに可愛がられ、郷土出身の彫刻家・中野素《そ》昂《こう》も世話を受けたそうだ。

また彼は、戦後一時期、帰郷。郷里に役立てばと農協組合長や小学校ＰＴＡ会長を引き受けた。学問と人徳を備えた人物だった。が、戦後の混乱を座視できず上京。彼の「社会奉仕の精神」を実践する「社会道徳協会」を組織、推されて会長となり「社会倫理学の先駆者」と呼ばれるようになった。昭和三〇年（一九五五）には都留文化短期大の初代学長になるなど日本の倫理学者として活躍した。著書は『女子修身』『中学修身』『師範修身』などがある。彼の生き方は「常に民衆の側に立ち苦難を救おうとした友枝家の伝統」に因るという。父・速水が開いた豊前の天地山公園に素昂作の「高彦銅像」が建つ。

（２０１７・２）

6――石のオブジェが語りかけてくる

二〇一七年二月、福岡県行橋市で石の彫刻を市街地に置く「行橋まちなかオブジェ・プロジェクト」が開始された。経費は僅かだが、世界に呼びかけると応募者は一〇〇名を超え、外国人四人と日本人二人の作家が招待された。二週間余の宿泊は旧保育園舎の手づくり施設。食事はまちなか商店街からの炊き出しなどが届いた。地域総ぐるみの応援部隊が活発に動いた。

　赤れんが館前広場にテントを張っての作品づくりには、株式会社城戸石材加工所をはじめ市内の各企業が六名をバックアップ。また石埃を浴びる作業の合間には、彫刻家と市民の交流など、やすらぎも生まれた。これまでにない文化体験は市民に貴重な時を作った。

　それぞれの作品が「まちなか」に座り、街行く人の目に飛び込んでくる。

　アントネラ・ティオッツオさん（四八、イタリア）の作品は、メガネの正視堂前。石の柱に隠された蝶を表現した「あなたはどこ?」。

　伊藤三千代さん（五一、北海道）の作品は、ものづくりroomPowan前。店名のポワン（丸いもの）をイメージした「ポワン」。

　ギョルギ・ミンチェフさん（五一、ブルガリア）の作品は、福岡銀行行橋支店前。自然体の球に混在する無機質な直線を表現した「何かしら大きいものの断片」。

　田中等さん（六七、宮崎県）の作品は、アンティークのらくろ前。誰にでも触れることができる柔らかさを表現した「やはらぎ」。

　ダニエル・ジョーンズさん（四一、イギリス）の作品は、うなぎ屋兼行前。夏に咲き誇った花の冬枯れの様子を表現した「冬」。

　ビクトール・コパチさん（四六、ベラルーシ）の作品は、浅川家具店前。水や空気が流れ循環する様子を表現した「自然界の循環」。

　街の景色にポイントができた。殺風景だった道路に彩りを生んだ。何気ない風景が一つの石彫設置によって健康歩きの楽しみも増やした。

　やはり街の姿が変わることは、人の気持ちに変化をもたらす。文化は、お金をかけるのではなく、意識向上への思いが一つになれば花が咲くことを、招待作家六名が見事に証明した。まさに最小の経費で最大効果の一大イベントだといえよう。石のオブジェが語りかけてくるような気がしてならない。

（２０１７・３）

7　葉山嘉樹の記念碑

おなじ言葉を刻んだ文学碑が二カ所に建立されているのも珍しいだろう。

馬鹿にはされるが真実を語るものが
もっと多くなるといい　　葉山嘉樹

碑の一つは、昭和三四年（一九五九）に岐阜県中津川市に建てられた。そこは葉山が大正時代末、労働者としてダム建設に携わり、住んでいた地である。

もう一つは、昭和五二年（一九七七）に地元有志によって、生まれ故郷の福岡県みやこ町に建立された。

葉山嘉樹（一八九四〜一九四五）は、福岡県京都郡の郡長の息子として豊津村（現みやこ町）で生まれ、旧制豊津中を経て早稲田予科に進んだが、学費未納で除籍、後、船員として国内外航路の貨物船に乗り、体験などをプロレタリア文学作品に昇華させた。彼の代表作といわれる『淫売婦』『海に生くる人々』は、大正一二年（一九二三）の労働争議によって検挙され、名古屋刑務所に未決囚として収監されていた時に書かれた小説である。

彼は、東京での生活が苦しく家族四人とともに長野の鉄道工事現場に移り、伊那谷や木曽の山村で三年余を暮らした。地元を舞台にした小説『義侠』も生まれた。その生活地、長野県駒ケ根市に、昭和五九年（一九八四）

葉山〝来住五〇年〟として記念碑が建った。

よし、毎日の生活が不足であり、迫害が絶えず襲いかかろうとも、人間の生活から「善」を奪われることを、私たち信州文化の同人たちは、守ろうではないか。文学とは、そのようなものだと私は思っている。
葉山嘉樹

また彼が石炭運搬船員として室蘭で働いた折の体験を『海に生くる人々』として創作、世に残した。昭和六一年、北海道室蘭市に珍しい主碑・副碑二つの碑が建った。

主碑は「海に生くる人々　葉山嘉樹」と雄渾な字。副碑は「書き出し」の一節を刻む。

室蘭港が奥深く廣く入り込んだその太平洋への湾口に大黒島が栓をしてゐる。雪は北海道の全土を蔽ふて、地面から雲までの厚さで、横に降りまくった

葉山は各地に足跡を残すが、小樽に居た九歳年下の小林多喜二は「葉山嘉樹氏の単行本『淫売婦』を借りて読む。自分にとっては少なくとも記念すべき出来事である（略）どんな意味に於ても、自分にはグワン！と来た。言葉通りグワンと来た」と記し、プロレタリアといえば小林多喜二『蟹工船』といわれる名品を誕生させた。

（2017・3）

8　神楽の里に食工房“神楽”

百年を超える古民家で和風モダンフレンチをベースにした創作料理を楽しんでもらおうと、京築の神楽《かぐら》の里・福岡県みやこ町勝山に食工房〝神楽《からく》〟がオープンする。

北九州のホテルニュー田川の料理長を務めていた伊藤覚さん（五六）は、看護師を辞めた妻の温美さん（五〇）と共に、古民家レストランを切り盛りする。野菜も自ら作り、食材も地産地消で身近な自然素材を取り入れて工夫、安心できる食の提供をすすめていく。

覚さんの味づくりの歴史は、幼い時からの積み上げだ。両親は早朝から仕事でいないため、小学生の頃から朝食は三兄弟で「兄がご飯を炊き、自分は味噌汁を作る」のが日課だった。それは〝おふくろの味〟ではなく〝自分の味〟づくりだった。高校三年間はステーキハウスのバイト、卒業後は師匠について調理実習を重ね、和洋食の味づくりを徹底した。こうして歩んできた〝伊藤の味〟を知ってもらえればと神楽をスタートさせる。

神楽は日本神道の神事で神に奉納される歌舞。平安中期に様式が完成したとされ、宮中の御神楽《みかぐら》と民間の里《さと》神楽《かぐら》に分かれている。

現在、神楽伝承状況実態調査などでは全国に岩手（六二）、群馬（五八）、宮崎（五七）、秋田（五二）、宮城（四八）、岡山（四二）、広島（四〇）、千葉（四〇）など合計九四八団体あるようだ。

京築の神楽は、御先《みさき》と湯立《ゆだて》の演目が特色といわれ、三〇以上の団体が活動し地域で住民に親しまれている。

それに食の究極は、神を敬っていただく、神に楽しませていただくことから、店の名を〝神楽〟とした。

この神楽《かぐら》を神楽《からく》と呼ぶのは、銀閣寺（慈照寺）の花として伝わる無雙眞古流《むそうしんこりゅう》の発祥がみやこ町勝山新町である歴史を持つことによる。宗家がこの地に眠る木村徳右衛門を開祖とする木村家で「代々花道の理と術を正確に伝える」として「花楽《からく》堂」を名乗ってきた。

この経緯を踏まえ、名跡に重なり、鮮緑に咲く一輪の花が神の顕現とする古人の譬《たと》えを楽しむ思いで、呼び方を〝からく〟としたようだ。

古民家の床の間、畳に障子、ふすま、飾り棚、風格ある梁《はり》、さらに縁の向こうの坪庭の風情は心落ちつく空間を創造する。そこに、長年培って洗練された〝味〟が器に盛られテーブルに載ると、畳の上での語らいも時を忘れる。心安らぐひととき、時代を刻む館で過ごすのも一興だ。いつか神楽《からく》で神楽《かぐら》の舞いを観たいものだ。

（２０１７・３）

9 ——沖縄の「平和の鎖」生んだ鉄骨

　福岡県みやこ町惣社にある欧風創作料理のレストラン「フォレスト」の一角に、長年の風雪に耐え、錆びてはいるが、威風堂々とした威厳ある鉄骨（高さ七・五メートル）が据わっている。地域の人は「鎖の鉄骨」と呼ぶ。

　巨大なモニュメントの経過を辿る。

　沖縄県糸満市摩文仁《まぶに》の沖縄平和祈念公園に、国籍や官民問わずに沖縄戦で亡くなった全ての犠牲者約二四万一千余の名を刻む「平和の礎」が一九九五年に建立された。その後「慰霊の日」の厳粛な式典を見守る新たなシンボルを創ろうと、県は一般に広く作品を公募した。

　北九州市の造形作家・藤波耕司氏（六五）のデザインが採用された。藤波氏は製作を「あなたに造ってもらいたい」と、みやこ町の株式会社城戸石材加工所・城戸津紀雄社長（六八）に依頼した。巨大彫造は「永遠に残る大きな仕事になる」と城戸社長は作品作りに挑戦することにした。そして、製作では、沖縄の地に建つ祈念碑なのだから「沖縄人の心が入っていなければならない」と社長の強い思いがあった。石工の専従班に加わり、共に作業をすすめたのは沖縄の大学関係者など数人で、工場内の施設などに泊まり込んでの三カ月余、大石にコツコツ鑿《のみ》を入れ、沖縄の「平安の魂」を刻み付けた。一年余の地道な作業で碑は完成した。石造は、みやこの地から船で沖縄に渡り、現地で組み立てられた。

　二〇〇一年六月二三日、沖縄の「慰霊の日」に巨大な祈念碑は除幕された。

　黒御影石のアーチ中央部に琉球石灰岩の要石を配置、白と黒のコントラストが印象を深める。またガマ（自然壕）をイメージした下層部には、奥へ進むと「平和の光」が差し込む仕掛けになっている。巨大な石造で安定感のあるフォルムは沖縄人の「揺るぎない精神」を表現したといわれる。人の心を結び、人の心を伝える。「絆の鎖」を象徴する石造アーチの「平和の鎖」は、青空のもと、人に寄り添う永遠のシンボル石として沖縄の地に座った。

　毎年、六月二三日、平和の丘のモニュメント前では、沖縄全戦没者追悼式が開かれ、参列した人々の祈る姿が終日続く。沖縄の心が一つになる日でもある。その祈りのモニュメント「平和の鎖」を生んだ鉄骨は、雑木林に囲まれたレストランの敷地内にさりげなく置かれたままになっていた。みやこの地にある「鎖」の原型「鉄骨」も祈りの対象になるのでは、と人々の要望を受けて整備された。鉄錆びの色合いは長い歳月を経た時を伝える。

（２０１７・３）

10 ―――― “雑誌三号”と言うけれど

雑誌の休刊、廃刊が続く。最近、雑誌の購読が少なくなった。それだけ映像に慣らされてきたのであろう。しかし映像は記憶から消えてゆけば再現は難しい。それに比べて活字の記録は残っていれば自らの目で確認できる。やはり映像よりも活字に軍配があがるかな。

一九七〇年代、仲間と郷土の総合文芸誌を発刊した。〝雑誌三号〟と言うけれど、まさに最初は三号（「文芸ゆくはし」）で終わった。その後、誌名を替えて「ぶんげいがらがら」を出したのだが、五号で自然消滅。地方での文芸誌発刊の難しさを知った。そこに記した文を拾う。「文芸ゆくはし」二号（一九七一年）と三号（一九七二年）の巻頭言二篇である。

さすらいの旅人がいる。のどかな朝にであうため、草を寝床にしているという。森のくらしで、食べるものは、果実や草の芽を摘み、魚を焼いて食べながら川の水を飲むという。着るものについては、別にどうって考えたことはないという。お金は、どんなたべものか知らないという。

森の露にずぶ濡れになっても澄んだ青空が乾かしてくれるという。ほんのちょっとした怪我でも、優しい小鳥たちや小さな動物たちがたくさん集まってきて心配してくれるという。そんな日々をさすらいの旅人は送っているという。　（二号）

老人は、野原に捨てられ飢えに苦しみもがいている仔犬を見て、拾って育てる事にしました。老人にとって、仔犬の日に日に丸まると太って大きくなっていくのは日々の楽しみとなっていました。そして優しい目でその成長ぶりを見守っていたのです。

ところが仔犬はある日、突然、老人の手に嚙み付いてしまったのです。驚いた老人は、手を見ると血が、滲んでいました。老人は、まあこの位だから我慢しよう、と仔犬を叱っただけでした。仔犬は別に気にも止めない風でした。

しかし、何日かしてまた嚙み付いてしまったのです。老人は、もう諦めて仔犬をどこかへ捨てに行こうと思いました、が、老人には仔犬を抱いていくだけの力が無くなっていました。あまりにも太ってしまっていたからです。老人はおもいました。この犬は、あのときの仔犬なんだがなあ……と。　（三号）

遺された記録を確かめることができるのは、とても有り難い、記憶もそうあればいい。

（2017・4）

郷土史家の出版記念会で「地域のことを伝え残すのは景観十年風景百年風土千年といわれるように大事なことであります」の挨拶があった。

短いものだったが、いい言葉を聞いた。

なるほど「景観十年風景百年風土千年」か、土地を守り、伝える人々に繋がる言葉だろう。ある運動家は『百姓は米をつくらず田をつくる』（前田俊彦著）といった。

景観、風景、風土の言葉を繙《ひもと》くと、簡単な解釈では、景観は客観的な景色、風景は主観的な景色、風土は土地の生命力を意味するといわれる。とにかく人間を守る自然の理《ことわり》を言い表しているのだろう。いろんな分野の人は、人間を守るいい言葉を生み出すようだ。

景観十年風景百年風土千年は、京都大学教授だった佐佐木綱《つな》（一九三二～二〇〇四）が言い始めたそうだ。

彼は香川県小豆島生まれで京大卒。四〇年余、京大で交通計画および都市計画の分野で革新的な研究を推進した。日本の交通工学のカリスマ学者の一人で、平成二年（一九九〇）の風土分析国際ワークショップで地域の風土と文化を生かした風土工学の創設を提唱した先駆者でもあった。環境が如何に生活に融け込んでいるか、だ。

彼の培った研究の中から都市計画の原点は、まず「良

好な景観づくり」がスタートになるようで、景観から風土に向かうまちづくりでは、常に、古いものの上に新しいものが積み重なるように歴史の重なりに風景も重なる。この日本の風景の重なりについて、思想家の中沢新一は即座に「精霊（スピリット）」と答えたという。だとするなら人間を包み守る景色に「精霊」が加わって「景観十年風景百年風土千年精霊万年」となるようだ。

所詮、景色は生活に関わってくる。自分が棲む場所のことになってくる。前田俊彦『根拠地の思想から里の思想へ』に「里とは、人が子々孫々まで生活と居住をそこですると決めたところなのです」という記述がある。

一般には、よく「地域づくり」というが、農耕民族の日本人には「里づくり」の方がふさわしい気がする。「里づくり」を勧め「里の思想」を皆で考えています、がよく似合っている。人は、置かれた場所が壊れているよりも整っている方がいい。汚れているよりも清らかな方がいい。前田さんは「狩猟者のたたかいは地の利によって〝根拠地〟をつくるけれども、農耕者は地の徳によって〝里〟をつくる」といっている。安らぎの〝新しい里づくり〟に踏み出さなければならない。


（2017・4）

12 ——— 飛龍八幡太鼓の響がつづく

二〇一七年春、福岡県行橋市の正八幡宮・飛龍八幡太鼓誕生四〇年記念の和太鼓の祭典「第二〇回どんどこ音楽祭2017」がコスメイト行橋で開かれた。五歳の双子の孫娘の初舞台だった。十数人の真ん中、二人並んでの桴《ばち》さばきは幼いながらも力強かった。

飛龍八幡太鼓の野本敏章代表（六八）は太鼓一筋の方。若い頃、太鼓に賭ける熱い思いを聞いたことがある。今も昔のままの表情だ。彼は四〇年の時を語った。最初は、お宮の祭りを盛り上げる神幸太鼓だった。が、本格的に太鼓を続けていく覚悟を決めた時、正八幡宮の先代宮司と約束。絶対に止めない、五〇年は続けると心に誓い、禰宜《ねぎ》と三百余の家を訪ね歩いて協賛金を募った。太鼓を打ち続け、仕事の酒店を辞めることにもなった。辛い時期もあったが、その時「芽を出さずに根を張ろう」と、太鼓研究に打ち込み、さらに太鼓の魅力を深めていった。

太鼓の基本は、表打ち（右手から打つ）と裏打ち（左手から打つ）といわれ、音が違うし、リズムも違ってくる。いろんな太鼓の打ち方を学んだ。

和太鼓の歴史を探ると、縄文時代に伝達手段としてあり、古墳時代の「太鼓を打つ人間埴輪」の出土で太鼓の存在が確認された。時代が下り田楽《でんがく》などの発達で「囃子太鼓」が隆盛、戦国時代には「陣太鼓」が興った。江戸時代では祭礼に演奏され、太鼓好きの「のら打ち」なども出現した。近年は技術や芸を競う競技会や独特の太鼓グループが各地で誕生した。今、太鼓は、神や仏に近いようで、神社や寺院に呪具として置かれている。

行橋の正八幡宮の飛龍八幡太鼓は「飛龍」「心響」「遊童子」「飛鼓」など大人から子どもまで幅広い層の太鼓の響きが続いている。また代表は県内外の神社などの太鼓サークルの指導にも飛び回る。これまでの太鼓の曲は、千曲を超え、創作太鼓への熱は冷めない。

ところで「関の先帝、小倉の祇園、雨が降らねば金がふる」といわれ、庶民に親しまれている小倉祇園祭は、小笠原忠雄藩主時代の万治三年（一六五〇）に治民対策で始まったといわれる。野本代表は、この祇園祭の原点に戻り「小笠原流正調祇園囃子」の模索を始めた。祇園太鼓本来の左手から入る「返し打ち」復活を考えている。夢の「暴れ太鼓」が見られるかも知れない。彼は「物を生かすことは人を生かすことから始まる。太鼓は心臓の鼓動で文化は人づくりだ」と語る。なるほど太鼓の音は母のお腹の中で聴く心音かも知れない。

（2017・4）

13　黒人兵への挽歌

平成二九年（二〇一七）四月一八日、親友の村上正雄君（七〇）が逝った。古希は、まだ若い。

彼は、昭和四六年（一九七一）福岡県行橋市の郷土愛好家発行の文芸誌（「文芸ゆくはし」）に「黒人兵への挽歌」を投稿。世相が反映された詩として評判をとった。当時は一九六〇年から続くベトナム戦争の時、日本はといえばミニからパンタロンが流行、「カップヌードル」や「サッポロ一番」などが発売された時であり、小柳ルミ子「わたしの城下町」がヒットした。世界的には、アポロ14号が月に着陸のビッグニュースが舞い込んだ。詩をみる。

異国の熱い泥の中で　一人で黒人霊歌をつぶやきながら　消えていこうとする　黒人兵士よ　白人将校はお前を探しもせず　ヘリコプターは飛びたってしまった　お前の為に、モルヒネを置くことさえ忘れて　割れたお前の口唇を濡らす一滴の水も　もう残されてない　あの短くて永い恐怖の時間が、この静寂を呼んだ　お前の倒したベトコンが　首を失くして走った　恐怖の弾丸が首をとばし　にくしみの地雷が片足を奪った　かたわらの赤い水溜りは　お前のものではなくなった　はじけた片足はどこのぬかるみに浮び　とんだ片腕はどの砂塵に埋もれているのか　そのピンクの肉はもう叫ぶジャズにふるえることはできない　割れたドラムは主を失くし　あの荒野は又主を求めて彷徨《さまよい》はじめる　お前はもうケンタッキーに帰れない　十人の黒い子供と十四回目の妻の妊娠　戦地手当と志願兵という　おろかしさを今泣くのか　浮んだ片足にサソリが群がり片腕に蟻がたかった　お前の切り口に集まったハエ共は　お前の中に産卵をはじめた　そこは濃い血の素敵な寝床だ　白人の上官がお前の戦死報告を書く頃には丸々と太った可愛い蛆虫が　お前の口からあふれるだろう　そしてパイプをくゆらす頃には　目から、耳から、肛門から、太った妻を抱くころには　美しい骨が紺碧の空から　白い陽を浴びるだろう　今、お前からシラミが飛び出した　まだ目を閉じるな！　見よ　頭上を　月から還ったアポロが　世界のヒーローとなった　白い英雄を乗せて通りすぎた　黒いお前を見ようともせず

（「黒人兵への挽歌」）

彼の葬儀で弔辞を述べた。いろんな想いが駆け巡った。あっという間の人生だった。

人間は病気では死なない、寿命で死ぬ、という言葉があるそうで、まさに運ばれる命だ。

（2017・4）

14　弔辞——友、村上正雄君へ

平成二九年（二〇一七）四月二〇日午後、みやこ紫雲閣。朋友、村上正雄君へ、弔辞を読む。

まず、永い間、お疲れさまでした。

ご苦労さまでした。

君は高校時代から気の合う友でした。何でも話せる友でした。仲間との語らいだとか、悪ふざけも含め、いろんな思いが走馬灯のように駈け抜けます。想い出は尽きません。人間、病気では死なない、寿命で死ぬ、という言葉があるそうですが、君が、こんなに早く逝くとは思いませんでした。正直、ここで君を送る言葉など、述べたくはありませんでした。まだ、会って、話して、笑って、あんなこんなの話をしたかったです。しかし、古希で君は逝った。

ここ数年、体調が優れないと言っていましたね。時折、会って話をするのが楽しみでした。

緊急入院の後、若い時、親しい仲間と出した雑誌を思い出しました。

君の書いた「黒人兵への挽歌」という詩を読み返しました。あの当時、世の中はミニからパンタロンへ、「カップヌードル」や「サッポロ一番」が売り出された時で、小柳ルミ子の「わたしの城下町」がヒットしていました。世界的にはアポロ14号が月面着陸という時代でした。しかし哀しいかなベトナム戦争は泥沼化していました。君は、その時代の空気を「黒人兵への挽歌」という、戦争が早く終わる願いを込めた詩を書いています。五〇年近く前のことです。とてもいい詩でした。

ところで、祭壇には満開の桜に囲まれた君がいます。見事に咲いた桜は、人生を全うした君の姿にダブります、そして良寛和尚の辞世の歌「散る桜残る桜も散る桜」を思い出させます。桜は人生の花と言っていいかもしれません。葉桜になっても蔭を作って人を休ませてくれます。

それにしても、これから君の大きな笑い声を聞くことができません。食通の君の味の論評も聴けなくなりました。営業マンだった現職の頃の世界を飛び回った話も訊けなくなりました。しかし、君のこれまでの行動は、多くの人々の記憶の襞に刻まれ、いい思い出として残っていくことと思います。

君の懸命に生きてきた姿を、人は、決して忘れません。どうか、安らかにお眠りください。東京の松清にも伝えました。村上、永い間、ありがとう。

（2017・4）

15 人を繋ぐ歌の力

平成一六年（二〇〇四）秋、福岡県行橋市で初の催しとして「第一九回国民文化祭連歌大会」が開かれた。連歌は、二人以上の者がいて言の葉を交わし、人間の調和や理解を深めるといわれる。かつては、ごく普通に「座」が開かれる日本独自の日常にある文化だった。

和歌から派生した詩歌の一形態の「連歌」は五・七・五と七・七の長短句を式目（ルール）に沿って交互に詠み継ぎ、百韻（百句）を基本に世吉《よよし》（四四句）、歌仙（三六句）などがある。連歌大会の懇親会では、八並《やつなみ》康一行橋市長が歓迎挨拶の中で、即興一句を詠んだ。その「発句」に付けて参加者がそれぞれ詠み継いでいくことになり、半世吉（二二句）が巻かれた。

初折

表一　歌人の集ひし宵や冬立ちぬ　康一（八並）
二　ゆく橋々に華や咲くらむ　あき子（馬場）
三　水の上にまた来む年と舟出して　和伸（光田）
四　帆をあげて待つ潮の満ち干を　忠夫（島津）
五　はるかなる旅のはたての風乾き　紅舟（筒井）
六　星の彼方にしのぶ故郷　裕雄（鶴崎）
七　ひとすぢの月の光をしるべとし　宜博（有川）
八　弦の響きに虫の声々　正謹（藤江）

初折

裏一　うつすらと紅葉づる木々は山裾に　美代子（恒成）
二　飛び石づたひ露しとどなり　賤（前田）
三　とりどりのワインを寄せて待てる君　東三子（安藤）
四　酔ひごこちして恋つのらする　ともこ（松清）
五　文を読むむかしを思ふ夏の宵　秀樹（小川）
六　涼しき風のふと閨に入り　大輔（田島）
七　いづこより蛍の一つ飛び来たる　淳（黒岩）
八　ささめ聞こゆる谷川の音　みえ子（筒井）
九　しんしんと雪降りしきる旅枕　てるこ（門田）
十　枯落葉敷く月影の道　真子（高辻）
十一　待ちゐれば行く方知れず風の過ぐ　安民（高辻）
十二　のどけき光土匂ひ立つ　良哲（今居）
十三　想ひ出の花は幾重に輝きて　安仁（高辻）
十四　故里しのぶ麗らかな春　文晤（徳永）

連歌は筑波の道。人をおもう心が人と人を結ぶ。国文祭連歌で人をつなぐ歌の力を見た。

（2017・4）

福岡県行橋市の須佐神社に全国で唯一、享禄三年（一五三〇）から欠年なく連綿と伝わる奉納連歌が遺っている。連歌は、二人以上の者が言の葉を交わし、人と人との理解や調和を深めるもので、発句に脇句がついて第三、四と平句が続き、挙句で終わる。

連歌はいろんな場所で、ごく普通に五七五、七七が交互に詠み継がれる日本独自の日常文化だった。

連歌形式は、千句、百韻（百句）、世吉（四四句）、歌仙（三六句）などがあり、自然や世相、季節の森羅万象を式目（ルール）に沿って詠む座の文芸といわれる。

室町時代に形式の定まった〝雅な連歌〟の継承をと、昭和四〇年（一九六五）に須佐神社宮司の故高辻安親宗匠を中心に、連歌愛好家による「月並例会」が発足した。

それが「今井祇園連歌の会」に発展するのだが、会では一日で百句を詠む「百韻連歌」を復活させるなど時代の流れに合わせ、積極的な普及活動をすすめ、新規会員を増やした。定期的にメンバーが集まり、式目に沿って大和言葉を基本に歌詠みが続けられた。

高辻宮司亡き後、有川宜博さんが宗匠。そして前田賤さんが引き継ぎ、会長を門田テル子さんが務め、上畑ヨシ子さん、猪本泰子さん、白石君子さんへと続いてきた。

16――葬儀で詠まれた連歌

会員も三〇名近くになった。

平成二九年（二〇一七）四月、門田テル子さん（八四）が亡くなった。葬儀では、温和な人柄の「テル子様を偲んで連歌を手向けたく存じます」と申し述べ、宗匠の発句に歴代会長が続き、須佐神社の有坂千嘉子さんが継いだ「表五句」が読み上げられた。

風光り言の葉満てる門田かな　賤
都忘れに偲ぶ面影　ヨシ子
いつしかに里廻遠きのかぎろひて　泰子
西の方へと旅立つ朝　君子
山の端に大いなる月かたぶきぬ　千嘉子

葬儀では、時折、弔句や弔歌が供えられるが、連歌が詠まれるのは珍しいだろう。さすが「連歌の里」といわれるだけの土地柄である。最近、連歌座で出した句が宗匠の捌きで採択され、懐紙に記録されていく若い「連衆《れんじゅ》」の視線も熱くなってきた。

さらに「子ども連歌の会」も生まれ、歌を詠む層も厚くなり、各地で〝連歌師〟の活躍が見られる。

（２０１７・４）

17　農民詩人・定村比呂志

二〇一七年夏、福岡県行橋市の「第一五回声の読書――子ども朗読大賞」で農民詩人の定村比呂志の詩が朗読される。これまでの朗読は、金子みすゞや谷川俊太郎、吉野弘などだったが、郷土で詩を紡いだ人がいるのではと、詩集『廃園の血脈』の著者・定村比呂志（本名・浩、一九一二〜六八）を探し当て、一五周年記念大賞の開催になるようだ。

定村は、自作農で養鶏、養蚕を営む行橋市下稗田の農家の長男として生まれた。豊津中（現育徳館高）を出て大学へ進学するが、翌年、病気のため中退、帰郷。中学の先輩・堺利彦らの文芸運動に参画していたが、「彼等の矛盾を悟って」離脱し「農民自治主義」への道を歩き始め、「静かに農村を視察する時、農民を幸福にするものは、農民それ自身であるといふ平凡なる真理を発見しました」と友に書簡を送っている。

彼の詩法は「甚だプロレタリア詩的である」という。唯一の詩集タイトルにしている「廃園の血脈」を見る。

もの言はぬ壁は　ゆがんで、くろこげ臭い　灰色の屋根は　どろ深い、奈落の底をおもはせる　でこぼこの石塊道に　石炭をまいた娘の脳髄は（略）墓標の影では、ぼろぼろの骸骨人形が　かつ裂かれた透明な肋骨をしゃぶりながら　くろぐろとのさばった平原に踊り　歴史の車輪は、濛塵をくぐって疾駆する　蒼ざめた月は、のぼりのぼり　やみほほけた気狂ひ犬は吠えわめく　なまなましい黒血の汚点をたらしたやうに地平線は、どろどろと燃えてゐる　――荒涼寂寥とした村の真夜中　俺は、くされゆく廃園のかたすみで　ひきつゝた大地に合掌しながら　巨大な、骨ばかりの手がたくましくひろげた指で、なにか獲物を求めつゝ　大地の鑛を探ってゐんのをみる

詩人・評論家の松永伍一は『日本農民詩史』などに彼を取り上げ「万事につき『自由がなければ』というのが定村氏の理想であり、バック・ボーンであったようである」と記す。また小正路淑泰《としやす》は「農民詩人・定村比呂志の軌跡」で「単に変質や後退というものではなく『農民の解放は農民自身の手で遂行しなければならない』という『農民自治主義』が一貫していたのである」と指摘する。定村は昭和二五年（一九五〇）郷土の稗田小学校の校歌を友と作詞している。ただ独特な詩の難しさはあるかもしれないが、農民らの奥底に眠る〝命の言葉〟を詠み続けた彼を朗読の世界に呼び込むことの意義は大きい。

（2017・4）

幕末から明治にかけての時代変化は混乱の連続だった。新政府の「秩禄処分《ちつろく》」や「廃刀令」は武士には厳しい制度であり、全国で士族を中心とした「乱」が頻発した。一八七四年（明治七）二月、江藤新平や島義勇《よしたけ》らによる「佐賀の乱」を皮切りに、一八七六年一〇月二四日、太田黒伴雄《ともお》を中心とした二〇〇名ほどの集団が県庁を襲撃、知事や司令官などに重傷を負わせる「熊本・神風連の乱」が起きた。一〇月二七日には宮崎車之助ら四〇〇名が神風連に続けと起こした「福岡・秋月の乱」へ発展。翌日には前原一誠ら五〇〇名が蜂起、政府軍と戦闘を交える「山口・萩の乱」へと続いた。この混乱が、七七年二月の西郷隆盛を盟主とする「鹿児島・西南の役」へと移ってゆくことになる。いずれも「反乱軍」として鎮台兵によって制圧される。

熊本の神風連に呼応して秋月藩の「秋月党」が挙兵、警察官を殺害（日本で初めての警官殉職）後、同時決起取り付けのため、豊津に向かう、が「決起しない方針」を固めて首謀者の杉生十郎らを監禁していた豊津藩。そこへ東郷平八郎とともに「聖将」と呼ばれる乃木希典率いる小倉鎮台が到着、凄絶な戦闘が展開された。秋月党は一七名の戦死者を出し、敗退、解散へと追い込まれた。

18　豊津の俠客・明石千代吉

その混乱の渦に「義」に徹した豊津の俠客・明石千代吉（一八一九～九二）が登場する。

明石は、悲運の秋月党に同情し、豊津の台ケ原で戦闘中の秋月戦士に飯を配って回った。また、負傷し苦しむ戦士を光冨の山崎平馬、深野の蔵内次郎作、節丸の進宗太郎三人の若者らと謀って匿った。賊徒には厳しい官憲の追及の手が伸びているにも拘らず、お咎め覚悟で悲運戦士を日田に移し、秋月に帰したという。

また彼は秋月の戦没者遺族が遺髪を納めに来た時、寺の住職と手厚い援助を与え、一六戦死者の甲塚墓地への埋葬や建墓などに奔走、大きな力を尽くした。幾つものエピソードを残す明石は、明治四年の「散髪令」には自慢のチョンマゲを切らずに反抗を続ける一方、明治六年の「種痘」実施には理解を示し、自宅を種痘所に提供したという。彼は「小兵だが謹厳実直、人をなれなれしく近づけない反面、心優しく涙もろい人物だった」という。そのような「義の心」で人を救った真の任侠道を歩んだ人物を、たとえ俠客であったとしても正しく評価して「町史」に記録する意義は深い。

彼は、今、豊津の浄土寺の墓に眠る。

（２０１７・５）

19 庭園と金唐、煎茶の旧蔵内邸

福岡県築上町の城井谷にある国指定名勝「旧蔵内邸」を訪ねた。平成二七年（二〇一五）に邸宅と庭園が国指定に。翌年、参道と神社、銅像広場が加わり一万三七六三平方メートルが指定面積となった。迎賓館としての邸宅は、一二畳の大玄関、一〇畳二室の座敷、仏間、茶室、一八畳二室の大広間などが庭に面して巧みに配置され、造りは屋久杉を使った弓形天井、繊細な組子や蓮欄間など贅を尽した大邸宅は延床面積一二五〇平方メートルを誇る。

旧蔵内邸は、明治から昭和初期まで筑豊や大分を中心に炭鉱、鉱山を経営した蔵内次郎作（一八四七～一九二三）、保房、治郎兵衛、蔵内家三代の本家住宅。邸宅は明治三八年（一九〇五）から大正五年（一九一六）頃までに建てられたといわれる。

邸宅の豪華さはもちろんだが、用水路から水を引く池の護岸石組は突出する景石（鶴首石と亀頭石）に二つの枯滝石組を並列させるなど池庭《ちにわ》庭園として見事な景を見せている。季節の花がちら、姿見の木がほら、するなど、心を洗う。

仏間の壁紙には西洋の装飾革工芸を和紙で模した金唐《きんから》革紙《かわし》が貼られている。金唐は江戸時代、オランダ貿易を通して日本にもたらされ、明治政府の社交場の鹿鳴館や国会議事堂など公共の建物に用いられたが、個人の住宅に使われるのは珍しいようだ。蔵内邸の金唐は、花柄模様も大振りで大胆な構図。花弁に錫箔を貼り、ワニスを塗る精巧なもので、今、時を重ね、くすんでいるが当時の鮮やかなエンジを思い起こさせる。

また館内では、お菓子と煎茶が振る舞われる。わび・さびの抹茶に対して風流の煎茶は、江戸時代初期、京都で黄檗《おうばく》宗を開いた隠元《いんげん》が開祖。茶道の形式化への反発で、形にとらわれずに煎茶を嗜みながらの清談は「煎茶趣味」として文人の間で広まった。その煎茶道を求めた城井谷六百年の豊前宇都宮家盟主らの流れを汲む蔵内家は、庭園や建物に煎茶文化の美的意匠が施され、保房時代には江戸の文人画家・田能村竹田の書画蒐集がなされた。茶室からの滝石組の眺めは山水画の風情を醸し出す。

抹茶を好まず煎茶に趣いた宇都宮は住民らに茶の栽培をすすめた。蔵内邸は煎茶様式の建築といわれる。

城井の里では、今も煎茶の心を残し、旧蔵内邸での「煎茶教室」には多くの参加者があると聞く。伝える心あらば引き継ぐ心あり、時を超えた里の心は永遠だな、と、春の日、庭園と金唐、煎茶の旧蔵内邸を巡って思った。

（2017・5）

20　京築の「楽打」を調べた

福岡県の京築地域（二市五町）は子どもの「楽打《がくうち》」が盛んで「福岡民俗芸能ライブラリー」には県内一八の内、京築には一一の記録があった。

▼行橋市【下検地楽《しもけんじがく》―王埜《おうの》八幡神社】江戸時代から五穀豊穣などを願い、古式豊かな優雅な舞いは、二列形式で鉦《かね》、太鼓を打ち鳴らす。頭に鶏の羽根を飾る「ニワトリ楽」ともいう。【入覚念仏楽―五社八幡神社】寛政元年（一七八九）諸願成就などを願い「ヤイッ」の掛け声で隣の人と入れ替って鉦を打ち、太鼓は回転して叩く。寺にも奉納するのが特徴。

▼豊前市【豊前感応楽―大富神社】天平一三年（七四一）開始で、現在はお田植祭と結びついての大祭典。天下泰平などを願い「幣」を中に円陣で団扇、中楽、鐘打が撞木を叩く。【豊前楽―角田八幡神社】貞観六年（八六四）無病息災などを願う田楽芸能で、二年に一度の奉納とされる。青年男子から子ども楽へと変化、田遊びの内容の舞いといわれる。

▼みやこ町【黒田楽―黒田神社】元禄八年（一六九五）悪疫退散などを願い、鶏を真似た楽を奉納。車座で踊り「エイ、ヤア、トゥ」の掛け声で杖を打ち合う。大団扇の楽師が先導。【山王楽―豊津神社】寛文一一年（一六七一）から一二支一二家で祭りを行い牛馬安全など願う。神輿《みこし》のお立ちとお着きに奏する楽で、鉦二、太鼓一〇が神殿に向かい六名で並列。【豊国楽―下伊良原・高木神社】延享四年（一七四七）家内安全などを願い、華麗な衣装の雅な舞いの子ども楽。楽中に「治まるや風も静かに豊国の」などの楽歌が詠まれる。【万葉楽―上伊良原・高木神社】江戸中期から天下泰平などを願い、神幸祭の先導役を果たす楽打で「楽は天の岩戸の神遊び」などの神歌が唄われる。青年楽から子供楽になった。

▼築上町【岩戸楽―岩戸見神社】鎌倉時代から宇都宮氏神への豊作祈願などの奉納楽。子どもの鉦打や締太鼓が、円陣を組みながら舞う中で、大人囃子は笛と口上を奏上する。【高塚楽―綱敷天満宮】昌泰四年（九〇一）菅原道真が大宰府に左遷、暴風雨で椎田浜漂着の折、もてなした。白装束に幣と五色の飾りをつけ「南無阿弥陀仏」を唱えて舞う念仏楽。【安武楽―満田神社】寛文二年（一六六二）疫病敗退を祈願。「杖つき」で神域を清め、大小の鉦のリズムに締太鼓を叩き、舞い、拍子を取って「ナンマイザンブ」と言い踊る。

　地域の「楽」の鉦や太鼓に笛の音が、古《いにしえ》を甦らせる。

（２０１７・５）

21　珍しや『史劇大橋太郎』

明治二二年（一八八九）町村制施行による福岡県京都郡の行事、大橋、宮市三村合併で、行事の「行」大橋の「橋」を合わせて「行橋町」ができた。大橋の名に由来する田中巳之助『史劇 大橋太郎』（昭和七年刊）を読んだ。

珍しや、こんなものがあったのか、の感慨だ。

史劇大橋太郎（三幕三場）の「作意」の書き出しは「鎌倉幕府草創のはじめ、西海の平族譜代恩顧のもの等、どうにかして源氏を覆へし、再び平家の世に為さんものと、密謀をめぐらし（略）潜かに徒党をつくりつゝあッたのを、鎌倉方早くも探知して、先ずその張本人ともいふべき筑後守平ノ通貞、即ち本編の主人公大橋太郎を召取て、之を鎌倉に送り、きびしく糾弾の上、由比ヶ浜なる土の牢に幽し（略）一二ヶ年の長きに及んだ。頼朝はこの大橋太郎を憎むこと甚だしく（略）」と記す。大橋が囚われた時、妻は身籠っていた。月みちて生まれた一妙麿は、父なし児として辛い日々を送ったが、幕府に拘禁された父の生死を求めて一二歳で旅に出た。彼は「千辛万苦を嘗め尽くし、野に伏し山に寝ね、日数かさねて鎌倉へ」着き、鶴ヶ岡八幡宮の社前で「父存在ならば逢はさせたまへ」と祈願、法華経の朗誦は「微妙にして金鈴を鳴らすが如く」の声。それを頼朝の室政子が聴き、侍女に問わしめると「父を尋ねて九州より」との事。政子は館に還り、仔細を告げた。頼朝は「幼にして孝心の深きに感じ」父と一妙麿とを会わせ、父の「罪を宥した上、本領安堵の下知文」を下し、父子相連れだって帰郷したという。

日蓮上人ご遺文の「南条鈔」に因る叙述を脚色した「史劇」といわれる。ドラマの終盤部分を抄録する。

政子「妾の計らひとは申せ、此兒の孝心が致す天の感応（略）」

大橋「（略）平家再興など申ス事は、つまり浮世の夢（略）少年ながら愚息の手引に（略）源家を怨む心もなく、平家に執する念慮も消えて（略）吾兒の照らした燈に、無明の闇もツィ晴れて。筑紫の海も鎌倉も、水は一器の四海波（略）」

頼朝「それでよいよい。そちも明るく世に出られ、予の心も冴えた。久しい夢の源平争奪、悟ッた眼からは、兒戯も同然ぢゃ」

大橋「怨みに報ゆるに恩を以てすの金言。今のあたりに拝して、天にも昇る歓び」

行橋市の大橋神社境内には、巨大な「大橋太郎碑」（大正一四年建立）が屹立している。

（2017・5）

もう時効だろうから記憶をたどって記録しておこう。

短歌や俳句の世界は疎《うと》いのだが、昭和五四年（一九七九）郷土の女流俳人・竹下しづの女（福岡県行橋市中川生まれ）の句碑建立に関わった時のことだ。一一月三日、秋晴れのいい天気の日だった。句碑除幕後、地元の稗田小学校講堂で「句碑建立記念俳句大会」が開かれた。公募により寄せられた一三一七句の「応募句」の表彰と当日「嘱目句」選など、多くの俳句愛好家参加のもと、地方では珍しい〝大俳句大会〟が賑やかに進行した。

私は期成会の事務局をしていたが、俳句作法は判らないので「みやこ俳句会」の黒田としおさんらに一括委任、句会を仕切って頂く。何十年もの句づくりのベテランばかりだ。応募句が事務局に次々届く中、黒田さんが「あんたも出さにゃ」と、ど素人の俳句づくりを誘う。そばの林田鬼紅さん、有松清圓さんもそれに合わせ微笑んで催促。やってみるか、で昼食時、弁当を食べながら、まさに瞬間芸で「ひらがな」で三句作り、関係者には知られぬよう、即席ペンネーム「北田洋《きただよう》」で応募した。

応募句表彰は、特選三、秀逸七、佳作二〇句。選者は大野林火、小原菁々子《せいせいし》、桂信子、金子兜太《とうた》、香西照雄、出沢珊太郎、平畑静塔、山口誓子《せいし》、横山白虹《はっこう》、横山房子、

22 ——— ど素人の俳句づくり

地元選者四名、それぞれの選に表彰状が贈られた。

各選者からの結果が事務局に届く。俳壇で活躍される方々の選に、皆、悲喜交々だった。


隠岐わたる隠岐には隠岐の雲の峰　有松清圓（大野林火特選）

掬わねばこぼるる手話よ星月夜　黒田としお（平畑静塔特選）

午前午後一発だけの威銃　黒田としお（山口誓子特選）

選者選の整理をしていた林田鬼紅さんが、自作の「曼珠沙華野より帰りて菜焦がす」が金子兜太秀逸に選ばれているのに気づき「バンザイ」と両手を挙げた。

それを見ていた黒田さんが「あんたの作品のことは黙っとった方がいい」と私に耳打ちした。なるほど俳句歴何十年の長い者に、正直「昼弁」食べながら初めての作句が「特選」とは言えない。


しらさぎのおりてなくそばひがんばな　北田　洋（金子兜太特選）

今、ほとんどが鬼籍。祝電「ニョニンコウマイクヒタカキユエソラハレテ　兜太」の金子さんは元気だ。

（２０１７・５）

23 ――――――――――――――― “土のことば”を楽しむ

須佐神社・大祖大神社（福岡県行橋市）の故高辻安親宮司は博学の人だった。

全国で唯一同神社に伝わる「連歌」の普及に努めるとともに、郷土文化の隆盛を支えた人だった。宮司のいう「先人たちが言い始め、次第にこの地方共通」になった〝土のことば〟を楽しんでみる。

そろそろいっても田は濁る（せっかちに物事を進めなくてよい）、イナゴがトウシャクけっとばす（人一人の力で大きなものは動かない）、うまい物は宵に食えいうこたぁ朝いえ（自分の得になることはすぐ、相手のあることはよくよく考えて）、あつ田も千石うす田も千石（稲を多く植えても、少なくても収穫はそんなに変わらない）、山行きつんなやオウコをかたぐる（山へは皆一緒に天秤棒〈オウコ〉を担いで行く）、岩に尾を振らす（自説を通すためにひとこと多い強弁）、ゆんべ来た嫁女（かつて花嫁は夜、ちょうちんを提げて来ていた）、雁がとべばヒョウタンも羽づくろい（身の程知らずに他人の真似をする）、額から糞が出る（あまりにも突飛な話に驚いて発する）、ヘラうつヘラうたん（話の相手をするしないで、同意・承知するしないに使う）、クソ袋はコエ負けせん（糞、肥は同じ。農民の土性骨を反映した言葉）、投げて八間（曖昧で大ざっぱな数値）、ムカデにワラジはかす（煩わしさと当面の用に間に合わない）、にのうて一荷（双方ともの意見は同じ）、心急げば鍋たぎらず（慌てず騒がず、心ゆっくりが必要）、戸板のヘコかいて川の瀬のぼる（思い一念であえてやる）、手がつかんノー生立《おいたつ》のコマ犬ンゴタアル（みやこ町・生立神社の狛犬は前足を虚空にあげた状態。難事に直面しての言葉）、ジキよりコトバ（食事よりも言葉が大事）、まかせ米はかみにくい（物事は任せられるとやりにくい）、朝草と嫁のまったはない（朝の草は露のあるうち、嫁も「いい」時に取り入れねば万事手遅れ）、スッテンくらわす（転ぶスッテンコロリ、無くなるスッテンテン、人の心が転んだり転ばされたり）、モーズのゴタアル（モーズは鵙《もず》。モノ忘れのいいこと）、牛ん糞は段段（人柄や人の考えは千差万別）、アゼはしり（たいしたことのない脇役）、ヘーゼオージョウ（平素の行いで人物のマイナス評価に限って使う）、撃たれた雀（きょろきょろ落ち着きのない人間）などが並んでいる。

さりげない生活の中から頓智の利いた言葉が生まれる。土着の喋りだから素直に心に響く。

時を重ね「そうか」、人から人に「なるほど」と、〝土のことば〟は里の財産になる。

（2017・5）

24 思い出す…ゆくはし点描

昭和五四年（一九七九）は、福岡県行橋市にとってのターニングポイントといえる。

市制二五周年、その年の六月三〇日、降り始めからの雨が六〇〇ミリの集中豪雨で未曾有の水害に見舞われた。ＮＨＫ「ニュースセンター９」では、空からの水浸しの街の映像が流れ、大平正芳内閣の話題よりも先のトップニュースになった。海外にも伝わった。河川の氾濫はもちろん橋の崩壊など被害総額は三〇億円を超すと言われ、「激甚災害」指定を受けて復旧がなされた。

その年の「市報ゆくはし」表紙は、市内在住画家による市内風景のスナップで「ゆくはし点描」だった。

さりげない景色の特色ある絵が続いた。画のタイトルと画家を追う。

▼八景山からひらけゆく行橋：進徹（下正路）▼水と電気のある景色：中野紀三郎（門樋上町）▼汽笛一声にぎやか駅前通り：原田雅兆（錦町）▼明治の香り漂う行橋機関区：和藤良一（田町）▼先人の足跡ふりかえろう千間土堤：田中堆賀（緑町）▼春に凪ぐ沓尾海岸：藤田宗助（田町）▼その昔、蓑島は九州の玄関：米谷政敏（下正路）▼異国情緒ただよう新田原教会：有益虎威（高瀬）▼歴史を秘めた馬ケ岳：田中修生（天生田）▼謎にみちた御所ケ谷・神籠石：増田信敏（田町）▼貿易川として栄えた長峡川：安藤泰博（宮市）▼ここは農家の知恵の元・農事試験場：城戸好保（辻垣）▼みどり濃い歴史の森・須佐神社：船越達雄（福富）▼文久干拓の松並木：山田洋子（祇園町）▼幕末の教育しのぶ水哉園塾跡：米谷竜（高瀬）▼全山針葉樹林にして山頂露岩あり幸山：中江深雪（高瀬）▼ふるさとの山と川とまち：桑野青晃（行事本町）▼白い砂浜・長井の浜：笹田正博（行事京町）▼ふるさとの川・今川：柴田正秋（福富）▼美しい水を送る・矢留浄水場：柏木秀樹（流末）▼卯祭りがおわると新しい年・祓川：乗松紅（辻垣）▼隆盛を偲ばせる飴屋冠木門：池尾孝章（植田町）

表紙絵は月二回だが「6・30水害」の被害掲載などで二二回だった。描かれた景色を振り返れば、今、ほとんどが変化しており、時の流れを実感する。

そういえば、石橋が流され崩壊。秋、川底に沈んだ大きな御影石が引き揚げられて女流俳人「竹下しづの女句碑」前の小川に架けられたのを思い出す。現在、名所の一つに災害を語る〝証〟がひっそりと残されているのを知る人はいない。

（２０１７・５）

25　日本ワインのルーツを探す

歴史にはまだまだ隠れた真実が眠っているようだ。雑誌『BRUTUS』（二〇一五年一〇月一五日号）を見て驚いた。特集「世界に挑戦できる日本ワインを探せ！」の中に「日本ワインの醸造は細川忠興によって始まった！」があり、細川家一八代当主・細川護熙さんのインタビューに「ブドウを栽培した具体的な場所が、現在の住所でいうと福岡県京都郡みやこ町の旧大村だったことがわかった」とある。まさか、日本ワインのルーツがみやこ町だった、となると、まさに地域おこしには格好の素材になる。そこでルーツを探す。

　日本ワインの歴史を繙くと、古くからブドウ栽培が盛んだった山梨甲府の山田宥教《ひろのり》と詫間憲久が、書物や来日外国人からの伝授で明治三年（一八七〇）頃にワイン醸造が試みられたのが最初だといわれ、明治一〇年には土屋龍憲と高野正誠《まさなり》がフランスに渡って醸造技術を学んで帰国後、ワイン造りに力が注がれた——この解説が一般的だった。だが平成二年（一九九〇）刊行の永青文庫（熊本藩主細川家伝来の美術品、歴史資料、蒐集品などの展示・研究を行う）の「日帳」（『福岡県史』収録）古文書から日本ワインの歴史を覆す記述が確認された。江戸時代初期で三代将軍徳川家光治世下、細川家が小倉藩を治めていた時の記録からだ。寛永五年（一六二八）から七年の細川小倉藩「日帳」に見えるぶどう酒製造に関する記述を抄録する。眠っていた資料である。藩の〝ワイン奉行〟もいたようである。

　寛永五年九月十五日　上田太郎右衛門ニ、中津郡ニてぶどう酒被成御作候手伝ニ、御鉄炮友田二郎兵衛与中村源丞遣候、御郡ニて、がらミ薪ノちんとして、五匁・銭五貫文ヲ遣候（略）右之さけ作ならひ候へと申付遣、今度ハ江戸へ上田忠蔵被召連候（略）

　寛永六年十月朔日　上田太郎右衛門尉、ふたう酒弐樽被仕上候、手伝ニハ、竹内与谷口次左衛門尉と申者也、中津郡より今晩持せ来候事。

　寛永七年四月十四日　歩之御小性海田半兵衛登城にて被申候は、今度ぶどう酒の御奉行に、高並権平被仰付候へとも、まへかとより拙者仕つけ申候（略）

藩庁記録「日帳」にワインの原料は〝がらミ〟とある。がらミは緑色の葉に覆われ見つけにくい、山ぶどうに似た野の果実。実は黒色で中は濃いワイン色、皮と実は甘酸っぱい優しい味という。みやこの里で、ワインの原点〝がらミワイン〟の再興を願うばかりだ。

（２０１７・５）

26　小倉城内の「筆塚」への思い

北九州市の小倉城が復元再建されたのは昭和三四年（一九五九）。その後、文運隆盛の地を再びと、多くの関係者によって小倉城内に「茶筅塚《ちゃせん》」が建ち「花塚」が建立された。当初から茶と花、それに書の三塚を計画。最後の「筆塚」が昭和四〇年に完成した。

小倉城内の「筆塚」は書神と呼ばれる書家とのつながりある碑で、特別な思いが込められている。

二文字「筆塚」の刻字はどっかと太くて雄渾。碑石は、豊前市の岩岳川上流のものといわれ、七つの大石が配置、台石一〇トンの上に四・五メートルの巨岩が立つ。碑面には、小笠原藩の名書家・下枝董村《しもえだとうそん》（一八〇七〜八五）の筆跡から「筆」と「塚」の二文字が探し出され、力強い字が刻まれている。石工は高田正応。碑は樹木に囲まれ落ち着いた雰囲気の景色の中にある。

毎年の「筆塚まつり」では、碑前で古くなった筆が集められ、感謝を込めて焼却、心新たな書の道への、上達祈願の神事が行われる。

下枝董村は、文化四年（一八〇七）小倉城下で生まれた。母は菅原神社に詣でて我が子を「武芸者とならざれば、能書家とならせたまえ」と祈った。彼は七歳で書法を学び、毎朝三千字を習うことを目標とし日々精進。慶応二年（一八六六）の豊長戦争（小笠原藩と長州藩との戦い）では、肥後に逃れる際も日課の習いは怠らなかったといわれる。祖先は六孫王（源）経基に始まり、小笠原家とは親戚にあたる。書に非凡な才能を発揮していった彼は小笠原の家臣となり、藩主の手習い師範を務めた。名は道彦、字（別号）は精研で、号の「董」は崇拝する中国明時代の「董其昌」に因る。書に徹した暮らしだった。

小倉城炎上の後、董村は福岡県京都郡木井馬場（現みやこ町）の鄙の山村に隠れ住み、日々を送った。山深い里では、筆や墨、紙の入手は困難で、藁や蔓で筆を作り、里を流れる祓川の水を墨とし、川原に転がる乾いた大石を紙とした。自然の中で書の研鑽をすすめた。その姿を見守る村人は、いつしか彼を〝現人神〟として崇めるようになった。そして柿木原山中の巨岩に鏡を嵌めこみ、傍らに「天雷彦命　俗名下枝董村　明治十五年八月二日」の小さな石柱を立て、生前墓が造られた。今〝雨乞いの神〟としても祀られ「鏡岩」と呼ばれている。

平成元年（一九八九）柿木原の古老らの手で董村由来の〝かずら筆〟が百年を超えて復活。自然が生んだ筆の魅力は尽きない。そんな書神の「筆塚」二文字が輝く。

（２０１７・６）

27 コンニャクででも字は書ける

一〇八の文に一〇八の筆で各々一字を揮毫した書家（棚田看山）との共著『田舎日記・一文一筆』（二〇一四年、花乱社）を刊行した。本の帯に編集長が「コンニャクででも字は書ける」のコピーを付けた。随想の一文にコンニャクで「戦」の字を揮毫している。友曰く「何であれ、墨をつければ全て筆になる」そうで、筆の毛質が羊や鼬《いたち》、猫、猿、馬、豚、猪、竹、藁、胎毛、人毛、蔓、芒《すすき》などでの揮毫は、それぞれに独特な味わいを魅せる。

蒟蒻《こんにゃく》はサトイモ科の多年草で原産地はインドシナ半島。日本渡来は縄文説などあるが、平安時代の辞書『和名類聚抄』（九三〇年代）に「蒟蒻、其の根は白く、灰汁をもって煮れば、すなわち凝成す。苦酒（酢）をもってひたし、これを食す」とあるのが最古の記述といわれる。

また『拾遺和歌集』（一〇〇六年頃）には「野を見れば春めきにけり青葛こにやくままし若菜摘むべく」の歌も見える。こうした蒟蒻の歴史を振り返ると、鎌倉時代は味噌で煮て間食、室町では軽食、戦国になると豆腐などと食用するとあり、庶民へ広く浸透したのは江戸時代のようだ。俳人の松尾芭蕉も「こにやくの刺身も些《すこ》し梅の花」と詠む。

蒟蒻療法もあるようで「精根つきた」ならば、だいコン、れんコン、コンぶ、コンにゃくなど「コン」のつくものを食べると良い、との伝えあり『和漢三才図会』には「俗にいう、こんにゃくは腹中の土砂を下ろし、男子最も益あり」と難病に効くといわれ、諸国の大名が蒟蒻芋を領地に広めた。水戸藩では、武士の商法として蒟蒻栽培が広く奨励され、中島藤右衛門が「蒟蒻芋を乾燥して粉にすることを考案」し、生芋の貯蔵・輸送が簡単になり、各地に売り出され蒟蒻産業の礎が築かれた。蒟蒻は、食べると体内の砂が出る「砂払い」といわれ、千年を超えて伝わる食材として親しまれている。

しぐるるやこんにゃく冷えて臍の上　　正岡子規

旅を来てかすかに心の澄むものは
一樹のかげの蒟蒻ぐさのたま　　斎藤茂吉

上州よこんにゃくを自慢するなかれ
日本中どこにもうまいのがある　　土屋文明

第二次世界大戦中、蒟蒻が食卓から一時、消えた。日本陸軍が和紙と粘度の強い蒟蒻糊で気球を作った。蒟蒻芋が軍需品となった。気球は爆弾を積んだ兵器としてジエット気流に乗って米国に飛ぶ風船爆弾となった。

今、ローカロリーの蒟蒻料理はブームのようだ。

（２０１７・６）

28　絶壁に内尾のお薬師さん

作家・森崎和江『草の上の舞踏』に「（略）ここは福岡県にある内尾山宝蔵院相円寺という、俗に内尾薬師。朝鮮人のおばあさんが（略）」の随想に魅かれ、苅田町の殿川ダム奥にある全山巌石の絶壁に鎮座する「内尾のお薬師さん」を四〇年前に訪ねたことを思い出す。当時、寺の春祭りでは「半島の人は、朝鮮も韓国もありません。草の上で踊りを踊り、舞を舞う、苦労を忘れ、無心になって舞を踊るんです」と、勝尾明道大僧正は語った。

二〇一七年六月、静かなダム湖面を見ながらダム脇参道を内尾薬師に向かった。木漏れ日を浴びる急峻な石段は昔を甦らせる。二百五十余段の中腹に勝尾拓明（六二）僧正の家があり、さらに細い石段が続く。と、ぽっかりと開く二つの鍾乳洞広場。そこには巨大な薬師如来坐像（二・七二メートル）が座る。豊前小倉藩二代藩主・小笠原忠雄《ただたか》は、貞享四年（一六八七）雨ざらしの野仏を守る命令を出し堂を建立した。社には三階菱の印あり。

木像坐像は、楠の寄木造りで国東の仏教文化の流れを汲む。奈良時代の僧・行基作と伝わり県指定彫刻文化財（昭和三二年）となっている。仏に手を合わせ、洞を抜けると、突然、内野という広場がひらける。木立から青空がのぞき、さわやかな風が吹く、一つの聖地のようだ。

その広場には「民族的にしたしんだ神の祭りが、このにほんでも行われていることを知り、救われたおもいがする」と親しまれ「アリランのなんとはるかなおもいのこもった」舞が舞われる春祭りがあった。

ところで天台宗の相円寺が、朝鮮半島の人々の参拝の地になったのは、拓明僧正の祖父（日司）時代といわれるが、民族が一つになって異国の地で舞った踊りは、今、その姿を見ることはない。ただ、時代が変わっても夏の大祭（七月二三日）などでのお参りは、北も南もなく、親、子、孫の家族団欒は変わらない。

森崎は「（略）私たちのうたは、まだ生まれていないんだな、と私は思う。私たちいまここにいる、朝鮮半島の北を故国とした人や、南を故国とした人や、日本の国籍を取った人や、そしてその子も孫もおやこさんに遊びに来るだろうと予定している人たちや、そして私たちにほんの女などが一緒に想いをこめてうたえる（略）」うたを捜し「（略）わたしはほがらかじゃろ。人は、あんたくろうないね、いうよ、わたしのこころ、くろうのやまよ、くろうのかわよ、アイゴ（略）」と記し、あかるい老婆になることを願って筆を擱く。

（２０１７・６）

29 ——河村光陽のふるさとで……

電車で手を振る姿があると「グッドバイ」のメロディーが思い出される。
この作品は昭和九年（一九三四）佐藤義美作詞で、河村光陽が作曲家として世に認められた曲である。
グッド　バイ　グッド　バイ／グッド　バイバイ／／父さん　おでかけ　手をあげて／電車に　乗ったら　グッド　バイバイ
河村光陽（一八九七〜一九四六）は、福岡県田川郡上野村（現福智町）で明治三〇年に生まれ小倉師範学校卒業後、地元小学校で音楽教師をしていたが、ロシア音楽に興味を示し、大正九年（一九二〇）モスクワでの音楽研究を夢見て朝鮮に渡るものの実現せず、四年後に帰国。後、東京音楽学校（現東京藝術大学）で音楽理論を学び、作曲や伴奏などの活動をスタート。
昭和一〇年（一九三五）以降、ポリドール、キングレコード専属として千曲を超す童謡曲を作った。サトウハチロー作詞「うれしいひなまつり」の曲が大ヒットした。
あかりをつけましょ　ぼんぼりに／お花をあげましょ　桃の花／五人囃子の　笛太鼓／今日はたのしい　ひなまつり
昭和一二年からは武内俊子とのコンビで次々と明るい童謡が作られていった。
かもめの水兵さん／ならんだ水兵さん／白い帽子　白いシャツ　白い服／波にチャップ　チャップ／うかんでる
（「かもめの水兵さん」）
わたしはまっかな　りんごです／お国は寒い　北の国／りんご畑の　晴れた日に／箱につめられ　汽車ぽっぽ／町の市場へ　つきました／りんご　りんご　りんご／りんご可愛い　ひとりごと
（「りんごのひとりごと」）
赤い帽子白い帽子　仲よしさん／いつも通るよ　女の子／ランドセルしょって　お手々をふって／いつも通るよ　仲よしさん
（「赤い帽子白い帽子」）
また同郷の童謡作詞家・三苫やすし作詞「仲よし小道」は子どもらの声が弾んだ。
仲よし小道は　どこの道／いつも学校へ　みよちゃんと／ランドセル背負って　元気よく／お歌をうたって　通う道
これらメロディーが河村光陽のふるさとを走る平成筑豊鉄道の福智町の駅（市場、ふれあい生力《しょうりき》、赤池、人見、金田、上金田）で聴けると電車の乗り降りも楽しい。
（２０１７・６）

30　御手触之石とぶどう酒

福岡県みやこ町犀川大村に「誉田皇子《ほむたのみこ》御手触之石」がある。古代史研究家は「三諸《みもろ》神社の〝御手触之石〟は、鮮明に九曜紋を現わし、われわれの先人が残した貴重な文化遺産として後世に伝えたい」と熱い視線を注ぐ。静かな里の大村を歩いてみた。

大村の三諸神社は、昭和五年（一九三〇）村社に列せられ「景行天皇、御占いに答えて、土蜘蛛を討滅せしめ給ひし、威霊顕著の神社なり（略）」とあり、村内には、立屋敷遺跡として神聖な霊石〝御手触之石〟と呼ばれる二つの陰陽石が鎮座する。

霊石は、神功皇后が三韓征伐の帰途、この地で誉田皇子（のちの応神天皇）が、石と皇后の膝を頼って「悠然と立ち給ふ。皇后大いに驚き、且つ喜びて曰く、この地を我皇子立屋敷という」との故事由来で地名が残る。大小の霊石は花崗岩、風化しザラザラ。

その一つの陰石に九つの盃状穴。中心穴は太一《たいいつ》（北辰）で、周りの八個は八卦を表わす。それは「当たるも八卦、当たらぬも八卦」で、八方（東西南北四方に東南、西南、西北、東北）、八節（立春、立夏、立秋、立冬、春分、秋分、冬至、夏至）、八風（冬至から吹く風、立春、春分、立夏、夏至、立秋、秋分、立冬に応じて起きる風）を基に自然界と人間界の変化を体系づけた八卦「坎《かん》、艮《ごん》、震《しん》、巽《そん》、離《り》、坤《こん》、兌《だ》、乾《けん》」で再生や不滅のシンボルとして彫られる盃状の穴をいう。宇宙万物の図式化で、大村に残る明確な太一九宮図（九曜紋）は珍しく、貴重な石である。

また歴史の悪戯は続く。土地の伝えでは「大村」の地は「おお」といわれていて「村」は後で付けられたという。毎年、王が立ったこの地から生立《おいたつ》八幡宮神幸祭（県指定無形民俗文化財）の神事が始まる。さらに立屋敷霊石の盃状穴の配置は、時代が下がってこの地を治めた細川家のはなれ九曜紋と重なる不思議。というのは細川家が寛永六年（一六二九）山ぶどうに似た「がらミ」を使って日本最初のぶどう酒醸造を行ったのが、この小倉藩の大村であるという記録も見つかった。偶然だろうか、九曜紋がつなぐ天の采配なのかもしれない。

今後、大村が、もしかすると「王」の地であるだとか、霊験あらたかな「御手触之石」や魅惑の「がらミワイン」の掘り起こしなど、更なる研究を重ね続け、伝えなければなるまい。

まだまだ、みやこの地には隠れた貴重な財産が眠っている気がしてならない。

（２０１７・６）

31　それなりの文だろう

数年前、地域おこしのパンフレットに寄稿した文をネットで見つけた。それなり話をそれなりの文で伝えたなと思い「平成田舎日記」に残すことにした。

日々の生活に楽しみを持つには、自分で考えること、考えるのだからお金は要らない。中村天風さんの言葉に「人生はこころ一つのおきどころ」がある。苦しみも、悲しみも、自分の考え方次第だ。だから、楽しい思いを日々の暮らしの中に、自分の思いの中に入れこむことで、変化が生まれる。人間の細胞は、変化に、どう対応するかだ。悪くなるまい、良くしよう、と志向が〝回天〟すると、忙しくなり、ボケ防止になる。その思いを、ちょっと振って、自分の住む地域を考える。楽しめる地域にするには、どうするかを、考える。まちづくりというと難しいようだけど、簡単だ。「こうしたい」と思うことを「こうしようよ」と、そばに居る人に言い続ける、すると変わる、必ず、そうなっていく。思ったら行動することだ、たとえ時間がかかっても、いつか必ずそうなる。そこで大事なことは、伝える心。もの、こと、を子や孫に正しく伝える作業を怠ってはならない。だから、学びは、子や孫と一緒に学ぶことで、気が合い、通じ、絆となって結ばれていく。そんな地道なコツコツが、ひと、もの、こと、をつないでゆく。

星の王子さまではないが、〝大切なものは見えないところにある〟であり、人をつなぐことが地域をつなぐことになり、そこに一大文化圏が生まれる。難しく考えないで行動することだ。地域に残るものを大事にする心の育成をすれば地域を学ぶ大切さが生まれてくると思う。国の成り立ちは一つ一つの地域が集まって出来ている。伝統や歴史は、すべて地域のものと言って過言ではない。地域があってこその国。まず人が財産を基本に物事をすすめる。そして物事は継続する、重ねる、重なると重くなり力に変わる。回を重ねると伝統になる。伝統になれば、それがすでに力になっている。とにかく、いろんなことで自分が楽《たの》しめば楽《らく》になる。そうした人々が集う〝地域〟を創り、そこの〝地域信者〟が生まれて「信」「者」を横に並べて書けば「儲《もうけ》」となるのである。

時が過ぎ、齢を重ねても、人に伝えたい気持ちや想いは変わるものではない。遠い将来、孫らが〝ジジが思っていたことなんだ〟と、伝わればそれでいい。

（２０１７・７）

32 ―― 小説『ベンゲット移民』を知る

福岡県京都郡豊津町（現みやこ町）出身で京都高女（現県立京都高）卒の大石千代子（本名・有山千代子、一九〇七～七九）の女流小説家としての活躍を、郷土で知る人は、ほとんどいない。足跡を辿ってみる。彼女は外務省勤務の夫とブラジルとフィリピンで十数年を暮らした。フィリピン滞在時の体験を昭和一四年（一九三九）に小説『ベンゲット移民』として発表。作品は第九回芥川賞（一四年上半期）候補として最終段階まで残ったが、選考委員の宇野浩二によれば「一六作家の中から、私は滝井孝作と相談して（略）六人の作品を選んだ」中にはなかった。その回は長谷健『あさくさの子供』と半田義之『鶏騒動』二作品が受賞した。大石は「芥川賞候補作家の群像」に石上玄一郎や木山捷平などとともに記録されている。大石は、高女在学中（大正一二年卒）から文学を志し、豊津で鶴田知也（作家）、福田新生（画家）、高橋信夫（音楽家）三兄弟らの文芸誌『村の我等』に妹の生田久子と参加。文学への情熱を深め、習作の修業に励んだ。その後『女人芸術』同人になり長谷川時雨門下として林芙美子、平林たい子、円地文子らと親交を結んだ。

　大石の『ベンゲット移民』は、満州移民のような国策移民ではなく、貧しい日本を救えればと、国民自ら好況時のフィリピンに渡航し「不法外国人労働者」とする両国政府黙認の〝移民〟だった。そして米中比人では成し遂げられなかった難工事「ベンゲット道路」などを日本人の血と汗と粘り強さで完成させたと伝わるが、この六〇〇人以上といわれる犠牲者を伴った悲惨な「事実」を示す記録は、米比にも日本の外交資料にもないという。

　彼女の『ベンゲット移民』に二作家の「序」がある。

　島崎藤村は「（略）千代女史はここに着眼し、移民の生活から創作をつかみ出すことを試みた。（略）」とあり、長谷川時雨は「（略）異境にまつられぬ『人柱』となった先行移民の一ツの記録を世に傳へた（略）」と記す。

　もし、この書物がもっと注目されていたならば、歴史に記されてない移民を知っただろうし、今の「繁栄」が、いかに多くの人々の強いられた犠牲の上に成り立っているかを、伝え残せたのではなかろうか。第三回芥川賞（一一年上半期）受賞作の鶴田知也『コシャマイン記』がアイヌの悲劇を伝え続けるように、同じ豊津の地で育った女性の目で綴った『ベンゲット移民』は、忘れ、埋もれた〝移民〟の現実を新たな記憶として留めさせるかもしれない。読んでみよう。

（２０１７・７）

33　盆口説き城井の落城物語

夏、各地で盆踊りが行われる。唄って踊って御霊《みたま》を送る。盆踊りは、平安時代の空也上人（九〇三〜七二）の踊念仏が民間習俗と結ばれたものといわれる。

盆踊りの口説きは、明暦・万治（一六五五〜六一）頃、京の役者・友甫《ゆうほ》の音頭で広まったとされる。

盆口説きは「鈴木主水」「国定忠次」などの「段物《だんもの》口説き」と自由に唄う「切り口説き」があるようだ。

地方には地方独自の歴史を織り込んだオリジナル口説きが多々あるようだ。

郷土の「城井落城物語」もその一つ、聴くと「宇都宮の栄枯盛衰」これに尽きる、と言っていい。

夏の夜、口説き上手の声が闇に木霊す。

さんさこれから私が音頭　国は豊前の築城の郡　名所古蹟でその名も高い　城井の城主鎮房公の　遠き祖先は関東にありて　弓で名高き名家でござる　弓で占う射法の儀とて　他家に出来ない奥儀を極め　その名普《あまね》く津々浦々に　響わたりてその声高し　時の将軍頼朝公が　天下治めて九州までも　その手伸ばしてしづめんものと　九州探題守護のために　宇都宮家の信房公に　命を下せば信房公も　お請け致して九州に降る　長の旅路の東海道も　すぎて浪花で暫く休　舟に乗り込み豊前に揚る　今井あたりで疲を休め　神楽山城を築いたあとは　豊前豊後に筑前筑後　政治くまなくよく行きわたる　それはさておき鎮房公の　時は乱れた戦国時代（略）太閤秀吉天下をとりて　六十余州を皆なびかせる　城井の城主鎮房公に　四国今治国替せよと　強く　きびしく沙汰してくれば　嫡子朝房身内を集め　思案つくづくしてみたけれど（略）

唄は「踊り踊るならしなよく踊れしなのよいのを嫁に取る」など七・七・七・五調で歴史に沿って流れる。

合いの手も「マカセ　コラセ」「ヨーィ　ヨーィ　ヨーイトナ　アリャリャン　コリャーリャン　ヨーイトナー」などがあり言葉をつなぐ。唄の続きを聴く。

城井の強さを秀吉公に　申しあぐれば秀吉公は　攻めて勝たねば戦を止めて　和睦結んで油断をさせて　だまし討ちする非常な手段（略）誠一途の鎮房公は　中津黒田と和睦を結ぶ（略）又も突きくる後藤の槍に　あわれ鎮房眼を閉じる（略）城井の落城その物語　聞いて戴く皆様方に　厚く御礼を申して終る

宵闇で伝わる唄は、悲喜こもごも、皆で聴いては、御霊送りにこころを添える。

（2017・7）

郷土の自治体の発足を改めて調べてみた。京築地域は二市五町（行橋市、豊前市、苅田町、みやこ町、築上町、吉富町、上毛町）に分かれての生活圏がある。

行橋市は昭和二九年（一九五四）一〇月一〇日に一町八村合併。豊前市は昭和三〇年（一九五五）四月一四日に一町八村合併。苅田町は昭和三〇年一月一日に一町二村合併。みやこ町は平成一八年（二〇〇六）三月二〇日に三町合併。築上町は平成一八年一月一〇日に二町合併。上毛町は平成一七年一〇月一一日に二村合併。吉富町は昭和一七年五月一九日に町制施行。現在の京築人口は一八万九二六四人（行橋七万四六八八、豊前二万七〇三二、苅田三万六〇〇五、みやこ二万一五七二、築上一万九五四四、吉富六七九二、上毛七八五二）である。

ところで我が国の市町村数の変化を見ると明治の大合併（明治二二年以降）と昭和の大合併（昭和二八年以降）で大幅に自治体数は減った。明治二一年は七万一三一四が大正時代には一万二三一五、戦前には一万五二〇。昭和の町村合併促進法施行の昭和二八年には九八六八となっていたが、その後も「市町村合併の特例」により自治体の合併、吸収がすすめられ現在（平成二九年）は一七一八（市七九〇、町七四五、村一八三）となっている。

34――幻の宇島市は、四日間

今の自治体誕生では様々なドラマが生まれたようだ。我が行橋市も一町八村の合併に向けてスッタモンダの議論があったというが、纏まり、さて合併を何時にするかでは「子ハ十ツキ十カデ生マレルンジャカラ」に皆が賛同、十月十日の合併になったと聞く。

隣の豊前市の誕生はスッタモンダを超えて崩壊寸前まででいったようだ。初めは八屋町と角田、山田、三毛門、横武、黒土、千束、合河、岩屋村の一町八村合併で「宇島市」として決定。ところが住民が対立、クレームがついた。巷間の話、昭和一〇年（一九三五）に宿場町で発展した八屋町と漁港で栄えた宇島町が対等合併して「八屋町」となり「宇島町」の名が消えた。しかし大合併で「宇島」が再び浮上したものだから「八屋」の住民がウンと言わなかった。なので宇島、八屋、築上の名を使用しないことで四月一〇日「宇島市」で一旦収束。しかし翌日の市議会で改称条例案が再提出、可決され、豊前国の名を採った「豊前市」が一四日から使用されることになった。国内で「改称による消滅市」はいくつかあるが「幻の宇島市」は国内最短命の「四日間の市」としての歴史を刻むことになった。歴史は消せない。

（２０１７・８）

35——一日だけ存在の市

福岡県豊前市は四日間だけ「宇島市」だったことを友人に知らせると、暫《しばら》くして「一日だけの市があった」と資料が届いた。

調べてみると次の四市。茨城県茨城市（一九五六年三月三一日）は北茨城市に。大阪府南大阪市（五九年一月一五日）は羽曳野市。北海道広島市（九六年九月一日）は北広島市。京都府田辺市（九七年四月一日）は京田辺市だった。

ところが、同じ名があることなどから市制施行即日改称の市もあり、追ってみると福岡県福島市（五四年四月一日）は八女市に。大阪府三島市（六六年一一月一日）は摂津市。大阪府美陵《みささぎ》市（六六年一一月一日）は藤井寺市。東京都大和市（七〇年一〇月一日）は東大和市。東京都久留米市（七〇年一〇月一日）は東久留米市。東京都村山市（七〇年一一月三日）は武蔵村山市。福岡県大野市（七二年四月一日）は大野城市。東京都秋多市（七二年五月五日）は秋川市。京都府長岡市（七二年一〇月一日）は長岡京市。大阪府狭山市（八七年一〇月一日）大阪狭山市など一〇市、で合計一四市が「一日だけ存在の市」と確認できた。まだ遡って詳しく調査すれば増えるかもしれない。

東京、大阪は別にして福岡に二市あるのが意外だった。八女市は、かつて筑後平野に平城の福島城があり城下町として発展。八女郡福島町を中心に隣村併合がすすむ地域で「福島」の名を残す機運が高く「筑後福島市」の案もあったが、隣の「筑後市」との関連もあり「郡」の名の採用で落ち着いたようだ。

また大野城市は、古代山城の大野城《おおのき》を築城して大宰府防衛を図ったとされる地で、筑紫郡大野町として栄え「大野」とする名を付けたものの既に福井県にあったので、「大野城跡」が国の特別史跡指定を受けていることから「城」が加わった名になったようだ。最後は歴史がモノを言う。

明治時代には七万一三一四の自治体があり、現在は市七九〇、町七四五、村一八三で合計一七一八自治体となっている。村名、町名、市名の名が残ることも、生まれることもドラマといっていい。市名などの流れは、簡単に言えば、当該自治体の議会「承認」後、県知事から国へ「届出」をし「告示」で手続き終了となる。とにかく「名」については一切、国は手を出せない仕組みになっている。だから、住民総意の「名」は尊いものである。

ただ、将来「消滅自治体」の試算も出ている。

今後、どんな市を目指してゆくかだろう。

（２０１７・９）

36　謎の織部灯籠

中津市で郷土史研究を進める方から「織部《おりべ》灯籠」など隠れキリシタンに関する資料を頂いた。これまでキリシタンを話題にすることはなかったが、考えて見れば、豊前国を統治していた黒田官兵衛がキリシタンであり、細川家のガラシャ夫人もこの地との係わりは深い。

夫の細川忠興がキリシタン弾圧を強行した歴史を持つ地、ひっそりと隠れて暮らす信者がいてもおかしくはない。キリシタン灯籠といわれる謎の織部灯籠を追う。

灯籠は、文字通り灯籠《あかりかご》であり、仏教伝来で寺院建設が盛んになった奈良時代から造られたようで、灯籠の形もいろいろ。奇抜な形を江戸の茶人・古田織部が好んだとされる「織部灯籠」は、全国各地に散在すると聞く。

中津の灯籠解説には「かくれキリシタン礼拝用の石灯籠」とあり、細川忠興は千利休と茶道の師弟関係、古田織部は利休と友人だった縁で「利休切腹時」に形見として忠興公に灯籠が贈られたとある。

中津には、池大雅《たいが》夫婦が訪ねたという奥平藩菩提寺の「自性寺《じしょうじ》」と「このあたり目に見ゆるもの皆涼し　芭蕉」句碑がある臨済宗の「養寿寺」ほか市内二カ所に、笠にラテン式十字架が特徴の「織部灯籠」が建っているという。その他、周辺地に灯籠は何基も確認されており、各所で隠れ住むキリシタンの礼拝の場所となっていたようだ。

ところで、なぜキリシタン灯籠なのかというと、石の竿の部分が十字架をデフォルメしたものといわれ、下部に刻まれた人物像はイエスやマリア、宣教師像を偲ばせる造り。隠すように地に深く埋め、同じものが二つと無いよう、隠れキリシタンの崇拝物として気づかれない配慮をしていたようだ。また多くの人が集う神社仏閣に敢えて灯籠を建てたのは、皆と同じお参りの場所で、堂々と灯籠に手を合わせ、本来のお詣りは、ここ、と密やかにイエスに想いを告げていたと想像されるのだが、人の姿で心は量れないものだ。

さらにキリシタンであった千利休の高弟である利休七哲（蒲生氏郷、細川忠興、古田織部、芝山監物、瀬田掃部、高山右近、牧村兵部）もほとんど信者だったといわれる。

利休は茶の湯の侘び寂びの先に、弟子とともに神の御加護を求めていたのであろうか。

桂離宮には、七つの織部、いわゆるキリシタン灯籠があるといわれる。江戸時代は「織部」と「キリシタン」に関連はなかったようで、公に語られ始めたのは大正時代からだというのだが、さて。

（2017・8）

37　ディエゴ加賀山隼人の軌跡

北九州市の小倉カトリック教会内に殉教碑がある。

一六一九年、小倉藩の細川忠興藩主の棄教命令に背いて殉教したディエゴ加賀山隼人の顕彰碑である。彼は家老職を解かれ、家財を没収、幽閉されてもなお、功名や保身よりも「神の御心」に従うことを選んだ。

隼人は日明の丘と呼ばれる墓地に連行され、刑場では静かに祈り、最期「イエス、マリア」と唱えて太刀を受けたと伝わる。碑には小倉城の落成の折に詠んだとされる「寄海恋」の歌が刻まれている。将来の自らを詠んだのではといわれる歌。隼人の軌跡を辿る。

千尋より深きおもひの海はあれど
　もらししそむべき言の葉ぞなき

加賀山隼人（一五六六～一六一九）は、摂津国（現大阪府北部）の高山右近の領地で生まれた。家族全員がキリシタンだった。彼は一〇歳で洗礼を受け、一七歳で右近に仕官するが、二二歳の時、右近は信仰ゆえの罪で流刑。後、キリシタン大名の蒲生氏郷に仕えたが、氏郷も病死。再び流浪の身になった。右近の友でガラシャ夫人の夫・細川忠興の信任を得て、豊前国に住むことになった。そこで、豊前下毛郡（現大分県中津市）の郡奉行に就いた。領民からの熱い信望を得て、藩の国家老にまでなった。そしてセスペデス神父とともに豊前国内の布教に努めた。城下に教会をつくるなど、多くの領民に洗礼を授けることができた。当時、忠興はガラシャ夫人のこともあり、キリスト教については保護の姿勢だったが、幕府の禁教令もでて、しだいにキリシタン迫害へと転じていった。十字架や教会の破壊、宣教師の追放、転宗強要など、次々にキリシタンは捕らえられ、殺される者も出た。隼人は、大坂の陣（一六一四年）では忠興に従って出陣したが、「信仰」では一歩も譲ることはなかった。忠興は「棄教」をあきらめない隼人に「死刑宣告」を下した。

二〇〇八年、一七世紀のキリシタン弾圧により殉教した日本人信徒一八八名が「福者」（死後、その徳と聖性が認められ信者に贈られる称号）とバチカンに認められ顕彰の栄を受けた。その一人にディエゴ加賀山隼人がいた。没後四〇〇年を前に列福（福者の列）に加わることになった。イエズス会の神父ルイス・フロイスから受けた洗礼名（ディエゴ）は、キリスト一二使徒ヤコブのスペイン語読みだという。生まれながらのキリシタンと言っていい隼人は、まさに生涯「イエス、マリア」に祈り、節を曲げない人生を送った。

（２０１７・８）

福岡県行橋市の「椿市廃寺」を訪ねた久留米大の大矢野栄次教授に会う機会があった。行橋は二度目の訪問だといい、二〇一七年に国史跡に指定された「福原長者原官衙《かんが》遺跡」を観て帰られるという。教授の「行橋はとても重要な場所ですよ」の話に惹き込まれた。

教授曰く「廃寺を見て、椿市は、小波瀬川の水運（舟運）利用もでき、古代には栄えた国際都市だと思われます」と、楽しい解説を聴けた。そういえば、かつて古代史研究者の「（略）聖徳太子が隋の裴世清を迎えた京都は国際都市であったように記述されています。『八十チマタ』という表現に見られるように四方八方に道が通じ、その中心の市場が『椿市』であったわけです。奈良桜井の海石榴市《つばいち》は、どうみても『八十チマタ』という表現に相応しい場所ではない（略）また関門海峡以東は外国船が通れなかった。だから『関門』であり『海境』なのですから（略）」の記述を思い出した。教授の話と符合する。

そして香春町には「八基の万葉歌碑」が建っているのに一つ山を越えた京都の地に万葉歌がない、の問いには「椿市を詠んだのが三首ありますよ」と言われ「万葉集第一二巻―二九五一、三一〇一、三一〇二」の連絡を頂いた。歌を探した。

38　万葉に詠われる海石榴市

海石榴市之八十街尓立平之結紐乎解巻惜毛

（海石榴市の八十の街《ちまた》に立ち平《なら》し結びし紐を解かまく惜しも）

柿本人麻呂（二九五一）

紫者灰指物曽海石榴市八十街尓相兒哉誰

（紫は灰さすものぞ海石榴市の八十の街に逢へる子や誰れ）

作者・不詳（三一〇一）

直前歌の返歌

足千根乃母之召名乎雖白路行人乎孰跡知而可

（たらちねの母が呼ぶ名を申さめど道行く人を誰と知りてか）

作者・不詳（三一〇二）

景行天皇の治世一二年に長峡県《ながおあがた》（行橋市延永周辺）にあった「長峡宮」の辺りを「都」と名付けたとある。大化の改新（六四五）前に「都」の名が付いた場所は記録なし、であれば「京都」の地はここだった、の夢は広がる。また地形的にも関西の「京都」に匹敵する規模の「古代の条里制の跡」も残る。

さらに「長峡宮」の近くには、聖徳太子の四天王寺の元の寺ではといわれる「椿市廃寺」も存在。それで「椿市」は小野妹子が隋使・裴世清を迎えた「海石榴市」ではの説も浮上する。

（２０１７・８）

39 豊前国と豊後国

豊国《とよくに》は、西海道に位置し、七世紀末に豊前国《とよくにのみちのくち》と豊後国《とよくにのみちのしり》に分かれた。

近年、国のカタチの研究が進んでいる。

豊前国は企救、田川、京都、仲津、築城、上毛、下毛、宇佐の八郡。

豊後国は国東、速見、大分、海部、大野、直入、玖珠、日田の八郡。

郷土のカタチを風土記で見る。

風土記は、和銅六年（七一三）元明天皇の詔により、諸国が作成した地誌の総称。郡郷、山川原野の名の由来、地形、産物、古伝説などの調査、報告が天平年間（七二九～四九）までに政府に提出された。だが、現存するのは常陸、出雲、播磨、豊後、肥前の五カ国。

完本は『出雲国風土記』だけといわれる。

『豊後国風土記』に「豊国」が記されている。

豊後の国は、本、豊前の国と併せて一つの国たりき。昔者、纏向の日代の宮に御宇《あめのしたしろ》しめしし大足彦の天皇、豊国直等が祖、菟名手に詔したまいて、豊国を治めしめたまひしに、豊前の国仲津の郡の中臣の村に往き到りき。時に、日晩れて僑宿《やど》りき。明くる日の昧爽《あかとき》に、忽ちに白き鳥あり、北より飛び来たりて、この村に翔り集ひき、菟名手、即て僕者《やつこ》に勒《おほ》せて、其の鳥を看しむるに、鳥、餅と化為り、片時が間に、更、芋《いも》草数千《いくち》許株《もと》と化りき。花と葉と、冬も栄えき。菟名手、見て異しと為《おも》ひ、歓喜びて云ひしく「化生《なりかは》りし芋は、未《いまだ》曾《むかし》より見しことあらず。實に至徳《みめぐみ》の感《ひびき》乾坤の瑞《しるし》なり」といひて、既にして朝廷に参上《まゐのぼ》りて、状《ことのさま》を挙げて奏《ま》聞《を》しき。天皇、ここに歓喜び有《ま》して、即ち、菟名手に勅りたまひしく「天の瑞物《しるしもの》、地の豊草なり。汝が治むる国は豊国と謂ふべし」とのりたまひ重ねて姓を賜ひて、豊国直といふ。因りて豊国といふ。後、両つの国に分かちて、豊後の国を名と為り

国の成り立ちと動きは面白い。倭は香春、難波は豊前と比定される。自然災害に触れ「世の中は何か常なる飛鳥川昨日の淵ぞ今日は瀬になる」（詠み人しらず）の歌も詠まれ、変化のうねりは絶え間ない。

近年、九州の古代史研究が進み、大芝英雄『大和朝廷の前身――豊前王朝』が出てきた。豊国の豊前国に「京都」があるなど、夢ある論議がさらに増えそうだ。

（2017・8）

40　三三年まえの「いま塾」

昭和五九年（一九八四）春、福岡県行橋市で開かれた「いま塾」のことを記しておきたい。その年は、一九八四《ゆくはし》にルビをふる市制施行三〇周年であった。

塾は、大分県の〝豊の国ムラおこし活動家〟の話を聴く会で期間は四～六月。会場は田舎の神社拝殿だった。

春風から薫風へ移ろう季節の中、講師の実践話はとても魅力的だった。パンフレットには「み～んないらっしゃい」の呼びかけと、大分県の緒方町（現豊後大野市）・渡部幹雄さん、宇佐市・高橋宣宏さん、湯布院町・溝口薫平さんと、三名の講師名が記されていた。

塾のメンバーは行動だけが取り柄の金ナシグループで「現在の〝いま〟を大切にすることが未来の〝いま〟を大切にする」という思いだけで「いま塾」を開催。で、拝殿使用は地域の方の「どうぞ使って下さい」の気持ちで無償。自然の風を受けながら三人の話を聴いた。

行橋市前田・清地神社での渡部さんは「『荒城の月』の竹田市の隣で宮崎県高千穂町に接する県境の山の中から来ました」に始まり、地域を刺激するＵターン青年を中心に結成したグループで、家族で映画を観る会、山中での「尾平音楽祭」さらに郷土の自然を撮った観光ハガキ作りなど、「燃えない人を燃やすまで、自分が燃える」実践活動を語った。

行橋市元永・須佐神社での高橋さんは「ＵＳＡ先進国サミットに対抗してＵＳＡ《うさ》後進国サミットを企画したこと」の話や、国鉄（現ＪＲ）とのタイアップで「ミステリー列車卑弥呼号」を走らせて成功したことなど、「古里によって育てられたのだから、古里にいろんなものを還元していくことは義務」だと言い、パロディーがパロディーでなくなった話をした。

行橋市下稗田・大分八幡神社での溝口さんは「九州の軽井沢・湯布院になった経過」を話し始めた。とにかく「何も〝ない〟ことを逆手に〝田舎〟を打ち出した」と言い、映画館がないから湯布院映画祭、大自然の中での牛喰い絶叫大会を開いて、「つまらん」場所を楽しむ場所に、湯布院信者づくりに努めた。「信者は横に書くと〝儲〟」の想いが伝わった。

この時、塾長を務めたのは市社会福祉協議会の緒方誠二さん。二人の子どもさんらと手書き看板を立てて回るなど奮闘ぶりが共感を呼んだ。人が集まった。郷土の自然や人の優しさがいつになく溶け合った「いま塾」だった。鬼籍に入って久しい緒方塾長を想う。

（２０１７・８）

41 「ほどき紙」と「とかし紙」

人は、さまざまな悩みを持って暮らしている、が、その解決方法は、となると、神頼みもあれば仏縋りもあるようで、人さまざま。悩み解消や夢叶えの方策について神社仏閣はもちろん各地で取り組みがなされているようだ。要は、心静かな思いになることだろう。

鳥取県倉吉市では、悩みを消すユニークな方法として天女伝説が残る打吹山《うつぶきやま》のふもとの「羽衣池」でお願いをするという。嫌な思い出や困りごと、断ち切りたいことなど、もつれた糸をほどきたい、直したい、そんな気持ちがほどけるようにと「ほどき紙」に託しての祈願で、人の素直な思いから生まれたようだ。

倉吉白壁土蔵群観光案内所などで「ほどき紙」を買い、忘れたい過去、どうにかしたい思い、整理したい気持ちを「ほどき紙」にしたため、紙をそっと池に浮かべると、紙が沈んで「いろんな悩み」が水に溶け、消え、思いが昇華されるという。日々の悩みが「ほどけて」いくのだろう。白壁通りを晴れやかな気持ちで散策できるような気がする。

人々の「ほどき紙」に寄せる親しみは、各地でそれぞれ格別なものがあるようだ。

福岡県行橋市の神田町に鎮座する正八幡宮では「とかし神」による「とかし紙」の準備が進むと聞く。

どこにも悩みを心に秘め、溶け、消えて欲しい願いを持つ者は多くいる。

正八幡宮の歴史をひもとくと、主祭神は応神天皇、神功皇后、比売大神が祀られている。貞観二年（八六〇）国司の豊前守文屋真人益善が宇佐神宮の宣託により建立した起源をもち、崇敬篤く、久しく歴史を刻む。慶長六年（一六〇二）藩主の細川忠興は領内安堵の参拝をして社領地を寄進。また寛永九年（一六三二）藩主小笠原忠真の参拝祈願後は祭儀が盛大に奉仕されるようになった。御神徳は「生きとし生けるものの平安と幸福をみちびく神」として信仰されている。境内には「むすび玉」があり、大きな楠の林立する中に「福」をよぶアオバズクが育ち、棲み、人々のお参りを見守る。

正八幡宮では「悪縁」や「禍」など、忘れたい、消したい悩みを「とかし紙」に書き込み「神」のご加護を願って、苦を流し、溶かし去る「はらい水」を境内に設けるようだ。とにかく「悪縁」を全て断ち切り「水に流す」ことで、東の「ほどき紙」にならぶ西の「とかし紙」は、心鎮まる「すくい紙」となるだろう。

（２０１７・９）

42　NPO法人京都ドリーム21

二〇〇七年『週刊文春』（六月七日号）に作家の猪瀬直樹が「ニュースの考古学」シリーズ「森鷗外に『昭和』を託された男」に「独自な歴史、わが町の物語があればオンリーワンなのだろう。そんな話をするために五月末に行橋市に行くことになった」と記している。

そして「京都ドリーム21」主催による「猪瀬直樹講演会」がコスメイト行橋で開かれ、盛況だった。この年の一一月、京都ドリーム21（定石光治代表）は会員一二名で「誇れる郷土愛を育もう」の理念を掲げてNPO法人として発足した。その時、基本のテーマ曲としてOne Three作詞・作曲による「襷～TasuKi～」が作られた。

今という時を生きてる僕ら／当たり前の事なんて何ひとつない／未来は変える事ができる／明日というページに色を足して／消えたいほど辛い時があることこそ生きている証／何年もの昔の人から繋がれた唯一のメッセージ（略）まだ見ぬ明日の人たちが幸せでありますように／これまでもそう願い今日まで来れたように（略）だからだから君の前に道がある遠い昔に誰かが残した道が／今がやがて昔話になるなら何を残して行こうか　（「襷」）

京都ドリーム21は、まず「昭和のわだち」を主催し

「クリスマスコンサート」や「クラシックライブ」「郷土のマンガ物語」「中学生の演奏会」などのイベントに取り組み「故郷」を楽しくと、地域の人々はじめ各種団体とともに連携しながら事業推進を図った。

十年ひと昔というが、二〇一七年一一月「創立一〇周年記念事業」を開くことになった。

テーマは「襷をつなぐ～私たちからあなたへ～」とした。郷土の歴史と文化を発掘、再認識、次世代へ継承するとした〝初心忘るべからず〟の原点に立ち戻るのと、地域への愛をさらに深め、強めて、変わらない情熱色の「襷」を手渡していこう、との覚悟なのだろう。

時から時、人から人へと渡る思いが確かなものであればあるほど、力強い歴史を刻むことになる。一人の思いより、みんなの思いが一つになることが大事。現在、会員も一五名、絆も強くなった。

NPO発足から代表を務める定石さんは「五八歳になり、大きなケジメをつけることになりましたが、郷土づくりは続きます」と語る。郷土ドリーム、人間ドリーム、とくに子どもドリームに関わる「ドリームメンバー」は襷を掛けて夢の道を歩き続ける。

（2017・10）

43——一一一から一一一一の絵画展

二〇一七年一一月一日から一一日まで一一日間の絵画展を観に行く。北九州市小倉北区馬借の画廊「Space 216」新装オープン記念の絵画展だ。

作品は、みやこ町在住の岩村誠さん（六六）の四半世紀前のもの。彼から「パラダイムの変換ができていない己を見放し、筆をおいた頃の作品が主です。これらが意外に興味深い波動を持っていました。これらを中心に展示します」との案内状が届いての鑑賞になる。

彼との出会いは四〇年近く前、精力的に絵を描いていた頃だ。彼は武蔵野美大・油絵専修課程修了後、スペインのホワン・ミロ・デザインコンクール入選（一九七九）に始まり、サンフランシスコのトリエンナーレ・ワールドプリント入選（一九八〇）、バルセロナのミニプリントインターナショナル展とチリのビエンナーレ出品（一九八二）、バルセロナの版画個展（一九八二）など海外での発表が多かった。一九八四年以後は北九州絵画ビエンナーレ展、北九州洋画展、毎日現代日本美術展、ホメオスタシス展など郷土展にシフト。そして珍しいコメ・デ・ギャルソン（こめ作品）展後、一九九三年、福岡市のJTギャラリーでフーズ・イズ・イット（じゃがいも作品）展を開催。以降、筆を断っている。

彼はベジタリアン。どうもエコロジーに嵌《はま》ったようだ。無農薬で米や野菜を作るなど土への拘りを深め、家庭を持って、二人の男の子も育つ。そんな中、県認定農業者のかたわら町議会議員も務めた。町長選にも立候補したが落選した。その後、ビルのオーナーになり、古書店経営もした。エッセイ「やはり田舎生活」を新聞に投稿するなど農業に関わるとともに、ヒイラー（癒し療法士）として全国を飛び回り始めた。今、そんな生活が続く。

最近、彼は、ふっと、昔の自分の絵を額縁に入れて見た。一枚、二枚と増やして居間や部屋の空きスペースに飾った。すると、何となくおさまりが良かった。その話を聞きつけた知人から新装オープンの画廊オーナーを紹介された。そして「岩村誠作品展」を開くことになった。人の縁とは不思議、時も不思議。倉庫に眠っていた絵が目を覚ましたのだ。まさか、こんなカタチで「自分を見つめる時が来るとは思わなかった」と別の知人に伝えた。すると「一一一から一一一一のいい一一日間ですね」と返事が返ってきた。

えっ、何なのか、意味のないところに意味を見つけるのも、また楽しいことだ。

（2017・10）

五〇年以上前になる。強烈な印象だったのだろう、今でも覚えている。選挙応援で行橋市にやって来た池田勇人首相は、市街地の街頭演説で、マイクを持って車上に立ち、多くの聴衆を前に、第一声は「いきはしの皆さん」だった。生活の中で、行橋は「ゆくはし」が当たり前だったので「いきはし」には驚いた。以降、地名の呼び方を意識するようになった。

わが郷土を「京築」地方と呼ぶが、「きょうちく」なのか「けいちく」なのか定まってない。電話帳には民・官半々で「き」と「け」に分かれている。それに二市（行橋市、豊前市）、二郡（京都郡、築上郡）、五町（苅田町、みやこ町、築上町、吉富町、上毛町）の呼び名もややこしい。行橋は「いきはし、ぎょうばし」などで素直に「ゆくはし」とは読まない。豊前も「とよまえ」だとかで「ぶぜん」はなかなかだ。京都郡もなんで「きょうと」があるのという始末。そして苅田も「かりた」ではなく、なんだかんだの「かんだ」で納得する。上毛も「かみげ」で「こうげ」とは呼ばない。この地方、呼び方が難しい。

また二市五町には、難しい呼び名の地名がそれぞれある。行橋市には、寺畔《てらなわて》、天生田《あもうだ》、長木《おさぎ》、津熊《つのくま》、新田原《しんでんばる》など。豊前市には、皆毛《かいも》、清水《しょうず》町、松江《しょうえ》、鬼木《おんのき》、宇島《うのしま》など。

44 ——むつかしい、地名の呼び方

苅田町には、小波瀬《おばせ》、堤《ひさげ》。みやこ町には、鐙畑《あぶみはた》、呰見《あざみ》。築上町には、越路《こいじ》、寒田《さわだ》。吉富町には、楡生《にりょう》、幸子《こうじ》。上毛町には、安雲《あくも》、尻高《しだか》などがある。

最近、築上町と吉富町にある「別《べっ》府《ぶ》」の地名は、大分「別府温泉」に慣れているため「べっぷ」ですね、と訊くと、築上は「べふ」といい、吉富は「びょう」という。

全国の難読地名を調べると、於訪麻布《おたずねまっぷ》（北海道）、雲《も》谷《や》（青森）、早俄上《はがかり》（岩手）、掃部丁《かもんちょう》（宮城）、朴瀬《ほそきせ》（秋田）、局局《つぼねつぼね》（山形）、女化町《おなばけちょう》（茨城）、道祖土《さやど》（栃木）、寄日《よっぴ》（群馬）、利田《かがた》（埼玉）、安食卜杭《あじきぼっくい》（千葉）、大拱《おおぬかり》（福島）、等々力《とどろき》（東京）、公所《ぐぞ》（神奈川）、沼垂《ぬったり》（新潟）、婦負《ねい》（富山）、窕《うつろ》（石川）、谷及《たんぎょ》（福井）、禾生《かせい》（山梨）、稲核《いねこき》（長野）、交人《ましと》（岐阜）、赫夜姫《かぐやひめ》（静岡）、包里《かのさと》（愛知）、生琉里《ふるさと》（三重）、和邇《わに》（滋賀）、岼《ゆり》（京都）、丼池《どんぶりいけ》（大阪）、炬口《たけのくち》（兵庫）、都祁《つげ》（奈良）、且来《あっそ》（和歌山）、卯垣《ぼうがき》（鳥取）、十六島町《うっぷるいちょう》（島根）、撫川《なつかわ》（岡山）、三篠《みさき》（広島）、内日《うつい》（山口）、麻植《おえ》（徳島）、凹原《ひっこんばら》（香川）、妻鳥《めんどり》（愛媛）、尾立《ひじ》（高知）、頂《かぐめ》吉《よし》（福岡）、苣木《ちゃのき》（佐賀）、彼浜《あちばま》（長崎）、催合《もやい》（熊本）、提《ひさぎ》内《うち》（大分）、檍《あおき》（宮崎）、宇都谷《うどんたに》（鹿児島）、伊釈加釈《いじゃかじゃ》（沖縄）。上には上の地名があちこちに転がる。

（２０１７・11）

45 ――― 谺して山ほととぎす

ある懇談で「虚子が久女を『ホトトギス』から除名した理由」が話題になり、年配のO氏が「英彦山で詠んだ句が原因」と言い「虚子があの句を恐れたからじゃないか」との奇説、珍説が出たそうだが、考えてみれば的を得ているかもしれない。なるほどと頷ける。

谺《こだま》して山ほととぎすほしいまゝ　久女

この句は、昭和六年（一九三一）新聞社主催による「日本新名勝俳句」に応募したもので、応募句一〇万三二〇七の一位、金賞を受賞した。選者は高濱虚子。

久女は、筑豊の一角に聳える英彦山に何度も登って詠み、「久女伝説」も生まれている。自身の随想がある。

青葉につゝまれた三山の谷の深い傾斜を私はじっと見下ろして、あの特色のある音律に心ゆく迄耳をかたむけつゝ（略）ほととぎすは惜しみなく、ほしいまゝに、谷から谷へとないています。じつに自由に。高らかにこだまして。その声は（略）女性的な線のほそい女々しい感傷的な声ではなく、北岳の嶮にこだましてじつになだらかに。じつに悠々と、切々と自由に。英彦山の絶頂に佇んで（略）あの足下のほととぎすの音は、いつまでも私の耳朶にのこっていています。（「久女文集」）

杉田久女（一八九〇～一九四六）は鹿児島市で生まれ、大蔵省書記官の父の転勤で沖縄、台湾で過ごし、明治四二年（一九〇九）旧制小倉中（現小倉高）の美術教師・杉田宇内と結婚した。

大正五年（一九一六）次兄から俳句を教わり、大正六年『ホトトギス』に投句を始め、句会で高濱虚子（一八七四～一九五九）を識る。

昭和七年『花衣』を創刊主宰、五号まで刊行。九年『ホトトギス』同人になり、彼女の百花繚乱、天才的な作風は遺憾なく発揮され、長谷川かな女《じょ》と競い合い「東のかな女、西の久女」と言われ始めた。が、一一年に突然、日野草城、吉岡禅寺洞とともに理由なく「同人除名」となる。以降、鬱々として句作もできず心身を衰弱していくが、自らの全句を書き出し俳句人生を総括する。

虚子嫌《きら》いかな女嫌いの単《ひとえ》帯《おび》　久女

虚子は久女の句を「清艶高華」と表現。大虚子は、久女発見時から彼女に一種の「恐怖」を抱いていたのかもしれない。久女の恐いまでに研ぎ澄まされた句境が深まり「ほととぎすほしいまゝ」にする、のではの恐れ。まさか「除名理由」など示さないだろう。

まさに「無」は、全てを包む。

（2017・11）

46　農民詩人・定村比呂志を読む

福岡県行橋市の市総合福祉センター「ウィズゆくはし」で二〇一七年一二月一〇日「農民詩人定村比呂志を読む／ラムの会と子どもたちの朗読会」が開かれた。一〇〇名を超える聴講者に半世紀前の詩人の言葉が届いた。

この「朗読会」の経緯を記しておく。初め、夏休み恒例の市教委主催「第一五回声の読書・子ども朗読大賞」開催で準備が進んでいたが「子どもには言葉が難しい」として中止。しかしＮＰＯ豊津小笠原協会（川上義光理事長）と羽根木東区寺子屋家庭塾（古谷信一代表）の関係者によって「大人に読んでもらおう」となり、大人の朗読勉強会を続けるラムの会（波野純子会長）に協力依頼。すると寺子屋の子どもも「読みたい」と言い、一三人の子どもと大人九人の朗読会が実現した。

定村比呂志（一九一二〜六八）は、行橋市下稗田生まれで詩集『廃園の血脈』（一九三四年）を刊行したが発禁処分になった。だが五〇回忌を経て「農民の奥底に眠る命の言葉」が郷土の人々に届いた。比呂志の長男（幹生）の嫁・靖子さん（八一）が遺品を整理していて評論家・松永伍一（一九三〇〜二〇〇八）の「弔辞」を見つけた。ラムの会の岡村ハルミさんは、弔辞を組み込んで、詩のプログラムの司会進行をした。弔辞を抄録する。

いま幹生さんから一枚のはがきをいただき、あなたの急死を知りました。驚きで胸が一ぱいです。こうして弔辞を書くなどということが、想像もされなかっただけに、痛ましい悔いが、心をさわがせております。あなたのことを書いた四十枚の「定村比呂志の反逆性」が、いま原稿のまゝ机の上にあります。（略）詩集『廃園の血脈』の出版になった時の複雑な事情がわかる資料なども調べました。同じ福岡県に生まれた因縁もあったからでしょうか、福岡県が生んだ戦後の唯一の農民詩人であったあなたへの私のおもいは、非常に深いものがありました。（略）地元出身の福田新生画伯が描かれた農民の鎌を握った立像が、いかにも権力と闘おうという意気込みを感じさせているために、作品の内容と実によく一致しているという見方を、いまもしています。あれは立派な詩集です。（略）あなたの叫びは、農民の気持ちを代弁したものでした。（略）

隠れ、埋もれ、国立国会図書館に残っていた郷土詩人の『廃園の血脈』は、行橋市図書館によってコピー復刻され貸し出しも始まった。やはり〝貴重な遺産〟は、いつか日の目を見るものだな、と思う。

（２０１７・12）

47　「三信」で生きてきた

『浄土真宗聖典』に至心《ししん》、信楽《しんぎょう》、欲生《よくしょう》を三信といい、信仰いわゆる信心の三相で不淳《ふじゅん》、不一《ふいつ》、不相続《ふそうぞく》の三不信に対する淳心《じゅんしん》、一心《いっしん》、相続心《そうぞくしん》を三心という、とあり、人間の生き方の根本をなす教えであるようだ。その「三信」の教えを心に刻んで生きてきたという、豊前市中村の堀田賢治（七二）さんの歩いてきた道を訊いた。

――三信の生き方は、入社した建材会社の社長に教わった。血気盛んな歳頃だった。会社では一〇年余り、ほとんど休みなく懸命に働き続けた。独立して会社を持つ夢があった。そして二〇代の終わり、昭和五一年（一九七六）に瓦工事を主体とする堀建産業株式会社を福岡県苅田町に創立した。建設業を進める中、歳を重ねる母親の将来を考えるようになった。その頃、新吉富村（現上毛町）で「特養老人ホームをつくろう」と友人に誘われ〝福祉事業〟に関わることになった。母親が安心して暮らせる場所ができる、と賛同し参加した。

やがて親しい医師から「勝山町（現みやこ町）に特養がない。高齢化社会では必ず必要になる」のアドバイスを受け、独自の福祉施設の設置に動き始めた。建設業と並行しての福祉事業への参入は、戸惑いもあり、全く未知の世界で、専門用語を覚えることから始まった。

平成に入って福祉活動をスタートさせたのだが、社会福祉法人の認可はなかなか下りなかった。四年（一九九二）にようやく「豊勝会」が認可され特別養護老人ホーム勝山苑を開設。一一年（一九九九）に「瑞豊会」でデイサービスセンターゆくはしが開設できた。

豊前市からは養護老人ホーム向陽荘を受託、ショートステイ、配食サービス、さらに県内で初めて老人施設に放課後児童クラブを併設するなど一七事業を展開するまでになった。従事者も二〇〇名近くになった。

平成二九年（二〇一七）秋「多年にわたり社会福祉事業団体関係者として社会福祉に貢献されその功績は誠に顕著なものがあります　厚生労働大臣　加藤勝信」の表彰状が届いた。

福祉の道に入って三〇年余。企業の顔から福祉の顔になったといわれる堀田さんは「三信」の長旒旗を作り「高齢化社会を乗り切るのは難しい、が、乗り切らなければならない。福祉の心をつないでいくためには謙虚心が大事だ。共に働く皆に、背中を見て欲しいと願っている。福祉に関わったことで自分の生き方が変われたと思う。福祉に感謝したい」と話す。

（2017・12）

48　漱石『三四郎』と鷗外『青年』

夏目漱石の『三四郎』は一九〇八年（明治四一）に新聞小説として発表された。二年後、森鷗外の『青年』が雑誌に登場した。いずれも田舎出の青年が主人公で、小川三四郎と小泉純一である。二人が興味深いのは、ともに我が郷土人がモデルといわれることだ。

日本最初の教養小説の二著は明治、大正、昭和、平成と百年を超えて読み継がれており、これからも多くの読者を保ち続けるだろう。二人の郷土人を追ってみる。

漱石の『三四郎』に「宿帳を取り上げて、福岡県京都郡真崎村小川三四郎二十三年学生と正直に書いた」だとか「三四郎は国にいる時分、こう云う帳面を持って度々豊津まで出掛けた事がある」「御光さんは豊津の女学校をやめて、家へ帰ったそうだ。又御光さんに縫って貰った綿入れが小包で来るそうだ」など、見慣れた地名や郷土の情景が出てくることで文の味わいも違って感じる。名著と言われる作品になると、その親しみも倍加する。

三四郎のモデルは、みやこ町犀川出身で豊津中、一高、東大独文科卒の文学者である小宮豊隆と言われ、漱石山房出入りの一人で、漱石研究の第一人者でもあった。

鷗外の『青年』は「田舎から出て来た純一は小説で読み覚えた東京詞を使うのである」とあり、出身地の特記はないが、鷗外の日記に「法科大学生柏木純一来て、矢頭良一の死を告ぐ。柏木は予が豊前国行橋の家を訪ひしとき、家にありし童子」と記した一年半後に『青年』が世に出た。さらに鷗外と元号研究に取り組み元号「昭和」を起草した、みやこ町勝山出身の吉田増蔵らしき人物の「純一を直ぐにその老人に紹介した。老人はY県出身の漢学者で、高山先生という人であった（略）高山先生は宮内省に勤めている。漢学者で仏典にも詳しい」との記述も出てくる。郷土人が散見できる〝物語〟には惹きつける不思議な力がある。

純一のモデルは、行橋市出身で豊津中、五高、東大法科卒で日本銀行に勤めた柏木純一と言われる。彼は日銀の各局部長を経て仙台の七十七銀行頭取を務めた。

近代文学の黎明期、ライバル視された二大文豪の夏目漱石と森鷗外。二人の最初の青春小説のモデルが、偶然にも、みやこ町と行橋市の出身だとするなら、驚きよりも誇らしくさえある。さりげない田舎の小径にも、ふりかえると輝く落ち葉を拾うことができるものだ。二つの名著を郷土人登場の小説として読めば、醍醐味も、また違ったものになってくる。

（2018・1）

49 求菩提の里の男ふたり

福岡県豊前市といえば修験の求菩提山（七八二メートル）がシンボル。穏やかな山容に親しんで人は育つ。大らかな気風、求菩提の里の大河内と久路土に生まれた男ふたりを追ってみる。

川のせせらぎが届く静かな大河内の医家の末っ子として明治三一年二月五日に生まれた大辺男《おおべますお》は、幼い頃から「草芝居の役者の動作や物まねがとても上手」で、合河《ごうがわ》小、中津商業中退の一六歳まで大河内で過ごした。後、明治屋に就職するが、芸の道を捨てきれずに新国劇の俳優養成所に入り室町次郎として活躍。大正一五年（一九二六）日活に入社。芸名を郷里の「大河内」を採って大河内伝次郎（一八九八～一九六二）とした。映画界に監督と俳優が組んで新風を起こしたのは、戦後は黒澤明と三船敏郎、戦前は伊藤大輔と大河内伝次郎と言われるまでになった。俳優として大きく飛躍した。彼の決めゼリフは「シェイハタンゲ（姓は丹下）ナハシャゼン（名は左膳）」だった。スピード感ある殺陣演技と独特な押しつぶした枯れ声での台詞は一世を風靡、時代劇の大スターに押し上げられていった。

まさに彼は自らの名の通り「大辺男《たいへんなおとこ》」になった。

黒土村の大庄屋で村長の長男として明治三一年二月一一日生まれの島田義文は、裕福な家庭に育ち、旧制中津中時代は若山牧水に心酔。早大に入学後は浅沼稲次郎らと行動をしながら童謡や詩を文芸誌に投稿。大正一一年、野口雨情の門を叩いてから島田芳文（一八九八～一九七三）として本格的に歌の道を歩き始めた。昭和六年（一九三一）には作曲家の古賀政男と歌手の藤山一郎とのコンビで発表した「キャンプ小唄」「スキーの唄」、とくに「丘を越えて」は大ヒット曲になった。国民に親しい「丘を越えて」のメロディーは、道行く街角からよく耳に届いたそうだ。「六人の子に童謡を作っては聞かせていた」り「暗い時代ではあったが、楽天家でユーモアに溢れ、夢を持った頼れる夫だった」と語っていた夫人の言葉を思い出す。戦後は郷里で農業をして暮らした。ヒット曲の「丘を越えて」の詩碑は北軽井沢、多摩丘陵、豊前の生家の三カ所に建っている。

大河内と島田は誕生日も一週間違い。歩んだ道はそれぞれ違うが、その道では名を成した〝大人物〟として国民に認められた。大河内の生家・大辺家跡には空に向かって広葉杉《こうようざん》（県指定天然記念物・樹高三〇メートル余）が聳え立つ。二人の真っすぐに生きた姿を見るようだ。

（2018・1）

福岡県行橋市の須佐神社には、室町時代の享禄三年（一五三〇）から奉納連歌が欠年なく続いている。連歌座がいくつも生まれる行橋は「連歌」が身近なものとして生活のそばにある。

近年の連歌ブームのきっかけは、昭和五六年（一九八一）に行橋の須佐神社で行われた「連歌シンポジウム」（『よみがえる連歌――昭和の連歌シンポジウム』に詳細）に端を発し、大阪の杭全《くまた》神社、京都の北野神社などに伝わった。さらに「煉瓦」ではなく、文化的で厳粛な歌詠みの「連歌」と、人々が一般に広く認識するようになったのは、平成一六年（二〇〇四）に初の「国民文化祭連歌大会」（『現代と連歌――国文祭連歌・シンポジウムと実作』に詳細）が行橋市で開かれた後である。

伝統芸術として地道に「奉納連歌」を引き継いできた里の息吹が、全国各地へ伝播した。現在、山形の置賜《おきたま》連歌会や熊本の八代連歌会などへ広がりを見せている。ならば連歌発祥はどこなのか、探ってみた。

連歌は、和歌の上の句（五七五）と下の句（七七）を別人が交互に詠み継ぎ、複数の者の連作する詩形式。鎌倉時代に始まり南北朝から室町時代にかけて大成。伝統的な詩形で厳粛なルール（式目）を基にする。俳諧の発句（俳句）はここから派生した文芸だ。

連歌発祥の地は、山梨県甲府市の「酒折宮《さけおりのみや》神社」といわれる。ここは『古事記』と『日本書紀』に倭建命《ヤマトタケルノミコト》が東国を平定しての帰途に立ち寄った場所として記されている。酒折宮で滞在中のある夜、命《みこと》は家臣たちに歌を詠んで問うたが、供の者は誰も答えられず、そばで焚き火番をしていた老人が答歌。その機知を誉め、後、老人を東国造《あずまのくにのみやつこ》に任命したと『古事記』に記されているという。二人で詠んだ和歌が後世に連歌として位置づけられることになった。酒折宮には、二人の連歌の碑が建っている。

新治《にいはり》筑波を過ぎて　幾夜か寝つる　　倭建命
日々並《かがな》べて　夜には九夜　日には十日を　　焚き火番の老人

この命の「四七七」と老人の「五七七」の「筑波山」を詠み込んだ唱和問答歌が連歌の起源とされ、別名「筑波の道」といわれる。連歌形態は百句で一作品（百韻）が一般的になり、千句、万句の形式が現れるが、緊密な作品づくりをと、世吉（四四句）、歌仙（三六句）、半歌仙（一八句）などの形式も出てきた。歌の最後は挙句という。〝挙句の果て〟は連歌からの言葉である。

（2018・1）

50　連歌の道は筑波の道

51　俳人・金子兜太さん逝く

戦後俳壇を牽引した金子兜太さん（九八）が平成三〇年（二〇一八）二月二〇日に亡くなった。

思えば、昭和五四年（一九七九）の竹下しづの女句碑建立記念の俳句大会などにご尽力いただいた。

当時の応募句（一三一七句）特選三句を記録しておく。

大野林火▼隠岐わたる隠岐には隠岐の雲の峰（行橋・有松清圓）／膝抱きて潮騒とほき端居かな（田川・大内寿枝）／夫どっと老いし夢なり鉦叩（鹿児島・郷田睦子）

小原菁々子▼撫子や生計かぼそく土鈴干す（小倉・池迫敬子）／牛飼はぬ納屋に鞍古る赤のまま（苅田・原田松子）／岬風に蓑虫吹かれ弾みをり（大牟田・内田ふかの）

桂　信子▼須可捨焉乎は捨てぬこころよ赤のまま（小倉・依田圭仙）／青年の家の入口まで芒（行橋・黒田澄子）／晩秋の郷土にしづの女降りてくる（福岡・松尾しのぶ）

金子兜太▼日に強き弱き花など夏畢る（鞍手・久原幸夫）／山鳩は電線にいて水澄めり（下関・広田鈴江）／しらさぎのおりてなくそばひがんばな（行橋・北田洋）

香西照雄▼芝の上に義手ころがして昼寝人（豊津・高橋川籟）／保護司来て溶かしてゆきぬ下駄の雪（福岡・石川展子）／はたはたや径それたがる猫ぐるま（小倉・林美砂）

出沢珊太郎▼夏の午後誰ぞ来そうな下がり蜘蛛（豊津・郡谷正夫）／師の家を駆込寺とも萩の花（行橋・島本久恵）／反古燃せば低く来てをり秋の蝶（行橋・山本多寿子）

平畑静塔▼強者も手を合わすなり十字星（筑紫野・砥綿哲治）／掬わねばこぼるる手話よ星月夜（行橋・黒田としお）／落し水五尺ながれて田を忘れ（苅田・矢野緑詩）

山口誓子▼沖待ちのタンカー長き夜を点る（鹿児島・海江田曳火）／かざす手のたもとが透ける踊りの輪（春日・倉重千鶴子）／午前午後一発だけの威銃（行橋・黒田としお）

横山白虹▼藁塚の最後の束は月に投ぐ（椎田・山崎豊）／糸伸ばす蓑虫地獄が見ゆるまで（福岡・谷守ます子）／朽舟に水戻り来る芦の花（門司・小山則道）

横山房子▼ころころと小石流るる蓼の花（門司・平出和子）／猫の鈴どこかに鳴りて星月夜（行橋・吉田末子）／藁塚の最後の束は月に投ぐ（椎田・山崎豊）

金子先生の行橋での記念講演も実現した。最後まで現役俳人。ところで「しらさぎ……」は拙句。初作句、初投句で「金子特選」になった。恐縮した。

（2018・2）

二〇一八月三月、福岡県行橋市羽根木の家庭塾「寺子屋」塾の卒業式案内を頂いたので出席した。第一六期の卒業者四名を送る儀式は心温まるものだった。

寺子屋は、元教師の古谷信一（八五）さんが「学校週五日制」（二〇〇二年）が始まってすぐにスタートさせた。一般的な〝勉強塾〟ではなく、〝生き方塾〟と言っていい〝よみかきソロバン〟をベースに『論語』などに親しむ「教育の原点」塾である。教室は、木立の中、風吹き抜ける地元の氏神さまの日吉神社拝殿だった。とにかく「みんなちがって、みんないい」がモットーで、楽しく遊び、学ぶ〝自由学園〟だったようだ。児童らは、月二回、土曜日に集まって、漢字や計算などの基礎教育に重点を置いた「寺子屋プリント」を皆で解く楽しみを味わった。

卒業式は、市教育長をはじめ社会福祉協議会会長、朗読ボランティアのメンバーなど多くの関係者が出席して祝った。これまでに巣立った児童は九〇名に上る。

贈る言葉などの中、古谷師匠が「ある方が知らせてくれました。この歌は素晴らしいものです」と、一九九六年にリリースされた横内章次作詞・作曲で仲代達矢の弟でシャンソン歌手の仲代圭吾さんが唄う「歌うように話せたら」が流れた。初めて聴くメロディーだった。

52――歌うように話せたら

うたうようにはなせたら／いつもきみのみみもとで／はなしかける／うたうように／ぼくのおもいのすべてを／まどべにたたずみ／ことりたちに／はなしかける／うたうように／あらそいごとなど／おきはしないよ／うたうように／はなせたら／／うたうようにはなせたら／こどもたちのみみもとで／はなしかける／うたうように／ゆめのせかいのうたを／にわにあそぶ／ちいさなむしに／はなしかける／うたうように／あらそいごとなど／おきはしないよ／うたうように／はなせたら／／うたうようにはなせたら／せかいじゅうのひとたちは／いつだあって／だれでも／はなしあうことができる／おもっていること／うたにできたら／ひとはみんな／うたをうたって／あらそいごとなど／おきはしないよ／うたうように／はなせたら

卒業式にふさわしい調べが響き、式の第一部が終わった。式の第二部は、隣家で泉校区の民生委員の皆さんの協力を得て、もち米を蒸し、石臼に入れ、杵で餅を搗く。周りを囲む人々の歓声が澄んだ青空に舞い上がった。

まさに、そこには〝子は宝〟の景色が広がっていた。

（２０１８・３）

53 石の彫刻十三への思い

二〇一八年三月、福岡県行橋市で昨年に続いて「行橋まちなかオブジェ・プロジェクト」による「石の彫刻」が世界各地から集った芸術家の手で刻まれ、彫られ、七つの石像が街なかに据わった。十三作品になった。これまで、「あなたはどこ？」（アントネラ・ティオッツオさん、イタリア）、「ポワン」（伊藤三千代さん、北海道）、「何かしら大きいものの断片」（ギョルギ・ミンチェフさん、ブルガリア）、「やはらぎ」（田中等さん、宮崎）、「冬」（ダニエル・ジョーンズさん、イギリス）、「自然界の循環」（ビクトール・コパチさん、ベラルーシ）が街の景色をつくっていた。

そこへ「日本海」（劉洋《リューヤン》さん・四五、中国）、「DANCE TO THE SKY」（ドレイ・ナタリーさん・五一、スイス）、「まるまる」（北川太郎さん・四一、兵庫）、「Driver」（フォロディミール・コチュマルさん・四七、ウクライナ）、「天地無用」（レオナルド・クンボさん・五〇、イタリア）、「山水」（ソレダドゥ・ラムサイ・ラゴスさん・三二、チリ）、「たたずまう」（田中等さん・六八、宮崎）の作品が加わった。

プロジェクトへの呼びかけに世界各地から一三八名の応募があった。少ない予算の中、手づくり施設での寝泊まりと地域の人々からの心づくしのおもてなしがあった。創作中、春一番の突風に煽られ作業用テントが総崩れするアクシデントに遭遇したものの、作品はビクともせずに「地球の中の行橋」に据え付けられた。

皆、満足して帰国の途に就いた。

街に十三の石像。十三の数字は「十三階段」とか「十三日の金曜日」など縁起が悪いといわれる。極めは、キリスト最後の晩餐に「十三番目の席は裏切り者のユダ」だったとかで「十三（忌み）」嫌われている数字、と思ったが、豈図らんや日本では数え年十三歳は、干支が一回りで生まれた年に戻り、「十二年間、健康でありがとうございました」と、関西では知恵と幸福を授かる菩薩への「十三参り」があり、沖縄には子どもから一人前の大人になる時期として「自立精神を養う節目」の「十三祝い」の「十三」に因む風習も残っている。

さらにアメリカ合衆国の建国時は十三州。十三の数字は吉数。一ドル紙幣の裏側の画には鷲が掴むオリーブの葉、実の数が十三、もう一方の足で掴む矢が十三本、頭上の星の数も十三。アメリカ国旗の赤白の線も十三本である。十三の石像で「吉凶縁起」も学べた。

街に彫刻が馴染み、溶け込む〝時〟を愉しめるのは、やはり石が生む温もりゆえだろう。

（２０１８・３）

田川から京築方面へ向かう香春町の国道201号線に沿って金辺川が流れる。川沿いの小さなスペースの駐車場そばに「馬〜ぃ、お好み焼き・ひさご」のにぎやかな色の看板があった。さりげない店構えの田舎のお好み焼き屋だ。下野豊さん（八〇）、知子さん（七四）老夫婦が営業、ソバ、うどんなども注文に応じて作る五〇年の味を出す店だ。店は五木寛之『青春の門』に登場する香春岳のすぐ下、細長い家並み続く中にある。

親父さんは、若い時、福岡市の平和台入り口で、親戚が経営する喫茶店の手伝いが〝食〟の道へのきっかけだった。平和台ではホテルのシェフが料理を教えてくれたが、そこが立ち退きになった。近くで「食事処・小箱」を始めたが、人の出会いは妙なもので、用事で友に連れて行かれた先の「お好み焼き」が旨かった。これだと思い、蛸を入れたお好み焼き「ひさご蛸安」の屋号を飾った。後、西新の商店街に「ひさご」をオープン。妻と職人一人。安くて満腹になるお好み焼き屋として子ども中心の店は繁盛した。小・中学の児童や生徒、とくに修猷館、西南などの高校生が多かった。ところが店が火事に遭って焼けだされ、移転を余儀なくされた。後、天神の神松寺の自宅を改造して店を再開した。

54 ——— 馬〜ぃ、お好み焼き・ひさご

親父さんは「あの頃は子ども相手で愉しいことばかり。私は、子どもに入れ込みすぎて大人と話ができない状態でした。うまく喋れないんですよ」と懐かしむ。その子どもたちは、今、社会で大きな役割を果たしているようだ。数年前、テレビ局のプロデューサーを務める元お客だった「昔の生徒」が下野老夫婦の番組「お好み焼き元祖ひさご物語」を制作放映したのが評判で、予定していた店の移転は一年余、延期した。それと「病気になってもお医者さんに苦労はしません。お好み焼きを食べていた子らが立派なお医者になっているのです。電話一本で気持よく対応してくれます。この歳で、お客さま冥利につきますね」と親父さん。五年前、香春に店を移した親父さんは「苦労もしました。息子のように可愛がっていた弟子が大病になり、その家族の面倒も見ていたのですが、最後、裏切られました。でも諦めました。こうして元気で居られるのも、いろんな人と人とのつながりが財産になっていますからね」と言い「店の味を売るのもいい。人は自分を売るのが大事ですよ」と話す。

お好み焼きの材料を買うのに「香春には八百屋など商店が一軒もありません」と嘆きの言葉が最後だった。

（2018・3）

古希を過ぎてのボケ防止には、何より自らの生きてきた日々の記憶を取り戻すことが大事だろう。難しいことではない、記憶を呼び戻すだけである。思い出をメモするだけでいい。メモ作業を続けることで脳の活性化が図れると思う。叔父の思い出を記しておく。

昭和六〇年(一九八五)七月一七日、尾形博義叔父(当時五九)がテレビ番組『笑っていいとも!』に出演した。

叔父は「年はとっても、年寄りではない」の主張を「定年バンザイ」で、タモリと山本晋也監督に挟まれて笑顔で喋った。後、発売前の「年はとりたくないもんだ」のメロディーが流れ、歌手の新川二郎が唄った。

覚悟していた定年なれど/やめて味わうわびしさよ/朝も早よから目をさまし/タバコふかして新聞よめど/求むる人は若者ばかり/あゝ年はとりたくないもんだ//

可愛い孫にせがまれて/釣りにゆけども獲物なし/じいちゃん下手やとうつむいて/赤いほっぺにひとしずく/孫のもりも楽じゃない/あゝ年はとりたくないもんだ

レコードはA面「定年ソング・年はとりたくないもんだ」、B面「サラリーマンソング・単身赴任」(東芝EM

55 あゝ「年はとりたくないもんだ」

I)で、ジャケットは「元気の素お父さん」だった。

レコード制作の経過は、叔父が詩吟仲間の娘さんで高校生姉妹の声に惚れ込んで「おいちゃんが今の心境を詩にして作曲してもらうから唄ってもらうぞ〜」と、忘年会の席で姉妹に依頼。姉妹は小学生の頃、父親に誘われて詩吟を習い始めた。素晴らしい声だと評判だった。

姉妹の「冗談でしょ」が本当になって、「年はとりたくないもんだ」を妹が唄うことになった。ところがレコードはA・B面で「もう一曲必要」になり、叔父は会社勤めの日めくりを繰って急遽「単身赴任」を書いた。二曲とも音楽を勉強している女性(二三)が作曲した。

プラットホームのベルが鳴る/歓呼の声に送られた/つらい男のひとりたび/さびしき思い笑顔にかえて/列車の窓から手をふれば/遠くで見送る妻と子の/涙の顔が目にうかぶ

姉がB面「単身赴任」を唄った。姉妹の父親は会社で事故に遭い、四二歳で亡くなった。レコーディング前、妹が唄うのを愚図った。母の「お父さんの月命日よ、歌おうよ」の説得に心が決まった。まさに歌は姉妹の「天国の父に捧げる」唄になった。

(2018・3)

56 学軒——郷里を詠む漢詩屏風

平成三〇年（二〇一八）四月二九日、昭和の日。元号「昭和」を起草した漢学者・吉田増蔵（号・学軒、一八六六～一九四一）の故郷を詠んだ漢詩が初めて朗詠された。福岡県みやこ町の「吉田学軒顕彰祭」の式典で、漢詩の屏風が碑そばに立てられ、参加者全員による漢詩唱和の声が晴天の空に昇った。漢詩は学軒が昭和六年（一九三一）に揮毫。遠戚にあたる行橋市下稗田の吉田朝生さん（七八）が表装、保存していた。

多くの漢詩の一つだが「舊田盧《きゅうでんろ》」と題した望郷の歌だ。詩は豊津の漢詩研究家の宮原加代子さん（六九）に読み下して頂いた。増蔵が亡くなる一〇年前、郷里への深い想いを詠んだ漢詩だ。

浩然歸志賦歸歟　阻絶山川千里餘
都門夜夜勞夢寐　寥落家山舊田盧
昔我辭郷上遠道　東皐其麥芃芃好
今我還郷望故居　西疇彼黍離離老
四十九年陵谷遷　白首謬列玉堂仙
竹簟茆簷曝風日　幾時歸臥送殘年
　辛未首日　　學軒幷書

浩然たる帰志（抑えきれない帰心）が「帰りなん」と賦うか／山川に阻絶せらること千里の余／都門に夜々夢《む》寐《び》に勞しむは／寥落たる（荒れ果てた）家山旧田盧（故郷の田舎）／昔我が郷を辞して遠道に上りしとき／東皐（東のさわ）は其れ麦の芃々として好しきに／今我郷に還りて故居（旧田盧）を望めば／西疇（西の田畑）は彼の黍の離々として（きび畑となり荒れ果てて）老えり／四十九年（の間に）陵や谷は遷りかわり／白首（老人になって）謬って玉堂の仙（宮内省という貴所）に列なる／竹簟（竹のむしろ）茆簷（かや葺きののき）風に曝されし日よ／幾時か帰臥し残年（余生）を送らん
　辛未《かのとひつじ》（昭和六年）首日（初日）　學軒幷書

学軒は漢詩の「韻に拘っていた」と吉田朝生さん。漢詩人は揮毫時に「その場で変更することがあります」と宮原加代子さん。『學軒詩集』収録の「舊田盧」も併載しておく。

浩然歸志賦歸歟　歸去山川千里餘
夜夜都門勞夢寐　家山寥落舊田盧
昔我辭郷上遠道　東皐其麥芃芃好
今我還郷望故居　西疇彼黍離離老
四十九年陵谷遷　白首謬作玉堂仙
竹簟暑風茆簷日　幾時歸臥送殘年

（2018・4）

57　平成三一年四月三〇日まで

元号「平成」は、平成三一年（二〇一九）四月三〇日までで、五月一日から変わる。天皇退位の後、新天皇即位で「新元号」になる。現在、元号使用は日本だけであり、大化（六四五）から始まり、天変地異などでしばしば改元されてきたが、慶応四年（一八六八）を明治元年とした以降、天皇生存にあっては「一世一元の詔」が発令され、明治、大正、昭和と続き平成になった。しかし「生前退位」によって「平成」が変わることになる。

ところで元号「昭和」の起草に関わった郷土人を記しておきたい。福岡県京都郡上田村（現みやこ町）出身の吉田増蔵（一八六六〜一九四二）は「森鷗外の志」を継いだ漢学者といわれる。彼は、明治一二年（一八七九）に漢学者・村上仏山が開いた私塾・水哉園（行橋市）に入門、勉学に励み、明治一六年に上京。塾の先輩・末松謙澄らの知遇を得て山形有朋らと交流。明治三四年に宮内省判任文官となった。後、京都帝大で哲学を学び奈良女子高等師範教授（現奈良女子大）を歴任。大正七年（一九一八）森鷗外を知り「漢籍に興味を持ち漢詩漢文並びに之を能くする」同士として相通じた。帝室博物館総長の鴎外の元で増蔵は図書寮編修官に任命され、「帝謚考」及び「元号考」の考証を鷗外と二人三脚で始めた。特に鷗外は元号に強い関心を注いでいた、が、志半ばの大正一一年、六〇歳で永眠した。鷗外を詠む歌が残る。

こと問はむ人はかえらず秋風の
かもめのわたり柳ちるなり　吉田増蔵

時が過ぎ、「大正」の次の元号選定について一木喜徳郎宮内大臣からの「内意」で「多くの典籍に就きて精査推《すい》覈《かく》」し、増蔵は宮内省案「神和、神化、昭和、元化、同和」を勘進。一方、国府種徳の内閣府案「立成、定業、光文、章明、協中」が出され協議された。そして「朕皇祖皇宗の慰霊に頼り大統を承け万機を総《す》ぶ茲に定制に遵い元号を建て大正十五年十二月二十五日以後を改めて昭和元年と為す」詔書が発表された。

ここに鷗外の「元号に賭けた気持」が弟子の増蔵の努力によって成就したように思えてならない。

近代の「元号」の出典は、「明治」は『易経』の「聖人南面而聴天下、嚮明而治」であり、「大正」は『易経』の「大亨以正、天之道也」で、「昭和」は「四書五経」の『書経』尭典の「百姓《ひゃくせい》昭明、協和万邦」、「平成」は『史記』の「内平外成」と『書経』の「地平天成」のようだ。元号は世界で一つしかない「日本文化」の原点。

（2018・5）

58　私設の山元桜月美術館

平成三〇年（二〇一八）六月四日、福岡県行橋市に日本画家・山元桜月《おうげつ》の「富士山」がずらり並ぶ私設の「夕田美術館」がオープンした。不動産会社会長の夕田宜功さん（七四）が蒐集した作品を展示、山元作品のみの美術館は日本初だそうだ。夕田さんは三〇代で実際の富士山を見て、感動。以降、東京の画廊オーナーを知り、富士を描く「山元桜月」を知った。山元作品は二〇〇点近く、独特な富士を鑑賞できるようになった。

　山元桜月（一八八九〜一九八五）は、滋賀県膳所町（現大津市）で六男二女の三男として生まれ「三郎」と名付けられた。幼い頃から叔父である京都画壇・円山派の重鎮・山元春挙《しゅんきょ》（一八七一〜一九三三）に認められ、弟子「春汀」として厳しい実写の指導を受けたと伝わる。大正三年（一九一四）の「文展」で『奔流』が初入選以降、活躍を続け、昭和三年（一九二八）には「帝展」で推薦（無鑑査）と地位を固めていった。だが、叔父の死後、昭和一〇年に「桜月」と改め、帝展を退会、画壇から身を引き、画商との交流も断った。絵も風景画から山岳画へと変化し昭和一四年に『早春の芙蓉峰』を描き、山梨県の山中湖畔に移住して「富士山」のスケッチと観察に没頭。横山大観は「富士の真の姿を描いて行くのは桜月君が最もふさわしい」と評し、川合玉堂は「富士」の作品を期待、楽しんだ。それに応える如く「富士山を見ていたらその崇高な姿に魅入られ、誰も戦争など思い寄らないだろう。そして心から平和のためには力を合わすようになる」の信念で描き続けた「富士山」を世界の指導者に贈り続けた。ケネディー、レーガン、カーター、マッカーサー（アメリカ）、コスイギン、ブレジネフ（ソビエト連邦）、毛沢東、周恩来（中国）、ネール（インド）、パウロ六世（ローマ法王）などに「山元富士」を届けた。またルーブル美術館やロシア美術館なども所蔵すると聞く。日本と言えば「フジヤマ」と、世界の人々の思いがある。多くの山元作品が各地で飾られている。

　絵は『神嶺富士』をはじめ『冬の富士』『五月の富士』『夕日の富士』『早暁の富士』『盛夏の赤富士』『青富士』などがあり、描かれた〝多彩な富士〟は見事だ。

　夕田美術館では徳富蘇峰の「漢詩」入りの赤富士に魅かれた。蘇峰が贈った桜月を讃える詩が遺っている。

　天下何人か嶽を描かざらん、誰か能く筆底其の真を得る。唯君岳と雙心照らし、秘霊を描き出して神有るが如し

（2018・6）

59――行橋の「稲荷座」お茶子の話

昔話に花が咲く、というけれど思い出を語る人の目は優しい、本当に楽しみながら喋ることばには、張りもあれば艶もある、まさにその人の人生が凝縮されて聞き惚れる。福岡県行橋市で昭和四五年（一九七〇）に無くなった劇場の稲荷座。そこのお茶子の話を思い出す。

――昭和一〇年じゃったですよ。白川吉太郎さんが行事に「都座」ちゅう劇場を持っちょって、それが焼けたんで行橋郵便局のとこに「稲荷座」をつくったですけねぇ。大きなお城んような造りで、そりゃーぁ目立ちよったですよ。何本も幟が立って、賑やかじゃったですけねぇ～。舞台は朝、昼、晩の三回起こしよりましたが、いつもたくさんお客さんが来てくれましたけね。うちの人は〝大勘定〟ちゅう今の劇場の支配人ですかねぇ、役者さんの引き受けからお金の支払いまで、ぜ～んぶ、うちの人がしよりました。わたしゃ〝お茶子〟ちゅうて、座布団を配ったり、菓子売ったり、劇場の掃除をしたりする仕事でしたけねぇ～。若い時分から一年中、休みなんちゃ、いっこもない、お茶子ばっかしの人生ですよ。

稲荷座の舞台を踏んだんは、歌舞伎俳優の松本幸四郎さんや尾上松緑さん、浪曲の広沢虎造さん、長谷川一夫や三波春夫、春日八郎、美空ひばり、そりゃーもう、思い出せんほどおります。今、テレビに出ちょる歳とった俳優さんは、みぃ～んな踏んじょりますよ。そう、そう、あの歌い手の村田英雄さんは、白川吉太郎さんが引受人になって稲荷座が初舞台やったですけねぇ。歳は一五くらいやったでしょうか、師匠の酒井雲さんに連れられ、かすりの着物を着て舞台に出よったのを覚えちょります。うちの人たちから「がんばれ～」と声を掛けられよりましたよ。行橋の稲荷座ちゃー、有名なとこやったですけねぇ～、なんか、こう、威厳ちゅうもんがあったですよ。飯塚の嘉穂劇場ですか、あすこよりは一回り大きかったような気がしちょります。昭和一九年に稲荷座を買うた佐々木さんが、戦後は続けよりましたが、テレビが流行り出したんは、昭和三〇年頃ですかねぇー、やっぱあ、お客が入らんごとなったですけねぇー。劇場が崩れるんを、じっと見よって涙が出てきましたよ。わたしらみたいなお茶子だけしかしてこんもんに、劇場がのおなってから何ができるちゅうですか。

これは四〇年前に訊いた話。老婦人の語った記憶を記録に残すのも大事。人それぞれの襞に刻まれた記憶を掘り起こすことは歴史を伝えることになる。

（2018・6）

60　昔話は聞ぃちょかなのぉー

昭和五九年（一九八四）京築二市二郡の民の話を仲間と手分けして訊いた「残したい、伝えたい民話一〇〇話」を、京築民話の会編『ものがたり京築』（葦書房）として出版した。二市七町二村に伝わる話は生活のそばにあった。ちょっと角度を変えて話を愉しんだ。

　どこん村にも、なんか、話しが残っちょるちゃ、地《じ》下《げ》んもんの話、やっぱあ、おもしれえ。昔から人がおらぁ、なんやかんや、あっちょろうけ、聞ける時に訊いちょかな、さきにならぁー、だれもわからんちゃ。

　周防の海の波間に浮く神の島に白蛇が棲んでいた（苅田町）。馬ケ岳の山中にある埋蔵金を探して白狐に遭い熱病に冒された（行橋市）。祓川中流の栴檀の大木そばに乳呑児を抱えた母が参る乳持ち石（豊津町）。呪われた血筋の供養に建てられた寺の創始者の墓と言われる一寸法師の墓（勝山町）。村人に危害を加える龍を退治しようと生立神社拝殿に龍の彫り物を欄間にかけて鎖で結ぶ（犀川町）。天徳寺の宇都宮公の霊前には天皇から贈られた三つ足のわくどの香炉がある（築城町）。農民救済の嘆願を藩に願い出た延塚奉行は独断で農民の借金を棒引き救済した咎で自刃した（椎田町）。犬ケ岳の悪事を働く鬼退治をするため、権現様に頼み、夜が明けるまでに鬼たちに石段造りをさせた（豊前市）。古狐の悪戯が過ぎるので、逆に狐を騙して捕え青葉松でいぶした（新吉富村）。千本松川原で宇都宮一族の千代姫はじめ一三人が磔刑に処せられた後、千代姫塚から大蛇が出る噂（吉富町）。原井に伝わる八石は川にある石ではなく田畑に埋もれた石が語り継がれる（大平村）などの一〇〇話がある。

現在（二〇一八年）二市五町になった京築。人も少なくなった。が、山、川、里、海がひろがる。伝わる話はひっそりと残っている。

　昔話を、よう、知っちょるじっちゃんもおらあー、そーなん、関係ねぇけのーぉ、の、おいさんもおる。みんな、いろいろだい。そいけん、民話や伝説ちゅうたら、どっか、遠くにあるもんち、思うちょったけど、そーや、ねぇちゃのおー。遠野やらに負けちゃおれんち、探しよる人もおるし、築城の奥にゃ～、トンチの利いた「寒田話《さわだばなし》」も、えれ～え転がっちょるちゅーぅし、住んじょるとこで話は聞けるごとあるっちゃ。みんな、よう知っちょるちゃ。こいから、じっちゃんやらに逢うて、昔話は聞ぃちょかないけんのぉー。

（2018・6）

61　『和魂漢才』の「吉原古城」

二〇一八年、夏。元郵便局長のアマチュア写真家で郷土史研究を進める行橋市の木村尚典氏（七八）が、みやこ町の『和魂漢才』の偉人・吉原古城《こじょう》を発掘、編著の『神官・書家・漢学者　吉原古城の探究』を刊行する。編集、校正などに関わった関係で記録しておく。

和魂漢才とは、日本の精神「大和魂《やまとだましい》」と中国伝来の学問「漢才《からざえ》」という対の概念を融合させたもので、漢詩と和歌、唐絵と大和絵の併称と同様の現象で平安時代中期に成立したものといわれる。古城が記した『和魂漢才』は、大和魂＝和魂を伝える日本人の心の書物である。

吉原古城（一八六五～一九三二）の先祖は、鎌倉時代、関東から宇都宮信房に率いられ、高倉家らと下向。みやこ町犀川木井馬場の「神楽山」に落ち着いた。そして神楽城主・宇都宮に仕え、高倉と吉原家が交替で木井神社の宮司を代々務めてきた。そんな環境で育った古城は、神官の務めを果たすとともに漢詩を嗜み、書の道を究めた。一時、宇佐神宮で「権大教正」の地位にまで上り、国内はもちろん韓国、中国などでも活躍されたといい、全国を旅して各地に漢詩や書を残しているという。生涯をかけて詩文、書を掘り下げ、漢詩文集『和魂漢才』を著した。書籍は、大正四年（一九一五）に大正天皇に献供され、天覧が勅許されたといわれる。木村氏は、その人物と著書を調査、研究、論考して編纂した。

木村氏と古城の出会いは生まれた時からのようだ。みやこ町犀川上伊良原の木村家の座敷襖には「古城揮毫」の大きな書があり、幾つもの掛け軸もあった。彼は、幼い頃から馴染んできた書だったが興味はなかった。ただ結婚の折、母から「この字が読めるくらいな人になって欲しい」と、古城の掛け軸を渡された。その後、母の言葉の影響でもないが、書を習い始めた。そして地元の郵便局長に赴任して「吉原古城」に関わることになった。読み取れなかった字もいくらか読めるようになり「古城の書」に憑りつかれた。作品が見つかるたびに、今度は人物への興味が膨らんだ。調べれば調べるほど「古城」の神職はもちろん漢詩人、書家としての偉大さがわかってきた。そして郷土偉人の顕彰をしよう、と平成一三年（二〇〇一）に地域の人々と「日月盈昃《にちげつえいしょく》」を刻んだ石碑を建立した。碑は、みやこ町内垣の「古城公園」にあり、七月七日の古城誕生日には「七夕祭」が開かれる。

不思議なのは、吉原家が豊前の地を踏んだのは建久六年（一一九五）七月七日という。

（２０１８・６）

62　仏山の珍しい「蔵詩巌」

国の史跡である御所ケ谷神籠石《ごしょがたにこうごいし》（福岡県行橋市津積ほか）は、仏山《ほとぎやま》（二四六・九メートル）山頂から列石、石塁、土塁が広がる古墳時代の山城跡と考えられている。山の尾根の一角に巨岩（縦二・二メートル、横三・五メートル、幅二メートル）が据わる。珍しい「蔵詩巌《ぞうしがん》」である。

行橋市上稗田の長峡川の畔に県の史跡「水哉園《すいさいえん》跡」がある。ここは中国の孔子の言葉である「水ナル哉《かな》」から採った名の私塾である。

天保六年（一八三五）に幕末の儒学者で漢詩人の村上仏《ぶつ》山《ざん》（諱は剛、一八一〇～七九）が開いた漢学塾。庶民の学び舎として全寮制で厳しい塾則のもと、高いレベルの教育がなされた。

福岡の亀井塾、日田の咸宜《かんぎ》園、豊前の蔵春園などとともに北部九州における優れた私塾の一つだった。

漢学塾の水哉園は、五〇年間続き、西日本各地から三千人余の塾生が集まり、我が国の政治、文化、経済などで活躍する多くの人材を輩出した。

村上剛は生家前の田園の向こう、穏やかな稜線の仏山《ほとぎやま》をこよなく愛し、雅号を仏山《ぶつざん》とした。

私塾は年を重ねるごとに門下生が増えた。詩文による教育や倫理教育が徹底された。学びの中、門人たちは仏山の御所ケ谷近くに大きな岩のあることを知った。

明治九年（一八七六）に巨石の下に石室を造り、そこに「先生の著作」を埋め、後世に残そうと、門人、相集い、漆の箱に著作を入れて蠟で密封、石下に納めた。

石碑には沓尾の守田蓑洲《さしゅう》が「蔵詩巌」と豪快、剛毅な文字を揮毫し、刻んだ。

仏山六七歳、完成を喜ぶ詩を次のように詠んだ。

明治第九　十二月
門生相謀蔵余詩巻丁佛山半復巌間刻其面目
蔵詩巌蓋沿古人蔵書名山之意也

——佛山堂遺稿巻之下

連朝鎚鑿響丁丁
巌面分明大刻成
只要無窮駐心血
誰言有意売名声
一団文字精神在
萬古林巒気色生
牧豎樵童休褻近
山霊呵護小詩城

連朝鎚鑿《ついさく》の響くこと丁丁《とうとう》たり
巌面分明に大刻成る
只要《ねが》わくは無窮に心血を駐《とど》めんことを
誰か言わん名声を売るの意有りと
一団の文字に精神在り
万古の林巒気色《りんりんきしょく》を生ず
牧豎樵童褻近《ぼくじゅしょうどうせっきん》するを休《や》めよ
山霊呵護《かご》せよ小詩の城を

（２０１８・６）

63 知ってますか「芳國俳壇」

隠れた歴史を掘り起こすのは楽しい。最近ある〝郷土文化〟の痕跡を知る。忘れられ、知られていない〝文化遺産〟の謎解きを愉しむ。時を刻むと意外なものが出る。

大正時代に発行された俳誌『君子』を知ることができた。発行所は福岡県京都郡延永村（現行橋市）で、投吟所は「芳國俳壇」とある。編輯兼発行者は村上茂市で、住所は延永村吉国十八番地。現在、光明寺があり、村上姓の多い吉国区（一七七戸）のようだ。

驚くのは『君子』に「御投稿歓迎」として句が並んでいる。投句者は豊前、筑前はもちろん京都、能登、尾張、美濃、常陸、信濃、加賀、相模、伊勢、甲斐、讃岐などの地名あり、台湾も見える。全国各地から「芳國俳壇」に句が届いていた。村上茂市（一八七七〜一九五四）を辿ると、郷土俳句の姿が浮かぶ。茂市が俳人の三世仙路軒瓢園であり、俳誌『君子』を刊行。俳壇の一大勢力を持つ全国規模の「芳國俳壇」主宰者だったようだ。

光明寺境内に、昭和三年（一九二八）建立の「俳聖芭蕉廟　千秋不滅魂」として芭蕉の句があり、裏面に三世仙路軒瓢園、有明庵窓遊、春流庵如佛、渓廼舎朴樵の名を刻む。

父母の志きりに戀し雉子の声　　はせを

また光明寺参道には、昭和二二年（一九四七）建立の門柱に句が刻まれている。

遺る瀬なき声の弥猛や呼子鳥　　知足
（第二十世住職・村上亀丸）

時鳥その一声可聞きところ　　仙路軒
（当山総代・村上茂市）

さらに光明寺近くの観音堂そばに「仙路軒瓢園宗匠」の句と略歴を記す碑が建つ。

勘忍のよき亀鑑なり雪の竹　　俳禅堂主人

碑の年譜には、茂市（仙路軒瓢園）二歳で母、四歳で父を亡くし一〇歳で叔父の宮大工に弟子入り。一時、九州鉄道に奉職するも後、京都郡唯一人の建築設計士として公共施設の設計を手掛けた。彼は若い時から文雅の趣味深く、詩歌、俳画を嗜み、とくに俳道は研鑽を重ね「大正七年に仙路軒の三世を嗣号」以降「月刊俳誌『君子』を発行」し、広く後輩を導き、花鳥風月を友とした暮らしを楽しむとある。「芳國俳壇」を詳しく知る者が居ればいい。いずれ研究者によって明かされるだろうが、隠れ、眠った郷土文化に光を当てる遺産の顕彰は、必ず未来遺産の創造に力を発揮することになるだろう。

（２０１８・６）

64　綾塚古墳は女帝神社

福岡県みやこ町勝山黒田にある綾塚古墳は、昭和四八年（一九七三）北部九州を代表する巨大な横穴式石室を持つ円墳として国史跡指定を受けた。玄室の奥には大きな家形石棺が安置されており、入口前、参道に建つ鳥居には「女帝神社」と書かれている。古墳は民家の立ち並ぶ一画に佇むようにある。地域の人々は「あのニョタイジンシャには」月二回「ゴウヤに行きましょう」と誘い合い、昔から伝統の古墳周辺清掃の務めを果たしている。

みやこ町と行橋市を中心とした京都《みやこ》平野には、ロマン誘う場所が各地に点在。まず平野の北、椿市には幸山《みゆき》があり、そこには景行天皇が祀られ、南の稗田の仏山《ほとぎ》の頂には景行神社がある。また、近くには仲哀天皇との関わりが想像される仲哀トンネルがあり京都と筑豊を結ぶ。

そこに応神天皇の母であり、仲哀天皇の后である神功皇后が登場してくる。日本で「女帝」と呼ばれる人物は、朝鮮半島に出兵して三韓征伐を成した神功皇后と言われる。その人物を祀るのが女帝神社という。人それぞれ、語りもそれぞれだが、綾塚古墳が、その「女帝」＝「神功皇后」の墓だとの説が出てきた。

それにしても、この「京都」の地には、神功皇后にまつわる話が散在する。皇后は三韓征伐後、筑紫の宇美で応神天皇を生み、畿内に向かうが、反乱が起こり、平定したのが武内宿禰《すくね》らで、彼を中心に皇后と皇子を守る覚悟の姿を祀る神社も存在する。

とにかく宇佐で平穏祈願を行い、下関から船で畿内に向かう陸路と船の旅が続く途中、京都平野を通った足跡が残っている。みやこ町犀川大村では、皇子が初めて摑まり立ちができた地として、皇后は息子の成長を大いに喜び、生立《おいたつ》神社を建てたそうだ。

皇后軍は宇佐で祈願を済ませ、瀬戸内海を進んだが、反乱軍が出没。それに宇佐水軍や瀬戸内各水軍が対抗し撃破。そして無事、大和へ凱旋。その後、皇后は皇子（のちの応神天皇）が成人し即位するまで摂政を務めた。宇佐八幡宮は伊勢神宮を凌ぐ朝廷の守護神になった。

北部九州に「京都」があり「宇佐八幡」がある。「地の利」のよい地に様々な物語が生まれるのも、まさに天智天皇が果実を食べて発したという「むべなるかな」だ。

京都の地はもちろんだが、どこの地にもある事物の奥には思いもかけない物語が広がっているようだ。

ごく普通に誰もが目にするコトやモノに精霊が宿っているのを忘れまい。

（２０１８・６）

65　双葉山を見つけた高法山

郷土史をひもとくと意外な話が眠っている。郷土誌『しいだ』第三号（平成七年刊）に池永敬「高法山の相撲人生」という小論があり、中に「角界入りと双葉山発見」の項目があった。大相撲の大横綱・双葉山誕生の秘話が綴られている。ひょい、と宝が出たようだ。

福岡県京都郡椿市村（現行橋市）で生まれた森本喜代松（一八九八〜一九八九）は、幼い頃から剛力、神社の奉納相撲などでは優勝の米俵を担いで帰っていた。大正二年（一九一三）一五歳の時、大阪大角力協会に入門。四股名は「高法山」で三役入りした力士。小兵だが小気味よい相撲取りだったそうだ。相撲巡業で度々、九州に来た。昔から宇佐神宮の放生会相撲には参加していた。

その折、彼は宇佐の海岸散策で、炭俵を軽々と掲げ持ち船に運ぶ少年を見つけていた。宇佐郡天津村（現宇佐市）の穐吉《あきよし》定次（一九一二〜六八）少年だった。

高法山は少年に角界入りを勧めたが、首をタテに振らない。両親にも会って頼んだ。少年に手ほどきをした高法山は彼の相撲技に惚れ込んだ。このことを地元の警察署長にも伝えた。昭和二年（一九二七）に東京と大阪の角力協会が合併して大日本相撲協会（現日本相撲協会）が発足した。高法山は合併を機に角界引退。そして神職と行司の免状取得の修行に入った、後、高法山は、どうしても穐吉少年が忘れられず、何度も宇佐を訪ね、本人と両親へ角界入りを口説いた。ようやく「五年間だけなら」の返事。警察署長を通して立浪部屋に入門することになった。穐吉少年は一五歳だった。四股名は「栴檀《せんだん》は双葉より芳《かんば》し」から「双葉山」と命名された。彼は海運業で精神と肉体を鍛えられていた。角界に入門したものの目立つ力士ではなかったが、足腰が強く、土俵際の逆転相撲が多く「うっちゃり双葉」と呼ばれた。昭和七年幕内、一一年関脇、一二年大関、そして第三五代横綱となって六九連勝の大記録を樹立することになる。高法山が見つけた穐吉少年が大横綱になったのだ。

高法山は、昭和四年、椎田町湊の加野キヨと結婚、湊に新居を構えた。彼は神職の資格もあり近隣の宮相撲などの行司を務めた。二六年に時津風（双葉山）一門が椎田巡業に来た。高法山は穐吉少年（双葉山）が名横綱として郷土の土俵に立つことに心が高鳴った。時津風親方は、土俵の上で高法山の手をがっちりと握り「おやじさん、お久しぶりです」と言った。感動の再会だった。晩年、高法山の〝相撲甚句〟が入院中の病院に響いた。

（２０１８・７）

66　黒武の「どんぶり狂想曲」

ラジオからテンポよく楽しい「曲」が流れる。福岡県築上町の地域密着コミュニティー放送局のスターコーンFMから時折、エンディング曲として「どんぶり狂想曲」が電波にのって届く。この曲は京築地域で活躍する歌手の黒田武士《たけし》さん（六七）が、二〇年前の夏、夢に「どんぶり」が現れ、飛び起きてすぐに作詞・作曲したという代物。とにかく楽しめる。

一、親の意見は　茶碗蒸し　花の東京へ　上天丼　負けちゃイカ丼　カツ丼と　心に決めて　やり肉丼　夢の一旗　掻き揚げ丼

二、可愛いあの娘が　スキヤキ丼　牛丼胸が　張りシャケ丼　イクラ丼なに　惚れ天丼　所詮あの娘は　他人丼　夢でほっぺに　中華丼

三、晴れて嬉しや　夫婦丼　愛のマイホーム　ホタテ丼　びっくり仰天　卵丼　女房の怖さに　ビビビンバ　夢の浮気に　どつカレー丼

四、世の中不況で　まっぐろ丼　借金なかなか　海鮮丼　ウニ丼を　天丼に　お任せ丼　穴子丼を狙って　賭けうどん　財布の中身が　カラ揚げ丼

五、俺の人生　やまかけ丼　どんぶり勘定で　日が暮れた　夜の巷を　そぼろ丼　いつか光も　刺身丼　うな丼上りで　頑張るどん

（※ソレ　どんどん丼　どんと来い　どんどん丼　どんと行け）

黒田さんは、十代でロックに目覚め、仲間と演奏活動をしていたが、二十代半ば、父親の建設業を継いだ。

しかし音楽を忘れることは出来なかった。平成二年（一九九〇）、ある音楽関係者との出会いで演歌の「紫川」という曲を頂き、デビュー曲となった。以降、歌手の道を歩き始めた。全国を飛び回り、唄い続けた。多くのオリジナルの作詞・作曲も手掛けた。平成八年に独立。これまでの三十余曲はレコードやCD、DVDなどに収めた。

現在、彼は築上町にあるスターコーンFMで週一回「黒武《くろたけ》の生涯現役！」コーナーで、地域のホット情報を発信している。番組は「じいちゃん　ばあちゃん　とうちゃん　かあちゃん　にいちゃん　ねえちゃん　ぼっちゃん　じょうちゃん」の呼びかけから始まる。

さりげない生活話が好評だと言われ、方言も交えた喋りの三〇分が短い。

最近「どんぶり」が、また夢に出て、不思議と「どんぶりリズム」も、つい、口を衝いて出るという。

（2018・8）

67 ―――― 三毛門カボチャの昔、今

福岡県豊前市のＪＲ日豊本線の小さな「三毛門駅《みけかど》」前広場に、黄金色の大きなカボチャのオブジェがある。駅前の愉しい景色が人目を惹く。郷土で歴史を語れる「三毛門南瓜」は、日本最古の渡来種とされ、「三毛門村」に定着し伝わった。カボチャの昔、今を追う。

南瓜《カボチャ》の日本渡来は、天文年間（一五四〇年代）にポルトガル船が大分に漂着した折、大友宗麟《そうりん》に贈られたのが最初といわれ、豊後から豊前国に伝わり、果皮が平坦、蛇紋菊形の三毛門型として受け継がれてきた。この歴史を踏まえ、昭和三年（一九二八）には「昭和天皇ご即位の大嘗祭に三毛門南瓜献上」の栄に浴した。南瓜は「青竹をもって矢来を作り注連縄を張り巡らした畑」で入念に管理、栽培された。そして献物式典には近隣郡村関係者の多くが列席して執り行われたという記録が残る。献上後、昭和天皇から三毛門南瓜は「菊のご紋ですね」とのお言葉を賜ったと伝わる。九〇年前の出来事である。

伝統文化の継承は地域で様々な取り組みが行われてきた。昭和二一年には三毛門小学校の馬場保美（作詞）、渡邊虎雄（作曲）、荒巻一六（振付）、三人の先生による「三毛門南瓜音頭」――緑の畠におへそを出して　生まれたかぼちゃの赤ちゃんは　まるい顔して笑います　三毛門南瓜は可愛いかぼちゃ（略）――が作られた。

その後、児童らに「大嘗祭献上田」での種蒔き、植付け、ワラ敷き、収穫などの実践教育も行われた。近年は、カボチャを使った焼酎、ワイン、ケーキ、菓子などが生まれ「三毛門南瓜保存会」の活動も活発になっている。

三毛門南瓜は、地域の縁を結ぶ役割も果たしている。宗麟ゆかりの地・大分県臼杵市で戦後途絶えたカボチャの復活、生産運動が始まった時、平成一九年（二〇〇七）には「南瓜里がえり」機運が臼杵で高まった。保存会は、その要請を受け、地域で収穫した「三毛門南瓜」を贈った。後、臼杵では「宗麟南瓜」として地域振興の取り組みが始まったそうだ。ところで作家の松下竜一は『あの日、あの味』（東海教育研究所刊）に「（略）わが家で団子汁といえばかぼちゃの団子汁のことだったが、どうやらそれは母の出身地福岡県豊前市三毛門という農村に限られた御当地団子汁であった（略）かぼちゃとメリケン粉の団子だけでつくられる。かぼちゃを皮つきのまま小さく切って、たっぷりの汁で煮立てる。汁にだしなどは加えない。三毛門南瓜の特徴はその甘さにある。（略）困窮の時代に六人の子らの命を養った（略）」と記している。

（２０１８・９）

第2章 歴史を掘る

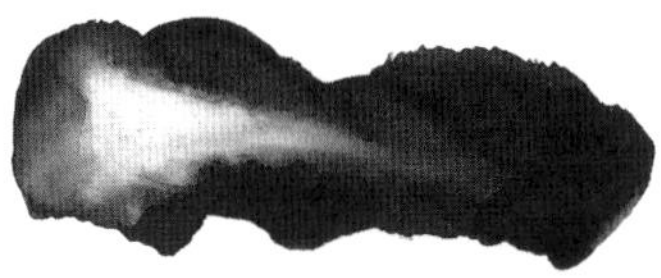

68　日本の国花は桜と菊という

世界各国の「国花」はいろいろ。アメリカはセイヨウオダマキ、イギリスはバラ、フランスはニオイイリス、ドイツはヤグルマギク、オランダはチューリップ、中国はボタン、韓国はムクゲ、ロシアはカミツレとヒマワリの二つなど、花で国を思い巡らすのも楽しめる。我が国家の国花は正式ではないようだが桜と菊という。ともに種類が多く、自生種は桜百余で菊四百余、交配種などは桜六〇〇を超え、菊は世界に二万を超える種類があるようだ。日本人の桜と菊への関わりや花に寄せる思いなどを探ってみる。

桜の語源は『古事記』の「木花咲耶姫《このはなさくやひめ》」の「さくや」の転化、あるいは「さ」は穀霊の古語で「くら」は神霊鎮座の場所で、桜には実りの神が宿るといわれ、桜開花が農作業の目安になった。桜鑑賞は平安時代からで、貴族などの「宴」から庶民の「花見」へと向かった。種類は自生する山桜と品種改良の里桜に大別されるが、日本桜の八割は江戸時代に「染井村」で生まれたソメイヨシノで、現在は「開花予報」に使われる代表的な花だ。
古《いにしえ》から人は桜を愛で、親しみ、多くの歌を詠んできた。

世の中に絶えて桜のなかりせば
　春の心はのどけからまし　在原業平

み吉野の山辺に咲ける桜花
　雪かとのみぞあやまたれける　紀友則

菊は皇室の紋。原産は中国で二千年以上前から薬用や食用として使われ、日本には平安以降に伝わり、上流階級の鑑賞花として栽培されていたが、時代が下がるにつれて庶民花として普及。品種は「和菊」と「洋菊」に分かれているが、江戸で創りだされた「古典菊」には江戸菊、美濃菊、肥後菊、伊勢菊、松坂菊など風情ある菊の競演が楽しめる。さらにサイズごとに大菊、中菊、小菊と並ぶ各地の菊花展では、多くの人が重厚、繊細などに加え、鮮やかな色合い、匂いを楽しむ。菊の歌も残る。

このごろのしぐれの雨に菊の花
　散りぞしぬべきあたらその香を　桓武天皇

心あてに折らばや折らむ初霜の
　おきまとはせる白菊の花　凡河内躬恒

春の桜に秋の菊。ともに日本人に馴染む花だが、『万葉集』に桜はあるが菊はない。時代下がって「花は桜木人は武士」から「花と散る」桜。一方「菊の香や奈良には古き仏たち　芭蕉」など伝来菊は日本の自然に融け込んだ。日本国パスポートの表紙は菊の図柄である。

（２０１７・１）

69 ── 江戸時代の奇書『色道大鏡』

寛永三年、畠山箕山《はたけやまきざん》（一六二六～一七〇四）は、京都の裕福な染物屋の跡取り息子として生まれた。幼くして親を亡くした。

箕山、一三歳の時、京都の花街・島原遊郭に行き虜になり「遊郭を極める」と通い始めた。一〇年余で財産を食い潰し、京から大坂へ逃げ、宴席での〝男芸者〟にまで身を崩して、なお遊郭への出入りを続けた。

彼は「色道を茶道や華道のような文化に大成させる」と、東は江戸の吉原遊郭、西は長崎の丸山遊郭へと全国津々浦々の遊郭探訪を始めた。そして諸国遊里のしきたりや由来、用語解説、格式、遊郭所在地、店の配置図、遊女や遊客の作法、遊女伝など、あらゆる遊郭の事象を三〇年余りかけて調べ、記録し、西鶴の「好色物」にも影響を与えたといわれる。

彼の著作は延宝六年（一六七八）に遊郭百科事典『色《しき》道大鏡《どうおおかがみ》』全一八巻として完成した。

『色道大鏡』は、遊びの風俗はもちろん礼儀作法、美学、芸事、書などの奥義も語られ、各地の年中行事も記されるなど「地方史」としても評価が高い。抄録を試みる。

やりての所作、女郎のさばきは、田舎なれども、大坂のやりて、京のやりてにおとらず、されども、風俗は京のやりてに及ばず、いかにとなれば、客のまへにて行儀のたゞしきと、詞のきゃしゃなるとのかはりめ也、その外は、さしてかはる処なし、片田舎の遣手をみれば、悉皆女郎の友達なり、其心を客にもあてゝ、座をはなれず雑談し、酒宴をことゝす、又傾城も、京、大坂とかはり、一人の客と対する内に、やりて来れば、まねきよせて、客もたづねざるはなしをし、物をくはせ、酒をしゐ、馳走するさま、誠につたなくうるさき事成　（『色道大鏡』巻四、抄）

箕山は、遊郭通いで家を潰して〝馬鹿男〟と蔑まれたが、『色道大鏡』には「惣じて物を錺《かざ》り繕うは、初心者、田舎人、物馴れぬ者のする事なり」と記す。

一芸を極めた者の言葉だろう。

近世色道学のバイブルを遺した彼の辞世詠は生き抜いた潔さがある。

かりの世に地水火風をもどすなり

これで五輪のさびしきはなし

一休宗純《そうじゅん》は「世の中は起きて稼いで寝て食って後は死ぬのを待つばかり」と詠んだ。一度しかない人生、思いのままに気のままに歩いて逝った箕山を責められようか。

（２０１７・１）

70 江戸の鳥人・浮田幸吉

江戸時代に空を飛んだ男がいた。備前国児島郡八浜（現岡山県玉野市）の宿屋「桜屋」に生まれた浮田幸吉（一七五七〜一八四七）である。彼は、七歳で父を亡くした後、親戚の「傘屋」に預けられた。手先が器用だった幸吉は竹の骨組みに紙を張る傘職人の日々を送った。いつも傘を作りながら、空を飛ぶ鳥を見上げていた。一四歳で腕を認められると、弟と同居できる表具屋に移り住んだ。一〇年後、評判の表具師になった。仕事の合間、近くの寺で親子が鳩に豆を与えているのを見ているうち、「羽を背中に付ければ空を飛べるのでは」と思った。

鳩を捕まえて体や羽の形、長さ、重さなどの研究を重ね、翼が動く仕掛けを考案。表具師の腕を活かして竹、縄と紙を使って飛行装置を造り、神社の石段で実験するが、助走距離などで失敗、羽は壊れ、足も骨折した。その後、鳩と鳶《とび》の飛び方の違いに気づき、羽ばたかずに風に乗って飛ぶ鳶の研究を進め、強度を高めるための布を張るなどの工夫を重ねた。橋の欄干に立ち、橋の下から吹き上げる風に乗って飛ぶと、旋回時間は約一〇秒で、距離は約三〇メートルを飛んだ。天明五年（一七八五）のことだ。一応の成功に喜んだが、町では「天狗が出た」と大騒ぎになり、幸吉は牢屋に入れられた。天明の大飢饉など不穏な時代だったが、池田藩主は死罪になるところだった幸吉に温情を示して所払いの処分にした。

その後、駿府の府中（現静岡市）で暮らしていた幸吉は、五〇歳で再度の飛行を決意。歯車と滑車を使うカラクリと、紐を引っ張って飛び立つ曳航方式を取り入れ、手で翼、足で尾翼調整の〝人間飛行機〟に乗り、河原で以前より長く滑空したが、幸吉は、またも奉行所に呼び出され、入牢。厳しい取り調べの後、再度、府中城下所払いとなった。後、香具師の計らいにより見附宿（現磐田市）で小さな一膳飯屋を営み、九一歳で往生した。

考えてみれば、アメリカのライト兄弟が世界初の飛行機による有人動力飛行を行ったのは明治三六年（一九〇三）。この時、我が国でも森鷗外の推薦で飛行機研究を進めていた矢頭《やず》良一（福岡県豊前市出身）がいた。

不思議なのは、矢頭も鳩の飛翔から「空飛ぶ夢」の実現に精進していた。どちらにしても浮田幸吉が〝江戸の鳥人〟といわれ始めるのは「世界初飛行」よりも約一二〇年前のことである。今、空を飛んだ幸吉は、鳥人幸吉、表具師幸吉、桜屋幸吉、備前屋幸吉など、いくつもの名で親しまれ、顕彰碑も建っている。

（2017・1）

平成元年（一九八九）一二月一四日の新聞「尋ね人欄」に「日本人医師・故コエヌマノブツグをご存じの方はいませんか」の投稿記事から肥沼信次（一九〇八〜一九四六）の生きた姿が辿られ始めた。

彼はベルリン大学医学部の教授資格を東洋人で初めて取得した人物で、ドイツのリーツェンの市民から命の恩人として敬慕される医師だった。

彼は東京八王子で軍医の次男として生まれ、府立二中（現立川高校）から日本医科大、東大放射線研究室へ進んだ。医大にいながら「数学の鬼」として広く知られた。

一九三七年、ナチス政権下に日本政府から伝染病研究留学生としてドイツに派遣され、ベルリン大学研究補助員として採用された。大学での実験、研究を続け「日本人であることを記し総統への忠誠は書いてない」宣誓書を大学に提出。日本人医師の矜持を示したようだ。

一九四五年、日本大使館はベルリン在住邦人に帰国指示を出したが、脱出当日、肥沼の姿はなかった。乗船名簿には載ったが、それ以降、消息不明。第二次世界大戦後、ドイツは東西に分断された。彼はベルリン脱出後、ポーランドとの国境近く、東ドイツのリーツェンに移った。そこは敗戦後の酷い衛生状態で伝染病が広がり、医師は戦争で駆り出されて無医村状態だった。発疹チフスが蔓延していた。近隣の医師も感染を恐れ診察に来る者はいなかった。そこに肥沼医師がたった一人で薬や医療用品、器具を求めて東奔西走、不眠不休で患者を診察、快復への努力を重ねた。彼は自分のことは語らず「日本の桜はきれい。皆に見せてあげたい」と話し、一人の患者のために雪の中を一人で往診に出かけて「また一つの命が救われた、よかった」と呟く。精力的に患者の間を行き交っていた彼は発疹チフスに罹患、斃れ、逝った。三七歳だった。無私の精神で多くの病人の診察を続けた日本人医師の墓は、村民らによってひっそりと大切に、守られていた。ベルリンの壁崩壊（一九八九年一一月八日）後、あらゆることが表に出始めた。新聞「尋ね人」を読んだ弟の栄治氏は名乗り出た後、一九九四年、リーツェン市庁舎で行われた「肥沼信次博士記念式典」に出席した。兄の「桜」の話を聞き、弟は一〇〇本の桜の苗木をリーツェンに贈った。

今、リーツェンでは季節に桜が咲き、地元小学校の教科には「肥沼医師」の偉業を讃える時間があり、彼を「第二のシュヴァイツァー博士」と言う人も出てきた。

（２０１７・２）

71 ——リーツェンの桜——肥沼信次

72　室町文化を一考してみる

今、室町文化見直しの機運があるという。あらためて「室町」を一考してみる。室町幕府は一三三八年、足利尊氏が征夷大将軍に就き、一五七三年、第一五代将軍足利義昭が織田信長によって京都から追放されるまでの二三五年間の足利統治を指す。

室町文化は、公家文化と武士文化の融合がはかられ、特権階級だけのものではなく民衆の間にも広まった特徴ある文化といわれる。

とくに一三九二年、三代将軍足利義満によって南北朝が統一され、武家優位の世が生まれ、京都の「室町」に花の御所が造営された後、歴代将軍を「室町殿」と呼び、そこに幕府が置かれて「室町時代」になったようだ。

三代将軍足利義満は、一三九七年、京都北山に金閣寺(鹿苑寺《ろくおんじ》)を建て「北山文化」を生み、八代将軍足利義政は、一四八九年、京都東山に銀閣寺(慈照寺)を建立し「東山文化」を成熟させた。ともに国宝であり世界文化遺産。二つの建造物は室町文化の誕生を象徴しているようだ。応仁の乱(一四六七年)までの七〇年余が日本文化の礎が培われた時代といっていい。北山文化は公家と武家の「華やかな文化」が隆盛。能楽が流行り、観阿弥・世阿弥の能が義満庇護のもとで大成した。世阿弥は『花鏡《かきょう》』伝書に「初心不可忘(初心忘るべからず)」と記し、「是非」「時々」「老後」の「三箇条の口伝あり」と、人生にはいくつもの「初心」があることを説いている。水墨も始まった。東山文化は、禅宗の影響で「簡素で深みある文化」が広がり、連歌や茶の湯、生け花が誕生。狂言や水墨画が成就した時でもある。ここに公家、武家それに民衆が一つになって文化を楽しむ世の中が形づくられていった。雪舟の活躍があり『太平記』や『お伽草子』などが大衆に受け入れられた。また日本独特の、わび、さびの文化も芽生えてきた時期でもあった。

足利義満が、北山の金閣寺で政治を執り続けたのに対し、東山の銀閣寺は政治と縁を切るための足利義政の住居だったといわれる。能、水墨、茶道、華道、山水の庭など日本文化の代表として紹介される最高の芸術に身を置き、風流に生きた義政の人生詠がある。

何事も夢まぼろしと思い知る
身には憂いも喜びもなし　足利義政

近年、福岡県みやこ町に伝わる「無雙眞古流」が東山につながることが判明。京都市とみやこ町に〝雅と鄙〟の縁ができた。今後〝室町再縁〟が深まればいい。

(2017・2)

73 生没同日の人びと

六〇歳の還暦を過ぎ、古稀の七〇歳まであっという間だった。つくづく齢を重ねる早さを感じた。

今、終活まではいかないが、やがて来る〝終わり〟に備えることも大事だろう。そんな中、誕生日と命日が同じ「生没同日」の人びとが気になった。

足利義教（一三九四～一四四一）七月一二日
　四七歳―室町幕府六代将軍
加藤清正（一五六二～一六一一）六月二四日
　四九歳―熊本城主
志太野坡《やば》（一六六二～一七四〇）一月三日
　七七歳―俳人で芭蕉十哲の一人
林子平《しへい》（一七三八～九三）六月二一日
　五四歳―経世家
坂本龍馬（一八三五～六七）一一月一五日
　三一歳―幕末の志士で海援隊長
落合直文（一八六一～一九〇三）一二月一六日
　四二歳―歌人で国文学者
尾上梅幸《ばいこう》（一八七〇～一九三四）一一月八日
　六四歳―六代目歌舞伎役者
小津安二郎（一九〇三～六三）一二月一二日
　六〇歳―映画監督
三遊亭圓生（一九〇〇～七九）九月三日
　七九歳―六代目落語家
杉山寧《やすし》（一九〇九～九三）一〇月二〇日
　八四歳―日本画家で三島由紀夫の岳父
船越英二（一九二三～二〇〇七）三月一七日
　八四歳―俳優
多田道太郎（一九二四～二〇〇七）一二月二日
　八三歳―フランス文学者
吉國一郎（一九一六～二〇一一）九月二日
　九五歳―プロ野球コミッショナー
三木睦子（一九一七～二〇一二）七月三一日
　九五歳―三木武夫元総理の妻
猪木正道（一九一四～二〇一二）一一月五日
　九八歳―政治学者
柳原良平（一九三一～二〇一五）八月一七日
　八四歳―漫画家でイラストレーター

中国の古書『五雑組《ござっそ》』には、田特秀なる人物が「五月五日に生れ幼名を五児といい二五歳で郷試に合格、科挙の四段階をすべて五位で通過、五五歳で五月五日に亡くなった」との記述あり、符号の妙の逸話である。

（2017・3）

74　美肌の湯・玉造温泉

島根県の宍道《しんじ》湖に流れ込む玉湯川に沿って〝松江の奥座敷〟玉造温泉がある。三方を山に囲まれ、川の両側には、数寄屋風の落ち着いた旅館が並び、川に架かる幾つもの古風な橋の風情は、重厚で洒落た雰囲気を醸し出す。そこの湯に身を浸すことができた。

玉造は、奈良時代に開湯の古湯だが、遡れば、この地は、大国主命と古代出雲王朝をつくった少彦名命《すくなひこなのみこと》が見つけた場所といわれる。弥生時代から温泉地東の花仙《かせん》山より産出するメノウで勾玉が作られたという〝玉作り〟が地名の由来。三種の神器の「八尺瓊勾玉《やさかにのまがたま》」が作られた地でもある。天平五年（七三三）の『出雲国風土記』の「意《い》宇《う》の郡」には、出湯が、次のように記されている。

すなはち川の辺に出湯あり。出湯の在る所、海陸を兼ねたり。（略）一たび濯げばすなわち形容端正しく、再び沐すればすなはち万の病除ゆ。古より今に至るまで、験を得ずといふことなし。故れ、俗人神の湯と曰ふ。

また平安時代の清少納言『枕草子』には「湯は、ななくりの湯、有馬の湯、玉造の湯」と三名泉の一つと記された。歴史重ねた風格ある街並みは、心和む。

ところで、出雲の国の民を救ったスサノオのヤマタノオロチ伝説は時代を超え、人の心に刻まれ続ける。スサノオが詠んだとされる最古の歌が遺されている。

八雲立つ出雲八重垣つまごみに
八重垣つくるその八重垣を

この歌碑が須我神社（雲南市）に建つ。歌の「出雲」が国名になり「和歌発祥の地」とも呼ばれ「日本初乃宮」が造られて「須佐之男命・稲田比売命」が鎮まる。

須我の杜の参道には、多くの歌碑や句碑が建立、参拝の人びとを神秘の世界に誘う。

そんな神々宿る山々をそばに、出湯の里は太古から〝神の湯〟と多くの人に親しまれてきた。

とにかく、日本最古の湯といわれる玉造の今は、純和風旅館などの格調高い宿が多く、回遊露天風呂や庭園露天風呂、メノウ内湯など個性ある湯が多くある。

街歩きで疲れたならば「勾玉橋」を渡って玉湯川の足湯でくつろぐのもいい。

里の幸もまた良しで、宍道湖七珍を取り入れた名物料理も並ぶ。

神話の里の湯は「一度の入浴で肌若返り、二度の入浴で病治る」との伝えどおり、湯は、透明感あり、肌に優しい。美肌の湯は時を忘れさせる。

（２０１７・３）

75 清少納言は湯が好きだった

平安時代の歌人で作家の清少納言（九六六～一〇二五）は、お湯が好きだったのか『枕草子（能因本）』の二カ所に湯の記述がある。「湯は、ななくりの湯、有馬の湯、玉造の湯」（一一七段）とあり、また「出で湯は、ななくりの湯、有馬の湯、那須の湯、つかさの湯、ともの湯」（三八七段）とある。

三名泉と五湯を記している。湯を辿ってみる。

まず「ななくりの湯」だが、三説ある。和歌の「一志なるななくりの湯も君がため恋しやまずと聞くは物憂し」（『夫木抄』）から「一志」が伊勢国「一志郡」を指すとする榊原温泉（三重県津市）説で、近くには伊勢神宮がある。一方、信州の温泉でヤマトタケルが名付けた「七苦離」から「七久里の湯」と呼ばれ、三つの共同浴場の「大湯」に木曽義仲「大師湯」に慈覚大師（円仁）、「石湯」に真田幸村が登場するなど、彼らゆかりの湯として知られる古い歴史の別所温泉（長野県上田市）説。

それに四世紀に大阿刀足尼《おおあとのすくね》が発見、開湯したという日本最古の湯の峰温泉（和歌山県田辺市）説は、熊野詣の途中にあり、禊と旅の疲れを癒す湯殿とされる。

現在「ななくり」は榊原が一般的のようだ。

次に「有馬の湯」は「あい思わぬ人を思うぞ病なるなにか有馬の湯へも行くべき」と詠まれ、日本三古湯《さんことう》や日本三名泉（林羅山）とされ、名実ともに日本を代表する温泉として不動のようだ。

また「玉造の湯」も二説ある。能因本では、清少納言の夫が東国の近江国府として赴任していたことに由来し宮城県玉造郡鳴子町（現大崎市）との注釈があるが、関西から歴史的にも距離的にも近い島根県玉湯町（現松江市）と推測される。そばには二礼四拍手一礼の出雲大社が鎮座する。それぞれの説について否定はできない。

三名泉のほか五湯には、榊原、有馬に続く「那須の湯」は、奈良時代の七世紀前半に開湯。古くから湯治場として栄え、江戸時代の俳人・松尾芭蕉は『奥の細道』の旅の折に立ち寄り「いしの香や夏草あかし露あかし」を詠んでいる。今、栃木県那須郡那須町には共同浴場のシンボル「鹿の湯」があり、入浴前に熱めの湯を杓で掬っての〝かぶり湯〟も評判の〝那須八湯〟温泉郷として親しまれている。近くには「那須御用邸」がある。さらに「つかさの湯」は浅間温泉・美ヶ原《うつくしがはら》温泉（長野県松本市）と別所温泉の三説あり、最後の「ともの湯」は箱根湯本温泉（神奈川県箱根町）といわれる。さて、湯加減は。

（2017・3）

76 人生は心一つの置きどころ

十数年来、中村天風《てんぷう》（一八七六〜一九六八）の「人生は心一つの置きどころ」という言葉を日々、心の糧として暮らしている。アメリカ一六代大統領エイブラハム・リンカーン（一八〇九〜六五）にも「人間は心のもちかた次第で幸福になれる」が遺る。

天風は、柳川藩主の立花家の遠縁にあたり、大蔵官僚の息子として東京で生まれた。幼い頃、官舎近くの英国人に英語を習った。後、福岡の親戚に預けられ修猷館中学（現修猷館高）に入学、柔道部のエースとして文武両道に活躍した。だが、練習試合のトラブルで相手中学の生徒を刺殺、退学となった。その後、玄洋社の頭山満に預けられ「玄洋社の豹」と恐れられ、頭山の紹介で満州に渡っては馬賊と闘い「人斬り天風」と呼ばれた。

帝国陸軍の通訳官を務めていた一九〇六年に肺結核に罹り、北里柴三郎の治療を受けるも病状は快復せず、病気で弱くなった心を強くする方法を求めてアメリカへ渡り、後イギリス、フランス、ドイツなどを転々、各国の著名人を訪ねたが、納得のいく答えはなくて一九一一年、帰路に就く。ところが途中、インドのヨガ聖人カリアッパ師と邂逅、弟子に入りヒマラヤで二年半の修行を行った。そこで結核が治癒、悟りも得た。帰国後、実業界に転身、活躍するものの、後に身分、財産を全て処分し、街頭で心身統一法を説き始めた。九二歳の生涯を閉じるまで、政財界の多くの人が天風を訪ね、慕った。

そうした天風の言葉は重い。日々の生活の中で楽しいとか、苦しいとか、思うのは自分の心。だから苦しい場面に遭遇した時「楽しいことの始まりかも知れない」と、気持ちチェンジで「苦しみ」を「楽しみ」に替えることが大事だろう。とにかく、この世で起きた全てのことはこの世で必ず解決するのだから、「苦」「楽」は「心の持ちよう」でどうにでもなる。良いと思えば良い、悪いと思えば悪い、それを思うのは、ただ自分自身、わが心である。古人は「良い思いが良い実を結ぶ」といい、「自分の思いが人生を創る」ともいっている。

さらに「心が変われば、態度が変わる。態度が変われば、行動が変わる。行動が変われば、習慣が変わる。習慣が変われば、人格が変わる。人格が変われば、運命が変わる。運命が変われば、人生が変わる」とも伝わる。

人の命が動いてゆくものであるなら、「運命」は命が運ばれてゆくところに落ち着くだろう。抗《あらが》わず、与えられた時を素直に受け入れてゆく心が肝要だろう。

（２０１７・４）

77　戒名は仏門に入った証

葬儀場に入ると祭壇中央に写真と戒名（法名、法号）の書かれた位牌がある。戒名は宗派に関係なく二文字で表現され、仏門に入った証といわれる。

戒名形式は、概ね「院号、道号、法号、位号」となっており、位号の種類は、大居士、居士、禅定門、信士、大童子、童子、清大姉、大姉、禅定尼、信女、大童女、童女、水子などがある。我が家の仏壇には「誠光院順空一法居士」と記す父（順一）の位牌がある。

歴史上の人物の「戒名」を見る。

織田信長＝惣見院殿贈大相国一品泰巌尊儀、豊臣秀吉＝国泰祐松院殿霊山俊龍大居士、徳川家康＝東照大権現安国院殿徳蓮社崇誉道和大居士、小野小町＝誠清院殿霊顕妙照大禅定尼、足利尊氏＝等持院殿仁山妙義大居士、武田信玄＝法性院機山信玄、上杉謙信＝不識院殿真光謙信、真田幸村＝大光院殿月山伝心大居士、北条政子＝安養院殿如実上人妙観大禅定尼、明智光秀＝秀岳宗光大禅定門、平賀源内＝智見霊雄居士、大石内蔵助＝忠誠院刃空浄剣居士、聖武天皇＝勝満、宮本武蔵＝新免武蔵居士、西郷隆盛＝南洲寺殿威徳隆盛大居士、近藤勇＝貫天院殿純義誠忠大居士、福沢諭吉＝大観院独立自尊居士、大隈重信＝鳳猷院殿尚憲重信大居士、山本五十六＝大義院殿誠忠長陵大居士、東条英機＝光寿無量院英機居士、樋口一葉＝智相院釈妙葉信女、池田勇人＝大智院殿毅誉俊道勇人大居士、佐藤栄作＝周山院殿作徳繁栄大居士、田中角栄＝政覚院殿越山徳栄大居士、夏目漱石＝文献院古道漱石居士、森鷗外＝貞献院殿文穆思斎大居士、芥川龍之介＝懿文院龍之介日崇居士、太宰治＝文綵院大猷治通居士、大佛次郎＝大佛次郎居士、種田山頭火＝解脱院山頭耕畝上座、川端康成＝大道院秀誉文華康成居士、三島由紀夫＝彰武院文鑑公威居士、美空ひばり＝慈唱院美空日和清大姉、石ノ森章太郎＝石森院漫徳章現居士、山田風太郎＝風々院風々風々居士、手塚治虫＝伯藝院殿覚圓蟲聖大居士、成田きん＝錦室妙良信女、蟹江ぎん＝徳峰浄銀大姉など、さまざまな戒名を知る。

日本では、死後に成仏するという思想のもと、故人に戒名を授ける習慣が生まれ、戒律を守る印といわれてきた。位牌に「○○院△△▲▲居士」とある、その「▲▲」二文字が戒名。生きている人は戒律を守るのが難しく、仕事のために仏門にも入れない。

亡くなった人は全てが消え、仏として「あの世の名前」の戒名が贈られ「この世の名前」の俗名を失う。

（２０１７・４）

中野喜代『『小次郎』考――新資料をもとに』（『歴史研究』五〇八号）の一文を頂いた。これは「旧福岡藩士大塚家に『岩流小次郎』に関する未公開の文書が伝えられている」の書き出しで始まり、「今遙に往昔を稽《かんがえ》るに、慶長十三年戌甲の夏六月廿九日とかや（略）互に計て彼舟島偏にして人家なきに便りて勝負を争へろ（略）岩流片輪の態の中折と見へしか、立ところに倒れ伏して息は絶て不蘇けり　嗚呼哀し」と記す『木刀之記』という小次郎と武蔵の巌流島の決闘に至る経過を記した文書のようだ。これまで「決闘」は「慶長十七年四月十三日」だったが、「慶長十三年六月二十九日」となっている。

その二人が交わした「高札」の史料で、小次郎の姓は「佐々木」ではなく「渡辺」となっている。

「（略）然者一両日此方兵法伍被下由聞候　就其白は而仕相相望申候間、各御心懸之衆中御見物可被成者也　五月廿二日　日城無双岩流　渡辺小次郎」

これに対して「武蔵合札」として、武蔵からの返答の札がある。

「札之面近比やさ敷望而候　去々年於大坂如札高札計は白刃我等木刀と立置候(略)明日廿四日午ノ刻赤まかせき而可仕候（略）五月廿三日　天下一宮本武蔵守」

78――小次郎と武蔵を追う

さらに小次郎からの札が立つ。

「日城無双廿四日未明赤間か関来　又札ヲ立也　昨日之合札見申候付而未明ヨリ参候　今日午刻札心得申、我等は白はに定申候　木刀者命御かはい候とおかしく候（略）」

それに対する武蔵からの返し札が立つ。

「（略）右如申我等者何時も木刀候　其方者すきのしらは可然候(略)さのみいのちいそがれ間敷候　今一時計而手なミの程見せ可申候者也　慶長拾三年六月廿九日」

佐々木小次郎（～一六一二）の出生地は、豊前国副田庄（福岡県）とも越前国宇坂庄（福井県）ともいわれ、宮本武蔵（一五八二～一六四五）は『五輪書』に「生国播磨（兵庫県）」、『東作誌』に「美作国宮本村」（岡山県）とある。兵法は武蔵の「二天一流」と小次郎の「燕返し」が知られるが、武蔵の「小倉碑文」に記された決闘相手の小次郎の姓は「岩流」で、「佐々木」姓が出てくるのは武蔵没一三〇年後の文書『二天記』が初めてだ。小説や映画に登場する二人だが、謎を秘めた武術家だ。歴史は脚色されるといわれるが、埋もれた真実が、何時の日か、現れくるのを忘れてはなるまい。

（2017・4）

慶長五年（一六〇〇）豊前国主になった細川忠興（一五六三〜一六四五）は、門司大里沖の「篠瀬」と呼ぶ岩礁に、航路安全の目印として明石与次兵衛（一五二九〜九二）の弔い碑を建てた。この「篠瀬」は海峡最大の難所で「死の瀬」と呼ばれる場所だった。

碑にまつわる逸話が興味深い。文禄元年（一五九二）七月二一日、朝鮮出兵のため肥前国名護屋城（佐賀県唐津市）にいた豊臣秀吉の許に「母危篤」の書状が届いた。

翌朝「急ぎ早船を用意せよ」と船奉行・明石与次兵衛が呼ばれ、城下を出航、大坂を目指した。御座船が関門海峡を通過時、激しい突風と波に煽られ舟島（巌流島）近くの「篠瀬」岩礁に激突した。秀吉は海に投げ出されたが、追尾していた毛利秀元の船に助けられた。

秀吉は浜に上がると、「我が身を危うくした。船奉行の首をはねよ」と命令。だが斬首は不名誉、ぜひ「切腹の御沙汰を」と秀元は懇願したが、与次兵衛は責任をとって自刃した。里人は、不運の死を哀れみ、遺体を浜に手厚く葬った。印に一本の松の木が植えられ「明石松」と呼ばれた。その「篠瀬」に、細川侯は与次兵衛の遺徳を偲ぶのと船の安全航行を願って「慰霊碑」を建てた、後、そこを「与次兵衛ヶ瀬」と呼ぶようになった。

79 シーボルトが描いた碑

時を経て、文政九年（一八二六）ドイツ人医師シーボルト（一七九六〜一八六六）が、長崎の出島から将軍拝謁のため江戸に向かう折、関門を渡海中、海に建つ「与次兵衛ヶ瀬の碑」をスケッチ。その絵を「江戸参府紀行」に「記念碑は二メートル五〇センチ。四角い柱で四面からなるピラミッド型の飾り屋根があり碑文はない」の説明文付きで載せ、著書『ＮＩＰＰＯＮ』に納めている。

シーボルトが描いた碑は、暴風雨や大時化、船の衝突などで倒壊、流されたりした。明治期には昼夜灯建設、大正期では海軍が艦艇航行のため岩礁を爆破、海中に投棄された。だが心ある人によって碑は蘇った。

昭和三〇年（一九五五）には郷土会有志によって再建を果たすが、関門橋の建設で、また移設となり、安住の地は和布刈公園の高台になった。数奇な運命をたどった「与次兵衛の碑」逸話である。

人の真があったからこそ碑が建てられ、話が伝わり、倒れても、流されても、棄てられても、なお、人の手によって再び姿を現す「明石与次兵衛」の消えない徳をみる。今「篠瀬」を望む高台で「海難守護神」として関門海峡を見守り続ける碑。徳ある人は強い。

（２０１７・５）

80　饅頭の隠し味を探す

饅頭の歴史などを伝えるテレビ番組を観ていて饅頭が食べたくなった。どこででも買えるだろうが、老舗饅頭となるとそうはいかないようだ。

日本で生まれた饅頭を探ってみる。

饅頭は、中国の饅頭《マントウ》（小麦粉に酵母を加え発酵後、蒸して作るパン）が日本でお菓子に変化したものという。中国から日本への饅頭伝来は二つの説が伝わる。

まず、鎌倉時代の仁治二年（一二四一）中国（南宋）で学を修めて帰国した円爾《えんに》（一二〇二～八〇）が、福岡の博多に上陸。博多の辻堂に臨済宗承天寺を創建。あたり一帯を托鉢していた折、いつも親切にしてくれる茶屋の主人・栗波吉右衛門に米麹を使った「酒饅頭」の作り方を伝授したのが始まり。その時、店の主人に繁昌祈願で、揮毫して渡したとされる「御饅頭所」の看板が、今、東京赤坂の「虎屋」に伝わっていると聞く。

次に、室町時代の正平四年（一三四九）中国（元）で修行を終えた建仁寺の龍山徳見禅師に随従して来日した中国浙江省の林浄因《りんじょういん》が、奈良に居を構え、中国の饅頭の中身の「肉」を、小豆を煮詰め、甘味、塩味を加えた「小豆餡」に替えて饅頭を作った。日本人好みの画期的な菓子が生まれた。浄因が、この饅頭を天皇に献上すると大変喜ばれ、官女を賜った。浄因は結婚に際し、紅白饅頭を配った。この饅頭が慶事の祝饅頭の始まりといわれる。後、浄因は帰国するが、子孫が残り「塩瀬」の姓を受け、屋号とした。店は大繁盛、室町八代将軍足利義政（一四三五～九〇）からは「日本　第一番　本饅頭所　林氏塩瀬」の看板を授けられ、天皇からは家紋を拝領した。さらに秀吉、家康からも寵愛を受け、千利休の孫娘が塩瀬家に嫁ぐなど、饅頭が茶菓子として洗練されていった。

現在、奈良の漢國《かんごう》神社境内には紅白饅頭一組を石の下に埋めたとされる「饅頭塚」のある林神社が鎮座。毎年、春には「饅頭まつり」も開かれているそうだ。饅頭も奥深い歴史を知ることで、さらに味も増す。

ところで西日本で饅頭といえば「もみじ饅頭」とくる。宮島銘菓もみじ饅頭の歴史は、明治四〇年（一九〇七）頃に遡る。紅葉谷公園にある旅館「岩惣」が、宿の茶菓子をと高津常助に依頼。当時、宮島に伊藤博文が訪ね、茶屋の娘の手を取って「紅葉のように可愛い手、焼いて食べたら美味しかろう」と言った言葉をヒントに製造されたのが始まりとの伝えが残る。饅頭の誕生にまつわる歴史と、それぞれの隠し味を探すのも楽しめる。

（2017・5）

81　次勝てばそれでよし

戦国武将に豪胆な性格で知勇兼備、数多くの武功を挙げた後藤又兵衛（一五六〇～一六一五）がいる。慶長二〇年、大坂の陣で、大激戦の末、伊達政宗率いる鉄砲隊の銃弾を浴びて討死。悲惨な最期だったようだ。

辞世の言葉はない、が、歴戦の将として語った一つに「次勝てばそれでよし」が残る。

彼は秀頼四天王（真田幸村・長宗我部盛親、木村重成、後藤又兵衛）、大坂五人衆（真田・長宗我部・後藤・毛利勝永・明石全登）と呼ばれ、大坂城七将星（真田・長宗我部・後藤・毛利・明石・木村・大野治房）と崇められた。

後藤基次（又兵衛）の出生は、諸説あるが播磨国姫路近郊（兵庫県）だといわれ、黒田孝高（官兵衛）に仕えた。彼の記録は天正一四年（一五八六）秀吉の九州征伐の宇留津城（福岡県築上町）攻めに現れ、文禄元年（一五九二）の朝鮮出兵にも従軍している。慶長五年（一六〇〇）関ケ原の戦いでは東軍で功成り名をあげ、大隈城主（益富城。福岡県嘉麻市）となった。後、黒田長政との間に確執が生じ、黒田家を出奔、浪人の身になった。黒田八虎《はっこ》（井上之房・栗山利安・黒田一成・黒田利高・黒田利則・黒田直之・母里友信・後藤又兵衛）とされ、黒田二十四騎の一人で黒田家の重鎮でもあった又兵衛だが。

慶長一九年（一六一四）大坂の陣が勃発。又兵衛は大野治長の誘いを受けて大坂城に入城、豊臣方として大いに活躍することになる。九州から大坂へ向かう時の話が西福寺（福岡県行橋市）に伝わる。寺の縁起には「慶長年間後藤又兵衛基次来寺、暫く潜滞す」とあり、細川忠興が浪人生活を続ける又兵衛を匿ったとされる。

西福寺には又兵衛が使ったといわれる「漆塗の膳」が寺宝として伝わり、隣村の大庄屋・守田家には「又兵衛の槍」が残されたと聞く。又兵衛がこの地にいた期間はそれほど長くはなかったが、村人らは手厚いもてなしをしたようだ。彼が上方へ向かう出帆の折、寺の「門前の大石」から船に乗ったといわれる。

時を経て、昭和六一年（一九八六）又兵衛を偲んで寺の「ゆかりの大石」の上に「後藤又兵衛基次霊塔」が有志によって建立された。今、碑は世を見守り続ける。

彼は、長政から「奉公構（追放刑よりも重い罰）」を出されたが、生き抜き、大坂の役では天賦の采配に「摩利支天の再来」と家康から警戒され、勇猛果敢な姿は恐れられた。一武将としての魅力だろう。漫画時代劇に手塚治虫は「後藤又兵衛」を残している。

（２０１７・５）

82——日本の「元号」をふり返っておく

明治以降、新しい天皇の即位で改元される「一世一元の制」が平成三一年（二〇一九）には替わるようだ。平成（一九八九～）が何という元号になるのだろうか。大化（六四五～五〇）から始まる二四七の「元号」をこの際ふり返っておくことにしよう。

元号の出典はすべて中国の古典からだといわれる。元号誕生は、紀元前一一五年頃、前漢の武帝が「建元」を定めたのが最初。だが近代になって中国やベトナムなどは元号を使わなくなり、世界で日本一国のみが使用している。日本人にとって、元号は歴史に結びついた「固有の文化」となっている。

日本歴史の時代を追って元号を見てみよう。

まず【飛鳥・奈良時代】大化から天応（～七八二）で一三七年間に一七、【平安時代】延暦（七八二～）から文治（～一一九〇）で四〇八年間に九〇、【鎌倉時代】建久（一一九〇～）から元徳（～一三三一）で一四四年間に四七、【南北朝時代】元弘（一三三一～）から明徳（～一三九四）で六三年間に二七、【室町・安土桃山時代】応永（一三九四～）から慶長（～一六一五）で二二一年間に二七、【江戸時代】元和（一六一五～）から慶応（～一八六八）で二五三年間に三五、【近代】明治（一八六八～）から平成で一四九年間で四——となっている。元号の最長は昭和（六四）で、次は明治（四五）、応永（三五）、平成（三一）、延暦（二五）、正平（二五）、天文（二四）、延喜（二三）、天平（二一）、享保（二一）、寛永（二一）、慶長（二〇）、天正（二〇）と続く。二〇年を超すのは一三と少ない。最短は朱鳥と天平感宝の一年未満の二である。

ここで近代の「一世一元」元号の由来を見てみる。

まず『易経』から「聖人南面而聴天下、嚮明而治（聖人南面して天下を聴き、明に嚮《むか》ひて治む）」で【明治】が採られ、やはり『易経』から「大亨以正、天之道也（大いに亨《とほ》りて以て正しきは、天の道なり）」で【大正】ができた。そして『書経』から「百姓昭明、協和万邦（百姓昭明にして万邦を協和す）」で【昭和】が生まれ、『史記』の「内平外成（内平かに外成る）」と『書経』の「地平天成（地平かに天成る）」から「内外、天地とも平和が達成される」願いを込めて【平成】だったようだ。

今、メディア表現は「元号（西暦）」から「西暦（元号）」に変ってきた。元号は、日本人にとって「年代の単位や称号」だけでなく、精神的なものであり、心に染む時を象徴する言葉だと思う。

（２０１７・５）

83　ラーメン、うどん、蕎麦

新しい資料の発見で歴史が書き換えられることは間々ある。これまで「ラーメンを日本人で初めて食べたのは水戸光圀《みつくに》」が通説だった。江戸時代の僧侶が記す『日乗上人日記』の元禄一〇年（一六九七）に光圀が「明の朱舜水から伝授された麺を自分で作って家臣に振る舞った」とあり、〝黄門様ラーメン説〟が広まっていた。

それが室町時代の僧侶の『蔭凉軒《いんりょうけん》日録』の中、長享二年（一四八八）に、中国の書物『居家必要事類』のレシピを参考に「経帯麺」を調理、客に振る舞った、という記述が発見された。中華麺の定義は「かん水」を使用とあり「経帯麺」が「小麦粉とかん水が材料」と明記されていることから「ラーメン」と認定されたようだ。

史料を検証してきた関係者は「経帯麺」を昔のレシピに沿って再現、復活させると「麺にスープが染み込み、たおやかでソフト」な味に仕上がったという。

ラーメンに星降る夜の高円寺　清水哲男

ラーメンの歴史が遡ったのなら、うどんの起源も調べてみる。讃岐出身の弘法大師空海が留学僧として唐に渡り、長安に滞在するなどし、延暦二五年（八〇六）に帰国した。彼が中国で「うどん製法」を取得、讃岐に持ち帰ったというのが「うどん」の源流のようだ。讃岐は上質な麦の産地であり、古代から製塩が盛ん、近郊には醤油の生産地もある。水田での米生産が安定せずに代用食の麦で作った「うどん」が必要だったという。

うどん供へて、母よ、わたくしもいただきまする　種田山頭火

ラーメン、うどんとくれば蕎麦。日本伝来は奈良時代以前で、『類聚《るいじゅう》三代格』の養老七年（七二三）には「曽波牟岐」奨励の太政官符がある。そして蕎麦は粉のままの粥や蕎麦練り、蕎麦焼きなどで食していたとあるが、蕎麦粉を麺に加工する調理法「蕎麦切り」の記述は、天正二年（一五七四）長野県の「定勝寺文書」に建物修復完成寄進物一覧に「振舞ソハキリ金永」とあるのが最古の記録だといわれる。

寛永二〇年（一六四三）の『料理物語』には蕎麦切り製法も載り、江戸を中心に急速に蕎麦は普及し、日常食として定着したという。

蕎麦はまだ花でもてなす山路かな　松尾芭蕉

寿司、天婦羅、蕎麦は代表的な日本料理である。

ラーメンの名の由来は拉麺《ラーミエン》、老麺《ラオミエン》と好了《ハオラー》説あり。「饂《う》飩《どん》」で細いのは「冷麦」「素麺」に分かれる。

（2017・7）

84 ガラシャを介錯した小笠原秀清

明智珠《たま》（明智光秀三女、一五六三〜一六〇〇）は、天正六年（一五七八）織田信長のすすめで細川忠興に嫁いだ。本能寺の変（一五八二）後「逆臣の娘」汚名防止のため、忠興は、珠に小侍従や侍女らを付けて丹後に隔離、幽閉。信長死後、秀吉の計らいで珠を細川大坂屋敷に戻して監視下に置いた。禅宗信仰の珠だったが、忠興から聞く高山右近のカトリックの話に魅かれていった。天正一五年、秀吉がバテレン追放令を出した後、密かに洗礼を受け、ラテン語で恩寵を意味する名「ガラシャ」を授かった。

忠興は出陣の際「我が不在の折、妻の危機では、まず妻を殺し、全員切腹して妻とともに果てよ」と、家臣に伝え置くのが常だった。慶長五年（一六〇〇）上杉征伐の時、ガラシャを人質にと、石田三成は細川屋敷を取り囲んだ。ガラシャは「自分だけで死ぬ」と、侍女らを外に出した。が、キリスト教は自殺を禁じているため、家老の小笠原秀清は、胸を長刀で突き刺す介錯をした。そして彼女の遺体が残らぬよう屋敷を爆破、炎上させて自害したと伝わる。ガラシャらの壮絶な死に石田方は驚いた。

彼女の詠んだ辞世が残る。

散りぬべき時知りてこそ世の中の
花も花なれ人も人なれ

小笠原秀清（不詳〜一六〇〇）は、信濃小笠原氏から分かれた京都小笠原氏の生まれで奉公衆として室町幕府に仕え、代々将軍の弓馬師範を務める家柄であった。しかし永禄の変（一五六五）後、浪人となっていたが、丹後で細川の客分となり、剃髪して少斎と号した。細川の家老として仕え、子息などは細川の近親などと縁戚を結んで重職を担うことになった。またガラシャ夫人を見守る任務も果たし、慶長五年七月一七日、彼女の最期を確実に看取って、ともに炎の中で、生涯を閉じた。

ガラシャの介錯はすぐそばの人物が務めた。

介錯といえば、江戸時代、刀剣の試し斬りを務める山田家があった。首切り、人斬り浅右衛門と呼ばれ、死刑執行も兼ねた介錯人・山田浅右衛門がいた。死の穢れを果たす役目の浪人だった。例えば七代山田浅右衛門吉利《よしとし》は、安政の大獄（一八五八）で吉田松陰、橋本左内などを処刑した。介錯は、明治一五年（一八八二）斬首刑の廃止まで続いた。ガラシャは側用人・秀清の介錯で旅立ち、大阪の崇禅寺に眠り、堺のキリシタン墓地や京都、熊本などにも墓があると聞く。そばには秀清が寄り添っている気がしてならない。

（２０１７・８）

85　天国と地獄極楽

暮らしの中で「天国と地獄」といい、「地獄と天国」とは言わないようだ。「極楽地獄」は「地獄極楽」が一般的。天国は、神や天使などがいて清浄な天上の理想世界。地獄は、各宗教での地獄があるようだが、悪行を為した者が、死後罰を受けるとされる世界で、地面のはるか下にあるとされる。仏教では輪廻する六道（天・人間・修羅・畜生・餓鬼・地獄）の最下層にあり、餓鬼の赤、修羅の青、畜生の黄が混ざって黒の地獄の色となる。極楽は『阿弥陀経』に「衆苦なく、ただ諸楽を受くるが故に極楽と名づく」と幸福にみちている世界を指すようだ。そこで天国と地獄極楽を詠んだ歌を捜す。

伝え聞く天国紫微の神宮を
　目の当り拝む心地こそすれ　　岡田茂吉

寝るは楽起きて地獄の夢を見る
　寝続けにするこれぞ極楽　　司馬江漢

極楽も地獄も先は有明の
　月の心に懸かる雲なし　　上杉謙信

人の世は四苦（生・老・病・死）に愛別離苦、怨憎会《え》苦《く》、求不《ぐふ》得苦、五蘊盛苦《ごうんじょうく》が加わり「四苦八苦」の現世苦難を乗り越えて生き、やがて極楽浄土の黄泉の道に入る。

天国と地獄極楽を探していて大分県宇佐市安心院町に「桂昌寺跡 地獄極楽」という市指定有形民俗文化財を知った。江戸時代後期の文政三年（一八二〇）頃、天台僧の傑僧（午道法印）が大衆教導の場としてノミで洞窟を掘り、廃寺を再建。現在「地獄極楽」を体感できる全国的にも珍しい心霊スポットとして注目される。

洞窟には「見学順路↓」の看板から入る。いきなり閻魔様と生首二つ。牛頭・馬頭に引かれて地獄道（四〇メートル）を行く。ポツポツ灯る電灯通路、突然、バサッと巨大コウモリが飛ぶ。沿道の「胎内くぐり入口」から「出口」の横穴は水没。進むと赤鬼、青鬼や「三途の川の奪衣婆《だつえば》」の石像がふっと出現、血の池地獄もある。そこへ陽の光がスーッと射し、極楽道（三〇メートル）へ導かれ、各種の観音、菩薩、如来など一三仏に守られながら歩く。更なる奥は行き止まりで五メートルほどの縦穴。そこで天井から下がるクサリを登って丘上の「洞穴」を這い出ると、大自然の「極楽浄土」の景色が広がる。江戸の体感型仏教テーマパークは健在。

地獄から極楽までの洞窟を巡るコースは、全国でも「ここだけのようです」といい、浄土を目指した体験者は「地獄よりも極楽のほうが恐かった」の印象を語る。

（２０１７・９）

86 ――鶴見警察署長・大川常吉

聖徳太子の十七条憲法の第一条に「和を以て貴しとなす」という言葉がある。日本人の心根に通底する信条といっていいだろう。だが、災害時などにこの心根が揺れ、壊れかかるが、誰か真の叫びで心根を覚まさせる人が出てくるものだ。そんな人物がいた。

大正一二年（一九二三）九月一日、関東大震災が発生。未曽有の大混乱が生じた。混乱に乗じて朝鮮人が井戸に毒を入れたなどの話が広がり「鮮人排斥」へと「自警団」が暴動へと向かい、流言蜚語は増すばかり。自警団は朝鮮人らしき者を次々と警察署に連行。署内に収容できなくなり、一旦、近くの寺に移動。すると自警団は武器を持って寺に押しかけ、朝鮮人の引き渡しを要求するなど騒ぎはエスカレート。警察は、避難する朝鮮人らが殺害される恐れありと再度、皆を署内に移し「朝鮮人が悪いことはない」と説得するも群衆は千人余を超え「朝鮮人を殺せ」と叫び「味方する警察を叩き潰せ」と騒ぎだす。

神奈川県の鶴見警察大川常吉（一八七七～一九四〇）署長は、群衆の前に立ち、まさに体を張って「鮮人に手を下すなら下してみよ。憚りながら大川栄吉が引き受ける。署員の腕の続く限り、一人だって君たちの手に渡さない」と叫んだ。そして「管理できずに朝鮮人が逃げた時、責任はどうするか」に「切腹して詫びる」と大川署長。群衆は、ようやく矛を収めて引き上げた。

朝鮮人二二〇、中国人七〇名の命が警察署員によって守られた。真の心をお互いが理解した。

その後、九日、保護された朝鮮・中国人三〇一名は横浜港に停泊中の「華山丸」に身柄が移され、海軍の下で保護された。多くの朝鮮人が救われた。

昭和二八年（一九五三）関東大震災三〇周年に「大川常吉の遺徳」を刻んだ碑が横浜市の東漸寺に建立された。あの大震災の大混乱の中、逃げ惑い、追い詰められ、扇動されて、迷い集う群衆に、日本人としての真の矜持を取り戻させた警察署長の証でもある。

故大川常吉氏之碑

関東大震災当時流言蜚語により激昂した一部暴民が鶴見に住む朝鮮人を虐殺しようとする危機に際し当時鶴見警察署長故大川常吉氏は死を賭して其の非を強く戒め三百余名の生命を救護した事は誠に美徳である故私達は茲《ここ》に故人の冥福を祈り其の徳を永久に讃揚する

一九五三年三月二十一日

在日朝鮮統一民主戦線鶴見委員会

（2017・9）

87　白虎隊で一人生き残った

二〇一七年九月、福島の会津若松へミニ旅行に出かけた。バスガイドの名所旧跡などの案内では、会津といえば白虎隊で、一人生き残った飯沼貞吉（一八五四～一九三一）がいたからこそ白虎隊の正しい顚末が伝わったとの説明があった。貞吉七七歳の生涯を追う。

彼は会津藩士の二男として城郭内で生まれ、一〇歳で藩校日新館、一五歳で止善堂に入って学業・武術ともに優秀だった。母方の従兄妹には、東大総長を務めた山川健次郎（一八五四～一九三一）、陸軍大臣等歴任の大山巌の妻・捨松（一八六〇～一九一九）がいた。

慶応四年（一八六八）鳥羽・伏見の戦いから始まった戊辰戦争の中、会津藩は白虎隊をはじめ各隊が死闘を繰り広げたが、降服、開城で終結した。

白虎隊自刃の悲劇が残った。

幕末、会津藩の組織部隊は、玄武、朱雀、青龍隊に加え、一六、七歳の武家男子で構成された白虎隊があった。

貞吉は齢を偽り一五歳で入隊。出陣の折、母から「御前は君公の御為に身命を捧げる時が来ました。今日この家の門を出たならば、オメオメと生きて再び帰るような卑怯な振る舞いをしてはなりません」と言われ、祖母から「重き君軽き命と知れや知れ　おその嫗《おうな》のうへはおもはで」を賜り、母からも「梓弓むかふ矢先はしげくともひきなかへしそ武士《もののふ》の道」としたためた短冊を渡された。息子は戦陣に送り出された。

会津藩は旧幕府の中心勢力と見なされ新政府軍の仇敵。白虎隊は予備兵力だったが、鶴ヶ城を死守すべく進軍、苦戦を強いられ、劣勢は如何ともし難く、総勢二〇名が飯盛山へ逃げ延びた。その様子について『白虎隊顚末略記』（飯沼貞吉聞き書き）によれば、「城に戻って戦う」と「敵陣に斬り込んで玉砕する」に分かれて激論。

彼らの負け戦覚悟の行動は、敵に捕まり生き恥を晒すだけだと「武士の本分」を全うすべく自刃の道を選んだ。一九名が飯盛山で散った。が、一人、息のある貞吉は見つけられ介抱され、生き延びることになった。

藩主の松平容保《かたもり》は、武士の真を貫いた若い藩士らへの歌「幾人の涙は石にそそぐとも　その名は世々に朽ちじとぞ思ふ」を残した。

貞吉は貞雄と改名。電信技士として維新後を「白虎隊として死んだ身」で生きた。

　すぎし世は夢か現《うつつ》か白雲の
　　空にうかべる心地こそすれ　　貞雄

（２０１７・９）

88 赤穂浪士で生き残った一人

元禄一五年（一七〇二）一二月一四日、赤穂浪士は吉良邸に討ち入った。悲願成就後、四十七士は主君・浅野内匠頭長矩《ながのり》が眠る泉岳寺に向かった。そこに寺坂信行（吉右衛門、一六六五〜一七四七）の姿はなかった。

寺坂は士分ではなく足軽身分だったために公儀に憚りありと逃がした、討ち入り前に逃亡、大石良雄（内蔵助、一六五九〜一七〇三）の密命を受けて一行から離れた、などの諸説が流れた。真相は藪の中である。

江戸城松の廊下で吉良義央《よしひさ》（上野介《こうづけのすけ》、一六四一〜一七〇二）へ刃傷に及んだ赤穂藩主の長矩は切腹、お家取り潰しとなったが、吉良家はお咎めなしの沙汰が下った。赤穂藩家老の大石らは喧嘩両成敗のはずが違う幕府の采配に納得せず「忠義の仇討」へと歩みを進めることになった。この時、寺坂は吉田兼亮《かねすみ》（忠左衛門、一六四〇〜一七〇三）の家に奉公していた。彼は赤穂藩改易の折、吉田とともに城へ駆けつけ忠義を見せた。家老の大石は主君の仇をと同志と血判の義盟を交わしたが、寺坂の名はなかった。しかし、仇討参加への熱い思いを強く訴える彼の熱意に、大石はほだされて寺坂を義盟に加えた。

赤穂四十六士は、細川綱利、松平定直、毛利綱元、水野忠之の四家に預けられた。大石は寺坂が皆とともに泉岳寺に行けば「寺を出ることは叶うまい」との思いで、彼に「お前はこれからすぐ、赤穂の大学さま、瑶泉院さまに、このたびの討ち入りの子細を報告するように」と命じて播州赤穂に向かわせていた。彼は家老の指示に従って帰郷した。浪士の家族らにも「討ち入り次第」を伝え、一切の後始末を行った、のが真相だといわれる。

赤穂浪士で生き残った一人、となった寺坂は、後、他家に仕官して八二歳で生涯を閉じるのだが、彼は「裏切り者」だとか、誹謗中傷を受けながらの日陰の人生を送らざるを得なかったようだ。

赤穂の「義」が世に出るのは、寛延元年（一七四八）人形浄瑠璃や歌舞伎として『仮名手本忠臣蔵』が大阪で初演されて以降。四十七士の「忠臣」と内蔵助の「蔵」から採られたとされる「忠臣蔵」は、日本人の心を癒す文化として広く根付くことになる。

ただ毎年恒例の「忠臣蔵」で「義」だけを見るのではなく、討ち入りに加わらなかった浅野家の家臣千百五十余名を思い遣り、「義挙」後、彼らが世間の辛い風に当たり、肩身の狭い思いで、ひっそり暮らしていたであろうことを、忘れてはなるまい。

（2017・9）

89 ――九州が起源なのか「君が代」は

国歌の「君が代」は、平成一一年（一九九九）の「国旗及び国歌に関する法律」で正式に国の歌として法制化された。一説には、歌詞は平安時代の『古今和歌集』の和歌の一つで、作曲は明治一三年（一八八〇）イギリス陸軍のジョン・フェントン隊長によってつくられ薩摩藩の軍楽隊「薩摩バンド」が向島で明治天皇を前に披露したのが最初だといわれる。

　君が代は千代に八千代にさざれ石のいわおとなりてこけのむすまで

また、別の説として、明治に入って、イギリス公使館から「国歌か儀礼音楽を設けるべき」との進言で薩摩藩大山弥助（巌）は戦国武将の島津忠良（日新斎）作詞と伝わる薩摩琵琶の「蓬莱山」から「（略）峯の小松に雛鶴棲みて谷の小川に亀遊ぶ君が代は千代に八千代にさざれ石の巌となりて苔のむすまで（略）仁義正しき御代の春蓬莱山とは是とかや（略）」の一節を薩摩藩軍楽隊に渡して、メロディーが生まれたとされる。

明治三六年（一九〇三）ドイツで開かれた「世界国歌コンクール」で一等を受賞したという歌の歴史を追うと、九州が起源なのか「君が代」の足跡がいくつも残る。

まず歌詞だが、初出は聖徳太子が命じた秦河勝編纂『先代旧事本紀大成経』（六二〇）という経典にあるとされ、読み人は不明。次に紀貫之編纂『古今和歌集』（九一二）に出て石位左衛門の詠みといわれるが、官位がなかったために「詠み人知らず」となったようだ。また藤原公任編纂『和漢朗詠集』（一〇一八）にも載る。

ところが金印（漢委奴国王印）発見（一七八四年）の福岡県志賀島にある志賀海神社の社伝には、神功皇后が三韓出兵の際、食前で山誉めの神事が行われ、古くから伝わる神楽歌「山誉め祭」（県指定無形民俗文化財）が舞われた。その中に「歌」の記述がある。

　君が代は千代に八千代にさざれいしのいわおとなりてこけのむすまで　あれはやあれこそは我君のみふねかや（略）志賀の浜長きを見れば幾代経らなむ　香椎路に向いた　あの吹き上げの浜千代に八千代まで　今宵夜半につき給う御船（略）　（山誉め祭）

また糸島一帯には、千代の松原の「ちよ」があり、細石神社の「さざれ石」と遺跡周辺には「いわら＝いわお」の地名も残り、若宮神社には「若牟須売神＝こけむすめ」が祀られているなど神社・地名・祭神全てが揃っている「糸島」が歌のルーツだろうか。

（２０１７・９）

90　キリシタンの歴史をさぐる

我が国は神道の国といわれ仏教国ともいわれる。アジアの小国にキリスト教が伝わったのは天文一八年（一五四九）にイエズス会の宣教師フランシスコ・ザビエルが薩摩に上陸、領主の島津貴久の許可を得て伝え始めたようだ。伝聞では、罪を犯して国外逃亡を図っていた薩摩のアンジロウ（一五一一〜五〇）が、マラッカでザビエルに遭い、ゴアで洗礼を受け、日本人初のキリスト教徒として薩摩にザビエルを案内したと伝わる。彼は西日本を中心に通訳者として活躍、布教、宣教活動に従事したという。キリシタンの歴史を探る。

ザビエルは大内義隆や大友宗麟《そうりん》などに謁見、日本での布教の基礎を築いた。戦国争乱の中、永禄一一年（一五六八）織田信長はルイス・フロイス（一五三二〜九七）らに京都での布教を認めた。併せて元亀二年（一五七一）には延暦寺を焼き打ちするなど仏教勢力に過酷な弾圧を行った。九州のキリシタン大名の大村純忠らは宣教師を通して南蛮貿易を進め、信者も増えていったが、天正一五年（一五八七）豊臣秀吉は九州を平定した後「バテレン（宣教師）追放令」を出した。キリスト教の「信仰禁止」はなかったが、自由な布教はできなくなった。また慶長元年（一五九六）にはスペインやポルトガル人宣教師六名と日本人信徒二〇名が片耳をそがれ、町を引き回されて長崎の刑場で処刑という「二十六聖人殉教事件」などが起こった。徳川家康が江戸幕府を開くと、朱印船貿易を活発化させた。キリスト教布教も黙認、信者も増え続けた。ところが慶長一八年（一六一三）には、布教で日本が植民地化されるとの恐れなどで「キリスト教の全国禁教令」を発布、各地の教会などを破壊した。

元和八年（一六二二）にはキリスト教の大弾圧「元和の大殉教」が起こるなどし、三大将軍家光によって鎖国令が発せられていくことになる。

江戸幕府の「禁教令」後、仏教信者と見せて密かに信仰を続けた信徒を「隠れキリシタン」といい、「離れキリシタン」ともいうそうで、偽装して秘教を守り続けた。また小集落単位で祈禱文「オラショ」を唱え、祈る「潜伏キリシタン」もいたが、次第に途絶えていった。

また教徒への弾圧、迫害は続いた。とくに「俵責め」という拷問を受け、悲惨な責め苦に耐えられず、「ころべ、ころべ」の声に、信仰を棄てる誓いの「転び証文」などに血判をさせられ、止む無く棄教の「転びキリシタン」などもいた。祈るのも命がけだった。

（２０１７・10）

91 頼山陽が名付けた「耶馬渓」

二〇一八年は文政元年（一八一八）に頼山陽《らいさんよう》が「耶馬渓」と名付けて二百年。大分県中津市を流れる山国川沿いの台地浸食で出来た奇岩連なる絶景の「山国谷」を訪れた頼山陽は、その地に中国風の文字を宛て「耶馬渓天下無」と詠んだ。耶馬渓の名の始まりである。

大正五年（一九一六）に大沼（北海道）、三保の松原（静岡）とともに「日本新三景」に選ばれた後、寒霞渓《かんか》（香川）と妙義山（群馬）とで「日本三大奇景」と呼ばれ、猊鼻渓《けいび》（岩手）と嵯峨渓（宮城）で「日本三大渓」、さらに日光（栃木）と嵐山（京都）とで「日本三大紅葉の里」として親しむ。昭和二五年（一九五〇）に耶馬日田英彦山国定公園に指定された。地名が付いて百年後、景色に「物語」が加わって以降「耶馬渓」の名は全国に知れ渡った。

また、名作が多くの人を惹き付けることになった。

大正八年（一九一九）菊池寛『恩讐の彼方に』が上梓されると「耶馬渓詣」が増えた。物語は、羅漢寺の禅海和尚がノミ一本で難所の岩盤を開削、隧道（青の洞門）を完成させる苦難の伝承に基づいたものだった。全国各地から多くの人が「青の洞門」に足を運んだ。

頼山陽（一七八一～一八三二）は、大坂生まれの漢詩人、文人であり、幕末の尊王攘夷運動に影響を与えたという『日本外史』を著した歴史家、思想家であった。京都に居を構え、著述を続けた。九州旅行では広瀬淡窓らの知遇を得、田能村竹田らとも交流を図った。

今、詩吟や剣舞で川中島の戦いを描いた彼の漢詩「題不識庵撃機山図」が馴染み深い。

鞭声粛粛　夜河を過る　暁に見る千兵の　大牙を擁するを　遺恨なり十年　一剣を磨き　流星光底　長蛇を逸す　（川中島）

頼山陽は「行けば行くほど景色は良くなり、群峰が渓水をはさんで連なって」（『耶馬渓図巻記』）と凝灰岩や熔岩などからなる大地を記し、訪ねた古寺の上人には「あなたの郷里の山水は絶佳だ」と風景美を称賛。そして現在、周辺の渓谷の名にも「本」「深」「裏」「奥」「椎屋」「津民」のあとに「耶馬渓」の名が付く。過去には「羅漢寺」「麗谷《うつくしだに》」「東」「南」もあり、一〇の渓谷は「耶馬十渓」と呼ばれており、山国郷全域の民は素直に〝耶馬渓〟を受け入れていたようだ。

平成二九年（二〇一七）耶馬渓は「やばけい遊覧～大地に描いた山水絵巻の道をゆく」と文化庁の「日本遺産」に指定された。景色を守り育ててきた成果だろう。

（２０１７・10）

92 キリストの墓でナニャドヤラ

日本各地に奇説、珍説、風説など色々と驚き、楽しめる伝承が残っている。青森県の十和田湖東側、人口二千五百余人の新郷村（旧戸来《へらい》村）に「キリストの墓」があり、そこで舞われる「ナニャドヤラ」は、日本最古の盆踊りだと聞く。歌詞を巡っても様々な説があり、何のことやらナニャドヤラを追うことにした。

盆踊りは岩手と青森にまたがる旧南部藩に伝わるもので、キリスト鎮魂の奉納舞いとしての意味もあるようだ。

何で「キリストの墓」なのかだが、昭和一〇年（一九三五）に武内宿禰《すくね》の子孫と古代史研究家の調査隊が村を訪ねた。「十字架にかけられたのは弟のイスキリ」でキリストは刑を逃れて中国、シベリア、アラスカを経て日本の八戸に上陸、戸来村にと「武内文書」にある。そこで「キリストは戸来の地で日本婦人を娶り、娘は沢口家に嫁ぐ」とあるので「偉い人の墓」が必ずどこかにと探し回り、こんもりとした土に十字架が建つ「十来《とうらい》塚」に辿り着いた。旧家・沢口家のものだった。村では生まれた赤子の額に十字を書く習わしや、足が痺れたら十字を額に描けば治るという言い伝えなどがあり、「十来塚」発見後「キリストの墓」と改め、村の行事として「キリスト祭り」が始められるようになった。

墓を囲む着物姿の婦人らに「ナニャドヤ〜ラ〜　ナニャドナサレ〜テ〜　ナニャドヤ〜ラ〜」の歌が届くと、ゆっくりと踊りの輪が動く。皆で、単調なリズムの舞いを舞う。歌詞は柳田国男の恋歌説、「南部方言」の道歌説、川守田英二によるヘブライ語の民族進軍歌説、「インド古語」の梵語説など、「ナニャドヤラ」の意味は、いくつもありナンダロウナと不詳だが奥深い。

キリストが戸来村に来たのもドラマ。ヘブライ民族の「ヤハウェ神」は、ユダヤ教、キリスト教、イスラームの三つの宗教が奉ずる同一神である。それでキリストが日本の「戸無来《ヘブライ》」に因るという「戸来村」に着いたのも、ヘブライの神が呼び寄せたのかも知れない。謎の墓があれば、謎の物語が生まれても不思議ではない。

新郷村には、祭りになると多くの観光客が来るようだ。ギャグセンス抜群の土産物店がある。看板には『キリストっぷ』とあり、営業時間は「十字架ら三時まで」のようでオリジナルグッズを販売している。教会クッキーやキリスト遺言タオル、キリストっぷTシャツなどに加え、地元特産のシイタケなどが並ぶ。

キリストの村は千客万来のようだ。

（２０１７・10）

93　世界最古の国は日本

二〇一七年秋、中国の習近平国家主席は第一九回中国共産党大会で、二〇四九年の中国建国百年に向かって「小康社会」国家の実現をめざす、と打ち出した。

四千年の歴史を持つ国家も「中華人民共和国」という国のカタチになって、まだ百年にも満たない。

日本国は、アメリカ合衆国CIA公式サイトに「世界最古の独立国は日本」と記されている。一九七四年まではエチオピアの皇室が世界最古だったそうだが、革命で滅び、日本が最古となった。

世界には一九六カ国あり〝王家〟があるのは二八カ国。古い順では、日本、デンマーク、イギリス、スペイン、スウェーデン、タイ、バーレーン、オランダ、ベルギー、トンガと続いているようだ。古代から王室を守り、今もなお、存在する最古の国が日本である。

ところで国民の祝日「建国記念の日」は二月一一日、以前は「紀元節」と呼ばれていた。これは紀元前六六〇年二月一一日に、神日本磐余彦命《かむやまといわれびこのみこと》いわゆる神武天皇が大和の地に国をつくったのが始まりとされる。

まさに建国の日だ。

この東洋の小さな島国日本の王朝が一度も滅びずに今日まで生き延びてこられたのは何故だろうか。二〇一七年は皇紀二六七七年、イギリス王室は四二代目だが、平成天皇は一二五代目を継いでいる。我が国の象徴である天皇がいかに偉大かは、大阪府堺市にある仁徳天皇陵といわれる大仙陵古墳でわかる気がする。古墳の規模は最大長八四〇メートル、最大幅六五四メートル、墳丘全長四八六メートルの前方後円墳で日本最大。エジプトのクフ王のピラミッド、中国の秦の始皇帝陵とともに世界三大墳墓の一つであり、それらを凌ぐ世界最大の巨大遺跡である。

何はともあれ歴史上、藤原、平家、源氏、足利、織田、豊臣、徳川など権力者や政権が替わっても「天皇」は揺るがなかった。国に二つの権力は要らない、と外国では一つを滅ぼすのが当たり前だが、日本にはそれが無く、権力者は天皇の任命によって統治の座に就いた。現代も総理大臣は天皇の任命である。こうした国の根っこ部分の大事なカタチを日本の教育では教えていない。何故だろう。だから竹田恒泰『日本人はなぜ日本のことを知らないのか』が読まれる。外国では、自分たちの国の神話は信じているという。やはり幼い頃に「国の姿」を教わることで、夢ある想像力が培えるのではと思う。

（2017・10）

94 男たちの辞世を追う

これまで男たちの「辞世」を読んで涙が流れたのは、マラソン選手の円谷《つぶらや》幸吉（一九四〇～六八）さんの「お父様お母様三日とろろ美味しゅうございました」で始まる長文の遺書だった。家族に宛てた素朴で、素直で、優しいものだ。真の心根が伝わった。辞世には、その人が顕れ、誠があると思う。歴史上の男たちの辞世を追う。

▼西行法師（一一一八～九〇、平安後期の歌人・僧侶）

ねがはくは花のもとにて春死なむ
　その如月の望月のころ

▼足利義政（一四四九～七三、室町幕府の第八代将軍）

何事も夢まぼろしと思い知る
　身には憂いも喜びもなし

▼武田信玄（一五二一～七三、甲斐の戦国大名）

なお三年、わが喪を秘せよ

▼上杉謙信（一五三〇～七八、越後の戦国大名）

極楽も地獄も先は有明の
　月の心に懸かる雲なし

▼大石内蔵助（一六五九～一七〇三、赤穂藩浅野家の家老）

あら楽し思ひは晴るる身は捨つる
　浮世の月にかかる雲なし

▼十返舎一九（一七六五～一八三一、江戸後期の戯作者）

此の世をばどりゃお暇《いとま》に
　せん香の煙とともに灰左様なら

▼西郷隆盛（一八二八～七七、明治維新の元勲）

ふたつなき道にこの身を捨小船
　波たたばとて風吹かばとて

▼吉田松陰（一八三〇～五九、幕末の勤王家）

身はたとひ武蔵の野辺に朽ちぬとも
　留め置かまし大和魂

▼坂本龍馬（一八三六～六七、幕末の志士）

世の中の人は何とも言わば言へ
　我なす事は我のみぞ知る

▼正岡子規（一八六七～一九〇二、俳人・歌人）

糸瓜咲て痰のつまりし仏かな

▼芥川龍之介（一八九二～一九二七、作家）

水《みず》洟《ばな》や鼻の先だけ暮れ残る

さて「辞世」も様々。作家の太宰治（一九〇九～四八）は、昭和二三年に愛人の山崎富栄と玉川上水で入水自殺。彼の遺書には「井伏さんは悪人です」と書き残されていた。井伏鱒二（一八九八～一九九三）との間に何があったのか。それで「怨念の辞世」があるのも知った。

（2017・10）

人は「辞世」の「言葉」を遺す。女性が残すのは稀だとか。だから遺った言葉は貴重なものだ。時を越えて女人の想いをさぐる。

▼紫式部（生没年不詳、『源氏物語』作者）
　誰か世にながらへて見む書きとめし
　　跡は消えせぬ形見なれども

▼小野小町（生没年不詳、歌人）
　あはれなりわが身の果てや浅緑
　　つひには野辺の露と思へば

▼藤原定子（九七七～一〇〇一、一条天皇の皇后）
　夜もすがら契りしことを忘れずは
　　恋ひむ涙の色ぞゆかしき

▼和泉式部（九七六～没年不詳、歌人）
　あらざらむこの世の外の思ひ出に
　　今ひとたびの逢ふこともがな

▼日野富子（一四四〇～九六、足利義政の正室）
　偽りのある世ならずはひとかたに
　　たのみやせまし人の言の葉

▼お市の方（一五四七～八三、織田信長の妹）
　さらぬだに打ちぬる程も夏の夜の
　　別れを誘ふほととぎすかな

95 ―――― 女性が遺した辞世を探す

▼細川ガラシャ（一五六三～一六〇〇、明智光秀の娘）
　ちりぬべき時知りてこそ世の中の
　　花も花なれ人も人なれ

▼春日局（一五七九～一六四三、徳川家光の乳母）
　西に入る月を誘い法をへて
　　今日ぞ火宅を逃れけるかな

▼加賀千代女（一七〇三～七五、俳人）
　月も見て我はこの世をかしく哉

▼太田垣蓮月（一七九一～一八七五、歌人）
　願わくはのちの蓮の花の上に
　　くもらぬ月をみるよしもがな

▼貞心尼《ていしんに》（一七九八～一八七二、尼僧）
　来るに似てかへるに似たり沖つ波
　　たちゐは風の吹くに任せて

▼中野竹子（一八五〇～六八、会津藩の女性）
　ものゝふの猛きこころにくらぶれば
　　数にも入らぬ我が身ながらも

女優の松井須磨子（一八八六～一九一九）は急死した作家の島村抱月を慕い、兄などへ「では急ぎますから」の遺書を残して縊死。辞世は人への想いが込められている。

（2017・10）

96　国分寺と安国寺

日本では五三八年の仏教伝来以降、遣隋使や遣唐使などを通して大陸の仏教文化を知り、造寺の機運が高まった。寺は、自宅に持仏堂を造り、家の繁栄と子孫安泰を願う私宅寺院とした蘇我稲目《いなめ》の「向原寺《こうげんじ》」が最初だった。そして聖徳太子が父のために「法隆寺」蘇我氏も「法興寺」を建立して仏法の興隆を図った。

全国規模で寺院建立が進められた。

国分寺は、奈良時代の天平一三年（七四一）に聖武天皇（七〇一～五六）が仏教による国家鎮護のために、日本の各国に国分寺と国分尼寺の建立を命じ創建された寺院。

天皇の「国分寺建立の詔」は、国に七重塔を建て、僧寺と尼寺を設置、名称は金光明《こんこうみょう》四天王護国之寺（国分寺）と法華滅罪之寺（国分尼寺）とする。さらに寺の財源には僧・尼寺ともに田一〇町（一〇ヘクタール）を施す、ただし僧は二〇人、尼僧は一〇人を置くこととする、などが定められた。奈良の東大寺を総国分寺、法華寺を総国分尼寺の総本山と位置づけて畿内に五、東海道に一五、東山道に八、北陸道に七、山陰道に八、山陽道に八、南海道に六、西海道に九、それに壱岐と対馬には島分寺が置かれ、全国六八カ所に建てられた。ところが国家事業として推進したにも拘らず、律令体制が衰退していくにしたがって官の支援が無くなると、平安時代末頃までには、ほとんどの寺が消滅していった。

安国寺は、足利尊氏（一三〇五～五八）が延元元年（一三三六）に九州から東上、楠木正成を破って武家貴族として室町幕府（足利幕府）を創始するが、後、臨済宗の禅僧・夢窓疎石《むそうそせき》（一二七五～一三五一）の勧めにより、弟の直義（一三〇七～五二）と国家安寧を祈願し、南北両朝の戦没者の菩提を弔うために、延元三年から十年余をかけて聖武天皇の国分寺に倣って全国六六カ国二島に一寺一塔（安国寺／利生塔）を設けた。そこに朝廷から賜った仏舎利も納めたが、暫《しばら》くして歴史上最大かつ最悪といわれる尊氏と直義の兄弟喧嘩〝観応の擾乱〟が起こり混乱した。三代将軍義満になって世の中が落ち着いた。

足利の世は続いたが、元亀四年（一五七三）一五代将軍義昭が織田信長によって京都から追放され、室町幕府は終焉を迎えた。足利の滅亡によって文化的、政治的意義の大きかった安国寺と利生塔も衰退の一途を辿るしかなかった。盛者必衰の習い、か。

現在、全国のお寺さんは七万七二五四寺院ある。

日々、御仏の前で手を合わせる姿がある。

（２０１７・10）

97　北原白秋三人の妻

この道はいつか来た道／ああ　そうだよ／あかしやの花が咲いてる／／あの丘はいつか見た丘／ああ　そうだよ／ほら　白い時計台だよ／／この道はいつか来た道／ああ　そうだよ（略）　（北原白秋「この道」）

懐かしい調べにのって優しい情景の童謡や詩、歌などの詞が蘇ってくるが、詩人の北原白秋（一八八五〜一九四二）は火宅の人だったようだ。妻三人の軌跡を追う。

白秋は福岡県柳川市出身で伝習館中（現伝習館高）入学後、詩文に熱中。明治三七年（一九〇四）長詩「林下の黙想」が河井醉茗《すいめい》に認められた後、中学退学、早大予科に入学。若山牧水などを識り、号を「射水」として牧水、中林蘇水とともに「早稲田の三水」と呼ばれた。

最初の妻は、三重県名張市の漢方医の娘で既婚の松下俊子（一八八八〜一九五四）。明治四三年、引っ越し魔の白秋が人妻で別居中の彼女の隣家に転居すると、やがて恋愛関係になった。松下の夫から姦通罪で告訴され二人は未決監に拘留。示談成立、釈放、協議離婚の後、結婚したが彼女が肺結核に罹患、小笠原の父島に移住するも、すぐに帰京。大正三年、家で父母との折り合い悪く離婚した。このスキャンダルで白秋の名声は地に落ちた。

第二夫人は、大分県豊後高田市の旧家三女の江口章子《あやこ》（一八八八〜一九四六）。彼女は弁護士と結婚、大分で暮らしていたが離婚。大正四年、平塚らいてうを頼って上京。翌年、白秋を知り同棲、大正七年に入籍するが、九年には離婚。彼女は大分、別府などを転々としたが、精神に変調をきたして入院。後、詩集などを出版して晩年は尼僧になった。

三人目の妻は、大分県大分市出身。宗教家・田中智學《ちがく》のもとで仕事をしていた佐藤菊子（一八九〇〜一九八三）。大正一〇年に白秋と結婚して長男、長女が生まれ家庭的安息の日々が続くことになる。白秋の半生は実家の破産、姦通、離婚、困窮など失敗の繰り返しだったが、菊子によって家庭生活の安らぎを得た。歌作の意欲も湧いてきた。しかし糖尿、腎臓病の合併症で眼底出血、白秋の視力は失われていった。前妻二人が歌を詠む。

この世なるものの姿の消えゆかば
　嘆きはつきじ堪え難きかな　俊子
観音のまことの夢にも経ちますや
　おん目あけよとわれも祈るに　章子

お互い心通じる時を経て、今、めぐり叶わぬ久遠にいたとしても届けたい詞はある。

（2017・11）

98　刑死の大石誠之助が名誉市民

和歌山県新宮市は、二〇一八年一月、大逆事件で処刑された医師・大石誠之助（一八六七〜一九一一）を名誉市民にした。大逆事件（一九一〇）は明治天皇の暗殺を謀ったとして幸徳秋水ら二四名が逮捕され死刑判決（うち一二名が恩赦で無期懲役）を受けた。事件は冤罪との見方強く、社会主義者弾圧の犠牲者だったといわれる。

時代が事件を生んだ。大石は地元医療に尽くし、反戦、反差別の自由主義者だった。医院は貧しい人から診療代を貰わずドクトル（毒取る）先生と親しまれていた。大石が四三歳の若さで刑死後、新宮出身の作家・佐藤春夫（一八九二〜一九六四）と友で歌人の与謝野寛（鉄幹、一八七三〜一九三五）は、それぞれ「大石の死を悼む」詩を詠んだ。二つの詩には、偶然なのか「日本人ならざる」と「日本人で無かった」との言葉がある。反語なのだろうが、ともに記す不思議。

千九百十一年一月二十三日大石誠之助は殺されたり。げに厳粛なる多数者の規約を裏切る者は殺さるべきかな。死を賭して遊戯を思ひ、民族の歴史を知らず、日本人ならざる者愚なる者は殺されたり。「偽より出でし真実なり」と絞首台上の一語その愚を極む。われの郷里は紀州新宮。渠《かれ》の郷里もわれの町。聞く、渠が郷里にして、わが郷里なる紀州新宮の町は恐懼せりと。うべさかしかる商人の町は歎かん、（略）町民は慎めよ。教師らは国の歴史を更にまた説けよ。

（佐藤春夫「愚者の死」）

大石誠之助は死にました、いい気味な、機械に挟まれて死にました。人の名前に誠之助は沢山ある、然し、然しわたしの友達の誠之助は唯一人。わたしはもうその誠之助に逢はれない。なんの、構ふもんか、機械に挟まれて死ぬやうな、馬鹿な、大馬鹿な、わたしの一人の友達の誠之助。それでも誠之助は死にました、おお、死にました。日本人で無かった誠之助、立派な気ちがひの誠之助、有ることか、無いことか、神様を最初に無視した誠之助、大逆無道の誠之助。ほんにまあ、皆さん、いい気味な、その誠之助は死にました。誠之助と誠之助の一味が死んだので、忠良な日本人はこれから気楽に寝られます。おめでたう。

（与謝野寛「誠之助の死」）

時代に洗われてきた「大逆事件」は時代が解決しなくてはならない。人の世が間違っていたのなら糺すしかない。人間の奥底に眠る真の声で語るしかない。

（２０１８・３）

99　瀧廉太郎のピアノ曲「憾《うらみ》」

巷間に流布する都市伝説に注目する。若い天才作曲家・瀧廉太郎（一八七九〜一九〇三）が国家の陰謀によって殺された、という説がある。調べて、さもありなん。

彼は瀧吉弘の長男として東京で生まれた。吉弘は大久保利通や伊藤博文のもとで内務官僚として勤めた後、地方官として大分県竹田市などに移り住んだ。廉太郎は神奈川、富山、東京の小学校への転校を繰り返した。ピアノ演奏が上手だった。一五歳で東京音楽学校（現東京藝大）に入学。ピアノと作曲の才能を発揮。洗礼を受けてクリスチャンにもなった。

明治期には「翻訳唱歌」が数多くできたが、ぎこちなく、日本人作曲家によるオリジナル曲の要望が強かった。明治三四年（一九〇一）土井晩翠作詞・瀧廉太郎作曲の「荒城の月」（春高楼の花の宴　めぐる盃かげさして……）が登場、さらに彼は「幼稚園唱歌」（二六曲）を編纂し、翌年、留学生としてドイツに派遣されたが、僅か半年後、肺結核を発症して帰国。父の郷里・竹田で療養した。明治三六年六月二九日、自宅で二三歳の生涯を閉じた。

彼が「唱歌」などの作曲を精力的に進める中、何故急に、結核などが流行っていたドイツ留学をさせられたのかだが、彼の曲が国民に受け入れられたのが、文部省の役人には我慢ならなかったとの説がある。

彼の「お正月」（もういくつねるとお正月……）や「花」（春のうらゝの隅田川……）など、広く親しまれる多くのメロディーが人々の心に染んだ。

瀧の没後、明治四四年には「文部省唱歌」として彼の「雪やこんこん」や「鳩ぽっぽ」などに似た曲が、作詞作曲不明の「雪」や「鳩」として発表された。

雪やこんこん　あられやこんこん／もっとふれふれ
とけずにつもれ／つもった雪で　だるまや燈籠／こし
らへましょ　お姉様
（「雪やこんこん」）

雪やこんこ　霰やこんこ／降っては降っては　ずんず
ん積もる／山も野原も　綿帽子かぶり／枯木残らず
花が咲く
（「雪」）

文部省はメンツを潰されたとして追い出すように瀧を留学させ、巧妙に結核ウイルスを感染させて密かに殺害したという筋書きが巷に伝わる。恐ろしいことだ。

このことは本人も解っていたのか、彼は亡くなる四カ月前、謎のピアノ曲「憾《うらみ》」を最後の作としてこの世に残して逝った。パクリの文部省、といわれる国のカタチは今も変わってないようだ。

（2018・4）

100　じゃがたらお春、の物語

寛永一六年（一六三九）頃、江戸は鎖国時代。日欧の混血児三百人近くがジャカルタなどに追放された。後、望郷の念を抱く娘らが日本に宛てた手紙を「じゃがたら文」という。イタリア人父と日本人母に生まれた混血のお春（洗礼名ジェロニマ、一六二五〜九七）は一五歳で放流された。キリスト教が庶民への教宣を始めたのはフランシスコ・ザビエル（一五〇六〜五二）が、天文一九年（一五五〇）肥前国平戸から開始。平戸伝来のキリスト教は布教、繁栄、弾圧、潜伏を経て困難を乗り越え、二五〇年余の弾圧時代は苦難の連続だった。

混血児は、悲惨な日々を送る中「鎖国令」で放追された地から日本への想いを綴った。

千はやふる神無月とよ　うらめしの嵐や　まだ宵月の空もうちくもり　しぐれとともにふる里を出し　その日をかぎりとなし　又ふみも見じあし原の　浦路はるかにへだてれど　かよふ心のおくれねば　〈おもひやるやまとの道乃はるけきも　ゆめにまぢかく　こえぬ夜ぞなき〉たまたま花の世界にむまれきて、此の身となれるとし月をかぞうれば（略）今さら今さら　心にかかりまいらせ候　かへすがへす　なみだにくれて　かきまいらせ候　しどろもどろ　よみかね申べくまま　はやはや夏のむしたのみ入候（略）いこくにながされ候とも　何しに　あらえびすとは　なれ申べしや　あら日本恋しや　ゆかしや　見たや見たや見たや日本

じゃがたら　春より

時代が下がり「じゃがたら文」などの資料で、実在の「春」をモデルに歌などが出来た。

昭和一四年（一九三九）梅木三郎作詞・佐々木俊一作曲の「長崎物語」のメロディーが巷に流れた。現在、古希前後の世代までは、懐かしい記憶として蘇るだろう。

赤い花なら曼殊沙華／阿蘭陀屋敷に雨が降る／濡れて泣いてるじゃがたらお春／未練な出船の　ああ鐘が鳴る／ララ鐘が鳴る

平戸離れて幾百里／つづる文さえつくものを／なぜに帰らぬじゃがたらお春／サンタ・クルスのああ鐘が鳴る／ララ鐘が鳴る

じゃがたらお春などの混血子女は、貧しくて売られた「からゆきさん」とは違って、異国では、裕福な暮らしだったようだ。春自身、三男四女を育てたと伝わる。

しかし、日本人は「長崎の鶯は鳴く今もなほじゃがたら文のお春あわれと」（吉井勇）の気持が強いようだ。

（２０１８・４）

101　浮世絵師・北斎の川柳号は卍

江戸時代に活躍した浮世絵師で美人画の喜多川歌麿、役者絵の東洲斎写楽、風景画の歌川広重そして森羅万象を描いた葛飾北斎が浮かぶ。特に北斎（一七六〇～一八四九）の絵は世界を駆け巡った。

彼は画家のフィセント・ファン・ゴッホ（蘭）、エドガー・ドガ（仏）、ガラス工芸家のエミール・ガレ（仏）、音楽家のクロード・ドビュッシー（仏）など多くの芸術家に影響を与えた。

一九九八年、米国の雑誌『ライフ』の「この千年で最も重要な功績を残した世界の人物一〇〇人」アンケート調査では、日本人で選ばれたのは「葛飾北斎」一人だった。

北斎は特異な生活を続け、転居九三回そして春朗、宗理、戴斗、為一から画狂老人など改号は三〇回に及び、生涯に遺した作品は三万点を超えるといわれる。

彼は川柳界でも号「卍」を名乗り、大家としての評価も高く『誹風柳多留』には一八二句が採られている。

「団子屋の夫婦喧嘩ハ犬も喰」、「加茂の祢宜鍋とり公家と呑ンで居る」、「蜻蛉は石の地蔵の髪を結ひ」、「足ながの三里手長がすへてやり」、「はんじょうさ名所の月も屋根から出」、「其の腰で夜ルも竿さす筏乗り」、「芋は今喉元あたりろくろ首」、「木魂して天地にひゞく井戸屋の屁」、「誰が嗅いで見て譬たか河童の屁」、「なまりぶし反りを打程安くされ」、「女夫石割れぬ先きハ転び合い」、「君が代ハ旗ざほまでが寐てくらし」、「股引の牡丹を探す角兵衛獅子」、「我ものを握る片手のぬくめ鳥」、「気違ひのとらまえたがる稲光」、「墨壺の口も干上ル下手大工」、「泥水で白くそだったあひるの子」、「人が見たなら蛇になれくすね銭」、「尻でひり口でまねする鸚鵡の屁」、「無理口説キ大根おろしで引こすり」、「耳筋が通り兎の器量よし」、「鼾には国なまりなし馬喰町」、「下からも屋玉と読と田舎もの」、「つま恋の娘を母の虫封じ」、「間のわるさ月の影さす夜蛤」、「蠟燭の寿命くらべや川施餓鬼」などなど、たくさんある。

長野県では、小布施町の「北斎館」で浮世絵鑑賞ができる。また北斎「卍」の川柳句は、山ノ内町の渋温泉の街歩きでは一八七の句碑が建ち並んでいると聞く。

北斎の辞世句がある。

人魂で行く気散じや夏野原

北斎の芸道は詠みどおりで、まさに魂が自由自在に飛び交っているようだ。

（２０１８・４）

102　唐人お吉とモルガンお雪

　運命は運ばれる命と書く。いくら定めだとは言え、どう転ぶかわからないのが人生。自らの選択が五〇ならば神の差配は五〇だろう。歴史に翻弄された唐人お吉（斎藤きち、一八四一～九〇）とモルガンお雪（加藤ユキ、一八八一～一九六三）の生き方を追ってみたい。

　唐人お吉は、愛知県南知多町の船大工の家に生まれた。下田に移り、琴や三味線を習い、一四歳で芸者「お吉」を名乗って下田一の芸者になった。安政四年（一八五七）米国総領事タウンゼント・ハリスが異国暮らしで体調を崩して床に伏せった。世話の看護婦要請で地元の役人は「看護婦」概念がなく「妾」だと誤解してお吉を選んだ。嫌々、ハリスのもとへ赴く。当初、人々はお吉に同情的だったが嫉妬と侮辱の目に変った。三ケ月余でお吉は解雇、後、芸者に戻るが、冷たい視線で酒に耽った。

　彼女は、幼馴染の大工と所帯を持ち、髪結業を始めるが思わしくなく酒に溺れる。小料理屋も開くが、年中酒の匂いで酒乱が続く。後、物乞いを続け下田の稲生沢川の淵に身を投げた。お吉への想い「駕籠で行くのはお吉じゃないか下田港の春の雨泣けば椿の花が散る」（西條八十）、「アメリカのぬらした袖も土に成り」（井上剣花坊）、「から竹の浮き名の下に枯れはてし君がこころは大和撫子」（新渡戸稲造）などが遺る。

　モルガンお雪は、京都の刀剣商の家に生まれる。姉が祇園でお茶屋兼置屋を経営していた縁で一四歳「雪香」として祇園芸妓になった。彼女は歌舞と胡弓に優れていた。明治三四年（一九〇一）アメリカの大富豪ジョージ・デニソン・モルガンと出会い、求婚されるが、京大生の彼氏がいたので拒絶。しかしモルガンは四年に三度来日、お雪の「承諾」を待った。その話題が新聞に載った。明治三七年、莫大な身請け金「四万円（京都「南座」の建築費）」が支払われ横浜で超ド派手な結婚式が挙行された。大騒ぎの世間は「日本のシンデレラ」と喝采。アメリカに渡ったがお雪の帰化は許されなかった。後、一時帰国すると、今度は「金に目がくらんだ女」と誹謗中傷された。大正四年（一九一五）モルガンが心臓麻痺で死亡、お雪三四歳。後、フランスで悠々自適生活の後、昭和一三年（一九三八）に帰国、京都に住んだ。モルガン財閥はアメリカ政府に「京都空襲」だけは止めさせたという。

　お吉さんもお雪さんも運ばれたところで暮らし、生きる道の選択は、周りの意見もあろうが、最後は自らの決断。そして召される時は神のみぞ知るだろう。

（２０１８・４）

103　一休と森侍者、良寛と貞心尼

室町時代の僧で詩人の一休さん、江戸時代の僧で歌人の良寛さん、親しく呼べる名で身近にある。一休さんの頓智咄や良寛さんの子供遊び。二人の生涯の終り頃、そばで添い遂げた森侍者と貞心尼という女人がいた。そのクロス人生を追ってみる。まず辞世をみる。

借り置きし五つのものを四つ返し
本来空に今ぞもとづく　一休宗純

うらを見せおもてを見せて散るもみぢ　良寛和尚

一休宗純（一三九四～一四八一）は京都で生まれた。北朝の後小松天皇の落胤といわれ、二二歳で大徳寺高僧の弟子となり、求道者の問いに「有漏路より無路地へ帰る一休雨降らば降れ風吹かば吹け」と答えて「一休」の名が付いた。彼は戒律や形式に拘らない生き方で「花は桜木人は武士柱は桧魚は鯛小袖はもみじ花はみよしの」と詠むなど民衆の共感を呼んだ。七六歳の一休に不思議な縁で南朝の後亀山天皇の孫娘といわれる四〇歳過ぎの盲目の森侍者（生没年不詳）が弟子につく。一休は彼女に「木は凋み葉落ちて更に春を回す縁を長じ花を生じて旧約新たなり森也が深恩若し忘却せば無量億却畜生の身」と記す。また「南無釈迦じゃ娑婆じゃ地獄じゃ苦じゃ楽じゃどうじゃこうじゃというが愚かじゃ」なども残す。森女は「おもひねのうきねのとこにうきしづむなみだならではなぐさみもなし」の歌を残す。

良寛和尚（一七五八～一八三一）は新潟に生まれ出雲崎の名主見習いをしていたが、突然、一八歳で出家。二二歳で備中（岡山）の国仙和尚に師事、故郷を捨てた。彼は寺を持たず、民に仏法を説かず、座禅と乞食で暮らし「この里に手まりつきつつ子供らと遊ぶ春日は暮れずともよし」と子らと戯れ、歌、詩、書を嗜んだ。良寛七〇歳の時、人柄に感銘を受けた三〇歳の貞心尼（一七九八～一八七二）は草庵に手鞠と「これぞこのほとけの道に遊びつつつくやつきせぬみのりなるらむ」の歌を残した。

その後、二人はお互いが慈しみ歌問答に時を刻んだ。良寛の「天が下にみつる玉より黄金より春のはじめの君がおとづれ」に貞心尼は「山がらす里にいいかば小烏《こがらす》もいざなひて行け羽よわくとも」を返した。

彼女は良寛を看取って、辞世は「来るに似て帰るに似たり沖つ波立ち居は風の吹くに任せて」と詠んだ。

臨済宗の一休、曹洞宗の良寛。一休は狂に生き、良寛は遊に生きた。そして晩年は愛しいひとと安らかな時を持つことが出来た。まさに〝苦楽一如〟の人生だった。

（２０１８・５）

104　幕末の“げっしょう”ふたり

二〇一八年NHK大河ドラマ「西郷《せご》どん」で、安政五年（一八五八）に鹿児島の錦江湾に西郷隆盛（一八二八～七七／鈴木亮平）と月照（尾上菊之助）が抱き合って舟から身を投げた場面が印象に残る。西郷は一命を取り留めたが、月照は亡くなった。二人の歌が残る。

大君の為にはなにか惜しからむ
　薩摩の瀬戸に身は沈むとも　月照
二つなき道にこの身を捨て小舟《おぶね》
　波立たばとて風吹かばとて　西郷

月照（一八一三～五八）は、讃岐国吉原村（現香川県善通寺市）に生まれた。叔父を頼って京都の清水寺成就院に入り住職となった。尊王攘夷に傾倒して、公家や活動家と関係を持つ僧として幕府から危険人物とみなされた。西郷とは親交深く、「安政の大獄」で追われる身となった月照を西郷は薩摩に連れ帰った。しかし藩は保護を拒否して「日向国送り」を命じた。二人は錦江湾に沈んだ。月照は重要人物のようで、『田原坂』で上田忠好、『飛ぶが如く』で野村万之丞、『篤姫』で高橋長英が演じる。

幕末の大きなうねりの中、月照を追っていて、同じ時を生きた、もう一人の月性に巡り合った。志を同じくした幕末の〝げっしょう〟二人の縁が不思議。

月性（一八一七～五八）は、周防国遠崎村（現山口県柳井市）の妙円寺で生まれ住職となった。一五歳、豊前、肥前、安芸で漢詩文を学び京坂、江戸、北越を遊学して名士と交流した尊王攘夷派の僧。萩で吉田松陰（一八三〇～五九）と久坂玄瑞（一八四〇～六四）を引き合わせたと言われるが、一般にはあまり知られてない。しかし彼の漢詩「将東遊題壁（将に東遊せんとして壁に題す）」は多くの人に知られ、特に「人間到処有青山」の一節は名高い。

男児立志出郷関　学若無成死不還　　釈月性
埋骨豈惟墳墓地　人間到処有青山

この漢詩は「男子ひとたび志を立てて故郷を出た以上、学業成就なければ郷土に帰るべきではない。我が骨を埋めるのは先祖伝来の故郷に限らずともよい、この世にはわが墓となる青く美しい山はどこにでもある」と簡約できる。まさに「人間到る処青山あり」なのだ。

月性は、頭を剃らず、髪ぼうぼう、衣は破れて「ハリネズミ」と呼ばれる風変りの僧だったが、両親を亡くした玄瑞は兄事《けいじ》していた。月性は玄瑞と松陰の妹・文の結ばれた翌年の安政五年に病で亡くなった。月照は同じ年、南の海に沈んだ。幕末の陰の人物に合掌。

（2018・5）

105　隠れ念仏と隠し念仏

最近、五木寛之『隠れ念仏と隠し念仏』を知った。考えてみれば、長い歴史の中で人は「隠れ」たり「隠し」たりして生きて来たのであろう。今でも人の心には「隠し」ごとや、「隠れ」て過ごす密かな思いの生き方もあるだろう。秘密のない人間はいないと思う。人の生涯に「見え隠れする」何か、その念仏の在り方を追ってみる。

隠れ念仏は、南九州（熊本、宮崎、鹿児島）の一部で三百年余り権力から禁止された浄土真宗（一向宗）を信仰した集団と言われる。真宗門徒たちは迫害を受けながらも仏具を隠した山中の洞穴に家族で密かに集って法座を開き、藩の役人の目を逃れた。一途な信仰の姿を親から子へと伝えていたようだ。この「隠れ」は、「一向一揆」など宗徒による乱を恐れた藩の禁制に起因するようだ。弘治元年（一五五五）人吉藩の弾圧に始まり、慶長二年（一五九七）には薩摩藩にも広がった。

信者の家から仏像・仏具を撤収して焼却処分し棄教を迫る。拒む者たちには、割木の上に正座をさせて、膝に重い石を重ねる拷問や、さらに滝壺に投げ込み、浮き上がると竹竿で沈め、溺死させる刑罰などがあった。明治元年（一八六八）の廃仏毀釈後に「禁制」が解かれるまで続いた。

隠し念仏は、東北の岩手を中心に北は青森、南は福島、かっての盛岡藩、八戸藩、仙台藩の地域で、独特な「講」組織で広がる真宗の念仏信仰である。阿弥陀如来を拝み「御文」を大事にする浄土真宗と変わらないが、信仰を「表」に出さずに「隠し」た信仰。起源は諸説あり、蓮如が京都の門徒・鍵屋妙伝に親鸞直筆の掛物などを与えて教義を伝えた説や、親鸞の子の善鸞に因る説などがある。九州の「隠れ」が京都の本願寺と通じて密かに指導を受けて信仰するのと違い、宗教統制を行う幕藩権力と真宗寺院の双方から「自分たちの信仰を守る」ために、東北の土俗信仰や真言密教などと結んで「隠し」た独自の信仰が生まれたようだ。いわば浄土真宗本願寺教団から異端視される宗派内異教としての存在になった。しかし親鸞から蓮如への流れを継ぐ正当な教えを説く『法要章』が、隠し念仏の聖典であるとされる。

人の信仰もいろいろで、北の「隠し」と南の「隠れ」、それぞれ形は違っても一人生き抜く心の持ちようは「隠し」であろうが「隠れ」であろうが、信じた道を歩くしかあるまい。いつの時代であっても人の心は、真を求める信仰を抱いて生きているものだろう。

（２０１８・５・21）

106 隠れキリシタンと隠しキリシタン

二〇一八年、長崎と天草地方の潜伏キリシタン関連遺産が世界文化遺産に登録されるニュースが流れた。世界に誇る財産が増えて喜ばしい。長年の夢が叶うようだ。

日本のキリスト教は、スペインの宣教師フランシスコ・ザビエル（一五〇六〜五二）が一五四九年に来日し布教を始めて以降、信者が増えた。しかし、江戸幕府によって禁教令（一六一二年）が出され、信者は迫害を受けて強制棄教させられたが、偽装棄教したり、また解禁になっても秘教を守る「隠れキリシタン」が各地に生まれた。

表向きは仏教徒として振る舞い、司祭がいない状況でも密かにキリスト教を伝える「潜伏キリシタン」は、小さな集落単位の秘密組織で祈禱文「オラショ」を唱え、生まれた子には洗礼を授けるなど信仰を守り続けた。国内に広く「潜伏」していたようだが、多くの土地で途絶えた。

そして一八七三年、禁教令が解かれて信仰の自由が認められることになると、長崎の五島などから信仰を名乗り出て、「信徒発見」が続いた。

一方で、「潜伏」していて神道や仏教、民俗信仰などと結びつきカトリックとは一線を画す独自の信仰様式を継承する「カクレキリシタン」もあった。カトリックに復帰しない「カクレ」は、先祖からの伝統形態を守るとの思いや、神仏への敬い、先祖の位牌を捨てることへの抵抗感などがあったようだ。どちらにしても「隠れキリシタン」での「潜伏」と「カクレ」の信仰は時を超えてそれぞれ受け継がれてきた。

さて「隠れ」があれば、やはり「隠しキリシタン」もあるようだ。豊後国岡藩（大分県竹田市）は、藩ぐるみでキリシタンを「隠し」ていたという。

岡藩はキリシタン大名の高山右近と交流の深い中川清秀（一五四二〜八三）の支配下。また豊後には九州六カ国を傘下に収めたキリシタン大名・大友宗麟《そうりん》（一五三〇〜八七）もいて、キリシタン守護の地だった。

近年、キリシタン遺物が多い竹田市では「隠しキリシタンの里」としてのPRに余念がないようだ。キリシタンベル「サンチャゴの鐘（国指定重文）」をはじめ、市内には「キリシタン洞窟礼拝堂（県指定史跡）」や家紋の「中川クルス」裏に仏を彫った「ブロンズ十字架」、日本で随一の「聖ヤコブ像」、「ＩＮＲＩ（ユダヤ人の王ナザレのイエス）墓碑」など謎の聖遺物や遺跡が散在する。さすがキリスト教の日本八大布教地の一つである。

（２０１８・５）

107　福岡博多に「濡れ衣」発祥の地

人間の世界は怖い。騙す人が悪いのか、騙される人が悪いのか、の議論は別にして、いわれのない罪、根も葉もない噂によって無実の罪を背負うことがある。濡れ衣を着せられるのだ。「濡れ衣」の起源を追うと、「無実」は「実が無い」ことから「蓑が無い」に繋げて、雨具の蓑が無いと衣が濡れるため、の奇説などがある。

福岡市博多区千代三丁目の博多湾に注ぐ石堂川の近くには「濡衣塚」が建ち、「濡れ衣」発祥の地とされる話が語り継がれている。江戸の儒学者・貝原益軒編纂の『筑前国続風土記』には「聖武天皇の御時、佐野近世《ちかよ》と云人、筑前の守にて下りしに……」と塚の仔細が記述されている。京から国司として妻、娘とともに赴任してきた佐野近世。この地に慣れてきた頃、妻を亡くし、娘の春姫と暮していたが、近世は後妻をこの地で迎えた。後妻に娘が生まれたが、夫が春姫ばかりを可愛がるため後妻は嫌がらせを始めた。ある日、漁師が釣り衣を春姫に盗まれたと近世に訴え出た。近世は、春姫の部屋に濡れた衣があるのを見て、娘の言い分も聞かず、その場で斬り殺した。近世には「是は娘のね入たる時に継母のきせたる」こととは判らなかった。その後、近世の夢枕に春姫が立ち、枕辺で想いの歌を二首詠んだと言われる。

「脱ぎ着するそのたばかりの濡れ衣は長き無き名のためしなりけり」、「濡れ衣の袖よりつたふ涙こそ無き名を流すためしなりけれ」

近世は「あの濡れ衣は後妻が置いたものだった」と悟り、亡き娘に詫びた。そして石堂川の畔に眠る春姫のため供養の塚を七つ建て、娘を罠にはめた妻を離縁。自らは罪を悔いて出家、肥前の松浦山に隠棲したという。濡れ衣には必ず罰があるようだ。なお、博多の濡衣塚は玄武岩の板碑で中世の石造物。康永三年（一三四四）の銘を刻む。

平安時代の書物にも「濡れ衣」は出てくる。

かきくらしことはふらなん春雨に
　ぬれぎぬきせて君をとどめん　（『古今和歌集』）

名にしおはゞあだにぞあるべきたはれ島
　浪のぬれぎぬ着るといふなり（『伊勢物語』）

濡れ衣は千年を超える言葉、だが「濡れ衣」を「干す」「乾かす」「脱がす」などの使い方はなく、「晴らす」も正しくないそうだ。とにかく「濡れ衣」は「着せられる」だけのようだ。言葉の重みを噛みしめ「着せる」ことも「着せられる」こともない世でありたい。

（２０１８・６）

108　勤王の志士・田中河内介

NHK大河ドラマ「西郷《せご》どん」の〝寺田屋騒動〟では、勤王の志士・田中河内介《かわちのすけ》（一八一五～六二）の姿はなかった。隠された人物だったようだ。

河内介は但馬国（現兵庫県豊岡市）の医者の子として生まれた。秀才だった。出石《いずし》藩の儒学者に師事し、上京して勉学に励んだ後、私塾を開いた。二一歳の時、京都の公卿・中山忠能《ただやす》に仕えた。後、忠能の娘・慶子が孝明天皇の子（祐宮睦仁《さちのみやむつひと》親王＝明治天皇）を身ごもり、降臨の際には大任を任された。親王の幼い頃の養育係にもなった。

河内介は和宮内親王の降嫁に強く反対。京都では勤王の志士と交わり、尊王攘夷派と親しくなった。幕府の目が厳しくなり、大坂に居を移して薩摩藩邸に出入りした。そこで和宮降嫁を謀った京都所司代（酒井忠義）と関白（九条尚忠）の暗殺を計画。義挙は島津久光上洛に合わせて決行するとして寺田屋に集まった。久光は浪士鎮撫の勅命を受け、薩摩藩士らに鎮撫使を送ったところ、そこで斬り合いになった。寺田屋騒動である。事件鎮静後、薩摩藩は引き取り手のない浪人たちを船に乗せ、大坂から鹿児島へ向かった。航海の途中、捕らわれの田中父子らは播磨灘で薩摩藩士によって斬殺され、海に投げ捨てられた。無残な亡骸は小豆島に漂着、村民らによって手厚く葬られたという。河内介の辞世が残る。

　ながらへてかわらぬ月を見るよりも
　　死してはらわん世々のうき雲

維新後、明治天皇は昔の養育係を思い出し「田中河内介はいかがした」と臣下に問うた。誰も答えなかった。すると田中と親交のあった者が「薩摩に護送される際、同志に刺殺され非業の死を遂げました」と答え、「殺したのはこの大久保でございます」と大久保利通を指さした。大久保は無言だった。天皇は、河内介について、それ以降触れることはなかった。

ところで明治九年（一八七七）に京都で発行された「近世報国赤心士鑑」は、安政の大獄から慶応三年までに活躍した人物ランキングが記されている。大相撲番付の形式で吉田松陰、藤田東湖などはもちろんだが、田中河内介は、坂本龍馬や高杉晋作などよりも「格上」に位置づけられており、当時は、それだけ重要な人物だったことになる。薩摩は「河内介の祟り」を恐れていたとも聞く。

今「河内介父子」の墓碑は小豆島の雲海寺にある。歴史の動きの中では、伝えられない、伝わらない隠れた真実もあるようだ。

（2018・7）

109 赤穂四十七士と一人の辞世

赤穂義士は吉良邸で本懐を遂げ、切腹。辞世を残す。

大石内蔵助▼あら楽し思いは晴るる身は捨つる浮世の月にかかる雲なし／吉田忠左衛門▼君がため思ひぞ積もる白雪を散らすは今朝の嶺の松風／原惣右衛門▼かねてより君と母とに知らせんと人より急ぐ死出の山路／間瀬久太夫▼雪とけて心に叶ふあした哉／小野寺十内▼忘れめや百に余れる年を経て事へし代々の君がなさけを／間喜兵衛▼草枕むすび仮寝の夢さめて常世にかえる春のあけぼの／磯貝十郎左衛門▼若水の心そむかぬ影もりかな／堀部弥兵衛▼忠孝に命をたつは武士の道やたけ心の名をのこしてん／冨森助右衛門▼先立ちし人もありけりけふの日を旅の旅路の思ひ出にして／潮田又之丞▼もののふの道とばかりに一筋に思いたちぬる死出の旅路／早水藤左衛門▼地水火風空のうちよりいでし身のたどりて帰る本の住家に／大石主税▼あふ時はかたりつくすと思へども別れとなればのこる言の葉／堀部安兵衛▼梓弓ためしにも引け武士の道は迷はぬ跡と思はば／木村岡右衛門▼思ひきやわれ武士の道ならでかかる御法の縁にあうとは／岡野金右衛門▼その匂い雪の下の野梅かな／大高源吾▼梅で香む茶屋もあるべし死出の山／武林唯七▼仕合や死出の山路は花ざかり／間新六郎▼思草茂れる野辺の旅枕仮寝の夢は結ばざりしを／村松喜兵衛▼命にも易えるひとつを失わば逃げ隠れても此れを遁れん／前原伊助▼春来んとさしもしらじな年月のふりゆくものは人の白髪／小野寺幸右衛門▼今朝もはやいふ言の葉もなかりけりなにのためとて露むすぶらん／間十次郎▼終にその待つにぞ露の玉の緒のけふ絶えて行く死出の山道／村松三太夫▼極楽を断りなしに通らばや弥陀諸共に四十八人／茅野和助▼天地の外にあらじな千種だにもと咲く野辺に枯ると思へば／横川勘平▼まてしばし死出の遅速はあらんともまつさきかけて道しるべせむ／神崎与五郎▼梓弓春近ければ小手の上の花をも雪のふぶきとや見ん

なお辞世確認できずは、片岡源五右衛門、近松勘六、赤埴源蔵、奥田孫太夫、矢田五郎右衛門、大石瀬左衛門、中村勘助、菅谷半之丞、不破数右衛門、千馬三郎兵衛、貝賀弥左衛門、岡嶋八十右衛門、吉田沢右衛門、倉橋伝助、杉野十平次、勝田新左衛門、奥田貞右衛門、矢頭右衛門七、間瀬孫九郎、三村次郎左衛門、寺坂吉右衛門の二一人である。

赤穂へ第一報を届け、討ち入り不参加の萱野三平も「晴れゆくや日頃心の花曇り」の辞世を残す。

（２０１８・７）

110 桜田十八烈士“義”を詠む

安政七年（一八六〇）三月三日、雪降る中、江戸城桜田門外で水戸藩脱藩者（一七名）と薩摩藩士（一名）が彦根藩の行列を襲撃して大老井伊《いい》直弼《なおすけ》を暗殺した。世にいう「桜田門外の変」である。「十八烈士」による〝桜田事変〟とも呼ぶ。

不思議なのは、事件前日に井伊直弼は先を見通しているかのような歌を詠み遺している。さすが安政五年から江戸幕府によって始まった弾圧「安政の大獄」の指揮官だけのことはある。

咲きかけて猛き心の一房は
散りての後ぞ世に匂ひける　　井伊直弼（四六）

井伊大老襲撃では、稲田重蔵（四六）唯一人、現場で闘死。増子金八（五九）、海後磋磯之介（七七）は逃亡、それぞれ改名したり警視庁に勤務するなどして余命を全うした。他の烈士一六名は、自刃、斬首、刑死、病死など〝義〟を詠んで亡くなった。遺された言葉を探す。

有村次左衛門（二三、薩摩）▼磐鉄《いわがね》もくだけざらめや武士の国の為にと思ひきる太刀／佐野竹之介（二一）▼桜田の花と屍はさらすともなにたゆむべき大和魂／鯉渕要人（五一）▼君がため思ひをはしり梓弓ひきてゆるまじ大和魂／広岡子之次郎（二一）▼ともすれば月の影のみ恋しくて心は雲になりませりけり／斎藤監物（三九）▼君がためつもる思ひも天つ日にとけてうれしき今朝の淡雪／森五六郎（二二）▼いたづらに散る桜とや言いなまし花の心を人は知らずて／森山繁之介（二七）▼君が為思ひ残さむ武士のなき人数に入るぞうれしき／蓮田一五郎（二九）▼故郷の空をし行かばたらちめに身のあらましを告げよかりがね／黒沢忠三郎（三〇）▼国のためなに惜しむべき武士の身は武蔵野の露と消ゆとも／関鉄之助（三九）▼人とはばつげよ日かげの草葉にも露のめぐみはある世なりきと／山口辰之介（二九）▼吹く風に此のむら雲を払はせてさやけき月をいつか見ましや／杉山弥一郎（三八）▼今更に云ひがひもなき我国のかたきなりけりから国の船

遺されているであろう言葉も、広木松之介（二四）、大関和七郎（二五）、岡部三十郎（四三）は探せなかった。

それにしても元禄一五年（一七〇二）一二月一四日の吉良邸討ち入りの日も雪の日だった。なぜか、世を糺す〝義挙の日〟は、偶然にしても真っ白な雪が舞い下り、降り積もる。

歴史は繰り返すというが、赤穂義士も桜田烈士も日本人の心の奥底に永遠の〝義〟を生んだ。

（2018・7）

111　まだ「女人禁制」がある

平成三〇年（二〇一八）四月、大相撲春巡業「舞鶴場所」で挨拶に立った市長が土俵上で倒れた。そこへ女性が駆け上がって心臓マッサージなどの応急処置を始めると「女性は土俵から降りてください」のアナウンス。一瞬、観客は唖然とし「人命よりも伝統優先か」の批判が続出。大きな問題として世間を賑わせた。

えっ、まだ「女人禁制」があるの、と再認識する。

昭和六〇年（一九八五）に「男女雇用機会均等法」が制定され、男女ともに平等が決まって久しいのに「土俵の上に女性は上がれない」の〝業界独自ルール〟に、何故か、金縛りにあっている日本人の滑稽な姿がある。

確かに江戸時代までは、儒教の「男女七歳にして席を同じゅうせず」などの教えを根拠に「女人禁制」が徹底されていた。しかし明治五年（一八七二）に明治政府が太政官布告第九八号「神社仏閣女人結界ノ場所ヲ廃シ登山参詣随意トス」を発令後、各地で規制されていた女性の入山や神社、寺院、霊場などへのお参りは自由になった。それまで女性は大相撲の観戦さえも禁じられていたようだ。現在も残る「女人禁制」をインターネットで探した。

▼大峰山（奈良）は「従是女人結界」の碑が山の入り口に建って入山できない。

▼石仏《いしぼとけ》山（石川）は古代祭祀遺跡があり、潔界山といわれる霊山で登れない。

▼石上《いわがみ》神社（兵庫）は古代太陽祭祀の遺跡群が点在し傍では参拝不可。

▼沖ノ島（福岡）は玄界灘の孤島で、宗像大社の沖津宮鎮座の神宿る島で上陸不可。

▼後山《うしろやま》（岡山）は山の中腹にある母護堂から奥の院に至る行者道は歩けない。

▼相撲の土俵には神がいるとされ、相撲が神事に繋がる考えから立ち入れない。

▼歌舞伎は女性創始の芸能であるにも関わらず風紀上から男歌舞伎となっている。

他にも祇園祭（京都）や博多祇園山笠（福岡）、岸和田だんじり祭（大阪）などの祭りの一部に〝女人禁制〟が残る。一方、南の海に浮く久高島のクボー御嶽《うたき》（沖縄）は男子禁制だ。また沖ノ島は世界遺産登録（二〇一七年）後に「男子禁制」も加わり、まさに男女平等に入島が許されなくなった。やはり神の国には立ち入れない領域があるようだ。とにかく、何事も、生きた人間が決めるのであれば人間が生き易いように決めればいい。

（2018・5）

112　相撲の連勝記録はなかなか

相撲の歴史を紐解くと、古墳時代の埴輪や須恵器などに相撲の様子が描かれている。また『古事記』や『日本書紀』にも姿が記され、奈良、平安時代には宮廷行事として「相撲大会」が行われた。戦国時代は織田信長によって「相撲の原型」が作られ奨励されたという。江戸時代には「勧進相撲」が行われ、「職業としての大相撲」が始まった。多くの浮世絵師が力士を描いた。とくに寛政六年（一七九四）の東洲斎写楽「大童山土俵入り（大判錦絵三枚続）」には谷風、雷電、花頂山、達ケ関、宮城野と陣幕、玉垣、九紋龍、勢見山、和田ケ原が左右に分かれて大童山を見守る相撲絵が描かれている。江戸相撲の隆盛を伝えるものだ。今、社会通念上〝国技〟といわれる相撲は国民に人気が高い。相撲での連勝記録は難しいようで、六九連勝の双葉山（一九一二〜六八、大分）は、一九三六〜三九年の三年がかりで記録達成をしたようだ。連勝ストップは安芸ノ海だった。八〇年近く記録は破られていない。江戸から現代までの連勝記録の力士を追ってみる。連勝はなかなか作れないものだ。

六三連勝＝谷風（一七五〇〜九五、宮城）で止めたのは小野川。六三連勝＝白鵬（一九八五〜、モンゴル）で止めたのは稀勢の里。五八連勝＝梅ケ谷（一八四五〜一九二八、福岡）で止めたのは若嶌。五六連勝＝太刀山（一八七七〜一九四一、富山）で止めたのは栃木山。五三連勝＝千代の富士（一九五五〜二〇一六、北海道）で止めたのは大乃国。四五連勝＝大鵬（一九四〇〜二〇一三、樺太）で止めたのは戸田（羽黒岩）。四四連勝＝雷電（一七六七〜一八二五、長野）で止めたのは鯱《しゃちほこ》。以上が四〇連勝超えの関取だ。

そして三九連勝＝小錦（一八六六〜一九一四、千葉）、三五連勝＝若嶌（一八七六〜一九四三、千葉）、朝青龍（一九八〇〜、モンゴル）、三三連勝＝稲妻（一八〇二〜七七、茨城）、三二連勝＝小野川（一七五八〜一八〇六、滋賀）、常陸山（一八七四〜一九二二、茨城）、羽黒山（一九一四〜六九、新潟）、北の湖（一九五三〜二〇一五、北海道）、日馬富士（一九八四〜、モンゴル）、三一連勝＝玉垣（一七六九〜一八二三、長野）、三〇連勝＝秀ノ山（一八〇八〜六二、宮城）、貴乃花（一九七二〜、東京）、以上が四〇から三〇連勝までの関取の記録だ。

明治維新の折、東京府では「裸体禁止令」が出て、力士らは鞭打ちや罰金刑に処せられたともいわれる。相撲は、明治一七年（一八八四）の明治天皇による「天覧相撲」を機に、社会的に公認されることになった。

（２０１８・７）

113 ―――― 世界に一つの元号を追う

日本の元号は、大化（六四五〜）から平成（一九八九〜）まで二四七。基本的に漢字二文字が引き継がれ、心の襞《ひだ》に深く刻まれ続けていく。現代日本人は、世界唯一つの元号と西暦の二つを使い分けている優秀な民族だ。

ただ、時の思考の中、世界基準に合わせた西暦に重きをなす方向ではあるようだ。元号も長短がある。歴代「元号」の最長から追って見る。

昭和六四年（一九二六〜八九）、明治四五年（一八六八〜一九一二）、応永三五年（一三九四〜一四二八）、平成三一年（一九八九〜二〇一九）、延暦二五年（七八二〜八〇六）、正平二五年（一三四六〜七〇）、天文二四年（一五三二〜五五）、延喜二三年（九〇一〜二三）、天平二一年（七二九〜四九）、寛永二一年（一六二四〜四四）、享保二一年（一七一六〜三六）、天正二〇年（一五七三〜九二）、慶長二〇年（一五九六〜一六一五）、貞観一九年（八五九〜七七）、文明一九年（一四六九〜八七）、永正一八年（一五〇四〜二一）、元禄一七年（一六八八〜一七〇四）、承和一五年（八三四〜四八）、文化一五年（一八〇四〜一八）、大正一五年（一九一二〜二六）とあり、二〇の元号が一五年以上となっている。半世紀を超えたのは昭和だけである。

また最短は朱鳥（六八六年七月二〇日から九月九日の五

二日間）だった。一年未満は、天平感宝（七四九〜）、永長（一〇九六〜）、永治（一一四一〜）、平治（一一五九〜）、養和（一一八一〜）、元仁（一二二四〜）、文暦（一二三四〜）、暦仁（一二三八〜）、康元（一二五六〜）、文応（一二六〇〜）、乾元（一三〇二〜）、応長（一三一一〜）、万延（一八六〇〜）の一三のようだ。元号は、明治以降「一世一元」だったが、それ以前は、天皇即位はもちろん天変地異や疫病など様々な理由で「改元」が行われてきた。

ところで元号に動物名があるのは「雉」と「亀」。白雉（六五〇〜五四）と霊亀（七一五〜一七）、神亀（七二四〜二九）、宝亀（七七〇〜八一）、文亀（一五〇一〜〇四）、元亀（一五七〇〜七三）。五回の亀の使用は「鶴は千年、亀は万年」の言葉どおり、長寿の吉祥動物だからであろう。

年をへし池の岩ほの亀も猶
　うごかぬ御世に契りてやすむ　天璋院篤姫

川越のをちの田中の夕闇に
　何ぞときけば亀の鳴くなる　藤原為家

亀鳴くや皆愚かなる村のもの　高濱虚子

雉は日本の国鳥。亀は安定して動かぬ国の長寿を寿ぐ象徴としての文字だろう。

（２０１８・７）

114　五・一五から二・二六へ

時を経て時代を眺めると、いろんなものが透けて見えてくる。その時、声を出したからこそ、時が変わり、反省があり、今の時がある。声を何時出すかは、見極めが大事だ。時に流されず、時には時を止めることも必要。逡巡があったとしても、時は必ず動いて行く。

昭和五年（一九三〇）佐賀出身の海軍中尉・三上卓《たく》（一九〇五〜七一）は、軍国主義色の濃い社会を反映した歌を作詞作曲した。代表作「青年日本の歌」の歌詞は、土井晩翠と大川周明の著作から多くを引用している。歌は国民に好評を博した。とくに陸海軍の青年将校らの愛唱歌として浸透したという。この一つの軍歌が「その時」の契機になったのだろうか。

昭和七年（一九三二）五月一五日、海軍の若い将校たちが政府の妥協外交や不景気な世の閉塞感などの打破を掲げ、犬養毅首相を射殺。井上日召《にっしょう》や大川周明らをバックに、腐った政治家や財閥の粛清を目的とするクーデターを起こした。事件に関与した三上卓の歌をみる。

青年日本の歌（昭和維新の歌）

汨羅《べきら》の淵に波騒ぎ／巫山《ふざん》の雲は乱れ飛ぶ／混濁の世に我れ立てば／義憤に燃えて血潮湧く／／権門上に傲れども国を憂ふる誠なし／財閥富を誇れども／社稷《しゃしょく》を念ふ心なし／／ああ人栄え国亡ぶ／盲《めし》ひたる民世に踊る／治乱興亡夢に似て／世は一局の碁なりけり／／昭和維新の春の空／正義に結ぶ丈夫《ますらお》が／胸裡百万兵足りて／散るや万朶《ばんだ》の桜花／／古びし死骸《むくろ》乗り越えて／雲漂揺の身は一つ／国を憂ひて立つからは／丈夫の歌なからめや／／天の怒りか地の声か／そもただならぬ響あり／民永却の眠りより／醒めよ日本の朝ぼらけ／／見よ九天の雲は垂れ／四海の水は雄叫びて／革新の機《とき》到りぬと／吹くや日本の夕嵐／／あゝうらぶれし天地《あめつち》の／迷ひの道を人はゆく／栄華を誇る塵の世に／誰が高楼の眺めぞや／／功名何か夢の跡／消えざるものはただ誠／人生意気に感じては／成否を誰かあげつらふ／／やめよ離騒の一悲曲／悲歌慷慨《こうがい》の日は去りぬ／われらが剣今こそは／廓清《かくせい》の血に躍るかな

昭和一一年（一九三六）二月二六日、陸軍の青年将校らは、国家改造を目指して陸軍部隊を率いて高橋是清蔵相、斎藤実《まこと》内大臣らを殺害、永田町一帯を占拠するクーデター事件を起こした。戒厳令が敷かれ、原隊復帰の奉勅命令が出され、三日後に反乱部隊は鎮圧された。俳人の嶋田青峰《せいほう》は「兵に告ぐ読み熱涙の雪におつ」を詠む。

（２０１８・８）

第3章 言の葉楽し

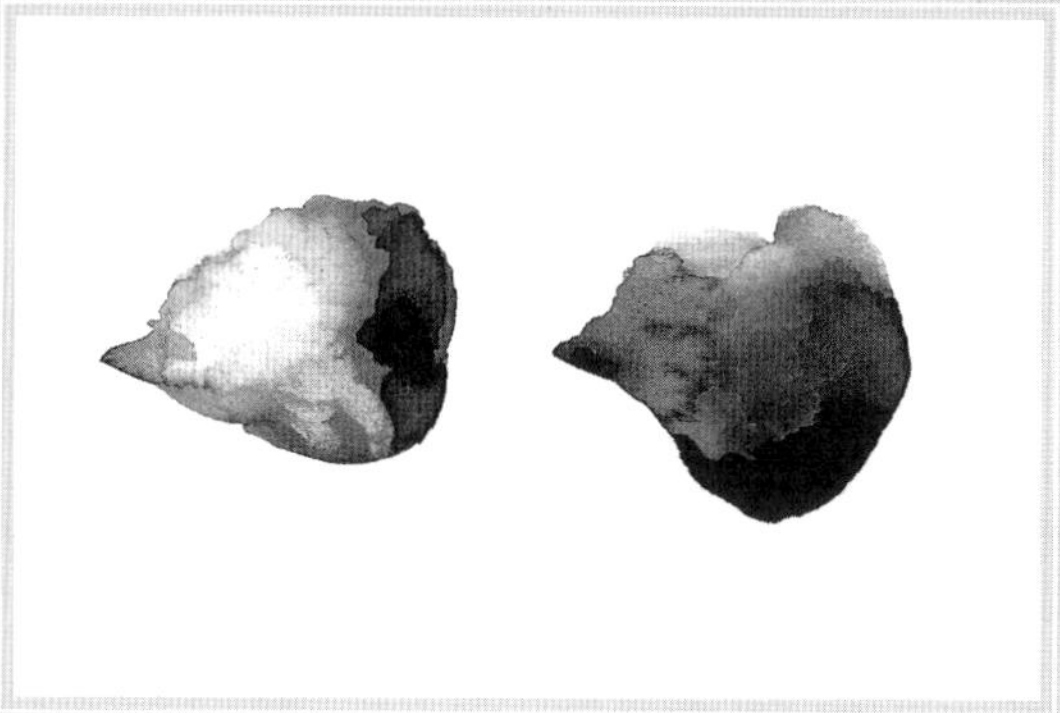

115　都道府県名の由来

明治四年（一八七一）に廃藩置県。現在の一都一道二府四三県になったのは、昭和二二年（一九四七）。都道府県の名は、幕末動乱期に「倒幕派」と「非倒幕派」の拠点都市だった地名を採用したようだ。

【北海道】探検家の松浦武四郎が「北加伊道《ホッカイドウ》」と名づけた。「加伊」が「海」に変化。【青森】青々とした松林があった。【秋田】アイ（湧水）タ（地域）を言う。【岩手】鬼が「岩に手形」をして逃げた。【宮城】塩竈《しおがま》神社（宮）と多賀城（城）がある。【山形】野方、里方に対する山方。【福島】福島城がある。【茨城】茨で城を築いた。【栃木】トチノキが生えていたなど。【群馬】権威を示す牧馬を飼育。【千葉】チガヤが生い茂る土地（茅生《ちぶ》）が転化。【埼玉】幸魂《さきみたま》が由来。【東京】西の京（京都）に対する東の京。【神奈川】神奈河などの地に奉行所が置かれた。【新潟】河口に新しくできた潟湖。【富山】越中戸山郷から「外山」になって変化。【石川】手取川の流れる石川郷に県庁が置かれた。【福井】地域の北ノ庄は敗北に通じると地名を改めた。【山梨】山が多い「山那智」が変化。【長野】広い原野の意味。【岐阜】岐（入り込む）阜（小高い丘）の意で織田信長により改名。【静岡】賤機山《しずはたやま》に因み「賤」を「静」に替えた。【愛知】年魚市潟《あゆちがた》の景勝地が転じた。【三重】ヤマトタケルの「わが足は三重の勾《ま》がりの如くして甚だ疲れたり」に因る。【滋賀】琵琶湖沿岸の低湿地（砂《す》処《か》、洲処）に由来。【京都】帝のいる処。【大阪】蓮如が大坂御坊を建立。【兵庫】兵庫津という港。【奈良】平らな土地を「ならす」の意。【和歌山】和歌浦《わかのうら》景勝地による。【岡山】岡山の丘に城が建った。【広島】太田川の広い三角州を「広い島」と呼んだ。【山口】阿武郡にある山の入り口。【鳥取】『日本書紀』の「鳥取造」「鳥取部」が転じた。【島根】「島」も「根」も岩礁を意味する海岸線。【香川】香川郡から採った名。【愛媛】『古事記』に「伊予の国を愛比売《えひめ》といひ」とある。【徳島】徳島城が築かれ徳島藩ができた。【高知】河内山《こうちやま》城が築かれ「高智」から「高」に変化した。【福岡】黒田家発祥の備前福岡に依る。【佐賀】風土記に「栄《さか》の国」とあり「佐嘉」にもなった。【長崎】海岸線が入り組み「長い崎」が多いなど。【熊本】加藤清正が「熊本」の文字を使った。【大分】景行天皇が「碩田《おおきた》国と名づくべし」などとあり。【宮崎】神が降り立つ宮（神宮）のさき（崎）の地名。【鹿児島】四方が崖に囲まれた桜島を「カゴ島」と謂うなど。【沖縄】沖合い、遠い場所「沖《おき》な場《は》」などの説、いろいろある。

（２０１７・１）

116　わくらば、という言葉

わくらば、って、何、と思って調べると「病葉」と書く。「病」を「わくら」と読ませるのはこの字だけのようだ。それで「病気で枯れた葉」とあり、病害虫などに蝕まれて変色、夏の青葉に、たまさか見つける赤や黄の葉を指すようだ。

さらに、「希に」あるいは「偶然」の意味を含む「邂逅」も、やまと言葉で「わくらば」と読む。

わくらばは『万葉集』『古今和歌集』『新古今和歌集』などにも登場している。

玉に貫き消たず賜らむ秋萩の
　末わくらばに置ける白露　　湯原王

わくらばに問ふ人あらば須磨の浦に
　藻塩垂れつつ侘ぶと答へよ　　在原行平

大堰川ゐせきの水のわくらばに
　今日は頼めし暮れにやはあらぬ　　清原元輔

わくらばに行きて見てしか醒が井の
　古き清水にやどる月影　　源実朝

わくらばに天の川波よるながら
　明くる空にはまかせずもがな　　徽子《きし》女王

わくらばにとはれし人も昔にて
　それより庭の跡は絶えにき　　藤原定家

わくらはに生まれこしわれと思へども
　妻なればとてあひ寝るらむか　　斎藤茂吉

大使館低き煉瓦の塀に降る
　並木桜の朝のわくらば　　宮沢賢治

わくらばに寂しき心湧くといへど
　児等がさやけき声に消につつ　　伊藤左千夫

わくらばの梢あやまつ林檎かな　　与謝蕪村

病葉や大地に何の病ある　　高濱虚子

病葉の落つや今年も早半ば　　高橋淡路女

どこまでも桜病葉ふむ道ぞ　　山口青邨

病葉の上に病葉一日過ぐ　　桂　信子

時代を超え、風情ある言葉としての病葉は歌に詠まれ、夏の季語として句も残る。

ところで病葉が広く一般に知れ渡ったのは、昭和三四年（一九五九）の高橋掬太郎《きくたろう》作詞、細川潤一作曲で三橋美智也の「古城」に「崩れしままの石垣に　哀れをさそう病葉や」とあり、昭和三六年の横井弘作詞、桜田誠一作曲で仲宗根美樹の「川は流れる」に「病葉を　今日も浮かべて」がある。わくらば、という言葉は、人間のはかなさの滲む特殊な日本語のようだ。

（２０１７・１）

117　熟語いろいろ

熟語は二つ以上の単語が合わさって出来た合成語、複合語などだが、千文字以上の熟語まであるというから驚く。一、二は別にして春一番、宇宙船、鑑定団、千秋楽、政治家など三字熟語は多く、海外旅行、極右思想、厚顔無恥、津々浦々、末端価格などの四字熟語も数限りない。そこで五字以上の熟語を追ってみることにする。日本語の楽しみ方は摩訶不思議、どこにでも転がっている。それを拾うか拾わないかだけだ。

【五字】一姫二太郎、急降下爆撃、国際救助隊、三十八度線、中国四千年、風呂敷残業、有言不実行、文化大革命、人間動物園、児童相談所、月極駐車場、一国二制度など。

【六字】南無阿弥陀仏、愛新覚羅溥儀、豪華一点主義、東京偏向報道、平等院鳳凰堂、公共広告機構、日韓共同開催、列車防護要員、四国旅客鉄道、太陽神戸三井など。

【七字】大日本帝国憲法、第二次世界大戦、東久邇宮稔彦王、月火水木金正日、牛丼一筋三百年、大東亜条約機構、墾田永年私財法、東京特許許可局など。

【八字】一富士二鷹三茄子、四扇五煙草六座頭、天上天下唯我独尊、汚名返上名誉挽回、国語算数理科社会、螺鈿紫檀五弦琵琶、日本以外全部沈没など。

【九字】帝都高速度交通営団としてあったが「東京メトロ」に替わって無くなった。

【十字以上】北朝鮮貨客船万景峰号、急傾斜地崩壊危険区域、七丁髷八薔薇九歌舞伎、男女共同参画社会基本法、全国高等学校総合体育大会、東京箱根間往復大学駅伝競走などまでは、どうにか理解可能だが、子子子子子子子子子子子子（ねこのこねこししのここじし）になると、こりゃあ、なんだ、になる。しかし「飛鳥弥生古墳奈良平安鎌倉室町安土桃山江戸明治大正昭和平成」の歴史熟語は覚えていても悪くはない。

我が国は、言葉づくりを楽しむ国民性のようだ。毎年、企業などによる世相反映の言葉創作などを募集する企画がある。日本漢字能力検定協会は「今年の漢字」、東洋大学は「現代学生百人一首」、第一生命は「サラリーマン川柳」、自由国民社は「新語・流行語大賞」、そして住友生命保険は「創作四字熟語」などである。続々と新語が生まれでてくる。

その昔、武田信玄の軍旗で「疾如風　徐如林　侵掠如火　不動如山」の字がたなびき「風林火山」の言葉が生まれ慣用語となった。

人はことばを生む作業は続けてゆくだろう。

（2017・1）

118　からだの部分の慣用句

二語以上の単語が結びついて意味を成す慣用句、それは会話や文章で定型句として用いられている。ごく身近なものとして、からだの部分の慣用句を拾ってみる。

【頭】頭に来る、【毛】身の毛がよだつ、【髪】うしろ髪を引かれる、【面】面の皮が厚い、【肌】肌が合う、【顔】顔をつぶす、【額】猫の額、【眉】眉唾、【目】目を光らせる、【眼】眼中にない、【耳】耳が痛い、【鼻】鼻息が荒い、【口】口を利く、【舌】舌先三寸、【歯】歯が立たない、【頬】頬を染める、【顎】顎で使う、【喉】喉から手が出る、【首】首の皮一枚、【肩】肩の荷がおりる、【手】手がかかる、【指】指をくわえる、【爪】爪に火をともす、【腕】腕を上げる、【胸】胸が痛む、【心】心が弾む、【心臓】心臓に毛が生えている、【息】息をのむ、【掌】掌の中、【涙】涙に暮れる、【肝】肝を冷やす、【腹】腹が立つ、【骨】骨が折れる、【背】背筋が寒くなる、【臍】臍《へそ》を曲げる、【腰】腰が抜ける、【血】血の気が多い、【足】足が遠のく、【股】二股をかける、【尻】尻が軽い、【膝】膝を打つ、【踵】踵《きびす》を返す、【脛】脛《すね》齧り、【肘】肘鉄砲を食う、【体】体を張る、【筋】筋金入り、【皮】化けの皮を剥ぐ、【肉】骨肉相食《は》む、【血】血が騒ぐ、【汗】汗の結晶、【声】声がかかる、【息】息が詰まる、【唾】固唾《かたず》を呑む、【気】気脈を通じる、そして【糞】糞食らえ、などだ。

これらは、からだに関する一例だが、驚くほどある。また「我が【身】一つ」にしても数多い。

身が入る、身が持たない、身に余る、身から出た錆、身に覚えがある、身に染みる、身に過ぎる、身に付く、身が危ない、身になる、身の置き所がない、身の熟《こな》し、身の振り方、身二つになる、身も蓋もない、身も世もない、身を誤る、身を入れる、身を打つ、身を売る、身を落とす、身を滅ぼす、身を起こす、など。

さらに現在、カタカナ慣用句も当たり前に使われている。まさに生活の一部となっている。

エンジンがかかる、テープを切る、レッテルを貼る、ベンチを温める、タオルを投げる、ウエートを置く、ピントが外れる、ピリオドを打つ、ピッチを上げる、メスを入れる、レールが敷かれる、ボタンを掛け違える、バトンを渡す、トップを切る、など。

生活の中で言葉は無限に拾える。だが言葉をいかに意識なく使っているかを知ることは大事なことだろう。言葉は生きものである。丁寧に選んで使わなければ人を傷つけることもある。

（２０１７・２）

郷土の京築地域や北九州の言葉は、案外、聞き取り易いようだ。友が帰省して喋る時は、いつもお互い、昔に還り、方言での喋りを楽しんでいる。

五十音の方言を拾う。

【あ】あげな、【い】いさる、【う】うたちぃ、【え】えれぇちゃ、【お】おらぶ、【か】かべちょろ、【き】きびる、【く】くらされる、【け】けたぐる、【こ】こまめ、【さ】さんのーが、【し】しゃーしい、【す】すらごと、【せ】せ〜の、【そ】ぞろびく、【た】たまがる、【ち】ちゃーらん、【つ】つまらん、【て】てぃがてー、【と】どんべ、【な】なんかかる、【に】にくせぇ、【ぬ】ぬすくる、【ね】ねぶる、【の】のぉせぇ、【は】はぶてる、【ひ】ひんこない、【ふ】ふんじょる、【へ】へる、【ほ】ほげる、【ま】またごす、【み】みずや、【む】むげねぇ、【め】めんどしぃ、【も】もうがんこ、【や】やおない、【ゆ】ゆわん、【よ】よっちょくれ、【ら】らくちゃ、【り】りこう、【る】るすしちょる、【れ】れいちゃ、【ろ】りくなこと、【わ】わっきゃがる、【ゐ】ゐぬる、【ゑ】ゑれーし、【を】をいぼれ、【ん】そーなん。

方言は各地の特徴を際立たせ、味わいを持つ。

ところで「びっくりする」「ぞっとする」などの程度のはなばなしいさまを言う「すごい」という言葉が、全国四十七都道府県で全て違うという「すごい」記述を目にして驚いた。すごい、を拾ってみる。

【北海道】なまら、【青森】わや、【岩手】らずもね、【宮城】いぎなり、【福島】ばげぇに、【秋田】しったげ、【山形】すこだま、【東京】べらぼう、【神奈川】すっげぇ、【栃木】まっさか、【群馬】なっから、【千葉】のぉほど、【埼玉】いら、【茨城】うんと、【愛知】でら、【岐阜】でぇれぇ、【静岡】がんこ、【石川】まんで、【富山】なんちゅう、【新潟】ごぉぎ、【山梨】だたら、【長野】えれぇ、【福井】ひって、【京都】えろぉ、【大阪】めっちゃ、【兵庫】がっせえ、【滋賀】えらい、【奈良】ごっつぅ、【和歌山】やにこぉ、【三重】むっちゃ、【島根】まげに、【鳥取】がいな、【広島】ぶち、【岡山】ぼっけぇ、【山口】ぶり、【徳島】ごっつい、【香川】ものすご、【愛媛】ほぉとぉ、【高知】こじゃんと、【福岡】ばり、【佐賀】がば、【長崎】いじ、【熊本】たいぎゃ、【大分】しんけん、【宮崎】てげ、【鹿児島】わっぜぇ、【沖縄】でぇじ。

郷土それぞれ、地域それぞれ、言葉それぞれ、人それぞれ、だから面白いのだろう。

（２０１７・２）

119 「すごい」の方言が「すごい」

120　干支の句と歌をひろう

江戸時代の随筆家で狂歌師の大田南畝《なんぽ》（一七四九～一八二三）は『小倉百人一首』の喜撰法師の和歌「我が庵は都の辰巳《たつみ》しかぞ住む世をうぢ山と人はいふなり」をパロディー化して「わが庵はみやこの辰巳午ひつじ申酉戌亥子丑寅う治《じ》」と十二支を入れて詠み替え『狂歌百人一首』に納める。干支で詠む句と歌を拾ってみた。

【子】ほの暗き忍び姿や嫁が君（河東碧梧桐）／【丑】誰が聟ぞ歯朶《しだ》に餅負ふ丑の年（松尾芭蕉）／【寅】虎といふ仇名の猫ぞ恋の邪魔（正岡子規）／【卯】あるときは舟より高き卯波かな（鈴木真砂女）／【辰】定年の龍が蛇にと改りぬ（筑紫磐井《ばんせい》）／【巳】蛇穴や西日さしこむ二三寸（村上鬼城）／【午】雀の子そこのけそこのけ御馬が通る（小林一茶）／【未】山の池底なしと聞く未草（稲畑汀子）／【申】猿どのゝ夜寒《よさむ》訪《とい》ゆく兎かな（与謝蕪村）／【酉】初鶏や動きそめたる山かづら（高濱虚子）／【戌】犬が来て覗く厨の春の暮（山口誓子）／【亥】猪に遠く火を焚く村の衆（金子兜太）

【子】万巻の書をい照らす灯うつりに
　鼠は啼くかさむき鼠は　北原白秋

【丑】怠らず行かば千里の果ても見む
　牛の歩みのよし遅くとも　徳川家康

【寅】虎に乗り古屋を越えて青淵に
　蛟龍《みつち》捕り来む剣太刀もが　境部王

【卯】白きうさぎ雪の山より出でて来て
　殺されたれば眼を開き居り　斎藤史《ふみ》

【辰】龍の馬も今も得てしかあをによし
　奈良の都に行きて来む為　大伴旅人

【巳】石亀の生める卵をくちなはが
　待ちわびながら呑むとこそ聞け　斎藤茂吉

【午】たまきはる宇智の大野に馬並《な》めて
　朝踏ますらむその草深野　間人老《はしひとのおゆ》

【未】極楽へまだ我が心ゆきつかず
　羊の歩みしばし留まれ　慈円

【申】こずゑにてわびしらになく声聞けば
　ものの哀れの真猿なりけり　藤原為忠

【酉】鶏が鳴く東をさしてふさへしに
　行かむと思へどよしもさねなし　大伴池主

【戌】路傍《みちばた》に犬ながながと呻《あくび》しぬ
　われも真似しぬうらやましさに　石川啄木

【亥】降る雪はあはにな降りそ吉隠《よなばり》の
　猪養《いかい》の岡の寒からまくに　穂積皇子

（２０１７・２）

今「アナ雪」が旬。雪を調べる。昭和一九年（一九四四）刊行の太宰治『津軽』の冒頭に「津軽の雪、こな雪、つぶ雪、わた雪、みづ雪、かた雪、ざらめ雪、こほり雪」とあり、昭和六二年（一九八七）の歌謡曲「津軽恋女」（久仁京介作詞・大倉百人作曲・新沼謙治唄「……津軽には七つの雪が降るとか　こな雪　つぶ雪　わた雪　ざらめ雪　みず雪　かた雪　春待つ氷雪……」）にもある。

北国の雪はいろいろ、探せば七つ以外に淡雪、泡雪、沫雪《あわ》、乾雪、霧雪、細雪、湿雪、驟雪《しゅうせつ》、玉雪、灰雪、花弁雪、ぼた雪、べた雪、牡丹雪、餅雪などがあり初雪、新雪から終雪までには豪雪、吹雪もあるが、薄雪、冠雪、銀雪、締雪、秋雪、宿雪《しゅくせつ》、俄雪、根雪、どか雪、頽雪《たいせつ》、深雪、斑雪、万年雪と、あるわあるわ、で驚く。

雪もいろいろだが、雪を歌うメロディーもさまざま。明治三四年（一九〇一）の「幼稚園唱歌」に「雪やこんこん」（東くめ作詞・瀧廉太郎作曲）の曲が載った。

雪やこんこん　あられやこんこん／もっとふれふれとけずにつもれ／つもった雪で　だるまや灯籠／こしらへましょ　お姉様

その一〇年後、文部省唱歌の「尋常小学唱歌」に「雪」（作詞作曲不詳）が登場した。

雪やこんこ　あられやこんこ／降っては降ってはずんずん積もる／山も野原も　わたぼうしかぶり／枯木残らず　花が咲く

また昭和二六年（一九五一）、ＮＨＫラジオの放送劇の挿入歌だった「雪の降る町を」（内村直也作詞・中田喜直作曲・高英男唄）が人々の耳に慣れ親しむ歌としてヒットした。今でも懐かしく耳にとどく。

雪の降る町を／雪の降る町を／思い出だけが　通りすぎてゆく／雪の降る町を／遠い国から　落ちてくる／この思い出を／この思い出を／いつの日か包まん／あたたかき幸せのほほえみ

雪の想い出は尽きないだろう。ところで、そんな昔ではないが、雪に関する興味ある話を聞いた。

小学校で「雪がとけたら何になる」の問いで、ほとんどの子が「水になる」と答えたが、ひとり「春になる」と言った子がいた。すると、先生は「バツ」を出したという。とんでもないことだ。ここでこそ情操教育のチャンスだろうと思う。まさに「雪がとけたら春になる」の意見を受け入れ、人間には、いろんな思い、それぞれ違いのあることを語ればよかったのにと思う。

（２０１７・３）

122　数字でうた詠《四》む《六》術

日本人は言葉遊びが好きだ。それもゴロ合わせで「七《な》九《く》四《よ》うぐいす平安京」や「一《い》一《い》九《く》二《に》つくろう鎌倉幕府」など歴史の勉強もした。数字で「うた四《よ》六《む》」術を知っていた。数字が歌や句に詠まれているものを探す。

八万三千八　三六九三三四七　一八二
　四五十三二四六　百四億四百

これは「山道は寒く寂しな一つ家に夜毎身に凍むももよおくしも」で、市川団十郎、坂東三津五郎、武蔵坊弁慶作の三説あり。群馬と長野の県境・碓氷《うすい》峠に建つ。

四四八四四　七二八億十百　三九二二三
　四九十四万万四　二三四万六一十

読みは「よしやよし何は置くともみ国ふみよくぞ読ましふみ読まむ人」で曽根出羽作。この碑も碓氷峠に建っている。珍しく数字だけの歌碑が峠に二つある。

三十十百九　三千百三三四八　一八二
　四五十二四六　四百八三千七六

読みは「里遠く道も寂しや一つ家に夜ごとに白く霜や満ちなむ」村井中漸《ちゅうぜん》作。

九十八三三　十三四三十二八　五九二百
　四五十二五十十　百十八三千七六

読みは「琴や三味富みし里にはいづくにも夜毎にいとど音や満ちなむ」武田真元《しんげん》作。

また謎の歌「しかときけ三六二五のくれやいにむねのそうぢを神がするぞや」も遺されているが、まだ何なのか解かってない。

さらに句にも数を詠んだものが数々ある。

三九三九　八七八九八四　八八九五一
（桜咲くはなやぐ春よ早く来い）

三九八七十　三四八三三七三　十十三
（咲く花と見しはさざ波遠江）

九六八四一　兆百十万〇八　八七百三九
（ころ弥生蝶も止まれば花も咲く）

三三八五十　京百三八九八　三〇五四九
（三味や琴今日も都は騒がしく）

奈良七重七堂伽藍八重桜　松尾芭蕉
初雪や一二三四五六人　小林一茶
一句二句三句四句五句枯野の句　久保田万太郎
牡丹百二百三百門一つ　阿波野青畝《せいほ》
一二三四五六七八桜貝　角田竹冷《ちくれい》

時代を超えて数字で詠まれた歌や句に謎が隠されているとしたら面白い、のだが。

（2017・4）

123　地名の付いた諺いろいろ

諺《ことわざ》、俚諺《りげん》、俗諺と古くから生活の中で心理を穿《うが》った簡潔な表現「言《こと》の業《わざ》」は、庶民の知恵から生まれたものが多い。地名の付いた諺いろいろを探る。

まず【いざ鎌倉】は諸国の武士が鎌倉幕府からの非常招集で馳せ参じようとした一大事の時の行動。【小田原評定】は、秀吉が小田原城を攻めた折、北条氏が臣下に和戦か否かの評定をさせて長引き、ついに滅亡。いつまでたっても結論の出ない会議や相談のこと。【薩摩の守】とは乗物のただ乗りの意で「平家の武将、薩摩の守忠度《かみただのり》」の名に因るそうだが、そんなことをしたら【江戸の敵を長崎で討つ】ように意外な所で仕返しをされ、恨みを晴らされることになる。そんなことより【牛に引かれて善光寺詣り】に出かけたほうがましなようだ。思いがけない縁で、偶然、良い結果に導かれることになる。

さすが江戸、大坂、京の名の付くものは多い。【江戸っ子は五月の鯉の吹き流し】とは江戸人、言葉は荒いが、腹は空っぽ気前良い。【江戸の八百八町、大坂の八百八橋】の江戸は町、大坂は川や堀に架かる橋が多く、広い土地を指す。そして【口では大坂の城も建つ】というように、口先ではどんなことでもたやすくできることをいうが、暮らしでは【京の着倒れ、大坂の食い倒れ】とあり、京都人は着物道楽、大坂人は食い道楽、で家運を傾けることもある。【京に田舎あり】とは、賑やかな都会にも田舎めいた鄙《ひな》の場所がある。

さて【近江泥棒に伊勢乞食】は近江（滋賀）や伊勢（三重）商人が江戸で財を成したことに対する江戸人の反発から生まれたもので、【その手は桑名の焼蛤】は、上手いことを言っても騙されない意を、三重「桑名」の名物「焼蛤」にかけて結んだ。それに【出雲の神より恵比寿の紙】は、好いた好かれた色恋の縁結びの神よりも、紙幣のお金の方がいいですよとなり、【恐れ入谷の鬼子母神】は子を食べる女神が仏陀に懲らしめられて仏に帰依、育ての神を祀る東京の「入谷」が「恐れ入りやした」になった。【清水の舞台から飛び降りる】は、物事に取り組む強い決意だが、断崖の上に立つ清水寺の舞台から「命を懸けて飛び降りると願いが叶う」という庶民信仰があり、明治初期の「禁止令」が出るまで続いたようだ。何事も必死の覚悟が大事。

ところで【日光を見ずして結構と言うな】とあるように、外国にも【ナポリを見てから死ね】の諺あり。どこの国も同じなのかも知れない。

（２０１７・５）

諺は古くから言いならわされたことば。平安時代には『世俗諺文《げんぶん》』という辞典があったようだ。江戸時代では中国古典が伝わり「諺」と混ざって「狂歌」が生まれ、江戸や上方の人々の娯楽文芸として流行った。

明治時代、諺は「いまだ完全なる学術的定義を下し得たる者なし、如何ともすべからざるなり」(『諺の研究』)と記した藤井乙男によってまとめられた『諺語大事典』出版の功績は大きいといわれる。

兎に角、諺は人の生活体験から生まれた尊い知恵の財産であり、古人が残し伝わる生きた言葉の化石だといっていい。数字の入った諺は生活の中で様々、散見する。

【一】一寸先は闇▼目の前真っ暗、何も見えない。先のことは何が起こるかわからない。

【二】武士に二言はない▼一度口にした言葉は取り消さない、約束を破ることはない。

【三】三人寄れば文殊の知恵▼凡人でも三人集まって考えれば素晴らしい知恵が出る。

【四】四面楚歌▼周囲をすべて敵に囲まれ、味方は一人もいない。孤立無援と同じ。

【五】五里霧中▼深い霧の中、先の方針や見込みが立たず、何をするかを手探りで探す。

124——数字の入った諺さまざま

【六】六根《ろっこん》清浄《しょうじょう》▼六根は、目耳鼻舌身意の六器官。欲や迷いを断ち切って清らかで汚れなき境地。

【七】色の白いのは七難隠す▼色白の女性は多少の欠点、難点があっても目立たない。

【八】腹八分目に医者要らず▼お腹いっぱい食べないで八分で抑えておけば健康に良い。

【九】面壁《めんぺき》九年▼達磨大師が九年間座禅を組んだ故事から、忍耐強く何事にも専念する。

【十】十で神童十五で才子《さいし》二十過ぎれば只の人▼成長するにつれ平凡な人になって行く。

【百】可愛さ余って憎さ百倍▼強く執着する可愛さが、憎しみに変ると甚だしくなる。

【千】牛も千里、馬も千里▼早い遅い、上手下手関係なく、行く先は同じだから慌てるな。

【万】風邪は万病の元▼誰もが罹る風邪は、様々な病を起こすので侮ってはいけない。

一から万まで拾いきれない諺がある。【三十六計逃げるに如かず】困った時は策を練るより逃げること。【天下採っても二合半】のように、天下人になっても、人間皆一食に米二合半食べるのが限度、欲をしても仕方ない。

(2017・5)

125 語り話でも世の中が見える

その土地に伝わる話は、事実にせよ、創作にせよ、人に語り継がれて生き残る。
身近な言葉として心に刻まれてゆく。伝え伝わる話だけあって「教訓」も残されている。

その昔、村に大金持ちの家があった。食べ物、着るものには難儀せず、裕福な暮らしが続いていたそうな。その家には娘っ子が一人。

だから旦那さんは、このお嬢さんをとても可愛がり、欲しいものは何でも買い与えた。はれ、ほれチヤホヤ、お金にあかせて贅沢をさせ、いろんなことも覚えさせ、自慢の娘に育っていったそうだ。

ある時、娘の噂を聞いた殿さまが、それだけの評判娘なら一度、会ってみようと、お城に呼んだ。すると、旦那は「お城に呼ばれるなんて名誉なことだ」と天にも昇る気持ちで、娘の身支度を贅を尽して整えた。

娘を見た殿さまは「たいそういい娘じゃ」と褒めた後、そばに置く盆の上の皿に、真っ白な塩を盛り、その上に松の小枝を挿している、それを指差し「ひとつ歌をよんでみよ」と娘に言った。娘は有頂天になり、得意でない勉強のことはすっかり忘れ、「ボーンの上に皿おいて、サーラの上に塩のせて、シーオの上に松さした」とハリキリ声で言ったから、たまらない、殿さまは驚き、旦那は真っ赤になった。殿の「よんでみよ」はミソヒト文字の和歌のことだった。娘に歌は出来なかった。殿さまは、にが虫をかみつぶし、旦那と娘はもじもじするばかり、そこへ娘のそばにいた下女が、娘に耳打ちをした。すると殿さまが「ひそひそ話はせずに大きな声で申せ」と言った。それに応えた下女は「わたしがお嬢さまになり代わります」と、歌を詠んだ。

盆皿や皿竹山に雪降りて雪を根として育つ松かな

殿さまは歌を聞くなり「これは見事じゃ、見事な歌じゃ」と下女を誉め、たくさんの褒美を与えたという。ところが、無事、城を後にし、家に帰り着くと、下女は旦那さんから「このでしゃばり女が」と厳しく叱られることになった。

娘と旦那、殿と下女、それぞれの生き様から生まれ出る語りは、駄々っ子親子の可笑しさを背景に、殿さまが「情けない娘」と「利口な下女」のいる様子を見ることで、土着の民の暮らしを垣間見る仕掛けになっている。

語り話でも世の中が見えてくるものだ。

(２０１７・５)

126「ありがとう」と「さようなら」

全国各地の方言は楽しめる。我が地域で「すまんのぉー、こいからけーるけ、そうゆーちょってくれんか、な」は、「ありがとう、いまから帰るので、そう言って下さい、ね」という言葉になるだろう。都道府県の「ありがとう」と「さようなら」の言葉を拾う。

▼ありがとう＝ありがとごす（青森）、ありがとさん（秋田）、ありがとうがんす（岩手）、もっけ（山形）、ありがとうがす（宮城）、たいへん（福島）、ありがとうざんす（長野）、おおきに（愛知・福井・大阪・佐賀）、きのどく（岐阜）、ごちそうさまです（新潟）、ごちそうさま（富山）、あんやと（石川）、ありがとうおます（兵庫）、だんだん（鳥取・島根・愛媛・宮崎・熊本）、ありがとうござんす（岡山）、ありがとうあります（広島）、たまるか（徳島・高知）、たえがとうございます（山口）、ありがとうござす（長崎）、ありがとうごわす（鹿児島）、にへーでーびる（沖縄）。「ありがとう」は様々、バラエティーに富んでいる。

次に「さいならちゅうて、いんでしもうたしぃー、あとくっか、どうかわからん」は「さようならといい、帰ってしまった、後、来るか、どうかは判らない」となる。

▼さようなら＝さいなら（北海道）、へば（青森）、おしずがに（岩手）、おみょーにず（宮城）、あばえ（秋田）、さえなら（山形）、んじゃーまだなー（福島）、さえな（茨城）、さいなあ（栃木）、あちゃまあ（群馬）、さいなら（埼玉）、さよならー（千葉）、さよなら（東京・神奈川）、ごめんなせー（新潟）、ごめんなさんし（長野）、あばよ（山梨・岐阜）、じゃましたね（富山）、ほんなら（石川）、さいなー（福井）、またな（静岡）、せぁーなら（愛知）、さえなら（和歌山・島根）、さいなら（大阪・京都・奈良・兵庫・三重・滋賀・鳥取・長崎・大分）、ごめんさぇー（岡山）、ごめんなさい（広島）、おやかましござんした（山口）、ごめんなして（徳島）、いんでくるわなー（香川）、いんでこーわい（愛媛）、ほんならまた（高知）、これは（福岡）、そいぎー（佐賀）、こらちょうじょう（熊本）、さよなり（宮崎）、めにっごあんそ（鹿児島）、ぐぶりーさびら（沖縄）。「さようなら」も、やはりいろいろ賑やか。

方言で「おきなわんひとんじょで、はなしょっそをきいちょったら、なんちいよっそか、えいごよりわからんやったちゃー」は「沖縄の人同士で話をしているのを聞いていて、何を言っているのか、英語よりも難しかった」となる。日本語の多彩さを見直そう。

（２０１７・７）

俳句で詠まれる鳥はホトトギス（不如帰、杜鵑、時鳥、霍公鳥、沓手鳥、子規、郭公、ほととぎす）が最多で、ウグイス、スズメ、カリ、ヒバリ、カラスと続くようだ。
俳人の句をそれぞれ一句挙げてみる。

ほととぎす裏見の滝の裏表　松尾芭蕉
暁や鳥なき里のほととぎす　小林一茶
ほととぎす平安城を筋違に　与謝蕪村
ラムネの栓天井をついて時鳥　正岡子規
ほととぎす鳴くや仕合せ不仕合せ　高濱虚子

ホトトギスといえば、戦国大名の三英傑である織田信長、豊臣秀吉、徳川家康の句がいつも並んで侃々諤々《かんかんがくがく》。その前に三大名を詠う狂歌を見て、なるほど、と納得。

織田がつき羽柴がこねし天下餅
　座りしままに食うは徳川

信長の短気で残忍、秀吉の機転の知恵者、家康の晩年に野望実現の様子がわかる。

鳴かぬなら殺してしまえホトトギス　織田信長
鳴かぬなら鳴かせてみせようホトトギス　豊臣秀吉
鳴かぬなら鳴くまで待とうホトトギス　徳川家康

この三句の後に、もう一句、たぶん後世の遊び人がオチをつけたのであろうか。

127　なんで、ホトトギスなのか

いやまてよ鳥屋に売ろうホトトギス

また三日天下の明智光秀にもホトトギスを詠んだ二句があるようだ。

鳴かぬなら放してしまえホトトギス
鳴かぬならわたしが鳴こうホトトギス

さらに天正一一年（一五八三）賤ケ岳で敗れた武将は妻と自害、辞世を遺した。

さらぬだに打ちぬる程も夏の夜の
　夢路を誘ふほととぎすかな　お市の方
夏の夜の夢路はかなき跡の名を
　雲居にあげよやまほととぎす　柴田勝家

江戸も近代も、やはり女性の心もホトトギスに捉えられている。

ほととぎすほととぎすとて明けにけり　加賀千代女
谺《こだま》して山ほととぎすほしいまゝ　杉田久女

近代になって三大名に倣ったわけでもないと思うが、「鳴かぬ」一句が興味深い。

鳴かぬなら鳴かぬと鳴けよ鵙　正岡子規

ホトトギスの訴えるような声が、なんで、というほどに人を魅了したのであろうか。

（2017・7）

生活のそばに川があると、何故かほっとする。流れる水音が魅きつけるのかも知れない。

　全国各地で流れる川にそれぞれの人生は組み込まれているだろう。近づいて見る、遠くから眺める、想いめぐらす、いろんな川がある。いろんな川を歩く。

　ところで日本の河川を調べると、国（一級河川）一万三九五五、都道府県（二級河川）七〇五二一、市町村（準用河川）一万四二五三と、合計三万五二六〇の河川があるようだ。川のそばには人の生活がある。俳人は水面を見ながら歩いたであろう、川を詠む句をみる。

水縞をあらはに鮭の十勝川　上村占魚《せんぎょ》
秋風の油虹なす雄物川　加藤楸邨《しゅうそん》
雨の洲の卯の花かなし衣川　水原秋桜子
五月雨をあつめて早し最上川　松尾芭蕉
山焼くや夜はうつくしきしなの川　小林一茶
蝉鳴くや松の梢に千曲川　寺田寅彦
阿賀川も紅葉も下に見ゆるなり　河東碧梧桐
宇治川をわたす二人やくらべ馬　森川許六《きょろく》
木曽川の今こそ光れ渡り鳥　高濱虚子
みじかよや二尺落ち行く大井川　与謝蕪村
あの水この水天竜となる水音　種田山頭火

128　川を詠む句をみる

鵜飼の火絶対不変長良川　山口誓子
すかんぽもあざみも長けて吉野川　細見綾子
白鷺や百間川の忘れ水　村山故郷
草の実や淀み淀みの飛鳥川　阿波野青畝
菜の花の遙かに黄なり筑後川　夏目漱石

日本の季節を彩る言葉で四季折々の川が詠まれる。春夏秋冬の川がある。

春の川水重なって流れけり　岸田稚魚
海に入ることを急がず春の川　富安風生《ふうせい》
夏の川灯影ちゞらせ汪洋《おうよう》と　五十嵐播水
馬に乗って河童遊ぶや夏の川　村上鬼城
雨音に瀬音重ねし秋の川　稲畑汀子
秋の川膝までつかり釣りにけり　久保田万太郎
冬の川考へ深く流れをり　岡本眸《ひとみ》
ゆらゆらと舟をつなぎて冬の川　星野　椿

川には言葉を紡ぎだす力があるのだろう。

川ばかり闇はながれて蛍かな　加賀千代女

この句のように時を超え、江戸の夜の川辺にいざなわれる句にも出会える。ふるさとの川の流れに身を任せ、言葉もそれに添ってくる。河畔のひとときが楽しい。

（2017・7）

129 川を詠む歌をみる

郷土に母なる川があり、命を育む川がある。山紫水明の景色の中、水のたゆたう川の姿は心和ます。国や各自治体が管理する河川数は三万五千を超す。日本の狭い国土ではほとんどの地域で川の流れが生活のすぐそばにある。川の恵みを受け、命の水に近しい。それで、人は治水、利水、親水と川への思いは様々だが、心うるおす水の流れに思いを馳せて歌を詠む人々もいる。それぞれの川に歴史があり、川に育まれた想いを歌人は詠んでいる。

野の末にほのかに霧ぞたなびける
　石狩川の流れなるらむ　若山牧水

空知川雪に埋もれて鳥も見えず
　岸辺の林に人ひとりゐき　石川啄木

信濃ぢの千隈の川のゆふ闇を
　行方も知らに千鳥しばなく　土屋文明

山風や黒部の川のしぶきより
　低き岩瀬に人のあるかな　与謝野晶子

五十鈴川あらたにうつる神垣や
　年ふる杉の影は変らず　本居宣長

明日香川しがらみ渡し塞かませば
　流るる水ものどにかあらまし　柿本人麻呂

千早ぶる神世もきかず龍田川
　からくれなゐに水くくるとは　在原業平

吉野川岸の山吹咲きにけり
　嶺の桜は散りはてぬらむ　藤原家隆

忘れても汲みやしつらん旅人の
　高野の奥の玉川の水　空海

ながらへてあれば涙のいづるまで
　最上の川の春をしまむ　斎藤茂吉

太田川雨に濡れつつわが来くば
　磧の草も離々たるかなや　吉井　勇

夢路にもかへらぬ関を打ち越えて
　今をかぎりと渡る小瀬川　吉田松陰

歌の詠みに「枕詞」があり「歌枕」がある。枕詞は、特定の語の前で修飾し、句語を整える語句といわれる。歌枕は、平安時代の源俊頼が「世に歌枕といひて所の名かきたるものあり」と記し、名所、旧跡を指すようで、歌に詠み込まれる。全国各地には古代より愛される場所として、由緒ある飛鳥川など多くの川が「歌枕」とされて歌に採られている。

小川のせせらぎがあり、流れくだる大河がある。時や心のうつろいを川があずかる。

（２０１７・７）

ある地方の私立大学の名を広く知ってもらおう、と大学の関係者は「時刻表」に目をつけた。大学名が載ればと、ＪＲなどに陳情を重ねて実現した。喜びも一入だったようだ。なるほど、時刻表であれば毎年、多くの人の目に触れ、ああ、ここに大学があるのだ、と場所と併せて大学名も理解してもらえる。一石二鳥である。

　ＪＲ六社（北海道・東日本・東海・西日本・四国・九州）の駅名に大学名の付いた駅がどれほどあるか調べてみた。すると同志社前（ＪＲ西日本―片町線）、あいの里教育大、北海道医療大学（ＪＲ北海道―札沼線）、九州工大前、教育大前、福工大前、九産大前、崇城学園前（ＪＲ九州―鹿児島本線）、久留米大学前（ＪＲ九州―久大本線）、大分大学前（ＪＲ九州―豊肥本線）、小波瀬西工大前、別府大学（ＪＲ九州―日豊本線）の一二駅だった。

　それで全国にある駅の数は、ＪＲ在来＝四五六八、新幹線＝八三、私鉄＝三五六七、地下鉄＝六二六、路面電車＝五三一、モノレール等＝二三九の九六一四駅。私鉄には東海大学前など一八駅で大学名は三〇駅。また久留米高校前、高知商業前、鎌倉高校前、清峰高校前などの高校駅もある。これは教育と地域がいかにつながっているか、の証だろう。

130　駅名探し、いろいろ楽しめる

　また色々ある駅名の中、魚と鳥の名、山と川の名が付く駅を捜してみる。

　▼魚＝鮫、鯖江、魚住、鰍沢口《かじかざわぐち》、鱒浦、鯨波、鯵ヶ沢などある。▼鳥＝鳳、なかもず、鶯谷、雀宮、鳩ノ巣、鳥山、鶴見、鷹取、鴨宮、鴫野、白鷺、高鷲、鵜沼、千鳥、雁ノ巣、くいな橋、コウノトリの郷、水鳥などある。▼山＝高山、大山、小山、金山、銀山、将軍山、円山、栗山、郡山、福知山、韮山、代官山、香具山、浅香山、天拝山、平城山、くぬぎ山、宮山、浜田山、八幡山、樅山などある。▼川＝隅田川、品川、糸魚川、二子玉川、立川、桂川、能登川、加古川、中津川、木曽川、東淀川、秋川、熊川、黒川、掛川、菊川、星川、宮川、高麗川、梁川、緒川などある。

　県名の付く「香川駅」が神奈川、「石川駅」が青森、そして「福岡駅」が富山にあるのは、何故、の不思議。

　さらに、珍しい後免《ごめん》（高知）をはじめ夜明（大分）、朝来《あっそ》（和歌山）、南蛇井《なんじゃい》（群馬）、及位《のぞき》（山形）、波高島《はだかじま》（山梨）、三才（長野）、恋路（石川）、土々呂《ととろ》（宮崎）、親不知（新潟）、笑内《おかしない》（秋田）、大福（奈良）、幸福・愛国（北海道）など駅名探しは楽しめる。

（２０１７・８）

二〇一七年、秋、北九州市民劇場で井上ひさし作『紙屋町さくらホテル』の舞台を観た。いかに「台詞」が大事かを感じた劇だった。演劇は、演技もさることながら、やはり台詞に重きを置く方が魅力を増すようだ。

この舞台は、一九九七年、新国立劇場のこけら落としに初演。森光子、のちに宮本信子などが出演。演じ続けられて二〇年になる。今回、こまつ座公演で、七瀬なつみ、高橋和也、相島一之などの演技を観て台詞を聴いた。

物語は、終戦直前、昭和二〇年（一九四五）五月一五日から三日間、広島で活動する慰問のための劇団「移動演劇隊（＝桜隊）」のホテル暮しの様子。日系二世で監視を受けるホテルの女主人とその従妹、宿泊客の言語学者、監視の特高刑事、富山の薬売りに扮した密使、傷痍軍人などが入り乱れて登場、ドタバタ展開もある。時は、戦争が「本土決戦」近しの噂やB29から「ぢきに広島灰になる」の警告ビラが撒かれるなどの暮らしを背景に、縦軸、横軸、斜め軸が上手く仕掛けられた芝居だった。

劇のクライマックスは、言語学者が自分の教え子で、学徒出陣しマニラ沖で戦死した学生が遺した「N音の法則」を皆に紹介する場面だ。学生は「世界的な傾向だが、否定の音にはN音が使われることが多い」と「ノー、ノット、ネバー」から「ナッシング、ネガティブ、ノン、ニエット」と示していた。が、その説明に「日本語はイヤ、イイエ、チガイマス」ではないか、の声があがる。それに対し言語学者は「標準語は最近できた人工語、で、やはり日本古来の方言に注目すべきでしょう」として、広島の「無い」は方言で「にゃ〜」のN音になると説く。

すると「お米がにゃ〜、お金がにゃ〜、なんにもにゃ〜だ」と方言が飛び出てくる。学生の結論は「N音を出すには、舌の先を歯茎か歯の裏に当て、口の中と外を一瞬、断ち切る。自分の内と外のつながりを断つことで否定と拒否の態度を表す」とし「N音を使うことを忘れた、つまり〝否定と拒否〟の態度を忘れた人間は人間でなくなるのでは……」と記す。

それにしても学生が出撃直前にしたためた「両親への手紙」は身につまされる。

「ぼくは、わずかな生の時間を一番したいことをして過すことにしました。お父さん、お母さんのお顔を思い浮かべることとです」とあり、次第に「おとん、おかん、なひて黙っちょるんじゃ、なんか言うてちょんだい。おとん、おかん！……」と続く。

（2017・9）

131 「N音の法則」を紹介する

132　五節句を追ってみる

「西日本新聞」の北九州・京築版に築上町の尾座本雅光さん（七一）と「京築つれづれ」の連載を始めることになった。スタートは「九月九日に決まりました。その日は重陽《ちょうよう》の節句に当たりますね」と担当記者から連絡を受けた。準備はしていたが、「九月九日」に正直驚いた。

というのは、この日は「父の命日」なのだ。一九九〇年九月九日、すい臓がんで亡くなった父。二七年目の「命日」とは、何かしら縁を感じる。父の「しっかりせにゃ～ならんぞ」の声が聞こえてきそうだ。改めて、いい日でのスタートになった。

ところで、お粗末なことだが「九月九日」が「重陽の節句」だという認識がなかった。

日本の風習である「五節句＝人日《じんじつ》（一月七日）、上巳《じょうし》（三月三日）、端午（五月五日）、七夕《しちせき》（七月七日）、重陽（九月九日）」を、改めて追ってみることにした。

人日は、七草（セリ・ナズナ・ゴギョウ・ハコベラ・ホトケノザ・スズナ・スズシロ）粥を食べて無病息災、豊作を願う。中国の風習で七日目を「人の日」と定め人を殺さない日とし、七種の野菜を入れた羹《あつもの》を食べる風習が伝わった。

上巳は「桃の節句」と呼ばれ、草や藁で作った人形《ひとがた》を撫で、穢れを移して自然の生命力をもらい厄災を祓う。田の神を迎える時期に行われ「桃酒」を呑む。江戸時代には紙の雛人形を川に流していたが、壇に飾る「雛祭り」へと移行した。

端午《たんご》は「菖蒲の節句」で、強い香気による厄払いと「菖蒲」を「尚武」にかけて勇ましい男の子の成長を祝う「尚武、男子の節句」とも呼ぶ。鎧や兜を飾り、鯉のぼりを立て、また家督が途絶えない縁起物の「柏餅」を食べ、邪気を祓う「菖蒲湯」に浸る。

七夕は、中国に伝わる牽牛と織姫星の伝説に、日本の棚機津女《たなばたつめ》信仰が合わさったといわれる。七夕盆の意味合いもあり、江戸時代には、寺子屋の普及とともに、笹竹を軒先に立てて短冊を吊るす「七夕祭り」が広まった。

重陽は「菊の節句」と呼ばれる。陰陽思想で奇数は陽の数。極みの九が重なることから重陽。陽の気が強すぎるため不吉とされ「祓いの行事」だったものを、陽の重なりは吉祥、と禍転じて福の「祝い事」にした。昔は「菊花酒」を呑んだという。

京築の四季を歩き、ひっそりと隠れ残った郷土遺産を探す旅に、尾座本さんと出ようと思う。

（2017・9）

133　春・夏・秋・冬の七草は

日本の四季の彩りの中で、人々は「七草」を味わう。

本来「七草」は「秋の七草」を指すそうだが、正月七日「人日《じんじつ》の節句」に無病息災を願って食べる「七草粥」は「春の七種《ななくさ》」で、古代より雪の間から芽を出す「若菜摘み」の風習が原点とされる。

七草は、記録によって違いはあるが、延長五年（九二七）に編纂された『延喜式』に「七種粥」が登場。粥に「米・粟・黍《きび》・稗・箕《みの》・胡麻・小豆」の穀物を入れたとの記述がある。

春の七草は、平安時代、四辻善成《よつつじよしなり》が詠んだ歌から定着したと伝わる。

せりなづな御形はこべら仏の座
　すずなすずしろこれぞ七くさ

春は「食の七草」であり「芹《せり》、薺《なずな》、御形《ごぎょう》、繁縷《はこべら》、仏座《ほとけのざ》、菘《すずな》、蘿蔔《すずしろ》」をいい、食す。

春の後、「夏の七草」は二種類あり、昭和初期に勧修寺《がじゅうじ》経雄が詠んだ歌に因るのが一つ。

涼しさはよしいおもだかひつじぐさ
　はちすかわほねさぎそうの花

まず「葦《よし》、藺《い》、沢瀉《おもだか》、未草《ひつじぐさ》、蓮《はちす》、河骨《かわほね》、鷺草《さぎそう》」の七草といわれる。もう一つは、戦時中の食糧難に、食べられる植物として「藜《あかざ》、猪子槌《いのこづち》、莧《ひゆ》、滑莧《すべりひゆ》、白詰草《しろつめくさ》、姫女苑《ひめじょおん》、露草《つゆくさ》」の七草が選定されている。

次に、「秋の七草」だが、『万葉集』の山上憶良が詠んだ二首が始まりとされる。

秋の野に咲きたる花を
　指折《およ》りかき数ふれば七種の花

萩の花尾花葛花瞿麦《なでしこ》の花姫部志《をみなへし》
　また藤袴朝貌《あさがお》の花

秋は「見る七草」であり「女郎花《おみなえし》、尾花《おばな》、桔梗《ききょう》、撫子《なでしこ》、藤袴《ふじばかま》、葛《くず》、萩《はぎ》」と薬効ある草花を、見る。

最後に「冬の七草」だが、諸説ある中、「運＝ん」が二つ付く食べ物で、冬至の日に食べるといい七種がある。南瓜《なんきん》、蓮根《れんこん》、人参《にんじん》、銀杏《ぎんなん》、金柑《きんかん》、寒天《かんてん》、饂飩《うんどん》

寒い冬に備え、健康を保つ七種を食べて冬を越す。

春、夏、秋、冬の七草は、日々の暮らしの中で、めぐる季節の豊かさを見せる。先人の知恵に感謝しなければなるまい。昭和六〇年（一九七五）に埼玉県長瀞町《ながとろまち》では、洞昌院（萩）、道光寺（尾花）、遍照寺（葛）、不動寺（撫子）、真性寺（女郎花）、法善寺（藤袴）、多宝寺（桔梗）の「長瀞七草寺めぐり」が始まったと聞く。

（２０１７・９）

134　「唱歌」のメロディーが……

日々の中、ふとした折に口ずさむ歌は「唱歌」のメロディーが多い。音の記憶はいつまでも残って、やさしい気持ちになるのも不思議だ。日本の唱歌を追ってみる。

明治五年（一八七二）の学制発布で音楽は小学校の一教科と定められたが、教える教師も教材もなかったため有名無実の教科だった。明治一二年、文部省に「音楽取調掛《がかり》」が創設され、編集された楽曲はスコットランド民謡の「蛍の光」や、米国人の作詞作曲といわれる「仰げば尊し」などの外国曲だった。が、明治三四年、前年の小学校令改正に伴い「唱歌ハ平易ナル歌曲ヲ唱フコトヲ得シメ兼テ美感ヲ養ヒ徳性ノ涵養ニ資スルヲ以テ要旨トス」と目的が示された。明治四〇年、音楽は必修科目となり、明治四三年『尋常小学読本唱歌』が編纂され、高野辰之作詞・岡野貞一作曲「春が来た」や、作詞作曲不詳の「われは海の子」など二七曲が収められた。全ての曲が日本人の作曲といわれる画期的なものだった。

春が来た　春が来た　どこに来た／山に来た　里に来た／野にも来た　（「春が来た」）

我は海の子白波の／さわぐいそべの松原に／煙たなびくとまやこそ／我がなつかしき住家なれ（「われは海の子」）

そして明治四四年から大正三年（一九一四）にかけて、前『唱歌』を引き継ぎ、学年ごとに二〇曲収録の分冊『尋常小学唱歌』が編纂された。曲の題材は、自然、修身、歴史、産業などが収録され、他教科との連携が図られた。代表曲を見る。百年を超えた今でも歌い継がれる曲も多い。

ぽっぽっぽ／はとぽっぽ／豆がほしいか／そらやるぞ／みんなでいっしょに／たべにこい　（「鳩」一学年）

秋の夕日に照る山紅葉／濃いも薄いも数ある中に／松をいろどる楓や蔦は　（「紅葉」二学年）

今は山中　今は浜／今は鉄橋渡るぞと／思う間もなくトンネルの／闇を通って広野原　（「汽車」三学年）

春の小川は　さらさら行くよ／岸のすみれや　れんげの花に／すがたやさしく　（「春の小川」四学年）

甍の波と　雲の波／重なる波の　中空を／橘かおる朝風に／高く泳ぐや　鯉のぼり　（「鯉のぼり」五学年）

兎追ひし彼の山／小鮒釣りし彼の川／夢は今も巡りて／忘れ難き故郷　（「故郷」六学年）

唱歌のメロディーに郷愁を抱くのは、やはり「音」だろう。意識しないで聴いても、記憶の襞《ひだ》に残る「音」は、誰もが心に秘める「想い」だろう。幼い頃の、あたたかく澄んだ「時」ではないだろうか。

（2017・9）

135 漢字遊びも楽しめる

漢字は、三千年以上前、中国で蒼頡《そうけつ》という人物が発明したとか、殷王朝が神と交信するために亀の甲羅や牛の骨に甲骨文字を刻んだのがルーツなどの説がある。

なぜ「漢字」なのか、は中国の漢民族が話す言葉を表す文字だということのようで、日本への伝来は古墳時代（三～七世紀）といわれる。

平安時代には漢字を元にして日本独自の平仮名、片仮名が出来たようだ。また日本で作られた「国字」と呼ばれる和製漢字（峠・畑・辻・腺・膣・瓩・粁・働・鋲など）もあり、書体も篆書《てんしょ》、隷書《れいしょ》、草書、行書、楷書と発展したようだ。

字を見ていて、なんでこう書くのか、など漢字の見方や覚え方も様々だが、字を合わせる漢字遊びも楽しめるようだ。思いつくまま漢字を追ってみる。なるほど納得、の字になっている。

木が古くなると枯れる。心を亡くすと忘れる。己の下心は忌まわしい。亡き女を想うことは妄想。口から出る虚は嘘。女が喜ぶと嬉しい。恋は下心で愛は真心。一つの辛さは幸せ。信者と横に書けば儲かる。人の為とは偽り。不正と書けば歪み。女が古くなると姑。女三人寄れば姦《かしま》しい。人の夢は儚い。草が化けると花。身を美しくする躾。言うことが正しい証。女の子は好き。女の子を兼ねるのは嫌い。更生すれば甦る。手で散らすのは撒く。人に犬は伏せる。金より良い銀と同じ銅。米と異なる糞。自ら人に言う自信。女の又に力を入れて努。羊を食って養う。口に未だで味。火に火が重なると炎。くノ一は女で田の力は男。ム口の心は怠ける。木の上に立って見る親。人が動いて働く。木のそばに神で榊。口と八で四。木の南は楠。木の東は棟。日と月は明るい。口に鳥は鳴く。人は木で休む。一で止まるは正しい。山の上下に峠。卜の吉凶を口にしたのが占い。人に良くて食。口に土は吐く。木に土は杜。人に右は佑。人に左は佐。女に家は嫁。ナと又で友。人に車で俥。魚に雪は鱈《たら》。魚に喜は鱚《きす》。魚に利は鯏《あさり》。革に包んで鞄。木に春で椿、木に夏で榎。木に秋で楸《ひさぎ》。木に冬で柊《ひいらぎ》。魚に春は鰆《さわら》。魚に夏は魚夏《わかし》。魚に秋は鰍《かじか》。魚に冬は鮗《このしろ》など、いろいろキリがない。

漢字の読みは、春の「シュン（音）、はる（訓）」。夏の「カ、なつ」。秋の「シュウ、あき」。冬の「トウ、ふゆ」のように、中国の発音の音読みよりも日本の意味を表す訓読みの方が、何となく日本人には馴染むようだ。

さて、俳句は「字の数」ではなく「音の数」だというが。

（２０１７・９）

136　晴・曇・雨・雪

天気は数時間から数日間、天候は一週間から一カ月余の短期間、気候は一カ月以上の長期間の気象状態をいう。

それで意識せずとも、毎日のテレビ「天気予報」が気になる。根っこに農耕民族のＤＮＡがあるのだろうか。今日は晴か曇か雨か雪か、をつい見てしまう。

それぞれ呼び名は様々。晴は、晴天、好天、快晴、好晴、蒼天、炎天、日本晴、五月晴、梅雨晴、秋晴、夕晴、冬晴、雪晴、新晴などがあり、天晴《アッパレ》もある。

曇には、本曇、薄曇、高曇、雨曇、曇天、どん曇、朝曇、花曇、霜曇、雪曇、夕曇、卯の花曇などがあり、空を灰色の空、鉛色の空、にびいろの空などと呼ぶ。

雨の降り方は数多い。慈雨、小雨、大雨、豪雨、細雨、霖雨《りんう》、ゲリラ雨、小糠《こぬか》雨、驟雨《しゅうう》、俄雨、暴雨、村雨、桜雨、秋雨、春霖、秋霖、五月雨、梅雨、土砂降り、涙雨、春雨、菜種梅雨、通り雨、地雨、凍雨、氷雨、長雨、酸性雨、篠突く雨、夕立、走り梅雨、送り梅雨、戻り梅雨、山茶花梅雨、空梅雨、男梅雨、女梅雨、早梅雨、枯れ梅雨、時雨、村時雨、片時雨、横時雨、春時雨、秋時雨、翠雨《すいう》、緑雨《りょくう》、麦雨《ばくう》、瑞雨《ずいう》、霧雨、地雨、樹雨《きさめ》、怪雨《かいう》、穀雨、寒雨、風雨、雷雨、白雨、糸雨《しう》、半夏雨《はんげあめ》、青葉雨などがあり、天照雨《さばえ》（狐の嫁入り）や、惜別の想いを含む酒涙雨《さいるいう》（催涙雨）など珍しい。さらには打ち水の「作り雨」、数えきれないほどの「雨模様」がある。

そして人がいかに自然と寄り添って生活してきたか、雪の降り方からも採れる。粉雪、淡雪、細雪、乾雪、霧雪、小米雪、粒雪、湿雪、驟雪《しゅうせつ》、玉雪、灰雪、花弁雪、べた雪、ぼた雪、牡丹雪、回雪《かいせつ》、風花、三白《さんぱく》、秋雪、瑞雪、どか雪、名残雪、俄雪、初雪、吹雪、雪の果て、暮雪、朧雪、小雪、花びら雪、早雪、太平雪、ねばり雪、斑雪、水雪、八朔の雪、雲雀殺《ひばりごろし》、春の雪、忘れ雪、終雪ときて雪消し雪など、雪降る呼び方も多い。

晴と曇と雨と雪の歌。いろいろなメロディーがそれぞれの風情を奏でる。いくつか例を探すと、スキマスイッチ「晴ときどき曇」、奥居香「曇のち雨」、ゆず「雨のち晴レルヤ」、星野源「雨音」、矢沢永吉「雨のハイウェイ」など晴、曇、雨にいくつかある。

しかし降る雪には、人生を重ねるのであろうか、小林幸子「雪椿」、五木ひろし「細雪」、吉幾三「雪国」、レミオロメン「粉雪」、中島美嘉「雪の華」などの雪メロディーには哀愁がただよう。静かに降り積む雪景色に、そっと音がとどいてくるようだ。

（２０１７・10）

137 春・夏・秋・冬をうたう

日本の四季は風によって知ることができる。春は東風、夏は南風、秋は西風、冬は北風が吹く。風の肌触りで季節を感じる。そんな感性も次第に奪われているようだ。

風を詠う言葉が句になり、歌になって季節を引き立たせる。言葉を拾う。

春風や闘志いだきて丘に立つ　高濱虚子

夏風や竹をほぐるゝ黄領蛇　飯田蛇笏《だこつ》

秋風のふけども青し栗のいが　松尾芭蕉

中空に月吹上よ冬の風　阿部次郎

願はくはわれ春風に身をなして
　憂ある人の門をとはばや　佐佐木信綱

少年のたてがみ透きてさやさやと
　遥かな死海にとほる夏かぜ　井辻朱美

秋風にこすもすの立つ悲しけれ
　危き中のよろこびに似て　与謝野晶子

ある宵は骨肉の情ににがく負けて
　秘めたる花を冬風に放ちぬ　大西巨人

曹洞宗を開いた道元禅師が永平寺の夜空を眺め、ありのままの自然を素直に詠んだ歌がある。釈迦の悟った仏の命を己の胸中に摑んで、言葉自体が禅を説く。

春は花　夏ほととぎす　秋は月
　冬雪さえて　冷《すず》しかりけり

これは「不立文字《ふりゅうもんじ》、教外別伝《きょうげべつでん》、以心伝心《いしんでんしん》、直指人心《じきしにんしん》、見性成仏《けんしょうじょうぶつ》」に通じる禅の世界に解け込んでゆくことを指し、その境地に至るのが座禅の姿という。

昭和四七年（一九七二）の荒木とよひさ作詞・作曲「四季の歌」には春夏秋冬がある。

春を愛する人は心清き人
夏を愛する人は心強き人
秋を愛する人は心深き人
冬を愛する人は心広き人

平成二九年（二〇一七）の田村歩美《ばん》作詞・作曲「感情電車」には季節への想いがある。

若木たち咲くのは春の花
キラリ飛び交わして夏の夢
背中に落ち行くは秋の空
手のひらに包んだ冬の種

私たちは四季に育つ。風は、温かく、暑く、涼しく、冷たく吹き抜ける。時が命ならば風は時を計る風見鶏。

山頭火は「何を求める風の中行く」と詠んでいる。

（２０１７・10）

蛍を詠む多くの句があり、歌がある。蛍の大きいのを「源氏蛍」、小さいのを「平家蛍」というようだ。夏の季語の蛍。幼い頃「ほ〜っ、ほー、ほーたる来い、こっちの水は……」と口ずさんで夜の道を走った。

夜の蛍にいやされる「蛍の夜」の句を探した。

ゆるやかに着てひとと逢ふ蛍の夜　桂　信子
死なうかと囁かれしは蛍の夜　鈴木真砂女
息づかひ静かな人と蛍の夜　茨木和生
まぼろしにあらずうつゝの蛍の夜　稲畑汀子
源氏より平家小粒や蛍の夜　丸山澄夫
いまはにもかくあらまほし蛍の夜　川崎洋吉
蛍の夜老い放題に老いんとす　飯島晴子
灯を消して息の聞こゆる蛍の夜　今瀬剛一
明月記読み疲れたる蛍の夜　芝　尚子
死ぬ役の木偶もありけり蛍の夜　桜井幹郎
バイオリンの音止みてより蛍の夜　松山直美
懐しき声に出合へり蛍の夜　小橋末吉
逢ひに来し想ひなりけり蛍の夜　浜　福恵
その人に従ひゆきて蛍の夜　下田実花

また蛍を追っていろんな句に出合う。

ほたる見や船頭酔うておぼつかな　松尾芭蕉

138　夜の蛍にいやされて

狩衣の袖の裏這う蛍かな　与謝蕪村
又一つ川を超せとや飛ぶ蛍　小林一茶
川ばかり闇はながれて蛍かな　加賀千代女
うつす手に光る蛍や指のまた　炭　太祇
蛍から蛍へ風のうつりけり　正岡子規
おおかみに蛍が一つ付いていた　金子兜太
髪長き蛍もあらむ夜はふけぬ　泉　鏡花
かたまるや散るや蛍の川の上　夏目漱石
蛍火のほかはへびの目ねずみの目　三橋敏雄

など「蛍」は数知れない。

戦国時代の「蛍」について楽しめる伝えも残る。豊臣秀吉が連歌座で『百人一首』の猿丸大夫「奥山にもみぢ踏み分け鳴く鹿の声聞く時ぞ秋は悲しき」に倣って「奥山に紅葉踏み分け鳴く蛍」と詠んだ。すると座が白けかけたのを、すかさず細川幽斎が「しかとは見えぬ杣《そま》のともしび」の脇句を付けて救ったという。一つの武士の道。

蛍の見方もいろいろ。山口誓子は「蛍火が星の代わりに天降り来る」とあり、尾崎放哉は「蛍光らない堅くなってゐる」とある。

皆、四日間ほどの蛍の儚い命を見つめている。

（2017・10）

139　アダモの「雪が降る」は……

イタリアのシチリアで生まれたベルギー人作曲家サルヴァトール・アダモ（一九四三〜）が作詞作曲して歌った「雪が降る」（Tombe la neige）は一九六三年にリリースされ世界各国で大ヒット、彼の代表曲の一つになった。この歌に三種類の訳詞があるとは知らなかった。歌手は、それぞれに味わい深い唄い方をする。

▼安井かずみ訳詞、唄・アダモ、尾崎紀世彦、ピーターほか。

雪は降る／あなたは来ない／雪は降る　重い心に／／むなしい夢　白い涙／鳥は遊ぶ　夜は更ける／／あなたは来ない　いくら呼んでも／白い雪が　ただ降るばかり／ラ　ラララ…　ム　ムム…／／（雪は降る　あなたの来ない夜／雪は降る　すべては消えた）／／このかなしみ　この淋しさ／涙の夜　ひとりの夜／／あなたはこない　いくら呼んでも／白い雪が　ただ降るばかり／白い雪が　ただ降るばかり／／ラ　ララ　ラララ…

▼岩谷時子訳詞、唄・越路吹雪。

雪が降るあなたは来ない／雪が降る心のなかを／夜更けに白い涙が降る／空で鳥が寒さに啼いて／あなたは来ないむなしい愛／ただ降る雪つめたい仕打ち／ラララ　ララ　ララ／ムムム　ムム　ムム／（雪が降るあなたが来る筈はない　雪が降るなにもかも真っ白）／／かなしい夜さびしい夜／今日もここに私はひとり／あなたは来ないむなしい愛／ただ降る雪つめたい仕打ち／ただ降る雪つめたい仕打ち／ララ　ララ　ララ／ムムム　ムム　ムム

▼あらかはひろし訳詞、唄・岸洋子。

Tombe la neige あなたは来ない／Tombe la neige 心は暗い／たえまなく　降りつづける／綿のような白い涙　あなたは来ない／ようしゃもなく　降りそそぐ／黒い絶望／ラ・ラ・ラ・ラ　ン・ン・ン・ン（雪が降る　あなたは来ない　雪が降る　心は暗い）／／いまわしい　闇と氷／もの音もない　白い孤独／あなたは来ない／ようしゃもなく　降りそそぐ／降りそそぐ　黒い絶望／降りそそぐ　黒い絶望／ラ・ラ・ラ・ラ　ン・ン・ン・ン

日本語訳は、どの訳詞も原詩に近いとされるが、やはり安井かずみ（一九三九〜九四）の詞がしっくり心に沁みる。実は、この曲、安井が離婚後、フランスに滞在中、友だったアダモが失意の彼女を慰めるために贈った歌といわれる。そうか、なるほど、納得だ。

（2017・10）

140 天知る、地知る、人知る

天知る地知る我知る人知る、の「四知」は何事もすべてわかるの意。こっそり秘密にしようにも、いつか全て判明、不正は露見する喩《たとえ》。古い時代から生きる道を説き、道徳的、教訓的な「道歌」の中に「誰知ると思う心のはかなさよ天知る地知る人の知るなり」とある。それに「天地人」は「天の時、地の利、人の和」と戦国時代の上杉謙信の言葉のようで、物事の成功三条件のようだ。
天知る、地知る、人知る、の歌と句を探してみる。

高知るや天の御蔭天知るや日の御蔭の
　水こそばとこしへにあらめ御井のま清水　不詳

ひさかたの天知らしぬる君ゆゑに
　日月も知らず恋ひ渡るかも　柿本人麻呂

思ひ出でて恋しき時は初雁の
　なきて渡ると人知るらめや　大伴黒主

我が恋を人知るらめやしきたへの
　枕のみこそ知らば知るらめ　詠み人知らず

浅茅生の小野の篠原しのぶとも
　人知るらめやいふ人なしに　詠み人知らず

人知れず尽すまことはそのうちに
　天知る地知る人が知るなり　不詳

仰ぎ観て高き天知る秋の虫
　揺らぐこころや何処へ向かふ　不詳

人知るや思ひ草にて忍ぶれど
　鳴かぬ蛍の身よりあまりて　不詳

天知る地知る持たざる我なれば
　隠す気のない葉っぱのかたち　不詳

薔薇抱いて湯に沈むときあふれたる
　かなしき音を人知るなゆめ　岡井隆

我家遺事人知否（我が家の遺事人知るや否や）
不為児孫買美田（児孫の為に美田を買わず）　西郷隆盛

寒声の天知る地知る御身よな　尾崎紅葉
核の冬天知る地知る海ぞ知る　高屋窓秋
企みは天知る地知るあきらめる　安土理恵
雪の富士仰ぎ父祖の地知る旅に　名越つぎ代
雁渡る遠き旅路を人知るや　岩本幸子

川柳にも「天、地、人」知るがある。

天知る地知る二人知る御用知る
天知る地知る我らシラきる

石ノ森章太郎の「仮面ライダー」に「天が呼ぶ、地が呼ぶ、人が呼ぶ、悪を倒せと俺を呼ぶ」の言葉も飛び出てくる。天・地・人は宇宙万物の正しい生き方を示す。
（2017・10）

141　春・夏・秋・冬の夜

日本に四季があり季節を詠む俳句がある。日々の暮らしの朝や昼に比べ「夜」が何故か多く詠まれている。作家の井伏鱒二に「春の夜やいやですだめですいけません」と「冬の夜やいやですだめですいけません」がある。ともに味わい深い句。季節の「夜」を探す。

【春】

春の夜は桜に明けてしまひけり　松尾芭蕉
春の夜の月わたること早かりき　高橋淡路女
春の夜のくつしたをぬぐ女かな　日野草城
春の夜の刀預る恋もあり　内藤鳴雪《めいせつ》
春の夜や柳かくれの細ともし　尾崎紅葉
春の夜の連歌くづれて端唄《はうた》哉　正岡子規
春の夜の絵本につづきなかりけり　山田みづえ

【夏】

夏の夜に風呂敷かぶる旅寝かな　小林一茶
夏の夜のちぎりおそろし橋の霜　千代尼
夏の夜の性根を酒にのまれけり　久保田万太郎
夏の夜の女の足袋のありどころ　飯田龍太
夏の夜の過ぎゆくものの杳として　桂　信子
夏の夜の群星にわれひとり泣く　原　石鼎《せきてい》
夏の夜の森の匂ひの髪ほどく　野沢節子

【秋】

秋の夜や古き書をよむ南良法師　与謝蕪村
秋の夜やインク足したるインク壺　鈴木真砂女
秋の夜の君が十二の学校歌　清水基吉
秋の夜ふかくして心臓を聴く　種田山頭火
秋の夜の俳諧燃ゆる思かな　石田波郷《はきょう》
秋の夜の海かき回し出帆す　西東三鬼
秋の夜は剃刀の刃がくすりと嗤ふ　三橋鷹女

【冬】

冬の夜をいつも灯ともす小窓かな　高濱虚子
冬の夜松黒く積み貨物駅　長谷川かな女
冬の夜や柾目《まさめ》の廊下つぎつぎと　横光利一
冬の夜やいさゝか足らぬ米の銭　富田木歩《もっぽ》
冬の夜を語る麻布の七不思議　大谷句仏
冬の夜の地面を風が吹き払ふ　高木晴子
冬の夜や辞しゆくひとの衣のしわ　鈴木しづ子

日本初の俳句は、近江（草津市）出身の戦国時代の連歌師・山崎宗鑑《そうかん》（一四六五〜一五五四）の「貸し夜着の袖をや霜に橋姫御」といわれるが、以降、句はどれだけ詠まれただろうか。

（2017・11）

142――横文字は右書きから左書きへ

横文字は今、左横書きが当たり前、だが戦前は右横書きだった。だから書籍等も右から左に読むので何か違和感があったが、昔の人はそれが当たり前だった。

そもそも日本語は縦書きで、ある人が「言葉は雫ですよ、上から下へ流れるものです」という説明に納得した記憶がある。漢文も仮名も縦。ややこしくなったのは幕末以降、西洋文化が入ってくると、アルファベットもアラビア数字も横で、やがて日本語も横書きが使われるようになり、欧米文字に揃えて右横書きから左になったようだ。当座は、看板、新聞、雑誌、紙幣、切手など右横書きが残っていた。新聞、雑誌の広告では「カルピス」が「スピルカ」、「オキシフル」が「ルフシキオ」と左右の横書き文字が混じって並び読み辛かった。

昭和一七年（一九四二）太平洋戦争開戦の翌年、文部省主導で「横文字は左横書きへ統一」と示された。戦時中で、欧米に合わせるのか、と反対意見も多かった。

終戦が左横書きを加速させた。わかりやすい表記にと、まず「読売報知新聞」が昭和二〇年一二月三一日紙面に「題字、横字の左書き統一――元旦紙面から、本紙の編輯革新」のお知らせを載せ、新聞界の悪習を打破して翌日の昭和二一年の元旦紙面から変わった。「毎日新聞」は昭和二一年一二月一日、「朝日新聞」は昭和二二年一月一日から左横文字の見出しになった。

またお札を見ると、昭和二一年発行の「一〇円紙幣」は、右横書き「圓拾」と「券行銀本日」で「10」の算用数字は左横書きとややこしい。左書きに統一されたのは昭和二三年発行の「五銭紙幣」からで、「日本銀行券」「五銭」「5」と左横書きに統一された。こうした戦後の新聞等の紙面変化の動きは連合国の占領政策の一環では、と思われている向きもあるようだが、それは違う。我が国自らの改革によって変化させたものだ。それもいきなりではなく、ゆっくりと変えていったようだ。

右横書きは、江戸時代から蘭学者の間で使われ、明治には唱歌（楽譜が左横書き）は一般化、大正には新聞も一部採用。まさに「ルメラヤキクルミ」など紛らわしい読みだった。

原色のシャツに横文字終戦日　西尾照子

恋人のカルテの上に蜘蛛たちの
　私刑のような横文字は散る　穂村　弘

ところで句にも歌にも、川柳にも横文字はあり「横文字が流行りモラルも横になる」など戯れ句も生まれる。

（2017・11）

ふとしたキッカケで改めて日本語の楽しさを覚えた。

国の外は外国。あたり前の言葉だが、国外をひっくり返すと外国になる。和平ができると平和になる。会社は社会の中にあるなど、とりあえず、いろんな二字をひっくり返してみることにした。

乳母は母の替り、母乳は母の乳。相手の運勢判断の手のシワは手相。出家と家出は違う。気色は悪いが色気は艶っぽい。異変は変わるが変異は異なる。一同は皆だが同一は二つ以上が同じ。王女は王の妃で女王は王。演出は演技をつけ出演は舞台などに出る。裏口は出入口だが口裏は虚偽の話を示し合わす。合間と間合は似ているようで違う。女狂いは女に狂うが狂女は狂った女。下から見上げる上目は自分より目上の人には使わない。国立は国が作り立国は国を興す。座高は尻から頭まで、高座は落語の舞台。押花は草花を乾かして作るが花押は古文書などにある判。木霊はやまびこで霊木は神聖な木。事故は予期せぬ人災だが故事は昔からの言い伝え。牛肉は牛の肉だが肉牛は食肉のための牛。決裁は責任者の判断で裁決は行政者の判断。軍国は軍事国家だが国軍は国の軍隊。解読はナゾや暗号を解くが読解は書物を読み解く。個別は一つ一つで別個は違う。定規は計測器だが規定は予め決める。情熱は長い時間で熱情は短い時間の感情。本日は日本。人間の影響を受けた里山そばに山間集落の山里がある。手の下の手元と必要な資金の元手は違う。海上は海の上だが上海は地名。秀でて名のある名人にも人名がある。体重は人の重さ、重体は重い病気。その当日の賃金を日当。素晴らしいメロディーの名曲の曲名を知る。目頭を熱くして頭目を見る。利権とは利益を伴う権利とある。実際の現実に現われるよう実現に努力。人の中心にいて心中なんかしたら大変。背の高い長身の人の身長はいくら。情事を見つけられ事情を訊かれる。淡水魚の雷魚と破壊兵器の魚雷。特性をいかに発揮しても気体となって揮発しないよう。力仕事の労働者は人夫だが貴人の妻は夫人という。木材は材質で材木は材料をいう。風神は中国から来た想像の風で神風は日本を守り吹く風、というのだが……さて。

あるわ、あるわ、で探し、拾いつくせない。ひっくり返って意味をなす文字、いかに日常に転がっているかということだろう。オタク調査では、千を超す二文字があるようで追っかけてもきりがないようだ。疲れたから、この辺で、もう止めることにする。

（2017・11）

143 ひっくり返って意味をなす

144——冬の七草で“七草飩”を……

春の七草「せり、なずな、ごぎょう、はこべら、ほとけのざ、すずな、すずしろ」の「七草粥」は、人日の節句（一月七日）に一年の無病息災を願って食べる「行事食」だといわれる。

それに因んで諸説ある冬の七草のなかで「運＝ん」が二つ付く七種「南瓜《なんきん》・金柑《きんかん》・銀杏《ぎんなん》・人参《にんじん》・蓮根《れんこん》・寒天《かんてん》・饂飩《うどん》」の「七草飩《どん》」を冬至の日（一二月二二日）に食べ、力強く冬を乗り越える健康体をつくろうと、新しい〝行事食〟の推進活動が始まった。

元来、冬至には、かぼちゃ（南瓜）を食べたり、柚子湯に入ったりする習慣がある。

かぼちゃは栄養価の高い緑黄色野菜で「ん」がつく「運盛り」の食べ物である。それを食べ、邪気を祓う強い香りの柚子湯に浸るのは美肌効果にも良いとされ、リラックスできる。なによりも「暦」の起点といわれる「一年中で一番昼が短い「冬至」を越えて、翌日からの健康保全をスタートさせる「運が上昇に向かう日」を寿ぐ意味もあるようだ。

福岡県行橋市の稗田公民館で、これまでにない活動が加わった。女性学級と子ども育成会などのメンバーによる組織が立ち上げられ、料理上手なお母さん部隊の活動がスタートした。みやこ町の古民家レストラン食工房「神楽《からく》」の伊藤覚オーナーシェフの新創作レシピ「七草飩」に沿って、お世話係の調理メンバーは、皆で講習を受けた。伊藤レシピでは現代風にアレンジされ、やはり「ん」が二つつく「隠元《いんげん》」も加わった。

だし汁は薄口醤油に味醂、塩、砂糖、柚子胡椒などに鶏モモ肉の身。南瓜、人参、隠元の角切りを下茹で、銀杏の皮を剥き、蓮根はスライスして揚げる。それらを、茹でた饂飩と汁に入れて提供。デザートは金柑と寒天ゼリー。健康づくりの「冬の七草」と饂飩のレシピは末広がりの八種類となり、独特な「郷土料理・七草飩」が誕生することになった。

これまでの春「粥」に対する冬「飩」だが、春を控えてのさらり味に親しむのもいい、厳しい冬に向かうどっしり味を知るのもいい、味の軽さと重みを比較できるのがいいようだ。

それに冬の七野菜「葱《ねぎ》、牛蒡《ごぼう》、菊菜《きくな》、小松菜《こまつな》、菠薐草《ほうれんそう》、玉菜《たまな》、白菜《はくさい》」などもあり、それぞれ工夫した調理もできるようだが、やはり冬は「どん」と力強い「ん＝運」の付く「七草飩」が似合うようだ。

（２０１７・11）

145 人生は青春・朱夏・白秋・玄冬

齢七〇を過ぎると、折に触れて人生を振り返る。老年の在り方を考える。ところで第一五八回芥川賞に岩手県遠野市生まれの若竹千佐子さん（六三）の『おらおらでひとりいぐも』が選ばれた。七四歳の一人暮らしの老女が主人公。東北弁を繰り出す文体で、独特な文学世界を創出。まさに「ひとりいぐも」の小説である。

あまた「青春小説」はあるが、人生を四季に譬えて青春・朱夏・白秋・玄冬とするなら、若竹さんは、自らの作品を、老境を慈しむ「玄冬小説」と呼ぶ。今、まさに「青春」に対する「玄冬」の時代なのかもしれない。

ライフサイクルを季節で表現すると、春、夏、秋、冬に陰陽五行の色を足せば、春は新緑の青＝青春、夏は太陽の朱＝朱夏、秋は収穫の白＝白秋、冬は雪雲の黒（玄）＝玄冬となるようだ。古代中国では、万物を陰と陽に分け、太陽の陽に月の陰、奇数の陽に偶数の陰、表が陽で裏が陰など、陰陽思想に自然界の五行（木・火・土・金・水）の要素が加わり、色や方角など森羅万象の空間の中、生活に関わる風習がすでに人々には根付いている。

五行思想での色は青・朱・黄・白・黒の五色で、「鯉のぼりの吹き流し」や「七夕五色の短冊」で親しまれ、方角では東に「青龍」、南に「朱雀」、西に「白虎」、北に「玄武」の四神獣が鎮座する。また大相撲の土俵の四房《しぶさ》も青房、赤房、白房、黒房が垂れ下がっている。

さらに人生の四季を年齢では、学を志す三〇代前半を「青春」とし、身を立て、不惑の四〇代前半から五〇代前半の人生真っ盛りの年代を「朱夏」と呼び、天命を知る五〇代後半から耳に従う六〇代の「白秋」を通って、道を外れない七〇代を越えて「玄冬」に至る、と『論語』は説いている。詩人の北原白秋は一六歳で「白秋」を名乗ったようだが……。

東北の心は通い合うものだろうか。若竹さんの『おらおらでひとりいぐも』の言葉は、宮沢賢治が大正一一年（一九二二）に発表した「永訣の朝」にある。百年近い前の詩だ。

けふのうちに／とほくへいつてしまふわたしのいもうとよ／みぞれがふつておもてはへんにあかるいのだ／（略）／わたくしのやさしいいもうとの／さいごのたべものをもらつていかう／（略）／もうけふおまへはわかれてしまふ／（Ora Orade Shitori egumo）／ほんたうにけふおまへはわかれてしまふ（略）（「永訣の朝」）

五〇年であれ、八〇年であれ、青・朱・白・玄の季節に「ひとり生き抜く」のが、人の生。

（2018・1）

最近「無理が通れば道理引っ込む」の世の動きになっているような気がする。「無理」は、道理に反して正しい道筋が通ってないことで、詞は『江戸いろはかるた』の一つ。そんな世の中にしてはなるまいと、日本人が正しい心根として刻み、伝え続けてきた戒めの言葉のよう。今、この心根を蔑《ないがし》ろにする現代人の心のありようは、一体どうなっているのだろう。

　石が流れて木の葉が沈む、というようなもので、壊れてゆく心が情けない。言葉が人を変えるのであれば、換える言葉を探し、求め、人に伝わる方策を考えればいい。

　一休禅師に「有漏路より無漏路に帰る一休み雨降らば降れ風吹かば吹け」がある。また空即是色に「白露のおのが姿は其のままにもみじにおけるくれないの露」、色即是空に「花を見よ色香も共に散り果てて心無くても春は来にけり」などの『一休道歌問答』も参考になる。

　また江戸時代の寛永一七年（一六四〇）に徳川家光が品川宿の東海寺を訪ねた際に「海近くして東《(遠)》海寺とは是如何に」と詠んだ。これに沢庵和尚が「大軍を率いて将《(小)》軍と謂うが如し」と応じた問答などの遊びが庶民に広がりを見せた。禅問答あり、コンニャク問答あり、いろんな問答をいくつか拾ってみる。無理問答までであれば、いいのだが。

146　道理に向かう刃なし

　一羽でも鶏。一人でも仙人。一人でも百姓。たためぬ店をたたむと言う。居るのに居《(犬)》ぬとは、近づいても去《(猿)》ると言うが如し。米を炊きながら飯を炊くとは、水を沸かしながら湯を沸かす。筆を入れぬのに筆箱。美人の集まりはソロバン（玉ぞろい）。破れ障子は冬のウグイス（貼《(春)》るを待つ）。若後家は熟し柿（触ると落ちる）。商家でもないのに質《(七)》屋とは、一人住んでも住《(十)》人の如し。鳥でもないのに夜鷹とは、洗うものを束子《たわし》（＝鷲）と言うが如し。見て楽しむものを菊《(聞く)》とはいかに、飲むものでも聞《(利き)》き酒という。嬶《かかあ》を山の神とは、飯炊き女子《おなご》を菩薩と言うが如し。一枚でもセンベイ、一本でもニンジンなど駄洒落も含めて楽しめる、いろんな問答があるが、何か「ごまかさ《誤魔化》」ているようでならない。

　「ごまかす」は、弘法大師の護摩の灰と偽り、ただの灰を売ったとか、江戸時代の「胡麻胴乱」という中が空洞の見掛け倒しの「胡麻菓子」に由来するといわれ、人を騙して自らが不利益にならない生き方のようだ。やはり、いくら世が変わっても「道理に向かう刃なし」の強い心に徹したいものだ。

（2018・1）

147 乞食の「詩」をさがす

室生犀星の詩集『抒情小曲集』（一九一八年刊）に「ふるさとは遠きにありて思ふもの　そして悲しくうたふもの　よしや　うらぶれて異土の乞食となるとても　帰るところにあるまじや（略）」の「異土の乞食」が気になっていた。その乞食を詠んだ「詩」を探す。

新潟県三条市の八幡宮境内に良寛（一七五八〜一八三一）の「乞食の詩碑」が建つ。

十字街頭乞食了（十字街頭食《じき》を乞い了《お》わり）
八幡宮辺方徘徊（八幡宮辺方《まさ》に徘徊す）
児童相見共相語（児童相見て共に相語る）
去年癡僧今又来（去年の痴僧《ちそう》今又来たる）

ロシアの文豪イワン・ツルゲーネフ（一八一八〜八三）に「乞食」という詩がある。

私は街を通ってゐた……。老いぼれた乞食がひきとめた。血走って、涙ぐんだ眼、蒼ざめた唇、ひどい襤褸、きたならしい傷……。ああ、この不幸な人間は、貧窮がかくも醜く喰ひまくったのだ。彼は紅い、むくんだ、穢い手を私にさしのべた。彼は呻くやうに、唸るやうに、助けてくれといふのであった。私は衣嚢《かくし》を残らず捜しはじめた……。財布もない、時計もない、ハンカチすらもない……。何一つ持ち合はしては来なかったのだ。けれど、乞食はまだ持ってゐる……。さしのべた手は弱々しげにふるへ、をののいてゐる。すっかり困ってしまって、いらいらした私は、このきたない、ふるへる手をしっかりと握った……。「ねえ、君、勘弁してくれ、僕は何も持ち合はしてゐないんだよ。」乞食は私に血走った眼をむけ、蒼い唇に笑みを含んで、彼の方でもぎゅっと私の冷えてゐる指を握りしめた。
「まあ、そんなことを、」彼は囁いた、「勿体ねいでさ、これもまた、有難い頂戴物でございますだ。」私もまたこの兄弟から施しを享けたことを悟ったのである。

一八七八年二月　（中山省三郎訳）

水俣の『苦海浄土』の作者・石牟礼道子に「こなれない胃液は天明の飢饉ゆづりだから　ざくろよりかなしい息子をたべられない　わかれのときにみえる　故郷の老婆たちの髪の色　くわえてここまでひきずってきた　それが命の綱だった頭陀袋」の「乞食」の詩あり。

また幕末の坂本龍馬に「偏見を持つな。相手が幕臣であろうと乞食であろうと、教えを受けるべき人間なら俺は受けるわい」の言葉が残る。

とにかく「行き大名の帰り乞食」にならぬよう。

（2018・1）

148 「重箱読み」と「湯桶読み」

日本語には言葉遊びがあって楽しい。第一五八回直木賞受賞『銀河鉄道の父』の著者である門井《かどい》慶喜（四六）の随想に「賢治もこんなふうにして、ことば遊び、いや、ことばいじりを楽しんでいたと思うと親しみがいっそう強くなる」と記して「重箱読み」に触れていた。

漢字の読みで、音訓《オンくん》の順で読むのを「重箱読み」といい、逆を「湯桶読み」という。音読みは、中国語の発音が変化した〝中国読み〟といわれ、訓読みは漢字の意味をあらわす〝日本読み〟とされる。

とにかく「重箱」「湯桶」ともに中国語と日本語がゴチャマゼになった言葉のようだ。

いくつかの漢字の二字熟語を拾ってみる。

【重箱読み】
悪玉《アクだま》、胃袋《イぶくろ》、円高《エンだか》、王様《オウさま》、楽屋《ガクや》、金星《キンぼし》、具合《グあい》、激辛《ゲキから》、献立《コンだて》、札束《サツたば》、仕事《シごと》、素顔《スがお》、先手《センて》、粗品《ソしな》、台所《ダイどころ》、茶柱《チャばしら》、天窓《テンまど》、土間《ドま》、納屋《ナや》、肉細《ニクぼそ》、番組《バンぐみ》、美肌《ビはだ》、福助《フクすけ》、別枠《ベツわく》、本屋《ホンや》、毎夜《マイよ》、蜜蜂《ミツばち》、無印《ムじるし》、銘柄《メイがら》、紋所《モンどころ》、厄年《ヤクどし》、余程《ヨほど》、楽日《ラクび》、両手《リョウて》、牢屋《ロウや》、和事《ワごと》、など。

【湯桶読み】
相棒《あいボウ》、石段《いしダン》、浮気《うわキ》、得体《えタイ》、親分《おやブン》、株価《かぶカ》、生地《きジ》、車代《くるまダイ》、消印《けしイン》、子分《こブン》、指図《さしズ》、敷金《しきキン》、墨字《すみジ》、関所《せきショ》、外税《そとゼイ》、建具《たてグ》、血肉《ちニク》、釣銭《つりセン》、手相《てソウ》、友達《ともダチ》、中味《なかミ》、荷物《にモツ》、沼地《ぬまチ》、値段《ねダン》、法面《のりメン》、初盆《はつボン》、平幕《ひらマク》、豚肉《ぶたニク》、細字《ほそジ》、丸太《まるタ》、身分《みブン》、村役《むらヤク》、目線《めセン》、喪主《もシュ》、屋台《やタイ》、夕刊《ゆうカン》、吾輩《わがハイ》、など。

また音・訓読みの「漢字歌」㈱日本標準）があるようだ。

温《オン》泉で冷えた体を温《あたた》める
清《きよ》らかに心しずめて清《セイ》書する
人前で犯した罪《つみ》を謝罪《ザイ》する
国宝《ホウ》は国の宝《たから》だ大切に
かみなりが急《キュウ》になりだし急《いそ》ぎ足
快《カイ》晴のほほに吹く風快《こころよ》い
心《こころ》がけ常に持ちたい平常心《シン》
指《シ》導者は指《ゆび》でゆく手を指《さ》し示す
任《まか》せても責任《ニン》感は人一倍
きねん写《シャ》真写《うつ》してたびの思い出に
まどを開《あ》けドアを開《ひら》いて公開《カイ》す
消防士火事《ジ》を消すのが仕事《ごと》です

これら音、訓の学びは、小学生向けの学習になっているようだ。日々、音《オン》、訓《くん》乱れる言葉を浴びての生活に変わりはないようだ。

（2018・1）

149――諺の中の動物たち

諺《ことわざ》は先人が残した貴重な文化遺産。言葉の「言＝こと」と、神業、離れ業を同源とする「業＝わざ」の「言葉の業」でことわざ。人を動かし、勇気づけ、時に優しく、時に鋭く、時に素直、時に皮肉な働き掛けをする。

諺の中の身近な動物たちを追ってみる。

犬には、犬も歩けば棒に当たる（何もしなければ災難に合わない、が、幸運にも巡り合わない）、犬が西向きゃ尾は東（当たり前のこと）、犬に論語（立派な教えも無知な人は理解できない）、飼い犬に手を噛まれる（目をかけていた人に裏切られる）、犬猿の仲（仲がとても悪い）、負け犬の遠吠え（臆病者が陰で相手の悪口を言う）、夫婦喧嘩は犬も食わない（他人が仲裁する必要がない）、犬は三日の恩を三年忘れず（良くしてもらったことは長く忘れない）など。

猫には、猫の手も借りたい（忙しく、誰でもいい手伝いを願う）、猫に小判（価値の判らぬ人に与えてもムダ）、猫をかぶる（本性を隠した装い）、猫に鰹節（あやまちを起こしやすくキケンな状況）、猫も杓子も（誰も彼も）、女の心は猫の眼（女性の心理は変化しやすい）、借りてきた猫（普段と違って畏まる）、猫の額（土地などの面積が狭い）、猫の子一匹いない（全く人の気配なし）、猫は三年の恩を三日で忘れる（つれない動物のたとえ）など、他いろいろ。

その他、牛に引かれて善光寺参り（思いがけない偶然が良い方向へゆく）、商いは牛の涎《よだれ》（商売は辛抱強く続けよ）、馬には乗ってみよ人には添うてみよ（何事も経験）、馬の耳に念仏（人の意見や注意を聞かず効果ない）、猿も木から落ちる（道の達人でも失敗はある）、見猿聞か猿言わ猿（何もしないがいい）、立つ鳥跡を濁さず（引き際は美しく）、花は根に鳥は古巣に（物事は全て根源に戻る）、井の中の蛙大海を知らず（知識、見聞が狭い）、蛇に睨まれた蛙（苦手な前では身が竦む）、捕らぬ狸の皮算用（分らぬものを当てにして計画）、狸寝入り（寝たふり）、狐の嫁入り（日照り雨）、狐につままれる（何が何だか分らない状態）、虎の威を借る狐（権勢を頼りに威張る小者）、虎穴に入らずんば虎子を得ず（危険を犯さなければ成功はない）、二兎を追う者は一兎をも得ず（欲で同時に二つのことをしない）、脱兎の如し（速いこと）、山より大きな猪は出ぬ（誇張も程々にする）、窮鼠《きゅうそ》猫を噛む（弱者も追い詰められれば反撃する）。

ところで、ごく身近な蝿についての諺で「頭の上の蝿を追え（自分の始末をする）」るうちはいいが、「顎で蝿を追う（体が萎える）」ようになってはどうしようもない。老化を防ぐ手だてを持つことが肝要だ。

（２０１８・１）

150　諺の中の植物

諺は生活の中から生まれ、昔から人々の間で言い習わされ、短い言葉に道理や教訓、知識、風刺、物事の在りよう、などが織り込まれ、生きる術を学ぶと言ってもいい。故事、慣用句などあるが、諺には生活に身近なものが取り込まれている。植物のある諺を追う。

　青は藍より出でて藍より青し（師匠よりも弟子の方が優れる）、秋茄子は嫁に食わすな（食べさせない姑の嫁いびり、一方、体を冷やすし種子がないので子宝を心配）、青柿が熟柿弔う（弔う者も弔われる者も大差ない）、いずれ菖蒲か杜若《かきつばた》（どちらも優れている）、一葉《いちよう》落ちて天下の秋を知る（わずかな前兆で後のことを予知する）、独活《うど》の大木（体ばかり大きく役に立たない）、一富士二鷹三茄子（初夢に良いめでたい順）、火中の栗を拾う（他人のために危険を犯す）、鴨が葱を背負って来る（いいことが重なり好都合）、考える葦（人間は考える能力を持つ）、草木も眠る丑三つ時（ひっそり静まりかえった真夜中）、桜伐る馬鹿梅伐らぬ馬鹿（庭木の剪定方法をいう）、山椒は小粒でぴりりと辛い（小さくても能力や力量がある）、出藍《しゅつらん》の誉れ（弟子が師匠の学識を超える）、栴檀は双葉より芳し（大成する者は幼い頃から人並外れて優れている）、鷹は飢えても穂を摘まず（高潔な人は困窮しても不正をしてまで生き延びない）、蓼食う虫も好き好き（人の好みはそれぞれ違う）、立てば芍薬座れば牡丹歩く姿は百合の花（美しい女性の容姿や立ち居振る舞い）、月に叢雲《むらくも》花に風（良いことには邪魔が入りやすい）、梨の礫《つぶて》（音沙汰なし）、濡れ手で粟（骨を折らずに儲ける）、花は桜木、人は武士（花は桜で人は武士が第一）、瓢箪から駒が出る（ありえないことが起きる）、風樹の嘆（いなくなった親には孝行できない）、実るほど頭を垂れる稲穂かな（人格者は謙虚）、六日の菖蒲十日の菊（時機が遅くて役に立たない）、桃栗三年柿八年（何事も成し遂げるまで年月がかかる）、焼け木杭《ぼっくい》に火がつく（関係あった者同士は元の関係に戻りやすい）、柳に雪折れなし（柔らかいものは堅いものより丈夫）、柳は緑花は紅（物事には自然の理が備わっている）、やはり野に置け蓮華草（ふさわしい環境に置くのが良い）、世の中は三日見ぬ間の桜かな（世の移り変わりの早いこと）、李下《りか》に冠を正さず（誤解を招く行動はしない）、柳眉《りゅうび》を逆立てる（美人がひどく怒る）、連理の枝（仲睦まじい）など、まだまだある。

　花に嵐のたとえもあるさ　さよならだけが人生だ――これは中国の詩人・于武陵《うぶりょう》の五言絶句「勧酒」を作家の井伏鱒二が訳した一節だ。語り継がれて長い時が経つ。

（２０１８・１）

151 —— 全国各市の難読地名を探る

最近、大分市の「米良」の街を歩いた。名は「めら」といった。初めての土地だった。ところで全国の自治体数は一七四一（特別区二三含む）あり、市の総数は七九一（政令市二〇含む）で町は七四四、村は一八三である。

四七都道府県内の市には「難読地名」が数え切れないほどある。各地の「難読地」を探る。自分なりの特徴的な二カ所を抜き取ってみた。

【北海道】函館・椴法華《とどほっけ》、釧路・馬主来《ぱしくる》、【青森】青森・後潟《うしろやち》、弘前・狼森《おいのもり》、【岩手】奥州・皀角《さいかち》、関・口袋《ぐず》、【宮城】栗原・左足《こえだて》、仙台・人来田《ひときた》、【秋田】秋田・鳰崎《におざき》、能代・朴瀬《ほのきせ》、【福島】福島・微温湯《ぬるゆ》、相馬・疣石《いぼいし》、【山形】鶴岡・葈畑《からむしばたけ》、坂田・遊摺部《ゆするべ》、【茨城】笠間・随分附《なむさんづけ》、下妻・高道祖《たかさい》、【栃木】那須塩原・接骨木《にわとこ》、宇都宮・鐺山《こてやま》、【群馬】前橋・橳島《ぬでじま》、桐生・寄日《よっぴ》、【埼玉】深谷・手計《てばか》、行田・利田《かがだ》、【千葉】勝浦・墨名《とな》、千葉・土気《とけ》、【東京】八王子・廿里町《とどりまち》、町田・馬場窪《ばんばくぼ》、【神奈川】横須賀・不入斗《いりやまず》、横浜・汲沢《ぐみざわ》、【新潟】新潟・獺ケ通《うすがどおり》、小千谷・薭生《ひう》、【富山】魚津・山女《あけび》、富山・婦負《ねい》、【石川】輪島・窕《うつろ》、白山・下折《そそり》、【福井】敦賀・愛発《あらち》、福井・曽万布《そんぼ》、【山梨】山梨・切差《きっさつ》、都留・禾生《かせい》、【長野】長野・伺去《しゃり》、飯田・雲母《きらら》、【岐阜】高山・苧生茂《おいも》、岐阜・交人《ましと》、【静岡】浜松・船明《ふなぎら》、富士・赫夜《かぐや》姫《ひめ》、【愛知】岡崎・曲尺手町《かねんてちょう》、名古屋・味鋺《あじま》、【三重】伊賀・生琉里《ふるさと》、津・雲林院《うじい》、【滋賀】甲賀・毛枚《もびら》、大津・苗鹿《のうか》、【京都】京都・艮町《うしとらちょう》、福知山・日置《へき》、【大阪】高槻・出灰《いずりは》、貝塚・秬谷《きびたに》、【兵庫】姫路・丁《よろ》、神戸・敏馬《みぬめ》、【奈良】奈良・杏町《からももちょう》、桜井・外山《とび》、【和歌山】田辺・芳養《はや》、和歌山・吐《はん》前《ざき》、【鳥取】鳥取・倭文《しとり》、米子・車尾《くずも》、【島根】松江・母《ほ》衣町《ろまち》、江津・敬川《うやがわ》、【岡山】岡山・栢谷《かいだに》、井原・出部《いずえ》、【広島】尾道・御調町《みつぎちょう》、広島・己斐《こい》、【山口】下関・員光《かずみつ》、萩・土原《ひじわら》、【徳島】阿南・十八女《さかり》、吉野川・麻植《おえ》、【香川】坂出・迯田《にげた》、丸亀・久米氏《きみようじ》、【愛媛】松山・斎院《さや》、宇和島・申生田《さろうだ》、【高知】宿毛・高石《たこす》、安芸・別役《べっちゃく》、【福岡】久留米・朝帰《あさがえり》、田川・猪位金《いいかね》、【佐賀】佐賀・咾分《おとなぶん》、唐津・切木《きりご》、【長崎】佐世保・山川《やまご》、対馬・豆酘《つつ》、【熊本】荒尾・粢田《しときでん》、熊本・壺川《こせん》、【大分】別府・火売《ほのめ》、日田・川作《こうくり》、【宮崎】西都・銀鏡《しろみ》、延岡・祝子《ほうり》、【鹿児島】鹿児島・賦合《つもりあい》、鹿屋・辰喰《たつばみ》、【沖縄】名護・為又《びいまた》、那覇・安謝《あじゃ》など。

難読オンパレードだった。ところで歴史の地層が厚い大阪には「難読地」がぎょうさんある。幾つかを拾う。立売堀《いたちぼり》、道修町《どしょうまち》、放出《はなてん》、茨田《まった》大宮《おおみや》、喜連《きれ》瓜破《うりわり》、野江《のえ》内代《うちんだい》ときて、住道矢田《すんじゃた》とくる。

（2018・2）

152　人生泣き笑い

人生泣き笑い、という。笑い泣き、とはいわないようだが、生きてゆく中、どちらかというと悲しいこと、辛いことが多いから、まず泣く、すると先には、やがて笑いが生まれ、嬉しさがこみあげてくるようだ。

楽しいばかりの人生というより、苦しいばかりの人生、と思っている方が、暮らしやすく生きやすいようだ。

苦の中にある楽だからこそ苦楽の人生。

あらためて素直に、どんな泣きがあり、笑いがあるのか調べてみた。

すすり泣く、むせび泣く、しのび泣き、もらい泣き、男泣き、大泣き、うれし泣き、夜泣き、うそ泣き、泣き叫ぶ、泣きつく、泣き落とし、くやし泣き、作り泣き、泣き喚く、泣き別れ、泣き縋《すが》る、泣き明かす、泣き立てる、酔い泣き、泣き濡れる、泣き味噌、泣き暮らす、泣き真似、泣き崩れる、泣き沈む、泣き伏す、泣き尽くす、泣きべそをかく、泣き腫らす、泣きかえる、泣き弁慶、泣き相撲、泣き勝る、泣き惑う、泣き暮らす、などあり。

大笑い、苦笑い、艶笑《えんしょう》、高笑い、作り笑い、しのび笑い、失笑、談笑、愛想笑い、照れ笑い、冷笑、目笑《もくしょう》、盗み笑い、カラ笑い、爆笑、うすら笑い、せせら笑い、微笑、大爆笑、思い出し笑い、貰い笑い、哄笑《こうしょう》、歓笑、誘い笑い、微苦笑、放笑、鼻で笑う、含み笑い、馬鹿笑い、追随笑い、社交笑い、愉快笑い、息で笑う、極限笑い、独り笑い、ほくそ笑み、笑殺、笑破、こらえ笑い、たくらみ笑い、お嬢さま笑い、半笑い、引き笑い、一笑、などがある。

多くの俳人や歌人が「泣き」「笑い」を詠んでいる。

名月をとってくれろと泣く子かな　小林一茶

いづくにか少女泣くらむその眸の
うれひ湛えて春の海凪ぐ　若山牧水

故郷やどちらを見ても山笑ふ　正岡子規

かなしめば高く笑ひき酒をもて
悶《もん》を解すといふ年上の友　石川啄木

泣き上戸、笑い上戸は極まるとともに涙が出てくる。なみだは日本語では「涙」「泪」「涕」とある。涙は「サンズイ」に「戻」の形声文字。泪は「目」から流れる水をいう会意文字。利休が秀吉から切腹を命じられた折、残した茶杓の名は「泪」。また涕は「涕泗《ていし》流る」と中国の杜甫の詩にあり「涕」は目からの涙で「泗」は鼻からの涙（鼻水）という。いろんな涙がある。くやし涙、うれし涙、悲しい涙、喜びの涙、涙の数ほど人生がある。

（２０１８・２）

153 東西いろはかるた

言葉遊びの一つ「東西いろはかるた」を並べる。

▼東（江戸）かるた……【い】犬も歩けば棒に当たる、【ろ】論より証拠、【は】花より団子、【に】憎まれっ子世に憚る、【ほ】骨折り損のくたびれ儲け、【へ】屁をひって尻窄《すぼ》める、【と】年寄の冷や水、【ち】塵も積もれば山となる、【り】律儀者の子沢山、【ぬ】盗人の昼寝、【る】瑠璃も玻璃も照らせば光る、【を】老いては子に従え、【わ】割鍋に綴蓋、【か】癩《かったい》の瘡《かさ》うらみ、【よ】葦の髄から天井覗く、【た】旅は道連れ世は情け、【れ】良薬は口に苦し、【そ】総領の甚六、【つ】月夜に釜を抜かれる、【ね】念には念を入れよ、【な】泣きっ面に蜂、【ら】楽あれば苦あり、【む】無理が通れば道理引っ込む、【う】嘘から出た真、【ゐ】芋の煮えたも御存知ない、【の】喉元過ぎれば熱さを忘れる、【お】鬼に金棒、【く】臭い物に蓋をする、【や】安物買いの銭失い、【ま】負けるが勝ち、【け】芸は身を助ける、【ふ】文はやりたし書く手は持たぬ、【こ】子は三界《さんがい》の首っ枷《かせ》、【え】得手に帆を揚ぐ、【て】亭主の好きな赤烏帽子、【あ】頭隠して尻隠さず、【さ】三遍回って煙草にしょ、【き】聞いて極楽見て地獄、【ゆ】油断大敵、【め】目の上の瘤、【み】身から出た錆、【し】知らぬが仏、【ゑ】縁は異なもの味なもの、【ひ】貧乏暇なし、【も】門前の小僧習わぬ経を読む、【せ】背に腹は代えられぬ、【す】粋は身を食う、【京】京の夢大阪の夢。

▼西（大阪）かるた……【い】一を聞いて十を知る、【ろ】六十の三つ子、【に】憎まれっ子神直し、【ほ】惚れたが因果、【へ】下手の長談義、【と】遠い一家より近い隣、【ち】地獄の沙汰も金次第、【り】綸言汗の如し、【る】類を以て集まる、【を】鬼の女房に鬼神、【わ】若い時は二度無い、【か】陰裏の豆もはじけ時、【よ】よこ槌で庭をはく、【た】大食上戸の餅食い、【れ】連木で腹を切る、【そ】袖の振り合わせも他生の縁、【つ】爪に火をともす、【ね】寝耳に水、【な】習わぬ経は読めぬ、【ら】楽して楽知らず、【む】無芸大食、【う】牛を馬にする、【ゐ】炒り豆に花が咲く、【の】野良の節句働き、【お】陰陽師身の上知らず、【く】果報は寝て待て、【や】闇に鉄砲、【ま】待てば甘露の日和あり、【け】下戸の建てた蔵はない、【ふ】武士は食わねど高楊枝、【こ】志は松の葉、【え】閻魔の色事、【て】天道人を殺さず、【あ】阿呆につける薬はない、【さ】さわらぬ神に祟りなし、【き】義理と褌、【み】箕売りが古箕、【し】尻食らえ観音、【ゑ】縁の下の力持ち、【ひ】貧相の重ね食い、【も】桃栗三年柿八年、【せ】背戸《せど》の馬も相口《あいくち》、【す】墨に染まれば黒くなる。それに「京かるた」もある。まさに言葉は壮観。

（2018・2）

154――えっ、こんな「誤変換」いろいろ

　スマホやPCで相手に伝えるメール文が、ありえない表現になっていることがある。えっ、こんな「誤変換」になるのかと驚く。変な文を送れば相手に対して失礼。とにかく慎重な言葉選びと確認が大事だ。慌てることなく、確実な伝達を心掛けよう。誤変換を追う。

　▼置いてかれる感じ↓老いて枯れる感じ、▼感無量です↓缶無料です、▼昨日の今日か↓機能の強化、▼君は歌がうまい↓君は疑うまい、▼イブは空いています↓イブは相手います、▼頑張れたよ↓癌バレたよ、▼あなたのこと理解したい↓あなたの小鳥怪死体、▼親方に礼↓おや肩に霊、▼今、髪とかしてる↓今、神と化してる、▼強盗↓碁打とう、▼今日は見に来てくれてありがとう↓今日はミニ着てくれてありがとう、▼教授会に行く↓今日樹海に行く、▼一番の思い出部活↓一番の重いデブ勝つ、▼元気にしてたかい↓元気にして他界、▼今日中に返信します↓狂獣に変身します、▼パン作ってる↓パンツ食ってる、▼励ましておくれ↓ハゲ増し手遅れ、▼部隊活動↓豚以下集う、▼一緒に住もう↓一緒に相撲、▼取引先に行きます↓鳥引き裂きに行きます、▼顔、何回も見たい↓顔、なんか芋みたい、▼魚市場↓咲かない千葉、▼正解はお金↓政界はお金、▼ハイ写真だよ↓歯医者死んだよ、▼俺の秘密、知りたいか↓俺の秘密、尻退化、▼むちゃくちゃ安いし↓むちゃくちゃや水死、▼死ぬまで挑み続けろ↓死ぬまで井戸見続けろ、▼白うさぎの一生↓知ろう詐欺の一生、▼ビール飲み放題↓ビールの見放題、▼謹賀新年↓金が新年、▼自動的に回ります↓児童敵に回ります、▼恋人たちの季節↓恋人立ち退き説、▼おや地震だ↓親父死んだ、▼助走して跳べ↓女装して飛べ、▼新社会人になった↓新車灰塵になった、▼おやつ買わないと↓親使わないと、▼経済波及効果↓経済は急降下、▼神が死んだ↓紙が芯だ、▼俺はまだ行ける↓俺は真鯛蹴る、▼デートの相手がいれば↓デートの相手が入れ歯、▼もう死んでいる↓猛進でいる、▼君と登った栗の木↓君とのボッタクリの気、▼告白して成功したの↓告白して性交したの、▼だいたいコツをつかみました↓大腿骨をつかみました、▼今日ケンカした君↓狂犬化した君、▼予定に狂いは無い↓予定肉類は無い、▼ごめん、寝とった↓ごめん、寝取った、▼君は本当に足綺麗だね↓君は本当に悪しき例だね、など。

　とにかく、簡単に送れるメールは、誤字、脱字、変換ミスに気をつけるしかない。

（2018・2）

155　四季の空詠む俳句

空の高さは変わらないが、湯気が原因で春から夏は「空が低く」見え、秋から冬は「空が高く」感じられるようだ。空の見方も様々だが「空」は「くう、から、あき、むなしい」などの意味で「無」が強調される傾向にある。四季の「空を眺め」素直に詠んだ俳句を追う。

春の空

春の空人仰ぎゐる我も見る　高濱虚子
行く春の空に煙吐く湯殿哉　会津八一
春の空日の輪いくつも色となり　阿部みどり女
死んで花が咲くなら死にます春の空　内田南草
日輪をかくして春の空ひろし　長谷川かな女
死は春の空の渚に遊ぶべし　石原八束
天壇や弓のごとくに春の空　鷹羽狩行

夏の空

お山樹のゆらぎ雲ゆく夏の空　臼田亜浪
紅き海名のみにすぎぬ夏の空　横山利一
薬師寺の新しき塔夏の空　星野　椿
伐りごろの杉そそり立つ夏の空　福田甲子雄
肛門を今蔵《しま》いけり夏の空　永田耕衣
夏の空歌の碑《いしぶ》み雲のなか　雪島東風
白きもの干して広さよ夏の空　篠原温亭

秋の空

たましひは先を行くなり秋の空　三橋敏雄
すさまじき雲の走りや秋の空　正岡子規
わが比叡比良と嶺わかつ秋の空　橋本多佳子
秋の空虎落《もがり》の上を行く蜻蛉　河東碧梧桐
秋の空蒼し秋空に対きて恥づ　三橋鷹女
晴れくもる樹の相形や秋の空　飯田蛇笏
旗雲と飛行機雲と秋の空　山口青邨

冬の空

コスモスの花はあれども冬の空　原　石鼎
畑あり家ありここら冬の空　波多野爽波
冬の空玻璃戸惑あるものに思ふ　細見綾子
冬の空水美しくありしのみ　飯田龍太
恬然として我は見る冬の空　高野素十
三井の鐘聞てほどけや冬の空　智月尼
冬の空青し嵐山寂びれけり　日野草城

『万葉集』に「たもとほり行箕《ゆきみ》の里に妹を置きて心空《そら》なり土は踏めども」とあり「心空なり」の解説がある。
まさに大らかな自然の中での眺めは、広がる大空を眺めながら「うわの空」が最適のようだ。

（2018・2）

156　一字違いで大違い

日本語の使い方は微妙。一字違いで大違い、大化けすることがある。だから言葉遣いには十分な気遣いが必要だと思う。言葉一つによってクレーム。譬え話だが、ある航空会社の機内アナウンスで「みなさま、本日は、ご搭乗いただき、ありがとうございました」に文句がついた。それは「本日は」ではなく「本日も」だろうと、いつも利用する者にとっては確かに「本日も」になる。検討の結果「は」は「も」に変わったという。またタクシー会社でも「か」が「ね」に変わったそうだ。乗車したお客が「○○お願いします」というのに「○○ですか」と確認すると、「か」は微妙に相手を蔑んだニュアンスを含む、との意見から「○○ですね」と復唱するお客さまを不愉快にさせせない訊ね方の「ね」になった。

一字で気持ちいい時もあれば、気分を悪くする時もある。一字に気を付けることが大事なようだ。

あんこ→はんこ、チケット→ラケット、高速道路→光速道路、ペン→パン、生徒→毛糸、ピザ→ビザ、ソケット→ポケット、てがた→こがた、砂糖→無糖、いか→いし、あととり→あやとり、くび→ゆび、冷蔵庫→冷凍庫、あかん→おかん、夫婦別姓→夫婦別居、とり→あり、迷子→舞子、カルト→タルト、いたい→したい、など多数。

更に、菓子は嬉しい、火事は恐ろしい。禿に毛無し、刷毛に毛有り。クイズに当たるとビデオ、クイズにアダルトビデオ。的は当たるが、窓は外れる、などがある。また日本の一〇〇円ショップ「ダイソー」が商標類似の裁判で、韓国の「ダサソー」に敗訴したとか、その後、逆転判決。裁判までいった一字。

そう、遡れば、昔の狂歌にもある。

桜花散りか引くもれおいらんの
　来むといふなる道まがふかに

桜花散りか引くもれおいらくの
　来むといふなる道まがふかに

君が代は千代に八千代にさされ石の
　いわおと成りてこけのむすまで

君が代は千代に八千代にさされ石の
　いわおと成りてこけのむすまめ

とにかく「一字」に泣き笑いがある。レストランでの注文で「コーヒーでいいです」と「コーヒーがいいです」の「で」と「が」ある。この場合の「で」は面倒くさい否定で、「が」は希望したい肯定の意味だそうだ。注文に変わりないが、いい意味がいい。一字は難しい。

（2018・3）

157　三尺箸――地獄と極楽の食事

仏教説話に「三尺箸」がある。三尺（九十余センチ）、いわゆる、なが～い箸、の話である。この伝えは箸がスプーンに変わったりして世界中に残っているようだ。箸を使って食事をする様子で教えを説いている。欲と徳を学ぶ楽しい話だ。ストーリーを要約する。

昔、ある人がエンマ大王に地獄と極楽はどんなところですか、と訊くと、様子を見せてあげよう、と案内された。丁度、食事時だった。ここでは、なが～い箸で食事をしなければならない決まりがあるという。食卓には、たっぷりご馳走が並んでいた。

地獄の食事は、皆さん、食べよう、食べようと我さきに、がむしゃらになって、なが～い箸で自分の口に食べ物を運ぶのだが、箸が長すぎて、どうしても口に入らず、隣の人のものを取っては喧嘩になり、争いが絶えなかった。それで、食べ物を口にすることが出来ないまま、痩せ衰え、結局、地獄の底に行くしかなかった。

一方、極楽の食事は、なが～い箸を使って馳走を摘まみ、向かいにいる人の口にゆっくり運んで食べさせる。お互いに与え合うことで、お腹も満腹になり、愉しい食事ができる生活になる、という話だ。

とにかく人は召されて地獄か極楽に逝くのだが、そこで長い箸を使う食事。地獄では「自分だけに」使うため、食べられず餓死するが、極楽は「相手に食べさせる」のに使うので満腹になる。当たり前の話。だが、近年、この当たり前の話に知恵を絞らない人が多い。

昔の人が言う「情けは人の為ならず」は「自利利他」の言葉と同じで「相手のために尽くすことが、自分のためになる」の意だが、現代人に、この心根を持つ人がどれくらいいるだろうか。普通の暮らしの中で「当り前のことを当り前にしてくれた善行に、ほんのり心が温まりました」と聞いたことがある。というのは裏返せばちょっとした「当り前」が特異に映る世の中になっているということだろう。極端で大袈裟な言い方かもしれないが、「当り前」がどんなものかさえ判らない〝迷人間〟を育ててきたのではなかろうかと思う。

ここで「三尺」を調べると、曲尺《かねじゃく》で約九一センチ、鯨《くじら》尺《じゃく》で約一一四センチだそうだ。また顔の頬被りや鉢巻きは「三尺手拭い」といい、「三尺高し」は罪人の足を地上から三尺の位置で縛る、磔《はりつけ》のことを指すらしい。そして「三尺帯」は男の帯だそうだ。とにかく「三尺下がって師の影を踏まず」の精神で生きていれば万事全て良し。

（２０１８・３）

158　鉄腕アトムの歌が二つある

手塚治虫の『鉄腕アトム』は、未来を舞台に人間の感情を持つ少年ロボットが活躍する物語である。

一九五一年初出の「アトム大使」の登場人物のアトムを主人公に、翌年から連載が始まったSF漫画である。時が経つにつれてアトム人気は高まり、一九六三年、テレビアニメ版が登場した。

主題歌として、多くの人の記憶に残っていると言っていい高井達雄のメロディーに谷川俊太郎の「鉄腕アトム」の詞が添えられた。

谷川の作詞をみる。

空を超えて　ラララ　星の彼方／ゆくぞ　アトム　ジェットの限り／心やさし　ラララ　科学の子／十万馬力だ　鉄腕アトム

耳をすませ　ラララ　目をみはれ／そうだ　アトム　油断をするな／心正しい　ラララ　科学の子／七つの威力さ　鉄腕アトム

街角に　ラララ　海のそこに／今日も　アトム　人間まもって／心はずむ　ラララ　科学の子／みんなの友だち　鉄腕アトム

ところが、別の「鉄腕アトム」の歌が実写版で一九五九年、すでに生まれていた。アトムが、いかに国民に親しまれ浸透していたかがわかる。

実は、高井・谷川コンビよりも四年前、青木義久作詞・益田克幸作曲でテレビ放映もされていたのである。

青木の作詞をみる。

僕は無敵だ鉄腕アトム／よい子のために戦うぞ／勝ったつもりか敗けはしないぞ／さあ来い悪者やってこい／ジェット推進十万馬力／僕は鉄腕アトム／七つの偉力を持っている

僕はよい子だ鉄腕アトム／困った時にはとんできて／パンチだ空手だ正義の力だぞ／いつでもどこでも大勝利／ジェット推進十万馬力／僕は鉄腕アトム／七つの偉力を持っている

僕らのアトムはみんなのために／どんなとこでも飛んで行く／僕等も一緒に力を合わせ／平和な世界を作るんだ／ジェット推進十万馬力／僕は鉄腕アトム／七つの偉力を持っている

子どもたちの夢を育む「鉄腕アトム」の歌が二つあった。どちらがいいというのではないが、やはり人の記憶に残るのは、人へのさりげない優しさのあるものが、心に染み渡るようだ。

（2018・3）

159　誰もが知る「世界一有名な歌」

世界中の子どももお年寄りも誰もが知っていて、誰もが唄ってきて、これからも唄うだろう「世界一有名な歌」を知っていますか、と問われ、すぐに回答できなかった。答は簡単、まさに万人共通の歌で、生活のそばにある「ハッピー・バースデー・トゥーユー」だった。

歌は、一八九三年、アメリカのヒル姉妹（姉＝ミルドレッド・J・ヒル／妹＝パティ・S・ヒル）の作詞・作曲した「Good Morning to All」のメロディーが原曲といわれる。

姉妹が経営する幼稚園の子ども達への挨拶として創られた歌という。

Good Morning to you, Good Morning to you,
Good Morning, dear children, Good Morning to all.

歌が「おはよう」から「おめでとう」に替わったのは一九二四年、童謡の音楽本出版の折、一番だけでは短いと、当時、替え歌で流行っていた「Birth」を追加すると二番の方が有名になり「Happy Birthday to you」として歌い継がれた。

ところが、「Happy…」の歌が広まるにつれ「著作権使用料」問題などで歌は紆余曲折を経ることになる。裁判沙汰にもなり、結果、著作権は「歌に関する一切の権利について無効」の判決が下された。そして、晴れてパブリック・ドメインの「みんなの歌」になったのは二〇一六年のようだ。

歌の歩みもいろいろ歴史を持つものなんだ。

ところで、日本で一番唄われる歌はと訊くと、ある調査のシングルランキングでは「毎日毎日　僕らは鉄板の上で焼かれて　嫌になっちゃうよ　ある朝　僕は　店のおじさんと……」の子門正人「およげ！たいやきくん」（高田ひろお作詞・佐瀬寿一作曲）だそうだ。

また、カラオケランキングでは「№1にならなくてもいい　もともと特別なOnly one　花屋の店先に並んだいろんな花を見ていた　ひとそれぞれ好みはあるけどどれもみんなきれいだね……」のSMAP「世界に一つだけの花」（槇原敬之作詞・作曲）という。

しかし、人々の侃々諤々、議論激論の結果、日本一の歌は、やはり国家の「君が代」だろう、となったそうだ。

君が代は　千代に八千代に　さざれ石の
いわおとなりて　苔のむすまで

（２０１８・３）

160　死語をつなげてみる

　言葉は人を魅了する。ひらがな、カタカナ、漢字の日本語が「絵」に見える時がある。

　日々の「ことば」は、いつしか生まれ、生きて、やがて消え、死語となるようだ。

　昭和五九年（一九八四）から自由国民社によって、一年間、国民が使い、世相を反映した「ことば」を「新語・流行語」として選び発表するようになった。

　スタートの「ことば」は「オシンドローム、まるきんまるび」で、最新（平成二九（二〇一八）年）は「インスタ映え、忖度」だった。

　人の心は移ろいやすいのか、機会あれば使っていた「ことば」は、いつの間にか記憶の彼方に消え去る。不思議な現象だ。使われなくなった「ことば」は死語として記録されているだけだが、時折、蘇る。

　これまでの時を超え、記憶の襞《ひだ》に刻まれた死語を拾ってつなげてみる。

　ハンサムボーイが逆ナンでイケてるとスケこましにちょっとタンマでガチョーン。アジャパーもオヨヨもおどろ木もものの木さんしょの木でマブぃだっちゅーのっ。インテリげんちゃんとウォーリーを探せとハッスルにがってん承知のすけ。金妻のオバタリアンもオールド・ミスもお茶の子さいさいでちかれたびー。ユーはパンタロンでグーよグーのノリノリにコクる新人類はちちんぷいぷい。おたんこなすのガングロとスケ番におとどい来やがれにゆるしてチョンマゲ。チョンボでボインちゃんにバイバイキンかアイアイサーでところがぎっちょん。ハイカラなネアカのオカチメンコと二十四時間戦えますかと冗談はよしこちゃん。おこんばんはのおやじギャルにだいじょうVでエッチスケッチワンタッチ。かわい子ちゃんとシケこむかトンズラにああ言えば上祐がぴったしカンカン。ミーハーかアンノン族かキャピキャピかちょちょいのちょいでそんなバナナ。むっつりスケベはイモくさいがウーマンリブも困ったちゃんでごめんごめん。パラドルにホの字で胸キュンはすっとこどっこいのざまあ味噌漬けでドンマイ。キープくんがモーレツにチョメチヨメの当たり前田のクラッカーでフィーバー。銀ブラでアベックがミリキ的なカッコマンにバッチグーにあっと驚くタメ五郎。

　とにかく人は「ことば」一言によって生かされもすれば死にもする。どんな相手にも「ことば」は選んで伝えることが大切。もっと生きる「ことば」を探そう。

（2018・5）

161――執着しすぎて羞恥心をなくす

生き方の洗濯（選択）をたまにはした方がいいようだ。還暦を過ぎると古希まではあっという間だった。人生五〇年から八〇年になり、まだまだ延びそうな高齢化社会に突入している。歳を取ると頑固者は、さらに頑固になる傾向がある。ある時、物事にこだわった折に妻から「執着しすぎると羞恥心をなくしますよ」の言葉が飛んできた。そうか、大したことでもないのに、妙に意固地になってしまったようだ。例えば「こうしなければならない」や「こうあるべき」との思いが強くても、よ～く考えてみれば「なくてもいい」し、そんなに拘《こだわ》ることでもない、重要ではないことの方が多い。歳を取れば取るほど判らなくなるようだ。老いては子に従え、という。歳が物事を「正しく判断」するとは限らない。

　ところで、執着は「しゅうちゃく」と読んでいたが、これは慣用読みだそうで、本来の読みは「しゅうじゃく」が正しいという。慣用読みに慣れて、これは「しゅうちゃく」と読むのだ、と拘ってきた気がする。それが違っていたのだ。まさに執着していた。このような慣用読みが勝っている言葉に消耗（しょうもう→しょうこう）、洗滌（せんじょう→せんてき）、端緒（たんちょ→たんしょ）などがある。そして、憑りついて離れない意味が付く「執」は、固執、確執、執拗、執心など人間の根っこにある執念を想起させる。また「終着」駅もあれば「祝着」至極に存じます、と言い、「しゅうちゃく」も色々。

　こだわりの極に「執着」があるならば、はじらいの極は「羞恥」だろうか。「羞」も「恥」も「はずかしい」の意。まさに「覆い隠す」ほどの「失態」を表現する「羞恥」を現代人は、どれほど持っているだろうか。そもそも「羞恥」の概念さえも解ってない有象無象の無知人間が溢れているのではなかろうか。無感情であれば「羞恥」が何たるかを知らないだろう。今「恥ずかしい」気持ちを持たない人間が闊歩していると思うと恐ろしい。併せてモノ、コトに「執着」する人間が大量生産されていて、オタク人間の増え方を見ると、慄然とする。

　作家の太宰治は「含羞《がんしゅう》の人、そんな人に私はなりたいのだ。じいさんになってもね。……含羞。いい言葉だ。羞じらいを含む」と言ったそうだ。また「ハニカミを忘れた国は文明国ではない」という言葉もあるようだ。

　こだわりに関わって「執着を手放すと叶う」という言葉があることを知り、山頭火に「ぬいてもぬいても草の執着をぬく」と詠んだ句も拾った。

（２０１８・６）

162　四季の山を詠んできた

日本人の感性は、春、夏、秋、冬の四季によって育まれ、多くの言葉が生み出されてきた。句や歌は心の襞を潤す効果を持っているようだ。季節そのものが言葉を包み込んでいるように思えてならない。人がそれを掬い取り、カタチにしているに過ぎないのだろう。

田舎に住んで周りを見れば、里山を含め、ごく自然に山の姿が目にはいる。同じ山なのだが、たたずむ姿は季節ごとに変化する。春夏秋冬の山を詠んだ俳人の句を探してみた。まず高濱虚子と飯田蛇笏が詠んだ四季の山、それと女流俳人が詠む山の句を拾った。

春山の名もをかしさや鷹ケ峰　虚子
春山や鳶のたかさを見て憩ふ　蛇笏
夏山の小村の夕静かなり　虚子
夏山や又大川にめぐりあふ　蛇笏
秋山や櫟《くぬぎ》をはじき笹を分け　虚子
秋山やこの道遠き雲と我　蛇笏
冬山に隠れ住むともいふべかり　虚子
冬山に枯木を折りて音を聞く　蛇笏
春山に鬼女は孕《はら》めり佐渡ケ島　中村苑子
春山の斜面切株ある若さ　細見綾子
夏山の重なりうつる月夜かな　長谷川かな女
夏山に親のとほりの黒い傘　飯島晴子
秋山に映りて消えし花火かな　杉田久女
秋山に遊ぶや宙を運ばれて　山口波津女
冬山も町の広さも新居より　中村汀女
冬山や岩のおもての観世音　石橋秀野

俳句の季語、春の「山笑う」、夏の「山滴る」、秋の「山粧う」、冬の「山眠る」は、中国の山水画家・郭熙《かくき》の画論『臥遊録』に記す、移ろう季節の山の姿に由る。

春山淡冶而如笑（春山は淡冶にして笑うが如く）
夏山蒼翠而如滴（夏山は蒼翠にして滴るが如く）
秋山明浄而如粧（秋山は明浄にして粧うが如く）
冬山惨淡而如睡（冬山は惨淡として眠るが如く）

また時代を超えて四季の山を詠む歌もある。遺され、伝わる歌人の歌も拾う。

「春山の霧に惑へる鶯も　吾れにまさりて物思はめやも」（柿本人麻呂）、「夏山の影をしげみや玉ほこの　道行き人も立ちどまるらむ」（紀貫之）、「秋山にもみつ木の葉のうつりなば　さらにや秋を見まく欲《ほ》りせむ」（山部王）、「冬山の春にむかふを一人して　見んとおもふに来つる君かも」（中村憲吉）など多い。

（２０１８・６）

163　川の四季を詠んでいる

日本三大随筆は、鴨長明『方丈記』、吉田兼好『徒然草』、清少納言『枕草子』といわれている。

人の生きゆく道すじなど、示唆に富む言葉が心に染む。鴨長明（一一五五～一二一六）の著した『方丈記』は漢字と仮名の混ざった和漢混淆文の最初の優れた作品で、乱世いかに生きるべきかの人生論だろう。

人のうつりゆく心のはかなさが綴られている。

　ゆく川の流れは絶えずして、しかも、もとの水にあらず。淀みに浮ぶうたかたは、かつ消えかつ結びて、久しくとどまりたるためしなし。世の中にある人とすみかと、またかくのごとし。（略）　（『方丈記』）

川の流れと同じで、人の心はとどまることを知らない。

川の四季を詠む歌がある。

春川のながれの岸に生ふる草
　摘みてし食へば若やぐらしも　斎藤茂吉
夏川に木皿しずめて洗いいし
　少女はすでにわが内に棲む　寺山修司
ゆく秋の川びんびんと冷え緊まる
　夕岸を行き鎮めがたきぞ　佐佐木幸綱
冬の川しづかにのぼるふた魚を
　見失ふまで見て歩み出す　川野里子

川の流れの水面は、いろんな表情を映しだす。四季の川を詠む句もある。

春川の日暮れんとする水嵩かな　村上鬼城
春の川くぬぎ林の裾流れ　細見綾子
夏川に濯ぎて遠き子と思ふ　中村汀女
夏の川汽車の車輪の下に鳴る　山口誓子
秋川の音のかなたに父母います　金子兜太
秋の川じんじんじんと卑下したり　寺井谷子
冬川にごみを流してもどる　尾崎放哉
冬の川はなればなれに紙ながる　桂　信子

国内の川の数を見てみると一級河川（国管理）一〇九水系一万三九五五、二級河川（都道府県管理）二七一八系七〇五二、準用河川（市町村管理）二五二四水系一万四二五三で合計三万五二六〇河川がある。そして最長の川は新潟、長野を流れる「信濃川」（三六七キロメートル）といい、最も短い川は和歌山の那智勝浦町にある湧水の「ぶつぶつ川」（一三・五メートル）という。

国土の川もあれば空の川もある。天の川を二句。

くちつけてくづれて死なむ天の川　西東三鬼
天の川すこしねぢれて星が飛ぶ　正岡子規

（2018・6）

164　元をたずねて、なるほど

　言葉の元をたずねてみる。『故事ことわざ辞典』などで「そうか、なるほど」と腑に落ちる。生活の中で、ごく普通に、さりげなく思う言葉の由来を探るのも楽しい。

　花の中でれんげ草が好きだ。で「やはり野に置け蓮華草」は、播磨の俳人・滝野瓢水《ひょうすい》が遊女の身請けをする友をいさめた「手に取るなやはり野に置け蓮華草」に由る。

　「一か八か」は、「一」は「丁」の上部分、「八」は「半」の上部分からで、まさに「丁」「半」博打の言葉が由来。

　「急がば回れ」は、連歌師・宗長の「もののふの矢橋の船は速けれど急がば回れ瀬田の長橋」からきている。

　「世の中は三日見ぬ間の桜かな」は、江戸の俳人・大島蓼太《りょうた》の「世の中は三日見ぬ間に桜かな」で「に」が「の」に替わっている。「馬を牛と言う」は、権力などを利用して主張を無理に通すことで、「午（十二支）の字は頭を出すと牛になる」という。

　果実を植えて実がなるまでを「桃栗三年柿八年」と事の成るまで年月がかかる。後には「枇杷は九年でなりかねる、梅は酸いとて十三年、柚子の大馬鹿十八年」などと続く。「蝶よ花よ」は、親が子を大事に育てることで、平安時代は「花や蝶や」、江戸時代は「蝶や花や」に替わり、明治以降の言い方。「ちやほや」は「蝶や花や」の略。

　「山高きが故に貴からず」は、価値は見かけではなく実質が伴ってこそのこと。平安時代の教訓書に「山高きが故に貴からず、樹有るを以て貴しと為す。人肥えたるが故に貴からず、智有るを以て貴しと為す」に基づく。

　「明日ありと思う心の仇桜」は、明日はどうなるかわからない無常を説く言葉で、『親鸞上人絵詞伝』に「明日ありと思ふ心の仇桜、夜半に嵐の吹かぬものかは」と記す。

　ものごとは刹那の変化を繰り返す、人生の儚さを表す「諸行無常」は「諸行無常　諸法無我　涅槃寂静」の『三法印』の一つ。また『涅槃経』の「諸行無常　是正滅法　生滅滅已　寂滅為楽」は「諸行無常偶」という。『平家物語』にも「諸行無常の響きあり」とある。

　幸福と災禍は表裏一体、成功も失敗も縄のように表裏をなすという「禍福は糾える縄の如し」は、『史記』に「禍に因りて福を為す。成敗の転ずるは、たとえば糾える縄の如し」とあり、『漢書』には「それ禍と福とは、何ぞ糾える縄に異ならん」とある。「清濁併せ呑む」は、大海に清流も濁流も流れ込むように、善人でも悪人でも、賢者でも愚者でも、受け入れる度量を持つことだが、誤用例には、清酒と濁酒を合せ呑む意味ではないと記す。

（２０１８・６）

165——四季の野を詠んでいた

田舎の暮らしは、まさに「野」のど真ん中。雑草生い茂るが、コンクリートよりは潤いある生活がおくれるようだ。その「野」は「の」であり「や」であり「ぬ」でもある。花野、裾野、枯野などは「の」、野外、原野、林野などは「や」で、万葉仮名の「ぬ」もある。暮らしを包む野の中で多くの俳人、歌人が「野」を詠んでいた。

言葉の海を泳いで拾った。

春の野や牛と馬との道二つ　正岡子規
春の野に機関銃など磨いてる　岸本マチ子
春野面見れば虫さへ幼しや　三橋敏雄
音高き春の野水に歩をとゞめ　高濱虚子
君がため春の野に出でて若菜摘む
　我が衣手に雪は降りつつ　光孝天皇
春の野にすみれ摘みにと来しわれそ
　野をなつかしみ一夜寝にける　山部赤人
夏野ゆく夏野の果も夏野なる　桂 信子
一すぢの道はまよはぬ夏野かな　蝶夢
頭の中で白い夏野となつてゐる　高屋窓秋
夏野なり夕方は月が出るだけ　金子兜太
夏野行く牡鹿の角の束の間も
　妹が心を忘れて思へや　柿本人麻呂
夏の野の茂みに咲ける姫百合の
　知らえぬ恋は苦しきものそ　大伴坂上郎女
秋の野に鈴鳴らし行く人見えず　川端康成
秋の野や草の中ゆく風の音　松尾芭蕉
秋の野に立つて秋野を見ざるなり　永田耕衣
秋野ゝに五色の馬の遊びけり　各務支考《かがみしこう》
秋の野に咲ける秋萩秋風に
　靡ける上に秋の露置けり　大伴家持
秋の野に咲きたる花を指折り
　かき数ふれば七種の花　山上憶良
冬の野は小さき白き城を置く　山口青邨
冬野来る靴音か父母に逢う音か　長谷川かな女
そのまゝの去歳をことしの冬野哉　幸田露伴
電線の光とぎれて冬の野へ　阿部みどり女
冬野にはこがらやまがらとび散りて
　またいろいろの草の原かな　藤原信実
草も木もかれはてしより冬の野の
　月はくまなく成にけるかな　樋口一葉

日本の四季は春夏秋冬。彩り深い中で過ごす。言葉も百花繚乱、見事「野」に散る。

（2018・7）

166　四季の海を詠む

旅を愛し、海を詠んだ歌人といえば若山牧水（一八八五～一九二八）を思う。彼の代表作の「幾山河越えさり行かば寂しさのはてなむ国ぞ今日も旅ゆく」と「白鳥はかなしからずや空の青海のあをにも染まずただよふ」は多くの人に愛唱されている。

牧水は宮崎県日向市出身。明治四一年（一九〇八）早大卒業後、処女歌集『海の声』を出版。新聞社に入社するも退社。四四年に詩歌雑誌「創作」を主宰し作歌活動を続け、四五年には石川啄木の臨終に立ち会う。

大正九年（一九二〇）静岡県沼津市の自然を愛して一家で移り住んだ。富士を眺めながらの生活だったようだ。

牧水の四季の海を詠んだ歌を読む。

春の海のみどりうるみぬあめつちに
　君が髪の香満ちわたる見ゆ

春の海さして船行く山かげの
　名もなき港昼の鐘鳴る

潮光る南の夏の海走り
　日を仰げども愁ひ消やらず

帆のかげや浪はみどりに御頬は
　紅うそまりぬ初夏の海

別れ来て船にのぼれば旅人の
　ひとりとなりぬはつ秋の海

秋の海阿蘇の火見ゆと旅人は
　帆かげにつどふ浪死せる夜を

冬の海にうねりあひたる大きうねり
　ひまなくうねり山なせるかも

相打てる浪はてしなき冬の海の
　ひたと黒みつ日の落ちぬれば

春、夏、秋、冬の海。歌人が詠む歌があれば、多くの俳人が詠む句もある。

春の海ひねもすのたりのたりかな　与謝蕪村
法然寺より春の山春の海　森　澄雄
夏の海これより先は海の夏　桂　信子
夏海へ灯台みちの穂麦かな　飯田蛇笏
秋の海つとひらけたる砂丘かな　星野立子
つらつらと船ならびけり秋の海　正岡子規
冬の海炎えたちこころ放浪す　柴田白葉女
冬海の巌も人型うるさしや　西東三鬼《さいとうさんき》

牧水の名は、母「まき」と生家周りに流れる「水」から採った名。ところで『万葉集』に「天の海に雲の波立ち月の船星の林に漕ぎ隠る見ゆ」（柿本人麻呂）がある。

（２０１８・７）

167 動・植物ことば色々

川端康成『化粧の天使達』の「花」の一文に「別れる男に、花の名を一つは教えておきなさい。花は毎年必ず咲きます」とある。

さりげない記憶の残し方なのだろう、洒落ている。

ところで、動物や植物名が登場する言葉がある。善悪はともかく探してみる。

【動物】犬猿の仲（仲が非常に良くない）、虎の威を借る狐（強い者の力を借りて威張る）、海老で鯛を釣る（僅かな元手で大きな利益を得る）、鵜の目鷹の目（獲物を狙う鋭い目つき）、虻蜂取らず（欲張ると何も得ない）、亀の年を鶴が羨む（欲は際限がない）、蛇に睨まれた蛙（身が竦《すく》んで動けない）、鳶が鷹を生む（平凡な親から優れた子が生まれる）、牛を馬に乗り換える（都合のいい方につく）、竜頭蛇尾（初め勢いがいいが次第になくなる）、竜虎《りゅうこ》相搏《う》つ（傑出した強者の戦い）、兎の罠に狐がかかる（思わぬ幸運が来る）、前門の虎後門《こうもん》の狼（災難を逃れても、次の災難が又来る）、鶏口となるも牛後となるなかれ（小集団の長の方が大集団の下っ端より良い）、窮鼠猫を噛む（追いつめられると必死の反撃をする）、鳴く蟬よりも鳴かぬ蛍が身を焦がす（口に出して言うより黙っている方が思いは切実）、雀の千声《せんこえ》鶴の一声（愚者の多言より賢者の一言）、竜の鬚《ひげ》を撫で虎の尾を踏む（危険を冒すこと）などには二つの動物がいる。

【植物】枯れ木に花（衰えたものが再び栄える）、木に竹を接《つ》ぐ（不自然辻褄あわず）、六日の菖蒲十日の菊（時期遅れで役に立たない）、いずれ菖蒲か杜若《かきつばた》（どちらも優れて決めかねる）、根も葉もない（でたらめ）、三草二木《さんそうにもく》（仏陀の教えで誰でも等しく悟りを開く）、草木も靡く（多くの人が服従する）、番茶も出花（年頃は美しい）、竹頭木屑《ちくとうぼくせつ》（つまらないものでも何かの役に立つ）、驚き桃の木山椒の木（たいそうな驚き）、瓜の蔓に茄子はならぬ（平凡な親から非凡な子は生まれない）、椋の木の下にて榎の実を拾う（無茶苦茶に我を張る）、松柏之操《しょうはくのみさお》（節操を変えぬ意志の強さ）、桜伐る馬鹿梅伐らぬ馬鹿（樹木の剪定は木の特性に沿うこと）、倹約と吝嗇《りんしょく》は水仙と葱（見た目は似ているが全く違う）、麻の中の蓬（良い環境では善が生ずる）、内の米の飯より隣の麦飯（他人のものが良く見える）、栴檀《せんだん》は双葉より芳《かんば》し（俊才は子供の時から優れている）、草木も眠る（静まりかえる）など二つの植物がある。

詩人の谷川俊太郎は「言葉はサラダみたいなところがあって、いろんな材料で組み立てていく楽しさがある」という。さすが生活の中で言葉を生む詩人だ。

（2018・7）

168　諺の中、数字色々

数字の入った諺は数限りなくある。

一から十までを探してみる。

浮世の苦楽は壁一重（良いことばかりは続かない）、天は二物を与えず（完璧な人などいない）、仏の顔も三度まで（何度も無礼をされると怒る）、丸い卵も切りようで四角（物も言いようで角が立つ）、江戸っ子は五月の鯉の吹き流し（腹の中はさっぱりしている）、総領の甚六（長男は世間知らずが多い）、七度尋ねて人を疑え（むやみに人を疑ってはいけない）、腹八分目に医者いらず（健康に良い食べ方）、君子に九思あり（九つの心がけるべきこと）、泥棒も十年（何事も習得するまで修行がいる）とあり、一を聞いて十を知る（賢く理解力がある）などがある。

十以上の数字ことばも数え切れない。

後の百より今五十（確実に手に入るものの方がよい）、総領の十五は貧乏の世盛り（暮らしが苦しい時期）、姑の十七見た者がない（昔の話はあてにならない）、鬼も十八番茶も出花（年頃になると魅力が出てくる）、二十後家は立つが三十後家は立たぬ（長い夫婦生活を送った寡婦は再婚が多い）、三十の尻括《くく》り（堅実な暮らしができるようになる）、三十六計逃げるに如かず（面倒な時は逃げるのが一番）、うかうか三十きょろきょろ四十（目的を持たずに生活をする）、人の意見は四十まで（そこそこ年配者の考えは尊重する）、四十八手（技が多いこと）、四十九日（命日から四十九日目にする法要）、人生僅か五十年（人の一生は短い）、六十の手習い（歳を取って学びを始める）、人の噂も七十五日（世間のあれこれ噂も長くは続かない）、八十八夜の別れ霜（季節最後の霜）などもある。

俳句にも数字の入る句が詠まれている。

三《みつ》椏《また》の花三三が九三三が九　稲畑汀子
牡丹百二百三百門一つ　阿波野青畝
奈良七重七堂伽藍八重桜　松尾芭蕉
ゆらぎ見ゆ百の椿が三百に　高濱虚子
鶏頭の十四五本もありぬべし　正岡子規
梅一輪一輪ほどの暖かさ　服部嵐雪

百の数を超えることばもかなりの数ある。

万事休す（万策尽きておしまい）、お前百までわしゃ九十九まで（夫婦仲良く暮らす）、触り三百（関わり合ったばっかりに損をする）、八百長（なれあいの勝負）、渡世は八百八品（生き方はいくらでも方法がある）、千秋楽（興行の最終日）、人間万事塞翁が馬（人生の幸不幸は予測できない）などである。

（2018・7）

日常生活の中で、TVにはCM、Tシャツの子がウルトラCの演技を披露してVサインをする、WCでBGMを聴く、などローマ字が溢れている。

俳句や短歌にも「ローマ字」が少しずつ現れている。

花びらのような唇で少女A　藤原　文
少女A父は樹海の奥にすむ　松橋剣心
旅終へてよりB面の夏休　黛まどか
B29の音が今でも耳にある　猿田寒坊
雷のC来てこんどどんとK　坪内稔典
定年へ野菜食のA・B・C　田中寄木
ABCDを習ふ教室木の芽晴れ　服部マツ
胸の奥を今もD51走ってる　荒川祥一郎
DNA積木の遊びAND　中橋大通
F1のエンジン焚かる炎暑かな　向井未来
NGが人気番組平和です　佐々木暁
一ラウンドKOで負けても男　児島ヒサト
N夫人ふわりと夏の脚を組む　坪内稔典
風鈴のT音家電器のP音　伊丹三樹彦
小鳥来るSLホテル窓開き　神蔵《かみくら》　器
AVなんぞ太刀打ちできぬ産病棟　鷲谷美津子
FAXで赤紙きた夢をみる　児島ヒサト

169――ローマ字詠みが少しずつ

冷雨の季Y市の橋をまた薄う　古沢太穂
Z旗を時には独り掲げてみる　青柳秋雄
B面がヒットするから面白い　田中寄木

歌人の俵万智と林あまりのローマ字歌を探してみる。

歌の良し悪しの議論は別にして作品としてある。

俵万智「思い出の種子それぞれに育てよとO氏に捧ぐN氏に捧ぐ」、「x軸とy軸まじわる一点を思うなんにもない空に来て」、「YES、NOではない答えを捜すため静かに終わる第二楽章」、「NOMOの爪隠されている桜花風に吹かれて散る夕べかも」、「星に少し近くなる夜TOKYOを見下ろして飲むキールロワイヤル」

林あまり「生理中のFUCKは熱し血の海をふたりつくづく眺めてしまう」、「VIVIDに生きたいのよ！と言い放ちそのあと動き始めるサ・ビ・シ・サ」、「『ケ・セラ・セラ』ノイズだらけのラジオから流れはじめたSEXのあと」、「ふつふつとトマトソースの沸点を見定める日のTRIANGLE」、「『結婚するの』少女が言った『じゃああなたSEXするのね』ナナコのお返事」

これからの時代「日本語感覚のローマ字」作品は増えるだろう。それも、また良し。


（2018・7）

170――俳句は自由に詠まれている

俳句は五・七・五の一七音からなる定型詩といわれる。有季定型が一般的だが、自由律俳句、無季俳句など「詠み方」は、人それぞれ異なる。

自由でいい。カタチにおさまらなくてもいい。自由に詠んで、えらんだ言葉が人に伝わることが大切だろう。

雪残る頂一つ国境
　正岡子規（一八六七～一九〇二、愛媛）

赤い椿白い椿と落ちにけり
　河東碧梧桐（一八七三～一九三七、愛媛）

まっすぐな道でさみしい
　種田山頭火（一八八二～一九四〇、山口）

踞《うずくま》ればふきのたう
　久保白船（一八八四～一九四一、山口）

掉さして月のただ中
　荻原井泉水《せいせんすい》（一八八四～一九七六、東京）

咳をしても一人
　尾崎放哉《ほうさい》（一八八五～一九二六、鳥取）

草も月夜
　青木此君楼《しんくんろう》（一八八七～一九六八、福井）

陽へ病む
　大橋裸木《らぼく》（一八九〇～一九三三、大阪）

そらがめぶいている
　小沢武二（一八九六～一九六六、東京）

荒海の屋根屋根
　河本緑石《りょくせき》（一八九七～一九三三、鳥取）

落ちてどんぐり座っている
　大山澄太（一八九九～一九九四、岡山）

うごけば、寒い
　橋本夢道（一九〇三～七四、徳島）

また雨音の葉の音
　北田傀子《かいじ》（一九二三～、山口）

土筆天を指しふるさとの空
　井上泰好（一九三〇～二〇一五、香川）

影が陽をつれてくる
　富永鳩山《きゅうざん》（一九三八～、山口）

ずぶぬれて犬ころ
　住宅《すみたく》顕信（一九六一～八七、岡山）

磨、変？
　高山れおな（一九六八～、茨城）

現代は「皿皿皿皿皿血皿皿皿皿」（関悦史、一九六九～、茨城）なども詠まれている。

（２０１８・７）

171　カタカナ詠みを探す

ひらがなもカタカナも漢字から生まれた。漢字を崩して安（あ）、以（い）、宇（う）、衣（え）、於（お）。部分使用で阿（ア）、伊（イ）、宇（ウ）、江（エ）、於（オ）。女文字のひらがな、男文字のカタカナといわれ「日本語」としての歴史を刻む。

カタカナは「伝統語」のようだが、何故か、今「外来語」を示す表記として意識されている。

古の感覚に戻ってカタカナ詠みを探す。

ワガハイノカイミョウモナキススキカナ　高濱虚子

目の前の闇をバックグラウンドにして
　空中に画いてゐる　森　鷗外

水枕ガバリと寒い海がある　西東三鬼

にほやかにトロムボーンの音は鳴りぬ
　君と歩みしあとの思い出　北原白秋

前へススメ前へススミテ還ラザル　池田澄子

つくづくと手をながめつつおもひ出でぬ
　キスが上手の女なりしが　石川啄木

手にゲーテそして春山ひた登る　平畑静塔

今日は月の特売日にて煮えてゐるシチューの
　肉のかぐはしかぐはし　土屋文明

サングラスなかに国家をひそめたる　鈴木六林男《むりお》

ああまたもエクレアかお茶かアブサンか
　もう旅に出る気さへ起こらぬ　石川信夫

坂道にアイロンかけて夏の陣　ねじめ正一

「嫁さんになれよ」だなんてカンチューハイ
　二本で言ってしまっていいの　俵　万智

「大和」よりヨモツヒラサカスミレサク　川崎展宏

てのひらをかんざしのやうにかざす時
　マダムバタフライの歌がきこえる　斎藤　史

おぼろ夜の昭和がブルース奏でをり　角川春樹

今すぐにキャラメルコーン買ってきて
　そうじゃなければ妻と別れて　佐藤真由美

ローソクもってみんなはなれてゆきむほん　阿部完一

陰唇ヲヒロゲテ待テル冬ノ山　小笠原和幸

アルイハ還ラヌ夜カモ知レズ

ハモニカ老人立春の富士そこに　黒田杏子

サバンナの象のうんこよ聞いてくれ
　だるいせつないこわいさみしい　穂村　弘

金色に鳳梨《パイナップル》の透くジエリイかな　日野草城

今、和漢混合は和洋混合へと向かう。カタカナが自然に生まれ、詠み込まれることだ。

（2018・7）

長寿世界一の日本では歳を重ねると「長寿祝」を行う。もとは奈良時代に中国から伝わった風習だが、日本特有の文化となって今に残る。

まず干支（十干十二支）が一巡して「還暦」に魔除けの赤い服を着る祝いからスタート。

時を超えて平均寿命が延びる中、室町時代には「古稀」ができ、江戸時代に「米寿」が生まれたようだ。

二〇〇〇年に入って「緑寿」が加わり、お祝い事が増えた。長寿祝の種類を見てみる。

さすがに半還暦（三〇）はないようだが、還暦（六〇）、緑寿（六六）、古稀（七〇）、喜寿（七七）、傘寿（八〇）、半寿＝盤寿（八一）、米寿（八八）、卒寿（九〇）、白寿（九九）、百寿＝紀寿（一〇〇）、茶寿（一〇八）、珍寿（一一〇）、皇寿（一一一）、頑寿《がん》（一一九）、大還暦（一二〇）と祝い事がずらりと並ぶ。現在の長寿の勢いを見ていると〝大還暦〟も出てきそうだ。

自らの来し方行く末の感慨を込めた長寿詠が数多く残されている。俳人の詠を見る。

【還暦】還暦を過ぎし勤めや茄子汁　前川富士子
【古稀】古稀という春風にをる齢かな　富安風生
【喜寿】菊の香にいま柚子の香に喜寿を越ゆ　村越化石
【傘寿】傘寿超え酒もそこそこ屠蘇の膳　高林文夫
【米寿】米寿かな水は椿に酒吾れに　小堀　寛
【白寿】白寿まで来て未だ鳴く亀に会はず　後藤比奈夫

ところで「紀寿」とは一世紀の「紀」。

また「半寿」は「半」の字が八と十と一で八一になるのと「盤寿」は将棋盤のマス目が九×九＝八一なので、「半＝盤」が繋がったようだ。

日本人はいろいろな知恵と思考回路を持つようで、こんな「長寿かぞえ唄」もある。

【還暦】六〇に迎えがきたら、とんでもないと追い返せ、【古稀】七〇に迎えがきたら、まだ早いとつっぱなせ、【喜寿】七七に迎えがきたら、せくな老いの楽しみこれからだ、【傘寿】八〇に迎えがきたら、なんのなんのまだ役に立つ、【米寿】八八に迎えがきたら、もうすこし米を食べてから、【卒寿】九〇に迎えがきたら、としに卒業はないはずだ、【白寿】九九に迎えがきたら、百の祝いが終るまで、【茶寿】一〇八に迎えがきたら、まだまだお茶が飲み足らぬ、【皇寿】一一一に迎えがきたら、そろそろゆずろうか日本一――とある。

長寿をかぞえながら生きれば、生きるのも愉しい。

（２０１８・９）

172――こんな「長寿かぞえ唄」もある

長生きをすると、いいこと悪いこと錯綜するが、一つ一つを愉しめる心境になれば、まさに悟りを開いたことになろうか。ある人が「人間、病気では死なない。寿命で死にます」と喝破したが、そうかもしれない。

元気であっても、突然、ぽっくりと逝く。そして「寿命だったのでしょうね」という。運命、命が運ばれて尽きるのは、生きるもの全ての到達点だ。

ともあれ仕事や家庭の縛りが無くなれば、自由な身で何をするかだ。言葉の世界を愉しもうとするなら俳句や川柳、短歌の〝高趣味〟に誘われる。特別な用意が無くていい、言葉の世界に生きて来たのだから言葉を紡いで遊ぶがいい。近年、長寿の日々は歌にまみれて記憶を研ぎ、記録を残そうと研鑽を積む人が多いようだ。

長寿の方の歌詠みを追ってみた。

【還暦】「還暦の記念に御嶽登らんと頂上目指すおみな三人」杉原美知子、「未だ心身衰へざるを喜びつゝ還暦の日を迎へけるかな」四宮正貴

【古稀】「外見も人目も気にせぬ気楽さよ古稀が私を自由にさせる」成田エツ子、「古稀近き妻がピアノを習ふとき面輪に少女の瞳が光る」宮原義夫

【喜寿】「子や孫に喜寿を祝はるる夜に入りて六十路に逝きし夫の面顕《た》つ」沼田敏子、「喜寿が来て不治の病かいみじくも生きとし我の来し方おもふ」早川清貴

【傘寿】「鈴の緒を振りて御社に額づけば傘寿を祝ふ初太鼓なる」村山礼子、「傘寿過ぎ0からスタート歌詠みは生甲斐新た推敲楽し」広瀬利夫

【米寿】「すは米寿やをら浮きたつ家族らに華甲《かこう》へ還る鍵ひとつ欲《ほ》る」春日真木子、「若いのに杖が要るかと言われたり七十五の吾が米寿の爺に」岡田独甫

【卒寿】「一生の短かさあらため思ふ卒寿すぎ雲間の十七夜ことさらすみて」天野トヨ子、「まだ何かできると思う春風に卒寿の背なか伸ばして歩く」松尾勝造

【白寿】「思ひきや白寿の君と共にありてかくも静けき日々送るとは」三笠宮百合子、「行く先は虚無茫漠の道なれど只一筋に白寿に挑む」村瀬廣

九月九日は五節句の一つ重陽の節句。この日は長寿を願い寿ぐ日とされ、菊を用いて不老長寿を祈る「菊の節句」とも呼ぶ。菊は、古くから薬草として延寿の力ありといわれる。そういえば、奇数は縁起の良い陽数といい、一番大きな陽数（九）が重なる「重陽の節句」行事の復活を願うばかりである。

（２０１８・９）

第4章 文学漫歩

174 近代川柳の六大家

今、川柳ブーム。祖は浅草の柄井《からい》川柳（一七一八〜九〇）といわれる。近代川柳の六大家を追う。

尾道の麻生路郎《じろう》（一八八八〜一九六五）は、新聞記者など職業を転々、川柳の近代化を進め『川柳雑誌』を主宰し〝職業川柳人〟を宣言、柳壇選者で後輩を育てる。

見渡すとユダのこころをみんな持ち
俺に似よ俺に似るなと子を思ひ
雲の峯という手もありさらばさらばです

東京の村田周魚《しゅうぎょ》（一八八九〜一九六七）は、日常生活をベースに平明な句を詠み、「平凡に徹すれば非凡」の姿勢を変えず柳誌『きやり』を創刊、したたかに生きた。

蛇穴を出づるに似たるわが思い
人の世の奉仕に生きる牛黙す
盃を挙げて天下は廻りもち

神戸の椙元《すぎもと》紋太（一八九〇〜一九七〇）は、菓子商と川柳に取り組み関西柳誌の発展に尽くし、『ふあうすと』を創刊。「川柳は人間」と主張。柳論などを続けた。

人を恨まずと日記に書き孤独
いい人が何故亡くなるか訳知らず
詫状に殿か様かを考える

東京の川上三太郎（一八九一〜一九八九）は、人間探求を続け『川柳研究』で詩性と伝統を追求し、川柳を広めることに専念、多くの後輩を育てた川柳人といわれる。

馬顔をそむけて馬とすれちがう
子供は風の子天の子地の子
良妻で賢母で女史で家にいず

大阪の岸本水府《すいふ》（一八九二〜一九六五）は、コピーライターという宣伝業界の最先端で活躍し、「伝統川柳」に近代を加えた『番傘』を「本格川柳」の表看板にした。

恋せよと薄桃いろの花がさく
ぬぎすててうちが一番よいと言ふ
道頓堀の雨に別れて以来なり

宇都宮の前田雀郎《じゃくろう》（一八九七〜一九六〇）は、雑誌や新聞の柳壇選者を務め、古句探求の『せんりう』創刊。「俳句と川柳の訣別」を表わし「平句の川柳」を目指した。

我が中に我を忘るゝ日向ぼこ
酷評は素直な弟子に限定し
貧乏もついに面《つら》だましいとなり

ところで、初代柄井川柳の作品はわずか。その二句。

世におしむ雲かくれにし七日月
木枯らしや跡で芽をふけ川柳

（２０１７・１）

175　狂歌、狂句もなかなかだ

日本の文学は万葉の時代から短詩形の文学であったといわれる。和歌、連歌、短歌、俳句、川柳などがあり、これに狂歌、狂句なども加わればなかなかだ。

それぞれの時代に、歌を詠み、句を作る人の心は深く、広い。今は馴染みの薄い狂歌、狂句を追ってみるが、その前に「おもしろきこともなき世をおもしろく」は志半ばで逝った勤王の志士・高杉晋作の辞世の句だが、これに福岡で晋作を匿っていた女流歌人の野村望東尼が「すみなしものは心なりけり」と下の句を付け、一つの歌になった。

おもしろきこともなき世をおもしろく
　すみなしものは心なりけり

人と人、二つの、つながる命と心が一つになって生まれた歌は後の世の人の心を打つ。

こうして二人で詠む歌もあれば、冷徹な目を持って世の狂を歌や句に詠む人もいる。

かんざしもさか手に持テばおそろしい

白河の清きに魚のすみかねて
　もとの濁りの田沼こひしき

世の中に蚊ほどうるさきものは無し
　ぶんぶといひて夜も寝られず

泰平の眠りを覚ます上喜撰《じょうきせん》
　たった四杯で夜も眠れず

ざんぎり頭を叩いてみれば文明開化の音がする

色事に紺屋のむすめうそをつき

歌よみは下手こそよけれ
　天地《あめつち》の動き出《いだ》してたまるものかは

はたもとは今ぞ淋しさまさりけり
　御金もとらず暮らすと思へば

亀四匹鶴が六羽の御縁日

上からは明治だなぞというけれど
　治明《おさまるめい》と下からは読む

肥後《ひご》ろから金で覚悟はしながらも
　こう林とはおもわざりけり

水野あわ消えゆく後は美濃つらさ
　重き仰せを今日ぞ菊の間

野や草を江戸へ見にでる田舎者

狂歌は風刺や皮肉を読み、狂句は戯《ざ》れ、滑稽を詠むが、ともに究極「洒脱」だろう。

江戸時代、「狂歌の社会現象化」で「狂歌師」もいた。

文学も時によってカタチが変わる。

（2017・1）

176　蕉門十哲の句をひろう

中国の孔子高弟十人を「孔門十哲」といい、これに倣って江戸の俳人松尾芭蕉に「蕉門十哲」がいる。蕉門で誰が十哲かは諸説ある中、十俳人の句をひろう。句の味わいは人が伝える。

▼杉山杉風《さんぷう》（一六四七〜一七三二）、芭蕉の経済的支援者。

何となく柴吹くかぜも哀れなり
このくれも又くり返し同じ事

▼広瀬惟然《いねん》（一六四八〜一七一一）、美濃蕉門の門人、弁慶庵に住む。

水仙の花のみだれや藪屋しき
見せばやな茄子をちぎる軒の畑

▼河合曾良《そら》（一六四九〜一七一〇）、芭蕉の『奥の細道』の旅に同行する。

行き行きてたふれ伏とも萩の原
春にわれ乞食やめても筑紫かな

▼向井去来《きょらい》（一六五一〜一七〇四）、芭蕉が『猿蓑』の編者に抜擢。

名月や海もおもはず山も見ず
あそぶともゆくともしらぬ燕かな

▼服部嵐雪《らんせつ》（一六五四〜一七〇七）、蕉門の其角《きかく》と双璧。

梅一輪一輪ほどの暖かさ
魂まつりここが願ひのみやこなり

▼森川許六《きょりく》（一六五六〜一七一五）、芭蕉に画を教える。

寒菊の隣もあれや生け大根
夕がほや一丁残る夏豆腐

▼越智越人《えつじん》（一六五六〜一七三〇）、芭蕉の『更科紀行』の旅に同行する。

うらやましおもひ切時猫の恋
君が代やみがくことなき玉つばき

▼宝井《たからい》其角《きかく》（一六六一〜一七〇七）、蕉門一の高弟、江戸座（俳諧の一座）を開く。

夕立や田を見めぐりの神ならば
なきがらを笠に隠すや枯尾花

▼内藤丈草《じょうそう》（一六六二〜一七〇四）、芭蕉没後一〇年、日々追善。

ほととぎす啼くや榎も梅桜
ねばりなき空にはしるや秋の雲

▼各務《かがみ》支考《しこう》（一六六五〜一七三一）、芭蕉の『続猿蓑』編集に加わる。

娑婆にひとり淋しさ思へ置き火鉢
野に死なば野を見て思へ草の花

（２０１７・１）

177　『古今和歌集』の六歌仙

平安時代の『古今和歌集』には、紀貫之の「仮名序」と紀淑望の「真名序」の二つの序文がある。その「序」に「ちかき世に、その名きこえたる人」（紀貫之）として僧正遍昭《そうじょうへんじょう》（八一九～九〇）、在原業平《ありわらのなりひら》（八二五～八〇）と生没年不詳の小野小町《おののこまち》、文屋康秀《ふんやのやすひで》、喜撰法師《きせんほうし》、大伴黒《おおとものくろ》主《ぬし》をあげ、その歌を評価した。この六人は後の世で「六歌仙」と命名される。仮名序は、僧正「哥《うた》のさまはえたれども、まことすくなし」、在原「心あまりて、ことばたらず」、小野「いにしへのそとほりひめの流れなり」、文屋「ことばはたくみにて、そのさま身におはず」、喜撰「ことばかすかにして、はじめをはり、たしかならず」、大伴「そのさまいやし」とあり、また真名序は、遍昭「歌の体を得たり、実少なし」、業平「情余りありて、詞足らず」、小町「古の衣通姫の流なり」、康秀「巧みに物を詠ず、俗に近し」、法師「詞は華麗にして首尾停滞せり」、黒主「古の猿丸大夫の次なり」とある。厳しい評だ。

天つ風雲のかよひ路吹きとぢよ
　乙女の姿しばしとどめむ　　僧正遍昭
世をそむく苔の衣はたゞ一重
　貸さねば疎しいざ二人寝ん　　僧正遍昭
ちはやぶる神代もきかず竜田川
　からくれなゐに水くくるとは　　在原業平
唐衣きつつなれにしつましあれば
　はるばるきぬるたびをしぞ思ふ　　在原業平
花の色は移りにけりないたづらに
　わが身世にふるながめせしまに　　小野小町
岩の上に旅寝をすればいと寒し
　苔の衣を我に貸さなん　　小野小町
吹くからに秋の草木のしをるれば
　むべ山風を嵐といふらむ　　文屋康秀
春の日のひかりにあたる我なれど
　かしらの雪となるぞわびしき　　文屋康秀
わが庵は都のたつみしかぞすむ
　世をうじ山と人はいふなり　　喜撰法師
木の間より見ゆるは谷の蛍かも
　いさりにあまの海へ行くかも　　喜撰法師
春さめのふるは涙か桜花
　散るを惜しまぬ人しなければ　　大伴黒主
近江のや鏡の山をたてたれば
　かねてぞ見ゆる君が千歳は　　大伴黒主

六人は身分の高くない名の知れた歌人だった。

（２０１７・１）

178　おもな万葉歌人を覚える

昔、一一九二《いいくに》つくろう鎌倉幕府、と年号を覚えたように、語呂合わせで歴史を楽しめるようだ。あるブログに「糠柿と赤オクラを食《た》びたら焼餅だ」とある。これは額田王、柿本人麻呂、山部赤人、山上憶良、大伴旅人、大伴家持と、おもな万葉歌人を覚える言葉のようだ。こんな記憶の仕方もあるのか、で『万葉集』を調べてみた。

『万葉集』は、七世紀後半から編まれた日本最古の和歌集で、約四五〇年間に天皇や庶民など様々な身分の者が詠んだ歌を二〇巻に分けて、四五三六首を収めている。タイトルは「万の言の葉を集めた」説と、『古事記』に「後葉《のちのよ》に流《つた》へむと欲《おも》ふ」とあるように「葉」を「世」の意味にとり「万世に伝える歌集」説とがあるようだ。編纂は、幾人もの編者によって纏められたといわれ、延暦二年（七八三）頃、大伴家持によって完成したとされる。

最初は雄略天皇「籠《こ》もよ　み籠持ち　掘串《ふくし》もよ　み掘串持ち……」の長歌で始まり、大伴家持「新しき年の始の初春の今日降る雪のいや重《い》け吉事《よごと》」の短歌で終わる。

日本最古の歌は、須佐之男命「八雲立つ出雲八重垣妻籠みに八重垣作るその八重垣を」といわれる。この歌以降、幾時を経てだろうか、万葉で詠まれた歌を見る。

あかねさす紫野行き標《しめ》野《の》行き
野守は見ずや君が袖振る　額田王

あしびきの山鳥の尾のしだり尾の
ながながし夜をひとりかも寝む　柿本人麻呂

田子の浦にうち出でて見れば白妙の
富士の高嶺に雪は降りつつ　山部赤人

銀《しろがね》も金《くろがね》も玉も何せむに
まされる宝子に如《し》かめやも　山上憶良

わが苑に梅の花散る久方の
天より雲の流れくるかも　大伴旅人

かささぎの渡せる橋におく霜の
白きを見れば夜ぞ更けにける　大伴家持

万葉の歌風について賀茂真淵は「益荒男《ますらお》振《ぶ》り」と言った。一方、本居宣長は『古今和歌集』などの歌を「手弱女《たおやめ》振《ぶ》り」とした。詞に二人は時代の空気を感じたのだろう。ところで『万葉集』には、渡来歌人といわれる麻田連陽春「大和へに君が発つ日の近づけば野に立つ鹿も響《とよ》めてぞ鳴く」や、鞍作村主益人「梓弓引き豊国の鏡山見ず久ならば恋しけむかも」など三十余名の歌があるのを知った。大陸との交流で育まれ、生まれた絆だろう。時の言葉は、時を超え、所を超えて人の心を結んで遺る。

（２０１７・１）

179　山頭火が慕った自由律俳人

愛媛県松山市といえば、俳句、と思う。正岡子規（一八六七〜一九〇二）、河東碧梧桐（一八七三〜一九三七）、高濱虚子（一八七四〜一九五九）が生まれ育ち、数多い俳人の里といっていいだろう。そこに彗星のように現れ〝俳壇の啄木〟と呼ばれ、一瞬にして消え去った野村朱鱗洞《しゅりんどう》（本名は守隣《もりちか》、一八九三〜一九一八）がいた。

彼は明治二六年生まれで、郡役所の書記をしながら夜学校に通った。号「柏葉」で短歌を作っていたが、俳句に変わって号「朱鱗洞」とした。一八歳で新聞俳壇に「島清水あるを知りてや舟の寄る」が入選、天性の片鱗を見せて登場した。後、自由律俳句の荻原井泉水《せいせんすい》（一八八四〜一九七六）の俳句雑誌「層雲」に参加。句を拾う。

するする陽がしずむ海のかなたの国へ
風ひそひそ柿の葉落としゆく月夜
いち早く枯る丶草なれば実を結ぶ
れうらんのはなのはるひをふらせる
淋しき花があれば蝶蝶は寄りて行きけり
ふうりんにさびしいかぜがながれゆく
かがやきのきはみしら波うち返し
倉のひまより見ゆ春の山夕月が
しほざゐほのかに月落ちしあとかな
宵月流す汐瀬を淋しがる
わだのはらよりひとも鯛つりわれも鯛つり
遠山に雪見る日啼くか山鳩
甕の水にしばらくの月寄れり
御山残雪ばら色す夕日森のかなたに
少し酔ひたれば秋の日あかるく
空のそこひゆく風を見きわめる
しくしくと蟬鳴き暮の雨光る
翻る丶花に我が息をつたへし
足袋濯げば干すほどの日ざし来ぬ
舟をのぼれば島人の墓が見えわたり

彼は「十六夜吟社」を結成したり、「層雲」松山支部で機関紙「瀬戸うち」を創刊。地元新聞の俳句選者を務めていたが、スペイン風邪で二五歳で亡くなった。

種田山頭火（一八八二〜一九四〇）は彼の死を悼み、「一すちの煙悲しや日輪しづむ」の句を詠み、昭和一四年に松山を訪ね朱鱗洞の墓を探した。友人、知人らの尽力で探し当てた墓に、線香を手向け、涙を流し、墓石をさすり続けたという。山頭火は、終の棲家・松山の「一草庵」で「コロリ往生」した。

（2017・1）

三島由紀夫は、昭和四五年（一九七〇）一一月二五日、東京の陸上自衛隊市ヶ谷駐屯地の総監部で割腹自刃。介添えした「楯の会」の森田必勝《まさかつ》も自死。辞世を残す。

益荒男《ますらお》がたばさむ太刀の鞘鳴りに
　幾とせ耐へて今日の初霜　三島由紀夫

散るをいとふ世にも人にも先駆けて
　散るこそ花と吹く小夜嵐　三島由紀夫

今日にかけてかねて誓ひし我が胸の
　思ひを知るは野分のみかな　森田必勝

三島の死後、一一月二五日の憂国忌は続いている。

二月一二日の菜の花忌（司馬遼太郎）、三月二四日の檸《れ》檬《もん》忌（梶井基次郎）、六月一九日の桜桃忌（太宰治）、七月二四日の河童忌（芥川龍之介）などと同じ、慕う人々によって続く。憂国忌を追うと意外なこともわかる。

樺太庁第三代長官を務めた三島の祖父・平岡定太郎は樺太に胸像が建ち、歌も残している。

卯の花の咲つる夏になりぬれどなほ風寒し豊原の里
鶏をはぐくむ人も鶏に養はれつゝ暮らしけるかな

祖父の座右の銘は「尽人事待天命」で書も残す。三島は、その書を〝決行〟の半年前に自宅に持ち帰ったという。また昭和三五年、三島は春日井建の処女歌集『未青

180――憂国忌は続いている

年』の序文に「われわれは一人の若い定家を持った」と記した。建の劈頭の一首は三島没の一〇年前だった。その一首は預言歌でもあるようだ。

大空の斬首ののちの静もりか
　没《お》ちし日輪がのこすむらさき

また翻訳家ピエール・パスカルは「己の存在を擲《なげう》ち祖国に殉ずることで護国の鬼と化さん」とした三島へ献歌を残す。

この血もて龍よ目覚めよその魂魄《たま》は
　吠えやつづけむわが名朽つとも　（竹本忠雄訳）

三島由紀夫に関わる人々によって〝憂国〟が詠まれ、魂を刻む。「憂国忌また今年も近づきぬ若き三島と齢重ねたる吾」（阿奉）、「白き午後に閃かせし『美』の刃もておのれ討ちしや今日は憂国忌」（紫苑）、「松籟の闇にたかまる憂国忌」（鷲谷七菜子）、「乃木坂をとよもす軍歌憂国忌」（池上いさむ）、「憂国忌どこかで靴の音しきり」（石崎素秋）、「死に様の美学もありし憂国忌」（藤田よしお）など言葉は尽きない。

巡りくる季節に墓を訪ね、詠み、弔うは、生きる人のケジメの〝自分忌〟かもしれない。

（2017・1）

181　二つの遺書

自ら命を絶った二作家は遺書を残した。二つの遺書を追ってみる。三〇代で自死した芥川龍之介（一八九二〜一九二七）と太宰治（一九〇九〜一九四八）だが、二人の不思議は、芥川が大正三年（一九一四）に処女作「老年」を発表、太宰は昭和一一年（一九三六）に『晩年』を初刊行してスタートした。ともに人生の終わりに付くようなタイトルからだ。

　二人とも生き急いだのか、芥川は昭和二年、平松麻素子と帝国ホテルで心中未遂の後、七月二四日に睡眠薬自殺。太宰は昭和二三年六月一三日、玉川上水に山崎富栄と入水自殺し、六日後、太宰自身の誕生日の一九日に発見された。二人の家族らへの遺書を見る。

　芥川は「僕等人間は一事件の為に容易に自殺などするものではない。僕は過去の生活の総決算の為に自殺するのである」に始まる長文を抄録してみると、「わが子等に」では「人生は死に至る戦ひなることを忘るべからず。従って汝等の力を恃むことを勿れ。汝等の力を養ふを旨とせよ。若しこの人生の戦ひに破れし時には汝等の父の如く自殺せよ。但し汝等の父の如く、他に不幸を及ぼすを避けよ。汝等の父は汝等を愛す」とあり、「芥川文子あて」では「この遺書は僕の死と共に文子より三氏に示すべし。尚又右の条件の実行せられたる後は火中することを忘るべからず」と書き遺している。

　太宰は「子供は皆　あまり出来ないやうですけど陽気に育ててやって下さい　たのみます　あなたを　きらひになったから死ぬのでは無いのです　小説を書くのがいやになったからです　みんないやしい欲張りばかり　井伏さんは悪人です　永いあいだ　いろいろ身近く親切にして下さいました　忘れません　おやじにも世話になった……」に続いて、「美知様」に「お前を誰よりも愛してゐました」と記す。また富栄も「いろいろなおひとが、みえると思いますが、おとりなし下さいまし。田舎から父母が上京いたしたら、どうぞ、よろしくおはなし下さいませ。勝手な願いごと、お許し下さい」と遺している。

　二人の子らへの思いも命を留めることはなかった。無、だ。最期のことばを見る。

　芥川は「水洟《みずばな》や鼻の先だけ暮れ残る」を遺して逝った。また太宰は、伊藤左千夫の「池水は濁りに濁り藤波の影もうつらず雨降りしきる」を友人に託して逝った。

　毎年、六月一九日「桜桃忌」と七月二四日「河童忌」では、多くの人が二人を偲ぶ。

（２０１７・１）

182——大正俳壇の啄木・富田木歩

大正一二年（一九二三）九月一日の関東大震災で一〇万人を超える犠牲者の中に〝大正俳壇の啄木〟といわれた俳人の富田木歩《もっぽ》（一八九七〜一九二三）がいた。震災後、東京の向島の地に二つの句碑が建立された。

夢に見れば死もなつかしや冬木風

かそけくも咽喉鳴る妹よ鳳仙花

彼は向島の「鰻屋」で兄弟三人、姉妹四人の二男として生まれたが、一歳の時、高熱で両足が麻痺し生涯歩行不能となった。母は息子を背負い病気平癒を願う不動尊へのお参りを欠かさなかったが、彼は学校には行けず、姉などの読む「いろはかるた」で字を覚えた。

犬猫と同じ姿や冬座敷

死装束縫ひ寄る灯下秋めきぬ

彼は足が悪く、弟は耳と口が不自由だった。姉も妹も芸者に売られた。人は「我等兄弟の不具を鰻売るたたり」と噂した。俳句に関わったのは、鰻屋に住み込んでいた出前持ちの奉公人から手ほどきを受けたのが最初だった。動けぬ身に句作はこころ和んだ。

鰻ともならである身や五月雨

木の如く凍てし足よな寒鴉

彼は大正二年、一六歳の時、口減らしのため友禅の店に徒弟奉公に出た。歩けないために、這い、躄《いざ》って懸命に働いたが、陰湿ないじめには勝てず半年で店を出た。後、叔母の家で厄介になり、歩く夢も叶わず俳号・吟波で『ホトトギス』に投稿、入選した。

朝顔や女俳人の垣穂より

窓の日や洋書の上の福寿草

彼は大正四年、兄と姉の計らいで軒割長屋を借りて住むことになった。そこで駄菓子屋を営み「小梅吟社」の看板も掲げた。向島を出ることなく句作を続けた。

人に秘めて木の足焚きね暮るゝ秋

母と居て恨みなき身の砧哉

彼は大正六年、浅草の実業家の息子で慶大生の新井声風を知る。後、声風と相談の上、自分で木の足を作って歩むと、俳号を木歩として句作した。声風の個人誌「茜」で「木歩特集」を組むなど、木歩の名と特異な「境涯《きょうがい》俳句」は広く俳壇に知れ渡っていった。

なりはひの紙魚と契りてはかなさよ

ゆく年やわれにもひとり女弟子

生涯の友・声風は「木歩の詩魂を生かし世に伝える」ために半生を費やしたといわれる。

（2017・1）

183 ——— 芭蕉とともに元禄の四俳女

江戸時代、松尾芭蕉（一六四四～九四）とともに時を生きた河合智月《かわいちげつ》（一六三三～一七一八）、田捨女《でんすてじょ》（一六三四～九八）、斯波園女《しばそのめ》（一六六四～一七二六）、秋色女《しゅうしきじょ》（一六六九～一七二五）の四人の女流俳人を、正岡子規は「元禄の四俳女」と評す。俳女四人の句を追う。

河合智月は、京都に生まれ伝馬役に嫁いだが、夫と死別、尼になった。彼女は近江蕉門で面倒をよく見た芭蕉から「少将のあまの咄や志賀の雪」、「火桶をつゝむ墨染のきぬ」の句を贈られている。芭蕉葬儀の際には「浄着」を縫ったという。

哥がるたにくき人かなほとゝぎす
やまざくらちるや小川の水車
盆に死ぬ仏の中の仏かな

田捨女は、丹波の庄屋の娘として生まれ、六歳の時「雪の朝二の字二の字の下駄の跡」で周囲を驚かせ、才を認められ、北村季吟に師事。夫の死後、髪を下ろして号を妙融とする。すでに貞門女流として著名だった。後、貞閑と改名、後進の指導に当たった。

酒一升九月九日使い菊
月をいるる露やまことの玉てばこ
蜩《ひぐらし》や捨てゝおいても暮るゝ日を

斯波園女は、伊勢の神官の家に生まれ、医師に嫁ぎ大阪に移住。晩年の芭蕉に入門。大坂の自宅に招いた芭蕉は「白菊の目に立てゝ見る塵もなし」、「暖簾の奥ものふかし北の梅」を詠み、半月後、客死。園女は江戸座の宝井其角《きかく》を頼って江戸に出た。

春の野に心ある人の素顔かな
おほた子に髪なぶらるゝ暑さ哉
手を延べて折り行く春の草木哉

秋色女、現存する東京の和菓子屋「秋色庵大坂屋」に生まれた。一三歳の時、上野寛永寺の桜に「井戸端の桜あぶなし酒の酔」の句を結んだのが親王の目に留り謁見。この折の父娘孝行話が、講談になり、栄松斎長喜の浮世絵にも描かれた。

簾《みす》さげて誰がつまならん涼舟
しみじみと子は肌へつくみぞれ哉
親も子も同じふとんや別れ霜

子規は四俳女を花に譬え、智月は「蓮花」、捨女は「燕子花《かきつばた》」、園女は「紫陽花《あじさい》」、秋色は「撫子」とし「俳諧は元禄以降全く地に落ちて卑しき俗なるものとなりし」と記す……が。

（2017・1）

184　革命詩人・槇村浩

プロレタリア文学では、東の小林多喜二（一九〇三〜三三、秋田・大館市）、西の槇村浩《まきむらこう》（本名・吉田豊道、一九一二〜三八、高知・高知市）とも呼ぶそうだ。

槇村はプロレタリア詩人。彼は生誕百年を経て、改めて反戦、植民地解放などを詠んだ革命詩人として知られ始めた。昭和六年（一九三二）の『生ける銃架』は「戦争は人間を魂のない存在にしてしまう。槇村は戦争とはなにかの本質を告発した」と評される。

高粱の畠を分けて銃架の影はけふも続いて行く／銃架よ、お前はおれの心臓に異様な戦慄を与へる――血のやうな夕日を浴びてお前が黙々と進むとき／お前の影は人間の形を失ひ、お前の姿は背嚢に隠れ／お前は思想を持たぬたゞ一箇の生ける銃架だ／きのふもけふもおれは進んで行く銃架を見た／列の先頭に立つ日章旗、揚々として肥馬に跨る将軍たち、色蒼ざめ（略）

（「生ける銃架」抄）

また翌年には、朝鮮独立運動を讃え、闘う労働者を励ます大叙事詩『間島《かんとう》パルチザンの歌』を詠んだ。

想ひ出はおれを故郷へ運ぶ／白頭の嶺を越え、落葉松の林を越え／蘆の根の黒く凍る沼のかなた／赭ちゃけた地肌に黝《くろ》ずんだ小舎の続くところ／高麗雉子が谷に啼く咸鏡《かんきょう》の村よ／／雪解けの小径を踏んで／チゲを負ひ、枯葉を集めに／姉と登った裏山の楢林よ／山番に追はれて石ころ道を駆け下りるふたりの肩に／背負縄はいかにきびしく食ひ入ったか／ひゞわれたふたりの足に／吹く風はいかに血ごりを凍らせたか（略）

（「間島パルチザンの歌」抄）

彼は、昭和六年、日本プロレタリア作家同盟に加入して反戦。労働運動などに参加。さらに朝鮮人民との連携、中国軍兵士と共同で日本軍への反乱を呼び掛けるなど、例のない国際連帯での行動は、弾圧を受け、逮捕、投獄、拷問などの試練に遇うが、「非転向」で三年刑に服して高知刑務所を出獄。しかし昭和一一年、再び検挙、留置される。ところが、彼は、すでに監獄病に罹っていて、重症のために釈放、脳病院に入院した後、病死した。

彼は二六歳だった。

今、高知市の城西公園に彼の「詩碑」が建っている。

間島の朝鮮人の心に刻まれた『歌』は永遠だろう。

そして、ここに非転向を貫き通して「不降身　不辱志―身を降《くだ》さず、志を辱めず」で生き抜いた男のいることを知った。

（２０１７・２）

185　大正天皇の大御歌

今上天皇は、平成二八年（二〇一六）八月八日の「おことば」で天皇退位の素直なお気持ちを国民に伝えられた。日本は、近代国家に向かう中、慶応四年（一八六八）九月八日に「明治」と改元し「一世一元」が制定された。明治は四五年まで続き、大正一五年、昭和六四年を経て、平成二九年の時を刻むが、天皇退位で「一世一元」がなくなる。元号「平成」は二四七番目だった。

歌会始などで詠まれる天皇の歌は御製《ぎょせい》とも大御歌《おおみうた》ともいわれる。初代から今上天皇まで二千首を収めた『歴代天皇の御歌』（一九七三年）が発行されている。

元号「大正」は短い期間だったが、大正天皇が生涯に詠んだ四六五首の内、一一八首の大御歌があると聞く。また漢詩も多く残す。

木のまより煙ひとすじ立つみれば
　山のおくにも人はすみけり

ますらをが世にたぐひなき功こそ
　あら波よりも高く立ちけれ

御軍にわが子をやりて夜もすがら
　ねざめがちにやもの思ふらむ

みるかぎり波もさわがず大ふねに
　心ものりて進む今日かな

年どしにわが日の本のさかゆくも
　いそしむ民のあればなりけり

神まつるわが白砂の袖の上に
　かつうすれ行くみあかしのかげ

潮風のからきにたへて枝ぶりの
　みなたくましき磯の松原

ゆたかにも雪ぞつもれる秋津しま
　めぐりの海は朝なぎにして

国のまもりゆめおこたるな子猫すら
　爪とぐ業は忘れざりけり

この大御歌の前では、大正天皇が「帝国議会の開院式で勅書を丸めて議員席を見渡した」という「遠眼鏡事件」などの狂気で歪んだ虚像の風説は吹き飛んでしまう。

五木寛之は「歴代天皇の中で最高の歌人」といい、丸谷才一も「最高の帝王歌人、傑出した力量の持主で、自在に才能を発揮させたならば北原白秋、斎藤茂吉などに並ぶ、あるいは凌ぐ大歌人となった。大正という十数年間、憂愁と古典主義との結びつきを代表する文学者はこの帝だったかも知れない」とまで高い評価をする。後の世に誇れる帝だ。

（2017・2）

186　虚子直系の俳人たち

俳誌『ホトトギス』主宰の高濱虚子（一八七四〜一九五九）は、原野のような句を詠み、碧梧桐の婚約者だった大畠糸子と結婚。二男六女をもうけた。虚子直系の俳人たちは綺羅星のごとく、壮観な眺めだ。

▼高濱年尾（一九〇〇〜七九）は、虚子の長男。『ホトトギス』三代主宰。なつかしき父の故郷月もよし／会ひたしと思う人あり去年今年

▼星野立子（一九〇三〜八四）は、虚子の次女。初の女性俳誌『玉藻』創刊主宰。美しき緑走れり夏料理／父がつけしわが名立子や月を仰ぐ

▼高木晴子（一九一五〜二〇〇〇）は、虚子の五女。俳誌『晴居』創刊主宰。空の色うつして雪の青きこと／初蝶は影をだいじにして舞へり

▼上野章子（一九一九〜九九）は、虚子の六女。俳誌『春潮』初代主宰。吾が罪をよく知ってをりクリスマス／原爆ドーム窓の虚ろに後の月

▼坊城中子（一九二八〜）は、虚子の孫（年尾の長女）。俳誌『花鳥』名誉主宰。木蔭には木蔭の秋の風生まれ／冬空を斜めに切って着陸す

▼星野椿（一九三〇〜）は、虚子の孫（立子の長女）。『玉藻』名誉主宰。塔見えてくれば京都や花の旅／短夜や今日しなければならぬ事

▼稲畑汀子（一九三一〜）は、虚子の孫（年尾の次女）。『ホトトギス』名誉主宰。初蝶を追ふまなざしに加はりぬ／三椏の花三三が九三三が九

▼松田美子（一九四三〜）は、虚子の孫（章子の長女）。現『春潮』主宰。拾はれて海遠くなる桜貝／抛られて音もたてずに虚栗

▼星野高士（一九五二〜）は、虚子の曾孫（椿の長男）。現『玉藻』主宰。花を待つ心を共にわかちたく／赤とんぼ夕暮はまだ先のこと

▼坊城俊樹（一九五七〜）は、虚子の曾孫（中子の長男）。現『花鳥』主宰。嘘も厭さよならも厭ひぐらしも／鷹去りていよいよ鴨の小春かな

▼稲畑廣太郎（一九五七〜）は、虚子の曾孫（汀子の長男）。現『ホトトギス』主宰。身に入みて未来を拓く覚悟かな／指揮棒の先より産るる音ぬくし

蛙の子は蛙ではないが、虚子直系の人々の詠む「俳句」の広がりは凄い。虚子の代表句を見る。

遠山に日の当りたる枯野かな

去年今年貫く棒の如きもの

（２０１７・２）

187　宗教詩人の浅原才市

ねるも仏　おきるも仏　さめるも仏　さめてうやまうなむあみだぶつ　むねに六字のこゑがする　おやのよびごえ　慈悲のさいそく　なむあみだぶつ

この言葉は「口あい」（詩）といわれる「浄土真宗の南無阿弥陀仏」を詠み続けた浅原才市《さいち》（一八五〇～一九三二）の宗教詩の一つである。

彼は石見国大浜村（現島根県大田市）に生まれ、大工職人の弟子になり、船大工をしていたが五〇を過ぎて下駄職人になった。

彼は、無口で目立たず、寺参りにとにかく熱心な人だった。やがて木を削る仕事の合い間に木片や紙片、かんな屑などに「口あい」を書き綴り始めた。散歩や仏前での勤めなど行住坐臥の折々には、湧き出る泉のように口を衝く言の葉を丹念にノートに書き留めた。

目にみえぬじひがことばにあらわれて　なむあみだぶつとこえでしられる　なむあみだぶつをきくときは　おやの名にこめられてきく　なむあみだぶつ　ごおんうれしやなむあみだぶつ

戦後、日本の禅文化を海外に知らしめた仏教学者の鈴木大拙《だいせつ》（一八七〇～一九六六）は浅原才市を「実に妙好人中の妙好人である」とし、その宗教詩を「日本的霊性」を持つ素晴しい言葉として世界に紹介し、宗教詩人といわれる才市の言葉が広く知れ渡った。

死ぬるは浮世のきまりなり　死なぬは浄土のきまりなり　これが楽しみ南無阿弥陀仏　世界をおがむ　南無阿弥陀仏　世界がほとけ　南無阿弥陀仏

才市の南無阿弥陀仏を中心とする詞は八千を超えるといわれる。詩の内容は、きわめて個人的でありながらとんでもなく普遍的なものに昇華している。言葉が深い。

なむあみだぶつはよいかがみ　法もみえるぞ機もみえる　あさましあさましありがたい　あみだのこころみるかがみ

才市は「わがまよひ　ふるさとは　なむあみだぶつ」など仏心の言葉を多く残した。

地元の人々は「石見の才市」と慕い、次の詩を刻む石碑を大田市の安楽寺に建立した。

かぜをひくと　せきがでる
さいちが御法義のかぜをひいた
ねんぶつのせきが　でる　でる

才市に関する鈴木大拙編著『妙好人　浅原才市集』と水上勉『才市』を読むことにする。

（2017・4）

188 忌を詠む

俳句の世界では、東京の関東大震災（一九二三年）の後「震災忌」が生まれ、原爆投下（一九四五年）で「原爆忌」を生んだ。東日本大震災（二〇一一年）では「原発忌」が使われるようになった。広島（八月六日）、長崎（八月九日）、沖縄（六月二三日）、福島（三月一一日）で「忌を詠む」俳人が増えた。弔いの日には合掌。

琴の音のしづかなりけり震災忌　山口青邨

まさしくけふ原爆忌「インデアン嘘つかない」　中村草田男

原発忌福島忌この世のちの世　黒田杏子

ヒロシマの影がかぶさる夏帽子　室生幸太郎

ナガサキの怨嗟九の日に座り込む　永石珠子

オキナワの空に俎板痕がある　豊里友行

フクシマの黒旗となりぬ黒牛は　渡辺誠一郎

国民が心一つになりたい忌があれば、それぞれに想う人の忌もある。文学忌を追う。

【葦平忌】（火野葦平）一月二四日

女手に犬小屋作る葦平忌　横山房子

【多喜二忌】（小林多喜二）二月二〇日

多喜二忌の星大粒に海の上　菖蒲あや

【檸檬《れもん》忌】（梶井基次郎）三月二四日

檸檬忌に親しみし人逝きて寒ム　石原八束

【啄木忌】（石川啄木）四月一三日

なりはひの下駄の片減り啄木忌　鈴木真砂女

【四迷忌】（二葉亭四迷）五月一〇日

四迷忌や夕浮雲の移りをり　秋元不死男

【桜桃忌】（太宰治）六月一九日

富士に湧く雲のさまざま桜桃忌　飯田龍太

【河童忌】（芥川龍之介）七月二四日

河童忌や楝に鳴き入る夜の蟬　内田百閒

【草田男忌】（中村草田男）八月五日

炎天に槍投げてをる草田男忌　角川春樹

【賢治忌】（宮沢賢治）九月二一日

ゝゝと芽を出す畑賢治の忌　阿部みどり女

【芭蕉忌】（松尾芭蕉）一〇月一二日

芭蕉忌に芭蕉の像もなかりけり　正岡子規

【憂国忌】（三島由紀夫）一一月二五日

松籟の闇にたかまる憂国忌　鷲谷七菜子

【漱石忌】（夏目漱石）一二月九日

硝子戸の中の句会や漱石忌　瀧井孝作

ふりかえる忌日は、人を想い心静かに手を合わす日。

（２０１７・４）

189――女啄木と呼ばれた西塔幸子

岩手県日戸村（現盛岡市）生まれの石川啄木（一八八六～一九一二）は「やわらかに柳あをめる北上の岸辺目に見ゆ泣けとごとくに」などの秀歌を遺して逝った。

同時代、同県不動村（現矢巾《やはば》町）には、女教師の西塔《さいとう》幸子《こうこ》（一九〇〇～三六）がいた。彼女は岩手師範卒業後、小学校教諭となり県内各地を歴任した。八人の子の母であり、妻、教師の三役を務めた。彼女の教師生活は、県内の山峡へき地生活で、子の死や夫の酒乱、自身の病気など苦難が続いたが、一三歳頃から詠み続ける歌づくりが救いだった。生活苦や故郷への想いを実直に詠む作風は〝女啄木〟と呼ばれるようになった。昭和一一年（一九三六）、手足に激痛が走り、急性関節リューマチで入院、肺炎を併発、母と弟妹に看取られ、七人の子を残し、歌千首余を遺して三六年の短い生涯を閉じた。

彼女の歌歴を辿る。師範学校入学後、肋膜炎で静養、全快して帰校後の初期の歌。

声あげて何か歌はむあかあかと
夕陽が染むる野面に立ちて

家族を詠む歌は身につまされるが、夫や子へ向き合う優しい心根が伝わる。

酒召して帰り給へる時にても
吾子はと吾に聞き給ひけり

約束のお手玉五つ縫ひおきて
我子がよろこび思ひつつ寝る

夫のため我が黒髪もおしからず
ささげて祈る誠知りませ

赴任地での思い、学ぶ子らへのまなざし、真摯な姿が伝わる。故郷詠む歌もよし。

朝々の吾がよそおひに里人の
眼つめたくひかるおもほゆ

長雨はいまだも晴れず今日もまた
村の幼子やみて死せりと

九十九折る山路を越えて乗る馬の
ゆきなづみつつ日は暮れにけり

彼女が亡くなった翌年、弟らによって遺稿歌集『山峡』が出版された。序文は啄木の友であり言語学者の金田一京助が「詠み終わって目頭が熱くなる（略）人間苦の体験記として数多の問題を投げる尊い生活記録である」と記した。この出版記念会で母のソメは「幸あれと名づけし名にはあやからで幸薄くして逝ける吾子はや」の歌を謝辞とした。

（２０１７・４）

190 江戸の女山頭火・田上菊舎

山口に流浪の旅人が二人いた。長門国田耕村《たすきそん》（現下関市）の田上菊舎《たがみきくしゃ》（一七五三〜一八二六）と、周防国西佐波今村（現防府市）の種田山頭火（一八八二〜一九四〇）で、江戸と昭和の世で旅を続け、ともに句を詠んだ。

俳号・山頭火の名は、六十干支を五行に分けて六種類三〇に分類した、生まれ年の運勢判断の「納音《なっちん》」から採ったとされる。意味は、目立つ存在で大きな理想を打ち立てる野心家、という。自由律俳句の第一人者で漂泊の俳人と言われ、大自然を詠み続け、「うしろすがたのしぐれてゆくか」などの秀句を多く残した。

山頭火のずっと以前には、全国津々浦々の神社仏閣を詣でて見ようと、諸国行脚の旅に出た田上菊舎がいた。〝江戸の女山頭火〟といっていい。旅立ちに「月を笠に着て遊ばゞや旅のそら」と詠んだ女一人の異例の旅だった。

菊舎は、一六歳で嫁ぎ、二四歳で夫と死別。二六歳で俳号「菊車」を授かり、子がなく実家に戻って両親と暮らしていたが、二九歳で出家、三〇歳で美濃派に入門。後「菊舎」に改め、俳諧修業に加え、書、画、香、茶、琴、漢詩、和歌などを嗜み、いずれも秀でて交友の層も厚く、遍歴多彩な俳諧行脚の一生を送った。

旅で詠んだ彼女の句を追ってみる。

山門を出れば日本ぞ茶摘うた
蝶々やとまり替へても花のうへ
流れよるものははずして柳かな
和らかに見られて進めおぼろ月
よしあしに渡り行世や無一物
月もひとつ我もひとりの宿すゞし
旅好きの秋にたのもし生の松
八重垣に寄るや出雲の神遊び
あすしらぬ世を教えての早咲か
秋風に浮世の塵を払いけり
咲く中に茨交るや女郎花
茂る葉の蔭に蛙も歌よむか

菊舎の俳諧の旅は、頭陀袋を首に提げ、京、大坂、美濃、北陸、信濃、陸奥などを歩き、芭蕉の『奥の細道』逆コースを巡って江戸を経て、長府へ帰着するが、その後も九州などの旅を続けた。旅を一人で繰返す江戸期に於ける女性随一の旅行者だったようだ。

生涯に三千数百句を残したといわれる。辞世の句は「無量寿の宝の山や錦時」と詠んだ。

（2016・4）

191――昭和の子規と呼ばれた引野収

京都の伏見桃山城天守閣の石垣の下に「樹霊碑」が置かれ、歌人の引野《ひきの》収《おさむ》（一九一八～八八）の歌を刻む。

永遠とおもえるながき時のなか
　樫立てり黄なるあやぐもの果て

引野は、神戸市で生まれ、中学時代から歌を詠み、大学時代、やはり歌を詠む濱田陽子（一九一九～九二）を知った。彼は大学卒業後、高女に奉職したが、昭和一六年（一九四一）肺結核と診断され療養。復職後、終戦の年八月二〇日に陽子と結婚。その三年後、病気が再発、脊椎カリエスにも罹った。それから四〇年寝たきりの生活。妻は夫に寄り添う。二人はトタン屋根の小さな掘っ立て小屋にひっそり棲んで歌を紡ぎ続けたという。

手鏡に妻の寝顔を潜ませて
　いずこへゆかんわが魂は　　収

手鏡に見つめられつつ歌ありき
　なべて虚像のなかの真実　　陽子

彼は医者から、長生きには「横も向かず、下も向かず、ただ上を見て」との忠告を受け、素直に実行、四〇年の月日が流れた。ベッドの上では動けぬ体ゆえ、手鏡で生活を覗き見て歌を詠む彼を〝手鏡歌人〟といった。こうした生活が「僅かに手を延ばして畳に触れる事はあるが、蒲団の外へまで足を延ばして体をくつろぐ事も出来ない」と『病床六尺』に記した正岡子規にオーバーラップしたのか、〝昭和の子規〟と称えられるようになった。

たましいを売らず穢さずありたしと
　われの余生のねぎごとひとつ　　収

原爆で終わりしは過去
　原爆で始まる戦争が目の前にある　　収

誰の手に蒼き地球は護るべき
　わが死の後のことと言えども　　収

夕紅に華やぐ死者を待つ手かと
　てのひらに花の匂いをのせて　　陽子

生は死を日日熟しゆくならん
　ああ桃山城に陽が差している　　陽子

ふかくさの五郎太町とぞ花さかる
　尼の寺より風吹きくだる　　陽子

伏見桃山城北側の坂道を「登り切る希ひはすでに見喪ひ花の坂道に頭を垂れて佇《た》つ」と収は詠んだ。その坂の上、八科峠《やつしな》には「峠路はやすらぎに似て風吹けり石も木草もなべてかがやく」と刻まれた妻の歌碑が建つ。

二人は暮らした里に生きる詞を遺した。

（2017・4）

192——亡き人へ捧げる——弔句

葬儀に参列していて弔電が読まれ、読経、焼香などに続き、弔辞がある。時折、亡き人へ捧げる「弔句」を聴く。瞬間〝なるほど〟と短い詞がその人を現わす。

【夏目漱石から正岡子規へ】

手向くべき線香もなくて暮の秋

【飯田蛇笏から芥川龍之介へ】

たましひのたとへば秋の蛍かな

俳壇の大御所である高濱虚子は、さすが多くの人に弔句を贈っている。幾つかを拾う。

【高濱虚子から正岡子規へ】

子規逝くや十七日の月明に

【高濱虚子から河東碧梧桐へ】

たとふれば独楽のはぢける如くなり

【高濱虚子から大谷句仏へ】

立春の光まとひし仏かな

【高濱虚子から緒方句狂へ】

目を奪い命を奪う諾と鶯

【高濱虚子から久世車春へ】

行く年や昔の春の人はなし

【高濱虚子から鈴木花蓑へ】

天地の間にほろと時雨かな

【高濱虚子から浜口今夜へ】

千二百七十歩なり露の橋

弔句は瞬きのような一瞬、その人を想い、偲び、伝え、刻む。詞いろいろ人いろいろ。

【瀧口修造から吉田一穂へ】

うつくしき人ひとり去りぬ冬の鳥

【能村登四郎から相生垣瓜人《かじん》へ】

瓜人先生羽化このかたの大霞

【久保田万太郎から妻へ】

湯豆腐やいのちのはてのうすあかり

【高野素十《すじゅう》から須賀田平吉へ】

生涯にまはり灯籠の句一つ

【長谷川櫂から川崎展宏へ】

息やめてしまふが別れ掛布団

【黒田杏子から辺見じゅんへ】

白露の天へ白足袋はきしめて

【池田澄子から三橋敏雄へ】

先生ありがとうございました冬日ひとつ

還り来ぬ人への想いは尊く、優しい。黄泉の道への安らかな歩みを見送る詞がある。

（2017・4）

193——死者をとむらう——弔歌

弔句があれば「弔歌」もある。いつの時代でも逝く人に、親しき友らから死者をとむらう歌がおくられることがある。その人の生きてきた時が刻まれた言葉になっている。おくる人、おくられる人がいて、それぞれに過ごしてきた時を想い、ふさわしい言葉をつむぎだす。

【与謝野晶子から山川登美子へ】
挽歌の中に一つのただならぬことを
　まじふる友をとがむな

【折口信夫《しのぶ》から堀辰雄へ】
しづかなる夜のあけ来たる朝山に
　なびく煙を想い出に見む

【勝海舟から西郷隆盛へ】
ぬれぎぬを干さうともせず子供らが
　なすがままに果てし君かな

【佐々木高行から坂本龍馬へ】
君がためこぼれる月の影くらく
　なみだは雨とふりしきりつつ

【三条実美から久坂玄瑞へ】
九重の御階の塵を払はんと
　心も身をも打くだきたる

【宮沢賢治から石丸文雄へ】
さりげなくいたみをおさへ立ちませる
　そのみすがたのおもほゆるかも

【西行から西住《さいじゅう》へ】
笠はありその身はいかになりぬらん
　あはれはかなきあめが下かな

【松平容保《かたもり》から白虎隊へ】
幾人の涙は石にそそぐとも
　その名は世々に朽《くち》じとぞ思ふ

【安永蕗子から英霊へ】
花きよき列島まもり逝きたりと
　嘆けば炎ゆる緋の仏桑華《ぶっそうげ》

【宮川雅臣から広島市高女の原爆犠牲者へ】
友垣にまもられながらやすらかに
　ねむれみたまよこのくさ山に

【松嶋こうから竹内浩三へ】
一片のみ骨さえなければおくつきに
　手ずれし学帽ふかくうづめぬ

遺された言葉は永遠、それを掬った人は後世に伝わるように心を配る。人が人を想い、魂の鼓動がふれあって、静かな言葉は染み伝わる。合掌。

（2017・4）

194——二つの「桜桃忌」メロディー

無頼派作家・太宰治は、昭和二三年（一九四八）六月一三日、愛人の山崎富栄と玉川上水（東京都三鷹市）に入水自殺、六月一九日に発見された。その日は奇しくも太宰の誕生日であった。思春期に一時憑かれる者のいる「太宰治」は時代を超え、多くの若者を魅了してきた。彼の同郷・青森出身の直木賞作家・今官一《こんかんいち》の命名で始まった「桜桃忌」には、同名メロディーが二曲ある。

昭和五六年（一九八一）、作詞作曲唄・永井龍雲。

▼襟元に吹く風が　心地よく肌に馴染む／衣更えが恋しく思える／今年も夏が来た／帰らない青春と　ともに戻らぬ人／いつもならば　忘れているのに／思い出す　桜桃忌／若さは　時として残酷で／小さな生命さえも奪って行く／貴方は他の誰よりも素直に生きていたわ／ただ　ほんの少し先を／急ぎすぎただけのこと／／本棚の片隅に　貴方から借りた太宰／徒に頁を捲れば／拙い走り書き／傾いた青春に　眩しい夏日差し／思いきり　駆け出したいけど／頼りなく　後ずさり／若さは　時として残酷で／小さな過ちさえも引き摺って行く／貴方は他の誰よりも私を愛してくれた／ただゆくと知っていたなら／あんなまでに　溺れなかった（略）　（永井龍雲）

もう一つは平成一〇年（一九九八）、作詞・水木かおる、作曲・弦哲也で唄は川中美幸。

▼死ぬことばかりを　思いつめ／なんで生きよと　しないのですか／玉川上水　梅雨にごり／繁みの道をさまよえば／ふたつのいのち　呑みこんだ／水に無情の　風が吹く／／お金も出世も　縁ないが／守り通すよ　この家だけは／人間失格　云いながら／こころはいつも　燃えていた／斜陽のひとの　悲しさを／水に蛍の　灯がうつす／／別れて悔いない　ひとだけど／どうぞ死んでも一緒にいたい／一蓮托生　桜桃の／つながるいのち　しのばせて／かばいあうよに　かさなって／水にさくらの　花がゆく　（川中美幸）

多くの人に慕われる太宰。妻の津島美知子は娘・佑子の「お父さんはなんで死んだの？」に、一瞬考えてから「うん、心臓が止まったから」と答えた。愛人の太田静子は「太宰ちゃまは偉い小説家だったのよ。だけど女の人と川に落ちて死んでしまったの」と娘・治子に応えている。同郷の寺山修司は「他郷にてのびし髭剃る桜桃忌」と詠む。娘たちから見る父の姿、言葉でつながる多くの人々の「桜桃忌」への想い、さまざまだ。

（２０１７・５）

195 ―― 泣ける、母シカの手紙

NPO仲間からのメールに「福島の猪苗代湖畔、野口英世の母が子に宛てた手紙は、何度読んでも泣けてくる。文章が上手とはなんなのか、を考えさせる」とあった。

日本の細菌学者で黄熱病などに生涯をささげた野口英世（一八七六～一九二八）は、酒と博打《ばくち》に明け暮れた佐与助とシカの間に生まれ、「清作」と名付けられた。

彼が一歳半の時、シカの畑仕事中、囲炉裏に落ちて左手に大火傷を負った。泣き叫ぶわが子を抱きしめ、昼夜を分かたず看病を続けた母。鍬《くわ》を持てない体ならばとシカは死に物狂いで働き、我が子に学問の道を選ばせた。子想い、母想いの親子になった。「この火傷があり、その後の私があるのです」と語った英世は、明治四五年（一九一二）一月二三日付、母からの手紙を受け取った。

おまイの。しせ（出世）には。みなたまけました。わたくしもよろこんでをりまする。なかたのかんのんさまに。さまにねん（毎年）。よこもり（夜篭り）を。いたしました。べん京（勉強）なぼでも。きりかない。いぼし。ほわこまりをりますか。おまいか。きたならば。もしわけ（申し訳）かてきましよ。はるになるト。みなほかいド（北海道）に。いてしまいます。わたしも。こころぼそくありまする。ドかはやく。きてくだされ。かねを。もろた。こトたれにもきかせません。それをきかせるトみなのまれて（飲まれて）。しまいます。はやくきてくたされ。はやくきてくたされ。はやくきてくたされ。はやくきてくたされ。いしょ（一生）のたのみて。ありまする。にし（西）さむいてわ。おかみ（拝み）。ひかし（東）さむいてわおかみ。しております。きた（北）さむいてはおかみおります。みなみ（南）たむいてわおかんておりまする。ついたちにわしをたち（塩絶ち）をしております。ゐ少さま（栄昌＝僧名）に。ついたちにわおかんてもろておりまする。なにおわすれても。これわすれません。さしん（写真）おみるト。いただいておりまする。はやくきてくたされ。いつくるトおせてくたされ。これのへんちちまちて（返事を待って）をりまする。ねてもねむれません。

英世は母の手紙を読み、大正四年（一九一五）日本へ一時帰国、母と再会した。

彼は、母校での講演で、黒板に「目的」「正直」「忍耐」と書いた。意味は母から学んだ生きる姿勢だといわれる。彼は生涯、借家住まいで通し、私心のない生活者だった。母、尊しだ。

（2017・5）

196 ——〝隠れ俳句〟の発見は続く

江戸時代の俳諧師、松尾芭蕉、与謝蕪村、小林一茶の名句はまだまだ隠れているようだ。

最近の〝新発見〟の俳句を見てみると、なるほど、さすがだ、と肯ける。句（発見年）を見る。

伊賀国（伊賀市）の松尾芭蕉（一六四四～九四）は「古池や蛙飛びこむ水の音」など生涯に約千句を詠んだといわれる。芭蕉は、俳句の源流をなす、俳聖である。

我しのふあるしは蔦のさひや哉（二〇一五年）
木槿を折て盃に指（〃）
三股の桜にのぼる人有て（二〇一六年）

摂津国（大阪市）の与謝蕪村（一七一六～八四）は「菜の花や月は東に日は西に」など約三千句を詠み、江戸俳諧の中興の祖であり、俳画の創始者でもある。二一二句が新しく発見された。

傘も化て目のある月夜哉（二〇一五年）
我焼し野に驚や屮の花（〃）
さくら咲いて宇宙遠し山のかい（〃）
一輪の月投げ入れよ谷の水（〃）
蜻蛉や眼鏡をかけて飛歩行（〃）

などほか。

信濃国（信濃町）の小林一茶（一七六三～一八二八）は「我と来て遊べや親のない雀」など約二万二〇〇〇句を詠んでいる。元来、田舎俳諧だったが、滑稽、諷刺、慈愛で再評価されたといわれる。

菜の虫ハ化して飛けり朝の月（二〇〇九年）
羽根生へてな虫ハとぶぞ引がへる（〃）
猫の子が手でおとす也耳の雪（二〇一〇年）
一株の芒をたのむ庵哉（〃）
稲妻のおつるところや五十貌（〃）
けふもけふも霞はなしの榎かな（二〇一一年）
湯けぶりや梅に一連しみたうふ（二〇一二年）
ちるひとつ咲のも一つ帰り花（二〇一三年）
霜の色御火焼すむ夜霜ふる夜（二〇一六年）
なよ竹におほとなぶらの影それて（〃）
木のはしの仏を祭る火を焚て（二〇一八年）
児につけたきなでしこの花（〃）
斯てあれかしワか屮の雨（〃）
きさらぎやかわ竹ひたす川とめて（〃）
山の小なり秋のありさま（〃）

詠まれ隠れて残り、日の目見る句。こうした〝隠れ俳句〟の発見は、今後も続きそうだ。

（2018・4）

197　さよならだけが人生だ

人は、いろんな場で人に「さよなら」と言って別れる。重くも軽くも一つの挨拶だが「さよなら」の意味は深い。作家の井伏鱒二の名訳として「花に嵐のたとえもあるぞさよならだけが人生だ」は多くの人に膾炙《かいしゃ》されている。言葉のルーツを探り、広がりを見る。

　広島県福山市生まれの井伏鱒二（一八九八〜一九九三）は、唐の詩人・于武陵《うぶりょう》の『勧酒』五言絶句「勧君金屈巵　満酌不須辞　花発多風雨　人生足別離」を「コノサカズキヲ受ケテクレ　ドウゾナミナミツガシテオクレ　ハナニアラシノタトヘモアルゾ「サヨナラ」ダケガ人生ダ」と訳した。何気なく使っている「さよなら」は「さようであるならば」であり、日本語の究極の「美」として日本人の精神にまで繋がるようだ。

　青森県三沢市が本籍の歌人・寺山修司（一九三五〜八三）は、井伏の「さよならだけが人生だ」を人生訓として捉え、二つの詩を詠む。

まず「幸福が遠すぎたら」を見る。

さよならだけが人生ならば／また来る春は何だろう／はるかなはるかな地の果てに咲いている野の百合何だろう／さよならだけが人生ならば／めぐり会う日は何だろう／やさしいやさしい夕焼とふたりの愛は何だろう／さよならだけが人生ならば／建てた我が家なんだろう／さみしいさみしい平原にともす灯りは何だろう／さよならだけが人生ならば／人生なんか／いりません

次に、歌手のカルメン・マキに「だいせんじがけだらなよさ」という詩を贈っている。

さみしくなると言ってみるひとりぼっちのおまじない／わかれた人の思い出をわすれるためのおまじない／だいせんじがけだらなよさ　だいせんじがけだらなよさ／／さかさに読むとあの人がおしえてくれた歌になる／さよならだけがじんせいだ／さよならだけがじんせいだ

井伏が、この〝妙訳〟を発表したのは、昭和一〇年（一九三五）三七歳の時だった。訳には作家の林芙美子が関係しているといわれる。昭和六年、二人は尾道に講演に行った折、因島《いんのしま》に寄り、港で見送る人らに「人生はさよならだけね」と言った林の〝せりふ〟が、何とも嫌だった、と井伏は旅行記に記したが、『勧酒』の訳では、その〝せりふ〟を意識したという。人生何が幸いするかわからない。やはり「さようであるならば」の人生だろう。

（2017・6）

198　童謡「てるてる坊主」のナゾ

俳句人間はたくさんいるが、「人間俳句」のジャンルを切り拓こうとした人物を初めて知った。

長野県池田町生まれの浅原六朗（鏡村、一八九五〜一九七七）で、牧師の父のもとで育ち、早大卒業後、出版社に入社。新興芸術のモダニズム文学作家として活躍するが、創作活動はあまり進展せず。昭和一九年（一九四四）四九歳で筆を折り俳句を始めた。

作家・横光利一の勧めで始めた俳句は「人生の起伏、生き様、人間の感情または表裏ってものをそのまま一七文字に写せばいい。わびさびもいらない、それが自分の俳句だ」と「人間俳句」を提言。句集『紅鱒群』『欣求《こんぐ》鈔《しょう》』などを刊行した。人間俳句を見る。

しみじみと小便すれば葱坊主
もりもりと土もりあげてもぐらの馬鹿
黒揚羽花かたむけて強く吸う
あきさめや田んぼの道を寂光院
ふるさとや雪は空青新校歌
逝く年あとわづか救急車

ただ浅原の名を不動にしたのは、大正一〇年（一九二一）に発表した唯一の童謡「てるてる坊主の歌」の作詞だ。翌年、作曲家・中山晋平（一八八七〜一九五二）によるメロディーが、詞の一番が削除され、タイトルも「てるてる坊主」になって発表され、国民に広がった。以降、運動会や遠足の日「あ〜した天気にしておくれ」の子らの願いになった。

てるてる坊主　てる坊主／あした天気にしておくれ／いつかの夢の空のよに　晴れたら金の鈴あげよ／／てるてる坊主　てる坊主／あした天気にしておくれ／わたしの願いを聞いたなら／あまいお酒をたんと飲ましょ／／てるてる坊主　てる坊主／あした天気にしておくれ／それでも曇って泣いてたら／そなたの首をチョンと切るぞ

今「てるてる坊主」のナゾは、削除部分を詮索することなく、人の心の襞に刻まれ、「あ〜した天気」はさりげない日々の言葉となっている。

それでいい。

削除の詞を見る。

てるてる坊主　てる坊主／あした天気にしておくれ／もしも曇って泣いてたら／空をながめてみんな泣こう

人々は最初の言葉を素直に受け入れて大事にする。

いい言葉は世の中を落ち着かせる。

（2017・6）

199　大正、昭和の一茶と呼ばれて

小林一茶（一七六三～一八二八）は長野生まれ。二五歳から俳諧を学び、修業のために各地を歴遊。生涯に約二万二〇〇〇句を詠んだが、田舎俳句と蔑まれていた。

やせ蛙負けるな一茶これにあり
これがまあ終のすみかか雪五尺
寝ころんで蝶泊らせる外湯哉
門前や何万石の遠《と》可《か》須《す》ミ
又たくひ世は梅さかり此の桜

伊東牛歩《ぎゅうほ》（一八七七～一九四二）は東京生まれで僧侶。正岡子規について俳句を学び、病床の子規に「南岳草花画巻」を届けた人。法衣を纏ったまま吉原遊郭を素見。牛は共食いだからと馬肉を食うなど逸話を残した。子規から〝大正の一茶〟と呼ばれた。

乳母か魂のちゝ色に咲くといふ桜
夢の天井一杯にサンタクロースの手
見世物の大女は男なりし足袋
年越に蕎麦打つ家の習ひかな
老鶯や雨の中なる屋嶋寺
宗匠の下手な発句や筆始

村上鬼城《きじょう》（一八六五～一九三八）は東京生まれで軍人を志したが耳疾のため断念、司法代書人となる。三〇歳頃、正岡子規に教えを請い、高濱虚子に師事、『ホトトギス』の代表的俳人となる。福島出身の大須賀乙字《おつじ》は鬼城を「一茶以来の境涯俳人」と呼んだ。

冬蜂の死にどころなく歩きけり
夏草に這ひ上りたる捨蚕《すてご》かな
生きかはり死にかはりして打つ田かな
走馬灯消えてしばらく廻りけり
小春日や石をかみ居る赤とんぼ
ゆさゆさと大枝ゆるる桜かな

森川暁水《ぎょうすい》（一九〇一～七六）は大阪の生まれで尋常小卒後、表具店に徒弟奉公。一八歳頃より作句。高濱虚子に師事し『ホトトギス』同人となる。市井の人の気持ちを汲んでの句は世評高いが、本質は孤絶の人のようだ。虚子から「昭和の一茶」と呼ばれた。

貧乏のもらひぐすりや水中り
貸ぶとん引っぱりあうて寝たりけり
地のあてに山わだかまり凍死せる
われのみに見ゆ昼星や極暑来
息しずかに葱汁吸うて生きてあり
餅厚く切って遠のく死ありけり

（２０１７・６）

200——シルバーラブの日

一一月三〇日はシルバーラブの日だそうだ。

昭和二三年（一九四八）六八歳の歌人・川田順（一八八二〜一九六六）と四〇歳の女弟子で大学教授夫人・中川俊子（一九〇九〜二〇〇八）が、恋の行く末を悲観して死覚悟の家出をした日、が、記念日になったようだ。

いつよりか君に心を寄せけむと
　さかのぼり思ふ三年四年を　順

はしたなき世の人言をくやしとも
　かなしともなしと思へしが悔なし　俊子

名ある二人は恋愛に悩み、一気に死による清算を図ったが、自殺未遂に終わった。後、川田が友人に宛てた遺書の内容がジャーナリズムを賑わすことになった。

若き日の恋は、はにかみて、おもて赤らめ　壮士《おさかり》時の四十路《よそじ》の恋は、世の中にかれこれ心配れども　墓場に近き老いらくの恋は、怖るる何ものもなし

二人は間もなく結ばれるのだが、この文面の「老いらくの恋」が華々しく世間に喧伝された。その頃、東大名誉教授・塩谷温《しおのやおん》（七一）と漢詩で結ばれた新潟芸者・長谷川菊乃（三五）の華燭の典も話題になった。また社会的地位があり、才能に恵まれていても「秘めごと」には勝てなかったのであろう、家庭に背を向け、社会に背を向けた昭和の大文化人で歌人の斎藤茂吉（五五）は「ふさ子さんはなぜこんなにいい女体なのですか」とまで記して、愛弟子・永井ふさ子（二八）との率直な恋情を曝け出す。二人合作の歌がある。

光放つ神に守られもろともに
　あはれひとつの息を息づく　茂吉・ふさ子

時代を遡れば、七〇歳の禅僧・良寛（一七五八〜一八三一）は、三〇歳の尼僧・貞心尼（一七九八〜一八七二）と、仏に仕える身でありながら、お互いを想う歌を詠む。

いかにせむ学びのみちも恋ぐさの
　しげりていまはふみ見るもうし　貞心尼

いかにせんうしにあせすとおもひしも
　恋のおもにを今はつみけり　良寛

老いらくの恋はまだある。一休宗純（七六）と森侍者《しんじしゃ》（二〇）。与謝蕪村（六五）と京芸妓・小糸（二〇）。小林一茶（五二）の初婚はきく（二八）で、三度目は六四歳でやを（三二）。生涯恋尽くしは蓮如上人だろうか、二七歳初婚から四人の妻との間に二〇人の子、七二で二一歳の娘と結ばれ七人が生まれ、亡くなる八五歳の年が二七人目の子だという。凄まじい生き方も頼もしい。

（2017・6）

201　月夜の詩人・吉川行雄

山口県長門市の童謡詩人・金子みすゞ（一九〇三〜三〇）を発掘、世に出した児童文学作家の矢崎節夫（七〇）が、今度は、金子と同時代を生きた山梨県大月市の童謡詩人・吉川行雄（一九〇七〜三七）の作品を纏めて『月夜の詩人 吉川行雄』として刊行した。

吉川は幕末から印刷業を手掛ける「活版所」の家に生まれ、幼い頃、童謡雑誌『赤い鳥』を読んで童謡の世界に夢中になった。ところが一四歳の時、小児麻痺の後遺症で動けなくなり、外に出ることもできず六畳間がすべてだった。部屋から眺める月夜の詩を多く詠み「月夜の詩人」と呼ばれるようになった。

『日本童謡集』に収まる「うすい月夜」を見る。

うすいおぼろに、／いぶされて、／月は魚になりまする。／／ほそい木にゐる、丹頂も、とろり、とぼけて飛びまする。／／風にふくれて、／ふはりと来て、／とろり、お羽が消えまする。／／うすい月夜の　れんげうは、白い羽虫になりまする。

（「うすい月夜」）

童謡集には、北原白秋、西条八十、島崎藤村、野口雨情など八七名の詩が収録。吉川の佳品もあり、日本童謡史の一画に足跡を残す。他に「タンポポ」の味もいい。

タンポポ　フフ毛／コソバイ／フフ毛。／／タンポポ　フフ毛／ソヨ風／カルイ。／／タンポポ　フフ毛／野川ヲ／コヘテ、／／タンポポ　フフ毛／牛舎ニ／ツイタ。／／タンポポ　フフ毛／牛ガ　モウモ、／啼いた。

（「タンポポ」）

彼は、鈴木三重吉主宰の『赤い鳥』にかかわり、昭和三年（一九二八）仲間と童謡雑誌『バン（鷭）』を出した。同四年に童謡集『月の夜の木の芽だち』を刊行、同七年には童謡詩集『鷺』を出版。そんな活動の中、詩人仲間との交友も広がり深まった。一一年九月、友（周郷博）と『ロビン』を創刊。翌年五月に逝った。彼は「詩を書くのは……愛だと思う」と、死の直前まで詩を詠んだ。

彼の「ころこんこん」を見る。

青い月夜に／ころころこん／ころところげる胡桃でしょ／／いえいえ月夜は／ころころこん／あれは田蛙、ころとなく／／青い月夜に／こんこんころん／こんと割りましょ　胡桃でしょ／／いえいえ　月夜は／こんこんころん／あれは田の口　こんとなく

（「ころこんこん」）

矢崎によって、再び、夭折の童謡詩人が蘇る。ここにも人を惹きつける言葉がある。

（２０１７・７）

202——なぜこんなにいい女体なの

　歌人の斎藤茂吉（一八八二〜一九五三）は、五二歳の時、二四歳の愛弟子・永井ふさ子（一九一〇〜九三）と恋に落ちた。茂吉は愛人の存在をひた隠しにした。

　茂吉没後一〇年、ふさ子は書簡を世に出した。

　茂吉次男の作家・北杜夫は「これほど赤裸々でうぶな文章は多くあるまい」と記す。書簡の一部に「ふさ子さん！　ふさ子さんはなぜこんなにいい女体なのですか。何とも言へない。いい女体なのですか。どうか大切にして、無理してはいけないと思ひます。玉を大切にするやうにしたいのです。ふさ子さん。なぜそんなにいいのですか」とある。

　茂吉の狂おしいまでの恋心が伝わってくる。

　女体の句や歌を探した。

窓の雪女体にて湯をあふれしむ　桂　信子

キリストもブッダも暗き女体より　高野公彦
　わかれし肉といふもはかなし

炎天の空へ吾妻の女体恋ふ　中村草田男

黙《もだ》ふかく悲しみふかくやわらかき
　女体のごとく雪にまみれよ　福島泰樹

炎昼の女体のふかさはかられず　加藤楸邨

月光に稲穂は一穂ずつ女体　高野ムツオ

高跳びの反り弓の反りなべて反るもの　岩田　正
　美し女体も反ることはある

妻という名の牢奥に光る女体あり　日野草城

蠱惑《こわく》する女体の如き雛罌粟《ひなげし》の　郷　隼人
　蕾に見とるる刑庭の午後

冬日没る金色の女体かき抱かれ　山口誓子

ゆるやかに踊る女体は匂ふらむ　大野誠夫
　ワルツの洩るる窓に雪ふる

稲を刈る夜はしらたまの女体にて　平畑静塔

月に引かるる女体の痛みはてもなし　有沢　螢
　蒼白き頬の仮死者となりて

女人女体八つ手花咲く　中塚一碧楼

かなしみを赤子のやうにあやしつつ　本多真弓
　育てられうる女体がほしい

あかあかと夕日は女体。青草にひそみて　喜多弘樹
　湯浴み覗きゐたりき

　静岡に三女神を祀る「女体の森　宗像神社」があり参拝者は多いと聞く。

　ところが、福岡の世界遺産になった宗像大社管轄の「沖ノ島」は女人禁制の島となっている。

（２０１７・８）

人が人から影響を受けるのは、お互いが真を持った人物だからだろう。信州伊那谷で江戸から明治にかけて活躍した俳人の井上井月《せいげつ》（一八二二〜八七）は「乞食井月」と呼ばれていたが、漂泊と放浪を詠み続けた作品は、意外な人らに影響を与えている、というより、そうか、なるほどと思う。松尾芭蕉を尊敬していた彼は「我道の神とも拝め翁の日」と芭蕉忌に詠み、「ほろほろと山吹散るか滝の音　芭蕉」に対し「山吹に名をよぶ程の滝もがな　井月」など慕った句を多数残している。

また伊那谷の人は彼の墨書や筆跡を、芭蕉や本阿弥光悦を偲ばせる「高雅な書品」として親しみ、芥川龍之介に紹介すると「入神と称するをも妨げない」と評す芥川は、大正一〇年（一九二一）出版の『井月の句集』の跋文を執筆。また本の巻頭には高濱虚子の「丈高き男なりけん木枯らしに」の句が添えられている。

時が下がって昭和初期になると、種田山頭火は『井月全集』を読んで「よい本だった。今までに読んでゐなければならない本だった、井月の墓は好きだ、書はほんとうにうまい」と記し、昭和一四年（一九三九）に長年の墓参の夢を果たし「お墓したしくお酒をそゝぐ、お墓撫でさすりつゝはるばるまいりました」他二句を詠んだ。

203 井上井月とつげ義春

また昭和三一年には石川淳が伊那市で井月取材を行い、「信濃国無宿風来俳人井月」を書き残している。

熱狂的なファンを持つ漫画家のつげ義春（一九三七〜）の作品に、『無能の人』最終話に井月が登場する「蒸発」という作品がある。

つげは、井月の句「何処やらに堂津の声聞く霞かな」に魅せられ「過去を消した蒸発者」として自分と重ね合わせたようだ。絵の一コマに霧に消えゆく、かすかな人物を描き「何処からやって来たのか素性来歴一切不明」のナレーションを入れている。そして「何処やらに……」他三句を紛れ込ませている。

降るとまで人には見せて花曇り
落ち栗の座を定めるや窪溜り
石菖やいつの世よりの石の肌

井月の口癖は「千両千両」で、賀詞や謝辞などに繰り返したという。

彼は酒が好きで「親椀につぎ零《こぼ》したり今年酒」、「別れ端のきげむ直しや玉子酒」を詠み、「菜の花の小径を行くや旅役者」、「迷い入る山に家あり蕎麦の花」、「天竜や夏白鷺の夕ながめ」など多くの句が残る。

（２０１７・８）

204――呪われる「トミノの地獄」朗読

奇怪な都市伝説は残っているようだ。

大正八年（一九一九）に出版された西条八十の詩集『砂金』に「トミノの地獄」という詩がある。

トミノ少年が地獄を舞台に旅をする妙な内容の詩である。ところが、この詩に奇怪伝説が生まれ、伝わる。

劇作家の寺山修司が「トミノの地獄を朗読したために、呪われて亡くなった」という話。

ところで、なんでこの詩を「声に出して読んだ」からといって、呪われるのだろうか。で、呪われてはと、詩を黙読する。

姉は血を吐く、妹は火吐く、可愛いトミノは宝玉《たま》を吐く。ひとり地獄に落ちゆくトミノ、地獄くらやみ花も無き。鞭で叩くはトミノの姉か、鞭の朱総《しゅぶさ》が気にかかる。叩けや叩けやれ叩かずとても、無間地獄はひとつみち。暗い地獄へ案内をたのむ。金の羊に、鶯に。皮の嚢《ふくろ》にゃいくらほど入れよ、無間地獄の旅支度。春が来て候林に谿に、暗い地獄谷七曲り。籠にゃ鶯、車にゃ羊、可愛いトミノの眼にゃ涙。啼けよ、鶯、林の雨に妹恋しと声かぎり。啼けば反響が地獄にひびき、狐牡丹の花がさく。地獄七山七谿めぐる、可愛いトミノのひとり旅。地獄ござらばもて来てたもれ、針の御山の留針を。赤い留針だてにはささぬ。可愛いトミノのめじるしに。

（西条八十「トミノの地獄」）

この作品は西条が亡き父と妹に捧げた詩だそうだが、「奇異」な思いを抱いても不思議ではない読み方もある。

寺山は、トミノに憑かれたわけでもなかろうが、昭和四九年（一九七四）公開の寺山脚本・監督の映画『田園に死す』の挿入歌「惜春鳥」は、西条の影響なのか「酷似」部分がある。二人の響き合う想いは〝呪い〟への反語かも知れない。

姉が血を吐く、妹が火吐く／謎の暗黒壜を吐く／／壜の中味の三日月青く／指でさわれば身もほそる／／ひとり地獄をさまようあなた／戸籍謄本ぬすまれて／／血よりも赤き　花ふりながら／人のうらみを　めじるしに／／影を失くした天文学は／まっくらくらの家なき子／／銀の羊とうぐいす連れて／あたしゃ死ぬまで、あとつける

（寺山修司「惜春鳥」）

ただ比較文学者の四方田《よもた》犬彦は「万が一にも朗読などしてしまうと、あとで取り返しのつかない恐ろしいことが生じる」と記す。

いかにも〝呪い〟に真実味を持たせようとする。

（2017・9）

205――にぎやかに『源氏物語』がならぶ

二〇一七年秋、作家の角田光代の現代語訳『源氏物語』が刊行され「角田源氏」が加わり、にぎやかに『源氏物語』がならぶことになる。百花繚乱の「源氏」だ。

遡って「源氏訳」を調べてみると、与謝野晶子『新新訳 源氏物語』=「与謝野源氏」（一九三九年）をスタートに、三度改定した谷崎潤一郎の『訳』（四一年）、『新訳』（五四年）、『新々訳』（六五年）=「谷崎源氏」が脚光を浴びて「現代語訳」が登場した。後も窪田空穂《うつぼ》『現代語訳 源氏物語』（四三年）、池田亀鑑『全訳 源氏物語』（五五年）、玉上琢弥『源氏物語 評釈』（六九年）と続き、円地文子訳=「円地源氏」（七三年）、田辺聖子訳=「田辺源氏」（七九年）、瀬戸内寂聴訳=「瀬戸内源氏」（八九年）の三女流作家の「源氏」が出てきた。さらに今泉忠義『源氏物語 全現代語訳』（七八年）の学者訳もあり、中井和子『現代京ことば訳 源氏物語』（九一年）や橋本治『窯変 源氏物語』（九三年）の特異訳も刊行された。後、尾崎左永子『新訳 源氏物語』、大塚ひかり『全訳 源氏物語』（二〇一〇年）、林望『謹訳 源氏物語』（一三年）と続き、現在、中野幸一『正訳 源氏物語』刊行も続く。また各種各様「まんが源氏物語」も数多く刊行され、各地の書店には「源氏コーナー」設置が目につく。

我が家の書棚には、その他、川口松太郎『川口源氏 新源氏物語』、北條秀司『北條源氏』、梶山季之『好色源氏物語』、それに柳亭種彦『偐紫《にせむらさき》田舎源氏』ではなく、井上ひさし「江戸紫絵巻源氏」がならび、かつて「源氏」に凝った時期があったことを思い出す。

紫式部『源氏物語』を日本人で世界に初めて紹介したのは、郷土の偉人・末松謙澄（一八五五〜一九二〇、福岡県行橋市前田出身）で、日々、我が家近くに建つ「末松謙澄生誕之地」碑を見る。彼は一〇歳で幕末の漢学者・村上仏山の私塾「水哉園《すいさいえん》」に入塾。明治四年（一八七一）一七歳で上京。苦学を続けて新聞界へ入り、高橋是清、福地桜痴《おうち》らを知り、伊藤博文、山形有朋などの知遇を得て官界に入った。二四歳で英国ケンブリッジ大学に留学。明治一五年（一八八二）ロンドンで末松翻訳の『源氏物語』が出版された。日本では初めての「末松源氏」は「佳訳」との評価も得たという。後、世界各国で「アーサー・ウェイリー源氏」をはじめ、多くの翻訳出版が続く。長保三年（一〇〇一）以降に書き始めたといわれる「源氏物語」が、悠久の時を超え、なお新しいのは、人間愛を綴る魅力なのだろう。

（2017・9）

206——自由律俳句の俳人ふたり

自由律の俳誌『層雲』主宰の荻原井泉水《せいせんすい》（一八八四〜一九七六）の弟子に、漂泊の俳人と呼ばれる種田山頭火と尾崎放哉《ほうさい》がいる。「乞食」の山頭火、「今一休」の放哉を追う。その前に井泉水。

空を歩む朗朗と月ひとり
咲きいづるや桜さくらと咲きつらなり
われ一口犬一口のパンがおしまい

▼種田山頭火（一八八二〜一九四〇）は、山口県（防府市）の大地主の長男として生まれた。早大に入学するも神経衰弱のため退学。郷里で俳句を続け、翻訳などをする。三一歳で『層雲』に投句を始め、四二歳、熊本で「得度」後「雲水《うんすい》姿」でひとり旅に出る。

鴉啼いてわたしも一人
どうしようもない私が歩いている
生まれた家はあとかたもないほうたる
けふもいちにち風を歩いてきた
あざみあざやかにあさのあめあがり
あの雲がおとした雨にぬれてゐる
また一枚脱ぎ捨てる旅から旅
おちついて死ねそうな草萌ゆる

そして辞世句。

もりもり盛りあがる雲へあゆむ

▼尾崎放哉（一八八五〜一九二六）は、鳥取県（鳥取市）の裁判書記官の次男として生まれた。東大卒業後、保険会社に就職、出世コースに乗る。三〇歳で『層雲』投句後、突然、生活を捨て俳句三昧。病弱でもあり四〇歳頃から寺男を転々、酒乱の自由人だった。

咳をしても一人
足のうら洗えば白くなる
肉がやせてくる太い骨である
いれものがない両手でうける
墓の裏に廻る
人をそしる心をすて豆の皮むく
一人の道が暮れて来た
考えごとをしている田螺《たにし》が歩いている

そして辞世句。

春の山のうしろから烟が出だした

自由律俳句の代表的俳人ふたり、ともに酒を嗜み、ともに命を絶とうとした。ともに小さな庵に棲み、ともに生計は支援者の援助で生きた。

句風は、山頭火「動」で、放哉「静」だった。

（2017・10）

207　小説家の詠んだ句

俳句は一七文字で森羅万象を表すが、破落戸（ならずもの、またごろつきと読む）の文芸説あり。見方も様々。小説家の詠んだ句も一味あり、惹き付ける。

▼森鷗外（一八六二〜一九二二）は『舞姫』『うたかたの記』『青年』『山椒大夫』など著す。

「米足らで粥に切りこむ南瓜かな」、「畑打つや中の一人は赤い帯」、「埋火の燃え尽くしたる窪みかな」、「血の海や枯野の空に日没して」ほか。

▼夏目漱石（一八六七〜一九一六）は『吾輩は猫である』『坊ちゃん』『三四郎』など著す。

「鐘つけば銀杏散るなり建長寺」、「あるほどの菊抛げ入れよ棺の中」、「菜の花や門前の小僧経を読む」、「雨に雪霰となって寒念仏」ほか。

▼芥川龍之介（一八九二〜一九二七）は『羅生門』『鼻』『蜘蛛の糸』『河童』など著す。

「古池や河童飛びこむ水の音」、「兎も片耳垂るる大暑かな」、「初秋の蝗つかめば柔らかき」、「蝶の舌ゼンマイに似る暑さかな」ほか。

▼川端康成（一八九九〜一九七二）は『伊豆の踊子』『雪国』『千羽鶴』『山の音』など著す。

「秋乃野に鈴鳴羅し行く人見えず」、「まず来る鶴の一羽や空の秋」、「われ遂に富士に登らず老いにけり」、「初空に鶴千羽舞う幻の」ほか。

▼林芙美子（一九〇三〜五一）は『放浪記』『うず潮』『晩菊』『浮雲』など著す。

「硯冷えて銭もなき冬の日暮れかな」、「桐の花窓にしぐれて二日酔」、「鶯もきき飽きて食ふ麦の飯」、「村を出てこゝ二三町桃の花」ほか。

▼太宰治（一九〇九〜四八）は『晩年』『斜陽』『人間失格』『走れメロス』『桜桃』など著す。

「旅人よゆくて野ざらし知るやいさ」、「病む妻やとどこほる雲鬼すすき」、「こがらしや眉寒き身の俳三昧」、「ひとりいて蛍こいこいすなっぱら」ほか。

▼三島由紀夫（一九二五〜七〇）は『仮面の告白』『潮騒』『金閣寺』『豊饒の海』など著す。

「おとうとがお手手ひろげてもみぢかな」、「アキノヨニスヾムシナクヨリンリンリン」、「何もかも言ひ尽してや暮の酒」ほか。

ほかの小説家で、樋口一葉（一八七二〜九六）「さりとはの浮世は三分五里霧中」と井伏鱒二（一八九八〜一九九三）「冬の夜やいやですだめですいけません」の句もいい。

（２０１７・10）

208——小説家の詠んだ歌

近代文学は坪内逍遥（一八五九〜一九三五）と二葉亭四迷（一八六四〜一九〇九）によって近代小説の礎が築かれたといっていい。逍遥は四迷を追慕して「何をあてに息つきあへず登るぞとあざみしひとの逝きて久しも」と詠んだ。小説家の詠んだ歌を追ってみる。

▼伊藤左千夫（一八六四〜一九一三）は『野菊の墓』『隣の嫁』『春の潮』など著す。

「池水は濁りににごり藤波の影もうつらず雨降りしきる」、「秋立つとおもふばかりをわが宿の垣の野菊は早咲きにけり」、「苦しくも命ほりつつ世の人の許さぬ罪を悔ゆる瀬もなし」ほか。

▼樋口一葉（一八七二〜九六）は『たけくらべ』『十三夜』『にごりえ』など著す。

「風ふかば今も散るべき身を知らで花よしばしともののいそぎする」、「散そめし桜を見れば今宵ふる雨のうちにや春は行くらん」、「かり衣すそ野のはらの冬がれにあそびし蝶の行方をぞおもふ」ほか。

▼長塚節《たかし》（一八七九〜一九一五）は『土』『芋掘り』『佐渡が島』『おふさ』など著す。

「こほろぎははかなき虫か柊の花が散りても驚きぬべし」、「白埴《しらはた》の瓶こそよけれ霧ながら朝はつめたき水くみにけり」、「うつそみの人のためにと菩提樹をここに植ゑけむ人の尊とさ」ほか。

▼谷崎潤一郎（一八八六〜一九六五）は『春琴抄』『鍵』『細雪』『痴人の愛』など著す。

「雪とばかり袖にちり来し花ならでおつる木の葉ぞ桜なりける」、「おほ君は神にましまさすうつし身の人にましますそめてたかりける」、「三十里はなれて住めハ吾妹子か鼻の形そわすれけるかな」ほか。

▼中島敦（一九〇九〜四二）は『山月記』『光と風と夢』『李陵』『弟子』など著す。

「ぽっかりと水に浮きゐる河馬《かば》の顔郷愁《ノスタルヂア》も知らぬげに見ゆ」、「山椒魚は山椒魚らしき顔をして水につかりゐるたゞ何となく」、「ホロホロとホロホロ鳥が鳴くといふ霜降色の胸ふくらせて」ほか。

昔、京都で自死の乞食女の「ながらえばありづる程の浮き世ぞと思えば残る言の葉もなし」に「言の葉は長し短し身のほどを思えば濡るる袖の白砂」と返した貴族の歌も残る。また現在、世界的作家として活躍中の村上春樹も短篇に「今のときときが今ならこの今をぬきさしならぬ今とするしか」などを詠んでいる。

（2017・10）

山口県山口市の湯田温泉の公園、中原中也詩碑そばに種田山頭火「ちんぽこもおそそも湧いてあふるる湯」の句碑が建つ。山頭火には他にも「ちんぽこ」の句がある。

ちんぽこにも陽があたる夏草
ちんぽこの湯気もほんに良い湯で
霜へちんぽこからいさましく

現在、ズバリの名でいい時代なんだろうか、「衝撃の実話。好きなのに、入らない！」と帯の付いた書籍が評判だ。こだま著『夫のちんぽが入らない』という本が刊行されている。驚きのタイトルだ。

作品の書き出しは「いきなりだが、夫のちんぽが入らない。本気で言っている。交際期間も含めて二十年、この『ちんぽが入らない』問題は、私たちをじわじわと苦しめてきた」で始まり、「あとがき」には、編集者が「このタイトルが良いんです。最高のちんぽにしましょう」の力強い声に納得、と記す。

こうしたズバリ「ちんぽこ」の句を探してみた。

春泥に子等のちんぽこならびけり　川端茅舎《ぼうしゃ》
麦秋の子がちんぽこを可愛がる　森　澄雄
ちんぽこの短く見えし初湯かな　雪我狂流《ゆきがふる》
ちんぽこの子もかぐはしき若布干し　角川春樹

209　ズバリの名でいい時代なんだ

みどりごのちんぽこつまむ夏の父　金子兜太
雨止んでちんぽこほどの曼珠沙華　稲山忠利
通称はちんぽこ柿といふそうな　西野文代
ちんぽこが勃ったらいいなぁ螢見て　神戸千寛
胎の子にちんぽこの芽や雪解川　喜多昭夫

それに室生犀星の詩集『昨日いらっしって下さい』に収まる「夜までは」もいい。

男といふものは／みなさん　ぶらんこ　ぶらんこ　お下げになり、／知らん顔して　歩いてゐらっしゃる。／えらいひとも／えらくないひとも、／やはりお下げになってゐらっしゃる。／恥ずかしくも何ともないらしい、／お天気は好いし　あたたかい日に、／ぶらんこさんは　包まれて、／包まれたうへに　また叮嚀に包まれて、／平気で　何食はぬ顔で　歩いてゐらっしゃる。／お尋ねしますが　あなた様は　今日は／何処で　誰方に　お逢ひになりました、／街にはるかぜ　ぶらんこさんは／上機嫌で　うたってゐらっしゃる。

（「夜までは」）

こうしてみるとズバリ、ストレートの物言いもいいようだ。案外、真っすぐだからいい、のかも知れない。

（２０１７・10）

平安時代の紫式部『源氏物語』は寛弘五年（一〇〇八）初出の貴族社会を描いた長編物語だが、鎌倉時代の承久の乱（一二二一）以前に成立といわれる『平家物語』は平氏の興亡を描いた叙事詩的軍記物語。作者は諸説あるが、吉田兼好『徒然草』（一三三〇頃）の第二二六段に「後鳥羽院の御時、信濃前司行長、稽古の誉ありけるが（略）心憂き事にして、学問を捨てて遁世したりけるを、慈鎮和尚（略）信濃入道を扶持し給ひけり（略）この行長入道、平家物語を作りて、生仏といひける盲目に教へて語らせけり（略）」と記され、信濃前司行長《しなののぜんじゆきなが》とある。文は七五調の語りで人に馴染む。

『平家物語』の最初、巻一の「祇園精舎」原文を、さらりと語る人は多い。

祇園精舎の鐘の声、諸行無常の響きあり。沙羅双樹の花の色、盛者必衰の理をあらはす。おごれる人も久しからず、ただ春の夜の夢のごとし。たけき者も遂にはほろびぬ、ひとへに風の前の塵に同じ。（略）

『平家物語』は「語り本」と「読み本」に分かれており、語り本は、盲目の琵琶法師によって琵琶を弾きながら語る「平曲《へいきょく》」と呼んだ。平曲には八坂《やさか》流と一方《いちかた》流があった。また読み本は延慶《えんぎょう》本と長門本などがあった。お互い補完しつつ庶民に広がっていったようだ。

多くの人が『平家物語』に魅せられて現代語訳や校訂、新釈、評釈などに挑む。そんな著作を追ってみると〝現代の読み本〟が、いかに作家や研究者によって生まれていたかが判った。

市古《いちこ》貞次、尾崎士郎、大塚ひかり、大原富枝、大橋忍、桑原博史、小松茂美、佐藤謙三、杉本圭三郎、高木市之助、高橋貞一、冨倉徳次郎、中山義秀、永井路子、古川日出男、水上勉、水原一、宮本百合子、光瀬龍、森村誠一、山口明穂、蓬田修一、吉村昭などに加え、吉川英治『新平家物語』、橋本治『双調《そうじょう》 平家物語』、宮尾登美子『宮尾本 平家物語』、白洲正子『謡曲 平家物語』、安野光雅『絵本 平家物語』、麻原美子・佐藤智広『長門本 平家物語』、三石由紀子『これで読破！ 平家物語』、瀬川康男・木下順二『絵巻 平家物語』、ベンジャミン・ウッドワード『英語で読む平家物語』、林望『謹訳 平家物語』など数えきれない。マンガも横山光輝、つぼいこう、赤塚不二夫、山野井健五などの作品がある。

滅びの美学は〝負〟を語り〝正〟を学ぶ、日本人の心根にフィットするのだろう。

（２０１７・10）

俳誌『ホトトギス』の主宰は高濱虚子（一八七四〜一九五九）、高濱年尾（一九〇〇〜七九）、稲畑汀子（一九三一〜）、稲畑廣太郎（一九五七〜）と続いている。

ここに高濱虚子の各地にある句碑を見てみる。

よくぞ来し今青嵐につつまれて　（北海道）
みねかけて谷かけて咲く花りんご　（東北）
山国の蝶を荒しと思はずや　（信濃）
北国の時雨日和やそれが好き　（北陸）
紅白の椿を植ゑて句碑を立て　（関東）
北に富士南に我が家梅の花　（東海）
東山西山こめて花の京　（近畿）
秋風の急に寒しや分の茶屋　（中国）
夫高し雲行く方へ吾も行く　（四国）
天の川の下に天智天皇と巨虚子と　（九州）
はらからに問ふ今日咲ける花は何　（ブラジル）

次に高濱家の並ぶ句碑を見てみる。

▼茨城県大洗町
波間より秋立つ舟の戻りけり　虚子
引汐のやがて千鳥の来る頃と　年尾
春光を砕きては波かがやかに　汀子

▼大阪府忠岡町
大汐干句会の船を五六艘　虚子
その昔よりの千鳥の洲なるべし　年尾
千鳥の洲とて訪ねたき心すぐ　汀子

▼香川県善通寺市
咲きみちてこぼるゝ花も無かりけり　虚子
お遍路の美しければあはれなり　年尾
風少しあり梅の香を運ぶほど　汀子

▼和歌山県高野町
炎天の空美しや高野山　虚子
一水の緑陰に入るところかな　年尾
万丈の杉の深さや五月闇　汀子

▼石川県七尾市
家持ちの妻恋舟か春の海　虚子
冬は憂しといひし七尾の花に来し　年尾
帰る気になかなかならず山車に従き　汀子
星の綺羅露を宿してをりにけり　廣太郎

高濱家の親子、三、四代句碑が全国各地に散在する。四代にわたって直系で俳誌を引き継ぎ、俳句道を受け継ぐ不思議な家だ。

高濱家の強靭な文学道に感服するしかない。

（2017・11）

211　高濱家の句碑ならぶ

212——文学者ふたりの自死

日本近代文学界での自殺者第一号は、島崎藤村らに影響を与えた北村透谷《とうこく》（一八六八〜九四）といわれる。

北村自死の二年前に生まれた生田春月《しゅんげつ》（一八九二〜一九三〇）も自殺した。文学者ふたりに繋がりがあるわけではないが、自死した姿を追ってみる。

北村は神奈川県小田原市生まれ。東京専門学校（現早大）中退後、雑誌『文学界』を創刊、近代詩『楚囚《そしゅう》之詩』発表など文芸批評や思想で若い文学者を魅了したが、精神に変調をきたし「我が事終われり」と明治二七年五月一五日「明るい月の夜、自宅の庭の木で縊死した。詩人であり、思想家であり、また民権運動の壮士でもあった」と新聞は報じた。

曽つて誤って法を破り政治の罪人として捕はれたり、余と生死を誓ひし壮士等の数多あるうちに余は其首領なり、中に、余が最愛のまだ蕾の花なる少女も、国の為とて諸共にこの花婿も花嫁も。（略）嗚呼楚囚！　世の太陽はいと遠し！　噫此は何の科ぞや？　ただ国の前途を計りてなり！　噫此は何の結果ぞや？　此世の民に尽くしたればなり！（略）獄舎！　つたなくも余が迷入れる獄舎は、二重の壁にて世界と隔たれり（略）中に四つの仕切りが境となり……（略）（『楚囚之詩』）

生田は鳥取県米子市生まれ。家業の酒造業が破綻、一家離散。詩人を目指し苦学、職を転々、批評家の生田長江の秘書になって活路が開けた。

彼はハイネ翻訳研究家としても知られ、詩集、翻訳、随想二〇冊余を出版するが、社会的不平等の義憤が深刻化、昭和五年五月一九日〝絶筆〟を残して大阪から別府行きの船で瀬戸内海播磨灘の海に身を投げた。

甲板にかゝってゐる海図。――それはこの内海の海図だ――ぢっとそれを見てゐると、一つの新しい未知の世界が見えてくる。普通の地図では、海は空白だが、これでは陸地の方が空白だ。たゞわずかに高山の頂きが、記されてゐる位なものであるが、これに反して海の方は水深やその他の記号などで彩られてゐる。

これが今の自分の心持をそっくり現してゐるやうな気がする。今迄の世界が空白となって、自分の飛び込む未知の世界が、彩られるのだ。（絶筆「海図」）

北村は没落士族。両親と上京、数寄屋《すきや》橋近くに住む。透谷《すきや》を「とうこく」と呼びペンネームとした。生田は生家没落。独学人生だった。ともに厭世、生き辛くなった。

（2017・11）

213　蝉丸と逢坂の関

奈良時代、都を守る三つの関所（三関《さんげん》）があった。伊勢の鈴鹿《すずか》関、美濃の不破《ふわ》関、越前の愛発《あらち》関。そして平安時代、愛発が近江の逢坂《おうさか》関に替わった。逢坂といえば、『百人一首』の歌。

　これやこの行くも帰るも別れては
　　知るも知らぬも逢坂の関　　蝉丸

蝉丸（せみまろ／せみまる、生没年未詳）は、平安時代初期の音楽家であり歌人。盲目で琵琶の名手といわれ、逢坂の関に棲む。そこに管絃の道を極める源博雅《ひろまさ》朝臣が「会坂の盲の許に行く話」として「今ハ昔」の説話集『今昔物語』に「蝉丸伝説」が伝わる。

源朝臣は、盲の琵琶の弾奏を聞きたいとの願いで、蝉丸に人を遣って問うた。彼の住む庵の異様な有様を見かね「京に来て住めばよい」と伝えたが、返歌が返った。

　世の中はとてもかくても同じこと
　　宮も藁屋も果てしなければ　　蝉丸

朝臣は、思い叶わぬことを知ると、更なる想いは「蝉丸のみが知るという琵琶の秘曲である流泉・啄木の音を、如何にしてでも聴きたい」の一念で、密かに夜な夜な庵のほとりに通った。今か今か、と琵琶の音に耳を澄ませた。三年目の八月一五日、風が吹き、朧の月夜、憂さを晴らすかのように盲の琵琶がかき鳴った。

　逢坂の関の嵐のはげしきに
　　しひてぞゐたるよを過ぎむとて　　蝉丸

朝臣は、想いが叶い感激、涙を流し「今夜そなたに会うことができた」と庵に入って、お互い打ち解けた。

朝臣の「流泉・啄木の奏法は」の問いに、蝉丸は「親王はこのようにお弾きになった」と伝授など熱心に語り、朝臣は大いに満足し暁に帰った。蝉丸にもう一首。

　秋風になびく浅茅の末ごとに
　　おく白露のあはれ世の中　　蝉丸

明日をも知れぬ命なら数寄者同士が会って〝道〟を語りたい、との願いで、隠れ、ただ、ただ、音を待った朝臣。蝉丸も「道を心得た人」のまさかの訪問をとても喜んだ。この譬えは、それぞれの道が、位関係なく〝ひたすら〟待つことによって会得できる教えであろう。今の世、諸道において〝真の達者〟が少ないといわれる。哀れである。逢坂に三つの「蝉丸神社」があり〝音曲の神〟が祀られている。『百人一首』に一首あり。

　夜をこめて鳥のそらねははかるとも
　　よに逢坂の関はゆるさじ　　清少納言

（2017・11）

214——女性川柳——明治の先駆者たち

川柳作家の岸本吟一は「二百余年の川柳史を五つの時代に分けて考えていました」として創成、狂句、中興、近代、現代（確立）の時代に区分けし、そして「五時代の形成は、実に女性川柳である、と言っても過言ではない」と記している。明治の女性川柳三人を追う。

▼阪井《さかい》素梅女《すばいじょ》（生年不詳〜一九五二）は、川柳中興の祖・阪井久良岐の夫人、東京高等女学校の第一期生で鳩山春子と同期。明治期の主婦の川柳作家の草分け的存在で日常生活を題材にした「写生句」が多く「家庭詩」を強調した作品を残す。

竿竹屋竿竹らしい声で売り
梓弓元の女房に会ったやう
炊き損ね二日がゝりで鶏が食ひ
俄雨帯を包むが女なり
美しく化けて公達迷はせる
泥棒と知らず鼠をシッ叱り

▼伊藤《いとう》政女《まさじょ》（一八八二〜没年不詳）は、作家の伊藤銀月の妻。文才豊かで小説（『杏葉牡丹』）を著し「柳壇好個《こうこ》のジャンヌ・ダルク」と囃されて活躍。川柳の短詩形式に小説の物語性を導入する「女傑」の異名をとったが、大正期には姿が消えた。

文章で見ると流るゝ如くなり
死ぬ迄も離れともない此お膝
枯れてれば枯れて居る程花が好き
ならばその枕一つは借りたいな
二人にはつげずわたしは死にました
其罪を女殺しと申しヤス

▼下山《しもやま》岐陽子《きょうこ》（生没年不詳）は、明治期に多くの作品を生み活躍した女流第一人者。女性視点の「写生詩」は「詩的滑稽」の評価を得て「川柳界の与謝野晶子」といわれ、女の情念句から「象徴詩」へと発展。晩年「築地の茶屋」の女将と伝わる。

お白粉の剝げたお貌は夏の富士
棄てた花雨で生きると惜しくなり
花園のやうに舞子は髪へさし
去られたと思つた女房澄ましてゐ
黒き血の毒蛇となって纏つはるゝ
白扇をサッと開いて首は落ち

平宗星編『撩乱女性川柳』は、江戸の女性川柳の源流に遡り、明治、大正、昭和、平成ニューウェーブまでの女性の「川柳」を詠い継ぐ深い「情」を伝える。

（2018・2）

明治四四年（一九一一）に平塚らいてう（一八八六〜一九七一）は雑誌『青鞜《せいとう》』を発刊。大正に井上剣花坊《けんかぼう》（一八七〇〜一九三四）は雑誌『大正川柳』を刊行した。

▼井上信子（一八六九〜一九五八）は井上剣花坊夫人。川柳史初の「川柳女性の会」を結成。作品は「心象詠」「社会詠」ありで、魂の記録といわれる。

草むしり無念無想の地を広め
きりぎりす啼くなおまえの秋じゃもの
一人去り二人去り仏と二人
国境を知らぬ草の実こぼれ合い

▼片岡ひろ子（一八九〇〜一九七五）は夫の陽気坊と岡山の近代川柳史に名を残し、詩想は「男性に劣らぬ」と評価された。師の死後は小鼓を友として暮らした。

蜂の巣のやうな心の日が続き
春風も悲しく母の喪に逢ひて
いっそもう蛇の心になってやれ
明るさを水に残して黄昏るゝ

▼三笠しづ子（一八八二〜一九三二）は弁護士・丸山長渡に嫁ぎ「新興川柳」の代表的作家として活躍。自然詩と恋愛詩からなる。高い詩情は後の作家に継承される。

これ以上人形らしくなり切れず
嘘ばかりいふ口唇に紅が冴え
魂よまァるくなって寝ておくれ
ひそやかに触れてはならぬものに触れ

▼吉田茂子（生没年不詳）は剣花坊（山口県）と同郷で吉田松陰の養子と結婚。仏への厚い信仰心を詠み「社会詩」も詠んだ「現代川柳」の先駆的な作品が残る。

水の如く一つの道を抱いて行く
ゆれ動く秤の上に立つこころ
つゝましく行けば横切るものばかり
一つぬぎ二つぬぎ人間らしく

▼麻生葭乃《よしの》（一八九三〜一九八一）は川柳六大家の一人・麻生路郎《じろう》の妻。句風は「自己の環境や思想を反映」し「内剛外柔」で、「人肌」の詩情を秘めた作品を残す。

飲んでほしやめてもほしい酒をつぎ
眠るよりほかに浄土の地をば見ず
大根畑へ紋白蝶が降って来た
月おぼろ君の情けに似ておぼろ

大正から昭和にかけて「白足袋を気にして家を探し当て」（福島春乃）から「はしたない言葉の先へ尖る風」（岩崎満寿子）へと川柳の心は引き継がれる。

（2018・2）

215——女性川柳——大正の作家たち

216　さまざまなペンネーム

作家などの筆名（本名）を追ってみる。明治三八年（一九〇五）に社会主義者の堺枯川《こせん》（堺利彦）が「号」の廃止宣言を行った。以降、ペンネームの時代に入った。

【森鷗外（森林太郎）】隅田川の鷗の渡しに住んでいて、友人の漢詩の号「鷗外」を借りた。【吉川英治（吉川英次）】本名の「英次」を広告で「英治」と誤植されたのを使用。【若山牧水（若山繁）】生家前の渓や滝の水に親しみ、母の名マキ（牧）と合わせた。【北村透谷（北村門太郎）】数寄屋橋付近に住んだことから数寄屋（透谷）と名付けた。【島崎藤村（島崎春樹）】影響を受けた北村透谷の〝透〟と〝村〟をもじった。【宮武外骨（宮武亀四郎）】亀は外側に骨があるという考えである。【正岡子規（正岡常規《つねのり》）】ホトトギス（子規）は冥土の鳥、蜀の王が死して鳥になった伝説による。【中村草田男（中村清一郎）】愚図の彼を蔑視する親戚から「腐った男」と面罵された。【金子みすゞ（金子テル）】信濃の枕詞である「みすゞ」が好きな言葉だった。【伊藤佐千夫（伊藤幸次郎）】幼い頃から「さち（幸）」と呼ばれていたことによる。【田河水泡《すいほう》（高見沢仲太郎）】本姓をもじって田河水泡（たかみざわ）とした。【西東三鬼（斎藤敬直《けいちょく》）】明治三三年生まれ、三三歳で俳句作り、即座のでたらめ名。【坂口安吾（坂口炳五《へいご》）】教師から「炳は明るい意味だが、おまえは暗い、暗吾」と叱責。【太宰治（津島修治）】東大教授（太宰施《せ》門《もん》）や同級生（太宰友次郎）説がある。【三島由紀夫（平岡公威《きみたけ》）】伊豆の乗換駅「三島」から仰ぐ富士の「雪」を合わせた。【樋口一葉（樋口奈津）】達磨大師が蘆の一葉にのって中国に渡った故事にちなむ。【半村良（清野平太郎）】ファンのイーデス（良）・ハンソン（半村）の名を借りた。【獅子文六（岩田豊雄）】「四四　十六」のもじりに「文豪」を超える「文六」とした。【野口雨情（野口英吉）】「雲恨雨情」の詩語から採り、春雨の降る意を表現するそうだ。【山本周五郎（清水三十六《さとむ》）】親戚の質屋に徒弟として住み込んだ時の主人の名。【山田風太郎（山田誠也）】仲間と「雷・雨・雲・風」の符丁で呼び合った、自身は風。【司馬遼太郎（福田定一）】中国の『史記』を著した司馬遷に「遼《はる》か及ばない」の意味。【江戸川乱歩（平井太郎）】アメリカの作家エドガー・アラン・ポーに拠る。【種田山頭火（種田正一）】荻原井泉水に師事、運命判断の一種「納音《なっちん》占い」に因んだ。

ペンネームは「もう一つの自分」を実現することだが、いつしか「本名」と逆転する。

（２０１８・２）

217——四季の雨詠む詩と歌と……

詩人であり歌人の北原白秋（一八八五～一九四二）は「雨」が好きなようだ。「雨はふるふる　城ヶ島の磯に利休ねずみの　雨がふる」（「城ヶ島の雨」）や「庭園の雨」「銀座の雨」などを残す。大正七年（一九一八）の「雨」には、作曲家の弘田龍太郎と成田為三がそれぞれメロディーをつけた。大正一四年の「あめふり」は中山晋平によって童謡が作られ、広く国民に唄われるようになった。

雨がふります／雨がふる／遊びにゆきたし／傘はなし／紅緒の木履《かっこ》も緒が切れた　（「雨」）

あめあめ　ふれふれ　かあさんが／じゃのめで　おむかい　うれしいな／ピッチピッチ　チャップチャップ／ランランラン　（「あめふり」）

この「雨」のイメージは、大正三年の文部省唱歌「四季の雨」からの流れであろうか。

一、降るとも見えじ春の雨　水に輪をかく波ならば
けぶるとばかり思わせて　降るとも見えじ春の雨
二、俄に過ぐる夏の雨　物干し竿に白露を　菜残りと
しばし走らせて　俄に過ぐる夏の雨
三、おりおりそそぐ秋の雨　木の葉木の実を野に山に
色さまざまにそめなして　おりおりそそぐ秋の雨
四、聞くだに寒き冬の雨　窓の小笹にさやさやと　更
行く夜半をおとずれて　聞くだに寒き冬の雨
（「四季の雨」）

とにかく「雨の歌」は、古くから多くの詩人、歌人が詠んできた。四季の雨を拾う。

山吹の咲きたる野辺のつほすみれ
この春の雨に盛りなりけり　高田女王《たかだのおおきみ》

かかげてもしめりがちなるともし火に
音なき春の雨を知るかな　樋口一葉

時ならで今朝咲く花は夏の雨に
しをれにけらしにほうほどなく　光源氏

飯かしぐゆふべの煙庭に這ひて
あきらけき夏の雨は降るなり　若山牧水

秋の雨に濡れつつをれば賤しけど
吾妹が屋戸し念ほゆるかも　大伴利上《としかみ》

秋の雨の晴れ間に出でて子供らと
山路たどれば裳のすそ濡れぬ　良寛

冬の雨慄《ふる》へて降れるそればかり
心をぞ引くうき寂しき日　与謝野晶子

冬の雨の石にひびかふ墓地の闇
母と来る子は歩みとどめず　北原白秋

（2018・2）

清少納言と紫式部の娘

平安時代、長徳二年（九九六）に清少納言の随筆『枕草子』、寛弘五年（一〇〇八）に紫式部の小説『源氏物語』が登場した。中宮定子《ていし》に仕えた清少納言と、中宮彰子そばの紫式部。二人が遺した古典文学は日本人の心に刻まれ続けている。二作品の「冒頭」を見る。

春は、あけぼの。やうやう白くなりゆく山ぎは少し明りて紫だちたる雲の細くたなびきたる。夏は、夜。月の頃はさらなり。闇もなほ。……（『枕草子』）

いづれの御時にか、女御、更衣あまたさぶらひたまひけるなかに、いとやむごとなき際にはあらぬが、すぐれてときめきたまふありけり……（『源氏物語』）

ところで、藤原定家が京都の小倉山の山荘で秀歌を一人一首選んだ『小倉百人一首』は、歌道の入門編として知られる。それには男性七九名、女性二一名の歌が、『古今和歌集』『新古今和歌集』などから収載されている。その中に紫式部と清少納言の和歌が載っている。

五七　めぐりあひて見しやそれともわかぬまに
　　雲がくれにし夜半の月かな　紫式部

六二　夜をこめて鳥のそらねははかるとも
　　よに逢坂の関はゆるさじ　清少納言

さらに調べると藤原宣孝《のぶたか》と紫式部の娘・賢子《かたこ》は、後に大弐三位《だいにのさんみ》となるが、女流歌人として活躍し『小倉百人一首』に母とともに名を残す。

五八　ありま山ゐなの笹原風吹けば
　　いでそよ人を忘れやはする　大弐三位

また大弐三位の歌は『新古今和歌集』などにも歌が多く残る。二首を記す。

待たぬ夜も待つ夜も聞きつほととぎす
　　花橘のにほふあたりは

つらからむ方こそあらめ君ならで
　　誰にか見せむ白菊の花

一方、藤原棟世《むねよ》と清少納言の娘・小馬命婦《こまのみょうぶ》は、歴史の表舞台に出ることのない生涯を送ったようで、『後拾遺和歌集』に載る歌が、ただ一首のみ残る。

その色の草とも見えず枯れにしを
　　いかに言ひてか今日はかくべき　小馬命婦

悲劇の中宮定子を支えた清少納言の「陽」に対して、栄華の中宮彰子そばの紫式部は「陰」の作風だといわれる。この才女たちの娘は、それぞれ中宮彰子の女房として共に出仕する不思議な縁があるようだが、宮中では二人の交流があったのか、どうかは定かではない。

（２０１８・２）

219――狂歌師夫婦が詠む狂歌

平安時代に「狂歌」という言葉が登場。狂歌は、江戸時代中期に社会現象化した時期があった。平賀源内が序文を寄せた太田南畝《なんぽ》（蜀山人《しょくさんじん》）の『寝惚先生文集』（一七六七年）発刊以降、愛好家らが狂歌連を作って創作に励み、多くの作品が残された。いくつか狂歌を拾う。

白河の清きに魚のすみかねて
　もとの濁りの田沼こひしき
世の中に蚊ほどうるさきものはなし
　ぶんぶといふて夜も寝られず
名月を取ってくれろと泣く子かな
　それにつけても金の欲しさよ

江戸の狂歌師として唐衣橘洲《からころもきっしゅう》、四方赤良《よものあから》、朱楽菅江《あけらかんこう》、宿屋飯盛《やどやのめしもり》、花江戸住《はなのえどずみ》、酒上不埒《さけのうえのふらち》、蔦唐丸《つたのからまる》など賑やかな面々が居並ぶ中、元木網《もとのもくあみ》と智恵内子《ちえのないし》の狂歌師夫婦が詠む狂歌を追ってみたい。

元木網（一七二四〜一八一一）は、江戸で湯屋を営む主人で、落栗連《おちぐりれん》を率いて狂歌の黄金時代である天明狂歌の中心となって活躍した。武蔵（埼玉）の人という。

又ひとつ年はとるとも玉手箱
　あけてうれしき今朝のはつ春
むら芝で見つつ摘み草名は知らじ
　花咲く見つつ摘みて走らむ（回文）
客はみなさいた桜につながれて
　ひかれくるわの春の駒下駄
汗水を流して習う剣術の
　役にもたたぬ御代ぞめでたし
あな涼し浮世のあかをぬぎすてて
　西へ行く身はもとのもくあみ

智恵内子（一七四五〜一八〇七）は、名はすめ。朱楽菅江の妻・節松嫁々《ふしまつのかか》とならび称された。江戸狂歌壇で活動する夫を支え、夫婦で狂歌の指導に当たった。

通りますと岩戸の関のこなたより
　春へふみ出すけさの日の足
さほ姫の霞の衣ぬひたてに
　かゝるしつけのをがわ町哉
ふる小袖人のみるめも恥ずかしや
　むかししのふのうらの破れを
六十余り見はてぬ夢の覚めるかと
　思ふもうつつ暁の空

狂歌は近代以降、衰えた。が、今日（狂）こそ風刺、皮肉を盛り込んで詠むべきだろう。
（2018・3）

220——さみしかろな！——金子みすゞ

詩人の金子みすゞ（一九〇三～三〇）は、詩人で仏文学者の西条八十（一八九二～一九七〇）が、雑誌『童話』（大正一二年（一九二三）九月号）の「童謡」に「お魚」を選んで掲載したのがスタートのようだ。後、彼はみすゞを「若き童謡詩人の中の巨星」と称賛した。

海の魚はかわいそう。／／お米は人につくられる、／牛は牧場で飼われてる、／こいもお池でふをもらう。／／けれども海のお魚は／なんにも世話にならないし／いたずら一つしないのに／こうして私に食べられる／／ほんとに魚はかわいそう　（「お魚」）

西条の随想「下関の一夜」には、みすゞとの僅かな出会いが「夕ぐれ下関駅におりて（略）とりつくろはぬ蓬髪に不断着の儘《まま》、背には一二歳のわが子を負っていた。作品に於いては英のクリスティナ・ロセッティ女史に遜らぬ華やかな幻想を示してゐたこの若い女詩人は（略）小さな商店の内儀のやうであった。しかし、彼女の容貌は端麗で、その眼は黒曜石のやうに深く輝いていた。『お目にかかりたさに山を越えてまゐりました。これからまた山を越えて家へ戻ります』と彼女は言った（略）」と記されている。

三年後、彼女は服毒自殺した。

この一文のクリスティナ・ロセッティ（一八三〇～九四）に「風」という詩があり、日本では「風をみたひと」（木島始訳）と美しいハーモニーの合唱曲になっている。

風をみたひとが　いるかしら？／あなたも　わたしも　見ちゃいません／でも　葉っぱが　垂れて　ふるえていたら／風が　吹きすぎているのです／／風をみたひとが　いるかしら？／あなたも　わたしも　見ちゃいません／でも　木々が　頭で　おじぎをしたら／風が　吹きすぎているのです　（「風をみたひと」）

みすゞの詩作は、五年余で五一二篇を詠んだとされる。「私と小鳥と鈴と」や「大漁」など口ずさむ詩がいくつもある。生きる辛さに光をあてる「積もった雪」もそうだ。

上の雪／さむかろな。／つめたい月がさしてゐて。／／下の雪／重かろな。／何百人ものせてゐて。／／中の雪／さみしかろな。／空も地面もみえないで。（「積もった雪」）

みすゞは、我が子の親権を前夫に取られようとする前日、子の寝顔を見て二階の部屋に上がり、「一跳ね、跳ねれば、昨夜見た、遠い星の元へも、行かれるぞ。ヤ、ピントコ、ドッコイ、ピントコ、ナ……明日よりは　何を書こうぞ　さびしさよ」と。枕辺に睡眠薬。

（２０１８・３）

221　俳句も詠んだ漱石・鷗外

明治の文豪に東京生まれの夏目漱石（一八六七〜一九一六）と島根生まれの森鷗外（一八六二〜一九二二）がいる。

二人は、ともに日本文学をリードしてきた。小説をはじめ多くの作品は明治、大正、昭和、平成と時代を超えて読み継がれている。俳人としての二人を追う。

漱石と鷗外の出会いは、明治二九年（一八九六）一月三日、漱石の友である正岡子規（一八六七〜一九〇二）の東京・根岸「子規庵」での句会に誘われたのが最初だったようだ。二人は、その後、生涯ほとんど会うことはなかったが、献本の遣り取りはしていたという。

▼漱石（愚陀仏）の句

雨に雪霰となって寒念仏
無情なる案山子朽ちけり立ちながら
埋火や南京茶碗塩煎餅
短くて毛布つぎ足す蒲団かな
菜の花や門前の小僧経を読む
どこやらで我名よぶなり春の山
二人寐の蚊帳も程なく狭からん
灯を消せば涼しき星や窓に入る
枯野原汽車に化けたる狸あり
行く年や膝と膝とをつきあわせ
元日や吾新たなる願あり

▼鷗外の句

雨に啼く鳥は何鳥若葉蔭
竹竿を横に案山子のもろ手哉
埋火の燃え尽くしたる窪みかな
胸さぐる両手小さき布団かな
海きらきら帆は紫に霞けり
うらゝかやげんげ菜の花笠の人
おも白いおやぢと春のつれて行く
灯火を消すや火桶の薄明かり
虫程の汽車行く広き枯野哉
行年を家賃上げたり麹町
衣かへ金をかくして身の軽き
元日や葉巻の箱をこぢあける

漱石と鷗外の遺言が残されている。

漱石は「天に則り私を去る。大きな自然の命ずるところに従って生き自分を無にする」を遺している。

鷗外は「（略）死ハ一切ヲ打チ切ル重大事件ナリ奈何ナル官権威力ト雖此ニ反抗スル事ヲ得スト信ス余ハ石見人森林太郎トシテ死セント欲ス（略）」を遺している。

（２０１８・３）

222——乳房が詠まれている

『万葉集』からの古典和歌には、食べ物や人間の部位（身体語彙）が出てくる歌はほとんどない。

ところが、明治三四年（一九〇一）に刊行された与謝野晶子（一八七八～一九四二）の処女歌集『みだれ髪』には、タブー視された身体語彙（肌・唇・頰・手など）が頻繁に登場してくる。

近代短歌は呪縛から解放され、自由な歌詠みの時代に入ったようだ。俳句も同じ。乳房の詠みを探す。

乳ぶさおさへ神秘のとばりそとけりぬ
　ここなる花の紅ぞ濃き　与謝野晶子

ふところに乳房ある憂さ梅雨ながき　桂　信子

失ひしわれの乳房に似し丘あり
　冬は枯れたる花が飾らむ　中城ふみ子

すばらしい乳房だ蚊が居る　尾崎放哉

人妻よかはゆき汝れが児に今宵
　乳房すはせてなにをおもふや　近藤　元

おそるべき君等の乳房夏来る　西東三鬼

ブラウスの中まで明るき初夏の陽に
　けぶるごときわが乳房あり　河野裕子

帷子に花の乳房やお乳の人　高濱虚子

何ゆえにある乳房かや昼寒き町に
　きたりて楊枝を購む　阿木津英《えい》

稲架の上に乳房ならびに故郷の山　富安風生《ふうせい》

乳満てる乳房のごときしづけさに
　空はありたり夜明けんとして　真鍋美恵子

乳房掠める北から流れてきた鰯　金子兜太

ふるびたるいちやうの乳房垂れたるは
　行きにかへりにわれに近づく　森岡貞香

乳房にああ満月のおもたさよ　富沢赤黄男《かきお》

ひかり生れ草生れ黒土はうねりに
　春の乳房となれり　武下奈々子

乳房みな涙のかたち葛の花　中島秀子

いとけなき者に与へしことのなき
　両の乳房は翼であるか　道浦母都子

まぼろしの鶴は乳房を垂れて飛ぶ　堀井春一郎

昭和六二年（一九八七）に『万葉集』もなんのその、与謝野晶子以来の大型新人類歌人誕生！として俵万智『サラダ記念日』が登場した。

彼女の『チョコレート語訳 みだれ髪』の一首。

乳房おさえ神秘のベールをそっと蹴る
　そのとき我は紅い花びら　俵　万智

（2018・4）

223——花のいのちはみじかくて

作家の林芙美子（一九〇三〜五一）といえば、すぐに小説『放浪記』と「花のいのちはみじかくて苦しきことのみ多かりき」のフレーズが思い出される。

この「花のいのち……」は格言でもなく、歌でも、句でもない。ただ芙美子は求められれば、この言葉をしたためたという。

今「花のいのち」は彼女を超えた存在として人々に膾《かい》炙《しゃ》されているようだ。

ところが、この言葉の出典はどこなのか、長い間、議論が続いていたようだが、ようやく決着がついた。

風も吹くなり／雲も光るなり／生きてゐる幸福は／波間の鷗《かもめ》のごとく／漂渺《ひょうびょう》とたゞよひ／生きてゐる幸福は／あなたも知ってゐる／私もよく知ってゐる／花のいのちはみじかくて／苦しきことのみ多かれど／風も吹くなり／雲も光るなり

謎だった言葉は、芙美子と交流のあった『赤毛のアン』翻訳者の村岡花子（一八九三〜一九六八）に贈られた言葉の中にあった。村岡さんの遺族宅の書斎に「芙美子自筆の全文」が額に入って飾られていたという。

時が経てば謎は謎でなくなってくるようだ。

芙美子は下関生まれといわれていたが、近年、北九州の門司生まれ説が浮上、戸籍は鹿児島となっているようだ。旅商いの両親について各地を転々としたが、文才を認められて尾道高等女学校（現尾道東高校）へ進学、一八歳から地方新聞に詩などを投稿していた。

彼女は上京後、二五歳の時、長谷川時雨主宰の『女人芸術』誌に自伝的小説「放浪記」を連載。後、出版した『放浪記』は底辺の庶民を活写する作品として評判をとり、小説は売れに売れ、流行作家となった、が、貧しい生い立ちだったため、貧乏を売り物にする成り上がり小説家だとか、軍国主義を吹聴する政府お抱え作家などの誹謗中傷が飛び交い、批判の的になった。

芙美子は波乱万丈の生涯を送り、昭和の名作となる『浮雲』脱稿後、四〇代の若さで生涯を閉じた。

彼女の生き方から「花のいのち」の最後「多かりき」は嘆き、悲しむ諦観の感無きにしも非ずだが、「多かれど」であれば、何かあるのでは、と夢や希望を抱ける楽しさが湧く。やはり「き」より「ど」がいい。人生いろいろのフレーズにはピタリくる。

しかし天性の明るさを持つ芙美子の「き」には、貧しさを超えて「それでも生きる」女の覚悟があるようだ。

（２０１８・５）

224――情死行での愛人の遺書

二人の作家が愛人とともに命を絶った。大正一二年（一九二三）六月九日に有島武郎（一八七八〜一九二三）と波多野秋子（一八九四〜一九二三）、それに昭和二三年（一九四八）六月一三日に太宰治（一九〇九〜四八）と山崎富栄（一九一九〜四八）。著名人の情死行として話題になった。秋子と富栄は遺書をともに残していた。

有島は『或る女』や『生れ出づる悩み』などの作品を発表。早くに妻を亡くし創作活動に行き詰まった頃、人妻で雑誌編集者の秋子と劇場で隣り合わせになったのを機に恋愛関係になった。彼女の夫（春房）からの脅しなどに悩み、長野県の軽井沢の別荘で六月九日に縊死心中した。発見されたのは一カ月後の七月七日。遺体は腐乱し蛆虫が湧いていたという。

【秋子が夫にあてた遺書】春房さま　とうとうかなしいおわかれをする時がまゐりました。おはなし申上げた通りで、秋子の心はよくわかって下さることとぞんじます。私もあなたの　お心がよくわかってをります。一二年の　愛しぬいてくだすったことをうれしくもったいなくぞんじます。わがままのありったけをした揚句に　あなたを殺すやうなことになりました。それを思ふと堪りません。あなたをたった独りぼっちにしてゆくのが可哀相で可哀相で　たまりません

太宰は『斜陽』や『人間失格』など特異な作品を著した。戦争未亡人の富栄は、うどん屋で飲酒中の太宰と初めて会った。彼に「死ぬ気で恋愛してみないか」と誘われて結ばれた。太宰には妻（津島美知子）もいたが、彼女は愛人（太田静子）宛に「一緒に死にます」の書簡を投函して六月一三日に玉川上水で入水心中。一週間後の一九日（太宰誕生日）に発見された。

【富栄の遺書】私ばかり幸せな死にかたをしてすみません。（略）骨は本当は太宰さんのお隣にでも入れて頂ければ本望なのですけれど、それは余りにも虫のよい願いだと知っております。太宰さんと初めてお目もじしたとき（略）お話を伺っております時に私の心にビンビン触れるものがありました。（略）ご家庭を持っていらっしゃるお方で私も考えましたけれど、女として生き女として死にとうございます。（略）愛して愛して治さんを幸せにしてみせます。（略）妻は夫と共にどこまでも歩みとうございますもの。（略）

遺書を見て、愛をどうこう言っても死ねばそれまでのこと。愛は、やはり生きてこその愛だろう。

（2018・5）

225――歌人一家なのか、石川家は

岩手県の盛岡中学（現盛岡第一高校）出身の文学者には、野村胡堂《こどう》（一八八二〜一九六三）、金田一京助（一八八二〜一九七一）、石川啄木（一八八六〜一九一二）、宮沢賢治（一八九六〜一九三三）がいる。地方の一中学校から大文学者四人出身も珍しいだろう。いずれも人々が憧れる人物。特に啄木家は歌人一家なのか、盛岡駅前に「啄木であい道」の看板が建ち、訪れる人々を誘う〝小径〟には家族の歌碑がずらり並ぶ。いくつかを辿ってみる。

花びらや地にゆくまでの瞬きに
　閉ぢずもがもか吾霊の窓　石川啄木

ひぐるまは焔吐くなる我がうたに
　ふと咲き出でし黄金花かな　石川節子（妻）

絵本読む事にあきて児等二人
　土いじりすると庭にありゆく　石川京子（娘）

なだらかに陽は暮ぬ寂冥の闇に
　己れを見出しかな　三浦光子（妹）

朝日影流石に雲井に輝きて
　岩手の山の峰のしら雪　石川一禎《いってい》（父）

花にやうふれし袂に香をとめし
　くれゆく春のかたみとやせん　葛原対月《かつらはらたいげつ》（伯父）

今日もまた胸に痛みあり死ぬならば
　ふるさとに行きて死なむと思ふ　石川啄木

また啄木の歌碑は岩手を中心に全国一八〇カ所を超える。父子碑も夫婦碑もある。

中津川流れ落合ふ北上の
　早瀬を渡る夕霞かな　一禎

中津川や月に河鹿の啼く夜なり
　涼風追ひぬ夢見る人と　啄木

汽車の窓はるかに北に故郷の
　山見えくれば襟を正すも　啄木

光淡くこほろぎ啼きし夕より
　秋の入り来とこの胸抱きぬ　節子

啄木は『一握の砂』『悲しき玩具』『雲は天才である』などの作品を残し、多くの歌を残しているが、代用教員時代には俳句も詠んだ。九句が確認されている。

「林中に雪喰ふて居る小猿かな」、「静林に春の雲きゆる日なりけり」、「思ふことなし山住みの炬燵かな」、「冬一日火に親しみて暮れにけり」、「小障子に鳥の影する冬日和」、「茶の花に淡き日ざしや今朝の冬」、「白梅にひと日南をあこがれぬ」、「梅一輪落つる炉辺や茶の匂ひ」、「梅も咲かずこの雪の里侘し」、以上九句である。

（2018・5）

226——彗星の如く俳壇をかけた

愛媛県明治村（現松野町）に生まれた芝不器男《ふきお》（一九〇三〜三〇）は、句歴四年、二六歳で夭折した俳人として知られる。彼の没後、昭和九年（一九三四）医師であり俳人だった横山白虹《はっこう》（一八八九〜一九八三）は「彗星《コメット》の如く俳壇の空を通過した」と評する彼の一七五句を収めた『不器男句集』を編んだ。不器男評価は高まり、生誕地では記念館が出来て俳句大会も開かれるようになった。

彼は短い生涯に珠玉の作品を遺した。

彼の名「不器男」は『論語』の「子曰、君子不器」に拠る。宇和島中（現宇和島東高校）を卒業、松山高等学校に入学し山岳部に所属。四国アルプスを縦走、日本アルプスを踏破するなど登山を満喫。生家は養蚕業で祖父、父、姉、兄などと家族句会を開く環境に育った。大正一二年（一九二三）東大農学部に入学、その年の九月、夏季休暇で帰省中、関東大震災が起こった。後、東京へ帰らず休学。家郷で長谷川零余子《れいよし》（一八八六〜一九二八）の『枯野』句会に出席、号を「不狂」などとして作句。一四年、東大を中退、東北大工学部に入学。兄の勧めで吉岡禅寺洞（一八八九〜一九六一）の『天の川』に投句を始め、日野草城らと巻頭を競った。禅寺洞から本名の「不器男」を俳号に、と言われて使うようになった。一五年には高濱虚子（一八七四〜一九五九）の『ホトトギス』にも投句を始め「あなたなる夜雨の葛のあなたかな」が虚子の名鑑賞を得て注目されるようになった。その年、冬期休暇で帰省以降、仙台に戻らず、後、大学は授業料滞納で除籍処分になった。

永き日のにわとり柵を越えにけり
寒鴉己が影の上におりたちぬ
うまや路や松のはろかに狂い凧
沈む日のたまゆら青し落穂狩
ふるさとの幾山垣やけさの秋
卒業の兄と来てゐる堤かな
筆始歌仙ひそめくけしきかな

彼は昭和三年（一九二八）に婿養子となるが、四年、病気で九大病院に妻を伴って入院。この時、禅寺洞と初対面。主治医は白虹。年末には、一旦、退院して福岡市内に妻と仮寓。病床の不器男を慰める『天の川』句友によって開かれた句会に「大舷の窓被ふある暖炉かな」、「ストーブや黒奴給仕の銭ボタン」、そして絶筆「一片のパセリ掃かるゝ暖炉かな」が寄せられた。彼は新興俳句の勃興期、伝統俳句に新たな息吹を「詠み込んだ」俳人。

（2018・5）

227　クリスマスを季語にした子規

連歌、俳諧、俳句で使う「季語」は、季節を感じとる日本独特のものだろう。日本の詩歌では「季節」は意識されて詠まれる。「季語」の成立は平安時代の終り頃とされ、そして鎌倉時代に始まる「連歌」では必須になり、江戸時代の「俳諧」では著しく増大した。芭蕉は「季節の一つも探り出したらんは、後世によき賜となり」と季語の発掘を推奨している。

明治時代に入って俳句の近代化を進めた正岡子規（一八六七〜一九〇二）は、季語が四季の連想には重要であることを論考。その考えを受け継いだ高濱虚子（一八七四〜一九五九）は四季を反映する花鳥諷詠を説いた。また昭和初期には、新興俳句運動が起こり「無季俳句」も生まれた。

現代の歳時記で五千を超える「季語」を考えてみる。

日本にクリスマスを広げたのは正岡子規。日本のクリスマスは戦国時代に始まるといわれる。江戸時代はキリスト教が禁止。クリスマスの本格的な広がりは明治二五年（一八九二）に子規が「臘八《ろうはち》のあとにかしましくりすます」と詠んで季語にし、後、数句詠む。

八人の子供むつましクリスマス
クリスマスに小き会堂のあはれなる
贈り物の数を尽してクリスマス

クリスチャンと呼ばれる四俳人の句を追う。

まず「谺して山ほととぎすほしいまゝ」の杉田久女（一八九〇〜一九四六）の句。

クリスマス近づく寮の歌稽古
雪道や降誕祭の窓明り

次に「山又山山桜又山桜」の阿波野青畝（一八九九〜一九九二）の句。

クリスマスカードの加奈陀花の国
女羊は乳房膨らしクリスマス

続き「降る雪や明治は遠くなりにけり」の中村草田男（一九〇一〜八三）の句。

隣人の戸の音戸越しに降誕祭
ことのはは終りぬ聖樹灯りけり

後に「寒雷やびりりびりりと真夜の玻璃」の加藤楸邨（一九〇五〜九三）の句。

クリスマス船ゆき交ひて相照らす
クリスマス遠き木枯の宙は覚め

そして「祈りは歌に歌は祈りに聖夜更く」（下村ひろし）と、皆のクリスマス詠は続く。

（２０１８・７）

228——おどろいた山頭火ひらがな句

山口県の大地主の長男に生まれた種田山頭火（一八八二～一九四〇）は、乞食になって「無駄に無駄を重ね、酒を注いだ一生」で句作を続けた。自由律俳人として独特な句を遺した。山頭火の「ひらがな」句を探す。

「あざみあざやかなあさのあめあがり」、「あるけばきんぽうげすわればきんぽうげ」、「あうたりわかれたりさみだるる」、「あたたかくこんばんはどんびきがゐる」、「あるけばかっこういそげばかっこう」、「あすはかへらうさくらちるちってくる」、「いそいでもどるかなかなかなかな」、「うごいてみのむしだったよ」、「うしろすがたのしぐれてゆくか」、「おまつりのきものきてゆふべのこらは」、「おみくじひいてかへるぬかるみ」、「かるかやへかるかやのゆれてゐる」、「ことしもこんやきりのみぞれとなった」、「こころむなしくあらなみのよせてはかへし」、「こほろぎがわたしのたべるものをたべた」、「ここにわたしがつくつくぼうしがいちにち」、「すみれたんぽぽさいてくれた」、「すすきのひかりさえぎるものなし」、「すずめをどるやたんぽぽちるや」、「すっぱだかへとんぼとまらうとするか」、「つくつくぼうしあまりにちかくつくつくぼうし」、「てふてふもつれつつかげひなた」、「てふてふひらひらいらかをこえた」、「てふてふうらからおもてへひらひら」、「とんぼとまったふたりのあひだに」、「なんとあたたかなしらみをとる」、「ぬれててふてふどこへゆく」、「ぬれるだけぬれてきたきんぽうげ」、「はじめてあうてはだか」、「ひとりきいてゐてきつつき」、「ひとりたがやせばうたふなり」、「ふくろうはふくろうでわたしはわたしでねむれない」、「ふるさとはみんなのはなのにほふとき」、「ほうたるこいこいふるさとにきた」、「ふるさとはちしゃもみがうまいふるさとにゐる」、「ぼうぼううちよせてわれをうつ」、「まいにちはだかでてふちょやとんぼや」、「まづしいくらしのふろしきづつみ」、「まぶしくしらみとりつくせない」、「みほとけのかげにぬかづくもののかげ」、「みごもってよろめいてこほろぎかよ」、「やうやくたづねあててかなかな」、「わだつみをまへにわがおべんたうまづしけれども」など。

「カタカナ」句もある。「あるけばカッコウ急げばカッコウ」、「いそいでもどるカナカナカナ」、「ハガキを一枚ぬかるみのポスト」、「炎天のレールまっすぐ」、「ルンペンとして二人の唄」など。

山頭火の「かな」の句が多いのにはおどろいた。とにかく、山頭火のことばは身に沁みてくる。

（２０１８・７）

229——会津八一のひらがな短歌

一九五六年一一月二一日は、歌人、俳人、書家であり美術史家の会津八一《やいち》が亡くなった日（享年七五）である。数を足すと一＋九＋五＋六＋一＋一＋二＋一＝二六になり二十六は「八」となる。誕生は一八八一年（明治一四）八月一日で「八一」と名付けたといわれる。まさに「八」尽くしの人物だ。

彼は新潟市で生まれ中学生から『万葉集』に親しみ、東京専門学校（早稲田大前身）では坪内逍遥や小泉八雲に学んだ。英語教員となって新潟に戻った。

初め、八一は俳句に専念していたが、奈良旅行以降、次第に和歌に傾倒。すべてひらがなだけで表す特徴的な表現となっていった。音韻豊かな歌を見る。

「くわんおんのしろきひたひにやうらくのかげうごかしてかぜわたるみゆ」、「すゐえんのあまつをとめがころもでのひまにもすめるあきのそらかな」、「おほてらのまろきはしらのつきかげをつちにふみつつものをこそおもへ」、「おほらかにもろてのゆびをひらかせておほきほとけはあまたらしたり」、「ちかづきてあふぎみれどもみほとけのみそなはすともあらぬさびしさ」、「はたなかにまひてりたらすひとむらのかれたるくさにたちなげくかな」、「いかるがのさとびとこぞりいにしへによみがえるべきはるはきむかふ」、「わがかどのあれたるはたをゐがかむとふたりのゐかきくさにたつみゆ」、「ならさかのいしのほとけのおとがひにこさめながるるはるはきにけり」、「いにしへのならのみやびといまあらばこしのえみしとあをことなさむ」、「あをによしならやまこえてさかるともゆめにしみえこわかくさのやま」、「はつなつのかぜとなりぬとみほとけはをゆびのうれにほのしらすらし」、「みほとけのあごとひぢとにあまでらのあさのひかりのともしきろかも」、「なまめきてひざにたてたるしろたへのほとけのひぢはうつつともなし」、「あめつちにわれひとりゐてたつごときこのさびしさをきみはほほゑむ」ほか。

今、ひらがなだけでの創作歌人はいないが、ひらがなだけで詠んだ歌はいくつかある。

わからないけどたのしいならばいいともおもえない
　だあれあなたは　　俵　万智

たくさんのおんなのひとがいるなかで
　わたしをみつけてくれてありがとう　　今橋　愛

ねじをゆるめるすれすれにゆるめると
　ねじはほとんどねじでなくなる　　小林久美子

（２０１８・７）

川柳は俳諧連歌から派生した近代文芸で、五七五の音数律を持つ。約束にも規律にも囚われない言葉遊びといってもいい。江戸時代、俳諧の前句付け点者だった柄井川柳（一七一八〜九〇）を始祖とし、世の中を軽妙に風刺する詩風が樹立され、江戸の町人文化を背景に盛んになった。時代が下がるにつれ低俗化に向かったが、川柳人も生まれ、細々と民衆の中で詠われ続けた。

江戸、明治、大正、昭和の詠みがあり、「サラリーマン川柳」などへの道を探る。

【江戸】「おそれ入谷の鬼子母神」、「目も耳も只だが口は高くつき」、「不忍といえど忍ぶにいいところ」、「何だ神田の大明神下」

【明治】「仲人は小姑一人殺すなり」、「新聞は八分の嘘で客をひき」、「かんにんの袋の紐を母むすび」、「つらの皮あつく唇うすくなり」

【大正】「道頓堀の雨に別かれて以来なり」、「質屋から動いて戻る金時計」、「ためる金たまった金にたまる金」、「上ばかり見て歩いても墓へ来る」

【昭和】「手と足をもいだ丸太にして返し」、「産むだけは統制令に除外され」、「よく噛んで食べればまたも石を噛み」、「信ずべき新聞がない暗い国」

230　川柳界の新しい風

今、川柳界のマドンナとして川柳作家やすみりえ（休理英子、一九七二〜）は、タレントではないが「オフィス北野」に所属し「ぶりっこキャラ」として各メディアに出没する。川柳界に新しい涼風を吹かせているという彼女は、兵庫県神戸市生まれで、希少な「休」の姓を「やすみ」と名乗っている。美人で知性豊か、高尚な趣味を持つお嬢さまとしてスリーサイズ（八三・五九・八五）を公表するなど、特異な川柳女性として注目が集まる。

彼女は大学卒業後、恋を中心にした作句を始めた。

彼女の詠んだ川柳を拾ってみる。

新しい私になれるまで眠る
ため息もきらめく恋は恋として
やわらかな罪を頂戴しています
陰干しにするから恋が乾かない
軽い嘘ふわっと乗ってあげましょう
その恋の種を食べてはいけません
期待しているから染まり始めたの

やすみさんの登場で敬遠され気味だった「川柳界」の門が大きく開かれたといわれる。江戸の柄井川柳が「木枯や跡で芽を吹け川柳《かわやなぎ》」を詠んで三〇〇年近く経つ。

（2018・9）

第5章
いまを詠む

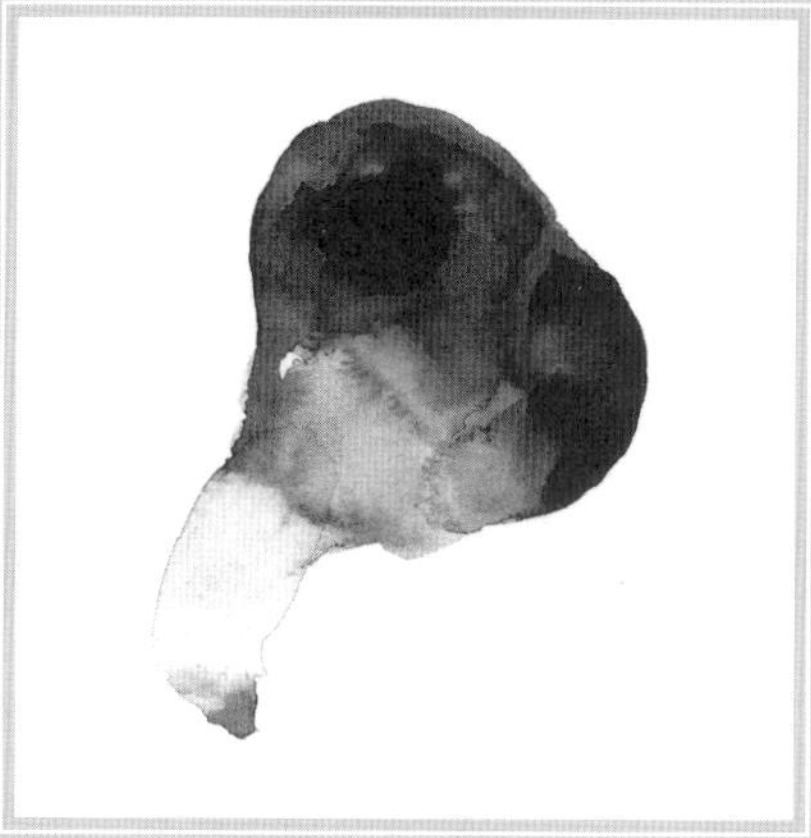

231——夕張から福島へ、歌詠み凍子

きのうきょうあしたあさってやなさって
　そして一年、そして一生

一首ある。さりげない詞だが、生活の〝今〟を詠み、未来の決意が伝わる。嫁いだ夕張では炭鉱長屋での長い生活が続き、夫を亡くした。生まれた福島へ帰郷しても歌を詠み続ける美原凍子《とうこ》さんを知った。

一首一首が、〝そして一生〟になる誠実な詞を残す。「もういないあなたをつれて冬がくるふるさとずんずんずんずんさみし」、「亡き人のこえふる水に木に土にゆきひらとなりはなびらとなり」、「ありがとう夕張さようなら夕張　三十年のゆめのうたかた」、「『さよなら』と振るため『また』と握るため手はあるものか別れゆく道」、「夕張のもうこれきりの夜の底わがペン先のひたと静止す」と詠む美原さんは、福島に帰郷後「3・11」に遇う。福島を詠む歌が「朝日歌壇」に載る。

気がつけば被曝していたそんなこと
　あってしまったこの国のいま

廃鉱の街に住みにし歳月を
　廃炉の地にて思えば小雪

生きて行かねばならぬから
　原発の爆発の日も米を砥ぎおり

ただじっと息をひそめている窓に
　黒い雨ふるふるさと悲し

田も畑も黙り込んでるふるさとの
　風が冷たい原発の空

ふくしまがフクシマとなり
　ＦＵＫＵＳＨＩＭＡとなりたる訳の重すぎるわけ

帰らざるひと、帰れざるひと、
　万のいのちに万の名のありしこと

「福島を出ます」とおさな子を連れし
　背が去りゆく雨の向こうに

福島を「負苦島」にして冬が来る
　汚染されたるまんまの大地

モロビトノコゾリテクルシミテイマス
　フクシマニフルユキハハイイロ

美原凍子さんは「ペンネームだろうか。その名のように、ひんやりと光る、冬のきら星の歌人になった」と歌の選評にある。夕張、福島での「受難の人」かもしれないが、詞に優しさがある。

やまいものあかごのむかごひいふうみい
　こぼれておちていつむうななや

（２０１７・１）

232——姉妹歌人、松田梨子・わこ

富山市に住む姉妹の短歌が評判。二〇一一年に「梨子《りこ》・わこの章」「お父さん・お母さんの章」構成で三〇〇首余を収めた歌詠み一家四重奏の歌集『たんかでさんぽ』（角川書店）を出版。姉妹は小学生の時から「朝日歌壇」で入選を重ねる常連。父母の背中を見て育った松田梨子（一六）、わこ（一三）姉妹の歌を追ってみる。

咲こうかなそれとも明日咲こうかな
　塾の帰りに桜の会話　梨子

始業式今日から私三年生
　カッパ卒業オレンジのかさ　わこ

逃げ出して三日目の朝見つかった
　カメ吉聞かせて冒険日記　梨子

雨の子は円を書くのが得意だね
　ポツポツポツリ学校の池　わこ

泣き虫でけっこうがんこで甘えん坊
　はねる音符のような妹　梨子

ねえちゃんは今日から合宿
　メロンパン二こ食べちゃったなのにさみしい　わこ

汗よりも涙はゆっくり落ちてゆく
　閉会式が終わった砂に　梨子

引っぱって引っぱってでも引っぱられ
　綱も決心できないみたい　わこ

姉妹揃って入選の新聞掲載が話題を呼んだ。素直な子供目線は大人目線でもあるようだ。姉妹なりの言葉を紡ぐ。

夕焼けの色のハートを持つ人と歩けば
　秋が深まっていく　梨子

靴ずれの春の記憶がよみがえる
　恋に恋していたんだ私　梨子

あれこれとママが余計な気を回す
　私を打たれ弱いと決めて　梨子

人間は迷って悩んでしぼむけど
　ときめいてまた少しふくらむ　梨子

新しいセーラー服を着た私
　家中の鏡に見せに行く　わこ

ママとパパ私でガヤガヤねえちゃんの
　不器用すぎる恋を見守る　わこ

地震の中で赤ちゃん産んだお母さん
　温かいシチュー届けてあげたい　わこ

すごい虹出てるよしかも二重だよ
　勉強してる場合じゃないよ　わこ

（2017・1）

233——双子の姉妹俳人・青本さん

二〇一三年の「俳句甲子園」で双子の青本姉妹の作品が、最優秀句と優秀句になった。

最優秀句は妹の柚紀《ゆずき》「夕焼や千年後には鳥の国」

優秀句には姉の瑞季《みずき》「一指にて言葉伝はる涼しさよ」

双子姉妹は高校一年生の時、初めて俳句甲子園に出場した。そこで「開成高校の試合を見てレベルの高さに圧倒された。こんな句を作りたい、こんな人たちと俳句をやりたい、開成の人がたくさん入学する東大に行きたい」と決意。県立広島高等学校の「ＴＫＩ（東大・京大・医学部）プロジェクト」で徹底指導を受け、猛烈な受験勉強をして現役で、ともに東京大学に入学。合格発表の日、二人で「東大俳句会」への入会手続きをした。

青本瑞季

雲一つ鯉のはやさで来る夏野
苺煮の香にうたたねのやはらかく
夜店にて彼の世歩めるここちかな
桃似つつ言葉が重くなる喉よ
風紋は時の旅人秋桜
やはらかく平均台を跳んで冬
夏菊に閉ぢてまぶしき扉かな
花なづな鳥の足あと乾きつつ
干柿に牧草昏くなりにけり
人形にさす影ふたつ秋湿り
まどろみを歩くどこにも草いきれ
冬ざれの盲点として秩父の牛

青本柚紀

いちまいの葉をいくたびも迷ふ蟻
過去ばかり見てゐる海老の曲がり方
たましひに満ち潮のある夜店かな
句は縦書き初夏の修道女のやうに
花散らす力を沖に太宰の忌
冬の噴水割れて一羽の鳥が発つ
言ひ得ないことが菜の花より多い
おのが名を知らぬ兎を抱きしめる
入梅の夜がゆたかに枝を張る
秋雨の受話器の奥の息づかひ
枯枝を踏み折る空の深さかな
冷やされて牛はこころとなる最中

双子姉妹は、お互いがそばにいて切磋琢磨。二人を指導してきた先生は「瑞季さんは内容が斬新、柚紀さんは形式が斬新」と評価。プロを目指すライバル俳人だ。

（２０１７・１）

親子が同じ道を歩むと聞けば、ほんのり温かい。神奈川の黛執《まゆずみしゅう》（八六）と娘・まどか（五四）、京都の大森理恵（六五）と長男・健司（四〇）は、ともに俳人として活躍。父と娘と母と息子の詞を追ってみる。

黛執（一九三〇〜）は、一九四四年、学徒動員で横浜の海軍飛行場でグライダー方式の自爆機を作っていた。俳句は、釣り好きの友人の葬儀で「流星や使はぬままの釣道具（五所平之助映画監督）」の悼句に感動。それを機に一九六五年から俳句指導を受け始めた。

うしろから道ついてくる枯野かな
山を褒め川を称へて夏料理
仏飯に湯気のひとすぢ緑さす
いのちなが白い障子に囲まれて

黛まどか（一九六二〜）は、銀行勤めの帰り、ふと本屋で手にした杉田久女の評伝小説を読んで「人ひとりの生き方を変えてしまった俳句のどこにそんな力があるのだろう」と句作の道を歩き始め、女性だけの俳句結社「東京ヘップバーン」を拠点に活動を広げる。

旅終へてよりＢ面の夏休
バレンタインデーカクテルは傘さして
星涼しここにあなたのゐる不思議
飛ぶ夢を見たくて夜の金魚たち

234――父と娘と母と息子は俳人

二〇〇八年の「第一回日本一行詩大賞」で大森理恵（一九五一〜）の句集『ひとりの灯』が大賞を受賞。息子・健司の第一句集『あるべきものが……』が新人賞を受賞した。珍しい親子ダブル受賞だ。京都の西陣育ちの母・理恵は、父親の影響で俳句を始め、後輩の指導・育成に力を注いでいる。二〇〇〇年には歌人の辺見じゅん（一九三九〜二〇一一）と共に編集した『まなざし――盲目の俳句・短歌集』を刊行した。彼女の詞を拾う。

冬至満月なにして過ぎし昨日かな
冬林檎海の向かうに海のあり
背泳ぎに空を見てゐる原爆忌
おぼろ夜のいずこに散れり河豚の毒

息子・健司は九歳から、母の姿を見てか句作を始め、「存在の底に沈む」魂を詠み続ける。彼の詞を拾う。

風船をはなしてしまふ昼の町
母の背は荒野に似たり春時雨
いきいきと女が墓を洗ひけり
水引の先に故郷のしづみけり

父も娘も母も息子も、同じ屋根の下にいて時を刻む。

（２０１７・１）

福島で生まれ金沢で暮らす盲目の詩人うおずみ千尋（七二）の『白詰草序奏――金沢から故郷・福島へ』を読んだ。彼女が、いかに「福島の原風景によって生かされているかを再認識」し、「福島が再生していくことへの深い思い……」（鈴木比佐雄・評）を伝える詩集だ。

彼女は、夫の突然の死に遇い、緑内障が悪化して五〇代半ばで視覚を失った。

その後、故郷では東日本大震災。この極限状態の中、詩作が彼女の道を切り拓いていく。

――さむぐないかっこして　いがないとね／背後から念を押され／襟巻きを頭から被って首に巻く／手袋もちゃんとはめた／／キーンと冷えた吹きっ曝しの田圃に／篠竹荒縄組んだ『鳥小屋』は既に建っていて／中では／ほぅほう　田楽鍋が白い湯気を立てている／／――あんたら　さむぐねのけ？／――うん　さむぐね／小正月を迎えた寒中の田圃は／冷えに冷え切っているのだが／お兄ちゃんとお姉ちゃんの後にくっついて／熱々の味噌田楽を頬張りながら／真っ暗けな空と／真っ赤な火と／『鳥小屋』炎上が視たかった／だから／寒くても「さむぐね」／冷えに冷えても「さむぐね」／害鳥を追い払い／豊作を祈りながら／パチパチと占い弾け／炎　天焦がし／幼い眸の奥で燃え上がり燃え崩れた／火の壮絶／火の不可思議／火のおっかなさ／／あれから幾度／人生の凍える道の端で／身震いしながら「さむぐね」と呟いたか／業に燃え盛る火の熱さにおののいたか／夜を照らした　故郷いわきの農事風習／離れ暮らして／今は視力喪失の私の闇に／遠く／幻の道明かりが燃えている

（「道明かり」）

さらに「（略）広島の／長崎の／焼け爛れた記憶ずっしりと背負い／「No More」／祷りながら希いながら六十五年歩いて来た／日本列島であったのに／道は／福島あの海で途絶え／無惨に炸裂したのです（略）〈魂が駈ける場所〉」の詞も刻む。

彼女は「白詰草の咲き乱れるクローバーの原っぱ」で遊んだ感触を伝えたい、と願うのだが、白詰草の花言葉が「私を思う」「約束」「幸運」のほかに、「復讐」ともあるのが気になる。そうなると著書の題は、自然が人間の驕りへの「復讐」の「序奏」と見れなくもない。けれども、そうではなく、やはり原っぱでは、爽やかな風の中で四つ葉のクローバーを探しだし「再生への道」を願うものだと思いたい。

（２０１７・１）

236——盲目の『まなざし』俳句と短歌

北海道帯広市の「北海点字図書館」で刊行された、視聴覚障害者が詠んだ俳句三〇〇句と短歌二四〇首を収めた『まなざし——盲目の俳句・短歌集』を知った。

昭和四六年から二八年間、全国から寄せられた作品を詩人の大森理恵と歌人の辺見じゅんが編集している。

俳人の大森は「一句が『心の眼』で見た影像を、そして作者の息吹までをも目の前にくっきりと鮮やかに描いてみせてくれる」と記し、〝魂のふれあい〟眼での選句を進めたようだ。

色づきを指に確かめ苺摘む　北海道・宮崎茂
杖いらぬ来世に咲かん母子草　江別市・島津豊子
見えぬ眼の見ゆる眼差しサングラス　熱海市・山田武
香水の匂いで知るや人の名を　長野県・向山かずみ
探り得し水仙の芽の二つほど　富士市・藤井国夫
万緑の中に我在り生きて在り　長野県・小林牧風
なんとまあ種の大きな枇杷を食む　蒲郡市・市川保吉
蕎麦の花空の青さの中に浮く　豊橋市・小林万花

歌人の辺見は「耳は見るのである。煎じつめれば、人は手や耳、鼻や舌によっても見ている」と、人が〝五感を通して世界と関わる〟あたり前を教わる歌選びになっている。

獲物なきわが手にそっと野葡萄の
　ひと房落とし義足過ぎ行く　釧路市・大門久人
「盲目の父母が育ててくれました」
　披露宴に結ぶ子の声明るし　富士市・島崎令子
若し奇跡あらば柏手打つ指に
　光の世の中束の間見せよ　沼津市・新谷義男
我のみの知る悲しみや両の眼の
　義眼を洗い包みて眠る　新潟市・上林洋子
老いてなお手を引きくるる妻よかの
　黄泉路はゆるり後に来るべし　倉敷市・谷野高次
背かれてなお信じたき心あり
　友が忘れし傘乾かしつ　札幌市・佐藤節子
土に生き土の匂いを忘れ得ず
　土踏むことのなきは侘しき　山口県・大枝雪汁
耳も眼も廃いたる我を何故に
　生かし給うや梅雨冷えに座す　各務原市・森　道子

北海点字図書館の後藤健市理事長は創設者の孫。祖父・寅一は座右の銘として「愛盲」の言葉を残し、全盲夫婦の下で育った父・市郎は「同情から理解は生まれない」の言葉を残している。

（2017・1）

237　労働者詩人・浜口国雄

学校の授業で「便所掃除」という詩を教材にしている先生がいると聞いた。

便所掃除　　浜口国雄

扉をあけます。頭のしんまでくさくなります。まともに見ることが出来ません。／／神経までしびれる悲しいよごしかたです。澄んだ夜明けの空気もくさくします。掃除がいっぺんにいやになります。むかつくようなババ糞がかけてあります。／／どうして落着いてしてくれないのでしょう。けつの穴でも曲がっているのでしょう。それともよっぽどあわてたのでしょう。おこったところで美しくなりません。美しくするのが僕らの務めです。美しい世の中もこんな処から出発するのでしょう。／／くちびるを噛みしめ、戸のさんに足をかけます。静かに水を流します。ババ糞に、おそるおそる箒をあてます。ポトン、ポトン、便壷に落ちます。ガス弾が、鼻の頭で破裂したほど、苦しい空気が発散します。心臓、爪の先までくさくします。落とすたびに糞がはね上がって弱ります。／／かわいた糞はなかなかとれません。たわしに砂をつけます。手を突き入れて磨きます。汚水が顔にかかります。くちびるにもつきます。そんな事にかまっていられません。ゴリゴリ美しくするのが目的です。その手でエロ文、ぬりつけた糞も落とします。大きな性器も落とします。／／朝風が壷から顔をなぜ上げます。心も糞になれて来ます。水を流します。心に、しみた臭みをながすほど、流します。雑巾でふきます。キンカクシのうらまで丁寧にふきます。社会悪をふきとる思いで、力いっぱいふきます。／／もう一度水をかけます。雑巾で仕上げをいたします。クレゾール液をまきます。白い乳液から新鮮な一瞬が流れます。静かな、うれしい気持ちですわってみます。朝の光が便器に反射します。クレゾール液が、糞壷の中から七色の光で照らします。／／便所を美しくする娘は、美しい子供をうむ、といった母を思い出します。僕は男です。美しい妻に会えるかも知れません。

浜口国雄（一九二〇〜七六）は福井市生まれ。中国、サイゴンなどを転戦、復員後、国鉄に就職。労働者詩人として活躍。彼は人間の日々の原点を綴る。戦争体験の恐ろしい長詩「地獄の話」もあるそうだ。

時折、トイレで「急ぐとも的をはずすな芋の露吉野の花も散れば汚し」などの言葉に出くわすことがある。

（２０１７・１）

平成二三年（二〇一一）三月一一日、東日本大震災が起こった。地震と津波の影響で東京電力の福島第一原子力発電所で炉心溶融（メルトダウン）など放射性物質の放出を伴う原子力事故があった。福島県の大熊町と双葉町に立地し昭和四六年（一九七一）から営業運転を開始したこの原発に疑問を持ち「運命に翻弄」されながら大熊で暮らす佐藤祐禎《ゆうてい》さんは歌を詠んだ。

貧しい農村に原子力発電所が来ることで農閑期に出稼ぎをしていた人は「村が豊かになる」と「諸手を挙げて賛成」した。佐藤さんは「原発さまさま」のムードの中、一号炉建設の際東芝の社員から「地元の皆さんはこんな危険なものをよく認めましたね」という言葉をかけられて以降、疑念が膨らみ言葉を歌にし始めた。

畔道に皺みたる手を比べ合ひ
　ともに継ぐものなきを語りあふ
原発がある故出稼ぎ無き町と
　批判者われを咎むる眼あり
廃棄物をよこしてくれるなと泣き出しぬ
　六ヶ所村より来れる女は
原発に勤むる一人また逝きぬ
　病名今度も不明なるまま

238――予言の書になった歌集

わが町は稲あり魚あり果樹多し
　雪は降らねどああ原発がある

平成一六年（二〇〇四）佐藤さんは師の「今歌わなければいけないものを詠め」の教えどおり歌を詠んだ。七五歳で処女歌集『青白き光』（いりの舎）を刊行した。タイトルは茨城県東海村の核燃料加工施設で作業員が「青白い光を受けて亡くなった」臨界事故に因るものだ。

いつ爆《は》ぜむ青白き光を深く秘め
　原子炉六基の白亜列なる

この歌集発刊時は、まだ原発の安全神話がまかり通っていて「問題作」とはならなかったが、福島原発事故後、周辺地域の人々は「家族ばらばら」になり、避難生活を余儀なくされる状況になった。歌集は、いつしか「予言の書」といわれ始めた。

死の町とはかかるをいふか
　生き物の気配すらなく草の起き伏し
原発にわれの予言はぴたりなり
　もう一度いふ人間の滅亡

佐藤さんは平成二五年、八三歳で没。いま「最も残しておきたい歌人は佐藤祐禎だ」といわれる。

（２０１７・２）

239——母娘歌人、小島ゆかり・なお

愛知生まれの小島ゆかり（本名・横井ゆかり、一九五六〜）は、現在、最も人気ある現代歌人。普段の言葉で独自の世界を構築する女性歌人として評判だ。歌を見る。

待つ人はつねに来る人より多く
　この街にまた聖夜ちかづく
ハイウエイの左右に街は見えながら
　時間はつねに真後ろへ過ぐ
灯をともし湯気を立たせて木枯らしの
　夜はすっぽりと妻の座にをり
ゆふぞらにみづおとありしそののちの
　永きしづけさよゆうがほ咲く

東京出身の小島なお（本名・横井直子、一九八六年〜）は、母の手伝いをして短歌に興味を持ち、投稿を始め、一八歳で「角川短歌賞」を受賞。歌を見る。

なつのからだあきのからだへと移りつつ
　雨やみしのちのアスファルト踏む
春嵐のなかの鳩らが呟けり
　サリンジャーは死んでしまった
かたつむりとつぶやくときのやさしさは
　腋下にかすか汗滲むごとし
なんとなくかなしくなりて夕暮れの
　世界の隅に傘を忘れる

母ゆかりから「中途半端な気持ちで私の世界に入ってきてほしくない」と言われ、「母からの言葉のなかでは一番心に響いてショックでした」と娘なおは述懐。しかし二人の家族詠は、時を超え暖かな眼差しを生む。

明日へと繋がるものを育まず
　われにいつまで細き二の腕　ゆかり
時かけて林檎一個を剝きおはり
　生のたましひのあらはとなれり　ゆかり
牛乳のあふれるような春の日に
　天に吸われる桜のおしべ　なお
少しずつ母に似てきているようだ
　犬ばかり目につくようになる　なお

小島なおの初歌集『乱反射』は、現代短歌新人賞などを受賞した。歌壇に「かつてない才能が現れた」と評判になり、桐谷美玲主演の映画にもなった。歌集の映画化は、昭和三〇年（一九五五）の月丘夢路主演で中城ふみ子『乳房喪失』（一九五四年）以来だという。

噴水に乱反射する光あり
　性愛をまだ知らないわたし　なお

（2017・2）

240　詩集『仮設にて』を読む

二〇一七年三月一一日、東日本大震災から六年が経つ。警察庁発表によると、この震災では死者一万五八九三人、行方不明二五五三人、関連死三五二三人と犠牲者の合計は二万一九六九人。

各種調査の中、プレハブ仮設住宅で一四三六名の方が亡くなった調べがある。

東日本の仮設での日々の暮らしを紡いだ詩集『仮設にて』を読む。被災地での思いは句集や歌集、随想集など様々なカタチで人々に届き、伝わるが、詩集もその一つ。

誰か　ここから出してくれませんか／あと　どの位居ればいいのですか／もう　かんべんしてもらえませんか／／コンビニの弁当に／カップのみそ汁／何があったわけでもなく／何があるわけでもなく／ただ　今日が終わる／焼酎のお湯割りに／愚痴をかき混ぜて／寂しくなんかないさ　と／つぶやく　独り言／／ボクはもう年をとりました

（「仮設住宅」）

著者の藤島昌治さん（七〇）は「一九四六年、満州に生まれる」とある。私と同じ年だ。

詩集の表紙には「福島はもはや『フクシマ』になった」のサブタイトルが付く。

あっちの方でも／こっちの方でも／解除（避難地域）のうわさが／まことしやかに囁かれ／仮設の中は／ザワ！ザワ！してきた／／そのうち／「新聞にのってるヨ！」／「テレビで観たヨ！」と／言うことになって／うわさはどうも本当らしい／そうすると／後2年で戻ることになる／／さァこれからが大変だ／家の修理やら何やらで／お財布のひもも／忙しそうに悩み始めた

（「うわさ話」）

この詩集は二〇一四年の刊行（遊行社）である。阪神大震災（一九九五年）では約四万八〇〇〇戸の仮設住宅が建てられ、孤独死は二三三名。仮設住宅は五年で解消された。

東日本での仮設住宅は約五万三〇〇〇戸が建設され、公営、民間賃貸、親族宅などに分かれて避難生活を強いられている。避難者は二〇一二年の約三四万七〇〇〇人余をピークに減っているが、今も約一二万三〇〇〇人余が全都道府県に散らばっての生活を余儀なくされている。仮設住宅の解消の見通しは、まだ立っていないようだ。

藤島さんは「仮設住宅の住民は、この苦しさに必死に耐え、前を向こうと、がんばっています」と、読者へのメッセージを記している。

（２０１７・３）

241　友の死を悼む言の葉

二〇一七年四月五日、詩人・評論家の大岡信《まこと》（一九三一〜二〇一七）が亡くなった。八六歳だった。

六〇年近く親交を深めてきた詩人・翻訳家の谷川俊太郎（一九三一〜）は「一人で死を悼みたい」としていたが、友の死を悼む言葉が湧き出でてきたのであろうか、友に贈る詩が四月一一日の「朝日新聞」に掲載された。こころ鎮まるものだった。

大岡信を送る　二〇一七年卯月　谷川俊太郎

本当はヒトの言葉で君を送りたくない／砂浜に寄せては返す波音で／風にそよぐ木々の葉音で／君を送りたい／／声と文字に別れを告げて／君はあっさりと意味を後にした／朝霧と腐葉土と星々と月の／ヒトの言葉よりも豊かな無言／／今朝のこの青空の下で君を送ろう／散り初める桜の花びらとともに／褪せない少女の記憶とともに／／君を春の寝床に誘うものに／その名を知らずに／安んじて君を託そう

大岡と谷川は、近代詩を「明るく爽やか」なイメージに変えたといわれる。谷川は詩集『二十億光年の孤独』（一九五二年）を刊行、大岡は評論「現代詩試論」（一九五三年）を発表、ともに二〇代初め、詩人、評論家としてスタートした。六十余年が経った。

二〇一六年の秋から冬に「大岡信ことば館」（静岡県三島市）で「谷川俊太郎展・本当の事を云おうか……」が開かれ、谷川の作品や仕事紹介などの他、谷川に「バースデーカードをかこう」のイベントもあり、多くのメッセージが寄せられた。谷川からの返信詩「ありがとう」を記す。大岡さん、谷川さんの言の葉は人を生かす。

ありがとう　谷川俊太郎

八五年たったけど
いまだに私は私を知らない
でも知らないままに生きている
私は私を生きている
誕生の日とされる日も
何百人ものあなたから
たった一人の私に届いたカード
その一枚一枚から
一人一人の生きる姿が垣間見える
哀しみ歓び苦しみそして……
それをどこまで感じとれるか
いま私があなたに返せるのはただ
無言にひそむありがとう

（2017・4）

242——宗教歌人・岸上たえ

高知県安芸市生まれの岸上たえ（一九二四〜九六）は宗教歌人として、いい師に出逢い「癒ゆるかと思う日のあり寝つくかと思う日のありナムアミダブツ」の「念仏」の中、歌集『白い道』を刊行。彼女は結核、乳癌、副腎摘出、足の骨も胸の乳房も鎖骨も肋骨も失ったが、神戸の塩尻公明先生（哲学者）や東京の加藤辨三郎先生（協和醗酵創業者で仏教信者）などに出逢った。そして父、母、師、仏と人と病の歌を詠み、「わが一生泣くも笑ふもそのまんまただみ仏のお荘厳かな」の日々だった。

求道に一生を果てし父の苦悩
　天地に知るはわれ一人のみ
父の願わが血となりてめぐりつつ
　尽きぬ佛の道を求むる
老い惚けて無為なる母に残りしは
　感謝と人を讃ふる言葉
明日は師にまみゆる日ぞと思ふ時
　しみじみ力湧く思ひあり
名号におん掌を合わす師の君の
　背あたたかくやさしくおわす
「本願を信じ念仏申さば仏となる」
　唯それだけと師は説き給う

転移せる癌は術なし副腎を
　取りて病勢抑へんといふ
はらいてもはらいても死にたくなき思ひ
　奇跡などなしと自らに言ひ聞かす
わが病は如来を慕ふ縁なり
　病を菩薩といただき行かむ
分からぬは分からぬでよし
　まるまるのお慈悲の中にありと思へば
病みながら今が一番幸せと
　思はせらるることの尊さ
生かさるる身は病むことも
　おまかせのままと思えば安けきものを
いのちよりいのちは生まれ人は人
　花は花なる光を放つ
「あ」と言えば「ん」と応へる夫在りて
　わが骨折も笑ひで暮れる
一生かけて会はねばならぬ私に
　出会ひたる時私はなし

彼女は「歩みゆく道は涯なしその彼方見えねど念仏に導かれゆく」といのちを詠った。

（２０１７・６）

243——チョゴリ姿に——李正子

李正子《イチョンジャ》（一九四七～）は、三重県伊賀市の在日韓国人二世の歌人。短歌会を主宰するなど歌を詠み続ける。中学生で『万葉集』に触れ、短歌に魅かれるようになった。二〇歳の時「朝日歌壇」に初投稿した歌が近藤芳美選でトップに掲載された。

　はじめてのチョゴリ姿にまだ見ぬ祖国
　　知りたき唄くちずさむ

日本の地方都市で生まれ、育ち、過酷な〝在日の〟現実を耐える日々が続くことになる。第一歌集『鳳仙花のうた』の「序」に、近藤は「その悲しみと怒りとは、わたしたち日本人に向けられているもの」と記す。彼女は歌を詠み続け、第二歌集『ナグネタリョン』を刊行。

民族と出会いそめしはチョーセン人と
　はやされし春六歳なりき
泣きぬれて文盲の母を責めたりき
　幼かりし日の参観日のわれ
石つぶて受けておさなき心にも
　「鮮人」の意地に涙こらえき
「チョーセン人チョーセンへ還れ」のはやし唄
　そびらに聞きて少女期は過ぐ
移民から知事を生み出すアメリカの
　夢は太平洋を超えることなし
アリランの歌のみ記憶する母の眼に
　わたしはみしらぬ女
ただひとつ聞きたきことありお母さん
　しあわせでしたかニホンの暮らし

父方の祖母が韓国人で自死した作家・鷺沢萠《さぎさわめぐむ》（一九六八～二〇〇四）を詠んだ歌がある。

古書店にキミが求めたエッセイ集
　鷺沢萠はチョゴリ姿で

最新歌集の『沙果《サグァ》、林檎そして』の歌は「日本に生まれた歓びを想うことがある。それはかなしみが人を限りなく豊かにすることを知った」心の歌だ。沙果は林檎。

うすあおき風傷の林檎のてざわりに
　次の世も次の世もりんごのてざわり

次の歌は、在日韓国人歌人として初めて日本の「国語」の教科書に採用された。

〈生まれたらそこがふるさと〉
　美しき語彙《ごい》にくるしみ閉じゆく絵本

心底からの言葉は、歴史を耐え抜いた朝鮮半島「恨《ハン》の文化」の叫びに思えてならない。

（2017・5）

244 ——— 土を詠んだ俳人、歌人、詩人

土を詠んだ俳人、歌人、詩人といえば、名の上に「農民」「田舎」「自然」「郷土」「土着」などの枕詞を冠する。生きてゆく姿を詠むのだが、カタチができる不思議。

長野県長野市で農家の長男に生まれた桜井土音《どおん》（賢作、一八八七〜一九六四）は、二〇代半ばから農業の傍ら俳誌『ホトトギス』に投句を始める。土や汗、虫や鳥の躍動感ある句は異彩を放った。虚子は、長野に足を運んだ折、「土音健在村一番の稲架《はざ》作り」の句を贈った。

売る畑ときまりてをりて桑を植《う》う
股も張りさけよと許りうつ田かな
野良飯や脛に飛びつく青蛙
一羽鳴けば皆鳥動く冬木かな

兵庫県朝来市で百姓の跡取りになった藤原東川《とうせん》（与八郎、一八八七〜一九六六）は、一七歳で神戸、二四歳で東京に出たものの帰郷。二九歳で結婚後、若山牧水主宰『創作』詩友となり、郷土の歌人を結集し、〝但馬歌壇の父〟といわれる一大エネルギーを作った。

春いまだ野は冬枯れのままながら
　柳畑のいろのあかるさ
野良ぐるまひきてかえるに道遠く
　いつしか月の光をぞ踏む
春によし夏はまたよし秋はなほ
　今日あたためて飲む冬の酒
張り替えて吉き日をぞ待つ
　我が家の障子さやけき今朝は雪晴れ

福岡県行橋市で自作農の長男に生まれた定村比呂志《ひろし》（浩、一九一二〜六八）は、大学を病気のために中退、帰郷。堺利彦らの文芸運動に参画するも離脱。養鶏や養蚕を副業とする耕作農民としての生活の中、農民詩人として詩集『廃園の血脈』（書籍装丁は芥川賞作家・鶴田知也の弟で画家の福田新生《しんせい》）を刊行する。

（略）荒涼寂寞とした村の真夜中
俺は、くされゆく廃園のかたすみで
ひきつった大地に合掌しながら
巨大な、骨ばかりの手が
たくましくひろげた指で、なにか獲物を求めつゝ
大地の皺《しわ》を探っていんのをみる　（「廃園の血脈」）

句でも歌でも詩でも「土」から生み出される言葉は、日々の生活の中での真摯な思いの表現だ。

いくら悲惨であっても「生」の息吹を伝えて「命」を守る言葉に変換する。

（２０１７・５）

245——反戦の歌人と俳人と詩人

日本国民が敗戦から学んだことは、非戦であり不戦、厭戦、嫌戦、そして反戦であろう。誰もが戦うことの虚しさを知った。反戦の心で紡いだ歌人と俳人と詩人の詞を追う。

石川で米軍試射場に反対する内灘闘争（一九五三年）が起きた。土地接収反対座り込みの婦人の中に芦田高子（一九〇七〜七九）がいた。彼女は岡山県生まれだが、医師である夫と石川で暮らし、歌誌『新歌人』を創刊主宰。歌集『内灘』に生きる思いを込めた。

試射場に砲とどろけど揚げひばり
　空に没りしは声揚げてゐむ

この浜を死守すると砂に座す
　道に乱れ揺れつつ小判草咲く

砂に座す九割が漁夫の妻らにて
　純粋なるは知らず恐れも

砲弾に射たれ死なむといへる
　老婆の言終わらぬにみな声挙げて泣く

大阪で育った木田千女《せんじょ》（一九二四〜）は、大本営発表によって脚色された戦争の日々を過ごし、中学教師の傍ら句誌『天塚』を創刊主宰。彼女は「俳句には『私』が大切」と言い、インタビューでは「私の句集『初鏡』には反戦句が多いでしょう」と〝ひもじい思い〟の当時を語る。

なにひとつもたずに鶴のかへりけり
薺粥にうつる目の玉終戦忌
ガタルカナル小石が遺骨芋殻焚く
流灯やひろしまの石みな仏

東京で生まれた大塚楠緒子（一八七五〜一九一〇）は、佐佐木信綱に和歌、橋本雅邦《がほう》に絵画を習い、詩、小説を書く才色兼備の人。日露戦争出征の夫の無事を「お百度詣」として発表。夏目漱石の想い人ともいわれ、「あるほどの菊投げ入れよ棺の中」の句を贈られる。

ひとあし踏みて夫思ひ／ふたあし国を思へども／三足ふたゝび夫おもふ／女心に咎ありや／朝日に匂ふ日の本の／国は世界に唯一つ／妻と呼ばれて契りてし／人も此世に唯ひとり／かくて御国と我夫と／いづれ重しととはれれば／たゞ答へずに泣かんのみ／お百度まうであゝ咎ありや
（「お百度詣」）

反戦といえば、二〇一五年、俳人・金子兜太の「アベ政治を許さない」の墨書が出回った。戦争や原爆の負の遺産を絶対に風化させてはならない、の願いを込めた詞だった。

（2017・6）

私たちは、というより、私は死んだら何を残せるだろうか。ベトナム戦争さなかの昭和四〇年（一九六五）は、自転車に乗って四キロの道を三年間、雨の日も風の日も通った高校を卒業した年だ。

「いざなぎ景気」といわれパンタロンが流行。「アイスノン」が出て、アイビールックの若者らが街を闊歩した。吉展《よしのぶ》ちゃん事件が解決した年でもあった。大江健三郎『ヒロシマ・ノート』が売れ、「君といつまでも」や「ブルー・ライト・ヨコハマ」などのメロディーが流れた。

そんな空気の中「ベトナムの平和を願う市民の集会」のために谷川俊太郎は「死んだ男の残したものは」を作詞。日本の反戦歌の一つとして若者に伝わり広がった。

死んだ男の残したものは／ひとりの妻とひとりの子ども／他には何も残さなかった／墓石ひとつ残さなかった

死んだ女の残したものは／しおれた花とひとりの子ども／他には何も残さなかった／着もの一枚残さなかった

死んだ子どもの残したものは／ねじれた脚と乾いた涙／他には何も残さなかった／思い出ひとつ残さなかった

死んだ兵士の残したものは／こわれた銃とゆがんだ地球／他には何も残せなかった／平和ひとつ残せなかった

死んだかれらの残したものは／生きてる私生きてるあなた／他には誰も残っていない／他には誰も残っていない

死んだ歴史の残したものは／輝く今日とまた来る明日／他には何も残っていない／他には何も残っていない

《死んだ男の残したものは》©1996, Schott Music Co.Ltd.,Tokyo

この歌の作曲は、谷川からの依頼を受けた武満徹が一日で完成させたそうで、「メッセージソングのように気張って歌わず『愛染かつら』のような気持で歌って欲しい」と手紙に書いて渡したという。

無伴奏の歌として友竹正則によって披露されたが、ポピュラーからクラシックまで幅広い歌手に唄われた。また混声合唱曲にも編曲された。

詩は、死ねば、何も「残さなかった」とあり、「残せなかった」と続き、「残っていない」とある。生きるための〝反語〟なのだろう。生きた魂は伝わっている。

（２０１７・６）

246――死んだ男の残したものは

247——東京のタクシー歌人・高山邦男

深夜の東京を走るタクシードライバーがいる。
歌の創作の場は、職場の車内である。

わが仕事この酔ひし人を安全に
送り届けて忘れられること

東京生まれの高山邦男（一九五九～）は、早大卒業後、製薬会社、病院を経て三三歳でタクシー運転手になり、四半世紀を超える。ハンドルを握る夜八時から朝四時まで深夜、未明に活動する人々を詠む。不眠症を意味する『インソムニア』という歌集を刊行した。

この夜も同じ辻にて客待てば
棒振る男も同じ奴なり

誰一人渡らぬ深夜の交差点
ラジオに流れる「からたち日記」

観客のゐない未明を蛇行して
バイク煙らす新聞配達人

彼は中学生の頃「形式が格好いい」短歌に出合い、歌を学ぶとして宇佐美雪江（一九一〇～九六）を紹介された。彼女の自宅に通い、大人のなかで歌と人生を学んだ。そこでは平気で「飲みに行こう」と飲み屋に連れて行かれた。雪江は一六歳で竹久夢二（一八八四～一九三四）最後の愛人、モデルとして暮らし、「短歌の世界に生かされた」ひとだった。

この闇の向こうに読者がゐることを
信じられればこころ頼もし

殺めてもいいのか毎日いぢめられ
絶望してゐる己が命なら

美しく桜さく夜もきっとゐる
自爆テロ思ひつめてる青年

高山は認知症の母（八二）と二人暮らし。仕事では誰との話もなく「ラジオ深夜便」を友とし、夜の繁華街を通りすぎる人々の姿を見ながら「歌はリアルタイムで作り上げる」そうで、「古典落語はダメ人間が主役、すてきなダメ人間になれたらいい」と日々をおくる。

もう帰る？今日も母から言はれつつ
仕事に出掛ける夜の街へと

四方を窓に閉ざされてゐる車内にて
兵士の狂気思ふ夜あり

冬の街ふと覗き見るブックオフ
『幸福論』が吾を待ちゐたり

彼は「深夜番コンビニ店員李さんはいつも含羞《はにか》みながらレジ打つ」景色の前で時を過ごす。

（2017・6）

外国での俳句認知は、一部詩人の間で関心は高かったが、学習院大学で教鞭をとったイギリス出身の文学者レジナルド・ブライス（一八九八〜一九六四）が、昭和二四年（一九四九）に『俳句ＨＡＩＫＵ』を出版。それ以降、一般にも広く知られるようになった。俳句は、外国の日本文学研究者らによって翻訳紹介されてきた。たとえば明治時代、小泉八雲（ラフカディオ・ハーン）による芭蕉の「古池や蛙飛びこむ水の音」の英訳を見る。

Old Pond Frogs jumped in Sound of water

その後、英語圏での俳句の広がりは第二次世界大戦前から英語教師として来日していたブライスの功績が大きいといわれる。

彼はイギリスで生まれ、独学でヨーロッパの諸言語を学び、ロンドン大学で教員資格を取得。一九二五年、日本統治下の朝鮮に渡り、京城大の助教授に就く。そこで日本語と中国語を学習、禅も学んだ。三七年、日本人女性（来島富子）と結婚、二女をもうけ、金沢の第四高（現金沢大）の英語教官となる。戦後は、日米和平の円滑な移行にむけての精力的な活動をする。四六年、学習院大教授となり、皇太子の英語教師となった。

248――世界に「HAIKU」が広がる

また連合国総司令部のハロルド・ヘンダーソン陸軍中佐とともに「昭和天皇」の人間宣言起草にも加わったとされる。皇室との付き合いは亡くなるまで続いた。

彼は『俳句』（全四巻）、『禅と英文学』、『俳句の歴史』などを刊行。五四年、東大より文学博士号を授与され、五九年、勲四等瑞宝章を受章した。

彼は辞世の句を詠んでいる。

山 茶 花 に 心 残 し て 旅 立 ち ぬ

鎌倉の東慶寺の墓地に、生涯の友であった鈴木大拙の墓の後ろに眠っている。こよなく日本文化を愛した英国人であった。

ＨＡＩＫＵは欧米、南米、中国、インド、ロシアなど異質文化にも馴染む。英語俳句は三行の自由な短い詩で、とくに季語などの厳密なルールはない。若者の句がある。

Five Syllables First
Seven Syllables Second
Five Syllables Third

これを日本語で詠むと「五が最初　七が二番目　その次、五」で、まさに俳句だ。短詩は広がる。

（２０１７・６）

249――水枕を詠む歌人・稲森宗太郎

言葉が生きていれば、いつかそれは人の心でまた生き始める。死後に遺歌集『水枕』が上梓された稲森宗太郎（一九〇一〜三〇）は、そんな思いにさせる夭折歌人。

稲森は、三重県名張市の煙草捌商に生まれ、三重県立一中（現津高校）卒業後、早稲田大に入学。痩せ型の彼は「蟷螂亭《とうろう》」の号を持つ多才人だった。中三の時、巌谷小波《さざなみ》選で「山門の赤椿奥の院の白椿」が俳句一席。大学では西條八十に詩、島村民蔵に演劇、窪田空穂《うつぼ》に短歌を習うなど、あり余る才を広げた。寄宿舎の同期で同人誌『自画像』を出し、小説も書いた。山岳部では著名山も踏破。そして中谷孝雄、梶井基次郎、外村《とのむら》繁らの同人誌『青空』に誘われて創刊号（一九二五年〔大正一四〕一月号）に「わが上にねがふべき言葉妹と植うる萩のにひ芽の上に願ふも」と新妻を詠む歌ほか十首を発表した。梶井の「檸檬」の掲載号であった。後、窪田空穂を囲んで新雑誌『槻《つき》の木』を創刊。尾崎一雄や丹羽文雄、浅見淵などが執筆、彼はその中心にいた。大卒後、歌が厚くなった。

土の上に吹き落されてまろき目を
　闇にひらきてありし芋虫

定家も西行も渋つ面して歌よみしなり
　しぶつ面して歌をよみなむ生涯を我も

彼は結核菌に侵され声が出なくなった。病床へ水枕が届く、と喜んで九首の歌を詠んだ。一首ずつ、死力を尽くして便箋に毛筆で書いた。字に乱れはなかった。

水まくらうれしくもあるか耳の下に
　氷のかけら音たてて游ぐ

ゆたかなる水枕にし埋めをれば
　われの頭は冷たくすみぬ

水枕に頭うづめつつアルプスの
　雪渓の中にひとりわがゐる

水枕に目を閉ぢをれば谷川の
　底ゆく石の音の聞こゆる

水枕にしみこごえたる目をあげて
　若葉やはらかき藤の花を見ぬ　ほか

彼は、一九三〇年（昭和五）に妻と父に看取られて逝った。享年三〇。七九年、尾崎一雄が「水枕」の歌について雑誌に書いた、それを山本健吉が新聞で讃え、さらに岡井隆が新聞に取り上げた。没後五〇年、郷土で彼を顕彰する機運が生まれ、歌碑が建立された。彼の「生きた言葉」は蘇った。大正から昭和にかけての文学の高まりの中、彼の「遺された言葉」は永遠に生き続けてゆく。

（２０１７・７）

250　「原爆ドーム」を詠む

原民樹《たみき》の詩集『原爆小景』に、負の世界遺産と呼ばれる広島の「原爆ドーム」の周りで起こった悲惨な惨禍を詠んだ詩「コレガ人間ナノデス」がある。心を揺らし、抉《えぐ》り、沁む。

コレガ人間ナノデス／原子爆弾ニ抛ル変化ヲゴラン下サイ／肉体ガ恐ロシク膨張シ／男モ女モスベテ一ツノ型ニカヘル／オオ　ソノ真黒焦ゲノ滅茶苦茶ノ／爛レタ顔ノムクンダ唇カラ洩レテ来ル声ハ／「助ケテ下サイ」／ト　カ細イ　静カナ言葉／コレガ　コレガ人間ナノデス／人間ノ顔ナノデス（略）

昭和二〇年（一九四五）八月六日、大正四年（一九一五）に竣工した「広島県物産陳列館」の姿が変わった。その後、世界各地の人々が「負のドーム」を見守り続けている。

狂おしい狂おしきかな原爆ドーム　谷久保泰樹
原爆ドーム仔雀くぐり抜けにけり　草間時彦
雀の巣あるらし原爆ドームのなか　沢木欣一
炎天下原爆ドーム罅《ひび》育つ　西村和子
炎天の原爆ドーム骨だらけ　塩川雄三
噴水や遠く原爆ドーム浮く　鈴木龍生
秋晴れや原爆ドームに空ありぬ　秋山深雪

俳句や短歌は「あの日」を思い起こす象徴の場所として「原爆ドーム」を詠む。

原爆ドームの窓枠錆びてつらなるに
　洩れくるは何風か呻きか　伊藤雅子
夕光にときのま燦然と顕れし
　ビルのあいだの原爆ドーム　上田　緑
陽に灼くる原爆ドームの骨組を
　二十世紀の語り部とせむ　鹿子茂雄
荊冠の原爆ドームオブジェめき
　遠き眼ざしに若きら見上ぐ　神谷佳子
原爆ドームを電飾せむとふニュースあり
　原発の電気で点すと言ふや　立川目陽子
「昔のコンクリートは気合い入っとる」
　母は原爆ドーム見て言う　松本　秀
声がするドームの骨の間の空
　その手を離してはいけないと　谷村はるか

時がいくら経っても「起こった事実」は変わらない。人は「正しい事実」を見つめて「二度と同じ悲劇」を繰り返さないためにも、語り続けることを怠ってはならないだろう。

（2017・7）

昭和二〇年（一九四五）八月の三日間の「記憶と記録」は確かなものとしておきたい。

八 月 や 六 日 九 日 十 五 日　　諫見勝則

広島に落とされた原爆を詠んだふたりの「原爆詩」を「記憶」の襞に刻んでおきたい。

詩集『原爆小景』で知られる原民樹（一九〇五〜五一）と、詩集『生ましめんかな』を遺した栗原貞子（一九一三〜二〇〇五）は、広島生まれの原爆詩人。

＊

水ヲ下サイ／アア　水ヲ下サイ／ノマシテ下サイ／死ンダハウガ　マシデ／死ンダハウガ／アア／タスケテタスケテ／水ヲ／水ヲ／ドウカ／ドナタカ／オーオーオーオー／オーオーオーオー／／天ガ裂ケ／街ガ無クナリ／川ガ／ナガレテヰル／オーオーオーオー／オーオーオーオー／／夜ガクル／夜ガクル／ヒカラビタ眼ニ／タダレタ唇ニ／ヒリヒリ灼ケテ／フラフラノ／コノ　メチャクチャノ／顔ノ／ニンゲンノウメキ／ニンゲンノ

（原民樹「水ヲ下サイ」）

＊

〈ヒロシマ〉というとき／〈ああ　ヒロシマ〉と／やさしくこたえてくれるだろうか／〈ヒロシマ〉といえば

251　ふたりの原爆詩人

〈パール・ハーバー〉／〈ヒロシマ〉といえば〈南京虐殺〉／〈ヒロシマ〉といえば、女や子供を／壕のなかにとじこめ／ガソリンをかけて焼いたマニラの火刑／〈ヒロシマ〉といえば／血と炎のこだまが返って来るのだ／／〈ヒロシマ〉といえば／〈ああ　ヒロシマ〉とやさしくは／返ってこない／アジアの国々の死者たちや無告の民が／いっせいに犯されたものの怒りを／噴き出すのだ／〈ヒロシマ〉といえば／〈ああ　ヒロシマ〉と／やさしくかえってくるためには／捨てた筈の武器を　ほんとうに／捨てねばならない／異国の基地を撤去せねばならない／その日までヒロシマは／残酷と不信のにがい都市だ／私たちは潜在する放射能に／灼かれるバリアだ／／〈ヒロシマ〉といえば／〈ああ　ヒロシマ〉と／やさしくこたえがかえってくるためには／わたしたちは／わたしたちの汚れた手を／きよめねばならない

（栗原貞子「ヒロシマというとき」）

＊

自らの体験や想いを伝えるための言葉は、「記録」で残しておきたい。言葉が人を繋ぐのであれば、丁寧に積み重ねた想いを子や孫に伝えておきたい。

（２０１７・８）

白き虚空とどまり白き原子雲
　そのまぼろしにつづく死の町　近藤芳美
息詰めて共に見上げし原子雲
　姉は癌にて若く逝きたり　奥村孝子
昭和二〇年八月、日本に二つの原爆が落ちた。原子雲のあとに原子野、そして屍、の悲惨な体験をした広島と長崎の地で〝原爆禍〟がまとめられた。
『原子雲の下より』（峠三吉・山代巴編）は、小学生から大人までの「原爆詩」が収まる。
ピカドンで　ぼくのあたまはハゲだ　目もおかしくなった　二つのときでした　大きくなって　みんなが「つる」とか「はげ」とかよんだ　また「目くさり」といった　ぼくはじっとがまんした　（小学四年）
『原子雲の下に生きて』（永井隆編）は、子どもらの「原爆手記」を収める。
永井博士は序文に「（略）──戦争はいやだ！の一言である……『げんしばくだんは、ひどかバイ。痛かトバイ。もう、やめまっせ！』（略）」とある。それに子らの素直な文章が続く。
お母さんは、私たちのおひるに食わすナスを、畑でもいでいるとき、ばくだんに、やられたのであった。上衣もモンペも焼け切れ、ちぎれてとび、ほとんど丸はだかになっていた。髪の毛は（略）赤く短く、ちぢれて切れていた。体じゅうの皮は、大やけどで、ジュルジュルになっていた。（略）赤い血がしきりに、にじみ出て（略）お母さんは、苦しみ始め、もだえもだえて、その夜、死にました。　（一〇歳）
原 子 野 に 涙 忘 れ て 骨 拾 う　浜　文城
友探し原子野さまよふわが傍を
　死屍積むリヤカーいくつか過ぎにき　小島恒久
広島で被爆した大平数子さん（一九二三〜八六）は、夫を亡くし胎内被爆の二男を喪った。
彼女は逝った人の想いを詩集『慟哭』に詠み込んだ。そのなかの「あい」の詩が心に響く。
逝ったひとはかえってこれないから／逝ったひとは叫ぶことが出来ないから／逝ったひとはなげくすべがないから／／生きのこったひとはどうすればいい／生きのこったひとはなにがわかればいい／／生きのこったひとはかなしみをちぎってあるく／生きのこったひとは思い出を凍らせてあるく／生きのこったひとは固定した面を抱いてあるく（略）
（2017・8）

252──原子雲のあとに原子野、そして

ここに一篇の詩がある。熊本地震で被災した益城町で暮らす高校二年で脳性まひ障害を持つ橋村ももかさん（一六）と母親が、「地域の中で生きる」言葉を紡いだものだ。静かな心で読んでみる。

私たちは、ひとりひとり違います。生まれた時、幸せを願ってつけられた名前があります。好きな色があります。好きな食べ物、嫌いな食べ物があります。好きな音楽があります。好きな人、好きな香りがあります。好きな人、苦手な人、がいます。そして、大好きな人もいます。時々、わけもなく嬉しくなったり、少し、寂しくなったりもします。今日は、疲れたなー、と、思う時もあります。楽しい！楽しい！と、思う時があります。悲しくて、泣き叫びたい時も、あります。鳥の声と共に空に駆け上がり、祭囃子に胸を躍らせ、空を赤く染める夕日に今日の一日を思います。私たちは、ひとりひとり、ちがいます。そして、ひとりひとり、生きています。私たちを、殺さないで。私たちは、みなさんと共に、生きていきたい。

この詩は、平成二八年（二〇一六）七月二六日未明、神奈川県相模原市の県立知的障がい者支援施設「津久井やまゆり園」で起きた事件を想って詠んだものだ。

253――ひとりひとり、違います

この事件は、突然、刃物で一九人を刺殺、二六名に重軽傷を負わせた戦後最悪の大量殺人事件として日本社会に衝撃を与えた。計り知れない恐怖を多くの人々に想起させた。あれから一年後の思いだ。

やまゆり園事件の犯人は「障がい者を多数殺害する目的」で犯行に及んだもので、やまゆり園元施設職員の植松聖容疑者（二七）だった。植松は「私がやりました」と出頭、「ナイフで刺した」と容疑を認め、「障がい者なんていなくなってしまえ」との供述をした。

被害者の名前は、家族の「公表しないでほしい」の望みを汲んで発表しなかった。まだまだ日本は「全ての命は存在だけで価値がある」社会にはなってないようだ。

ももかさんは「地震を乗り越えた地域の人と一緒」「人とのつながり」を大事にすることを願った。これまでも小学校入学は「地元も選択肢」にと言われ、特別支援学校ではなく地元小に入学した。母りかさんは「ももかという人間が生きていることを知ってほしい」と実名を出す。熊本市でのやまゆり園追悼集会主催者からの依頼で贈った母と娘の詩が集会のアピール文となった。ももかさんの生きる姿が、社会を変えるかもしれない。

（２０１７・８）

主役の生き方もいいが、懸命に生きる脇役の姿もいい。夭折の社会主義歌人と評される田島梅子（一八八九〜一九一二）の短い生涯を追う。彼女は明治二二年、埼玉県の秩父に生まれ、郷里で教職に就くが、明治三七年から五年余の教壇生活の後、上京する。

ところで明治一〇年代、困窮農民などによる政府への武装蜂起の秋田事件（一八八一）や福島事件（八二）、高田事件（八三）、群馬事件そして秩父の困民《こんみん》党などによる秩父事件（八四）など世の混乱が続いた。

その「秩父困民党事件」に参加した祖父や曾祖父の血を受けて生まれたであろう、梅子は「大逆事件」の後始末を陰で支える女性として活動した。

「若き子に若き生命を捨てよとや斯くて崇し教へなるもの」、「世を呪ふ血潮は燃えぬ漲りぬ吾れ二十年の今日此胸に」、「かくめいの其一言に恋成りぬえにしの糸は真紅のほのお」、「この血もてこの涙もて掩はなん世の戦ひにつかれし君を」、「調はひくしさあれ真闇の生の海の静間を破る女波男浪や」

堺利彦が「平民新聞」筆禍事件で入獄した折、巣鴨監獄の看守をしていた岡野辰之介は「獄裏の枯川《こせん》先生」（枯川は堺の号）の題で「（略）先頃に入獄した囚人がある。

254——夭折の社会主義歌人・田島梅子

（略）英書を繙きて居るので、不図立止って見ると（略）嗚呼《ああ》此の人こそ、平民の味方、社会の改革者、非戦論の唱首、巡査、看守の良友として吾等が畏敬する枯川先生其人である（略）」の一文を残す。

堺は「大逆事件」（一九一〇）につながる「赤旗事件」で逮捕。梅子は、その時期に岡野と結ばれ、堺門下の「番頭」だった夫・岡野を助けて社会主義運動の砦を守ったようだ。

梅子は幼い頃から「多病」の体質であった。

堺は「梅子君は確に一廉の歌人であった」として編著『売文集』（一九一二年刊）に彼女の三七首を「片見の歌」として収めている。

「そゝり立つ秩父の峰に神秘あり吾かくめいの御告を聞きぬ」、「断ち得るかさらば断ちませ何の力ゑみ美しき会心の二人」、「天の星野べの百合にも平和の色は満てるを醜の戦よ」ほか。

彼女は「大逆事件」後の国家権力の監視と弾圧下で、病軀に鞭打ちながら夫と「冬の時代」を毅然と闘って生きた。梅子の生涯は、碓田のぼる『「冬の時代」の光芒』に詳しい。

（２０１７・８）

255――滅びの家の歌人・江口きち

昭和一三年（一九三八）一二月二日、江口きち（一九一三〜三八）は、手づくりの白いドレスを着て障害のある兄と青酸カリで服毒自殺、短い生涯を閉じた。

傍らに辞世二首。

睡たらひて夜は明けにけりうつそみに
　聴きをさめなる雀鳴き初む
大いなるこの寂けさや天地の時刻
　あやまたず夜は明けにけり

江口は、群馬県の武尊《ほたか》山麓の川場村生まれで学業優秀。和裁を習った後、昭和五年に「郵便局」に勤めたが、翌年、母の急死で家業の一膳飯屋「栃木屋」を継ぎ、流浪の父、知的障害の兄、それに妹をみることになった。妹は間もなく東京の美容院に年季奉公で村を出た。彼女は寂しさに加え、筆舌に尽くしがたい生活苦の中、幼い頃に手解きを受けた歌に心注いで『女性時代』誌友になった。河井酔茗《すいめい》、島本久恵に師事し「実感から歌を詠む作風」で〝女啄木〟といわれた。河井は江口の『武尊の麓』を「息づまるような苦しさをさへ感ぜしめる歌集」と評した。母を想い、妹を思い、出征兵士、叶わぬ愛、郷土や生活などを素朴な歌風で詠んだ。

この世にて行きがたかりし人は
　今日星空をえらびて去り逝きにけり
こまごまと心つかひて出しやりし
　妹の行きて気弱くなれる
ただにただに君が苛らちの悲しきを
　小さき身もて護らむと思う
帰りゆく武尊は荒れてその下に
　住ひうごかぬわがさだめあり
なりはひのいとまを出でて県道の
　埃まみれしもち草を摘む
石垣のかげに芽生えて名も知らぬ
　草も実をもち春たけにけり
誰がために保ついのちぞ相見じと
　誓ひし面に紅ひくあはれ
女なれ死にての後の面影をせめて
　すこしくよそはむとすや

無能な父、障害の兄、妻子ある一八歳上の男性との愛、厭世観、苦しい生活の混乱で死を決意したのか、自ら詠んだ歌のとおり江口家の血を継ぐ者は無くなった。

おのずから滅びの家に生まれし子ぞ
　死にまむかうはものの故にあらず

（2017・10）

256――能登に花咲く夫婦歌碑

能登半島出身の坪野哲久《てっきゅう》（一九〇六〜八八）は、大学卒業後、島木赤彦に師事するが、東京で組合運動を始め、やがてプロレタリア短歌運動に傾注。処女歌集『九月一日』（一九三〇）は発売禁止。その頃、新潟出身の山田あきを知り結婚。後、工員で働き、会社のストライキ中に喀血、病臥三年を経て焼き鳥屋台の店主となり、生活をつなぐ。治安維持法違反で検挙されるなど苦難の中、妻の支えで歌を詠み続け『碧巌』（一九七一）は読売文学賞受賞。

われの一生《ひとよ》に殺なく盗なくありしこと
　憤怒のごとしこの悔恨は
まわれよまわれぶんぶんぐるま
　糸車まずしき能登のおんなのいのち
ひとりおそるる内の狂気のおりおりに
　異形のうたをわれくちずさむ
わが父よりわが子に及ぶ苦しみか
　人生は黄金比のごとくあらず

山田あき（一九〇〇〜九六）は、新潟の大地主・村松家の七兄妹の五女として生まれ、女学校卒業と同時に一三歳年上の医学者と結婚したが、半年で破綻。一九歳で上京しプロレタリア運動の道に入って坪野と出逢う。その後、郷土の土を踏むことはなかった。夫とともに詠む彼女の歌は、生きてきた誇りと自信に裏打ちされて格調高く、真剣に生きてゆく人々に強く語りかける。名前は郷土の「山」と「田」の装い深まる「秋」からという。

指をもてわれの唇閉めあわす
　きみが愛撫はかく素朴なり
生きながら石に灼かれし人の影
　視まじきものをなみだ垂りいき
ゆく春のつれなき思いかさねきて
　あくがれはなお眩暈のごとし
かたくなの夫なき心を己とし
　なお君思うを大切とす

平成一八年（二〇〇六）、石川県志賀町に「坪野哲久文学記念館」が出来た。大変な時代に揺らぐことのない生き方の夫を支え、愛を貫き苦を耐えた妻との碑も建った。

蟹の肉せゝり啖《くら》へばあこがるゝ
　生まれし能登の冬潮の底　　哲久
きみと見るこの夜の秋の天の川
　いのちのたけをさらにふかめゆく　　あき

能登に建つ二人の同志碑は、志と愛を貫いて花咲く夫婦歌碑といっていい。

（２０１７・10）

親子で歌や句を詠んでいる。その姿を永久に残そうと、いつ知らず、関係者によって親子碑が建立されている。全国各地、あちこちで寄り添う碑を見ることができる。

▼岩手県盛岡市／石川一禎《いってい》（一八五〇～一九二七）、啄木（一八八六～一九一二）

中津川流れ落合ふ北上の
　早瀬を渡る夕霞かな　一禎
中津川や月に河鹿の啼く夜なり
　涼風追ひぬ夢見る人と　啄木

▼福岡県甘木市／高濱虚子（一八七四～一九五九）、年尾（一九〇〇～七九）

風薫るあまぎいちびと集ひ来て　虚子
甘木なる虚子にゆかりの藤咲けり　年尾

▼三重県桑名市／虚子、星野立子（一九〇三～八四）

老一日落花をあだに踏むまじく　虚子
今年はも満朶の花を桑名に見　立子

▼大分県日出町／虚子、高木晴子（一九一五～二〇〇〇）

海中に真清水わきて魚育つ　虚子
早紅葉やその真清水をくむとせん　晴子

▼宮城県仙台市／山田孝雄《よしお》（一八七五～一九五八）、みづえ（一九二六～二〇一三）

連ね歌の花咲きにけり道の奥　孝雄
風花す父のやさしさ極まれば　みづえ

▼鹿児島県鹿児島市／角川照子（一九二八～二〇〇四）、春樹（一九四二～）

火の島の左右に紫春の暁　照子
地に垂れていよいよあをきさくらかな　春樹

▼岡山県新見市／若山牧水（一八八五～一九二八）、妻・喜志子（一八八八～一九六八）、旅人《たびと》（一九一三～九八）

幾山河こえさりゆかばさびしさの
　はてなむ国ぞけふも旅ゆく　牧水
けふもまたこころの鉦をうち鳴らし
　うち鳴らしつつあくがれて行く　牧水
あくがれの旅路ゆきつつ此処にやどり
　この石文の歌は残しし　喜志子
うつそ身の老のかなしさうらめしさ
　ただ居つ起ちつしのぶばかりぞ　喜志子
若くしてゆきにし夫のかたはらに
　永久の睦をよろこばむ母は　旅人

親子の刻まれる言葉は視る者の心に解けてゆく。

（2017・11）

258——死刑囚の歌は母などを詠む

死刑囚の詠む歌は、母など家族への想いを紡ぐ。独房で生まれる言の葉には育った家の気配が漂う。獄死や刑死の死刑囚が詠んだ歌を拾う。やはり人間、を見る。

今日明日も知れぬ命のたたずまい
如何におわすかふるさとの母

爪たてて母母母と書いてみき
ひとやに母を恋いてやまねば

愛し子は清く育てて文書きつつ
瞳は曇りきて囚衣濡らしぬ

母恋えどたよりなき身の淋しさに
またとりだして読む古き便り

牢壁に母母母と落書きの
文字も薄れてこは誰が書きし

ちちははのこいし慕わし罪の身を
ゆるせゆるせと壁に物いう

甘ゆべき母のなき獄青布の夜具を
かぶりて悲しみに耐ふ

母のなきわれは亡母恋ひ夜を更かし
獄に遠き汽笛ききたり

パパと呼ぶ夢の吾が子は幼くて
別れ来し時のままの姿に

父親となれず死ぬ身に文鳥の
ひなを飼ふことを許されたりき

幼な児の父を奪ひしわれにして
償ひ急がん処刑待つ部屋

吾子われの処刑を悲しむ老い母か
筆の乱れし手紙よみつつ

母のため獄に折りたる折鶴は
ふるさとへ向く窓に吊るさう

妹の嫁ぎし事をよろこびつつ
われに刑死の日は迫るなり

あと十年生きるは無理という母を
われの余命と比べ見詰めつ

死刑囚のわれを養子にしたまひし
未婚の母よ若く優しき

〈牢のまはり桜さけり〉と母いへば
そを反芻しさくらを想ふ

大伴家持編纂説の『万葉集』は「罪人の書」であるともいう、が「やまとうたは人の心をたねとしてよろづのことのはとぞなれりける」『古今和歌集　仮名序』と、言葉はよろずのものとしてある。

（２０１７・11）

259——死刑囚の句は自らを詠む

小林一茶に「露の世は露の世ながらさりながら」がある。悲しみを超えた無常観を詠んでいるのだろう。死刑囚の句は、覚悟の言葉を掬い、自らを詠んでいる気がする。

桜ほろほろ死んでしまえと降りかかる
過去と未来いづれが長し花菖蒲
われのごとく愚かよかなし冬の蝿
春雷や冷たき母であればよし
姉と手を握りし汗をもち帰る
秋天に母を殺せし手を透かす
〝ありがと〟と亡き母に女児辛夷《こぶし》咲く
足袋つづるこの手に母を殺したる
返り花われを死囚と子は知らず
己が身を虫干しに出す死囚かな
ひとりゆく枯野の果ての入日影
棺一基四顧茫々と霞みけり
処刑明日爪切り揃う春の夜
綱よごすまじく首拭く寒の水
叫びたし寒満月の割れるほど
冬晴れの天よつかまるものが無い
水ぬるむ落しきれない手の汚れ
刑決まり去私には遠く漱石忌
ゆく春や蹴りもしてみる牢の壁
秋天に掛ける梯子を作りたし
流さるる螢掬えば掌に光り
寒の水もて今朝の畳を拭きに拭く
抱かれると思う仏の膝寒し
梅雨晴れの光を背負いふりむかず
何をもって償ふ穴まどひ
生まれざりしならばと思う夜の長さ
布団たたみ雑巾しぼり別れとす
天穹の剥落のごと春の雪
みていればぬれたくなりて春の雨
暮れおそき窓へ雀の来てくれし
人生ぎりぎり一杯秋の汗
革命歌小声で歌ふ梅雨晴間
つばくろよ鳩よ雀よさようなら

囚われの身で死を待つ心根は、「迷」から「無」へ向かい「静」で「死」を迎える。

松尾芭蕉の「旅に病んで夢は枯野をかけ廻る」ように、「生」を超えた覚悟の先に自らが在る。

（2017・11）

260　自死した夭折詩人ふたり

戦後詩の歩みは原口統三《とうぞう》（一九二七〜四六）からといわれる。彼は『二十歳のエチュード』を遺して一九四六年、伊豆海岸で入水自殺。一九歳だった。三年後、原口に心酔、憧憬の念を抱いて詩を綴っていた長沢延子（一九三二〜四九）は『海——友よ私が死んだからとて』を遺し、女学校卒業間もなく服毒自殺。一七歳の命を絶った。ともに生前執筆の「稿」は死後、遺著として刊行。自死した夭折詩人二人の「著書」は反響を呼んだ。

原口は朝鮮半島（ソウル）で生まれ、旧満州国を転々とした後、旧制一高に入学し清岡卓行《たかゆき》らと親交を深め、ランボーに傾倒する詩人だったが友も少なく孤独だった。自死後、一高制帽と「原籍　鹿児島市竜尾町五番地（略）」と記す「死人覚え書」が発見された。

（略）ところが今日、僕はふと「寒い」と思ったのだ。僕はきっと夢を見て来たのに違いない／自己の思想を表現してみることは、所詮弁解にすぎない／表現は畢《ひっ》竟《きょう》、それをうけとる人間にとって、年と共に姿を変えてゆくところの品物に過ぎない／告白——僕は最後まで芸術家である。いっさいの芸術を捨てた後に、僕に残された仕事は、人生そのものを芸術とすること、だった／論理は、必ず逆襲できるし、破壊することも可能である／僕の名を忘れて立ち去るだろう（略）

（『二十歳のエチュード』）

長沢は群馬県桐生市で生まれ、四歳で母と死別、一二歳で伯父の家の養女として戦時の動乱期を生きた。桐生高女時代「原口統三」に恋い焦がれ、「暗い谷間に自分自身の身を沈めることによってこの谷間を埋める」と記して自殺。生家と養家の二つの墓に眠る。

白い乳房のひそやかにうずく／初夏の胸寒い夜／幼ない指で若さをかぞえてみる／ああ遠い荒原に足音がきこえ／もたらされるものは／甘いやさしい夢ではない／私はシャツの暖かみから／乳房を離して／あらわな白い塊に／遠いひびきをしみこませるのだ／やがて風の訪れに／——私の乳房は／血に染んでたおれるだろう／それでもいい／暗い荒原の風をおもいながら／ゆれ動く乳房はかすかにうずき／今宵ものかげを離れようとする

（『海——友よ私が死んだからとて』一六歳作の「乳房」）

彼と彼女は、若くして「この世におサラバ」し「あの世で逢う」ことができたであろうか、もし想いつながる運命《さだめ》なら空から谷間に光が射しこんできただろう。

（２０１７・11）

261　被爆作家の原爆文学

昭和二〇年（一九四五）八月六日、広島に原子爆弾が投下された。作家二人も被爆した。原民喜（一九〇五～五一）は「夏の花」（一九四七）、大田洋子（一九〇六～六三）は『屍の街』（一九四八）を発表した。「原爆文学」の出発点になった。被爆作家二人を追う。

原は堅牢だった生家のトイレにいて被爆し、大きな外傷は受けなかった。彼は「このことを書き残さねばならない」と「夏の花」に着手した。書き出しを記す。

　私は街に出て花を買うと、妻の墓を訪れようと思った。ポケットには仏壇からとり出した線香が一束あった。八月十五日は妻にとって初盆にあたるのだが、それまでこのふるさとの街が無事かどうかは疑わしかった。恰度《ちょうど》、休電日ではあったが（略）

彼は『原爆小景』『廃墟から』『鎮魂歌』『心願の国』などの作品を残し、昭和二六年三月一三日、朝鮮戦争、原爆症の苦悩などで国電吉祥寺駅近くの線路で自殺した。繊細で感受性の鋭い性格ならば頷ける行動ではある。

広島市内に原民喜の詩碑が建つ。

遠き日の石に刻み
砂に影おち　崩れ墜つ　天地のまなか
一輪の花の幻

大田は妹の家の二階、蚊帳の中に寝ていて被爆、耳や背中に傷を受けた。

彼女は「書いておくことの責任を果たしてから、死にたい」と『屍の街』に着手。書き出しを記す。

　混沌と悪夢にとじこめられているような日々が、明けては暮れる。よく晴れて澄みとおった秋の真昼にさえ、深い黄昏の底にでも沈んでいるような、混迷のもの憂さから、のがれることはできない。同じ身のうえの人々が、毎日まわりで死ぬのだ（略）

彼女は『流離の岸』『桜の国』『半人間』『人間襤褸《らんる》』などの作品を残し、昭和三八年一二月一〇日、福島の猪苗代の温泉で入浴中に心臓麻痺で急死した。行動的で自己主張が明確な反面、放射能による体調には敏感だったようだ。広島市内に大田洋子の文学碑が建つ。

少女たちは／天に焼かれる／天に焼かれる／と歌のやうに／叫びながら／歩いて行った

これまで原爆を扱った作品は数多くある。非被爆作家の井上光晴『地の群れ』（一九六三）と井伏鱒二『黒い雨』（一九六六）にも、ずしりと重い人間の生が描かれているように思う。

（２０１７・11）

昭和三五年（一九六〇）六月一五日、国会構内で全学連と警察官が衝突した反安保デモの中、東大の女子学生だった樺《かんば》美智子さん（一九三七〜六〇）が胸部圧迫で窒息死。強い正義感を持った彼女は安保闘争に参加、活動していた。フランスの守護聖人の一人であるジャンヌ・ダルク（一四一二〜三一）に重なる。

樺さんの墓誌には「最後に」の詩が刻まれている。

誰かが私を笑っている／向こうでも　こっちでも／私をあざ笑っている／でもかまわないさ／私は自分の道を行く／笑っている連中もやはり／各々の道を行くだろう／よく云うじゃないか／「最後に笑うものが　最もよく笑うものだ」と／でも私は／いつまでも笑わないだろう／いつまでも笑えないだろう／それでいいのだ／ただ許されるものなら／最後に／人知れずほほえみたいものだ

一九五六年　美智子作

彼女は兵庫県神戸市で社会学者の娘として生まれ、東大に入学。国内で大きなうねりになった「日米安保条約改定阻止」の急進的活動家として知られ、圧死したことで〝殉教者〟となった。後の世では「六〇年代を超えた者たち」の確かな証として彼女は詠み続けられる。

六月の雨は切なく翠《みどり》なす

262――日本のジャンヌ・ダルク

樺美智子の名はしらねども　福島泰樹

樺美智子へ！　もし一片の恥あらば
わが魂の四肢の十字架　三枝浩樹

デモに散りし樺美智子の顔ふとも
今なお背負うかなしみなりて　岡　貴子

樺さん今もどこかに棘ささる
あの日の僕は図書館にいた　伊澤敬介

六・一五ぽとりと落つる夏椿
その白さこそ樺美智子よ　重信房子

三十九年経て立つ南門かの夜を
樺美智子は足もとで死す　川名つぎお

安保より辺野古へたどる道の辺に
樺美智子はとまどひをらむ　三ツ木稚子

六月一八日、国会を三三万人が取り囲んだ後、日米新安保条約発効とともに岸信介首相は退陣を表明。二四日に樺さんの葬儀が日比谷公会堂で行われた。

中国の毛沢東から「樺美智子は全世界に名を知られる日本の民族的英雄となった」のメッセージが寄せられた。母・光子の手になる遺稿集『人しれず微笑まん』はベストセラーになった。樺の心は今も息づく。

（２０１７・11）

263——六〇年安保の学生歌人ふたり

六〇年安保闘争は「日米安全保障条約」改定反対の闘争で、一九五九〜六〇年にかけて全国的な大きな広がりを見せた。その中心となった学生から、安保歌人と呼ばれる東の岸本大作と西の清原日出夫が出現した。

岸上大作（一九三九〜六〇）は、兵庫県福崎町出身。父は戦病死、貧しい母子家庭で育った。中学、高校で社会主義に目覚め、高校で作歌を始め短歌を志す。国学院大に入学後は、安保闘争のデモに身を投じた。学生運動の中での恋愛や人間関係に傷つき、苦しむ日々の青春を詠んだ。六〇年に刊行した『意思表示』が注目を集めたが、革命と恋に失望、原稿用紙五〇枚を超える遺書を書き、下宿の窓で縊死。彼の情熱が消えた。歌を見る。

意志表示せまり声なきこえを背に
　ただ掌の中のマッチ擦るのみ
かがまりてこんろに赤き火をおこす
　母とふたりの夢をつくるため
血と雨にワイシャツ濡れている無援
　ひとりへの愛うつくしくする
美しき誤算のひとつわれのみが
　昂ぶりて逢い重ねしことも
断絶を知りてしまいしわたくしにも
　はやしゅったつは告げられている

清原日出夫（一九三七〜二〇〇四）は、北海道中標津町出身。父の影響で啄木や牧水に親しんだ。高校時代に現代短歌を知り、立命館大に入学後は高安国世《くによ》に師事する。学生運動家として安保闘争に関わるデモの中で歌を詠んだ。大学卒業後は兵庫、長野県庁に勤める中『流氷の季』を刊行した。北の大地で開拓農家として生きた父と、革命思想に没頭していく自分との相克。警官もまた労働者、との視点を持つリアリストだった。歌を見る。

冬の陽はかげりしままに暮れゆかん
　〈不戦の集い〉のなかに入りゆく
蒙昧の民の一人として思う
　いかなる権力も疑えとのみ
抗議デモのわれらに従ける警官の
　一人濡れつつ優しき貌す
中庸を説きて誤字多き母の手紙
　むしろ励ましとしてデモに行く
それぞれは秀でて天を目指すとも
　寄り合うたしかに森なる世界

岸上の不器用な青春詠と清原の武骨な社会詠が残る。

（2017・11）

264——沖縄の全盲歌人・真喜屋仁

墨訳《すみやく》（点字を普通字に直す）歌集『春想』を読む。

一九六八年（昭和四三）八月一五日、二九歳で自死した沖縄の全盲歌人・真喜屋仁《まきやじん》さん（本名・実蔵、一九三八～六八）が詠んだ〝遺歌〟を、大学時代からの友・塩谷《しおのや》治さん（一九四四～二〇一四）が二〇一三年に監修、出版したものだ。塩谷さんは長年、遺稿を預かったままだったが、自身が不治の病を宣告され、友の遺した長、短歌を世に出す決意をした。眠っていた詞に光が差した。

指先で探るたまゆら大きバラの
　花びら一つほろりと落ちぬ

夜の道の重きあしおと過ぎ行きて
　ためらうわれのあしおとを追う

冷えすさびしぶとく黒く大なる
　いのちのカラス空に羽ばたく

ますらおの血潮に染めし地にしあれば
　赤き花にぞあわれはしるき

真喜屋さんは、戦後、九歳の時、遊んでいて万年筆爆弾の暴発で失明した。一二歳で盲学校に入学、点字を学んだ。五五年にヘレン・ケラーが学校を訪れた時、一緒に写真に納まった。六四年、早大の点字受験が認められ合格、日本文学を専攻。そこで終生の友となる塩谷さんと出会った。同級生らの熱い支援を受ける中、留年した大学五年の終戦の日、東京目白の陸橋から身を投げた。

めしいしをわが悲しみて
　朝な夕なさいなみし母よはやも老いにき

冬されば海は底より音立てぬ
　祖国復帰の声とこそ聞け

爆弾船天地をゆすり真青なる
　昼の遠空はがねに引き裂く

祖父も祖母も母も叔父叔母も
　涙しぬともしび揺れてかすみたる父よ

鳴く千鳥海は寒かろせつなかろ
　家路を急ぐ沖にともしび

塩谷さんは監修者の立場から、この歌集が「戦争の不条理を冷徹に見つめ、翻弄される人間の命の弱さ、はかなさをそのまま謳った」もので、「終戦記念日というこだわりの日に生涯を閉じることにしたのは、自らの命に対するこだわりでもあったろう」と記す。そして歌集は「土」をテーマにした「ひとにぎりの清潔なる土やわらかにいのちと燃えん暖かくやさし」を結びの歌としている。郷土、沖縄の優しい里の土を想って詠んだのであろう。

（2017・12）

265——俳句を愉しんだ、吉永小百合

あの吉永小百合さん(一九四五〜)が、俳句を愉しんでいたとは知らなかった。矢崎泰久『句々快々』によれは、昭和四四年(一九六九)開始の「話の特集句会」には詩人や画家、作家、俳優、コラムニスト、女優などの多士済々が集った。そこに小百合さんは「鬼百合」として参加。句会で詠んだ彼女の「貴重品としての句」を追うと、彼女らしさと意外な一面も見ることができた。

蓬餅あなたと逢った飛騨の宿
鳥交う姿をうつすメコン川
散る花の心となりて春惜しむ
ごくろうさん政教分離の支那の夜　(時事句)
夏草の陰に息づく青がえる
しごかれて私の頬はバラ色よ　(時事句)
湯上がりのうちわのなかのあせもの子
ひまわりの風さわやかにハンカチ振る
松茸を喰らひつしゃぶりつまた喰らひ　(バレ句)
足袋白く舞う女鼓つ女唄う女
川澄みて魚の背きらりとそぞろ寒し
公園にひとり立ちたる我また渡り鳥
三年に育てし愛よいづこに埋めん　(時事句)
小さき子に指むすばれしお年玉
葱坊主大小長短右左
ぬくもりをそっと抱きて初雪の降る

小百合さんは東京で生まれ厳格な家庭に育った。一二歳でラジオドラマ『赤胴鈴之助』で脚光を浴び、高校在学時に映画『キューポラのある街』のヒロインになった。また『寒い朝』や『いつでも夢を』などのレコードが大ヒット。清純派の女優として「サユリスト」なるファンも急増し、一躍スターの仲間入りをした。

現在、古希を過ぎ、なお「小百合ファン」は消えることはない。ただ一五歳上のディレクターとの結婚式は、反対する両親が出席しない普段着の式だった。母・和枝さんはピアノの先生で歌も詠んでいた。小百合さんの誕生には「戦いのさなかに生まれて小百合の崇き気負いを持ちて生き抜け」と詠み、結婚では「悲しいね悲しいねと叫ぶがごと去りし娘の後姿追う」と詠んだ。その母の心の真を推し量れる女性だからこそ、今も永遠の美しさを保つ大女優といわれるのだろう。日本の美がある。

かつて純心に句作した彼女の「バレ句」が「清純」とのギャップ大と週刊誌に艶句「松茸は舐めてくわえてまたしゃぶり」と伝えられた。後、彼女の句作はない。

(2018・2)

266　夭折俳人の住宅顕信

昭和三六年（一八六一）、岡山県岡山市に生まれた住宅顕信《すみたくけんしん》（本名・春美）は、自由律の俳句二八一句を遺して二五歳で亡くなった。夭折俳人の句を掬い読みながら、この世では、何事も、誰かが、何処かで、必ず受け継いでいるものだ、としみじみ思った。

住宅は、中学時代ツッパリだった。中卒後、調理師学校に通い、一六歳で四歳上の女性と同棲。二二歳、仏教に傾倒、西本願寺で出家得度。法名を「釈顕信」とし同棲相手と結婚。自宅に「無量寿庵」を構えた。二三歳、急性骨髄性白血病を発症、入院後、長男誕生するが離婚。長男を引き取り病室で育てる。尾崎放哉に心酔。藤本一幸主宰の自由律俳句誌『海市《かいし》』に参加、編集同人となる。

彼は句友への手紙に「作った句でなく山頭火、放哉のような句を〈生まれてくる句を〉書きたいですね。句の技法をこねるより心境的なものをたかめてゆく、そうありたいです」と記すなど、句作に励んだ、が、次第に病状が悪化、代筆による投書になる。俳人としての期間は二年、そして逝った。太く短い人生で詠んだ句を追う。

気の抜けたサイダーが僕の人生
春風の重い扉だ
ずぶぬれて犬ころ
若さとはこんな淋しい春なのか
だまって夜の天井をみている
何もないポケットに手がある
影もそまつな食事をしている
合掌するその手が蚊をうつ
立ち上がればよろめく星空
鬼とは私のことか豆がまかれる
見上げればこんなに広い空がある
待ちくたびれた傘が立っている
地をはっても生きていたいみのむし
点滴と白い月とがぶらさがっている夜
かあちゃんが言えて母のない子よ
風の道をまっすぐに月が登る
夜が淋しくて誰かが笑いはじめた
両手に星をつかみたい子のバンザイ
抱きあげてやれない子の高さに座る

彼の紡いだ言葉は、ふっと立ち止まらせる。

映画『ずぶぬれて犬ころ』（本田孝義監督）が制作され、横田賢一『生きいそぎの俳人 住宅顕信――25歳の終止符』の伝記も出ている。

（２０１８・３）

佐賀県有田町出身の笹井宏之（本名・筒井、一九八二〜二〇〇九）は、一五歳で難病の身体表現性障害で寝たきりの状態になった。彼は高校中退後、インターネットや地元新聞の短歌欄に「名前が出ると、じいちゃん、ばあちゃんがよろこんでくれるから」と「本名」で投稿。作品は馬場あき子「出色の才能」、高野公彦「詩的な飛躍があって透明度が高い」、岡井隆「全方向性を持つ存在」、川上未映子「透明で、永遠かと思えるほどの停滞を軽々と飛び越えてしまうあざやかな言葉」などと評価は高い。インターネット短歌界の初歌人と呼ばれ、『ひとさらい』『てんとろり』『八月のフルート奏者』『えーえんとくちから』を遺して二六歳で夭折した。

生きてゆく　返しきれないたくさんの
　恩を鞄につめて　きちんと
からすうりみたいな歌をうたうから
　すごい色になるまで、うたうから
この森で軍手を売って暮らしたい
　まちがえて図書館を建てたい
からっぽのうつわ　みちているうつわ
　それから、その途中のうつわ
雨ひかり雨ふることもふっていることも

267——夭折歌人の笹井宏之

　忘れてあなたはねむる
「はなびら」と点字をなぞる
　ああ、これは桜の可能性が大きい
ひとたびのひかりのなかでわたくしは
　いたみをわけるステーキナイフ
真水から引き上げる手がしっかりと
　私を摑みまた離すのだ
蜂蜜のうごきの鈍ささへ
　冬のよろこびとして眺めてをりぬ
葉桜を愛でゆく母がほんのりと
　少女を生きるひとときがある
空と陸のつっかい棒を蹴飛ばして
　あらゆる人のこころをゆるす
冬ばってん「浜辺の唄」ば吹くけんね
　ばあちゃんいつもうたひよったろ
木の間より漏れくる光
　祖父はさう、このやうに笑ふひとであった
味付きの海苔が好きとか嫌いとか
　そんな話の出来る食卓
筒井、笹井の圧縮人生の歌人は、のびやかな魂。

（2018・3）

268　夭折詩人の海達公子

大正五年（一九一六）長野県飯田市に生まれ、父の仕事により熊本県荒尾市で育った、天才少女詩人といわれた海達公子《かいたつきみこ》の作品をいくつか拾ってみたい。

▼小さくさいた　かばいろの　きくのにほひは　にがいなあ　（「なつぎく」）

▼もうすこうしで　ちっこうの　さきにはいる　お日さん　がたにひかって　まばゆい　まばゆい　（「夕日」）

▼さら　さら　すすき　お山のすすき　おてのばして　なにさがす　あおいお空に　なにさがす　（「すすき」）

▼まっかい　まっかい　ばらの花　目にはいって　いるうちに　目つぶって　母ちゃんに　見せにいこ　（「ばら」）

▼お山の上が　光り出した　お日さんの　上る道　あすこ　あすこ　（「お日さん」）

▼てふてふが　ひらひらとんできた　もちっと向ふへとんでいけ　あまちゃの花が　さいている　（「てふてふ」）

▼ゆうべのゆめは　うれしかった　ひとりでおよげてうれしかった　（「ゆめ」）

▼赤い草の芽　土をはりわって　出ている（「草の芽」）

▼桑の葉のつゆ　むらさき色に　光るつゆ　おちるなおちるな　昼までおちるな　（「つゆ」）

▼ひばりよ　ひばり　見てきておくれ　れんげがさいたか　見てきておくれ　（「ひばり」）

大正一二年、彼女は小学校に入学後、父親の指導で自由詩や童謡づくりを始めた。そして、小学校二年の時に「とがったひしのみ　うらでもずがないた」を児童文芸誌『赤い鳥』に投稿して北原白秋の目に留まり、「めずらしい詩才の持ち主」と絶賛された。その後、次々と雑誌や新聞に作品を発表することになった。

彼女は熊本の高瀬高等女学校（現玉名高校）に進学、詩作を続けたが、昭和八年（一九三三）三月二六日、高女卒業式後に虫垂炎で倒れ、腹膜炎を併発、一六歳の若さで永遠の人となった。五千余の作品を遺して逝った。

高女時代、若山牧水の妻・貴志子から短歌の指導も受けて、「たらちねの母の故郷は海の彼方遠くかすみてなつかしきかな」、「泣きあきてそっと座りし草の上かぼそきすみれふまれてゐたり」など三百余首も遺している。

ふるさとへの思いを詠む詩は「もう一人の金子みすゞ」と呼ばれる。

（２０１８・３）

269——覆面歌人なのか湯浅真沙子は

一冊の歌集『秘帳』（一九五一年刊）のみを遺す湯浅真沙子（生没年不詳）は、本名なのかペンネームなのかわからない。歌集の序文に「二十歳位の小柄な、どこか男性的強さと、無口でさっぱりしたやうな性格をもつ女性」で、富山に生まれ、日大芸術科に通うらしい、と編者の川路柳虹《りゅうこう》（一八八八〜一九五九）が記述するほか、確認できる資料はなく、一切不明の不思議な女性だ。

彼女の死後に発見された「自らの性体験を大胆に、赤裸々に詠んだ歌」以外、彼女を知る術はない。

握りしめわがほどのへに当てがひて
　入るればすべてを忘れぬるかな

二度終へてまだきほいたつ
　たくまきの尺八すればいよいよ太しき

わが釦《ボタン》キスさるゝとき思はずも
　放つわがこえうらはずかしき

われ悩ますこの太きものあるからに
　なべての男憎むなりけり

風呂の中で誘ひたまへど出来ざるを
　二人声立て笑ひけるかも

中途にてなえたるときの憎らしさ
　辛さを君は知るや知らずや

灯を消して二人抱くときわが手もて
　握るたまくき太く逞し

けっきょくは男のあれば自慰などは
　したくなきなりさみしき女

ありし日の写真いだき或る宵は
　まじわりのさま真似てみたりし

いつかわれむくろとなるやわが墓は
　たくあん石をおきてあれかし

彼女が肉体の悦びを率直に表現した歌稿は、数奇な運命をたどって出版されたが発禁本となった。後、再刊。また、彼女を川路に紹介した人物も『秘帳』刊行前に交通事故死。夫も早逝。彼女の生きた証の根拠となる日大学籍簿も戦時に焼けて残ってない。完璧に不詳の女性だ。

人間の〝性〟を自由に詠む、だから〝顔〟を見せない覆面歌人なのか。日大の後輩・岡崎裕美子（一九七六〜）は湯浅を引き継ぐのか、やはり「Yの字の我の宇宙を見せている立ったままする快楽がある」、「したあとの朝日はだるい自転車に撤去予告の赤紙は揺れ」、「年下も外国人も知らないでこのまま朽ちてゆくのか、からだ」などの〝性愛〟を詠んでいる。

（2018・4）

270――フラメンコ歌人・宮田美乃里

宮田美乃里（一九七〇～二〇〇五）は静岡に生まれ、大学卒業後はフラメンコ・ダンサーとして舞台などで活動していたが、愛した男性から婚約を破棄された。三一歳、彼女はストレスで体調を崩して踊れなくなった。三一歳、乳がんを告知され、翌年、左乳房を全摘出後、がん治療をしないという選択をした。祖母の影響だった短歌を再び始めた。後、写真家の荒木経惟に「片乳房のない裸体を撮って頂けないでしょうか」の手紙を送る。荒木の前に手術痕の残るヌードを披露し、写真歌集『乳房、花なり。』を刊行。彼女は「乳房を失っても私は女である」と日々を生きたが、ガンは身体を蝕んでいった。彼女は二つの歌集『花と悲しみ――魂の軌跡』『死と乙女』と『乳がん私の決めた生き方』のエッセイを残して三四歳で逝った。

彼女は、懸命に生きる花のいのちを詠う。

スミレにはスミレの美学があるならば
　誰も私を規定できない
朝顔は白い大気の中で咲く
　光りの差すほうさすほうへ咲く
つゆ草は青く咲きますおそらくは
　ひとの命とひきかえにして
ひまわりの咲く季節まで
わたしの意識あるのでしょうか誰か教えて
おじぎ草ふれればたおれてしまうのね
　何か恐れているかのように
北側の窓辺ほのかに光差す
　祈るが如きシクラメンかな
時のみが癒せることもあるのだと
　雨に打たるる紫陽花を見る
お見舞いにもらった桜
　生きているうちに見られてうれしかったの
薄紅の薔薇のつぼみを掌で
　そっと包めば命つながる
野のゆりの雫は私の涙です
　従軍看護婦清き魂

彼女の生き方に衝撃を受けた作家の森村誠一は、彼女をモデルにした小説『魂の切影』を世に問うた。

ガンを素直に受け入れ、痛みや苦しみを耐え「そばにいてお願いだからそばにいてあの花びらが風に舞うまで」と詠み、「『生きていてほしい』と瞳うるませる君が好きです天の神様」と詠う。彼女の生きたい「女の気持ち」は遺された作品で永遠に伝わる。

（２０１８・５）

271 外国人二人のHAIKU

今、俳句は世界の「ＨＡＩＫＵ」になってきた。第二次大戦後、イギリス人の日本文化研究者レジナルド・ブライス（一八九八〜一九六四）が『俳句ＨＡＩＫＵ』（一九四九年）を出版後に世界に広まったと言われる。

日本語で句作りをする外国人二人を追ってみたい。

フランス人で小林一茶研究家のマブソン青眼《せいがん》（一九六八〜）と、オーストラリア人で海洋生物学者のドゥーグル・Ｊ・リンズィー（一九七一〜）の詠む句が興味深い。

マブソン青眼は、一〇歳でボードレールの詩「旅への誘い」に魅かれ詩人にと思い、一六歳で交換留学中の栃木・宇都宮高校の図書館で芭蕉句の英訳を知り俳人にと決意。パリ大で日本文学を学んだ。二五歳から句作をフランス語から日本語に変えて作句。

一九九六年、長野県に居を構え「小林一茶研究」を始め、句作や翻訳、執筆活動に入った。句を追う。

翼なき鳥にも似たる椿かな／喉白く眼玄く墓の蛙かな／パスポートにパリの匂ひ春逝けり／鯉幟おろして雲の重みかな／ああ地球から見た空は青かった／紫煙にも紫煙の影や春灯／鳥は死ぬまで同じ歌春のくれ／汐引いてしばらく砂に春の月／雪原の売地の札に鴉かな／紙に潜む誰が香水や「悪の華」／春の昼馬はポプラの影を食う／妊婦はや人魚のけはひ初日受く

ドゥーグル・Ｊ・リンズィーは、東大大学院農学生命科学研究所で農学博士になり、クラゲなどゼラチン質生物専門の海洋生物学者として活躍している。

彼は本国の大学在籍中の一九九一年、慶応大に留学し、ホームステイ先が俳人の須川洋子さん宅。彼女に俳句指導を受けて句作を始めたそうだ。加藤楸邨や金子兜太などの影響を受けた。句を見る。

掬う掌のくらげや生命線ふかく／海蛇の長き一息梅雨に入る／「しんかい」や涅槃《ねはん》の浪に呑まれけり／稲妻の光りて時間こはばりぬ／見上げれば水母の影と吾子の水脈／異人我れ陽炎を摑みつつある掌／梅雨は縦に振り子は横に音立てて／梅雨晴間傘を刀のごと銀座／機の窓に静脈のあと氷河見ゆ／彼方より誰か待ちゐる髪海月／肛門が口山頭火忌のイソギンチャク

ドゥーグルが楸邨から誉められた句がある。

牡丹雪正座の足を伸ばしけり

マブソンは福島原発事故後、娘を見ていて、素直に詠めたという句がある。

花のうへ花散る吾児よごめんなさい

（２０１８・４）

272　「無言館」そばに「檻の俳句館」

二〇一八年二月、長野県上田市の戦没画学生らの絵を展示する「無言館」そばに、「檻《おり》の俳句館」がオープンした。これまで二度訪ねた「無言館」を想い、ああ、あの空間に「館」ができたのだ、と思った。瀟洒《しょうしゃ》な佇まいに、弾圧を受けた一七名の俳人の「証」が並ぶ。

降る雪に胸飾られて捕へらる　神奈川・秋元不死男
憲兵の怒気らんらんと廊は夏　京都・新木瑞夫
墓標立ち戦場つかのまに移る　東京・石橋辰之助
我講義軍靴の音にたゝかれたり　福井・井上白文地
戦争をやめろと叫べない叫びをあげている舞台だ　長野・栗林一石路
兵隊が征くまつ黒い汽車に乗り　岡山・西東三鬼
出でて耕す囚人に鳥渡りけり　三重・嶋田青峰
一兵士はしり戦場生れたり　北海道・杉村聖林子
千人針を前にゆゑ知らぬいきどほり　奈良・中村三山
戦闘機ばらのある野に逆立ちぬ　高知・仁智栄坊
血も見えず敵飛行士の亡せゐたり　秋田・波止影夫
大戦起るこの日のために獄をたまわる　徳島・橋本夢道
徐々に徐々に月下の俘虜として進む　和歌山・平畑静塔
ナチの書のみ堆し独逸語かなしむ　神奈川・古家榧夫
英霊をかざりぺたんと座る寡婦　東京・細谷源二
血も草も夕日に沈み兵黙す　東京・三谷　昭
戦争が廊下の奥に立つてゐた　東京・渡辺白泉

俳人の金子兜太を中心に「新興俳句弾圧事件」を語り継ぐ石碑の建立に、フランス出身の俳人マブソン青眼(四九)や「無言館」館主の窪島誠一郎(七六)はじめ全国の六〇〇名近い俳人らの協力で「俳句弾圧不忘の碑」が建てられた。そばには弾圧された俳人の似顔絵と俳句パネルを、鉄格子を模した「おり」に展示する「檻の俳句館」も開館した。説明文を記す。

治安維持法制下、戦争や軍国主義を批判・風刺した俳句等を作ったとして、四十数人の俳人が投獄されました。彼らの犠牲と苦難を忘れないことを誓い、再び暗黒政治を許さず、平和、人権擁護、思想・言論・表現の自由を願って、この「檻の俳句館」を開きました。しかし、もしかすると、かつて弾圧された若き俳人達は、私達よりも心が自由だったかもしれません。現代の私達こそ、檻の中で生きているのではありませんか。

信濃の自然に包まれた「無言館」と「俳句館」には、鎮魂の風が吹き込んでくるようだ。

（2018・4）

273——さて、推理作家の詩なのか

百年近く前の雑誌に掲載された推理作家のものであろう詩が発掘された。当時一二歳というから、尋常高等小学校に通う児童だっただろう。しっかりした詩だ。

　風と稲　　　　小倉・松本清張

何処から吹いたか／一つの風／黄ろく実のつた／僕等をば／ピヨン、ピヨン、ピヨンと／飛びまわる／僕等がそれに／ぶつつかりや／黄ろい頭を下げて行く／鳴子はガラガラ／なつて居た

この詩は、一九二二年（大正一一）小倉市（現北九州市小倉区）で「とりいれ詩社」が発行していた同人誌『とりいれ』一一月号に載っていた。

さて、この作品が推理作家の松本清張（一九〇九～九二）の詩なのか、どうかは、今後の調査、研究で確定するだろう。これまで清張最初の作品は四三年（昭和一八）に詠んだ「畑打や山かげの陽の静かなる」の俳句だった。

清張が小説の道に踏み込んでの処女作は「西郷札」（一九五一年）で、これが第二五回直木賞候補になった。そして「或る『小倉日記』伝」（一九五二年）で第二八回芥川賞を受賞して本格的な作家道を歩み始めた。後「張込み」（一九五五年）という推理小説を書き始め、『点と線』（一九五八年刊）が大ベストセラーになり、社会派推理小説なるジャンルを樹立した。その後、脚光を浴び続け「清張ブーム」なる社会現象が起こった。

彼は次々と作品を生んだ。推理小説はもちろん評伝、歴史、時代、古代史、近代史、現代史と幅広く、『昭和史発掘』（一九六五年刊）などのノンフィクション分野にも進出。多くの「清張ファン」を獲得していった。

清張の「本籍地は小倉」だが「出生地は広島」といい、家は貧しく、給仕から職工などを経て苦労しながらの創作だったようだ。新聞記者になりたかったという。

清張は芥川賞受賞後、小倉で暮らしていた杉田久女を主人公にした短編小説「菊枕」を発表。また橋本多佳子を登場させる『花衣』（一九六六年）も作品化した。ともに女流俳人をモデルに、俳句をキーワードにした展開が興味深い。清張も俳句を詠んでいる。

　障子洗ふ上を人声通りけり

　子に教え自らも嚙む木の芽かな

著名な作家などの隠れた作が突如として出てくるのはサスペンス。作品の裏付けがなされ、その人の著作に加わることで、さらなる彩りを生む。それで、埋もれ、消えていた作の出現では〝謎〟が加わるから面白い。

（2018・6）

現代俳句協会は、昭和二二年（一九四七）に東京の石田波郷《はきょう》（一九一三〜六九、愛媛出身。「雁やのこるものみな美しき」）と大阪の西東三鬼《さんき》（一九〇〇〜六二、岡山出身。「水枕ガバリと寒い冬がある」）らが中心となって結成。無季俳句や前衛俳句などを認め「表現の自由を前提とする現代俳句の向上」を創立目的とした。会長の句を追う。

三谷昭（一九一一〜七八、東京／六六年初代）
　暗がりに檸檬浮かぶは死後の景
横山白虹《はっこう》（一八八九〜一九八三、山口／一九七三年二代）
　夕桜折らんと白きのど見する
金子兜太（一九一九〜二〇一八、埼玉／一九八三年三代）
　彎曲し火傷し爆心地のマラソン
松澤昭（一九二五〜二〇一〇、東京／二〇〇〇年四代）
　凩や馬現れて海の上
宇多喜代子（一九三五〜、山口／二〇〇六年五代）
　天皇の白髪にこそ夏の月
宮坂静生（一九三七〜、長野／二〇一二年六代）
　はらわたの熱きを恃み鳥渡る
中村和弘（一九四二〜、静岡／二〇一八年七代）
　巨き鉤のうごきおり霧の中

俳人協会は、昭和三六年（一九六一）に現代俳句協会から「有季定型」派を中心とする俳人グループが分離して設立。伝統俳句を堅持する俳句組織といわれる。

中村草田男（一九〇一〜八三、愛媛／六一年初代）
　降る雪や明治は遠くなりにけり
水原秋桜子《しゅうおうし》（一八九二〜一九八一、東京／六二年二代）
　蟇《ひき》ないて唐招提寺春いづこ
大野林火（一九〇四〜八二、神奈川／七八年三代）
　ねむりても旅の花火の胸にひらく
安住敦（一九〇七〜八八、東京／八二年四代）
　てんとむし一兵われの死なざりし
沢木欣一（一九一九〜二〇〇一、富山／八七年五代）
　炎天に百日筋目つけ通し
松崎鉄之介（一九一八〜二〇一四、神奈川／九三年六代）
　富貴には遠し年々牡丹見る
鷹羽狩行《しゅぎょう》（一九三〇〜、山形／二〇〇二年七代）
　一対か一対一か枯野人
大串章（一九三七〜、佐賀／一七年八代）
　大ひまわり花壇の外に咲いてをり

俳句人口は一千万人ともいわれ、多くの結社がある。今後も一七文字の創作が続く。

（2018・7）

274——俳句二協会の会長たち

二〇〇八年、在日二世の俳人・姜琪東《カンキドン》（一九三七年、高知生まれ）の「句集」から「音楽劇」が生まれ、東京の新宿・紀伊國屋サザンシアターで上演されたと聞く。

姜さんが日々詠んだ俳句を中心にしたドラマ。舞台は、戦後まもなく福岡から大阪ドヤ街に一五歳で流れ込み、在日を隠して様々な日本名で職を転々とする姜さん。

釜ヶ崎で一〇年暮らした後、ラーメン屋台で売り上げが伸びても在日を打ち明けられずに姿を消す。ただただ逃げる生活だった。姜さんの生きた波乱の人生を、日本と在日の演劇人が劇にした。

水汲みに出て月拝むチマの母
「チョウセンジンきらい」と泣きし七歳の夏
チョゴリ着て羞ぢらふ妻や冬薔薇《ふゆそうび》
ビール酌むわが本名を告ぐべきか
遠蟬や指紋とらるる列無言
夕焼けや「アボジ」「オモニ」と呼んでみる
雛壇にチマの人形ひとつ置く
帰化せよと妻泣く夜の青葉木菟《あおばずく》
帰化せぬと母の一徹火蛾《ひが》狂ふ
冬怒濤帰化は屈服と父の言
韓の名はわが代までぞ魂祭
しぐるるや在日われも漂泊者
夕焼けのソウルに降りて異邦人

姜さんは横山白虹、加藤楸邨に師事して俳句を続けた。差別、偏見、貧困、不平等で生きる人々の思いを徹底して詠んだ。そうした中で企業人として成功した。

かつらメーカー・アートネイチャーの会長を務めていたが、引退後、日本名（大山基利）から本名（姜琪東）を明確にして「自分は何者なのかを、俳句を通して問い続ける」出版社〈文學の森〉を設立、俳誌などを創刊した。彼は自著の「あとがき」で「俳句という表現形式による一人の在日韓国人の自叙伝であり、パンチョッパリ（半日本人）と呼ばれる男の精いっぱいの抗いの記である」と記した。出自の負の遺産をバネに、捨て身で生き抜いた男の記録だ。

『恨』と『怨』玄界灘に雪が降る
生国にして他国なり葱坊主
オモニ逝き真ッ赤に熟るる唐辛子

今、姜さんは福岡で暮らし「海に雪降る日は恋し父母《プモ》のくに」を想い、「在日の肚をくくってちゃんちゃんこ」で「わが遺書は凍地に指で『カムサミダ』」のようだ。

（2018・7）

275——パンチョッパリの記——姜琪東

日本の夏は、やはり「八月や六日九日十五日」（諫見勝則）だろう。多くの人が帰郷してお墓参りに行く。生きてゆく中での「ケジメ」の時、広島があり、長崎がある、そして終戦の日が重なる。人々は負の遺産を心に深く刻んで、熱い日を乗り越え続けている。

朝の膳に向ふ八月六日晴れ　原　朋沖
丁寧に水打つ今日は八月九日　東妙寺らん
魔の六日九日死者ら怯え立つ　佐藤鬼房
八月灼け六日九日原爆落つ　山崎秋穂

長崎出身の自由律俳人・松尾あつゆき（一九〇四～八三）の「原爆詠」が身につまされる。

八月九日原爆、二児爆死、四歳、一歳、翌朝発見す　こときれし子をそばに、木も家もなく明けてくる　長男また死す、中学一年　炎天、子のいまわの水をさがしにゆく　自ら木を組みて三児を焼く　とんぼう、子を焼く木をひろうてくる　翌朝、子の骨を拾う　あわれ七ケ月のいのちの、はなびらのような骨かな　子の母も死す、三十六歳（略）なにもかもなくした手に四まいの爆死証明

昭和二〇年（一九四五）八月十五日、昭和天皇の玉音放送で「終戦日」となった。

276 日本の夏は六日九日十五日

うつくしき旭哉八月十五日　正岡子規
隣へ貸す八月十五日の大鍋　寺井谷子
八月十五日春画上半の映画ビラ　中村草田男
日本中八月十五日暁　池田澄子
八月十五日のこぶし膝の上　鷹羽狩行
いつまでもいつも八月十五日　綾部仁喜
カチカチと義足の歩幅八・一五　秋元不死男
箸置きに箸八月十五日　川崎展宏
八月十五日烈火の薔薇を買ふ　石　寒太
ひっちぎる日めくり八月十五日　高澤良一
雲海は泰し八月十五日　阿波野青畝
川底から見上げる八月十五日　五島高資
みんみん鳴くゆふぐれ八月十五日　角川春樹
八月十五日ますます乱反射　有馬英子
てのひらのほてる八月十五日　浅沼艸月
片蔭も無く行く八月十五日　須川洋子
朕といふことば八月十五日　和田知子
しろがねの葬花八月十五日　猿山《さやま》木魂《こだま》

誰もが過ごす夏三日、ただ過ぎる、立ち止まる、思い出す、考える、とにかく夏三日。

（２０１８・７）

二つの原子爆弾が日本に投下された。

昭和二〇年（一九四五）八月六日午前八時一五分、ウランを用いた「リトルボーイ」が広島に。

そして八月九日午前一一時二分、プルトニウムを使った「ファットマン」が長崎に落とされた。

広島投下で人々が素直に感じた閃光（ピカ）と爆音（ドン）を〝ピカドン〟と呼び、原子爆弾の俗称となった。当時、広島は約三五万人の内、約一六万六〇〇〇人が亡くなり、長崎は約二四万人の内、約七万四〇〇〇人の死者が出た。

一瞬のピカドンで約二四万人の〝命〟が一瞬に消えた。

ピカドンが詠まれている。

ピカッドンと一瞬の間のあの静寂
　修羅と化するときのあの静寂　正田篠枝
夾竹桃ピカドンの日をさりげなく　平畑静塔
被爆者の手帳持つ君は
　ピカドンを浴びし人らの看護り尽くしぬ　多賀芳美
泉あり子にピカドンを説明す　池田澄子
靴みがく児に父母はと尋ぬれば
　ピカドンで死せりとそっけなく云う　六十部かず緒
がぶがぶとピカドンの日の真水のむ　高澤良一

277　ピカドンは忘れない

「ピカッてして、ドーンて暗うなった」
　とぞ兄が語りし幼き日あり　久保美洋子
一秒でピカドンが来て何もない　西川ゆかり
ピカドンも大水害も受けし身よ
　終の日まで笑みつつ生きむ　浦川ミヨ子
ピカドンの閃光語り継ぐドーム　北田のりこ
ピカドンを脳に鎮めて七十年
　式典の朝我は八十　三村速美
ピカドンを知らぬ輩が増えて来る　久常三喜夫
ピカドンの地に片腕と青春を
　葬り生きて齢九十　久保政子
ピカドンの風圧島を圧しけり　米川五山《ごさん》子《し》
被爆者の言い伝えたるピカドンは
　生の言葉ぞ風化させまじ　村上召三
ぴかどんを辞書に遺せし広島忌　神田長春
われの見しピカドンの列校庭に
　仮装の列は原色の布　谷口純子
無垢な目がぴかどんを問ふ原爆忌　浅井幸子

誰もがピカドンは忘れないし忘れてはならないだろう。そして一瞬の閃光を体験した世界でただ一つの民族だ。永遠に消えた〝命〟を想い続ける民族でもある。

（２０１８・８）

278——ビキニの後に「原爆を許すまじ」

アメリカは昭和二九年（一九五四）三月一日、太平洋のマーシャル諸島ビキニ環礁で水爆実験を行った。その時、静岡県焼津のマグロ漁船「第五福龍丸」が死の灰をかぶり、七カ月後に久保山愛吉無線長が亡くなった。後、原水爆禁止運動が盛り上がった。その頃、東京の大井町の工員・浅田石二《いしじ》（一九三二〜）作詞に都立高校教師の木下航二（一九二五〜九九）作曲の「原爆を許すまじ」が発表された。久保山さんは、この歌で送られた。

歌は、記憶の襞に刻まれ、言葉もメロディーもかすかに手繰り寄せることができる。

一、ふるさとの街焼かれ　身よりの骨埋めし焼土に今は白い花咲く　ああ許すまじ原爆を　三度《みたび》許すまじ原爆を　われらの街に

二、ふるさとの海荒れて　黒き雨喜びの日はなく　今は舟に人もなし　ああ許すまじ原爆を　三度許すまじ原爆を　われらの海に

三、ふるさとの空重く　黒き雲今日も大地をおおい今は空に陽もささず　ああ許すまじ原爆を　三度許すまじ原爆を　われらの空に

四、はらからのたえまなき　労働にきずきあぐ富と幸今はすべてついえ去らん　ああ許すまじ原爆を　三度許すまじ原爆を　世界の上に

歌は、広島、長崎の原爆投下後ではなく、九年後のビキニ水爆実験後に「原爆を許すまじ」のタイトルで作られた。みんなの歌声は、心の叫びを秘め、大きなうねりになって広がった。

俳句の季語で「広島忌」は夏、「長崎忌」は秋という。多くの俳人、歌人が原爆を詠んできた。

彎曲し火傷し爆心地のマラソン　金子兜太

ぴかどんを辞書に遺せし原爆忌　神田長春

くろぐろと水満ち水にうち合へる
　死者満ちてわがとこしへの川　竹山　広

原爆とふ死の灰とふ嘆くべき詞
　消えざらんわが国語辞典に　佐佐木信綱

被爆国日本としては核廃絶を切に願っている。しかしアメリカ、ロシア、フランス、イギリス、中国、インド、パキスタン、北朝鮮、そして保有疑いありのイスラエルの九カ国が核保有国といわれる。

核実験も行われてきた。イラン、シリア、ミャンマーなどは核開発疑惑国とされる。地球から核を無くさなければ、核が地球を失くしてしまうかもしれない。

（2018・8）

279——団塊世代の俳人歌人

団塊の世代は、日本の第一次ベビーブームである昭和二二年（一九四七）から二四年の三年間に生まれた戦後世代のことを指す。出生数は二二年—二六七万八七九二人、二三年—二六八万一六二四人、二四年—二六九万六六三八人であり、二五年からは減少傾向だ。

現在は「前期高齢者」に該当する世代である。ところで、この世代の総称は、昭和五一年（一九七六）に発表された堺屋太一の近未来小説『団塊の世代』に由来するといわれて久しい。

その三年間に誕生した俳人と歌人を探ってみた。男性も女性もいろんな思いを抱いて、生き、詠んでいる。

昭和二二年生まれの俳人：山﨑十生《じゅうせい》（埼玉）、名村早智子（三重）、歌人：小池光（宮城）、道浦母都子《もとこ》（和歌山）。二三年生まれの俳人：大井恒行（山口）、西村和子（神奈川）、歌人：大下一真（静岡）、花山多佳子（東京）。二四年生まれの俳人：仁平勝（東京）、柴田佐知子（福岡）、歌人：谺《こだま》佳久（東京）、丸山三枝子（石川）の句と歌を掬った。

どこまでが血縁椎の花ざかり　山﨑十生

ぬけがらになるまで踊る風の盆　名村早智子

いちまいのガーゼのごとき風たちて
　つつまれやすし傷待つ胸は　小池　光

水の婚草婚木婚風の婚
　婚とは女を昏《くら》くするもの　道浦母都子

わが祖国愚直に桜散りゆくよ　大井恒行

ひととせはかりそめならず藍浴衣　西村和子

つくほうしつくつくほうしつくつくほ
　寂しいぞ母のあらぬというは　大下一真

いつまでも喋るむすめに背を向けて
　春の地蔵になりゆくわれか　花山多佳子

歩行者に天国があり夏来る　仁平　勝

花びらの上にひろげし花筵　柴田佐知子

はばからず君を抱かんと暮れなずむ
　山脈《やま》に日輪をたたきこみたり　谺　佳久

千枚田だんだん海へ傾れゆき
　一番下の田に人がいる　丸山三枝子

私は昭和二一年生まれで団塊ではなく、焼け跡でも戦中でもない、微妙な位置。世代の空気を追うと、全共闘世代から団塊世代に移行後、しらけ、ポスト団塊、断層、新人類、バブルを経てミニマムライフを通過、ゆとり、さとり世代と続いて、今「脱ゆとり」世代というそうだ。

（2018・8）

本の帯に洒落たコピー。「詩人・谷川俊太郎が書いた。撮った。撮られた。詠んだ。話した。訊いた。答えた。ちいさな本」とある。谷川俊太郎『こんにちは』（ナナロク社、二〇一八年）で、中に「俳号〈俊水〉初公開の二〇句」ともある。俳人の谷川俊太郎がいた。彼の俳句作品を探ってみると、意外とあった。詩人の俳句を追う。

青空に雲が甘える麦の秋
梅雨空に愚痴を吸わせて独りかな
かなかながなかなか鳴かない加奈二歳
ちろろ鳴く夜の女房のふくれ面
しどけなく掌の上に居る熟柿かな
柿は柿マンゴはマンゴ俺は誰？
落葉焚く悔いも恨みもほどほどに
年を越す猫も杓子もわたくしも
柿ひとつ白磁の皿を在所とす
木を捨てて風と遊ぶか冬落葉
病む友と亡き友もいて夏木立

谷川俊太郎（一九三一〜）の俳号は「俊水」で小学三年生の初の句作以来、使用している。

父は哲学者の谷川徹三（一八九五〜一九八九）で、息子は作曲家の谷川賢作（一九六〇〜）だ。

280――俳人の谷川俊太郎がいた

昭和二三年（一九四八）から詩作を始め、二七年に処女詩集『二十億光年の孤独』を出版、評判をとった。以降、作詞、脚本、エッセイ、評論などマルチ活動を展開する。

夢の海勇魚《いさな》ほのかに笑み給う
モズ鳴けど今日が昔になりきれず
事果ててすっぽんぽんの嚔《くさめ》かな
秋の季語知らずに逃げる赤とんぼ
女ふたり私ひとり雪しぐれ
潮干狩り白寿の母のはしゃぎよう
三社祭なまめく妻を見失う
まずうなじ耳たぶまぶた初時雨
船からの波に舟揺れ春がくる
臨月が湯豆腐さらってよっこらしょ
稲妻を娶りて詩人夭折す

複合文化施設「東京オペラシティ」での「谷川俊太郎展」では、「私は背の低い禿頭の老人です　もう半世紀以上のあいだ（略）言葉どもに揉まれながら暮らしてきました（略）」の詩パネルを展示。谷川さんの、さりげない言葉で紡ぐ詩と同じように句の言葉選びも独特だ。

（2018・9）

第6章
記憶にのこる人びと

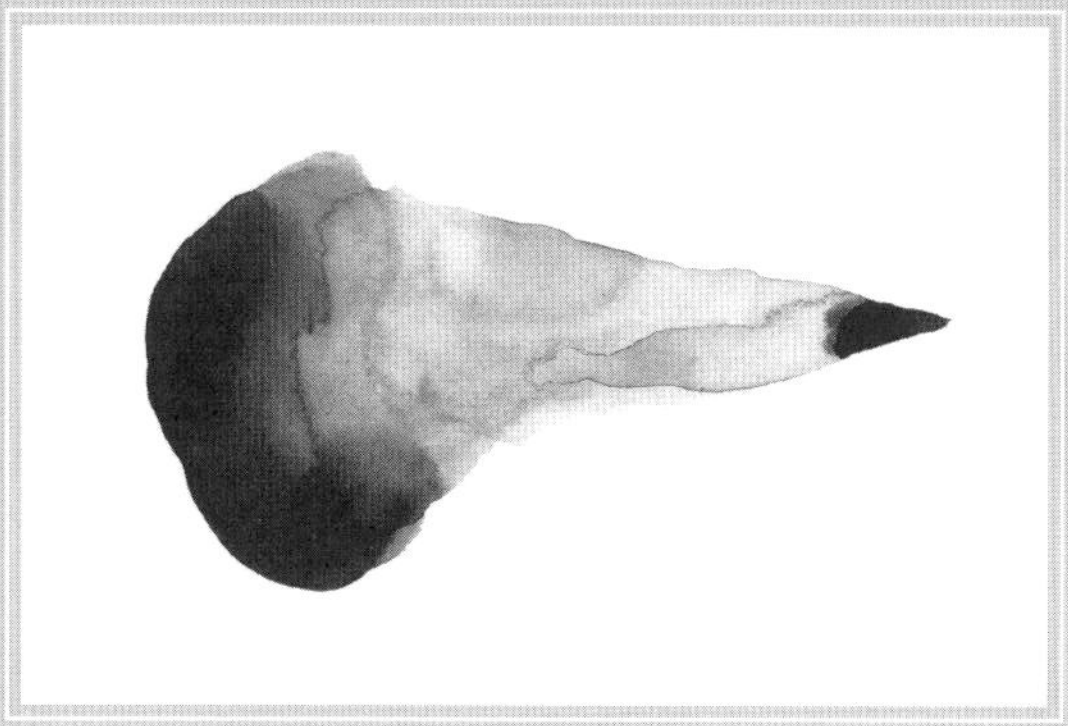

281——映画「えんとこ」の遠藤滋さん

平成一一年（一九九九）からドキュメンタリー映画『えんとこ』の上演が始まった。映画は、寝たきり状態の歌人・遠藤滋さん（六九）と介助ネットワーク「えんとこ」の若者らとの日常を三年間追い続けた記録である。

一人の障害者に向き合う二〇代の学生らを中心にした若いパートナーは、すでに千人を超えたという。二四時間三交代で全身麻酔の滋さんを親身になって介助する「えんとこ」とは、「遠藤さんのいるとこ、縁のあるとこ」だそうだ。一人の障害者の凄まじい生き様は、心に沁みる生き方をも伝える。

遠藤さんは昭和二二年（一九四七）静岡県清水市で生まれたが、仮死状態で脳性麻痺と診断された。後、東京に転居。世田谷の都立光明《こうめい》養護学校に入学、右足で筆記し授業を受けた。立教大を卒業後、母校の養護学校の教員として採用された。昭和六〇年に友人と『だから人間なんだ』を刊行。本に養護学校後輩の安倍美知子さんの「わたしは自分のありのままの命を肯定したい。そのためにはこの世にひとつでも否定された命があってはいけない」の言葉を収録した。この文は滋さんが生きて行く中、あらゆることに対して〝ありのままの命にカンパイ〟のキッカケになったもので、「君が今やりたいことを、まっすぐに人に伝えながら、出来ないことは、みんなに手伝ってもらって、堂々と生きてゆきなさい」などの言葉を紡ぐことになった。平成三年（一九九一）全く寝たきりになった滋さんは、『えんとこ』で学生時代の友人で映画監督の伊勢真一と二五年ぶりの再会をした。

伊勢は「介助の若者抜きには生きてゆけない遠藤」を撮って記録にと、映画『えんとこ』がスタートした。

手も足も動かぬ身にていまさらに
何をせむや恋の告白　　滋

寝返りにひとの手足を借りるとも
時間いくらと国の決めたり　　滋

わが手さえ利かば抱き上げあやしたし
何もできぬが何とはがゆき　　滋

伊勢は「もう一度、会うとは思わなかった友」との邂逅で、若者らの力を借りて一日一日を丁寧に生きぬく姿を見て「遠藤のように俺は生きようとしているだろうか」との思いが強くなり、「もう一度、始めよう」とカメラを回した。そして「いのちを生かし合う」のは、耳を澄まし、目を凝らすと、特別な場所ではなく「今、いるとこ」だと気づく、という。

（2017・1）

282——お母さん、ごめんなさい

奈良県桜井市で生まれた山田康文君（一九六〇～七五）は、重度の脳性マヒの障害者だった。明日香養護学校に母子入学した。学校では、言語訓練の向野幾世《こうのいくよ》先生が担当で、言葉が表現できるようになる。先生の言葉に表情でイエス、ノーと答え「ごめんなさいね、おかあさん」だけで一カ月近くかかるが、康文君と向野先生の根気強い表現生活が始まる。後、向野幾世『お母さん、ぼくが生まれてごめんなさい』が刊行された。

ごめんなさいね　おかあさん／ごめんなさいね　おかあさん／ぼくが生まれて　ごめんなさい／ぼくを背負う　かあさんの／細いうなじに　ぼくはいう／ぼくさえ　生まれなかったら／かあさんの　しらがもなかったろうね／大きくなった　このぼくを／背負って歩く悲しさも／「かたわな子だね」とふりかえる／つめたい視線に　泣くことも／ぼくさえ　生まれなかったら

康文君の母への切ないまでの美しい心が詩になった。母も、それに応えて詠んだ。

私の息子よ　ゆるしてね／わたしのむすこよ　ゆるしてね／このかあさんを　ゆるしておくれ／お前が　脳性マヒと知ったとき／ああごめんなさいと　泣きました／いっぱいいっぱい　泣きました／いつまでたっても　歩けない／お前を背負って歩くとき　肩にくいこむ重さより／「歩きたかろうね」と　母心／〝重くはない〟と聞いている／あなたの心が　せつなくて／わたしの息子よ　ありがとう／ありがとう　息子よ／あなたのすがたを見守って／お母さんは　生きていく／悲しいまでの　がんばりと／人をいたわるほほえみの／その笑顔で　生きている／脳性マヒの　わが息子／そこに　あなたがいるかぎり

康文君は母の優しい心の詩を受け止め、感謝を込めた心の詩をかえした。

ありがとう　おかあさん／ありがとう　おかあさん／おかあさんが　いるかぎり／ぼくは生きていくのです／脳性マヒを　生きていく／やさしさこそが　大切で／悲しさこそが　美しい／そんな　人の生き方を／教えてくれた　おかあさん／おかあさん／あなたがそこに　いるかぎり

詩が歌になって森昌子さんが熱唱。彼は一五歳の誕生日の後、突然の窒息死で天国に逝った。

向野先生は「『ごめんなさいね』と言わなくていい世の中であってほしい」と願う。

（2017・1）

283――千年違って、同じ一二歳

平安時代の貞元元年（九七六）三月一五日、比叡山月林寺の稚児だった梅若丸が病気で亡くなった。

昭和五〇年（一九七五）七月一七日、作家・高史明《コサミョン》のひとり息子の岡真史《まさふみ》が団地で飛び降り自殺をした。

千年違っているが、同じ一二歳の少年。二人を追う。

梅若丸は京都北白川の吉田少将惟房《これふさ》の子。幼くして父が亡くなり、比叡山で修行をしていたが、同輩との争いで下山。道に迷って人買い商人にかどわかされて、数人の少年らとともに連れ回された。

体の弱い彼は隅田川の河畔で倒れた。人買いは、彼をその場に置き捨てて姿を消した。村人らは彼を救うため手を尽くしたが、彼は辞世を残して逝った。

尋ね来て問わば答えよ都鳥
　すみだ河原の露と消えぬと

梅若の失踪を知った母は、我が子を捜してさ迷い歩いた。隅田川畔で里人の多くが念仏を唱える場で訊ねると「一二歳の梅若丸という子の弔いじゃ」と告げられた。

母は「其は我子なり梅若丸は此処にて果てたるか」と嘆き悲しんだ。後の江戸時代、命日の三月一五日「梅若忌」では大念仏が響いた。その日はよく雨が降り、小林一茶は「雉なくや彼の梅わかの涙雨」の句を残す。能舞台などの「隅田川」では「梅若伝説」が演じ継がれる。

岡真史は作家の父と高校教師の母・岡百合子の間に生まれた。父が『生きることの意味』刊行の半年後、息子・真史が理由なき自殺をした。遺書はなかったが、亡くなる一年前から自殺当日までの日記が見つかった。六六余の詩があり、高史明・岡百合子編『ぼくは十二歳――岡真史詩集』として刊行された。

詩の中に「ぼくはしなない」の作品がある。


ぼくは／しぬかもしれない／でもぼくはしねない／いやしなないんだ／ぼくだけは／ぜったいにしなない／なぜならば／ぼくは／じぶんじしんだから

中学一年、一二歳の少年が突然、大空に向かって身を投げた。亡くなる三日前、彼を「お茶目で陽気で優しい子でした」という母の誕生祝の席でビートルズのレコードをかけて熱く語り、二日前、父母の前で『便所掃除』という詩を朗読したという。その時、白いノートには「ひとり　くずれさるのを　まつだけ」と記されていた。

死しても二人の言霊は響く。母への想いを込めた歌は人に伝わり、黄泉の世界へ消える姿をもって生きることの意味を問いかけた一二歳。ともに少年の心は永遠だ。


（２０１７・１）

284　フランスの俳人・マブソン青眼

一九六八年、フランスでイタリア人の母とベルギー人の父との間にマブソン青眼《せいがん》（ローラン・マブソン）は生まれた。一〇歳の時、ボードレールの詩「旅への誘い」を読んで「詩人」になろうと思ったが、一六歳の時、日本の栃木県宇都宮高校に交換留学中、学校の図書館で松尾芭蕉の英訳俳句に出会って「俳人」になることを決めた。パリ大学と早稲田大学で学び、博士課程を修了。二五歳の頃、句作をフランス語から日本語に替えた。

フランス語でうまく表現できない俳句に悩んでいた彼に、ふっと、日本語の句が浮かんだ。

橙の花にひかれて母の海

その句以降、日本語で俳句を作り、日本でゆっくり勉強をしてみたいと思った。

今、長野市に住み、大学講師や小林一茶の研究を進め、執筆活動を続けながら句作に励んでいる。彼の日本語での句を追ってみる。

「結ばれて離るる雲ぞパリの秋」、「風船よフランスは西一万キロ」、「花の影今年も我は異邦人」、「春の昼馬はポプラの影を食う」、「思ひ出す思ひ出すほど雪積る」、「瑠璃鳴きて龍が湖底にひそむとや」、「翼なき鳥にも似たる椿かな」、「牡蠣食えば鐘が鳴るなりノートルダム」、「鳥に青菜やる核爆発の朝かな」、「雲海のうすくれなゐや児の肌も」、「万緑に日の丸垂れっぱなしかな」、「一山が片陰落とす仏都かな」、「冴え返る反核デモの太鼓に穴」、「屋根の反り天の川抱く善光寺」、「青柿や山頭火いま母のもと」、「子等去れば鳥たち戻るさくらかな」、「バレエの子ふくしま弁や息白し」、「地球といふ広い刑務所原爆忌」、「雪とけてとけても一茶墓の中」、「小鳥来て大隈像の足もとに」、「ああ地球から見た空は青かった」など。

彼は、一九九八年の「長野オリンピック」で国際交流員として「俳句でおもてなし」文化プログラムを提案、担当し、各国との交流を図った。

このオリンピックのクリスマスコンサートでマブソンさんの歌にピアノ伴奏をした日本女性が伴侶になった。

妊婦はや人魚のけはひ初日受く
パパの手をひさびさ取るや花見坂

フランスの俳人は「ＨＡＩＫＵ」ではなく「俳句」で自らの表現を落ち着かせた。

また彼は俳句と西洋詩との共通点や相違点などを考察する比較文学の研究も深めているという。

（２０１７・２）

285——ムクゲとさくらを愛した歌人

切実な願いが吾に一つあり
争いのなき国と国なれ
孫戸妍《ソンホヨン》

この歌は、小泉純一郎首相が、平成一七年（二〇〇五）盧武鉉《ノムヒョン》大統領との日韓首脳会談後、記者会見で披露した短歌。日本語で詠まれた歌は、韓国の国花ムクゲと日本の国花さくらをこよなく愛した歌人・孫戸妍さん（一九二三～二〇〇三）の一首である。彼女は、日本語で「愛と平和」の歌を二千首近く詠み、韓日の架け橋になった。

もう一つの祖国を胸に秘めながら
日の丸の旗ふりし日のあり
もろともに同じ祖先を持ちながら
銃剣とれりここの境に

孫さんは十七歳で日本に留学。昭和一六年（一九四一）帝国女子専門学校で歌に出会い、歌人の佐佐木信綱から「日本人の真似をせず、朝鮮固有の美しさを詠いなさい」と勧められ、学者の中西進から『万葉集』は百済の影響を受けた作品ですよ」と励まされた。それで彼女は韓国の「時調《シジョ》（韓国の国民詩）」での表現ではなく、日本の「短歌」を日本語で表現する方法を選び、歌を詠み続けた。

祖国の解放、朝鮮動乱、軍政の重圧など暗い時代を生き延び、人間の離別、悲哀をつぶさに味わった体験の心を詠み継いだ。

身を一つ心五つに分かつべき
五人の子らの母なるわれは
目鼻くち変わることなき友と吾
ただ異うのは国籍のみなり

孫さんが韓国に帰国後も日本語で詠む歌を、周りの人々は「なぜ、日本語で詩を創るのか」と非難し続けた。彼女は独り耐え続けた。後、平成一〇年（一九九八）皇室の「新年歌会始」に招待され、チマチョゴリで出席。

雨風に耐えに耐えつつ咲きつづく
民の心にかよう無窮花《むくげ》かも
超越しなべてを見抜き咲くがごと
隷属の日も今も咲く無窮花
国境と言葉の壁を乗り越えて
わが咲かせみる無窮花の花を

孫さんの伝記に『風雪の歌人』（北出明著）と、ドキュメンタリー『争いのなき国と国なれ』がある。青森県六ヶ所村には夫との愛を詠んだ歌碑も建つ。

君よわが愛の深さをためさむと
かりそめに目を閉じたまひしや

（２０１７・３）

H社長が二〇一七年二月、商業界ゼミナールで聴講した産廃施設の美人社長「絶体絶命でも世界一愛される会社に変える」が「素晴らしかった」と感心。会社パンフを拝見。どんな人物かネットでも追った。埼玉県三芳町の「石坂産業㈱」の石坂典子さん（四四）だった。会社案内は「一〇〇年先、自然とひとつになるために」と、一五〇名近い従業員と女性社長の集合写真がフロントページにあり、事業を説明する洒落たパンフだった。

一九六七年（昭和四二）に創業者の父が資本金七〇〇万円でスタートした会社は、現在、資本金七〇〇〇万円。今、廃棄物処理業ではなく再資源化施設の企業スタイル。

石坂さんは「中小企業の強みって機敏な決断と実行力です」と言う。一時、会社は「地域で生産された野菜から高濃度のダイオキシンが検出」との報道（後、誤報と判明）で原因企業と疑われ、激しいバッシングを受け、操業中止も求められた。厳しい経営状況の中、父の「地域に必要とされない仕事をしていても仕方ない」の言葉を受けて「地域に必要とされる愛される会社になる」と自ら社長就任に手を挙げた。三〇歳だった。そこから彼女の獅子奮迅の行動が開始された。焼却事業が七割を占めていた内容を廃止して、リサイクル事業を行うプラントを建設、廃材などを木材チップやレンガなどのリサイクル商品に替えた。工場から煙突も焼却炉も無くす大きな事業転換を図った。

会社の莫大な資本投下にも拘らず「地元の人の目は冷やか」を受けて「生活から発生する廃棄物の処理が、どうされているかを見てもらおう」と工場に見学通路を作り、案内担当者を配置。仕事内容が理解されてゆくと、人の意識も変化してきた。現在、社会見学や観光ツアーのルートにも組み込まれ、年間二万人余の人々が会社を訪れるようになった。

石坂社長の経営哲学は「今あるものを活かしきる」で、パンフの経営理念には「人材育成・資源循環型・環境工場づくり・次世代へ・社会から未来へ」を掲げている。会社ではリサイクル化率を業界屈指の九五％まで引き上げ、周りの環境も「活かしきろう」と、工場周辺の雑木林を整備、耕作放棄地で育てた野菜を工場傍のカフェに提供。彼女が「この仕事は愛されるはずだ」の信念で展開する活動が力を発揮し始めた。やはり女性の根底に眠る徹底した「片付け」精神が人々を動かし、ゴミのない循環型社会を生みつつある。

（２０１７・３）

286――今あるものを生かしきる

287——学歴や職歴よりも、苦歴

岡山のノートルダム清心学園理事長だった渡辺和子さん（一九二七〜二〇一六）に「学歴や職歴よりもたいせつなのは、苦歴」という言葉があるのを知った。『置かれた場所で咲きなさい』（幻冬舎）の著者ならではの言葉だ。生きてきた「苦歴」は、まさに人生の証だろう。

あるブロガーが「苦歴」について若い障害のある女性から聴いたとして「みなさんは、人生、学歴だ職歴だって、おっしゃいますが、もう、私なんか、学でも職でもなく、苦歴なんですよ。だから私の人生で書くのは履歴書でなくて苦歴書」という話をブログにアップしていた。

渡辺さんしかり、障害の女性しかり、「苦」の中から「生」を学んできたようだ。

日本の社会は概ね学歴と職歴が連動するシステムになっているようだが、結果オーライであるならば、現在は、学、職問わず、物事の問題が解決、解消すれば「歴」は必要ないようだ。要は、人のやる気であり、実践、実行が大事な時代となっている。

ソニー創業者の盛田昭夫さん（一九二一〜九九）は「学歴無用社会」を説いた。自己の才能を信じて情熱を注ぐことや、夢を実現するまでの苦労の量が心の広さをあらわすなど、自ら切り開いてきた日々の「苦歴」は全ての人が刻む「人歴」と言ってもいいだろう、貴重なものだ。

その昔『大学は出たけれど』という映画が小津安二郎監督（一九二九年）と野村芳太郎監督（一九五五年）によって制作されて評判をとった。最高学府を出たが職がない生活を描いたものだった。啄木の「はたらけどはたらけど猶わが生活楽にならざりぢっと手を見る」ほどではないにしても、皆が貧しかった。当時の人は、その「貧」を乗り越える懸命の力を振り絞った。だからこそ「学」「職」関係なく「苦歴」が輝いて見えるのだろう。

今、学歴詐称、学歴貴族、学歴難民などの言葉を散見する。情けないかな、今の世の鏡に映る「学歴」は哀しい。また、現役で仕事をしていた時代、それぞれ職責があった。その職に拘って生きてきた人の末路も悲しい。齢になり組織から外れれば「唯の人」になる。組織にいても自らの人生を見越し、もともと与えられた「職歴」は仮の名として自覚し、肩ひじ張らずに「唯の人」で生きてきた人であれば落胆もなければ悲哀もないだろう、だから「職」が消えたからといって何も怖がることもなければ卑屈になることもない。所詮「学歴」も「職歴」も究極、借り物で、「苦歴」が真の証になりそうだ。

（2017・3）

288――応援曲「市船 soul」は永遠だ

千葉県船橋市の市立船橋高校を経て「音楽大学で作曲やってます」と、「だいきでもたいきでもないよ、たいぎ、だよ」とツイッターに浅野大義君は記した。

二〇一七年一月二一日、彼は二〇歳で永遠の人になった。大義君は高校卒業前、吹奏楽部の恩師に「僕に曲を作らせて下さい」と申し出た。音大に通い始めた一四年の夏「オリジナルの譜面」を先生に渡した。学校の試合で後輩たちがその応援曲「市船 soul」を奏で始めた。

一五年の夏、彼は咳が止まらず吐き気がした。検査で「胸にガン」と告げられた。手術をして抗がん剤治療、半年後に退院、すぐに今度は「頭にガン」と言われた。

一六年夏、高校の野球部が千葉大会で準決勝まで進んだ。会場では「市船 soul」が鳴り響いた。炎天下の応援席でトロンボーンを吹く大義君がいて、仲間に気遣われながら演奏を続けたが、甲子園は逃した。彼は家族や友人に弱音を吐くことはなかった。ただ彼女に〈俺の心は死んでも俺の音楽は生き続ける〉とＬＩＮＥで伝えた。

彼が亡くなる一週間前、恩師が同級生らのメッセージを彼に届けた。病室にメロディーが流れた。彼は痛みをこらえ、目を閉じ黙って聴いた。恩師は、彼の手をずっと握りしめたまま話し続けた。

母は息子の逝ったことを恩師に伝えた。すると「告別式に吹奏楽部のＯＢなどで演奏をします」の連絡が入った。同級生や先輩、後輩など一六〇名を超す仲間が集まった。楽器を持った喪服姿の人びとが葬儀場に溢れた。初めて顔を合わせる先輩と後輩が音を合わせた。祭壇には、彼の遺影と愛用のトロンボーン。白い棺を囲み、先生のタクトに合わせて思い出の曲が流れた。

最後は、先生の「いくぞーっ」の大声で「タイギの曲」が会場を震わせ、「タイギ、タイギ、タイギ――」のコールが会場を包んだ。皆の頬に涙が伝った。

斎場には母校で作られた「浅野大義君　市船 soul は永遠だ」の横断幕が掲げられていた。

母は「皆それぞれの生活や仕事の都合をつけて集まってくれた。ただ一人のために。一度のために。同じ気持ちで演奏し、合唱してくれた。魂が奏でる音楽の中、息子を送り出すことが出来た。息子は高校時代、３６５日のうち３５５日は部活をしていた」と新聞の「声」欄に投稿、一文は掲載された。一つのメロディーは親と子、人と人を繋ぐ。躍動感あふれる旋律は、運動部員らに勇気と力を与える応援曲として受け継がれていくだろう。

（２０１７・４）

289 とにかく凄い南谷真鈴

美人スーパーガールが出現した。神奈川県川崎市出身。とにかく凄いの一言に尽きる。「ワセジョ」（早稲田大学の女子学生）の南谷《みなみや》真鈴《まりん》さん（一九九六〜）だ。彼女は「いつ死ぬかなんてわからない、後悔するような生き方はしたくない」と、人間の「可能性は無限大だということを身をもって示したい」と実践行動の軌跡を若くして作った。今、二十歳。

彼女は日本人最年少の世界七大陸最高峰登頂記録を樹立。若い女性の健脚で世界の最高峰に立ち、地球の南北の極点に印を残した。彼女が登り、歩いた地点を見る。驚きだ。興奮もする。追ってみよう。

二〇一五年一月、南アメリカ大陸アルゼンチンのアコンカグア（六九五九メートル）登頂。七月、アフリカ大陸タンザニアのキリマンジャロ（五八九五メートル）登頂。一二月、オーストラリア大陸のコジオスコ（二二二八メートル）登頂。一二月、南極大陸のヴィンソン・マシフ（四八九二メートル）登頂。

二〇一六年一月、南極点到達。三月、ヨーロッパ大陸ロシアのエルブルス（五六四二メートル）登頂。五月、アジア大陸ネパール・中国のエベレスト（八八四八メートル）登頂。七月、北アメリカ大陸アラスカのデナリ（六一九四メートル）登頂。

二〇一七年四月、北極点到達。

彼女の名はマリンだが、香港にいた一三歳の時、登山に挑戦しマウンテンの魅力に取り憑かれたようだ。既刊の『冒険の書』（山と渓谷社）と『自分を超え続ける——熱意と行動力があれば、叶わない夢はない』（ダイヤモンド社）に、人となりが詳述されている。

世界七大陸最高峰ほかフランスとイタリア国境のモンブラン（四八一〇メートル）、ヒマラヤ山脈のマナスル（八一六三メートル）、インドネシアのカルステンツ・ピラミッド（四八八四メートル）の登頂など、世界の頂に立ち続けている。彼女の並外れたチャレンジ・スピリットに感服するほかはない。

三年近くでエクスプローラーズ・グランドスラムを達成した女性冒険家は「地球ってなんて美しいんだろうと感じた」と語り、「私の記録達成の姿を見て若い人や学生が自分の夢に向かうことにつながればいい。とにかく家に帰ってベッドで寝ることができる」と世界〝制覇〟を振り返った。

恐るべし真鈴。これから世界の海《マリン》へ挑むようだ。

（2017・4）

290――メンソンの女王・半崎美子

二〇一七年春、北海道札幌市出身のシンガーソングライター半崎美子《よしこ》（三六）がメジャーデビューした。

彼女は全国のショッピングモールを中心に唄いつづけてきた。透きとおった声と、「人の思いや心」を作詞作曲するオリジナルソングは買い物客を涙させた。

今、彼女が〝メンソンの女王〟としてファンが急増したキッカケは、サザンオールスターズの桑田佳祐（六〇）がラジオ番組で「日本のアニタ・ベイカー」と絶賛したことによる。メンソンとは、「人の悲しみは他の人の悲しみを治療する」の思いで詩を書き、曲を作る〝メンタルソング〟の略語だ。彼女はモールで出会った「明日へ向かう人」たちを思い、歌を作った。

悔し涙を流した時　心の奥が熱くなった／嬉し涙を流した時　胸の奥が熱くなった／／季節はずれの桜のように冬に負けない人になって／苦しい時こそ根を張って　春を待たずに咲き誇ろう／／遠い空に光る星　先を急ぐあなたを照らせ／立ち向かうその背中を　優しく讃えるように／／前を向くそれだけで辛いことが時にはある／それでも進むことをあきらめないで（略）

（「明日へ向かう人」）

半崎さんは大学時代、音楽に目覚め、大学を中退して単身上京。パン屋に住み込みで働きながら歌を創り唄った。一七年余、音楽活動を地道に続けた。彼女は「歌が自分より長く生き、教科書に載る」ことを夢見る。その夢が一歩一歩近づいてきているようだ。笑福亭鶴瓶が彼女の歌声を大絶賛するなど豪快な応援団も出てきた。NHK『みんなのうた』にも「お弁当ばこのうた～あなたへのお手紙～」が登場した。

おかえり／今日もからっぽの弁当ばこをありがとう／毎日残さずきれいだね　お弁当ばこのうた／／あなたの好きなものばかり／入れられないのよ　許してね／体のことも考えて作っているのよ／／赤・緑《あお》・黄色の彩りと／栄養たっぷりのバランスと／にんじん・ピーマン・セロリ／あの手この手で入れてます／毎朝渡すお弁当はあなたへのお手紙（略）

（「お弁当ばこのうた」）

遅咲きの美人シンガーがアルバム『うた弁』（収録曲：サクラ～卒業できなかった君へ～、お弁当ばこのうた、稲穂、天国3丁目、深層、夏花火、鮮やかな前途、ふたりの砂時計）を提げて全国ツアーを展開している。そういえば「誰かが誰かの薬です」の看板を思い出した。

（2017・4）

二〇〇五年、沖縄で「縁起がいい」の意「かりゆし」と、国道58号線の「58」を合わせた四人のロックバンド「かりゆし58」が結成された。ボーカルは前川真悟（一九八一〜）で〝やんちゃ〟な少年だったようだ。

彼らは唄いつづけたが人気は出なかった。レコード会社から契約打ち切りが宣言された。それで前川は「次が最後になるのなら大切な人への想いを書いていいですか」と問い、「アンマー」（母さん）を作詞。〇六年夏、リリース。これが評判になり、人気が出た。後に、有川浩『アンマーとぼくら』という小説の題材にまでなった。

初夏の晴れた昼下がり　私は生まれたと聞きました／母親の喜び様は大変だったと聞きました／「ただ真っ直ぐ信じる道を歩んでほしい」と願いこめて／悩みぬいた末にこの名を私に付けたと聞きました／我が家はあの頃からやはり　裕福な方ではなく／友達のオモチャや自転車を羨ましがってばかり／少し困ったような顔で　『ごめんね』と繰り返す母親のとなりで／いつまでもいつまでも泣いたのを覚えてます／／アンマーよアナタは私の全てを許し／全てを信じ全てを包み込んで／惜しみもせずに　何もかもを私の上に注ぎ続けてきたのに／アンマーよ私はそれでも気付かずに／思

291——ようやく気づきましたアンマー

いのままに過ごしてきたのでした／／「強さ」の意味をはき違えてケンカや悪さばかりをくり返し（略）アナタの心を踏みにじったのに／アンマーよアナタはそれでも変わることなく／私を愛してくれました／／木漏れ日のようなぬくもりで　深い海の様な優しさで／全部全部　私の全てを包み込んだ（略）わがままも卑怯な嘘もすべて／すべて包み込むような愛がそこにはありました／アナタのもとに生まれ落ちたことは　こんなにも幸せだった／今頃ようやく気づきました／こんな馬鹿な私だから／／春先の穏やかな朝に新しい命が生まれました／アナタの様に良く笑う宝石みたいな女の子／「優しさの中に凛々しさを秘めた人」になるようにと願い／アナタの一番好きな　花の名前を付けました

（「アンマー」）

前川のこれまでの生きざまを素直に語った歌は、皆に受け入れられた。バンド解散の危機も救った。

いくら〝やんちゃ〟であったとしても、心根の優しさは母から受け継いだもの。人は人から受け継いだものに、いつ気づくかということだろう。気づき探しの旅はつづく。気づいた後、気づくことの大切さを伝えつづける。

（２０１７・５）

フォークシンガー加川良が二〇一七年四月五日に亡くなった。六九歳だった。

滋賀県彦根市出身で、一九七〇年の「中津川フォークジャンボリー」に飛び入り出場し、「教訓1」を発表して人気者になった。

本名は小斎喜弘。芸名は、加山雄三の「加」、長谷川一夫の「川」、池部良の「良」で加川良とした。

ところで「教訓1」の作詞は「大阪梅田地下街で手売りされていたガリ版刷り文集を買って」その中の一篇（上野瞭「教訓ソノ一」）を参考にしたもので、自ら「歌うたんびに新曲だと思える」という。だから四〇年以上経っても決して歌詞を変えず、唯、唯、自分の音楽に忠実に、真っすぐにストイックに、歌を唄いつづけてきた。

命はひとつ／人生は一回／だから命をすてないようにネ／あわてるとついフラフラと／御国のためなのと言われるとネ／青くなってしりごみなさい／にげなさいかくれなさい／御国は俺達死んだとて／ずっと後まで残りますよネ／失礼しましたで終るだけ／命のスペアはありませんよ／青くなってしりごみなさい／にげなさいかくれなさい／命をすてて男になれと／言われた時にはふるえましょうよネ／そうよあたしゃ女で結構／女のくさったのでかまいませんヨ／青くなってしりごみなさい／にげなさいかくれなさい／死んで神様と言われるよりも／生きてバカだと言われましょうよネ／きれいごとならべられた時も／この命をすてないようにネ／青くなってしりごみなさい／にげなさいかくれなさい

（「教訓1」）

292　「教訓1」から教訓

彼は急性骨髄性白血病で亡くなったが、生涯を歌に心注いだシンガーだった。

あるインタビューで「この歌は命の歌ですから、時代に合わないと思った時代は一度もないですもん。変わってないんですよ、世の中なんて」と答えている。

この歌詞の中の「にげなさい　かくれなさい」は決して退くのではなく、人間として「生きる」ための行動だから正しい。原発事故があり、子供たちの生きづらさがある。そこで人間どうするか、だ。

ところで「教育勅語復活」などという空気が漂う「時代遅れ」ではない「今の時代」を生きている。何故こうなったかではなく、何故こうしたかだろう。

人間の真の心は失われていくのか、なぁー。

（2017・5）

293　上海の「内山書店」百年

二〇一七年五月、上海で「内山書店」ゆかりの百余名が集って百周年の祝賀会が開かれた。内山完造の甥・籬《まがき》さん、魯迅の孫・周令飛《れいひ》さんらの挨拶があった。

岡山県芳井村（現井原市）村長の家に生まれた内山完造（一八八五～一九五九）は京都と大阪の商家で勤めた後、一九一三年（大正二）上海に渡った。クリスチャンになった彼は中国の庶民が「個人的な信用」を重んじるのを心に刻んだ。牧師の勧めで祇園芸者の井上美喜と結婚。一九一七年、妻の内職にと上海の自宅に箱一つの簡素な売場でキリスト教関係書の販売を始めた。後、彼は勤めの参天堂を辞め、この「内山書店」の経営に専心。書籍は一般書も扱い、日本人、中国人、朝鮮人の区別なく掛け売りを行い愛書家へ奉仕した。

ある時「本を届けて下さい」という客に名を訊くと「周樹人」と言われたのに驚いて、「魯迅さんですか」と尋ねた。「これからが私と親しい交わりとなった」と内山は記している。さらに、その時は「魯迅さんは大学の文学部長であったのだが、蒋介石の乱暴にとても堪えられないで脱出して上海に来られた」とも書き残している。また魯迅は、逮捕令を避けて上海を転々としたのだが、その住居の世話をしたのが内山といわれる。

一九二〇年、上海ＹＭＣＡ主催で「夏季講座」を企画。講師に賀川豊彦、森本厚吉、成瀬無極を招いたのがきっかけで、吉野作造などの文化人が上海を訪れるようになった。やがて「内山書店」は、日中文化人や文芸愛好家らのたまり場となり、中国知識人との交流は書店が窓口となっていった。そして芥川龍之介や武者小路実篤、横光利一、谷崎潤一郎、林芙美子、佐藤春夫、金子光晴、長与善郎、長谷川如是閑《にょぜかん》、鈴木大拙ら作家やジャーナリストなどが『阿Q正伝』などの著者・魯迅との面会が叶ったのは内山の尽力によった。

内山は「魯迅に引きずられた」理由を、「彼は真正直な人柄でしたネー。ある論戦で『プロレタリア文学を書けといわれても僕は労働したことがないのでプロレタリア文学は書けない』といっておられ、流石に魯迅さんだと思いましたネ」と『魯迅さん』に記す。

今、上海の内山書店跡地には、完造と魯迅のレリフー付きのプレートが通路に面した建物に埋め込まれてある。魯迅は内山を「老朋友」と著した。

百年を超えて関係者の想いは様々だろう。二人の友情を記念する「奨学金」が上海の学校に設立と聞く。

（２０１７・５）

294 笑文字の詩書画作家・城たいが

ネットの海の砂浜に、いろんなものが打ち寄せる、拾ってその詮索を楽しむ。京都、熱海、湯布院などで「城《じょう》たいがの店」が珍しさを誘うようだ。家主は、波乱万丈の人生で培った〝秘訣の言葉〟を〝笑文字《えもじ》で売る〟詩書画作家・城たいがとして評判を呼ぶ方だ。

城さんは、人生の上り下りを繰返したが、おもいっきりのプラス思考で「七転び八起きが人生だ」の座右の銘で生きてきた。例えば、会社経営に失敗、どん底から這い上がって宮崎県小林市の山中に「猿飛仙人村」をつくり、後、場所を移して「七転び八起き村」に替え、さらに「日本一怪しい公園だるまの里」とした、が、二〇〇四年には廃園になった。

そんな城さん、地の底を這い、涙と汗まみれになったからこそ言葉が明るいのだろう、溢れ出る一つ一つの詩、書、画が、とにかくあたたかい。

彼に選ばれた言葉は決して逃げない、心に伝わり沁みる。彼が紡いだ楽しめる書画法の詩を追ってみる。

ありがとうあなたがいてくれたお陰です／いかに思われているかではない　自分が自分をいかに思うかである／嘆き悲しむ一日よりも明るく笑って喜ぶ一日／幸せだと思ったときから幸せが始まる／あきらめないあきらめないあきらめない必ず出来る／いつも天使の笑顔でいると天使の心の人に出逢える／せかせかと生き急がない　ゆっくりと生きる／その時はその時です　その時もその時です／して貰うことは忘れない　してやったことは忘れよう／心配は万病の素笑顔は元気の素／人の思いは人生を変える不思議な力を持っている　いかに思うかはいかに暮らすかである／全ての過去は喜びの未来のための準備です／困難の向こうには必ず幸運がある／どうにもならない行き詰まりは新しい出発を知らせる鐘の音である／なぜ失敗したのだ　それは心の成長のために必要だったからだ／強い信念と明かるい笑顔には奇跡の力がある／あなたの中にあなたを生かす神様が居る　あなたには自然治癒力があるあなたの病は必ず治る／一人が笑う　二人が笑う　みんなが笑う　地球が笑う　笑うのがいい……など。

笑文字というが、色紙などに描かれた文字は、本当に笑っているようだ。文字だけを見ると、いい人生を送った方だろうな、と想像する。兎に角、人生を〝笑化《ショー》〟できる方のようで、いい人生を送っている。

ところで〝泣文字〟ってあるのだろうか。

（2017・5）

295　片腕の南画家・吉嗣拝山

いろんな生き方がある。福岡県太宰府市で町絵師の長男として生まれた吉嗣拝山《よしつぐはいざん》（一八四六〜一九一五）を知った。南画家である。本名は達太郎、別名は士辞《しじ》、蘇道人《そどうじん》、古香《ここう》、独臂翁《どくひおう》、独掌居士《どくしょうこじ》、左手拝山《さしゅはいざん》と多くの名を持って親しまれた。独臂とは片腕のことである。拝山の名は、大宰府流刑の菅原道真が無実を訴え、山の頂きで天を拝した地域伝説が残る天拝山《てんぱいざん》（二五七・四メートル）に由るという。

拝山は奔放な父の画道生活で貧しかったが、向学心強く一三歳から宿坊で働き、一九歳で日田の咸宜園《かんぎえん》に入門。しかし小倉戦争（一八六五年からの幕府と長州藩の戦い）が勃発、日田も混乱したために太宰府に帰郷。二二歳、京都で活躍する筑前蘆屋（現芦屋町）出身の日本画家・中西耕石《こうせき》（一八〇七〜八四）の門を叩いて画の道を志した。

明治維新後は「備中倉敷県」の役人となった。ところが二六歳の時、暴風雨で倒壊した家の下敷きになり、瀕死の重傷、右腕切断の大手術を受けた。長い入院生活を終え、大きく人生が変わった。

彼は幼い頃から親しんだ南画の道に進むことを決意。切断した右腕の骨で〝骨筆〟を作り、それを携え漫遊の旅に出た。が、詩・書・画の三道を究めようと、三三歳の春、中国に渡って揚州、蘇州、杭州西湖の景色を見て回った。その甲斐あって太宰府帰郷後は、片腕の南画家を慕って各地から揮毫依頼が絶えなかった。

多くの弟子も育てた。

晩年は、浪速の商人が六甲山に「左手拝山」のためにと建てた別荘を贈られ、そこで日々を過ごしたといわれる。七〇歳で生涯を閉じた。

拝山の語りとして「画家は猶芸者の如きものだ。余り知られても困る、余り知られぬでも困る（略）気が向けば書き、向かねば書かぬといふのでないと、責め立てられて書くやうでは、なかなか堪ったものではない（略）満身に力が籠った時でないと、真ん物は出来ぬもので私の経験から見ても、窮余の画には、総じてよいものが出来るようである（略）人生の辛酸を嘗めて来た後でないと、実際の味は出て来ないもの（略）」が残っている。

拝山の右腕無く、左手で描く渾身の南画は、山水、花鳥はもちろんだが、葦のそよぐ夕景の中、塒《ねぐら》に帰る寂しげな雁の姿の「蘆雁《ろがん》図」は優れていたそうだ。

信州の児玉果亭《かてい》、愛知の山本梅荘《ばいそう》とともに地方南画家三傑と称された。一心に生き抜く姿がある。

（２０１７・６）

296――手のない書家・小畑延子

書道は、私の人生の傍らに知らぬ間に寄り添って、離れることのできないものになっていった――と記す女性がいる。神戸市出身の書家・小畑延子さん（一九四三〜）である。

彼女は五歳の時、近くの製材所で両腕の肘から先を切断するという事故に遭った。一二歳で書に出遭い、筆を両腕で挟み、字を描き、作品を残す。筆の持ち方は、単《たん》鉤法《こうほう》（親指と人差し指と中指で筆を挟む形）と双鉤法《そうこうほう》（人差し指と中指を筆の前におき親指と薬指で筆を支える形）があるそうだが、彼女の持ち方は、また違っている。

彼女の字の揮毫は、手ではなく、からだ全身を使って書く手法で、勢いある字になるようだ。その小畑さん自身の半生を書き下ろした自伝『手はいつ生えてくるの――手のない書家の回想』（二〇〇七年刊）の表紙を飾る「転んだら起きればいいや」の太い字は、とても元気を与えてくれる。また写真で、三人女性の並んだバックにある「生くるべく生き堪えていのちかな」は、人の大きさにも負けない力強い字、見る者を圧倒する。

顧みると、両腕のない彼女は小学校の入学四カ月で「義手を外すことで、私は重い何ものかから解放され、自分の自由を手に入れることができた」と思い、担任から勧められた書道を始めたという。そして短大では福祉を学び、里親開拓のソーシャルワーカーとして二十余年を勤めた。四五歳の時、破天荒な過去を持つ四〇歳の無頼画家の宇野マサシさんと結婚した。それから二人三脚のユニークな生活が始まった。

東京で生活する二人の個展には、劇作家の唐《から》十郎、映画監督の林海象《かいぞう》、俳優の原田芳雄さんら「夫婦のファン」の文化人らが応援に駆け付けた。そんな生き方をＮＨＫは『ぶつかりあいから芸術が生まれる――下町の夫婦展』として放映するなどした。

彼女の自伝には「私の中にある幾本もの手で、人間を、より多くの人間を、私は抱きしめる」とあり、生きてきたことが、どのように大変だったかについては一切触れてなく、ただただ淡々と年代を追って〝魂の旅路〟を書き進めているだけである。

俳優の原田芳雄は「片腕のない〈画廊〉の老主人は、書道家小畑延子を見て『僕の負けだね』と言った。それは、彼女の失われた両手の先に人を抱きとめる『千の手』を見たからだ。……」と記した。彼女にとって書を極めることは生きる道を究めることなのだろう。

（２０１７・６）

297　筋萎縮性側索硬化症の人

難病を抱え持って生き抜く人たちがいる。時の刻みが命の刻みであることを知っている。ここで二人の詠み人、筋萎縮性側索硬化症（ＡＬＳ）の俳人と歌人を追ってみることにした。筋萎縮性側索硬化症は、運動神経系以外はほとんど障害のない進行性の神経変性疾患で、原因はハッキリせず、治療方法もまだない特定疾患。症状は、手足に力が入らなくなり、筋肉が衰えていく、五〇代での発症が多いとされる病のようだ。

神奈川県横須賀市出身の折笠美秋《びしゅう》さん（一九三四〜九〇）は、五〇歳前（一九八二）にＡＬＳを発症。彼は早大卒業後、新聞記者の傍ら俳句を詠み、評論を執筆。全身不随になり、〈口と目だけで妻に意志を読み取ってもらい句作〉を続ける姿がテレビ放映。葬儀での息子の「太陽のように輝き、大地のように広く、鋼のように勁《つよ》かった父」の挨拶が心打つ。

餅焼くや行方不明の夢ひとつ
ひかり野へ君なら蝶に乗れるだろう
かって地に篝火ありき雄叫びも
春 暁 や 足 で 涙 の ぬ ぐ え ざ る
逢いおれば風匂い生きおれば闇匂い

また群馬県伊勢崎市出身の渡辺松男さん（一九五五〜）は、五〇歳後（二〇一〇）にＡＬＳを発症。彼は東大卒業後、公務員の傍ら短歌結社で活動。奇想に近い歌を詠み「遅れて来た新人」と呼ばれているようだ。

妻を「ひまはりの種テーブルにあふれさせまぶしいぢやないかきみは癌なのに」と詠み、先立たれている。

自身は難病宣告を受けて日々を送る。

粥を食みつゆさきほどの時間さへ
　とりもどせねば粥どこへおつ
キャベツのなかはどこへ行きてもキャベツにて
　人生のようにくらくらとする
ちゃわんの縁の蝿がいっぴき来てゐたり
　ほんとはおまへが俺だとも言ひ
たれもすこしのあひだしか生きられはせず
　そのあいだのこのときの片栗
死にゆくなどじぶんのこととおもへねば
　今日にてもずいぶんのぶる水飴

病と闘っているからこそ日々のさりげないことが新鮮に見えてくるのであろう、言葉が輝きを増す。それに限りある命を惜しむからこそ視線の奥に灯を見つけ、それを見せるのだろう。

（２０１７・６）

298　伝道詩人えいたの軌跡

とにかく〝す・ご・い〟の一言。北海道網走市で教会の四男に生まれ、奈良の高校に入学。卒業後、神様を学ぶ修業を三年間した瀬川映太君（一九八二〜）は、凄い。

彼は、詩人・宗教家・社会活動家・コミュニティーデザイナー・メンタルコーチ・元NGO・NPOなど幅広い活動をし、さらに輪を広げている。

今、ショッピングモールなどで相手の名を訊き「目を見てインスピレーションで色と詩を書く」伝道詩人えいた、として五万人を超える人々に「即興パフォーマンス詩」を渡してきた。軌跡をたどる。

二〇〇一年、映太、一九歳の夏。二週間で大切な友二人を自殺と交通事故で亡くした。命の尊さと儚さを知った。米国での九・一一テロを境に人助けの道に入り、五千人余の病人の枕元に通う。〇四年、父を継ぎ札幌で布教師として清貧の生活を送るが、苦しむ人が多すぎて「世の中を変えなくては」と家出、社会活動に進んだ。〇六年、NGOスタッフになり、小豆島でお寺や教会九四カ所を裸足で「八月六日平和の鐘プロジェクト」のお願い行脚、六〇カ所の鐘が島で鳴った。詩人活動もスタートさせた。〇七年、カンボジアのスタディーツアーで井戸掘り。六月二二日夏至に「地球温暖化号外新聞三〇〇〇万部」を発行、配布。〇八年、レインボーマフラーをチェルノブイリに届ける。アフリカ緊急支援をX・JAPANのTOSHIらと横浜で開催。五月三日の「ゴミ拾い」を世界二六カ国で開く。一一年、東日本大震災直後、現地ボランティアリーダーの一人として活躍。

妻は自然分娩で二人を産み、三人目は映太が取り上げる。一四年「命の大切さを分かち合う」をテーマに、全国六七会場で「一一月三日（いいお産の日）――バースカフェ」を開催するなど話題のイベントは注目される。

彼は「失った命からもらったチカラ」があるから「自ら伝え、動き続ける、詩人」として〝伝道詩人〟の歩みを続けている。

彼の「即興詩」を見る。

蓮音がパパとママを／強く繋げてくれた／紫音は皆に／笑顔と楽しみを／増やしたいと／今、生まれてきてくれた／二人の笑顔が／パパとママの、宝／二人には／自分らしく／人に優しく／夢を持って／失敗を恐れず／歩んで欲しい／素晴らしい力があるから。

子どもたちの未来を本気で創って行く、えいたの澄んだ瞳は炎色だろう、か。

（２０１７・６）

299——盲ろうの東大教授・福島智さん

平成二〇年（二〇〇八）に盲ろう者で常勤の東京大学教授になった福島智《さとし》さん（一九六二〜）の『ぼくの命は言葉とともにある』（致知出版社）が評判だという。

彼は昭和三七年（一九六二）兵庫県神戸市で生まれ、三歳で右目、九歳で左目を失明、一四歳で右耳、一八歳で左耳を失聴、光と音を無くした。「学校で苛められ、嫌な目にあっても一切愚痴をこぼしたことがない」と母・令子さん。ただ「一番しんどかったのは人とのコミュニケーションが取れなかった」と振り返る息子の思いを受けた母は「指点字」を考案、再び人との交流が図れた。

指点字は、両手の人差し指、中指、薬指の六本でタイプライターを打つように相手の指に触れて文字や言葉を伝えるもの。「見えて聞こえる一般の皆さんもコミュニケーションの持つ、深く、重い意味を改めて考えて頂きたい。命は言葉とともにあり、言葉は命とともにある。そこでは人生を別の光で照らせるかも」と智さん。

彼の辛かった時、友が「思索は君のためにある」と「心の深いところに届く言葉」を掌に書いてくれた。周りの人に恵まれ、東京都立大に入学、盲ろう者で全国初の大学進学であった。音と光のない中で読書は大きな力になった。大藪春彦や船戸与一の極限の状況を生きるハードボイルド、小松左京や星新一のSF世界を自分に重ねる。体調も「どん底」の状態で、北方謙三の作品に出合い、「盲ろう者は埋もれた少数民族のようなもの。周りから見えず、虐げられている。その解放運動が私の本来の目的だった」ことに気づかされ、「支えられて生きてきた」と記す。北方も冒頭の本の帯に「福島先生の言葉は、鼓動である」という言葉を贈っている。

指点字によって真っ暗な世界から救われた彼の「指先の宇宙」の詩が心に響く。

ぼくが光と音を失ったとき／そこには言葉がなかった／そして世界がなかった／／ぼくは闇と静寂の中でただ一人／言葉をなくして座っていた／ぼくの指にきみの指がふれたとき／そこに言葉が生まれた／／言葉は光を放ちメロディを取り戻した／ぼくが指先を通してきみとコミュニケートするとき／そこに新たな宇宙が生まれ／ぼくは再び世界を発見した／／コミュニケーションはぼくの命／ぼくの命はいつも言葉とともにある／指先の宇宙で紡ぎ出された言葉とともに。

彼は「人生で大事なことは自分を主語にして生きることだと思っています」と言う。

（２０１７・７）

300――ことばをつむいで、いきる

　東京都板橋区で両親と暮らす堀江菜穂子《なおこ》さん（二二）は脳性マヒで手足が動かず喋れない。特別支援学校時代から「ことばをつむいで」ノートに詩を書いてきた。

　詩集『いきていてこそ』と『さくらのこえ』を出版。彼女の紡ぐ「詩」で「文」を繋いでみる。

　まず《成人式の日》にあたって「わたしはへいせい六ねん一〇がつ一九にちにうまれました／そのひのことはもちろんおぼえていないのですが／はははのきおくにはふかくやきつきました／わたしがのうに　ひどくしょうがいを　おってしまったからです／わたしの二〇ねんはずっとねたきりの人せいでした／きょうわたしもみなさんとおなじせいじんしきをむかえます／はたちまでいきることは　むりだといわれていたわたしが／ここまでいきてこられたのは／りょうしんのふかいあいじょうのおかげです（略）」と紡ぎ、自分を見つめる《あるがまま》では「いまのじぶんは　いまのまま／いまのままよりもっとよくみせたいと／だれもがおもう／でもよくみせようとすると　へんになる／ほんとうのすがたとは　かけはなれてしまい／もはやじぶんではない／あるがままのじぶんをうけいれる　ゆうきをもとう／じっさいのじぶんそのものを　あいそう」と書いた。

　最初の詩集のタイトル詩《いきていてこそ》には「いまつらいのも／わたしがいきているしょうこだ／いきているから　つらさがわかる／しんでいったともだちは／もうにどと　ともにつらさをあじわえない／いまのつらさもかんどうも／すべてはいきていてこそ／どんなにつらいげんじつでも／はりついていきる」とあり、生きる力強さが伝わる。さらに《せかいのなかで》には「（略）わたしはわたしだけ／それがどんなに　ふじゆうだとしても／わたしのかわりは　だれもいないのだから／わたしはわたしのじんせいを／どうどうといきる」と記し、《こまったこと》も「こまったことがたくさんあっても／たくさんのたからものにかわる／いまはつらくてこんなんでもね／きっとあなたのたからものになる／だからゆっくりがまんして／のりこえたなら／まえよりおおきなあなたになれる」と困難をわが宝にしてしまう。

　彼女の生きる辛さを楽しみに変える気持ちが素晴らしい。寝たきりのベッドで詩を書き続けて「すべての人たちに／わたしがたちなおったように／あきらめずにいきてもらいたい」と記す。

　「懸命に生きる」姿に学ぶことは多い。


（２０１７・７）

301――ペン一本で……画家・池田学

池田学（一九七三～）は佐賀県多久市生まれ、東京芸大卒業後、カラーインクとペンでボリューム感ある精密描写の絵を描いてゆくことになる。

細いペンで細部の集積を重ねていき、見る人の目を圧倒するスケールの大きな絵に仕上げる独特の画法は、幼い頃、小さなものの中に大きな世界を見る「癖」と、徹底したデッサンで身についた技術によって生まれた。

彼が東日本大震災の三年前（二〇〇八）に描いた「予兆」が、見る人に津波に巻き込まれる街の印象を与えると公開自粛。彼には自らの結婚式などの楽しいシーンを描き込んだ思い出の一枚だが、「絵が、人の心に違ったように映る、勝手に人の心を傷つけることがあるんだ」と思うと、しばらく絵を描くのが嫌だったという。震災後、何かできないかと相談した方から「アーティストはアーティストの役目がある」と言われ、震災地に立ち「どんな状況でも自分のすべきことを貫く」ことだと、新作「誕生」に着手。彼は「何かが生まれる〈生みだす〉ことは必ず苦労が伴う」と言い、喪失から新しい命の誕生というテーマを小さなペンで大きなキャンバスに三年がかりで描いた絵は、人の想いを彩り、広げる。

ドイツの宗教改革者マルティン・ルター（一四八三～一五四六）は「たとえ明日世界が滅びるとしても、今日私はリンゴの木を植える」という言葉を遺している。

ＮＨＫ・ＢＳのドキュメンタリーで「明日世界が終わるとしても――ペン一本まだ見ぬ頂へ～画家・池田学」を観た。ペン一本で、長い時間をかけて驚異の巨大「超細密画」を誕生させる。小刻みに動く手が小さな線をコツコツ刻む。一日で一〇センチ四方の仕上がり、やがて立体感のある絵の部分が少しずつ浮き上がり、つながり、結ばれ、ペン画極地の世界を見せる。一つ一つの小さな刻みが人を魅了、画の部分が人の目を惹き、飽きさせない。こんな描き方をする画家を知らない。彼の創作日々を追ったドキュメンタリーは映像詩と言っていい。

池田は、米国ウィスコンシン州マディソンのチェゼン美術館のスタジオで、作品完成までを自由に見学できるユニークな「仕事場公開展」を開き、人々と交流しながら日々作品を仕上げてゆく。その三年がかりの生活を追う映像。朝、子どもを幼稚園に送って自転車でスタジオまで行き、夕方まで創作。さりげない生活の中、日々の思いや人との交流の想いが作品に加わる、ディテールは描きながら考える手法で進み、驚嘆の美が生まれる。

（２０１７・８）

302――ふるさとは今もかわらず

岩手県大船渡市出身の演歌歌手・新沼謙治（一九五六〜）の作詞作曲で、演歌ではない楽曲「ふるさとは今もかわらず」が評判を呼んでいる。

多くの人の心を惹き付けている。

爽やかな　朝靄の中を／静かに　流れる川／透き通る風は身体をすりぬけ／薫る　草の青さよ／緑豊かなふるさと　花も鳥も歌うよ／君も　僕も　あなたも　ここで生まれた／ああ　ふるさとは　今もかわらず

この町で　あなたに出逢えて／本当に　よかった／ありがとう　ふるさとの青空よ／友よ　君に逢いたい／緑豊かなふるさと　花も鳥も歌うよ／君も　僕も　あなたも　ここで育った／ああ　ふるさとは　今もかわらず

みんなで声を　かけあって／力あわせて　生きてきた／遠い山並み　その姿／いつも静かに　見つめてる／緑豊かなふるさと　花も鳥も歌うよ／君も　僕も　あなたも　ここで育った／ああ　ふるさとは　今もかわらず〃ふるさと　未来へ　続け……

（「ふるさとは今もかわらず」）

新沼は中学卒業後、左官会社などに勤めていたが、のど自慢大会で優勝する彼に左官仲間が『スター誕生』への応募を勧めた。彼はそれに挑戦、五度目で合格。一七プロダクションから獲得オファーがあった。

一九七六年「あれほどに気持ちよく悲しく歌える歌手はいない」と称賛する作詞家・阿久悠の作詞「おもいで岬」でデビュー、次作の「嫁に来ないか」が大ヒットした。レコード大賞新人賞を受賞、ＮＨＫ『紅白歌合戦』の出場も果たした彼は、アイドル歌手として育ち〝東北なまり〟が評判を呼んで人気を博した。

二〇一一年三月一一日の東日本大震災で彼は親族を亡くした。その年の九月七日には、最愛の妻をガンで亡くした。妻は、元バドミントン女子世界王者の湯木博江さん（一九四八〜二〇一一）。一九八六年に結婚、七歳年上の姉さん女房で一男一女を授かった。震災後、彼は帰郷して河原散策で素直に感じたまま「ふるさとは今もかわらず」をつづれた。妻の死は仕事で看取れなかった。

二〇一二年、中学生の合唱をバックに震災復興を願い、この歌を披露する新沼の「気持ちよく悲しい」歌声は、聴く人の心を震わせた。歌は『みんなでうたう卒業式の歌ベストセレクション』（二〇一三年）に収録されて〝教材〟となり、懐かしい心を広げている。

（２０１７・９）

303——一七歳女生徒が残した遺書

昭和四〇年（一九六五）二月一九日、都立国立《くにたち》高校二年生の小池玲子さん（一九四七〜六五）は列車に飛び込んで自殺した。不思議なのは、担任でもなく話をしたこともなかった国語教師・N教諭宛に「自分の理解者です」の遺書と三冊のノートを残して逝った。

N教諭は、教科の教え子ではあるが、顔の記憶さえない「一七歳女生徒が残した遺書」を突然受け取り、戸惑った。生涯の重荷にもなった。

生きて行く中、何が起こるかわからないものだ。

三冊のノートは、日本の「高村光太郎、萩原朔太郎」西洋の「ヴィクトル・ユーゴー、ジュール・シュペルヴィエル、ニコラウス・レーナウ」などの詩を浄書した二冊と、それに自らの詩集「碧いガラスの靴」一冊で、美しい文字が細いペンで書かれていた。N教諭は遺書を受け取った後、同僚に相談すると「ただの抒情詩ではない、思想詩だよ、本にしよう」となり、詩集『赤い木馬』が、自死の翌年、刊行された。詩を見る。

深い川底に眠っている／堅く　冷たい　氷ガラスにはめられて／赤い木馬は　眠っている／／深い、深い水の底／誰も触れる者はない／淋しいか？／痛いだろう？／上を　上を　水が行く／赤い木馬は眠っている／／赤い木馬は待っていた／この地に　楽園の来る時を／重い扉の開く時を／永遠の　その時の来るまで／赤い木馬は眠っていよう／堅く　冷たい　氷ガラスにはめられて　（「赤い木馬」）

平成二七年（二〇一五）四月、N教諭（九四歳で没）らの編纂による『碧いガラスの靴と武甲山《ぶこうざん》』が刊行された。小池は教室から秋の空を眺めていて「碧いガラスの靴」が飛ぶのを見たという。幻影だとしても彼女には「啓示」だった光景は、半世紀を経て、秩父を象徴する「武甲山」とともに表に現れた。武甲山は、日本武尊《ヤマトタケルノミコト》が威風堂々の威容に感動、歴戦の兜を納めたことから名づけられたといわれる歴史の山。山は石灰岩からなる。セメントの原料として削り取られ山のカタチが変わっていった。

秩父はセメント産業の拠点となり、日本経済の急成長を支えたが、一方で環境破壊を生み、二律背反の姿を曝け出した。そんな武甲山を眺めて育った小池玲子。自然に還った彼女へ「何がそこへ導いたのか、恐らく崩壊してゆく武甲山と、自分たちが出て行こうとする社会の埋めがたいギャップを東京で感じたからではないか」とN教諭は記す。

（2017・11）

304——食の「バイキング」発祥は……

今、ホテルなどの食事は「バイキング」が多い。

バイキングは、一九五八年（昭和三三）八月一日、東京千代田区の「帝国ホテル」のブフェレストラン「インペリアルバイキング」が始まりとされる。で、日本の「バイキング」発祥を追ってみる。

新しい食事方法は、昭和三二年、帝国ホテルが新館建設で新レストランを模索。当時の犬丸徹三社長（一八八七〜一九八一）は北欧訪問の折、好きなものを自由に食べるスカンジナビアの伝統料理「スモーガスボード」に出会い〝好きなものを好きなだけ食べる〟スタイルに注目、村上信夫シェフ（一九二一〜二〇〇五）にホテルに採用できないかと研究を指示、検討させた。

犬丸は石川県能美市の出身。東京高商（現一橋大）卒業後、就職に苦労したが、明治四三年（一九一〇）中国で満鉄経営のヤマトホテルに就職、ホテル業界に入った。最初、客への対応で劣等感に悩まされたが、ボーイ、コック、金庫番、スチュワードを経験。上海、ロンドン、ニューヨークのホテル勤務を経た後、大正八年（一九一九）帝国ホテルの支配人から招かれ副支配人となった。ホテル経営の積極的な改革を行い「傲岸《ごうがん》不《ふ》遜《そん》」との反発もあったが、日本のホテル業界を一流に引き上げた功績は大きい。昭和二〇年、帝国ホテル社長に就任。彼は、マッカーサーが日本へ着任、焼け野原の東京を視察した折、車を運転して案内した。俳優のジョー・ディマジオとマリリン・モンローの案内などもした。

村上は東京神田で生まれた。浅草の珈琲店、銀座のグリル、新橋のホテルなどを経て、昭和一五年、帝国ホテルに入社。陸軍入隊、中国で終戦、シベリア抑留を経て帰国。昭和二二年に復職。犬丸との二人三脚が続いた。彼はＮＨＫ『きょうの料理』レギュラー講師をはじめ東京オリンピック選手村の料理長なども務めた。平成六年（一九九四）帝国ホテル総料理長に就任するなど、日本でフランス料理を広めた功労者。彼は「どんな料理よりも気持ちが籠る、お母さんの料理」が口癖だった。パリのホテルで研修中、北欧の「スモーガスボード」を調査し「バイキング」料理へとつながった。

バイキングのネーミングは、当時、海賊映画『バイキング』が話題で「北欧」と「海賊」の豪放なイメージが〝食べ放題〟の食事にピッタリだとして名付けたという。

二〇〇八年、オープン五〇年を機に「八月一日はバイキングの日」と決められた。

（２０１７・11）

305——泥の職人——左官・挾土秀平

岐阜県高山市で、二〇〇一年、土にこだわる壁づくりの「職人社 秀平《しゅうへい》組」を設立。土の魅力を世界に発信する左官技能士・挾土《はさど》秀平（一九六二〜）の言葉を拾った。

陽の光を集めて燃やせば、たぶん金が生み出せ／月の光を集めて凍らせれば　銀が生まれ／枯葉をたたいて腐蝕させると　銅になる。／そして、けむりと雨をまぜて　鉄を生み出し、／吹く風を鋭い太刀で切ったなら、水がこぼれる。／……これらがすべて土に降る。

（『ひりつく色』）

挾土は、日本の高度成長期の真っただ中に誕生。父は左官会社「挾土組」を営み、時代とともに大きくなった。彼は父の背中を見て育ち「しゃかんになりたい」が夢だった。高校卒業後、一九八一年、熊本で左官修業。一九八三年、技能五輪全国大会左官部門で優勝し、国際技能競技大会に出場するなど活躍。

彼は、個人住宅から都会の建物、東京の一流ホテルのエントランスロビー、伝統ある土蔵、茶室などの壁塗りを行う。左官業の枠を超えた作品を創造する。

土は人を裏切らない。そうオレは信じている。何十万年もの長い時間をかけて作りあげられた土には、地球の歴史がつまっている。だから土の色は絶対的なもので、右とか左とかの議論の余地はない。土の色に安心感を覚えるのはそのためだ。土の色は絶対的で、それが安心につながるということに気づいたことが、オレが土にひきつけられたいちばんのきっかけだ。

（『のたうつ者』）

彼の泥職人魂には、幕末、江戸で刃傷沙汰を起こして飛騨の高山に流れ来た土蔵左官・江戸万《まん》（江戸屋万蔵）の心と技が塗り籠められているようだ。土壁に縄文土器の文様を刻み、裏日本を旅して飛騨に多くの仏像を残した円空を想って荒壁に鏝《こて》の刃でヒガキを切り、怒れる円空仏を泥の壁に仕上げるなど、彼は「泥の自然の無垢のエネルギーを感じて心がざわめく」作品を憑かれたように造り、残す。それも常に新しい発想、素材、技術によって生み出される。同じ壁はない。伝統的な左官の高度な技術は、師匠を持たず、すべて独学だ。土の円卓や座卓、黄金の蔵など、ある人の言葉を借りれば「飛騨の山人の魂」を持つ匠の技だ。超近代的な建築物から鄙《ひな》の田舎の土塀まで、彼の技は広がる。そういえば二〇一六年のＮＨＫ大河ドラマ『真田丸』の土壁に生み出されたシャープな「題字」は挾土作品だった。

（２０１７・12）

306　「夜来香」を唄った

今、チャイニーズ・メロディーの代表曲となっている「夜来香《イエライシャン》」の来し方行く末を思う。懐かしのメロディーとしてよく取り上げられる「中国の歌謡曲」である。

一九四四年（昭和一九）に中国湖南省の黎錦光《レイキンコウ》作詞・作曲で満州映画協会のスターだった李香蘭《リコウラン》（山口淑子《よしこ》、一九二〇～二〇一四）が歌唱して大陸各地で人気を博したが、戦後は中国の国情に合わず、聴くことも唄うことも禁止されていた。

夜来香はキョウチクトウ科の花の一つで、学名は「テロマス」の漢語名。ユリに似た上品な香りが夜になると際立つので名が付けられたといわれる。

中国で人気沸騰当時に「夜来香」を日本で最初に唄ったのは渡辺はま子さん。後、一九五〇年に山口淑子が帰国して「日本語版」が佐伯孝夫訳詞でビクターから発売されて、大ヒットした。

あわれ春風に　嘆くうぐいすよ／されど月に切なくも匂う夜来香／この香りよ／／長き夜の泪　唄ううぐいすよ／恋の夢消えて　残る夜来香／この夜来香／夜来香　白い花／夜来香　恋の花／ああ　胸痛く　唄かなし／／あわれ春風に　嘆くうぐいすよ／つきぬ思い出の　花は夜来香／恋の夜来香／夜来香　夜来香　夜来香

この歌は、李香蘭の波乱万丈の人生を物語る。父が満鉄の中国語教師で、彼女は日中両国語を自由に喋った。中国名は、父の親友だった瀋陽銀行頭取・李際春の娘として「李香蘭」の名を得た。絶世の美貌もあって三八年、中国人・李香蘭として芸能活動をスタート。数多くの映画作品に出演。日本の敗戦後、彼女は漢奸《かんかん》（売国奴）として告発されるが、友の奔走で日本人と証明され、釈放された。四六年の帰国後、日本やハリウッド映画などに出演した。アメリカで日系の造形芸術家イサム・ノグチと結婚するが、離婚して大鷹弘外交官と再婚。ワイドショーの司会後、田中角栄総理の要請で参議院議員選挙に出馬、当選した。彼女は「祖国日本」と「母国中国」の友好の懸け橋に尽力し、アジア外交に力を注いだ。

中国で廃れていた「夜来香」は、九二年に「アジアの歌姫」といわれるテレサ・テン（鄧麗君、一九五三～九五）の歌声で復活。中国でも解禁され、全世界の人に唄われる曲になった。

夜来香は月下香《げっかこう》、オランダ水仙とも呼ばれ、芳香を放つ。歌と香がマッチした曲だ。

（2018・1）

307——ルネから「カワイイ」が始まる

そうだったのか、と思った。NHKのBSプレミアムで「そして〝カワイイ〟が生まれた——内藤ルネ 光と影」を観て感じたままを記す。現在、日本の「カワイイ」は世界の共通語の「Kawaii」になっている。この番組は、カワイイ文化の原点に立つアーティストは内藤ルネ（一九三三〜二〇〇七）だ、というドキュメントだった。長年、男性同性愛雑誌『薔薇族』の表紙を描き続けたのは、自らが同性愛者だったためと自伝で告白した内容までを追う、真に迫るものだった。

現在、LCC航空に「ルネの少女絵」が描かれた機体が空を飛んでいる。また日本のパンダブームの先駆けとなったキャラクター「ルネパンダ」も健在だ。

ルネは愛知県岡崎市に生まれた。一九歳の時、抒情画家の中原淳一（一九一三〜八三）に誘われ、出版社「ひまわり社」に入社。雑誌編集を手伝いながら挿絵などを描いた。本名は功《いさお》。少女雑誌で活動する中、「瑠根」から「ルネ」に改め、マスコット人形やキャラクター文具、インテリア雑貨などのデザインを発表。ルネの描く「少女」は明るく元気な女の子。センチメンタルな抒情を切り捨てた愛くるしい少女はヘアースタイルもファッションも、まさにカワイイ少女。実質、昭和三〇年代（一九五五頃）から今のカワイイが始まったと言っていい。それで、日本文化の「可愛い」を辿ると、大正ロマンの画家・竹久夢二（一八八四〜一九三四）が若い女性をターゲットに手掛けた千代紙や絵封筒、手紙などのファンシーグッズに始まりがあるようだ。そして浮世絵風の少女画で異彩を放った淳一から弟子のルネへと伝わったようだ。ただルネは実生活で詐欺に遭い、ほぼ全財産を失ったが、残った土地に「内藤ルネ人形美術館」を開館させた。

夢二—淳一—ルネの言葉を拾う。

自分を愛することを知らない。自分を溺れさせることだけ、女を愛することを知らない、女に溺れることだけ。これがおれか。　竹久夢二

美しいものには出来るだけふれるようにしましょう。美しいものにふれることで、あなたも美しさを増しているのですから、　中原淳一

いくつもの不幸の大波がいっせいに押しよせ、なんとドラマチックと、今は軽く思い起こせるようになった。すべては時間の効能だ、　内藤ルネ

とにかく「Kawaii文化の生みの親」は、マルチ・クリエーターのルネだった。

（2018・3）

308――ピン芸人・濱田祐太郎に注目

第一六回「R-1ぐらんぷり2018」は、盲目のピン芸人・濱田祐太郎（兵庫、一九八九〜）が三七九五人エントリーの頂点に立った。白杖を片手に一人喋りで勝負した。日々〝笑戦〟を繰りひろげて勝ち抜き、激しいバトルを制しての栄冠だった。注目だ。

濱田は左目が見えず、右目は明暗のみ判別できる先天性緑内障という病気。彼が厳しい笑いの世界に入ったのは、小学生の頃からテレビやラジオの漫才が好きでよく聴いていたから笑いが好きだった。神戸の視覚特別支援学校に入学、一八歳であん摩マッサージ指圧師、二一歳で鍼灸師の資格を取得した。どう転ぶかわからない芸人の道に備えた後、吉本総合芸能学院（NSC）に入学、学んでNSC大阪三五期として卒業。二〇一三年四月〝お笑い芸人〟としてデビューした。本当に「笑いが好きで、人を笑わせるのが好き」な道に入り、「そこでは障害があるとか、無いとか考えないで、健常者と障がい者を意識することのない」喋りを舞台で始めた。すると彼の漫談は、これまでの「障がい者ネタのタブー」を飛び越え「NHK新人お笑い大賞」などで勝ち進んでゆくと、「盲目のお笑い芸人がいる」と話題になった。

とにかく、杖を持って舞台に立ち、「芸人に憧れて吉本に入ったのですが、眼どころか将来も見えなくなりましてねぇ」など素直な喋りが笑いを誘う。盲人の笑いの芸域を広げ始めた。今後、盲人アーティストとのコラボ演出もあるやもしれぬ、と盲人の各分野の人を探る。

箏曲家・宮城道雄（兵庫、一八九四〜一九五六）、津軽三味線・高橋竹山（青森、一九一〇〜九八）、演歌師・竜鉄也（奈良、一九三六〜二〇一〇）、ギタリスト・長谷川きよし（東京、一九四九〜）、弁護士・竹下義樹（石川、一九五一〜）、テノール歌手・新垣勉（沖縄、一九五二〜）、ヴァイオリニスト・川畠成道（東京、一九七一〜）、アマチュア写心家・大平啓朗《ひろあき》（北海道、一九七九〜）、ミュージシャン・立道《たてみち》聡子（福岡、一九八二〜）、ピアニスト・辻井伸行（東京、一九八八〜）、ミュージシャン・木下《きした》航志（鹿児島、一九八九〜）、演歌歌手・清水博正（群馬、一九九〇〜）など多く、活動の範囲は広い。

キングになった濱田くんに出演オファーが殺到。

ポジティブ人間の彼には舞台のいろんな状況が良く「見えている」ようで、「客席から笑い声が聞こえない時は、誰もいないんだな」と笑う状況にはならないだろう。正統派漫談の一人喋りの芸人は、ただ進むだけである。

（２０１８・３）

309——『七重、光をありがとう』を読む

一九三九年、名古屋市で生まれた全盲の伊藤邦明さんが二〇〇〇年に出版した『七重、光をありがとう——全盲のカメラマンから妻へ』（河出書房新社）を読んだ。

人生の途中で失明した人の生き方の凄さ、妻とともに懸命に生きる素晴らしさを学ぶことができた。

伊藤さんは石川島播磨重工業に入社。造船の電気設計などを担当。中学時代、写真に興味を抱き、高校は写真部員で、同社のカメラ部に入部しアマチュアカメラマンとして活躍。彼は妻と息子二人の暮らしの中、五〇歳の時（一九九〇）会社の倉庫で二〇メートルの高さにあるクレーンから足を滑らせて墜落。まさにぐしゃり状態の即死寸前だった。奇跡的に一命を取り留めた。最新医療と熱意ある医師の献身的な努力で恢復に向かったが、〝希望〟と〝絶望〟の繰り返す日々は続いた。

そばで妻の七重さんが見守り、懸命な介護を尽くした。しかし嗅覚を無くし、全盲になった。

リハビリ生活で、友は「君は生きてるじゃないか。奇跡みたいに死ななかったじゃないか」の励ましに、「そうか、生きてる姿を知らせるだけでいいんだ」と納得して「生きて、生きて、生き抜くんだ」と決意した。妻はいつも寄り添っていた。そして入院九カ月で本当に〝奇跡〟の退院日がきた。玄関で病院関係者ら多くの人々に見送られ「ぼくは一人じゃない。僕の喜びに妻と大勢の人々の喜びが解け合い、七色の虹が心の空に輝き渡った」と思い、「そうだった〝ななえ〟は七色に重なる虹だったんだ、希望の虹。七重、ありがとう」と感謝した。

妻が〝目〟になってリハビリセンターに通い、ワープロ、短歌なども学び。旅行にも出かけた、が、写真の話はタブーだった。九四年、何も見えない人が旅行か、という意見もあるなかで「見学」があれば「聴学」もあると、八〇日余の「世界一周の船旅」の誘いにのった。その時、友人のカメラマンが言った「写真を撮って来てくださいよ。大地に倒れた者は大地に手をついて立ち上がる。写真でケガをしたのなら写真で再び立ち上がるほかない」の一言が、心の芯まで届き、彼は「はい、わかりました」と答えた。妻の景色の説明と自身が研ぎ澄まして感じる風と音との判断で、健常者だった頃の「ワンチャンス、ワンシャッター」の感覚を蘇らせた。船旅帰国後「これで写真展を開きましょう」とのカメラマンの提案で、初の写真展「風と音の詩」が開かれた。その後、彼の写真展は、国内外で五〇〇回を超えている。

（２０１８・３）

310　夭折画家の山田かまち

山田かまち（一九六〇～七七）は、群馬県高崎市で生まれた。両親が読んだ歴史小説の主人公「鹿麻知《かまち》」のように新しい時代を強く生きてほしいとの願いを込め、自由に漢字をあてられるよう「かまち」と名付けたという。

幼少から絵画の才能を発揮。小三の時、東京芸大出の竹内俊雄美術教諭がクラス担任になった。冬休みの宿題の動物の絵五二枚を、一時間余でさぁーと描き上げた。どれも素晴らしい絵だった。竹内教諭は驚き、その作品を預かった。かまちは多才な少年で、中学時代、ビートルズなどのロックに傾倒、同級生だったミュージシャン氷室京介らとバンド結成もした。絵を描き、詩を詠み、多くの言葉を発した。かまちは中学浪人一年の後、高崎高校に入学。学園祭で映画を作成し出演もした。

「感じなくちゃならない　やらなくちゃならない
美しがらなくちゃならない」

かまちは高一の夏、八月、自宅で汗まみれになってエレキギター練習中に感電死した。ギターは七月二一日の誕生日にプレゼントされたものだった。一七歳で逝った。

言葉を掬う。

「旅みたいだ　人生は　人生は道みたいだ　でも歩かなくてもいい　そこにいれば　それで　それでいいこともある　だけど歩けば　歩けば苦しい　苦しいけど　歩けば　歩けばどうにかなる　そんな信仰にとりつかれてりゃあ　それはそんなもんさ　それはそうだけどもったいないもの　こんな時間まで。」

かまちの天賦の才能を最初に見出した竹内教諭は「いやぁ、驚き桃ノ木山椒の木だったね……」と言う。とにかく彼の絵の描き方は「巨匠といわれる人」を超えるタッチで凄かった。生まれながらの「山田かまち」の絵、という評価だった。

「虹のように消えてゆくきょうも
午前0時で明日につながっている」

かまちの死後、自室からスケッチブックやノートにデッサン、水彩画、詩など千点を超える作品が見つかった。作品を詩画集に編集した精神科医のなだいなだは「暗闇の中に浮かぶ小舟のように孤独な一七歳の心に、かまちの作品はメッセージを投げかける」と評価した。一九九二年『悩みはイバラのようにふりそそぐ――山田かまち詩画集』発刊以降、夭折画家かまちの名は多くの人が知ることになった。テレビや映画で「かまち特集」が組まれ、「山田かまち美術館」もできた。

（2018・3）

311　夭折作家の山川方夫

山川方夫《まさお》（一九三〇～六五）は、昭和四〇年二月二〇日、神奈川県の東海道本線・二宮駅前の国道一号線の横断歩道でトラックに撥ねられて還らぬ人となった。三四歳。

　彼の小説『愛のごとく』の帯には「的確な人生の把握と、鮮潔な抒情と――急逝を惜しまれる作家山川方夫の天賦の才華がきらめく遺作集！／山川さん。あなたは悲運な人だった。ほんとうに悲運な作家だった。――洗練された美の感覚、透徹した造型の意識――そのあなたの文章が、この先もう新たに書きつがれないということは、何と寂しいことだろう」と記されている。

　山川の本名は嘉巳だが、「方夫」は日本画家である父の師匠・鏑木清方《かぶらききよかた》と、親交のあった劇作家・梅田晴夫からという。彼は幼稚舎から仏文科卒まで慶應義塾が学び舎だった。彼は田久保英夫らと第三次「三田文学」を創刊。曽野綾子や坂上弘らを育てた。特に文芸評論家として大成した江藤淳（一九三二～九九）は「私は山川編集長に見出され『夏目漱石』という本を書き、この本によって批評家になった」と記す。私は、この頃、隠れ山川ファンだった自負がある。山川が得意とするショートショート作品「お守り」がE・サイデンステッカー翻訳でアメリカの『ライフ』に載り、ソ連の『プラウダ』イタリアの『パノラマ』などに次々掲載され、日本の文壇というより世界に飛躍する「日本人作家登場」に大きな期待を寄せていた矢先の「交通事故死」だった。山川の死亡記事を見て驚いた記憶が蘇る。彼の作品は優しく澄んだ文章だった。誠実な作風は「個」を見て「生」を希求する筆致。誰も真似のできない文。作家の永井龍男は「夭折する人の心というものは、誰もこのように柔軟で、よくしなうものなのだろうか」と記し、小説を勧められて書き始めた坂上弘は「山川の豊饒なひろがりを伝えたい」と心に生きる〝先輩〟の足跡を世に問い直す作業をする。

　山川は芥川賞四回、直木賞一回の候補となった。著書には『その一年』『海岸公園』『親しい友人たち』『愛のごとく』『トコという男』などがある。江藤淳は「山川はその前で私が〈無私〉になりきれる数少ない――というよりはほとんど唯一の友人であった（略）山川、君はいわば私にとってひとつの花だった。……誰の眼にも触れずに咲き、沙漠に芳香を漂わせて消えて行く花々を、私はいくつか知っていた。山川、君は疑いもなくそのなかでもっとも鮮烈な花のひとつだった」と思いを記した。その江藤は自宅で手首を切って自殺した。六六歳だった。

（２０１８・３）

312　アイヌの夭折天使・知里幸恵

言語学者の金田一京助（一八八二～一九七一）は、北海道登別市出身のアイヌ人女性・知里幸恵《ちりゆきえ》（一九〇三～一九二二）を「天が私に遣わしてくれた、天使のような女性」と記す。金田一のアイヌ研究の原点の人物のようだ。

彼女は六歳の時、旭川市の伯母のもとで育ち、小学校に通ったが、後、アイヌ人のみの学校に移り、成績優秀で実業学校まで進学、日本語もアイヌ語も堪能だった。一五歳の時、アイヌの伝統文化を記録するとして金田一が幸恵の家に来た。幸恵の祖母がアイヌの口承の叙事詩（カムイユカラ）の謡い手だった。

カムイユカラは「文字」を持たないアイヌ人にとって価値、道徳、文化の継承には重要なものだった。幸恵は生活のそばにカムイユカラがいつもあった。祖母らに話を訊く金田一の姿に幸恵は畏敬の念を抱いた。一七歳、金田一からカムイユカラを「文字」にして残そうとノートが送られてきた。その要請を幸恵は素直に受けて「アイヌ語」から「日本語」への翻訳作業にかかった。彼女は纏めたノートを金田一に送ると『アイヌ神謡集』として出版しましょう、との連絡で上京、金田一家で草稿執筆を開始。そして原稿を書き終え校正も済ませた大正一一年（一九二二）九月一八日、心臓麻痺で急逝。一九歳だった。

この世に貴重な一冊を遺して逝った彼女の著書の「序」が素晴らしい。抄録する。

「その昔この広い北海道は、私たち先祖の自由の天地でありました。天真爛漫な稚児の様に、美しい大自然に抱擁されてのんびりと楽しく生活していた彼等は、真に自然の寵児、なんという幸福な人だちであったでしょう。（略）愛する私たちの先祖が起伏す日頃互いに意を通ずる為に用いた多くの言語、言い古し、残し伝えた多くの美しい言葉、それらのものもみんな果敢なく、亡びゆく弱きものと共に消失せてしまうのでしょうか、おおそれはあまりにいたましい名残惜しい事で御座います。アイヌに生れアイヌ語の中に生いたった私は、雨の宵、雪の夜、暇ある毎に打集って私たちの先祖が語り興じたいろいろな物語の中極く小さな話の一つ二つを拙い筆に書連ねました。（略）読んでいただく事が出来ますならば……

大正一一年三月一日　　知里幸恵」

フランスのノーベル文学賞作家ル・クレジオは、二〇〇九年、北海道大学での「私の文学と先住民族文化」と題する来日講演の折、登別市の「幸恵の墓」を訪ねた。

（2018・4）

313——高間筆子の「絵のない美術館」

東京都世田谷区の京王電鉄・明大前駅の近くに「絵のない美術館」があると聞く。女流画家の高間《たかま》筆子（一九〇〇〜二二）の「館」である。作品は大正一二年（一九二三）九月一日の関東大震災で全て焼失。絵はないが〝筆子〟の「証」がある。彼女は東京の大問屋の娘として生まれ、育ち、東京女学館卒業後、画家の兄・惣七の影響で絵を描くようになった。アトリエに出入りする兄の画友が「筆ちゃんの絵、すごいじゃないか！」と言い出したことで、彼女は絵の具を大胆に使う技法で、さらに絵を描き始め、迫力ある絵が生まれていった。

ところが、大正一一年、春、彼女はスペイン風邪に罹患、高熱のためか突然、二階の部屋の窓から発作的に地面に飛び降り、二一歳の若い命を絶った。その秋、仲間たちが彼女の死を惜しんで遺作展を開こうと、二年余で描いた水彩画や木炭画、油絵の五十余点を展示した。そして筆子が残した詩や和歌などを『高間筆子詩画集』として刊行した。その『詩画集』の編纂に出版元が撮影したカラー、白黒写真が残っていた。彼女の死の直後の遺作展と遺作集がなければ「幻の筆子」で終わっていただろう。震災で全てが消えたのだから複製があることは幸運だった。無名で夭折した「筆子」の死後、彼女の凄まじい絵の力、さらに稲妻のような鮮烈な人生の「筆子」を思い起こさせる『詩画集』は大きな財産だといえる。

彼女の死を「才媛の洋画家　飛び下り自殺」と新聞は報じた。画家の萬《よろず》鉄五郎が「芸術に熱し、表現に緊張する時は、非常に身体のエネルギーを消費する（略）時々気を抜くことを考えないと続かない。彼女は気を抜くことが出来ずに、苦しい緊張が長く続いて、それから逃れることが出来なかったので、自分から肉体を亡ぼすことになったのであろう」と記したのは芸術家の勘なのか。また「彼女は生前、僕の所に芸術上の相談に来る意志があったそうである。もしそれが早く実現されたならば（略）」と死を惜しむ。筆子の詠む歌がある。

うるはしき尊き御かげ仰ぎ見る
　われさちある身うれしき身
今はまた心の春にめぐりあひぬ
　静々とすごせ時よわれに

美術館では、震災で消滅した筆子の「絵」を見ることはできないが、描いて詠んだ筆子の「姿」を刻む『詩画集』を見ることはできる。

夭折画家の「証」は確かに遺っている。

（２０１８・４）

314　夭折画家の二つの遺書

村山槐多《かいた》（一八九六〜一九一九）は、愛知県岡崎市で生まれた。母たまが森鷗外家で女中奉公をしていて、「槐多」の名付け親は鷗外。幼少期は京都で過ごし、中学時代から詩、小説、戯曲を書きボードレールやランボーに心酔。画家を志したのは従兄の画家・山本鼎《かなえ》の影響だといわれる。彼の絵は、原色を多用、際立つ色使いや筆致が特異な画風。

彼は画家である前に詩人だった気がする。詩は若い情熱と素直な言葉で紡がれている。

うつくしいねえさん　どうぞ裸になって下さい　まる裸になってください／ああ心がおどる　どんなにうつくしかろ　あなたのまる裸／とても見ずにはすまされぬ　どうぞ裸になって下さい

一九一九年二月、彼は肺結核を患い、スペイン風邪でも寝込んでいたが、みぞれ交じりの嵐の日、突然、戸外に飛び出て行った。皆で探した翌未明、ずぶ濡れになった姿が叢《くさむら》で見つかった。往診の医師に見放され「お玉さん・柿の樹七本・松三本・白いコスモス・飛行船のものうき光」など、謎のうわごとを残して二二歳の命を閉じた。二つの遺書を残していた。

【第一の遺書】自分は、自分の心と、肉体との傾向が著しくデカダンスの色を帯びて居る事を十五、六歳から感付いて居ました。私は落ちゆく事がその命でありました。是は恐ろしい血統の宿命です。肺病は最後の段階です。宿命的に、下へ下へと行く者を、引き上げよう、引き上げようとして下すった小杉さん、鼎さん其の他の知人友人に私は感謝します。たとへ此の生が、小生の罪でないにしろ、私は地獄へ陥ちるでせう。最底の地獄にまで。さらば。一九一八年末　村山槐多

【第二の遺書】神に捧ぐる一九一九年二月七日の、いのりの言葉。（略）私は今夜また血族に対する強い宿命的な、うらみ、かなしみ、あゝどうすることも出来ないいら立たしさを新に感じて来たのです。（略）神さま、私はもうこのみにくさにつかれました。涙はかれました。私をこのみにくさから離して下さいまし。地獄の暗に私を投げ入れて下さいまし。死を心からお願いするのです。（略）私はもう決心しました。明日から先はもう冥土の旅だと考へました（略）神よ私は死を恐れません。恐れぬばかりか、慕ふのです。（略）

槐多の画家活動は五年余り、絶対的に作品数が少ないため〝高値の絵〟になっている。

（2018・4）

315——米国で『武士の娘』ベストセラー

英文で刊行の三大日本人論は、内村鑑三（一八六一〜一九三〇）『代表的日本人』（一八九四年刊）と新渡戸《にとべ》稲造（一八六二〜一九三三）『武士道』（一八九九年刊）、それに岡倉天心（一八六三〜一九一三）『茶の本』（一九〇六年刊）といわれるようだが、そこにアーネスト・ヘミングウェイ『日はまた昇る』と並んでアメリカで異例のベストセラーになった杉本鉞子《えつこ》（一八七三〜一九五〇）『武士の娘』（一九二五年刊）が加わっていいと思う。

鉞子は長岡藩の筆頭家老・稲垣平助の娘として生まれ、幼い頃から尼僧になる子として裁縫、生け花などに加え、漢籍も教育された。武士の世が終わったとはいえ、厳格な武士道の教育を受けた。名の「鉞」は「まさかり」を意味し、強い精神を持つ人にとの願いがこもる。

彼女が一二歳の時、アメリカに渡っていた兄が、現地で日本骨董店を開く親友の杉本松雄を紹介。鉞子は、母から「お前の嫁入り先が決まりました」と告げられ婚約。後、ミッション・スクールに入学して英語を学び、二四歳で渡米。優しい夫との生活は理想郷で二人の娘にも恵まれた。しかし夫が事業に失敗。彼女は娘二人と日本に帰国後、間もなく盲腸炎による夫の不慮の死の電報が届いた。彼女は武士の娘として耐え忍ぶ気丈さで「長い寂しい旅路」に入った。娘を育てるため東京で英語教師の道を選んだ。しかしアメリカの家に慣れた娘二人は日本の家に馴染めず、「お母さまが心配なさる」と気配りの日々を過ごした。鉞子は二人の姿を見るのが辛かった。四二歳の時、頼れるアメリカの母フローレンスのもとへ家族三人で再渡米することにした。「娘により高い教育を受けさせる」ためにニューヨークに住んだ。

彼女は、ニューヨークで筆一本の生計を固め、日本を紹介する文章を新聞や雑誌に投稿を始めるが、採用されない。根気強く投稿。すると、ある編集者の目に留まった。雑誌『アジア』から連載の依頼。自分の半生を物語風に綴った。連載後『武士の娘』として刊行すると「アジアの未開の国の娘がキリスト教と西洋文化を識って目覚めるストーリー」が評判を呼んだ。七カ国語に翻訳された。これを契機にコロンビア大学で「日本の歴史と文化」を七年間教えることになった。大学では非常勤講師のルース・ベネディクト（一八八七〜一九四八）とも出逢い『菊と刀』（一九四六年刊）の出版に繋がった。人の縁とは不思議なものだ。彼女は五三歳で米国から帰国。七六歳で亡くなるまで「グレート・レディ」と敬愛された。

（2018・4）

第7章
平成という時代

316 これまでのSMAPのこれから

平成二八（二〇一六）年末をもって国民的アイドルグループだったSMAPが解散した。

彼らの一喜一憂がメディアで騒がれ、老若男女を問わず多くのファンから支持され続けていた。

メンバーは、中居正広（四四）、木村拓哉（四四）、稲垣吾郎（四三）、草彅剛（四二）、香取慎吾（三九）の五人だが、最初は森且行（四二）がいて六人だった。

昭和六三（一九八八）年にアイドルグループとして結成されてスタート、平均年齢は一四歳だった。平成三（一九九一）年元旦に日本武道館で最初のコンサートを開いた。約三万人の若者が詰めかけた。ジャニー喜多川の芸能プロモーター・音楽プロデューサー率いるジャニーズ事務所に所属。テレビドラマやバラエティー番組などに出演、NHK『紅白歌合戦』にも二三回出場した。彼らは歌で結束、劇でそれぞれ独自の道を切り拓いていた。

SMAPは「Sports Music Assemble People（スポーツと音楽を融合させる人々）」の頭文字をとっての名前だそうだ。

彼らは二八年間の活動を閉じたが、「世界に一つだけの花」をはじめSMAPオリジナル曲は多くの人々の思い出を作ったであろう。時代を駆け抜けたメロディーは人々の記憶の襞《ひだ》に刻まれて残り続けるだろう。

顧みれば、解散騒動のキッカケは平成二八年一月、彼らのチーフマネージャーが事務所を退社したことから始まったようだ。一年間、彼らの様々な毀誉褒貶《きよほうへん》の喧伝でマスコミは右往左往、各人の話題がメジャーを賑わした。そして年末解散になった。これは、どこの世界でもあることで、人が集まれば生まれる組織内部のチンケな派閥争いに起因しているといわれる、噂は真実に近いだろう。世間ではメンバーの不仲説、独立説、引退説など、あげればキリのない話題が駆け廻った。ファンは心配、そうでない者は迷惑なのだが、世の中は騒いだ。そして年末が来て年が明けた。そしてSMAPはいなくなった。

特に感慨はない、が、彼らの評価は後の時代がするであろうし、今後の彼ら一人一人の生きる姿を人々は見守ってゆけばいいだろう。

平成二九年一月、事務所のジャニー喜多川社長（八五）は、SMAP〝生みの親〟として、これまでの活動を「S（素晴らしい）M（メモリー）A（ありがとう）P（パワー）ですね」と感謝、今後の活躍を「やぼっちぃタレントではない」と期待している。

（2017・1）

317——刑務所のアイドルPaix《ペペ》^{2}

鳥取県倉吉市出身の北尾真奈美さん（三九）と琴浦町出身の井勝《いかつ》めぐみさん（四二）の女性デュオが話題になっている。Manami（マナミ）Megumi（メグミ）のPaix^{2}（ペペ）だ。二人は「Prisonコンサート」として全国各地の刑務所や少年院で受刑者に歌のメッセージを送り続けている。一六年間で四〇〇回になった。

　二人は一九九八年「日本縦断選抜歌謡祭鳥取県大会」で出会い、二〇〇〇年「風のように春のように」でインディーズデビュー。その年、鳥取で一日警察署長を務めた時に慰問を勧められ、ボランティアでスタートさせた。二〇代初めだった。

　二〇〇一年メジャーデビューした後も地道な活動を続けた。多くのメディアにも採り上げられた。大学の研究施設の技術補佐員だったマナミさんがギター、病院の看護師だったメグミさんがフルートで演奏した。

　バンド名の「Paix」は「ペ」と発音するフランス語で、意味は「平和」という。

「ペペ」の二人はライブ活動を各地で続けている。片山創の作詞作曲によるデビュー曲を記す。

　風のように／春のように／生きて行きたい／風のように／春のように／穏やかでいたい／／心を凍らす冬の日も／必ず春が迎えてくれる／ほら！　心の窓を開けてごらんよ／悲しいことも／みんなみんなみんなメッセージ／／風のように／春のように／歩いて行こう／風のように／春のように／爽やかでいたい／／涙とさみしさ積み重ね／冬の終わりに置いて行こうよ／ほら！　きっと誰かが解かってくれる／なくした日々も／みんなみんなみんなメッセージ／／傷つきつまずき転んでも／チャンスは必ずやってくる／誰もがきっとみんな一番／明日はきっと／心も晴れるよ（略）

（「風のように春のように」）

　ペペの活動は、歌を通して受刑者と会話を持ち、刑務所内で「元気だせよ」の曲などを唄う。またメグミさんは看護師時代の患者さんとの大切な命の体験談などを話す。一〇年が過ぎた時、いつしか二人は「刑務所のアイドル」になっていた。そして二〇一六年までに法務省から保護司、矯正支援官に任命され、法務大臣から三回の感謝状が贈られた。彼女らは震災被災地や全国各地で唄う。すると、元受刑者が〝塀の外〟コンサートにも姿を見せてくれるようになった。今後もマネージャーと三人の専用ワゴン車は全国を走り続ける。

（2017・2）

318　漢字一字で世相を読む

日本人は生活の中で、象徴的な一言でモノゴトを理解する、できる、特殊な能力を持つようだ。

日本漢字能力検定協会が、毎年一二月一二日漢字の日に京都の清水寺で、公募による「一年をイメージする漢字一字」を発表する。このキャンペーンは師走の楽しみの一つ。国民が一字の漢字で一年の世相を読みとる瞬間だ。一九九五年開始からの漢字を追う。

震（一九九五＝地下鉄サリン事件／阪神淡路大震災）、食（一九九六＝O157集団食中毒発生）、倒（一九九七＝山一証券廃業など大型企業倒産）、毒（一九九八＝和歌山毒物カレー事件）、末（一九九九＝世紀末）、金（二〇〇〇＝シドニーオリンピック金メダル）、戦（二〇〇一＝9・11アメリカ同時多発テロ）、帰（二〇〇二＝北朝鮮拉致の日本人帰国）、虎（二〇〇三＝阪神タイガース優勝）、災（二〇〇四＝新潟中越地震／浅間山噴火）、愛（二〇〇五＝愛知県の愛・地球博）、命（二〇〇六＝悠仁親王誕生）、偽（二〇〇七＝食品表示偽装）、変（二〇〇八＝チェンジ〈変革〉オバマアメリカ大統領誕生）、新（二〇〇九＝民主党を中心とした新政権発足）、暑（二〇一〇＝猛暑日続き熱中症多発）、絆（二〇一一＝3・11東日本大震災）、金（二〇一二＝ロンドンオリンピックでのメダルラッシュ／山中伸弥ノーベル賞の金字塔）、輪（二〇一三＝二〇二〇夏季五輪招致決定）、税（二〇一四＝一七年ぶり消費税増税）、安（二〇一五＝安全保障関連法の成立／食の安全）、金（二〇一六＝リオデジャネイロオリンピック金メダル／金髪のドナルド・トランプアメリカ大統領当選）と記録されている。

どうもオリンピックイヤーは「金」で治まるようだ。

こうした漢字「一字」の醸し出す力に思いを巡らせ、部首「心」の漢字を思考し、改めて「一字」への思いを強くする。

必、志、応、忘、忍、忌、念、忠、忽、思、急、怒、
怠、怨、息、恩、恋、恥、恐、恵、慰、意、患、悪、
穏、慇、惑、惹、総、想、悉、悠、優、秘、聰、惣、
感、態、慮、憂、慶、悶、憲、憩、應、懇、懲、懸、
戀、愁、慧、愛、慈、憶、憾、憁、億、恕、悲、寧、
憙、恁、愬、忿、窓、偲、愚、恙、憑

などだが、まだまだある。

漢字は古代中国で発祥した表語文字であり、アルファベットの音素文字とは違う。

漢字に平仮名、片仮名とローマ字が加わる日本語の妙味を味わうのもいいかも知れない。

（2017・3）

319　あっちこっちに小便小僧

小便小僧は、ベルギーの首都ブリュッセルで反政府軍により仕掛けられた爆弾の導火線の火をジュリアン少年が小便で消して町を救った故事に因るといわれる。

そんな「勇気ある多くの少年を育てたい」との願いで一三七七年に「像」が作られたのが最初。小僧像は盗難などに遇ったりしたが、一六一九年、破壊された小僧修復の際に「おしっこが出る像」に改良された。

また世界各国から小僧に着せる多くの衣装が届いており、時折、着せ替えられているようだ。元祖を真似て世界各地、あっちこっちに小便小僧ができた。

国内の小便小僧をネットで追ってみる。未見だが、国内で最も珍しい小僧は徳島県三好市の祖谷渓《いやだに》の大自然の中、目も眩むような断崖絶壁に立つ小僧で、地元の子や旅人らの度胸試しの逸話から、この場所に建てられたという。山に張り付く狭い道路を走る車の前に、突然、小便小僧は現れる。そこに小さな像が、怖いような深い谷底を見下ろして立っている。

また大都会の中、浜松町駅ホーム（東京都港区）に季節ごとに服装を変える小便小僧があって、通勤、通学者を楽しませているという。この像は鉄道開通八〇周年記念（一九五二年）として、初め、地元の歯科医から陶器製の白い小便小僧が贈られ、後、プラットホーム改修工事（一九五五年）の折、歯科医がブロンズ像に替えたという謂われを持つ。着せ替え小僧は北山形駅（山形県山形市）や六甲高山植物園（兵庫県神戸市）にもあるという。

さらに片手を上げた浜町公園（東京都中央区）の小僧、羽生《はにゅう》駅（埼玉県羽生市）のツイン小僧、荒牧バラ公園（兵庫県伊丹市）にはベルギー寄贈の小僧が立つ。小僧軍団として太陽公園（兵庫県姫路市）には小さな何体もが犇《ひし》めく。特異なのは、阪急十三《じゅうそう》駅（大阪府大阪市）の通称ションベン横丁に地域の守り神として、ジュリアン少年を模した見返りトミー君がいる。それに赤坂沢砂防ダム（埼玉県越生《おごせ》町）前の小僧は川に勢いよく小便を放つ。

学校も春日部女子高校（埼玉県春日部市）や上原小学校（東京都渋谷区）、綾織小学校（岩手県遠野市）などにある。近年、天童南部公園（山形県天童市）や渋川海岸公園（岡山県玉野市）、幸福の路（茨城県守谷市）など各地の公共施設に、何故か「小便小僧広場」が増えつつあるという。

ところでベルギーの市街地の一角に、鉄柵に囲まれ南京錠のかかった「小便少女」のしゃがんだ姿のリアルな像があるようだが、日本ではまだ聞いたことがない。

（２０１７・４）

320　踏切マニアが現れるのも

列車が通過する際に遮断機が下り警報音がチン、珍、チンと鳴る踏切。列車に乗っていては「踏切名」を知ることはまずない。車や歩いて通過の際もほとんど気付かない。踏切事故の解消に向けて「踏切」そのものを無くしている現在、全国で三万数千カ所だったのが二万九八三六カ所（二〇一五年）となり減ってきている。ちなみに全国の駅数は、全国沿線別駅データによると五四二路線に一万五〇七駅（二〇一六年）となっている。

各地の踏切には、当然、名がある。数多くの〝珍名〟を見つけることができる。

郵便橋（JR西日本—紀勢本線）、盆栽（JR東日本—東北本線）、桃太郎（JR四国—予讃線）、そば屋（JR東海—紀勢本線）、出張中《ではりなか》（JR西日本—神戸線）、勝負中（JR西日本—神戸線）、飢渇《きかつ》（JR東海—身延線）と、ん？こんな名があるのと驚く。

今の時代、賛否両論が出てきそうな女子職踏切（阪急電鉄—京都線）は、近くにあった「大阪高等女子職業学校」から採られたそうだ。それにしても阪急電鉄の千里線には「花壇」「学童」「文化」「住宅」「社宅」「大学」「瓦斯《がす》」「住宅地」「濾過池」「鳩が瀬」「豊津墓道」「吹田街道」など、えっ？の名が目白押し、こんな路線も珍しいだろう。

さらにキッコーマン（山陽電鉄）があり、四十代（神戸電鉄）がある。日焼、馬鹿曲、日曽利《ひっそり》、煙草屋裏、いぼ神、一軒屋、権兵衛、帯無、天狗坂（以上JR東海）、学校、無悪《さかなし》（以上JR西日本）、異人館、病室、ノコギリ屋、観音様、養鶏所、馬飼場、尻無、北道海渡、競馬場、美女坂、美し森、立畷《たてなわて》開拓所（以上JR東日本）、別れの茶屋（広島電鉄）、レコード館（伊豆箱根鉄道）、鐘紡（上田丸子電鉄）、百鉾（いすみ鉄道）など色々様々、想像を超える名が飛び出て楽しめる。踏切マニアが現れるのも肯ける。

郷土の身近な場所に「爆発踏切」（JR九州—日田彦山線）があった。一九四五年一一月一二日、福岡県添田町の円山の不開通二又トンネルに、日本軍が隠していた膨大な火薬類を占領軍の指示で処理中、大爆発事故が起き、山が吹っ飛んだ。死者一四七名、負傷者一四九名という戦後処理最大級の犠牲者を出した。この悲惨な事故を永遠に忘れてはなるまいとの思いで、「爆発」地点の「踏切」として名づけたのであろう。今、列車は吹っ飛んだ山の谷間を走っている。たかが踏切かも知れないが、名にはドラマが残っている。

（2017・4）

321——弔辞は生きてゆくメッセージ

弔辞は死を悼み悲しむ気持ちを伝える詞。故人の生きてきた道を学ぶ最後のチャンスであり、遺された者への生きてゆくメッセージでもあるだろう。

弔辞の幾つかを探す。

▼タモリ（森田一義）から赤塚不二夫さんへ

私に「おまえもお笑いやってるなら弔辞で笑わしてみろ」と言ってるに違いありません。あなたにとって死も一つのギャグなのかもしれません。（略）私はあなたに生前お世話になりながら、一度もお礼を言ったことがありません。（略）今、お礼を言わさせていただきます。赤塚先生、本当にお世話になりました。

ありがとうございました。私もあなたの数多くの作品の一つです。合掌。

▼上岡龍太郎から横山ノックさんへ

ノックさん　あなたは僕の太陽でした。あなたの熱と光のおかげで僕は育ちました。あなたの暖かさと明るさに包まれて生きてきました。（略）どうか不世出の大ボケ横山ノックを精一杯の笑顔と拍手で天国に送ってやってください。

▼浅丘ルリ子から大原麗子さんへ

あなたがどんなに私のことを拒否しても、姉として、あなたをちゃんと受け止めてあげるべきだったのです。優しく、後ろから背中をさすってあげればよかったんです。本当にごめんね麗子、ごめんなさい。

▼藤原竜也から蜷川《にながわ》幸雄さんへ

「俺のダメ出しでお前に伝えたいことは全て言った。今は全て分かろうとしなくてもいい。いずれ理解できる時がくるから、そうしたら少しは楽になるから。（略）もっと苦しめ、泥水に顔をツッコんで、もがいて、苦しんで、本当にどうしようもなくなったときに手を挙げろ。その手を俺が必ず引っ張ってやるから」と蜷川さんそう言ってましたよ。蜷川さん、悔しいでしょう、悔しくて泣けてくるでしょう。僕らも同じですよ。（略）一九年間、苦しくも……、まぁほぼ憎しみしかないですけど、最高の演劇人生をありがとうございました。蜷川さん、それじゃまた。

故人への最後の詞に返事はない、が、天国の入り口で振り向いているかも知れない。

（２０１７・４）

322――『千と千尋の神隠し』の主題歌

一つの作品が完成するまでには、見えない、が、人と人との結ばれた糸が確かにあるんだなぁ〜と感じる。

宮崎駿監督のアニメ映画『千と千尋の神隠し』（二〇〇一年）の主題歌「いつも何度でも」は、大阪出身の歌手で作曲家の木村弓さん（一九五八〜）と、山梨出身の作詞家・覚《かく》和歌子さん（一九六一〜）コンビの曲である。

主題歌になるまでが、いいドラマになっている。

木村さんは脊髄治療をしていて、たまたま『もののけ姫』を観て、いたく感動したまま宮崎監督に自作ＣＤやテープを添えて手紙を送った。監督から「進行している企画の音楽をお願いするかもしれません」の手紙が届いた。それで木村さんは「頭の中で消えない曲がある」とテープを覚さんに渡して作詞を依頼。すると、覚さんは「普通じゃない感じ」で作詞ができた。それを監督に送ると「企画が無くなり、ごめんなさい」の返事が来た。しかし、二人は「いい曲ができただけでも良かった」と言い合った。

ところが、二年半後、ジブリから電話があった。突然、「あの曲を『千と千尋の神隠し』に使わせて欲しい」と、申し出があった。

呼んでいる胸のどこか奥で／いつも心踊る夢を見たい／／悲しみは数えきれないけれど／その向こうできっとあなたに会える／／繰り返すあやまちのそのたびひとは／ただ青い空の青さを知る／果てしなく道は続いて見えるけれど／この両手は光りを抱ける／／さよならのときの静かな胸／ゼロになるからだが耳をすませる／／生きている不思議死んでいく不思議／花も風も街もみんなおなじ／／呼んでいる胸のどこか奥で／いつも何度でも夢を描こう／／悲しみの数を言い尽くすより／同じくちびるでそっとうたおう／／閉じていく思い出のそのなかにいつも／忘れたくないささやきを聞く／こなごなに砕かれた鏡の上にも／新しい景色が映される／／はじまりの朝静かな窓／ゼロになるからだ充たされてゆけ／／海の彼方にはもう探さない／輝くものはいつもここに／わたしのなかに見つけられたから

（「いつも何度でも」）

『千と千尋の神隠し』は、日本映画史上最高額の興行記録を樹立した。ライアーとよばれる竪琴を使って弾き語りをする木村さんと、「朗読するための物語詩」の独自ジャンルを開いて評価を受ける覚さん。

二人の曲と詞の挑戦は続いていく。

（２０１７・５）

323　外国人初の女流プロ棋士

将棋棋士の世界に外国人初の女流プロ棋士が二〇一七年二月に誕生した。ポーランド・ワルシャワ出身の若いカロリーナ・ステチェンスカさん（一九九一〜）だ。

二〇〇八年、彼女はポーランド語に翻訳された岸本斉《まさ》史《し》の人気マンガ『NARUTO（ナルト）』で将棋を知り、相手の駒を取ると自分の駒にできる不思議さに興味を覚え、インターネットで調べたのがキッカケだった。それ以降、将棋に嵌《は》まってネット将棋対戦サイトにアクセス、将棋を指すなどして猛勉強を開始した。

二〇一一年、国際将棋フェスティバル（フランス）で女性最高の成績を残すなど将棋への思いを日毎強くしていった。そんな時、日本プロ棋士の北尾まどか、片山大輔両氏から日本で「将棋留学はどうですか」のオファーを受けて、「とてもエキサイティングで楽しい」日本滞在を経験することになった。一三年、プロ棋士を目指して山梨学院大に編入、留学生として再来日、甲府市に住んだ。その後、棋士養成の研修会に参加するなどプロへの道を歩み始めた。一四年、ヨーロッパ将棋選手権（ハンガリー）でヨーロッパとワールドオープン部門をW制覇するなど、外国人女流棋士としての活躍が続いた。

日本での一戦一戦の対局は、まだ「波がある」評ながらも地道な戦いを進めた。一七年、念願の外国籍初の女流プロ棋士となった。

また彼女は山梨の伝統工芸品「印伝《いんでん》」のがま口を持っている。柄はトンボ。トンボは前にしか進まない不退転の象徴「勝ち虫」で、信玄公の重臣らが兜の前立てに用いたとされる。闘う女流棋士は、こうした日本文化に根差した心意気も会得して日々挑戦のようだ。

将棋を繙くと、インドのチャトランガを起源とし、チエス（西洋）、シャンチー（中国）、マークルック（タイ）、チャンギ（朝鮮半島）など、二人で行うボードゲーム（盤上遊戯）は世界各地に広がっている。

将棋の日本伝来は、平安時代から各説あり、詳しいことは解かってない。が、最古文献は藤原明衡《あきひら》『新猿楽記』（一〇五八〜六四）で、考古資料は奈良の興福寺で五角形をした「駒一六点」と天喜六年（一〇五八）の「木簡」が出土している。それ以降としても千年近くの歴史を持つ。現在、将棋の八大タイトルは、竜王、名人、叡王《えいおう》、王位、王座、棋王、王将、棋聖であり、現役プロ棋士は一六二人、女流プロ棋士は五四人のようだ。カロリーナさん、日本文化の伝道者としても期待できるようだ。

（2017・6）

324――人間五十年、夢幻の如くなり

母は、大正一四（一九二五）年生まれで今年九二歳になる。毎日、自転車に乗って我が家へやって来る。妻は介護なしで感謝しているようだ。今、世は、人生八〇年を超える時代になっている。

さて人生を語る時、織田信長が桶狭間の戦いで「幸若舞」の「敦盛」を謡いながら舞って勢いつけて出陣した話が、よく話題になる。信長の好きだった台詞である。

人間五十年、下天のうちを比ぶれば、夢幻の如くなり。一度生を享け、滅せぬ者のあるべきか。これを菩提の種と思ひ定めざらんは、口惜しかりき次第ぞ

この「敦盛」は『平家物語』に登場、能の演目や舞の演曲として室町時代から演じられる作品の一部で、故事の主人公として敦盛とともに熊谷直実《なおざね》が取り上げられる。

熊谷直実は、平安から鎌倉時代の武将。武蔵国（現埼玉県熊谷市）を本拠とし、平家に仕えていたが源頼朝に臣従し御家人となる。直実は、源平合戦・一の谷の戦い（一一八四）で、逃げ遅れた平清盛の甥・敦盛（一七歳）を捕らえた。この齢若き敵将を逃がすこと叶わぬと、泣く泣く首を打った。後、世の無常を感じ、法然上人の門徒となり蓮生と号するのだが、「人間五十年、化天の内……」は、直実、嘆きの言葉といわれ「敦盛伝説」から生まれたようだ、すると信長の「覚悟」の出陣とは違って「悲嘆」の趣の感慨になる。

人間の寿命は時が経つにつれ長くなるようで、江戸時代は三六、明治は四三、大正は四六、昭和初期は四八、戦後は五二となり、年々寿命は延びて現在、平成は八二歳。

齢を重ねていくと「たとえ老人であっても、知恵を学ぶことは立派なことである」こともわかり、「干渉好きの老人ほど、見苦しいものはない」ことも悟る。そして「老いては子に従え」てこそ人生、となり、「深呼吸をしよう。心が落ち着く」気持も理解する。

老人は、いつの世でも「今の若者は」と言うが、若い俳優の菅田将暉《すだまさき》（一九九三〜）は人生の時間として「人の人生を八〇年とすると　睡眠に二七年　食事に一〇年　トイレに五年　だそうです　自由な時は　三八年のみ　僕はあなたと楽しく生きます」と自筆のカレンダーを作っているようだ。こんな若者の意識した生き方もあるようだ。若くして老年を考えるのも面白いことだ。

物忘れなど老いの兆候を作家・赤瀬川原平は「老人力」と名付け、老人の暗さを明るさに変えた。老人語で語り、綴り、伝える作業を受け継がなくてはなるまい。

（２０１７・６）

325――もり・かけ国会にピタリ納得

よく人から「別府や湯布院じゃだめですよ」と言われる。なるほど〝湯《ゆ》（言う）だけじゃ、よくないな〟と反省する。やはり、人間、不言実行、有言実行じゃないと、と思う。正しいことであれば、相手をおもんぱかっての〝実直〟な行動は必要だろう。

第一九三回通常国会（二〇一七年）が終わったが、情けない〝忖度《そんたく》国会〟の余震は続いている。日本人の心根をいい意味で表現する〝忖度〟を汚してしまった国会だった。

「西日本新聞」のコラム「春秋」にピタリ納得できた。冒頭、「『もり・かけ』国会が閉会した」で始まる。文を追うと「『共謀罪』の趣旨を盛り込んだ／資質に欠けた法相／守役の官僚にもり立てられ／きっかけは森友学園／加計学園問題が追い打ちを掛け／時間をかけてはまずいと賭けに出た首相／国会閉会に駆け込んだ／『湯（言う）ばかり』の掛け声」など、まさに「もり・かけ」国会は「森友・加計」に終始した印象を残して閉幕した。

安倍首相は記者会見で、「民信無くば立たず」と言った。本当にわかっての発言なのか、と首を傾げざるを得ない。これは孔子『論語』に「政治に大切なのは軍備・食糧・民衆の信頼の三つ、中でも重要なのは信頼」と説くが、

安倍発言は「軍備」に聞こえるから不思議なものだ。

国会が終わった途端、次の矢が放たれた。松野博一文部科学相が、政府の国家戦略特区を活用した学校法人「加計学園」の獣医学部新設計画を巡って萩生田光一官房副長官が文科省幹部に発言したとされる新文書が見つかったと公表した。はてさて、内ゲバ勃発か、の思いを抱くとともに、ぐちゃぐちゃ政治の奥深い闇に、国民は引きずり込まれないよう注意深く見守っていくことが肝要だろう。民は〝日頃往生〟でモノゴトをみる。

とにかく「真摯に説明責任を果たす」と公言した安倍晋三内閣総理大臣の言葉を信ずるしかないだろう。最近のサラリーマン川柳に「ちゃんとやれ　それじゃ分からん　ちゃんと言え」があった。まさに、民の心はそんなもの、決して難しいことではない。それにしても官邸の守護神といわれてきた菅義偉《よしひで》官房長官の鉄面皮も、ある女性記者の登場によって崩れ始めたという。嘘は嘘、いつまでいっても嘘であることを突き破れなかった官邸の記者会見も〝忖度〟だらけだったようで、きっちりとした質問をしない記者の情けない姿が浮き彫りになっただけでも良しとせねばなるまい。何事も、真実は一つ。

（2017・6）

326　将棋を指し、囲碁を打つ

子供から老人まで静かで熱い戦いを繰り広げるボードゲームといえば将棋と囲碁だろう。愛好者は将棋が約七一〇万人、囲碁が約五〇〇万人の熱戦が全国各地で展開される。将棋には、竜王、名人、王位、王座、棋王、王将、棋聖、叡王（八大タイトル）があり、囲碁には、棋聖、名人、本因坊、王座、天元、碁聖、十段（七大タイトル）がある。

まず将棋は、縦横九本の線に王将（＝玉将）、飛車、角行、金将、銀将、桂馬、香車、歩兵の八種四〇駒が並んで、駒を指す。また囲碁は、縦横一九本の線に碁石の白（一八〇）、黒（一八一）を並べて、石を打つ。将棋と囲碁の歴史を簡単に追ってみる。

将棋は、古代インドのチャトランガという四人制のサイコロ将棋が、西でチェス、東の中国や日本でそれぞれの将棋になったといわれる。我が国伝来は、平安時代、インドから東南アジア、中国を経て来たとされ、古い文献や天喜六年（一〇五八）の木簡とともに出土した駒などがあり、貴族や僧侶、武士、商人の間で嗜まれていた。江戸になると幕府に将棋所が設けられ、八代将軍吉宗の頃、一一月一七日に「御城《おしろ》将棋」が開かれるなど盛んになった。

囲碁は中国で発明され、『論語』などに記述あり、天文地象の占いや兵法研究に用いられたようだが、唐の時代にルールが創られ、朝鮮半島を経て日本へ伝わる。平安時代の『枕草子』にも記され、鎌倉武士も碁を打ち、室町では碁会所もできて一般庶民に広がった。また織田信長も僧日海《にっかい》（のちの本因坊算砂《さんさ》）とよく碁会を開いた。

江戸になると、徳川家康は碁に熱中、奨励した。毎年、将軍の前で対局する「御城碁」は約二四〇年続いた。

時代を超えて多くの日本人が、将棋を指し、囲碁を打ってきた。プロを目指し、戦いに挑んできた。ひと筋の道を歩み続けて名勝負を残してきた。そんな多くの現役プロ棋士を調べてみると、将棋に一六〇人がおり、最年長は森けい二《じ》九段（七一／高知県）で、最年少は藤井聡太四段（一四／愛知県）である。そして囲碁は三三八人がいて、最年長は杉内雅男九段（九六／宮崎県）で、最年少は芝野虎丸三段（一七／神奈川県）だ。

将棋、囲碁ブームで若手棋士の隆盛がある。それぞれを題材にした漫画で育った子らが「盤」に親しむからだろう。将棋では『しおんの王』（かとりまさる／安藤慈朗）、囲碁では『ヒカルの碁』（ほったゆみ／小畑健）などがある。ボードゲームからの生き方学びもいい。

（２０１７・６）

327――二九連勝の記録を出した

　平成二九年（二〇一七）六月二六日、将棋界の歴史が塗り替えられた。中学三年生の一四歳棋士・藤井聡太四段が増田康広四段（一九）を破り、プロデビュー以来「公式戦二九連勝」の最多記録を出した。史上単独一位になった。これまでは神谷広志八段(五六)が、昭和六二年（一九八七）に樹立した二八連勝。快挙に、神谷棋士は「凡人がほぼ運だけで作った記録を天才が実力で抜いたというのは、将棋界にとってとてもいい」と語る。

　ところで藤井棋士のデビュー戦は、昨年一二月の「ひふみんアイ」の愛称を持つ加藤一二三《ひふみ》九段（七七）からスタートして半年で新記録を作った。その加藤棋士も「作戦がうまい。この形になったら負けない、という自分のスタイルを持っている」と評価する。

　さらに羽生善治三冠（四六）は「結果も素晴らしいが内容も伴っている点でも凄みがあります。将棋界の新しい時代の到来を象徴する出来事になりました」と語った。

　藤井少年は、平成一四年、愛知県瀬戸市に生まれ、祖母から教わった将棋にハマった。五歳から将棋教室に通い始めた。一〇歳で棋士養成機関の関西奨励会に入会、一四歳二カ月で史上最年少のプロ（四段）棋士になった。そして中学生棋士の快進撃が始まった。

　彼は幼い頃、積み木を重ねてビー玉の道を作りながら遊ぶスイス発祥のおもちゃ「キュボロ」を楽しんだ。小学生の時「相手の王将を捕まえるにはどうするか」の「詰将棋」に興味を示し「詰将棋解答選手権」に出場、史上初の小学生優勝を果たして周囲を驚かした。また「負けず嫌い」の性格を発揮し、「日を追うごとに強くなる」対局での「読みの速さ、正確さ」は誰もが舌を巻く。彼の「隙がない」戦いぶりは、研鑽を惜しまない努力から生まれるようで、将棋のことを考えすぎて何度もドブに落ちたそうだ。それに数字の暗記が得意だという彼の日々は、将棋、将棋で「将棋の息抜きは詰将棋」というほど、将棋三昧のようだ。師匠・杉本昌隆七段（四八）の元で、さらなる腕を磨き続ける。

　彼は、コンピュータの将棋ソフトを活用し、力をつけたとされる。ＡＩ（人工知能）時代の申し子と呼ばれるが、ラーメン、刺身、味噌煮込みうどんの好きな普通の中学生。ところが「盤」を前にすると真剣なまなざし。内藤國雄九段（七七）が「本当の天才は涼しい」と言ったというが、まさに「自然体で指す」藤井棋士は、涼しげで爽やかな雰囲気の少年だ。

（２０１７・７）

328——ノーベル平和賞——劉暁波

二〇一七年（平成二九）七月一三日、中国の民主化運動の象徴だったノーベル平和賞受賞者の劉暁波《りゅうぎょうは》氏（一九五五～二〇一七）が末期の肝臓ガンで亡くなった。

彼は一九八九年（平成元）六月四日、中国全土の学生らによる民主化運動が始まると、米国から帰国してデモに参加。多くの知識人がしり込みする中、徹底して非暴力の抵抗を続けるハンストを指揮したが、そこでは完全武装した戒厳部隊が広場に集う学生や市民を武力制圧。撤退する学生集団に戦車が突入しキャタピラーの下敷きにするなど「天安門事件」となった。

この事件後、彼は「反革命罪」で逮捕、一年半余、投獄。出所後、犠牲者の名誉回復など民主化に関わり政府や党の批判を続けた。

二〇〇八年、中国共産党の一党独裁放棄や言論の自由などを「〇八憲章」としてインターネットで呼びかける起草者の中心となり「国家政権転覆扇動罪容疑」で逮捕、懲役一一年の実刑判決を受けて刑務所に収容された。

彼は「（略）『六四』の無辜の死者の霊魂が天井からずっとぼくを見つめている。『六四』の受難者の家族が地上ですすり泣いている（略）」と、毎年、六月四日が近づくと、必ず、あの「現場」の言葉を綴り続けた。

抵抗の文学としての『六四詩選』（孟浪主編）を見る。

（略）心の歩みには杖が必要だ／荒れはてた墳墓に緑が必要なように／だが墓参りに来ても／亡霊に通じる道が見つからない／全ての道が封鎖されている／全ての涙が取り締まられている／全ての花が尾行されている／全ての記憶が洗い流されている／全ての墓碑は空白のままだ／死刑執行人の恐怖／恐怖によってこそ安寧になる／「六四」、一つの墳墓／永遠に永眠できない墳墓／忘却と恐怖の下に／この日は埋葬された／記憶と勇気の中で／この日は永遠に生き続ける／銃剣に切り落とされた指が／弾丸に撃ち抜かれた頭が／戦車に押しつぶされたからだが／阻止された哀悼が／不死の石となり（略）一人ひとりまさに腐りきっている

二〇一〇年、劉氏は中国在住の中国人では初のノーベル賞を受賞したが、〝獄中の受賞者〟で、「賞は天安門事件の犠牲者に捧げられたものだ。僕はその代表に過ぎない」と語った。彼の最期の言葉は、妻の劉霞《りゅうか》さん（五六）への「お前はしっかり生きなさい」だった。獄中の人権活動家として「私には敵はいない」思想を徹底した人だった。ご冥福を祈る。

（2017・7）

329——大英博物館の澤田痴陶人

痴陶人《ちとうじん》の器に盛られた料理は格別のようだ。ほとんど無名の澤田痴陶人（本名・米三《よねぞう》、一九〇二〜七七）は、一九九七年五月から四カ月、イギリス大英博物館では日本人陶芸家で初の個展となる「ＳＡＷＡＤＡ　ＣＨＩＴＯＪＩＮ」展が開かれ、日本よりも海外で脚光を浴びた。

痴陶人の作品は、陶磁器の多彩な伝統に留まらず、大胆な図柄、溢れるユーモア、筆づかいの力強さなどスケールの大きさは陶芸界の棟方志功と呼ばれた。

彼は「安普請の小さな部屋と小さな庭に垣根を作り、乱りに人を入れない、時には、窓を閉ぢて陽も避ける」生活を好んでいたようで、「陶芸に於けるユーモラスの考察」という詩からは、素晴らしい数々の作品を生み出してゆく心根が伝わってくる。

観て肩の凝らない、親しめる／楽しめる、何となく好もしい／温雅なるもの／そう云ふものは直接に／吾々の生活を豊かにする／ホ、笑ましきもの／愛撫して見度くなるもの／直ぐ手に取って見度くなるもの／手にすれば愛着を憶えて／手放し度くない様なもの／之らは人間の心を温める／心を温めるもの／心情を明るくするもの／芸道に遊心／或は技術が楽しくなされたもの／ありふれた自然さの内から生れ出たもの／無理のないもの

京都市宮津市生まれの彼は、日本画を学び、染色織物の研究をしていた。京都の陶磁器伝習所を卒業。一九三四年、佐賀で陶磁図案を指導、四三年、三重で中国陶器を研究。五〇年、岐阜の知山窯、六〇年、佐賀に移住、窯元デザインを手掛けるなど焼き物のデザイナーとなった。六八年、今、彼の作品を引き継ぐ「伊万里陶苑」の創業に参加。後、伊万里の工房で皿、鉢、花瓶など独特な作品が作られていったが、七七年、七五歳で没した。

痴陶人没後二〇年、海外で開かれた冒頭の展示である初個展は、九三年に大英博物館・日本美術部長のローレンス・スミスが伊万里を訪れ、彼の作品と出会い、「生き生きとした筆のタッチは現代陶芸には例を見ない。そして自由奔放な線は、愉快で豪快な『生』を感じさせる」と高い評価をしたことによる。

現在、伊万里では彼の多くの作品が残り、「痴陶人デザイン」は優れた職人の手によって伝わっている。

また神奈川県三浦市には「澤田痴陶人美術館」があり、オリジナル作品を含む美術品が展示されていると聞く。見応えありそうだ。

（２０１７・７）

二〇一七年七月、夏の甲子園に向かって全国各地で地方予選が始まった。第九九回全国高校野球選手権大会への参加校は三八三九。頂点に立つ学校はどこだろう。

東京大会（東東京一四一校・西東京一三一校）の開会式では、小池百合子東京都知事は江戸時代の武将・柳生宗《むね》矩《のり》の「われ人に勝つ道を知らず。われに勝つ道を知る」の言葉を伝え、球児にエールを送った。

ハイライトはホームランバッターの早稲田実業主将・清宮幸太郎内野手（一八）の選手宣誓。彼はグラウンドのマイクを前に堂々と述べた。

「宣誓。私たちは野球を愛しています。私たちは野球に出会い、野球に魅せられ、野球によって様々な経験を重ねてこの場所に立っています。いよいよ今日から夢の舞台へのたった一枚の切符を得るための戦いが始まります。私たちは東東京、西東京の頂点を競うライバル同士ですが、同時に同じ夢を追いかける同志でもあります。青春のすべてをかけて戦うことができる幸せと喜びを、支えてくれるすべての皆様に感謝しながら、野球の素晴らしさが伝わるように、野球の神様に愛されるように、全力で戦うことをここに誓います」

いい言葉を残すなぁ〜清宮君、と言いたい。

330——いい言葉を残すなぁ〜清宮君

「愛しています」の言葉は、六月に亡くなったフリーアナウンサー小林麻央さん（享年三四）が夫の市川海老蔵さん（三九）ら家族に伝えた〝最期の言葉〟からだという。言葉は魂の声として晴天の会場に響いたことだろう。

甲子園出場への激闘の中、七月二八日、西東京大会の「八王子」戦で、清宮君は高校通算最多本塁打一〇七本を達成。兵庫県淡路島出身の山本大貴《ひろき》君（二三、神港学園からＪＲ西日本）の記録に並んだ。清宮君の活躍は、少年硬式野球（リトルリーグ）で「和製ベーブ・ルース」と打撃センスを高く評価され注目が集まった。高校入学後の二〇一五年四月一八日、春季東京大会の「関東一高」戦で初ホームラン。その年、夏の甲子園（第九七回大会）では、一年生出場で、八月一五日の「東海大甲府」戦で〝甲子園初ホームラン〟。その後、公式戦でホームランを重ねた。

好きな言葉は「ＧＯ！ＧＯ！ＧＯ！」だそうで、スポーツマンらしく力強くて爽やか。

さてホームラン一〇八号まで、あと一歩届かなかった。彼の夏は終わった。が、一〇八煩悩を抱えての彼の戦いはこれからも続いていくだろう。

（２０１７・７）

二〇一七年六月、アメリカの雑誌『タイム』が「インターネット上で最も影響力のある二五人」の一人に、シリアのアレッポで続く内戦をツイッターで発信し続けた八歳のシリア少女バナ・アラベドさんを選んだ。

彼女は、母ファティマさんと戦闘の停止を訴えてきた。激戦地アレッポでの生活を「今、爆弾が雨のように降っています」と動画で伝え、「みなさん、これ（爆発音）が聞こえますか」と問いかけた。世界の「ジャーナリストが現地入り出来ない中、シリア内戦の怖さを気付かせた」との評価のようだ。

これまでシリア内戦の様子をイギリスのメイ首相に「（略）シリアの人々を救う支援を求めています。どうか、薬や医師、ミルクを送っていただけませんか。（略）食べ物さえあれば彼らは生きられるのに、誰も気にかける人はいません、私はとても悲しいです。（略）彼らを忘れないでください」とツイート。アメリカのトランプ大統領にも「（略）シリアの子供たちのために何かしてもらえないでしょうか。もしできるなら、私はあなたのベストフレンドになります」と送り、シリアのアサド大統領とロシアのプーチン大統領には「爆撃をやめて、私の友達を殺した責任を負って、今すぐ刑務所に入って下さい」の

331――八歳少女のツイッター

手紙を送っている。これらの発信を世界中の多くの人々が閲覧した、という。

アサド大統領は、彼女を「反政府勢力のプロパガンダ」と批判する。一九九〇年のイラクのクェート侵攻に端を発した湾岸戦争の折、一五歳の少女がアメリカ議会の委員会で、イラク兵の残虐、蛮行の目撃談を語った「ナイラ証言」は、全くの虚偽であり、世論操作のための作り話だったことが、戦争終結一年後に記者の調査で発覚、暴露された。この苦い経験を世界は知っている。だから「バナ・アラベドは眉唾、子役役者である」と信憑性を疑う記事を配信するメディアも出ているようだ。これは国際世論を味方につける定石だという。

そうであるなら世界の『タイム』は騙され、逆に「蛮行」に加担したことになる。要は戦になると、どちらが善玉、どちらが悪玉なのかの議論が起きる。所変われば品替わるように、立場で内容は逆転する。で、善、悪どちら、のレッテルも貼れないだろう。

今『タイム』が選んだ二五人の一人がバナさんであることを、可とし、たとえ母が娘の名を借りてのツイートだったとしても「戦が止まる」ことになればそれでいい。

（２０１７・８）

332 一〇五歳の大往生

日本最高齢の現役医師であり医学博士の日野原重明さん（一九一一〜二〇一七）は「九八歳で俳句を創《はじ》めました」と言い、これまでの作品を厳選、纏めて句集『10月4日104歳に104句』を出版した後、二〇一七年七月一八日に一〇五歳の大往生を遂げた。

日野原さんは、山口県吉敷郡下宇野令《しもうのれい》村（現山口市）生まれのキリスト教徒。父親の転勤で大分、神戸に住む。昭和七年（一九三二）京都大医学部に入学、後、結核に罹患し広島、山口で闘病生活。病気完治後、昭和一六年、聖路加国際病院の内科医に就く。国際基督教大教授を四年務め、石橋湛山《たんざん》首相の主治医ともなる。

彼の特異な体験としては、昭和四五年の「よど号ハイジャック事件」に遭遇、韓国の金浦国際空港で解放されるが、犯人らからは信頼される乗客だったという。医学の道では予防医学に取り組み「人間ドック」を提唱、開設。また「成人病」の名称を「生活習慣病」に改め、普及させるなど医療改善を推進した。

平成一七年（二〇〇五）には文化勲章を受章。そして高齢者が活躍できる社会の在り方を提言し「新老人」を提起、『生きかた上手』がベストセラーになるなど、高齢化社会を豊かに生きる象徴のような人であった。

とにかく「死をどう生きるか」を問い続け、伝え続けて、「生きる」意味を考えさせた。先の句集で紡がれた詞は笑えて泣ける、元気になれる一冊だ。

ヘリに乗りマンハッタン見下ろす百二歳／私には余生などないよこれからぞ／もみじの手ひ孫に送る俳句かな／患者への癌の告知はアートなり／生き方は人間のみが変えられる／百三歳馬に跨る我が勇気／若者に分かりやすく医学を語る／百四歳長い道にもまだ何か

彼の「朝日新聞」での連載エッセイ「105歳・私の証　あるがまゝ行く」の最終回には「自宅の庭には、妻の遺骨がほんの少しばかりまかれています。亡き妻はここに静かに眠っていると思います。私の名を付けた深紅の薔薇『スカーレットヒノハラ』と、妻の名を付けた淡いクリーム色の『スマイルシズコ』も今頃、長野の公園で花を咲かせていることでしょう」と記す。

日野原さんは、カナダの医学者ウィリアム・オスラーの「医学は科学に基づくアートである」が座右の銘という、が、彼の生涯は、まさに「人間、生きることがアート」である実践者だったと言っていい。人生を謳歌する、楽しむことを優しく伝えてくれた人だ。

（2017・8）

最近、世の中、変になっている気がしてならない。かつて「家持ち、土地持ち、お金持ち」のイメージが、今「家持ち、土地持ち、負債持ち」になっているそうだ。

近い将来、八九六の自治体が消滅するなど、ありえない話も現実味を帯びてきた。とにかく人が居なくなるようだ。人が居なくなるのをどう防ぐか、「人口病」の研究も各地で進んでいる。というのも、近年「限界集落」という言葉を見聞きするようになった。中山間地域や離島などが過疎化で人口の半分以上が六五歳以上の高齢者になり、社会的共同生活（冠婚葬祭など）の維持が困難になっている集落の〝限界〟が見えてきたという。

そういえば、わが村内にも「あの家は空き家になった」、「あの家は子どもの所に行って時々帰って掃除をしているだけだ」など留守の家が目立つようになって、将来、住む人が居なくなる。あちらもこちらも、そんな気配の家ばかり、と風の便りは夢のない話が多い。

バブル時代に一〇〇〇万円以上で買った土地が一〇万円で売れたらいいほうだ、などと驚くような話も普通に聞こえてくる。住まいにしてもそうだ。考えてみれば割に合わない生活を強いられてきたようだ。例えば二〇〇〇万円の新築マンションを三五年ローンで買い、完済した概略計算をすると、月八万五〇〇〇円程度の支払いで三五七〇万円、固定資産税など年間一〇万円として三五〇万円となり、約四〇〇〇万円近くなる。ところが、このマンションを子どもが引き継ぐかというと、心もとない。しかし所有者としての義務を果たさなければならない、諸経費などは払い続けていかなければならない。

こうした家や土地の〝財産〟は守っていかなければならない。それが負担になり、生活不安へつながる、それなら処分して肩の荷を下ろすにしても、二束三文。こんな世に何時なったのか、誰がしたのか、になる。

数年前から自治体も空き家対策に力を入れ始めた。二〇三〇年過ぎには三戸に一戸は空き家の時代になるという。単身世帯が増え、未婚時代に突入していく中で、人口減による暮らし環境を如何にするかのプランを立てないと負のスパイラルは続く。生活スタイル、家族の在り方などの価値観がどんどん変化。相続した土地が守れないからと売りに出しても売れない。家も売れないで朽ちていくだけだ。どうしようもない不動産は「負動産」となる。それを止めて〝財産〟が「富動産」になるよう知恵や工夫を絞らねばなるまい。

（２０１７・８）

333――不動産は負動産を富動産に

世の中、何が飛び出てくるかわからない。テレビ画面に「このハゲ〜っ」の金切り声が茶の間を驚かせた。発言の主は女性で、東大卒、厚労省元官僚、自民党衆議院議員というから、また驚いた。こんな人物が国会議員だとは、唖然。情けない国になったものだ。ともあれゲス人間は捨て置き「まさか人間」のいることを思考する。

小泉純一郎元首相が「人生には、上り坂、下り坂、まさかの坂がある」と言っていた。なるほど、最初は相手にされなかった彼は「自民党をぶっ壊す」として登場、「まさか」の長期政権を実現し、日本のカタチを変えたと言っていい代議士。あれから時が経つが、まさか「こんなゲス代議士」をつくる世の中にしてしまったのだろうか。何か「魔坂」の道を歩かされている気がしてならない。自分の道をしっかり選ばなければなるまい。

生活の中での「上り坂」は仕事や人間関係などが上手く運ばれてゆく時であるが、「下り坂」では何をやっても壁に突き当たるなど歩きづらさに直面する。また、思いもよらぬ想定外の「まさか」に出合うことがある。全て自ら対応しなければならない。この解決に当たっては人間力が試される。ピンチにチャンスは、やはり人に媚びることなく、人に感じてもらえる〝徳〟を積んだ人で

334——のぼり坂　くだり坂　まさか

あれば、案外、早く処理ができるようだ。

生活で「まさか」を意識していれば「突発時」には余裕で対処できる。余裕こそ生き上手だろう。

まさか探索で「まさか」の歌がいくつかあった。我々、情の国の住人だとするなら、鳥井実作詞・中村典正《てんしょう》作曲「まさか」を唄う松前ひろ子の演歌に魅かれるだろう。

登り坂　下り坂／そしてもひとつ　坂がある／まさか
まさかの　浮世坂／泣きたいときには　泣くのもいい
さ／あなたおまえと　声掛けながら／愛と　涙で　あ
なたと生きて行く

夫婦坂　子連れ坂／霧のむこうに　坂がある／まさか
まさかに　つまずくな／苦しみ悲しみ　忘れた頃に／
思いがけない　嵐が来ても／握りしめてる　この手は
離さない

なみだ坂　苦労坂／中途半端じゃ　越えられぬ／まさ
か　まさかの　迷い坂／世間を気にして　背伸びをす
るな／同じ痛み　分け合いながら／夢を消さずに　あ
なたと生きて行く

いろんな坂を越えて生きて行くが、坂の向こうに道は必ず続いているということだ。

（2017・9）

335——夜間中学校と定時制高校

最近、全国各地で夜間中学校設立の動きが活発化している。夜間中学のスタートは戦後の混乱期、昼間働いて学校へ通えない子や経済的理由などで義務教育を修了できなかった者を対象に一九四七年、大阪市で「夕間学級」が始まった。二年後に神戸市で「夜間学級」ができた。ともに市教委で認可されたものの文部省は消極的だった。一九五〇年代半ば、約九〇校近くあったが、働く子供の減少で減った。しかし近年、不登校児童生徒の増加や外国人、学べなかった高齢者が学びたくてなどと、八都府県（東京・神奈川・千葉・大阪・京都・奈良・兵庫・広島）の三一校に約二千人近い人が通い、学んでいる。

ところで二〇一五年までは、義務教育が受けられなかったからと夜間中学への入学を希望しても規則で入れない例があり「形式卒業者」の扱い。セーラー服歌人の鳥居さんは学びの道を断たれた女性。両親が離婚、母と貧しい生活だったが小五の時、母が目の前で自殺した。

小学校を中退し学校に行けず、拾った新聞で字を覚えたという彼女の一首は重い。

慰めに「勉強など」と人は言う
その勉強がしたかったのです

また中学卒業後に家庭の事情などで就職し「全日制」

に進学できない青少年を対象に、一九四八年「新制高等学校」発足に合わせて「定時制高校」が設けられた。発足当時の生徒数は約二〇万人。九五年は約五四万人。近年は約一〇万人で全国に六三八校。七〇年を迎えた定時制高校は、従来、働きながら学ぶ夜間時間帯だったが、今「学べる時間帯」を選べるようになり、希望する生徒の多様化で「夜間」と「昼間」の定時制が設置され、不登校や中退者など学びたい者が学べる。

定時制高校だからこそのドラマもあるようだ。高校の書道教諭をしていた書家の棚田看山《かんざん》さん（七〇）は、若い時、長崎の諫早高定時制に勤務していた。ある夜「先生、文鎮を造ってくるわ」と、小さな鉄工所に勤め、真面目に学ぶ生徒の言葉があった。数日後、ステンレス製の「二本の文鎮」が届いた。約半世紀近く前のことだ。文鎮は、今なお彼の身近にあり、現役だ。よく使用する文鎮の輝きは当時のままという。

最近、フェイスブックを始めた彼は「二本の文鎮」をアップし、「文鎮を造ったｓ・ｉｗａｏ君を捜しています。ご存じの方、ご一報下さい」とネットでの人探しに乗り出した。夢ある話だが、さて、めっかるか。

（２０１７・11）

336 結婚、離婚、再婚

日本は晩婚化が進み、生涯結婚しない人が増えているといわれる。そこで都道府県の結婚、離婚、再婚ランキングなるものがあるようで格言とともに追ってみる。

結婚は、女は運を試し、男は運を賭ける。

（オスカー・ワイルド）

結婚のランキングで婚姻数の多い順は、東京（約九万）、神奈川、大阪、愛知、埼玉と続き、少ない順は鳥取（約二・七万）、島根、高知、徳島、福井となっている。

婚姻率（婚姻数÷人口×一〇〇〇）が高いのは、東京、沖縄、愛知、神奈川、大阪、福岡、滋賀、宮城、栃木、広島と続き、低い順は秋田、岩手、山形、青森、新潟、島根、富山、高知、奈良、徳島と続く。やはり人口が多いと出会いも多くなるようだ。

結婚は判断力の欠如、離婚は忍耐力の欠如、そして再婚は記憶力の欠如のなせる行為である。

（井上ひさし）

離婚件数は、東京（約二・五万）、大阪、神奈川、埼玉、愛知と続き、少ないのは島根（約一千）のようだ。

離婚率（離婚届数÷人口×一〇〇〇）では、高いのは沖縄、北海道、大阪、宮崎、福岡、和歌山、高知、東京、鹿児島、熊本で、低い順は新潟、秋田、山形、富山、島根、福井、岩手、石川、岐阜、長野と続く。寿命が延びることで熟年離婚も増えてきたようだが、雪深い東北はお互いに温め合う心が強いのだろうか、離婚率が低い。

男は退屈から結婚する。女は物好きから結婚する。そして双方とも失望する。

（オスカー・ワイルド）

再婚ランキングで、高いのは宮崎、沖縄、北海道、鹿児島、福島と続き、低いのは富山、新潟、京都、山形、滋賀と続く。男女別では、男性で高いのは山口、岡山、三重、鹿児島、大分、広島、佐賀、香川、島根、愛媛で、低いのは埼玉、千葉、神奈川、栃木、山梨、宮城、群馬、熊本、奈良、青森と続く。女性で高いのは茨城、山口、富山、三重、岡山、栃木、長野、静岡、鳥取、山形で、低いのは熊本、宮崎、佐賀、愛媛、和歌山、福岡、徳島、奈良、京都、長崎と続く。

人は誰も幸せになりたい。失敗した人はダメな人ではなく、多くのことを学んだ人、だから、幸せをつかむこともできるのだろう。

傷つけられたときこそ、生きかたは試される。

（日野原重明）

（２０１７・11）

二〇〇六年（平成一八）の年末恒例のＮＨＫ『紅白歌合戦』で、秋川雅史さんが新井満訳詞・作曲「千の風になって」を歌って広く知られるようになった。いい曲だ。

歌の原詩「A thousand winds」は死者からのメッセージ。これを視覚障害プログラマーであり全盲のソプラノ歌手として活躍する塩谷靖子《しおのやのぶこ》さん（一九四四、〇五年に相次いで父母を亡くしたことから「命のいとおしさを表現したかった」と訳詩、歌曲「千の風」（吉野慶太郎作曲）を〇六年秋にレコーディングした。

ところが、間を置かずして新井の「千の風になって」が、暮れの国民的番組に登場した。なにか不思議な縁があるようだ。同じ詩のふたつの「千の風」は、人々の心に染んだ。新井訳とは違う、原詩以上の表現を加えない塩谷訳を見てみる。

泣かないでください　私のお墓で　そこに私はいません
千の風になり　ほら　私は吹き渡っているのです／
泣かないでください　私のお墓で　峰に降る雪になり
またたく星になり　ほら　私は輝いているのです／
降り注ぐ日差しになり　林の雨になり　あなたが目覚める朝　私は　ほら　小鳥とたわむれているのです／

337――もうひとつの「千の風」

泣かないでください　私のお墓で　眠ってなんかいません　千の風になり　ほら　私は吹き渡っているのです／
泣かないでください　私の願いなのです

（「千の風」）

塩谷は東京で生まれた。先天性緑内障で徐々に視力が衰え、八歳で視力を失った。東京教育大附属の盲学校に入学。ラジオのクラシックを聴いて育った。シューマンなどの歌曲に魅了され、自己流の歌も始めた。

自活できる資格を取得後、点字受験を認めた東京女子大に入学。卒業後は全盲プログラマーとして点字変換用のソフト開発をするなど活躍。二児を育てながら盲学校の講師などを務め、四二歳で音楽の道に入った。

コンクールなどに出場、賞を獲得。ソプラノ歌手としての活動を展開する中、「千の風」に出会った。

彼女は、視力のない研ぎ澄まされた音の世界に身を置き、全盲を越えて明るく生きる中、原詩を素直に聞きとり独自の言葉を紡いで試訳。もうひとつの「千の風」が生まれた。死者への尊厳がこもる。

（２０１７・11）

338——フランスでマドモアゼルが消える

ネット世界の鑑賞は、時が早く経つ。ネット中毒というのも頷ける。スポーツや事件などのＬＩＶＥ中継もあり、音楽も聴けるし、往年の映画も観ることができる。とにかく興味あること、もの、の言葉を入力さえすれば、すぐに世界が開ける。そんな言葉の海を泳いで「マドモアゼル」に魅かれた。するとフランスの行政文書は「マドモアゼル」が「性差別に当たる」として使用禁止となり、二〇一二年からすべて「マダム」に統一された。英語圏でも「ミス」から「ミセス」の言い方も、まとめて「ミズ」に変化しつつある。時代が変われば言葉も変化するものだ。いくつかの言葉は「死語」となり記憶の彼方へ追われる。トニー・リチャードソン監督でジャンヌ・モロー主演の映画『マドモアゼル』（一九六六年）は、フランスの詩人ジャン・ジュネが売春婦だった母に捨てられ、木こり夫婦に育てられた体験を基に、年増の女教師の欲望を描いた作品。You Tubeで観ることができた。

　フランスの小さな村の水源を壊した女性が花を折るのを見た老人が「花嫁が冠に使う花を折ってはもう実はならん」と呟く場面からスタートする。花を折ったのはマドモアゼルと慕われる小学校の女教師だった。村は洪水に見舞われ、イタリア人の木こりが救助のために活躍する。その逞しい姿に女教師は惹かれる。失火による火災でも木こりは懸命な姿を見せる。その姿に憑りつかれた彼女は、故意に放火などを起こし、密かな楽しみに浸る。が、村では、厄災は木こりが犯人、との噂。そんなある日、彼女は木こりを誘惑、野原で狂乱の一夜を過ごす。そしてボロボロになり村に帰ると「あいつにやられたのか」と訊かれ「ウイ」と応えた。木こりは村人からリンチを受けて死ぬ。それまでの様子を木こりの子が見ていて、すべての悪行は女教師であることを知っていたが、誰にも言わなかった。やがて女教師が惜しまれて村を去ることになり、多くの村人に送られて車で出て行く姿を遠くで眺めていた子は、車に向かって唾を吐きかけた。人間の見せない怖さ、どうしようもない欲を描いた怖いドラマだ。しかし物事は、誰かが何処かで、必ず見ているという救いもある。

　女の異常さを強烈に残す映画だが、「マドモアゼル」が輝いていた時代。女性の未婚と既婚は、日本はお嬢さんから奥さま。イタリアはシニョリーナからシニョーラ。韓国はアガッシからアジュンマ。ドイツはフロイラインからフラウだったが、全てフラウに変わった。

（2017・12）

二〇〇六年二月一日、早朝、京都市の桂川河川敷の遊歩道で、無職の片桐康晴（五四）は認知症の母（八六）を殺して無理心中を図った。彼は一命を取り留めた。二人の会話が残る。

「もう生きられへん。此処で終わりやで」

「そうか、あかんか。康晴、一緒やで」

「すまんな、ごめんな」

「こっちに来い。康晴はわしの子や。わしがやったる」

彼は、母の首を絞めた。自らも包丁で首を切った。親子最後のやり取りが哀しい。

裁判では彼の供述が紹介された。昼夜逆転、深夜徘徊で警察の保護を受ける母、献身的な介護が続く。

失職などで追いつめられる生活は悲惨。失業給付金などを理由に生活保護も認められず、介護と両立できる仕事も見つからず、アパート代にも苦慮する中、母には一日二回の食事を与え、彼自身は二日に一回の食事だった。事件までのいろんな日々の詳細が述べられる。西陣織の糊置き職人だった父を亡くして間もなく、認知症の症状が深まる母と生きようとするが、どうしようもない辛さ、苦しさが押し寄せてきた。

母へのひたすらな思いが痛々しい。

339――殺人で執行猶予の判決

「私の手は母を殺《あや》めるための手だったのか」

「母の命を奪ったが、もう一度母の子に生まれたい」

彼の〝介護殺人〟に「経緯や被害者の心情を思う」判決が言い渡された。

尊い命を奪ったと言う結果は、取り返しがつかず重大だが（略）社会で生活し自力で更生するなかで冥福を祈らせる事が相当である。

被告人を懲役二年六カ月に処する。この裁判確定の日から三年間その刑の執行を猶予する。

そして裁判長が「絶対に自分で自分をあやめることのないようにお母さんのためにも、幸せに生きてほしい」と言うと、「ありがとうございました」と片桐被告は深々と頭を下げた。

彼は、判決後、滋賀県草津市の木材会社に勤め、父母の位牌を納める仏壇を置くアパートで一人暮らしを始め「黙々と仕事をこなしていた」が、「会社を首になった」の言葉を残して行方不明になった。

二〇一四年八月一日、琵琶湖で彼の遺体が見つかった。彼の「母の介護はつらくはなかった。老いていく母がいとおしかった」という言葉が木霊のように届く。

（２０１７・12）

二〇一七年一二月一〇日、ノルウェー・オスロのノーベル平和賞授賞式典で国際NGO「核兵器廃絶国際キャンペーン」（ICAN）のベアトリス・フィン事務局長とカナダ在住で広島の被爆者サーロー節子さん（八五）が受賞講演をした。節子さんは一三歳の時、広島で、朝八時一五分、目がくらむ青白い閃光を浴びて以降「核廃絶」を訴える活動を続け、二〇〇七年オーストラリアで誕生した「ICAN」と共に歩む決意を伝えた。抄録する。

「私は、広島と長崎の原爆投下から生き延びた被爆者の一人としてお話をします。私たち被爆者は、七〇年以上にわたり、核兵器の完全廃絶のために努力をしてきました。私たちは、世界中でこの恐ろしい兵器の生産と実験のために被害を受けてきた人々と連帯しています。長く忘れられてきた、ムルロア、インエケル、セミパラチンスク、マラリガン、ビキニなどの人々と。（略）私たちは、被害者であることに甘んじていられません。（略）私たちは、私たちが生きる物語を語り始めました。核兵器と人類は共存できない、と。（略）米国が最初の核兵器を私の暮らす広島の街に落としたとき（略）建物の中にいた私の同級生のほとんどは、生きたまま焼き殺されていきました。私の周囲全体にはひどい、想像を超えた廃墟

340――ノーベル平和賞受賞記念講演

がありました。幽霊のような姿の人たちが、足を引きずりながら行列をなして歩いていきました。恐ろしいまでに傷ついた人々は、血を流し、やけどを負い、黒こげになり、膨れあがっていました。体の一部を失った人たち。肉や皮が体から垂れ下がっている人たち。飛び出た眼球を手に持っている人たち。おなかが裂けて開き、腸が飛び出て垂れ下がっている人たち。人体の焼ける悪臭が、そこら中に蔓延していました。このように、一発の爆弾で私が愛した街は完全に破壊されました。（略）核兵器の開発は、国家の偉大さが高まることを表すものではなく、国家が暗黒のふちへと堕落することを表しています。核兵器は必要悪ではなく、絶対悪です。（略）世界のすべての国の大統領や首相たちに懇願します、核兵器禁止条約に参加し、核による絶滅の脅威を永遠に除去してください。（略）広島の廃墟の中で私が聞いた言葉をくり返したいとおもいます。『あきらめるな！（がれきを）押し続けろ！　動き続けろ！　光が見えるだろう？　そこに向かってはって行け』（略）」

ICANの「顔」として活動するサーロー節子さんの演説は、この授賞式で被爆者として初めてのものだった。

（2017・12）

341――一二月一二日は「漢字の日」

二〇一七年一二月一二日、京都の清水寺で森清範貫主が「北」と揮毫して、日本漢字能力検定協会による「今年の漢字」が発表された。一二月一二日は、協会が一二《いいじ》一二《いちじ》のごろ合わせで一九九五年に「漢字の日」を制定、以降「今年の漢字一字」を応募によって決めている。その年はどんな年だったか、が、不思議と一字に籠る。

今年は北朝鮮の動向、北海道産ジャガイモ不足、競馬界のキタサンブラックの活躍、九州北部豪雨、清宮選手の北海道日本ハムファイターズ入団など、「北」がキーワードだった。

また一二日以降には、住友生命保険が毎年「創作四字熟語」を発表する。今年の優秀作品は、将棋で前人未踏の二九連勝を果たした藤井聡太四段（一四）を表現した棋聡天才（奇想天外）や陸上一〇〇メートルで九秒九八の記録を出した桐生祥秀選手（二一）に因む九九八新（緊急発進）、衆議院解散総選挙は政変霹靂（青天霹靂）となり、宅配業界の人手不足は荷労困配（疲労困憊）、南米産ヒアリ上陸は蟻来迷惑（有難迷惑）、天皇退位など世代皇代（世代交代）、中国の習近平体制は中央習権（中央集権）、うんこ例文で漢字を楽しむ珍文漢糞（珍紛漢紛）など自由な発想で「四字熟語」が続々。一九九〇年から多くの日本人が、漢字を捻って〝珍熟語〟を創作してきた。毎年一万点を超える応募があると聞く。現代の熟語をひろう。

異旗統合（九〇／意気投合）、好顔無知（九一／厚顔無恥）、破顔一生（九二／破顔一笑）、年高徐列（九三／年功序列）、潜客晩来（九四／千客万来）、震傷膨大（九五／針小棒大）、洗手必焼（九六／先手必勝）、呆然妃失（九七／茫然自失）、倒行巨費（九八／登校拒否）、課長風雪（九九／花鳥風月）、児暴児危（〇〇／自暴自棄）、被害牛騒（〇一／被害妄想）、突然権威（〇二／突然変異）、後世捻金（〇三／厚生年金）、新札発光（〇四／新札発行）、無職無習（〇五／無色無臭）、再就団塊（〇六／最終段階）、医師薄寂（〇七／意志薄弱）、苦労長寿（〇八／不老長寿）、秋休五日（〇九／週休二日）、棄想県外（一〇／奇想天外）、熟年差婚（一一／熟年離婚）、党奔政争（一二／東奔西走）、移神殿新（一三／以心伝心）、日本低円（一四／日本庭園）、責任十代（一五／責任重大）、四士奮銀（一六／獅子奮迅）

漢字は一字であれ四字であれ、面白さは変わらず。時代を切り取る言葉を見つける気持で過ごすのは、とても大事な気がする。

脳トレもでき、暮らしの新発見もあるようだ。

（2017・12）

342 天安門事件の「戦車男」

二〇一七年（平成二九）一二月。一九八九（平成元）年六月に起きた中国の天安門事件の武力鎮圧による「死者は一万人を超えていた」との英国の外交文書が公開された。一般的には、数百から千人余りと報じられていた。

当時、英国の駐中国大使アラン・ドナルドは「最低に見積もっても一般市民の死者は一万人」と電報で本国に報告。フランスの中国研究者も最近機密解除された米国の文書から類似の死者数を割り出し「英大使の推定値には信ぴょう性がある」との見解を示す。

この天安門事件の報道は記憶の襞に深く刻まれている。

一九八九年は、これ以外にも国内外ともに大波が打ち寄せた。日本では一月に昭和天皇が崩御され元号が「平成」に替わった。一一月には、第二次大戦後に東西に分断していたドイツの「ベルリンの壁」が崩壊。新時代到来の開幕だった。天安門事件では、胡耀邦元総書記の死去後、天安門での学生や知識人らの民主化運動に対して、最高実力者の鄧小平が人民解放軍による鎮圧作戦を展開した。そこに悲劇が生まれた。

天安門事件の象徴的な出来事は、何といってもカメラに捉えられた一人の「戦車男」の姿だろう。この映像は、瞬時に世界を駆け巡った。二〇世紀を代表する写真の一枚となった。手荷物を下げたワイシャツ姿の人物が、天安門へ向かう何十台もの戦車の車列の前に立ち塞がった。一列にずらーっと並ぶ戦車の前で、右に動き、左に動いて戦車を前に進ませない、一人で闘う男の映像がキャッチされ、世界のメディアというより世界の人々の目を釘付けにした。今、現実に〝歴史〟が目の前で動いている、の臨場感があった。そして混乱の中で起きる悲劇を心配した。が、犠牲者は生まれた。当時の北京市長は「約二百人が死亡、三千人が負傷した」などの証言をしたが、確かな数は判らなかった。

あの場面、二人の英雄を生んだ。戦車を止めた「戦車男」と、戦車を操縦していて彼を轢き殺さなかった「軍人」は誰か、で、人探しは錯綜、混乱したが、二人とも判らないまま、時が流れた。人は「戦車男」を「無名の反逆者」と呼んだ。時が経ち『タイム』誌は、この人物を「二〇世紀最も影響力のあった人物一〇〇人」に選び、この写真を「世界を変えた写真一〇〇」に選んだ。

今、中国の約一三億八〇〇〇万の民の中で二人は生きているのか、死んでいるのか、わからない。ただ無名の歴史上の人物になったことだけは確かだ。

（2017・12）

343――昭和・平成の国民栄誉賞

平成三〇年（二〇一八）一月五日、将棋で史上初の「永世七冠」を達成した羽生善治（四七）と、囲碁で二度の「七冠独占」を果たした井山裕太（二八）への国民栄誉賞授与が発表された。国民栄誉賞は、昭和五二年（一九七七）に定められた「表彰規程」に従って行われ、これまで二三人と一団体に贈られている。

国民栄誉賞表彰規程

（昭和五二年八月三〇日　内閣総理大臣決定）

一、この表彰は、広く国民に敬愛され、社会に明るい希望を与えることに顕著な業績があったものについて、その栄誉を讃えることを目的とする。

昭和・平成の国民栄誉賞を辿る（数字は受賞時の年齢）。昭和の国民栄誉賞の第一号は、一九七七年、プロ野球の王貞治（三七）。その後、古賀正夫（古賀政男、七三没、作曲家）、長谷川一夫（七六没、俳優）、植村直己（四三没、冒険家）が没後受賞。柔道の山下康裕（二七）、プロ野球の衣笠祥雄（四〇）ら六名に贈られた。

平成では、一九八九年、加藤和枝（美空ひばり、五二没、歌手）の没後受賞が最初。大相撲の秋元貢（千代の富士貢、三四）、歌手の増永丈夫（藤山一郎、八二）と続いて、長谷川町子（七二没、漫画家）、服部良一（八五没、作曲家）、田所康雄（渥美清、六八没、俳優）、吉田正（七七没、作曲家）、黒澤明（八八没、映画監督）の没後受賞があり、女子マラソンの高橋尚子（二八）、遠藤実（七六没、作曲家）、女優の村上美津（森光子、八九）、森繁久彌（九六没、俳優）、ＦＩＦＡ女子ワールドカップで日本初優勝の女子サッカー代表なでしこジャパン（三五人）、女子レスリングの吉田沙保里（三〇）、納谷幸喜（大鵬幸喜、七二没、大相撲）。プロ野球の長嶋茂雄（七七）と松井秀喜（三八）は同時受賞。女子レスリングの伊調馨（三二）と続いた。

ただ、これまで三人が辞退している。プロ野球で世界記録となる九三九盗塁を達成した福本豊（三八）は「そんなんもろたら立ちションでけへんようになる」と辞退。古《こ》関《せき》裕《ゆう》而《じ》（八〇没、作曲家）は、遺族が辞退。メジャーリーグで日本人選手初のＭＶＰ獲得などの活躍でプロ野球の鈴木一朗（イチロー、二八）は、二度打診されたが「国民栄誉賞をいただくことは光栄だが、まだ現役で発展途上の選手なので、もし賞をいただけるのなら現役を引退した時にいただきたい」と固辞した。とにかく「贈られる側の賞ではなく、贈る側の賞では」との批判を受けることのない国民栄誉賞であって欲しい。

（２０１８・１）

344　一八三の村を調べてみる

近代化以前の集落は自然村といわれ、江戸時代には七万を超えていたようだ。明治二二年（一八八九）に市町村制が施行され一万五八五九、後、合併が繰り返され大正一一年（一九二二）には一万二三一五になった。この時、村は一万九八二。時代が下がって昭和二八年（一九五三）の市町村合併促進法で九八六八、昭和五〇年代には三千二百余になり、平成一一年（一九九九）以降、平成の大合併が進んで、現在は市町村一七一八（市七九〇・町七四五・村一八三）となっている。村の数は百年を経ずして一万九八二が一八三になった。村を調べてみる。

村は全国に一八三ある。都道府県内に一村は、宮城（大衡）、埼玉（東秩父）、千葉（長生）、神奈川（清川）、富山（舟橋）、京都（南山城）、大阪（千早赤阪）、和歌山（北山）、鳥取（日吉津）、島根（知夫）、徳島（佐那河内）、大分（姫島）の一二府県。二村は、茨城（美浦・東海）、愛知（飛島・豊根）、岐阜（白川・東白川）、岡山（西粟倉・新庄）、福岡（東峰・赤）の五県。三村は、秋田（東成瀬・上小阿仁・大潟）、山形（大蔵・鮭川・戸沢）、宮崎（西米良・椎葉・諸塚）の三県。四村は、岩手（九戸・野田・田野畑・普代）、新潟（粟島浦・関川・刈羽・弥彦）、鹿児島（宇検・大和・十島・三島）の三県。五村以上は、山梨（六）、高知（六）、青森（八）、東京（八）、熊本（八）、群馬（八）、奈良（一二）、福島（一五）、北海道（一五）、沖縄（一九）、長野（三五）の一一都道県で、村がないのは、兵庫、香川、広島、滋賀、愛媛、石川、静岡、長崎、三重、福井、栃木、山口、佐賀の一三県である。

村人口の最多は読谷村（沖縄）の三万九七三三人で、最少は青ケ島村（東京）の一七五人。一万人以上は一二村、一千人未満は三一村となっている。面積で最大は留別村（北海道）の一四五〇・二四平方キロメートル、最小は舟橋村（富山）の三・四七平方キロメートルで差がある。

村、というとのどかな景色。自然があり、ふっと口をつくメロディーがある。明治四五年（一九一二）の「尋常小学唱歌」の「村祭」が親しい。

村の鎮守の神様の　今日はめでたい御祭日　ドンドンヒャララ　ドンヒャララ　ドンドンヒャララ　ドンヒャララ　朝から聞こえる笛太鼓

村の読みは「むら」か「そん」か、が議論になる。概ね東日本は「むら」で、「そん」は西日本の一部で呼ぶようだ。一八三の「村」は一五五が「むら」で、二八が「そん」と呼ぶようだ。

（2018・1）

345　失敗談を記しておこう

そうそう、赤面した失敗はいつまでも記憶に残るものだ。役所勤めの中で、他人には影響のないアクシデントだった。平成七年（一九九五）一月一七日、早朝五時にM7・3の阪神淡路大震災が発生した。早いもので、今年二三年になる。その時、総務課に勤務していた。

家でテレビニュースを観て出勤。役所に着き、部屋の隣の会議室のテレビを点けた。大都会で家が燃え、煙が上がる、幹線道路の大橋脚は崩壊、大きな被害が刻一刻と映し出される。それを観ながら、聴きながらの業務だった。未曾有の大震災の影響が続いた。総務課では、義援金の窓口を開設。多くの市民から寄せられる慰問品の整理などに職員一丸となって対応に当たった。災害では、死者数六四三四人、負傷者数四万三七九二人だった。

忙しい時は心を亡くすというが、まさにその通りだった。昭和四四年（一九六九）にダイヤル電話からプッシュホンに替わった。我が机の上にはプッシュホン（上から1・2・3〜と並ぶ数字）と電算機（上から7・8・9〜と並ぶ数字）二台を並べて置いていた。これが失敗だった。次々に入る電話を受けて連絡をしていた。

慌てていたのだろう、なぜ、そんな行動になったのか記憶さえない。受話器を取って相手の番号を打つが、何度しても出ないので「この電話、どうなっているのか、ウンともスンとも言わない」と職員に問うと、見ていたのだろう「課長は電卓を押しています」と言われた。

そうか、赤っ恥ものだなと、その場は過ぎたものの、後、職員と「大笑い」になった。

自分の失敗談を話すことは楽しめる。人を傷つけることがない。ある人が「モテる人は、成功談は自慢話に聞こえるから話さない。失敗談は笑い話になり人を楽しませる」ことで、失敗談を喋る方が「人間的」にも好感度は高い。失敗のマイナスがプラスになる不思議。

多くの人が失敗をしている。その失敗を素直に受け止めることで成功の扉を開くことができるようだ。著名人の言葉で、「失敗？成功しない方法の発見さ」（トーマス・エジソン）、「失敗を知らないのは挑戦をしていないからだ」（アルベルト・アインシュタイン）、「成功を喜ぶより失敗に学ぶことの方が大切」（ビル・ゲイツ）、「成功とは、意欲を失わずに失敗に次ぐ失敗を繰り返すことである」（ウィンストン・チャーチル）などがあり、参考になる。

失敗は成功のもと。幾度失敗しても、後に成功があるからこその、安心なのだろう。

（2018・1）

昭和と平成時代の二つの玉音放送を採録する。

昭和天皇は、昭和二〇年（一九四五）八月一五日「大東亜戦争終結ノ詔書」を発布後、敗戦を自らの声でラジオ放送を通して国民に告げた。読み下しを抄録する。

朕、深く世界の大勢と、帝国の現状とにかんがみ、非常の措置を以て、時局を収拾せんと欲し、ここに忠良なる汝臣民に告ぐ。朕は、帝国政府をして、米英支ソ四国に対し、その共同宣言を受諾する旨、通告せしめたり（略）朕が陸海将兵の勇戦、朕が百僚有司の励精、朕が一億衆庶の奉公、おのおの最善を尽くせるにかかわらず、戦局、かならずしも好転せず（略）敵は新たに残虐なる爆弾を使用し、しきりに無辜を殺傷し、惨害の及ぶところ、まことに測るべからざるに至る（略）わが民族の滅亡を招来するのみならず、のべて人類の文明をも破却（略）今後、帝国の受くべき苦難は、もとより尋常にあらず、汝臣民の哀情も、朕よくこれを知る。しかれども、朕は時運のおもむくところ、堪えがたきを堪え、忍びがたきを忍び、もって万世のために太平を開かんと欲す（略）朕は国体を護持しえて、忠良なる汝臣民の赤誠に信倚し、常に汝臣民と共にあり（略）

346——二つの玉音放送

今上《きんじょう》天皇は、平成二三年（二〇一一）三月一六日「東日本大震災」で被災された方々をはじめ国民に向けてテレビのビデオメッセージで、お言葉を述べられた。

このたびの東北地方太平洋沖地震は、マグニチュード9・0という例を見ない規模の巨大地震であり、被災地の悲惨な状況に深く心を痛めています。（略）犠牲者が何人になるのかも分かりません。一人でも多くの人の無事が確認されることを願っています。また、現在、原子力発電所の状況が予断を許さぬものであることを深く案じ、関係者の尽力により事態のさらなる悪化が回避されることを切に願っています。（略）厳しい寒さの中で多くの人々が、食糧、飲料水、燃料などの不足により、極めて苦しい避難生活を余儀なくされています。（略）海外においては、この深い悲しみの中で、日本人が取り乱すことなく助け合い、秩序ある対応を示していることに触れた論調も多いと聞いています。（略）国民一人一人が、被災した各地域の上にこれからも長く心を寄せ、被災者と共にそれぞれの地域の復興の道のりを見守り続けていくことを心より願っています。（略）

（2018・1）

347——元総理ふたり「戦争」への思い

雑誌『通販生活』二〇一八年春号の表紙は、田中角栄元総理の言葉で飾られている。伊藤忠商事会長で日中友好協会会長の丹羽宇一郎（一九三九〜）著『戦争の大問題』の一文からの抄録のようだ。そこで政治家ふたり(田中と中曽根康弘）の「戦争」への思いをみる。

「かつて自民党で最大派閥を率いた故田中角栄元総理は、新人議員に『戦争を知っている世代が政治の中枢にいるうちは心配ない。平和について議論する必要もない。だが、戦争を知らない世代が政治の中枢となったときはとても危ない』と薫陶を授けていたという。いまの日本は、まさに田中角栄の予見したとおりなのではないか」

田中角栄（一九一八〜一九九三）は、新潟県柏崎市出身で五月四日生。一九三三年（昭和八）二田高等小を卒業。上京後、働きながら中央工学校を卒業。三七年に建築事務所を設立、翌年、陸軍の騎兵隊に入営、満州国富錦で兵役に就く。戦後、四七年、衆議院議員。「今太閤」と呼ばれ国民的な高支持で七二年に第六四代内閣総理大臣になった。後、ロッキード事件に関連して逮捕。晩年は脳梗塞で倒れ、不自由な体だった。田中死して四半世紀になるが、彼の政治家としての再評価は近年高まっている。「角栄関連本」の発刊が止まらない。

この田中に対して中曽根元首相の書籍や言葉なども時代を見る鏡になっている。

「戦死した戦友をはじめ、いっしょにいた二千人は、いわば日本社会の前線でいちばん苦労している庶民でした。美辞麗句でなく、彼らの愛国心は混じり気のないほんものと、身をもって感じました。『私の体の中には国家がある』と書いたことがありますが、戦争中の実体験があったからなのです。庶民の愛国心が私に政治家の道を歩ませたのです」

中曽根康弘（一九一八〜）は、群馬県高崎市出身で五月二七日生。四一年、東京大学卒業後、内務省に入り、翌年、海軍主計中尉に任官、広島県の呉鎮守府に配属された。戦後、内務省に復職するも退職。四七年、衆議院議員。緋縅《ひおどし》の鎧を着けた若武者として国会に登場。保守の論客として活躍。八二年に第七一代内閣総理大臣になった。国鉄・電電公社・専売公社の民営化を達成。八五年、内閣総理大臣として靖国神社に公式参拝。彼は「政界の風見鶏」といわれ「大勲位閣下」と呼ばれる現役保守の大政治家である。

二人は大正七（一九一八）年生まれ、百年が過ぎる。

（2018・1）

348　伝わる言葉で教えを学ぶ

子どもの誕生日に本を贈る村がある。長野県南部の天竜川東岸に位置する豊丘村。水稲、野菜、果実中心の農村だが、全国有数の松茸の産地でもある。人口は六千八百余人、自然豊かな村のようだ。村から子どもへの本の寄贈は、毛涯章平《けがいしょうへい》という教育者の提案によるもので、平成八年（一九九六）から始まっている。

この村の〝本贈り〟がユニークなのは、贈り袋に「弱い者をいじめてはならぬ／困っている人がいたら手を差し出せ／わが身をつねりて人の痛さを知れ／恥を知る人たれ」の言葉が書いてあることだ。

言葉は、薩摩藩の郷中《ごじゅう》教育、松代藩の子女教育の教訓からのものだという。昔から生きる教えを説く言葉は各地に残る。お互いに約束を決めてルールを守る生活を続ける。当たり前のことだが、この当たり前の心が喪われていく世相を許してはならないと、今、各地で工夫を凝らした取り組みがなされている。

会津藩では「什《じゅう》の掟」と呼ばれる心構えが、子どもらに、ごく普通に徹底されてきた。それが当たり前だった。その心は現在も続いている。「什の掟」を記す。

年長者の言うことにそむいてはなりませぬ／年長者におじぎをせねばなりませぬ／うそをついてはなりませぬ／ひきょうなふるまいをしてはなりませぬ／弱いものをいじめてはなりませぬ／戸外でものを食べてはなりませぬ／ならぬことはならぬものです

時代を眺めると、生きるルールも様々。幕末に京都で生まれた新選組の「局中《きょくちゅう》法度」は鉄の規則と呼ばれる厳しさだったようだ。粛清された隊士も多い。

「局中法度書」を記す。

士道ニ背キ間敷事／局ヲ脱スルヲ不許／勝手ニ金策致不可／勝手ニ訴訟取扱不可／私ノ闘争ヲ不可

人の教えだとか、子どもの教育が話題になると、きまって韓国ドラマのセリフを思い出す。不思議と懐かしい言葉が飛び交う。日本人が抱いていた心根の表現を聴くことが間々ある。忘れたかけた言葉がふっと出てくるのだ。かなり前になるが、母親が、我が子の師匠になる方に、お願いする場面の言葉が良かった。心の襞に刻まれて消えることがない。

「――奪う力ではなく、分け合う力、恥を知る心。そして、おのれが手にしたものが取るに足らぬ、という真の力を持たせてほしい」

（『トンイ』から）

今、日本の母にどれほど子への想いがあるだろうか。

（２０１８・２）

第二三回冬季オリンピック大会は、大韓民国（韓国）の平昌《ピョンチャン》で二〇一八年二月九日から二五日まで一七日間行われた。いろんな問題を提起した大会だった。まず朝鮮民主主義人民共和国（北朝鮮）と〝南北開催〟との風圧に押され、「平昌は平壌《ピョンヤン》大会なのか」の揶揄発言まで飛び出た。北朝鮮の金正恩の妹・金与正《キムヨジョン》と金永南《キムヨンナム》人民会議委員長がスタジアム観客席で応援する姿が世界に発信された。政治に利用された感無きにしもあらずだが、正直に「これまでにない景色」が生まれたことは確か、いいことだった。五輪後の南北共和を願わずにはいられない。

世界九二の国と地域から、二九二五選手が力と技を競った冬のオリンピック。

日本の選手一二四名（女子七二、男子五二）の獲得メダル一三（金四、銀五、銅四）を記録しておく。

▼金メダル……羽生結弦（二三）フィギュアスケート・男子シングル／小平奈緒（三一）スピードスケート・女子五〇〇m／菊池彩花（三〇）、佐藤綾乃（二一）、高木菜那（二六）、高木美帆（二三）スピードスケート・女子団体パシュート／高木菜那、スピードスケート・女子マススタート

▼銀メダル……高木美帆、スピードスケート・女子一五〇〇m／平野歩夢（一九）スノーボード・男子ハーフパイプ／渡部暁斗（二九）ノルディック複合・個人ノーマルヒル／小平奈緒、スピードスケート・女子一〇〇〇m／宇野昌磨（二〇）フィギュアスケート・男子シングル

▼銅メダル……原大智（二〇）フリースタイルスキー・男子モーグル／高梨沙羅（二一）スキージャンプ・女子ノーマルヒル／高木美帆、スピードスケート・女子一〇〇〇m／藤澤五月（二六）、吉田知那美（二六）、鈴木夕湖（二六）、吉田友梨花（二四）、本橋麻里（三一）カーリング・女子

349――アリランの国の冬季五輪終る

平昌五輪の競技場の内外では、民謡「アリラン」のメロディーが流れていたようだ。

アリラン　アリラン　アラリよ　アリラン峠を越えて行く　私を捨てて行かれる方は　十里も行けずに足が痛む

アリラン峠は伝説上のもの、歌も高麗王朝末期の歌とも農民歌ともいわれるが、一九二六年の映画『アリラン』の主題歌で広まった。曲はアメリカ人宣教師ホーマー・ハルバートが一八九六年に「楽譜化」したという。

五輪の坂で南北峠の交流が始まればいい。

（２０１８・２）

350——殺人者たちの残す言葉は……

偉人の名言・格言など数多いが、世の中、善人ばかりではない。一線を越えた人間もいる。犯罪史に名を刻んだ「殺人者」の「負の発言」を収めた本も出ている。

【阿部定《あべさだ》事件】一九三六年／死者一名。阿部定（三〇）は、仲居をしながら愛人の石田吉蔵を性交中に扼殺、男性器を切り取り持ち逃げ。布団に「定吉二人キリ」と血で書いていた。——彼の全てが欲しかった／一番思い出の多いところを切り取っていったのです。

【西口彰連続殺人事件】一九六三年／死者五名。西口彰（三七）は、殺人や詐欺をくり返し、福岡、大阪、京都、静岡、北海道、東京、熊本などを逃亡。日本地図を描いた犯罪者。——詐欺というのはしんどいね。やっぱり殺すのが一番面倒がなくていいよ。

【大久保清事件】一九七一年／死者八名。大久保清（三六）は、一六から二一歳までの女性を強姦、殺害し遺体を山中に埋めた。ベレー帽の殺人鬼といわれた。——俺は人間の血を捨てたんだ／絶望した人間がどれだけ悪くなるか見せてやろう。

【別府三億円保険金殺人事件】一九七四年／死者三名。荒木虎美（四七）は、妻と二人の娘を乗せた車で海に飛び込む。当初事故だったが保険金放火などの前科から犯人へ、劇場型犯罪のはしり。——死ぬ危険を冒してまで海に飛び込むやつがいるか。あんた、そう思わんか？

【神戸連続児童殺傷事件】一九九七年／死者二名。酒《さか》鬼《き》薔薇《ばら》聖斗（一四）は、小学生を撲殺、重傷を負わせるなどを続け、小五の男子殺害後、首を切断、中学校の正門に放置した。——自分以外は人間ではなく、野菜と同じだから切断や破砕をしてもいい。

【首都圏連続不審死事件】二〇〇七年／死者六名。木嶋佳苗（三四）は、婚活サイトで知り合った男性らから金品詐取、練炭自殺の偽装殺人などを重ねた平成の毒婦といわれた。——いろいろな性の研究をして、性の奥義を極めてみたいと思うようになりました。

【相模原障害者殺傷事件】二〇一六年／死者一九名。植松聖（二六）は、知的障害者福祉施設に侵入して刺殺、二六人に重軽傷を負わせた戦後最大の大量殺戮事件になった。——障害者の安楽死を国が認めてくれないので、自分がやるしかないと思った。

殺人者の言葉は、追いつめられての断末魔の言葉のようだが、「自分への許しを請う叫び」でもあるようだ。

負の遺産を受け継ぐのも世の定めであろう。

（２０１８・３）

351　忖度というけれど……？

二〇一七年の流行語大賞に「忖度《そんたく》」が選ばれた。あちらこちらで忖度が姦《かしま》しい。考えてみると「忖度」は気づかいをするなど、いい意味での解釈だった気がするが、政治が絡む「忖度」になると、何故か、日本語はゲスな意味合いになる不思議を追ってみる。

忖度の語源を探ると、中国最古の詩集で孔子編といわれる『詩経』が出典のようだ。

他人有心、予忖度之。（他人心あり、予《われ》これを忖度《そんたく》す）
躍躍毚兎、遇犬獲之。（躍躍《てきてき》たる毚兎《ざんと》、犬遇いて之を獲る）

漢詩は「他の人は別な心、それを推し量って知る。行動的でずるくすばしっこい兎は犬に捕まる」との意になり、「ずるい心を推し量って、懲らしめる行動をする」という解釈のようだ。

今、巷間「忖度」詠みが増えているようだ。

パロディーになった「忖度」を探す。

誰がために忖度するや春の鳥／忖度はないよと厚い壁が言う／冗談も忖度しつついう時代／忖度に火消しに躍起の与党かな／忖度は損か得かを見極めて／忖度は上見て横見て下も見る／こうなると要るか忖度禁止法／忖度はするよりされるほうがいい／梅雨入りを忖度しない青い空／忖度が民にされたる例はなし

それにしても「忖度」という言葉が広まり、深まったことは良かった。これまで、思いを汲む、気をまわす、気を利かす、気持ちを推し量るなど、日本人特有の優しさをこめた「相手を思い遣る」言葉だったことが再認識された気がする。そして「忖度解釈」が行ったり来たりの論議を重ねることで、日本人の心根に棲みつく、いい意味での「忖度感情」が培われていけば、それに越したことはない。

忖度は、日常で子や親、友などを「思う」ことが当たり前だったと思うのだが、邪心あっての「忖度」になったものだから道に迷い込んでしまった。これを契機に見直すことになればそれでいい。

何事も、結局、原点に戻っていくしかないようだ。

今回の「忖度」騒動は、日本語では「相手の心情を推し量る」だけではなく、それを「汲み取って処置」した「斟酌《しんしゃく》」の方が正しいと思うのだが「忖度」で終わっている。先が見えているから「斟酌」を使わなかったのだろうか。やはり政治の世界は奥深い。

政治は言葉が命だといわれる。真実は「忖度」しようが、しまいが、時が語るだろう。

（２０１８・３）

352　国際結婚第一号のドラマ

三月一四日は国際結婚の日。明治六（一八七三）年三月一四日に政府が国際結婚を認める布告を出したことを記念して定められたようだ。二〇一八年は一四五年目になる。

国際結婚第一号は、高杉晋作の従弟で南貞助《ていすけ》（一八四七～一九一五）と、英国人でロンドン近郊の庭師の娘ライザ・ピットマンの結婚のようだ。南貞助は長州藩士で、慶応元年（一八六五）から三年間、高杉晋作の密命でイギリスに秘密留学をしていた。後、明治維新後は新政府に出仕、明治四年、東伏見宮親王の英国留学に随従を任命され、再び英国へ赴き法律などを学んだ。この時、ライザと出会ったようだ。結婚理由は「南がお金持ちだと誤解」したライザと、「人種改良論者で日英の混血の子が欲しかった」貞助の思いが合致した結婚、で、愛などのロマンはなかったようだ。明治六年、貞助はライザを連れて日本へ帰国。ところが明治一六年、結婚一〇年目で二人は離婚した。原因は妻ライザの家庭内暴力だった。

南から友宛ての書簡には「拙官の愛する実父および実伯父母兄弟などに対し、残酷無礼を行い、ともにその残酷を受けること数度なり。よって実父は同居を去り、他家において死し、その他拙官の面部および手足を負傷せしめたること数度なり。明治一五年二月に至りては、日本刀をもって切りかかり、酷してこれを脱し（略）」と記す。まさにDV、今風ドラマだ。国際結婚第一号は国際離婚第一号にもなった。近年の国際結婚は、平成元年（一九八九）から二万件以上のカップルが生まれ、平成一八年の約四万五〇〇〇件をピークに減少傾向になっている。四七都道府県での国際結婚率は、女性は沖縄県、男性は岐阜県が高いようだ。国際結婚も順風満帆とはいかないようで、約七割が離婚しているという。

南貞助が男性一号ならば、女性の第一号はクーデンホーフ光子（青山みつ、一八七四～一九四一）のようだ。

明治二六年（一八九三）周囲が反対する中、ハインリッヒ・クーデンホーフ伯爵と結婚、東京府に届け出て正式な国際結婚だといわれた。オーストリア・ハンガリー帝国の駐日代理大使として赴任してきた伯爵の公邸に小間使いで奉公していたみつが、騎馬で移動中に落馬した伯爵を手当てしたのが馴れ初めで、見初められた。

東京で二人の男子を出産、伯爵の祖国へ向かう時、明治天皇の皇后美子から「異国にいても日本人の誇りを忘れないでください」の言葉を賜った。晩年はウィーン郊外で故郷日本を懐かしみ娘と共に過ごした。

（２０１８・４）

353――ウッドスタートからウッドエンド

木の国、日本は森林大国といわれてきたが、国民が、ようやく木の良さを木によって気づかされてきたようだ。二〇一一年、東京の新宿区が長野県伊那市と提携して「木のおもちゃ」を作り、赤ちゃんに配り始めた。幼児期から「木」づかいと「木」のそばで育てる「木育」活動が大切だとの考えだ。それを「ウッドスタート」というようだ。赤ちゃんが最初に出会うおもちゃが地元で育った「木」から作られたものであればいい、と山林を持つ全国の自治体では、地元の木工職人らとタイアップして地元産のスギやヒノキなどを使っておもちゃ作りをすすめる「木育実践」行動プランが広がり始めたという。二〇一八年、ウッドスタート宣言は、全国四十余の自治体が手を上げ、今後も増えてゆくようだ。木育は一石何鳥もの効果がありそうだ。木を見て森を見ず、というが、まず森を見て木を見る発想転換が必要だ。

　赤ちゃんが遊ぶ木のおもちゃは、木の匂い、木肌の優しさ、木のぬくもり、木の音、木目のゆらぎ、軽さや重みなど、まさに子どもの五感を刺激する。赤ちゃんの時から木のおもちゃに触れさせることで、「木」がつつむ豊かな感性を感じとれる人に育つといわれる。

　私たちは、危険のない「積木」の良さを忘れ、ないがしろにしていたようだ。もう一度、木を積んで遊ぶ積木はもちろんだが、自由な発想の木造り作品を地産地消で造り、広げる行動を始めることが必要であろう。

　木で創れるおもちゃは無限にあるようだ。

　森の中を歩く森林浴がある。森に入ると木の匂いがあり、香りが漂う。懐かしい感覚の瞬間である。それを忘れて時を過ごしてきたような気がする。木の匂いは、記憶を呼び覚ます効能があり、木のそばで眠ると疲れもよく取れるなど不思議な効果を発揮するそうだ。まず樹木のそばに立ち、触れ、嗅ぐことから始めよう。とにかく、時折、自然の中に身を投げ込むことが大切だろう。藪を知り、藪を歩いてみるのもいい。大地の匂いがする。

　木の良さを五感で感じ、地域の木材を使って、森と暮らしを繋ぎ育む言葉の「木育」は二〇〇四年から使われ始めた。赤ちゃんが生まれて初めて触れるファーストトイが木で、ウッドスタート開始。スタートがあればエンドがある。葬儀の棺は木で、現在、中国産の木材使用が多い。やはり生まれた国の木に囲まれての「ウッドエンド」がいいと思う。郷土の森林組合も「ウッドスタートからウッドエンド」の取り組みを始めて欲しい。

（２０１８・４）

354——堂々と勝ち、堂々と負けよ

二〇一八年五月六日、日本大学と関西学院大学のアメリカンフットボール定期戦が行われ、日大選手がボールを投げ終わった関学大選手に反則タックル。関学大選手はケガをして入院。この様子が「変だよ」と大騒ぎになった。当日、日大選手は反則退場後、控えテントで大泣きしていたという。目まぐるしく違反タックルの映像が駆け巡った。メディア報道は日を追うごとに騒がしくなった。誰が見ても「おかしい」のに日大関係者の動きは鈍い。内々で済まそうとしていたのか、加害選手が両親と「被害選手と家族に謝りに行きたい」との申し出に、雲隠れ状態の日大・内田正人監督（六二）は「今はやめてほしい」と応じたが、大学としての対処の動きはなかった。反則問題は「どうして」の大きなうねりになった。

五月二二日、加害選手の宮川泰介選手（二〇）は「顔を出して謝罪しなければ意味がない」と、記者の前で堂々と「真摯な会見」をした。内田監督から井上奨コーチ（三〇）を通して「相手のQBをつぶせ」と言われたことなど反則タックルに至る詳細な経緯を素直に語った。彼は、監督などの悪口を一切言わず「私が弱かった」と、反省の弁を訥々と記者に答え、最後は「アメフトをやる資格がありません、止めます」と心境を述べた。その姿に心打たれた。真の言葉がいかに重いものかを知らされた。二三日、前日の宮川選手の会見を受けてでもないだろうが、内田監督と井上コーチの会見。内田監督は「指示はしていません」、井上コーチは「解釈が異なった」など、しどろもどろの応答で「逃げの会見」でしかなかった。また二五日の大塚吉兵衛学長（七三）は「頭も下げない」謝罪会見で批判、不信を増幅する「なんじゃ？会見」だった。二九日、関東学生アメリカンフットボール連盟は、監督とコーチを永久追放にあたる「除名」処分とした。ただ、関学アメフト部が試合前に安全でクリーンな闘いを誓う祈りの朗読を続けている、のを知ることができたのは救いだった。祈りの言葉を記す。

「いかなる闘いにもたじろぐな。偶然の利益は騎士的に潔く捨てよ。威張らず、誇りを持って勝て。言い訳せず、品位を持って負けよ。堂々と勝ち、堂々と負けよ。勝利より大切なのはこの態度なのだ。汝を打ち破りし者に最初の感激を、汝を打ち破りし者に感動を与えよ。堂々と勝ち、堂々と負けよ。汝の精神を汝の体に常に清潔に保て。そして汝自身の、汝のクラブの、汝の国の名誉を汚すことなけれ」——堂々と勝ち、堂々と負けよ。

（２０１８・５）

平成三〇年（二〇一八）五月二五日、籠池《かごいけ》泰典（六五）諄子（六一）夫妻は〝人質司法〟と呼ばれる勾留（二九八日間）から保釈され、メディアの前で一句披露した。

「早朝の志を得る初夏の風」

彼は、二九年七月三一日、補助金詐欺で大阪地検に出頭する日、玄関先で一句。

「ああ良き天気心安らかなり日本の夏」

と、つぶやいた後、心境をことばにしている。

蟬の声　いま静かにして
木の下に宿れるなり
我が心　その宿れるなりと同じき
安き心にある

さらに自宅で待つ、飼犬の〝北斎〟に語り掛ける。

「北斎やちょっと行くぞと手を挙げて
　周りを見れば風や吹きぬく」

この行動に対してツイッター上では「歌を詠んでる場合じゃね〜よ」の批判の声が広がった。

籠池氏は香川県高松市出身。幼児教育に関わる教育者として『教育勅語』の朗読や国歌斉唱などの、愛国心を育てる特異な教育を実践する人物として知られた。

彼が理事長を務める学校法人「森友学園」が大阪府豊中市に設立予定だった「瑞穂の國記念小學院」の設立認可と国有地払い下げが政治問題化、長期間、国を揺るがす議論に進んだ。とくに安倍晋三首相の昭恵夫人に関する質問などが国会議論の的になり、〝忖度〟する、という流行語までも生みだした。

籠池氏自身が国会で証人喚問を受けるなど、財務省を巻き込んだ国のシステムそのものを揺るがす大きな問題に発展した。籠池氏のことばは、まだある。

「どん底」の時期というのは　ある意味必要かともいます。自分の信念が試されますから。平穏な時に「国家社会のため」と　お題目のように　唱えるのではなくて、本当にギリギリの　ところでも　抱き続けることが　できるのか。

あの籠池さん、のことばを拾ってきたが、保釈後の記者会見で、夫婦はカメラの前で「これは国策拘留であり、全くの冤罪だ」と釈明。この〝籠池問題〟は埒が明かない。一年を越えて尚、財務省で破棄したとされていた書類が出てくるなど、闇から闇の、また迷路の奥へ、奥へと進むだけで訳が分からないまま、時が経ち、いつ知れずともなく忘れ去られていくだろう。

（2018・6）

355――あの籠池さんのことば

356——もうおねがい、ゆるしてください

東京砂漠で一人の女の子が亡くなった。

二〇一八年一月、香川から東京に越してきた船戸結愛《ゆあ》ちゃん（五）は、父（三三）と母（二五）から虐待を受け、食事も与えられず、医師の診察を受けることもなく三月に衰弱死した。六月、両親は傷害罪で逮捕された。

結愛ちゃんは、目覚まし時計を自分でセット、毎朝、午前四時頃に起き、父に命じられていた体重測定とひらがなの書き取り練習を素直に続けていた。

ただただ、それを守った。五歳の女の子である。

彼女の暮らしていたアパートから、覚えたひらがなで綴った〝結愛ちゃんノート〟が見つかった。両親への謝罪の言葉が鉛筆で綴られていた。「ゆるしてください」が身につまされる。

パパとママにいわれなくても　しっかりと／じぶんからきょうよりかあしたはもっとできるようにするから　もうおねがい　ゆるして　ゆるしてください　おねがいします／もうほんとうにおなじことはしません　ゆるして／きのうぜんぜんできなかったこと　これまでまいにちやってきたことをなおす／これまでどんだけあほみたいにあそんだか　あそぶってあほみたいだから／やめるから　もうぜったいぜったいやらないからね　ぜったいやくそくします

結愛ちゃんは母の連れ子だったようだが、今の父の言いつけを一生懸命に守り、「必死にきれいな字」で書いたことばは謝罪のことばかり、わずか五歳の子である。

哀れすぎる。悲しすぎる。

日本での虐待死は年間五〇件を超すといわれ、ほぼ一週間に一人の子どもが命を落としていることになる。児童虐待相談件数は平成（一九八九）に入ってすぐは約一一〇〇件だったのが、二〇一七年には約一二万五三〇〇件と超増加傾向にある。我が子を簡単に殺す親がいる現実がある。そんな親を育てた親がいることが情けないし悔しい。どうしようもない、ならば子どものそばに居る大人一人一人が見守る世の中のカタチをつくるしかない。

それにしても、〝結愛ちゃんノート〟のことばからは親の愛をひたすら求める、けなげな思いが伝わってくる。いたたまれない気持ちになる。もし、この姿を誰かが見守るカタチがあったならと悔やまれてならない。

母の父親の「本当に結愛に申し訳ないです。あの世に行ってから結愛に心から謝るしかありません」というテレビインタビューへの応えが空しい。

（２０１８・６）

二〇一八年の夏、愛子さま（一六）は英国の夏季講習プログラムに参加されるといわれる。学習院女子高等科二年生になられ、夏休みの三週間、英国に留学、寮生活で語学や文化の体験学習をされるようだ。

愛子さまは四歳の時、皇太子ご夫妻とオランダで静養されたといわれるが、単独での海外訪問は初めてとなる。海外生活を楽しみにしておられるようだ。

愛子さまも高校生として海外留学をされるまでになった。皇太子さまは、かつて会見で教育方針のお考えを述べられたことがある。

その時「子ども」という詩を紹介された。

批判ばかりされた子どもは　非難することをおぼえる
殴られて大きくなった子どもは
力にたよることをおぼえる
笑いものにされた子どもは
ものを言わずにいることをおぼえる
皮肉にさらされた子どもは
鈍い良心のもちぬしとなる
しかし、激励をうけた子どもは　自信をおぼえる
寛容にであった子どもは　忍耐をおぼえる

357――皇太子さまが紹介された詩

賞賛をうけた子どもは　評価することをおぼえる
フェアプレーを経験した子どもは　公正をおぼえる
友情を知る子どもは　親切をおぼえる
安心を経験した子どもは　信頼をおぼえる
可愛がられ抱きしめられた子どもは
世界中の愛情を感じとることをおぼえる

（「子ども」川上邦夫訳）

この詩は、アメリカの教育学者ドロシー・ロー・ノルト（一九二四～二〇〇五）が紡いだ言葉で、どのようにして子どもに接すれば良いかが描かれており、まさに至言。

子育ては大変な仕事だと思うが、子どもの成長は目覚ましく早い。大変なのは、ほんの一時で、一緒にいる時間も、一生のなかで、ほんの僅か。子どもはどんどん大きくなって、親よりも友が一番という時が、すぐにやってくる。だから、幼少期の子どもへの愛情は注ぎ過ぎであっても構わない。

そして、どんなことがあっても親として、あなた達を、子ども達を、絶対に〝守り貫く〟という真の思いが伝われば、子どもは、必ず素直に育っていく。

（2018・6）

358　西洋から東洋のハリケーンへ

二〇一八年六月一一日、東京高裁は死刑囚・袴田巖《はかまだいわお》の再審請求を認めない決定をした。

袴田事件を振り返ってみる。静岡県浜松市出身の袴田巖（一九三六〜）は中学卒業後にボクシングを始め、一九五九年からプロボクサーとして活躍。ところが六六年、突然、一家四人の殺害容疑で逮捕、起訴された。

彼は否認を続けたがアリバイがなかった。過酷な取り調べが続き、拘留期限三日前に〝自白〟調書にサイン。検察の描くストーリーで〝犯人〟として作られていった。

しかし彼は第一回公判から再び全面否認に転じたが、結果は六八年に死刑判決が言い渡された。控訴審では証拠の再鑑定なども続けられたが、八〇年に最高裁が上告を棄却し「袴田死刑が確定」した。二〇〇八年まで弁護側の特別抗告は棄却され、再審は「開かずの扉」だった。ところが刑事訴訟法改正（〇五年）で「証拠開示義務」により「袴田ケース」も対象となり、ＤＮＡ型鑑定などに不明な点が生じるなど、重要な証拠の存在が「検察マイナス」へと動き始め、「袴田プラス」に変化した。そして、一四年に静岡地裁は「耐え難いほど正義に反する状況にある」として、再審開始決定と死刑執行の停止、それに「袴田さん釈放」を決めた。袴田さんは四八年ぶりに「社会」に戻ることになった。

袴田さんへの支援の中、米国の元プロボクサーであるルービン・カーターさん（一九三七〜二〇一四）から「西洋のハリケーンから東洋のハリケーンへ――俺は生き延びた。あなたも生き延びてくれ」のメッセージが届いた。

彼もまた一九六一年に念願のプロボクサーとなり、ＫＯ勝ちを収めるなど注目され始めたが、六六年、白人三人を殺害した罪に問われて終身刑。一九年間「冤罪」で獄中生活を送った。しかし支援者の努力で検察側の証人偽証や隠蔽された新事実、黒人への人種差別追及などで再審。八五年に「有罪判決が破棄」された。

米国のミュージシャンであるボブ・ディラン（七七）には、ルービン・カーターさんをモデルにしたニックネームの「ハリケーン」という歌がある。

（略）冤罪を着せられた男　自分ではやってないのに
監獄にぶち込まれた男　かつての世界チャンピオン
（略）男の人生が　愚者たちによって裁かれ冤罪を着せられる
（「ハリケーン」壺齋散人訳）

罪がないといわれる者が罪を背負う非情の中、権力を恐れずに抗《あがな》う真の力を持とう。

（２０１８・６）

359――石牟礼道子の俳句と言葉

熊本の水俣病を『苦海浄土』で告発、人間の在り方を問い続けてきた石牟礼《いしむれ》道子さん（一九二七～二〇一八）が、二〇一八年二月一〇日、九〇歳で永眠した。

ひとつの火が消えた、あと、雑誌などで追悼がなされた。彼女の「俳句と言葉」の特集を読んだ。

彼女は「九重高原、特に『泣きながら原』という薄原の幽邃な美しさに魅入られたのが、俳句を作るきっかけになった」と記し、句作を始めたようだ。

「九重にてひいふうみいよ珠あざみ」、「死におくれ死におくれして彼岸花」、「祈るべき天とおもえど天の病む」、「山しゃくやく盲やわれの花あかり」、「にんげんはもういやふくろうと居る」、「前の世のわれかもしれず薄野にて」、「椿落ちて狂女がつくる泥仏」、「いかならむ命の色や花狂い」、「水子らの花つみ唄や母恋し」、「湖底より仰ぐ神楽の袖ひらひら」

彼女は美智子皇后に「水俣の石牟礼道子でございます。（略）『水俣に行きますから』と申された一言が忘れられません。／もしおいでいただけるのであれば、是非とも胎児性の人たちに会っては下さいませんでしょうか。その表情と、生まれて以来ひとことももののが言えなかった人たちの心を察してあげてくださいませ（略）」の手紙を送った。文の最後に「毒死列島身悶えしつつ野辺の花」の句を添えた。二〇一三年、海づくり大会で水俣市を初訪問された両陛下は胎児性患者と対面された。

両陛下が熊本空港から帰途の折、彼女はロビー最前列に車椅子で並び「お礼を込めたお見送り」をした。

彼女に気づかれた皇后さまとの間でお互いに優しい「まなざし」が交わされた。皇后さまの「お体を大切に」の伝言が侍従から伝わった。

石牟礼は「近代化が始まって、まず言葉が壊れた」と記し、示唆に富む言葉を遺す。

かかよい、飯炊け（略）沖のうつくしか潮で炊いた米の飯の、どげんうまかもんか、あねさんあんた食うたことのあるかな。そりゃ、うもうござすばい、ほんのり色のついて。かすかな潮の風味のして

（『わが水俣病』）

句集『天』発刊（一九八六年）後、道子俳句は「天上へゆく草道や虫の声」、「闇の中草の小径は花あかり」、「死者たちの原に風車　からから　から」、「天上に棲み替えて蛙らの声やよし」などを詠み、「向きあえば仏もわれもひとりかな」と、まさに独り歩きの句を詠んだ。

（２０１８・６）

360 仮名の自治体、あるもんだ

自治体（市町村）数の変遷を見るのも楽しい。明治二一年（一八八八）に七万一三一四自治体（町村）だったのが、大正一一年（一九二二）には市（九一）町（一二四二）村（一万九八八二）の一万二三一五自治体になり、さらに町村合併が進む。昭和二八年（一九五三）は市（二八六）町（一九六六）村（七六一六）で一万を切る。昭和六〇（一九八五）年代には市（六五一）町（二〇〇一）村（六〇一）は三千余となり、合併が続いた。

平成三〇年（二〇一八）は、市（七九二）町（七四四）村（一八三）は一七一八自治体となっている。

市町村合併が続く中、いろんな「自治体名」が誕生した。昭和三五年（一九六〇）「大湊《おおみなと》田名部《たなぶ》市」の名が「むつ市」に変更され、国内最初の「ひらがな自治体」となった。また平成七年（一九九五）には、ひらがなと漢字混じりの「あきる野市」ができた。

ひらがなを含む自治体とカタカナの付く自治体を探してみる。

【市】むつ、つがる（青森）、にかほ（秋田）、いわき（福島）、つくば、ひたちなか、かすみがうら、つくばみらい（茨城）、さくら（栃木）、みどり（群馬）、さいたま、ふじみ野（埼玉）、いすみ（千葉）、あきる野（東京）、かほく（石川）、あわら（福井）、伊豆の国（静岡）、みよし、あま（愛知）、いなべ（三重）、たつの、南あわじ（兵庫）、紀の川（和歌山）、さぬき、東かがわ（香川）、うきは、みやま（福岡）、えびの（宮崎）、いちき串木野、南さつま（鹿児島）、うるま（沖縄）の三一市。

【町】えりも、新ひだか、せたな、むかわ（北海道）、おいらせ（青森）、みなかみ（群馬）、ときがわ（埼玉）、おおい（福井）、かつらぎ、みなべ、すさみ（和歌山）、まんのう（香川）、つるぎ、東みよし（徳島）、いの（高知）、みやこ（福岡）、みやき（佐賀）、あさぎり（熊本）、さつま（鹿児島）の一九町。

【村】は無い。ひらがな自治体は五〇。意外と増え、広がる。いいイメージ作りなのだろう。カタカナは南アルプス市（山梨）とニセコ町（北海道）の二自治体。

ところで北海道には、アイヌ語に起因する内《ナイ》の稚内市、別《ベツ》の登別市、幌《ポロ》の札幌市など多くの自治体がある。

さらに全国各地には、半濁音（ぱぴぷぺぽ）の入る安《あん》八《ぱち》町（岐阜）、比布《ぴっぷ》町（北海道）、別府《べっぷ》市（大分）、興部《おこっぺ》町（北海道）、金峰《きんぽう》町（鹿児島）などがある。それにしても地名は色々様々種々雑多。

（2018・8）

361――十一日はいい日なのに……

「十三日の金曜日」を意識するように「十一日」を意識する日々が、やがて来るかもしれない。一一日は、一一《いい》日なのに、なぜか、記憶に残る事件事故が多いようだ。

二〇〇一年九月一一日はアメリカで史上最大の同時多発テロが発生、死者二九九六名と負傷者は六千名を超えた。また二〇一一年三月一一日はM9・0の東日本大震災が発生、死者一万九四一八名（関連死含む）、不明者二五六二名となっている。9・11と3・11はテロと震災の象徴的な日となって歴史に刻まれている。

一一日発生の国内の事件事故を追ってみる。

▼一月一一日＝広島刑務所中国人受刑者脱獄（二〇一二）、▼二月一一日＝伊豆半島ホテル大東館火災二四名死亡（一九八六）、▼三月一一日＝群馬菊富士ホテル火災三〇名死亡（一九六六）、茨城東海村動燃施設爆発三七名放射線被曝（一九九七）、群馬高崎小一女児殺害（二〇〇四）、▼四月一一日＝池袋駅構内大学生殺人（一九九六）、鹿児島南国花火製造所爆発一〇名死亡（二〇〇三）、鳥取連続不審死（二〇〇九）、滋賀河瀬駅前交番警察官射殺（二〇一八）、▼五月一一日＝客船大洋丸沈没八一七名死亡（一九四二）、第三宇高丸衝突一六八名死亡（一九五五）、▼六月一一日＝木更津女子大生死体遺棄（二〇一一）、▼七月一一日＝静岡地震九二九九名死傷（一九三五）、日本坂トンネル火災七名死亡一七三台車両焼失（一九七九）、上越7・11水害一万人余避難（一九九五）、九州北部豪雨三〇名死亡（二〇一二）、▼八月一一日＝山梨観光バス転落一一名死亡（一九七七）、静岡沖M6・5地震三一〇名死傷（二〇〇九）、▼九月一一日＝佐世保弾薬庫爆発三三九名死亡（一九〇五）、栃木兄弟誘拐殺人（二〇〇四）、▼一〇月一一日＝新橋駅列車脱線―日本初鉄道事故（一八七四）、永山則夫連続射殺（一九六八）、岐阜高校教師教え子殺人（一九八六）、豊橋小二女児誘拐殺人（一九八九）、福岡中二いじめ自殺（二〇〇六）、▼一一月一一日＝安政のM6・9地震四千三百余名の死者（一八五五）、群馬小串硫黄鉱山崩壊二四五名死亡（一九三七）、神奈川川崎ローム斜面実験現場崩壊一五名死亡（一九七一）、▼一二月一一日＝第二京浜火薬積載トラック爆発三一民家全半壊（一九五九）など不思議と多くの事件事故が起きている。

また宅間守（三七）の大阪池田小襲撃児童八名殺害（二〇〇一）と加藤智大（二五）の東京秋葉原通り魔七名殺害（二〇〇八）は、ともに六月八日に発生している。呪いの日ってあるのだろうか。

（2018・8）

362——「子どもたちの墓」はつくるまい

　人間の心に悪はどうして棲みつくのだろう。日々、子殺し、子虐待のニュースが後を絶たない。止むことがない。生まれ、育って、子を産んで、何故、自ら子殺しをするのだろう。人間の性なのだろうか。昭和四八年（一九七三）ある地方の文芸誌に「子どもたちの墓」のミニストーリーを投稿。当時、我が子と同じ年頃の子殺しが続いていた。報道記事を探すと、いくらでもあった。こんなにも命を粗末にする親がいるのかと、情けない気持ちになった。しかし時が経った今も、あちこちに子らの墓、もう、いい加減「子の墓」はつくるまい。

——朝の光が葉露にあたりキラリと光る。目覚めのすぐ後、子どもの寝顔を見る。子どもの寝顔にはやすらぎ……で書き出す「子どもたちの墓」を追ってみる。

【東京】池袋のサパークラブの冷蔵庫に死産した胎児を箱詰めにして置き去り、姿をくらませていた女性クラブ歌手を死体遺棄の疑いで逮捕、【福井】敦賀署は市内中二女子（一四）を乳児遺棄疑いで補導、【栃木】若い母親が「泣声がうるさい」と赤ん坊の顔に布団をかぶせて死亡させた事件が明るみに出た、【愛知】生後九カ月の長女を置き去りにし、愛人と家出をしていた男が保護者遺棄の疑いで捕まった、【山口】スポーツセンター内のプールの女子更衣用コインロッカー内に生後間もない男の子の死体が見つかった、【鳥取】デパートのコインロッカーに店の包み紙で包んだ男嬰児を発見した、【広島】鉄道弘済会のコインロッカーで絞殺された赤ちゃんの死体が見つかった、【京都】父親（三八）がベッドに寝かせていた長女（一）に青酸カリを飲ませて殺した、【神奈川】母親（三四）が自閉症の長男（八）の首をタオルで絞めて殺した、【大分】内妻（二二）が粗相をした長女（二）の顔を平手で打ち、髪を摑んでガレージ内で車に叩きつける折檻《せっかん》をして殺した、などを記し、最後は東京駅北口八重洲名店街入口の腰掛イスに生後数カ月の男の子と〝お願い袋〟の話で文を終了させた。

　男の子をおんぶ紐でイスに縛り、そばにベビー服を入れた風呂敷包みと布の手提げ袋に紙おむつと牛乳瓶一本、それに「子供が心配で、生命を断つことはできません。力のないお母さんを許して下さい。この子をお願いします」のメモ書きがあり、母親の実父の電話番号も記されていた。子捨ては良いことではない、が、子の命を願う母の思いはまともだ。これは四五年前の様子、今と変わらない。まさか人間界に邪人がいるのだろうか。

（２０１８・８）

二〇一八年、第一〇〇回全国高等学校野球選手権大会〝夏の甲子園〟は、酷暑の中、熱戦を繰り広げた。今年はメモリアル大会。全国の高等学校四九〇七校（国立一五、公立三五七一、私立一三二一）の内、三七八一チームの高校球児が、甲子園目指して戦った。

四七都道府県で、北海道、東京、大阪、神奈川、愛知、千葉、兵庫、埼玉、福岡の九地区は代表二校、勝ち上がった五六校が県代表校として甲子園の土を踏んだ。

歴史ある大会になると、毎年、各所で様々な企画がたてられ大会が盛り上がる。

兵庫県警甲子園署の和泉幸男交通課長（四五）らの取り組みがユニークだと評判だ。球場前に電光掲示板搭載の車両を配置。出場高校と交通安全を絡めた校名入りの〝交通安全スローガン〟をピカッピカッの電光文字でカラフルに表示。道行く人、球児応援に駆け付けた全国の人々などへ球場周辺の交通整理を含めたPR作戦は功を奏したようで、注目集中。

今回は、代表五六校のゴロ（五六）合わせもよく、多くの人が各校のスローガンに興味を示し、楽しんでいた。

甲子園で勝ち進んだベスト8の校名入り〝甲子園交通安全標語〟を並べてみる。

363——兵庫県警の“ひょうご”はピカ一

「**か**もしれない」 意識し**な**いと **あ**ん全無**し**（秋田・金足農）／夜の**う**ん転 **ラ**イトは **わ**たしの道標（南埼玉・浦和学院）／**にち**常も **だいさん**事を想定して 安全運転（西東京・日大三）／**お**先にどうぞ 誰もが**う**れしい **み**ょう技かな（滋賀・近江）／**おお**型車 **サ**イドに死**か**く 側方注意（北大阪・大阪桐蔭）／違**ほう**駐車 **う**っ陶しいし **と**にか**く**危険（東兵庫・報徳学園）／黄**し**ん号 **も**うすぐ赤だ **の**んびり**せ**っつかず **き**ちっと止まろう（山口・下関国際）／**さい**確認 日**び**の癖が 無事故に繋がる（愛媛・済美）

夏の甲子園一〇〇回大会は「平成」最後の戦いだった。決勝戦は金足農と大阪桐蔭。そして大阪桐蔭が勝利、史上初二度目の春夏制覇を果した。

今年は特別な暑さだった。選手の額に汗が流れ、光った。命の燃焼が伝わった。熱い戦いを展開する球児らに熱い視線が注がれた。応援団も含め、無心の高校生らに感謝したい。

そばでは命を守る工夫が実践されていた。ありがたいことだ。とにかく、兵庫県警の〝ひょうご〟はピカ一と言っていいだろう。

（２０１８・８）

364――七八歳のスーパーボランティア

平成三〇年（二〇一八）夏、日本人が忘れかけていた素朴で真摯な思いが全国を駆け巡った。山口県周防大島町の二歳になる藤本理稀《よしき》ちゃんが、八月一二日、祖父が目を離したすきに居なくなった。百五十余人態勢で行方不明の男の子の捜索が始まった。山、川、野、海などを捜し回る様子がメディアに大きく取り上げられた。一日、二日と過ぎ二歳の子の命が危ぶまれた。三日目の朝、大分県日出町から捜索ボランティアに加わった尾畠春夫さん（七八）が、早朝の捜索開始から三〇分余で、山中の小川の石に腰かけて「ぼく、ここ」と応えた理稀ちゃんを発見、しっかりと抱きかかえて山を下り、親に引き渡した。元鮮魚店主の尾畠さんは、東日本大震災、熊本地震、西日本豪雨などの被災地に駆けつけてボランティア活動に長年、携わった経験から理稀ちゃん捜しに飛んできた。赤いツナギ服に赤いタオルのねじり鉢巻きは独自のスタイル。まさに日本のおっちゃん姿で男の子を抱きかかえた映像が各局テレビニュースで流れた。後、彼の飾らない、ありのまま、素で喋る言葉が心を打った。

　まず「子どもだから下に向かって下ることはない。上に上がるのが子どもの習性と思っていた」から山に入ったなど、体験を積んだ人の言葉がポンポン飛び出た。理稀ちゃん生存確認から〝スーパーボランティア尾畠さん〟のフィーバーが始まった。

　▼ボランティアは自己完結、自己責任。怪我しても自己責任。何があっても自分で責任を取らん方が悪い。▼残りの人生を全て恩返しに充てたい。▼世間から貰った恩を万分の一でも返していく。▼夢を持ち続け、迷う事なく実行すること。▼お金はいるだけあったらいいです。余分にいらないから。▼褒める、褒められる、褒め返す。▼かけた恩は水に流せ、受けた恩は石に刻め。▼日本は資源のない国。だけど智恵は無限にある。▼色々なものを頼ったり、貰ったりするのは、ボランティアとしてしちゃいけないこと。▼たまがるほどの元気、たまがるほどの笑顔、たまがるほどの愛情、たまがるほどのまごころ、たまがるほどの幸せを。▼息子が四八、娘が四五、孫娘が一人、男の子が四人、奥さんは、五年前にちょっと用事があって出かけて……まだ帰ってない。▼今までの自分の人生、マイナスもプラスもあったかもしれんけど、総合して悔いはなかった。尾畠春夫の人生に悔いなし。▼命は一コ、人生は一度、交通安全など、と語る。

　彼の〝素の人生〟を見習いたい。

（２０１８・８）

365——さくらももこと長谷川町子

平成三〇年（二〇一八）八月一五日、漫画家さくらももこさん（一九六五～二〇一八）が乳がんで亡くなった。五三歳。自らの少女時代をモデルにした『ちびまる子ちゃん』などを発表。多くの人に親しまれた。若い死だ。テレビアニメのテーマソングが聞こえてくる。

なんでもかんでもみんな／おどりをおどっているよ／おなべの中からポワッと／インチキおじさん登場／／いつだってわすれない／エジソンはえらい人／そんなの常識／タッタタラリラ／／ピーヒャラピーヒャラパッパパラパ／ピーヒャラピーヒャラパッパパラパ／ピーヒャラピーヒャラおへそがちらり／タッタタラリラ／ピーヒャラピーヒャラパッパパラパ／ピーヒャラピーヒャラおどるポンポコリン／ピーヒャラピお腹がへったよ（略）

（「おどるポンポコリン」）

さくらさんの『ちびまる子ちゃん』は、昭和六一（一九八六）年から雑誌「りぼん」に連載が始まった。彼女は静岡県清水市出身で大学生の時に漫画家としてデビューして以来、活躍が続いていた。惜しまれる死だ。

平成四年（一九九二）五月二七日、漫画家長谷川町子さん（一九二〇～九二）は心不全で死亡。七二歳。没後、国民栄誉賞を受賞（一九九二）した。彼女は田河水泡《すいほう》の弟子となり、一五歳で「少女倶楽部」に登場。後「サザエさん」メロディーが生まれた。

お魚くわえたドラ猫追っかけて／素足でかけてく陽気なサザエさん／みんなが笑ってるお日さまも笑ってる／ルルルルル今日もいい天気（略）

買物しようと街まで出かけたが／財布を忘れて愉快なサザエさん／みんなが笑ってる小犬も笑ってる／ルルルルル今日もいい天気（略）

（「サザエさん」）

長谷川町子の『サザエさん』は、昭和二一年（一九四六）に新聞「夕刊フクニチ」で連載開始。二六年に「朝日新聞」に移り、戦後復興から高度成長への時代を四コマ漫画で描く作品は、四九年までの長期連載になり、皆に親しい漫画となった。

彼女は佐賀県多久市出身。「サザエさん」は、漫画以外にテレビアニメはもちろん舞台、映画、テレビドラマ（高杉砂子、江利チエミ、星野知子、浅野温子、観月ありさ＝サザエさん役）と広がった。日本人が求める明るい家庭の夢を追う、さくらももこと長谷川町子の作品は、戦後七十余年の時の流れの中、屹立する二つの〝大漫画〟と言っていいのではなかろうか。

（2018・8）

あとがき

平成二〇年（二〇〇八）夏、福岡県みやこ町の「瓢鰻亭・ひまわりこども」（児童図書専門）店主の前田賤さんから月一回発行の情報誌「ひまわりばたけ」に「コラムを書いてはどうですか」と声がかかった。行橋市役所退職後一年が経過していた。連載のタイトルは「田舎日記」とし、日々の一コマや世の中の動き、また郷土で忘れられ、隠れ、知られていない遺産紹介など、とにかく「自由気ままな文でいい」とのことだった。その年の九月一〇日発行の一三五号がスタート。四歳の孫の、ふとしたツブヤキをすくいあげ、「おろそかにしない」というタイトルで始めた。

文は、月一回千字だから大丈夫、と高を括っていたが、時の経つのは早く、こりゃ大変だ、となった。いろんなコト、モノ、ヒトを見て、歩き、探し、調べ、綴る一文を書き続けた。いつしか楽しめるようになった。

その連載文を中心に一〇八篇を収録する随想集——平成二六年（二〇一四）に書家の棚田看山氏と『田舎日記・一文一筆』を、また平成二八年（二〇一六）にはアマチュア写真家の木村尚典氏と『田舎日記／一写一心』を刊行することができた。文と書、文と写真のコラボ作品に関心を寄せていただけた。ありがたいことだった。

その後、日々の暮らしの中で「自由気まま」なネタ探しの日々が続き、「田舎日記」を書き続けている。そこで、ストック文をどうしようかなぁと思い、今回、煩悩の数一〇八ではなく、一年三六五日にこだわって三六五篇を纏めてみようと、『平成田舎日記』を刊行することにした。

平成三一年（二〇一九）四月一日、五月一日から使う新しい元号「令和」が発表された。新元号は「大化（六四五）」から二四八番目になる。これまで明治、大正、昭和は、天皇崩御による一世一元だった。今回の改元は、皇室典範の原則を残し、天皇の〝高齢譲位〟を可能にする「特例法」によって定められた。新天皇の下で「令和」は始まり、時を刻んでいくことになる。

時が人をつくり、人が時をつくるというが、日々の時の刻みの中で、めぐり来る季節を詠んだ「春は花　夏ほととぎす　秋は月　冬雪さえてすずしかりけり　道元」の想いを心の奥底に秘めて「田舎日記」は書き継いでいきたいと願っている。

この度、古書店葦書房の宮徹男氏に序文、書家の棚田看山氏にかずら筆による題字揮毫、画家の増田信敏氏に挿絵をご快諾いただいた。そして拙文の整理、校正などを煩わせた花乱社の宇野道子さん、別府大悟さんら関係者に心からお礼を申し上げげます。

ありがとうございました。

平成最後の吉日

光畑浩治《こうはたこうじ》

中央：光畑，左：棚田，右：増田。

►題字

棚田看山（たなだ・かんざん／本名・規生《のりお》）

1947（昭和22）年，福岡県みやこ町に生まれる。1971年，福岡県立大里高等学校教諭（書道）を振り出しに，八幡中央，京都，豊津を経て北九州高等学校で定年退職。2008年，行橋市歴史資料館に勤務。2014年に退職。共著＝『三輪田米山游遊』（木耳社，1994年／同改訂版，2009年），『田舎日記・一文一筆』（花乱社，2014年）

►挿絵

増田信敏（ますだ・のぶとし）

1947（昭和22）年，福岡県苅田町に生まれる。1966年，二科展初入選，以後10回入選。1992年，西日本美術展入選。山形孝夫著『死者と生者のラストサパー』（朝日新聞社，2000年），夏樹静子著『茉莉子』（中公文庫，2001年）の装画を担当。『現代の絵画』（朝日アーティスト出版，2003年）に掲載される。各地で個展を開催。

『田舎日記・一文一筆』
文 光畑浩治／書 棚田看山
Ａ５判変型／並製／240頁
本体1800円＋税
日本図書館協会選定図書

『田舎日記／一写一心』
文 光畑浩治／写真 木村尚典
Ａ５判変型／並製／240頁
本体1800円＋税

光畑浩治（こうはた・こうじ）
1946（昭和21）年12月５日，福岡県行橋市に生まれる。1965年，福岡県立豊津高等学校卒業。1968年，行橋市役所に入所。総務課長，教育部長などを経て，2007（平成19）年に退職。
著書＝『ふるさと私記』（海鳥社，2006年），編著＝『句碑建立記念 竹下しづの女』（私家版，1980年），共著＝『ものがたり京築』（葦書房，1984年），『京築文化考 １～３』（海鳥社，1987～93年），『京築を歩く』（海鳥社，2005年），『田舎日記・一文一筆』（花乱社，2014年），『田舎日記／一写一心』（花乱社，2016年）

平成《へいせい》田舎《いなか》日記《にっき》

❖

令和元（2019）年 11 月 11日　第１刷発行

❖

著　者　光畑浩治

発行者　別府大悟

発行所　合同会社花乱社
〒810-0001 福岡市中央区天神 5-5-8-5D
電話 092（781）7550　FAX 092（781）7555

印刷・製本　有限会社九州コンピュータ印刷

［定価はカバーに表示］

ISBN978-4-910038-00-1